Jürgen Hardt, Antje Vaihinger (Hg.)
Wissen und Autorität in der psychoanalytischen Beziehung

Das Anliegen der Buchreihe BIBLIOTHEK DER PSYCHOANALYSE besteht darin, ein Forum der Auseinandersetzung zu schaffen, das der Psychoanalyse als Grundlagenwissenschaft, als Human- und Kulturwissenschaft und als klinische Theorie und Praxis neue Impulse verleiht. Die verschiedenen Strömungen innerhalb der Psychoanalyse sollen zu Wort kommen, und der kritische Dialog mit den Nachbarwissenschaften soll intensiviert werden. Bislang haben sich folgende Themenschwerpunkte herauskristallisiert:

Die Wiederentdeckung lange vergriffener Klassiker der Psychoanalyse – wie beispielsweise der Werke von Otto Fenichel, Karl Abraham und Otto Rank – soll die gemeinsamen Wurzeln der von Zersplitterung bedrohten psychoanalytischen Bewegung stärken. Einen weiteren Baustein psychoanalytischer Identität bildet die Beschäftigung mit dem Werk und der Person Sigmund Freuds und den Diskussionen und Konflikten in der Frühgeschichte der psychoanalytischen Bewegung.

Im Zuge ihrer Etablierung als medizinisch-psychologisches Heilverfahren hat die Psychoanalyse ihre geisteswissenschaftlichen, kulturanalytischen und politischen Ansätze vernachlässigt. Indem der Dialog mit den Nachbarwissenschaften wiederaufgenommen wird, soll das kultur- und gesellschaftskritische Erbe der Psychoanalyse wiederbelebt und weiterentwickelt werden.

Stärker als früher steht die Psychoanalyse in Konkurrenz zu benachbarten Psychotherapieverfahren und der biologischen Psychiatrie. Als das anspruchsvollste unter den psychotherapeutischen Verfahren sollte sich die Psychoanalyse der Überprüfung ihrer Verfahrensweisen und ihrer Therapie-Erfolge durch die empirischen Wissenschaften stellen, aber auch eigene Kriterien und Konzepte zur Erfolgskontrolle entwickeln. In diesen Zusammenhang gehört auch die Wiederaufnahme der Diskussion über den besonderen wissenschaftstheoretischen Status der Psychoanalyse.

Hundert Jahre nach ihrer Schöpfung durch Sigmund Freud sieht sich die Psychoanalyse vor neue Herausforderungen gestellt, die sie nur bewältigen kann, wenn sie sich auf ihr kritisches Potential besinnt.

BIBLIOTHEK DER PSYCHOANALYSE
HERAUSGEGEBEN VON HANS-JÜRGEN WIRTH

Jürgen Hardt,
Antje Vaihinger (Hg.)

Wissen und Autorität in der psychoanalytischen Beziehung

Psychosozial-Verlag

Die Deutsche Bibliothek - CIP-Einheitsaufnahme

Wissen und Autorität in der psychoanalytischen Beziehung /
Jürgen Hardt ; Antje Vaihinger (Hg.). [Mit Beitr. von: Christopher
Bollas ...]. - Gießen : Psychosozial-Verl., 1999
(Bibliothek der Psychoanalyse)
Einheitssacht.: Knowledge and authority in the psychoanalytic relationship <dt.>
ISBN 3-932133-73-0

Friedrichstr. 35, D-35392 Gießen
Tel.: 0641/77819, Fax: 0641/77742
e-mail: psychosozial-verlag@t-online.de

Erschienen mit freundlicher Unterstützung des Fördervereins zur Verbreitung
fremdsprachiger psychoanalytischer Literatur.
Umschlaggestaltung: Atelier Warminski, Büdingen
Schrift: Stempel Garamond
Druck: KM-Druck, Groß-Umstadt
Gedruckt auf säurefreiem und chlorfrei gebleichtem Papier
ISBN 3-932133-73-0

Inhalt

Vorwort

„Welche Art von Verstehen wird in der psychoanalytischen Praxis gewonnen?" „Welche Art von Fachkenntnis kann legitimerweise vom Analytiker behauptet und vom Analysanden beansprucht werden?" Mit diesen Fragen beginnt das Vorwort des Themenheftes „Knowledge and Authority in the Psychoanalytic Relationship" der amerikanischen Zeitschrift *The Psychoanalytic Quarterly* (Vol. LXV, 1996, 1), das hier in deutscher Übersetzung vorgelegt wird.

Diese Fragen kann bzw. muß man erweitern, um ihre Tragweite zu verstehen und um sie zureichend beantworten zu können: Welchen Stellenwert hat überhaupt das Wissen in der Psychoanalyse? Was ist das für eine Art von Wissen? Gibt es so etwas wie Arten von Wissen? Ist nicht selbstverständlich, was Wissen heißt? Was heißt Autorität in der psychoanalytischen Beziehung? Spielt Autorität in der Analyse eine Rolle? Wer hat Autorität, und wer darf sie aus welchem Grund beanspruchen? Ist nicht die psychoanalytische Autorität an das Wissen der Wahrheit gebunden und durch sie legitimiert?

Üblicherweise gilt die Psychoanalyse als eine Wissenschaft, die einen sicheren Platz in der Moderne einnimmt, und das heißt auch, daß sie selbstverständlich die klaren und deutlichen Konzepte der Moderne in bezug auf das, was Wissen und was Wahrheit ist, teilt und daß sie den Anspruch der Wahrheit auf die oberste Autorität befördert und gegebenenfalls verteidigt. Dieses scheinbar sichere, selbstverständlich gewordene moderne Wissen und die scheinbar festen Konzepte von Wahrheit und Autorität sind in den letzten 30 Jahren zunehmend zum Gegenstand der Diskussion geworden.

Die Auseinandersetzung um den Status des Wissens und die Formen des Wissens ist überall, nur nicht innerhalb der Psychoanalyse explizit geführt worden. Fragestellungen haben sich entwickelt, die keine intellektuelle Disziplin mehr vernachlässigen kann, ohne selbst Schaden zu nehmen. Weil diese Diskussion unter Psychoanalytikern ausgeblieben ist, erscheint die Psychoanalyse vielen selbstgefällig, antiquiert und uninteressant. Die Psychoanalyse hat sich mit der Weigerung, sich den Fragen nach dem Stellenwert des Wissens in ihrer Praxis neu zu stellen, aus dem Kreis der intellektuellen Disziplinen verabschiedet. Wenn sie den Anschluß an das aktuelle Denken wiedergewinnen will, muß auch sie sich diesen Fragen stellen. Wenn sie es nicht tut, wird sie zu einer bloßen Psychotechnik verkommen. Auch sie wird sich fragen müssen, woher die Sicherheit stammt, etwas zu wissen, wenn das Wissen selbst fraglich geworden ist.

Und mehr noch: Wenn das Wissen selbst in den unterschiedlichsten Formen auftritt, wie ist es dann mit der Wahrheit bestellt, auf die sich dic Sicherheit eines Wissens bezieht und die die Sicherheit des Wissens verbürgt? Was ist dann überhaupt Wahrheit, oder gibt es verschiedene Wahrheiten? Tritt Wahrheit nur im Singular auf, wie auch die Vernunft? Gibt es einen Plural von Wahrheit, gar einen Plural von Vernunft? Wie ist Wahrheit zu gewinnen, festzustellen? Es gibt sie doch unabhängig davon, ob sie gewußt wird oder nicht! Oder ist Wahrheit gar ein Konstrukt, abhängig von den Formen, in denen sie gewonnen und festgestellt wird?

Wer kann aus welchem Grunde Autorität, Wissen und Wahrheit für sich oder gar für andere in Anspruch nehmen? Wer hat das Recht, Wahrheit zu verkünden oder durchzusetzen gegen Unwahrheit? Wenn es in der Analyse um Wahrheit geht, die verfehlt und verloren/verdrängt ist, die gegen Widerstände gewonnen/wiedergewonnen werden soll, um so Heilung durch Aufklärung zu ermöglichen, dann können sich Analytiker auch in ihrer täglichen Praxis diesen Fragen nicht entziehen. Die Analytiker, die Theorien darüber formulieren, wie Psychoanalyse heilen soll, kommen nicht umhin, sich mit diesen Fragen auseinandersetzen.

Was Wissen ist, was man wissen kann oder wie Wissen erworben/verloren und durchgesetzt wird, sind Fragen, die die Entwicklung der Analyse von Anfang an begleitet haben. Damit war immer auch die Frage nach der Wahrheit verbunden. Aber ist das überhaupt eine sinnvolle Frage? Versteht sich Wahrheit nicht von selbst?

Freud sah darin keine Frage, die man sinnvollerweise stellen kann. Wahrscheinlich hätte er es abgelehnt, von „Formen" oder „Arten" des Wissens und der Wahrheit zu sprechen. Er schloß sich der Meinung des „gemeinen Mannes" an, der „nur eine Wahrheit kennt im gemeinen Sinne des Wortes" (Freud 1932, GW Bd. XV, S. 186). Dieser einen Wahrheit, die die eine Wissenschaft zu wissen anstrebt und endlich erreichen wird, gebührt nach seiner Auffassung legitimerweise alle Autorität („Diktatur der Vernunft" [ebd., S. 185]). Sie gilt es mit allen Mitteln zu befördern und zu verteidigen. Die Frage nach der Wahrheit erübrigt sich nach Freud, da sie sich doch von selbst versteht. Sie in Frage zu stellen, ist nur eine Obsession von Philosophen, die man als neurotische Zweifelsucht klassifizieren muß, um sie unwirksam zu machen. Sind doch diese Fragen Ausdruck eines intellektuellen Nihilismus, „ein Gegenstück zum politischen Anarchismus" (ebd., S. 190), von Leuten, denen die „Relativitätstheorie der modernen Physik zu Kopf gestiegen" ist (ebd.).

Wenn wir Freud folgen, dann versteht sich Wahrheit von selbst, dann ist einfach wahr, was so ist, wie es ist. Wir möchten es gerne glauben, daß es so ist. Gerade im unsicheren täglichen Kampf um die Wahrheit in der psychoanalytischen Beziehung suchen wir nach festen Haltepunkten. Freuds einfache Bestimmungen sind aus solch unsicherem, unnachgiebigem Bemühen zu verstehen. (Das genauer herauszuarbeiten, überschreitet den Rahmen eines Vorwortes.) Diese Fragen sollen sich von selbst verstehen, und Wahrheit soll ihre eigene absolute Autorität haben, die nur in der Unwahrheit verfehlt wird. Wahrheit soll einfach wahr sein, unabhängig davon, wer sie ausspricht, wer sie vertritt, verkündet und gegen wen sie durchgesetzt werden muß. Sie behauptet sich selbst, möchte man meinen.

All diese Fragen, die in der Alltagssprache formuliert, dennoch ihren geistesgeschichtlichen Rang andeuten, sind Fragen, die in der selbstverständlich gewordenen, selbstsicheren Moderne beantwortet schienen. In Zeiten des ruhigen Fortschritts von Wissen und Können, der Zunahme von Information und Freiheit, schienen diese Fragen nicht mehr relevant. Sie schienen mit dem Beginn der Aufklärung endgültig erledigt. Wissen und Wahrheit sind nach dieser Auffassung für alle Menschen gleichermaßen zugänglich; nur Verblendung, Irregeleitetsein und Verdrängung behindern die Einsicht des Intellekts in die Wahrheit (wie die Dinge in Wirklichkeit sind), die sich von selbst versteht.

Die Entwicklungsnorm, die damit verbunden ist, galt selbstverständlich zumindest für die Zukunft oder für eine erstrebenswerte Zukunft, eine, die jeder Intellektuelle mit befördern muß. Es ist die Aufgabe eines jeden Intellektuellen, Wahrheit zu befördern, und die Psychoanalyse ist dieser Aufgabe gegen alle Widerstände der äußeren und der inneren Natur in besonderer Weise verpflichtet. Sie strebt eine „Diktatur des Geistes" (Freud nach platonischem Muster) an, in der Wahrheit und Einsicht Norm und Gesetz sind *und die demjenigen, der die Wahrheit besitzt, absolute Autorität verleihen und dem Wissenden legitimerweise alle Macht zusprechen soll.*

In einer solchen Weltsicht hat die Psychoanalyse einen festen Platz und jeder Psychoanalytiker einen festen Standpunkt. Erst recht dann, wenn eine fehlgeleitete (von Triebansprüchen und neurotischer Abwehr geprägte) Gesellschaft sie bekämpft. Dann ist die Analyse autorisiert, ist sie gezwungen, gar verpflichtet, im Dienste der Wahrheit rücksichtslos bloßzulegen (Freud 1910, GW Bd. VIII, S. 111), aufzudecken, und sie darf darauf vertrauen, daß sich ihre Wahrheit durchsetzen werde, zumindest auf Dauer. „Das Intellektuelle ist doch auch eine Macht" (ebd.). Eine solche Psychoanalyse braucht sich mit diesen Fragen nicht mehr zu beschäftigen. Wahrheit, Wissen und Autorität verbürgen sich dann gegenseitig. Aus dieser Sicht ist die Welt noch in Ordnung.

In einem solchen Verständnis möchten wir uns gerne aufhalten. Aber die Verhältnisse sind nicht so. Gerade durch den Einfluß der Psychoanalyse (zusammen mit anderen kritischen Strömungen am Ende des letzten und Beginn dieses Jahrhunderts) sind die Selbstgefälligkeiten der Moderne fraglich geworden. Die einfache Korrespondenztheorie der Wahrheit (Übereinstimmung von Denken und Wirklichkeit als Wahrheitskriterium) wird ernsthaft von niemandem mehr behauptet werden können. Daß Meinen, Wissen, Glauben – eine für Kant noch klare Reihe des Wertes und der Würdigkeit – so einfach hingenommen werden, ist ebenfalls fraglich geworden. Vieles, was wir meinen, glauben wir zu wissen. Vieles Wissen stellt sich als bloße Meinung dar; oft ist eine begründete Meinung alles, was wir bekommen können.

All diese Fragen gehören zu einem Problemkreis, den man die Postmoderne nennt/nannte. In Deutschland, wo es länger als im englischen Sprachraum dauerte, bis diese Problematik zur Kenntnis genommen wurde, hört man oft, daß es diese Problematik nie ernsthaft gegeben hat. Zumindest scheint sie längst vorbeigegangen, wie eine Modeerkrankung des Projekts der Moderne, das kurz verunsichert war und das jetzt gestärkt und geimpft, quasi rekonvalesziert ist.

Dabei gibt es unseres Erachtens ein weit verbreitetes Mißverständnis, das auch in den Aufsätzen dieses Bandes zu finden ist, daß nämlich nicht unterschieden wird zwischen der Postmoderne im Sinne einer spätmodernen Fragestellung und dem Postmodernismus als einer heterogenen Bewegung, die die Moderne abzulösen glaubte. Die radikalen postmodernen Fragen gehören in den Kontext, der von Zygmunt Bauman die erwachsen gewordene, wieder selbstkritisch gewordene Moderne genannt wird. Selbstkritik schien ein wesentlicher Grundzug der Moderne zu sein, sie ging aber im Laufe des alltäglichen Fortschritts verloren. Die Moderne legitimierte sich von Anfang an als Kritik und bezog daraus ihre Berechtigung. Die von Bauman gekennzeichnete Position beinhaltet, daß wir uns zurückbesinnen auf das kritische Erbe und daß wir dann so weitermachen können wie bisher, wenn wir uns nur auf die Grundlagen beziehen. Das ist eine Sichtweise, die sich bei Psychoanalytikern einer großen Beliebtheit erfreut.

Davon sollte man sinnvollerweise den Postmodernismus unterscheiden, das heißt die postmodernistischen Lösungsversuche, die oft mit den französischen „Meisterdenkern" und den amerikanischen Intellektuellen verbunden werden. Diese Denkansätze werden mit Unernst, Beliebigkeit, „Anything goes", aber auch mit einer faschistoiden Vernunftschelte in Verbindung gebracht. Im postmodernistischen Lager, das auch neokonservativ und antiaufklärerisch genannt wird, werden viele Autoren versammelt. Dort findet man Lacan, Lyotard, Derrida, Vattimo, Rorty und viele andere mehr. Ihre Ansätze und auch ihre Fragen werden desavouiert und für erledigt erklärt. Wenn man sich überhaupt mit dieser Problematik beschäftigt, läuft man Gefahr, sofort verdächtigt zu werden, politisch gesehen in das Lager derer zu gehören, die die Moderne und die Aufklärung als neokonservative Konterrevolutionäre verraten.

Die in diesem Band gesammelten Aufsätze thematisieren den Rahmen dieser Entwicklungen kaum. Sie werden nur in den Arbeiten von Kimberlyn Leary (allerdings inkorrekt und polemisch) und in der Antwort von Anthony Elliott und Charles Spezzano explizit thematisiert. Die von Leary heftig angegriffenen „postmodernen Psychoanalytiker" Irwin Z. Hoffman und Roy Schafer schreiben eine Replik auf Learys Arbeit, ohne die Autorin zu zitieren. Der amerikanische Herausgeber des Bandes, Owen Renik, der wegen seiner Überlegungen zur Aufdeckung der Beteiligung des Analytikers am analytischen Prozeß als postmoderner Psychoanalytiker angesehen wird, hat sich mit keinem eigenen Beitrag beteiligt. Er gehört zu den Autoren, die sich bereits explizit zu dieser Thematik geäußert haben. Wie er in seinem Vorwort zur amerikanischen Ausgabe ausführt, sollten aber gerade solche Analytiker um eine Stellungnahme gebeten werden, die sich bis dahin nur implizit mit Fragen zu Wissen und Autorität in der psychoanalytischen Beziehung beschäftigt hatten. Diese Autoren bewegen sich auf dem Feld der postmodernen Fragestellungen und behandeln die Fragen unter der Perspektive der psychoanalytischen Theorie und Praxis.

In den USA stellen sich diese Fragen expliziter und dringender (sie sind auch bei uns überfällig, werden aber durch die politisch-ökonomischen Tagesgeschäfte in den Hintergrund gerückt), weil die amerikanische Psychoanalyse in den letzten Jahren in mehrfacher Weise verunsichert worden ist. Es mußte eine neue Berufsgruppe von anders sozialisierten und professionalisierten Analytikern integriert werden. Die klar abgegrenzte und in sich homogene, auf Psychiater beschränkte Gruppe der Analytiker mußte unvermittelt mit Nicht-Psychiatern, klinischen Psychologen und anderen Berufsgruppen zusammenarbeiten. Zwischen den alten, medizinischen Ausbildungsinstituten und den neuen Instituten ist eine Konkurrenz um Auszubildende entstanden. Die konservative, alte Ich-Psychologie mit ihren festen Positionen für den Psychoanalytiker hat sich in verschiedener Weise ausdifferenziert; eine neue Strömung, die Neo-Ich-Psychologie, in der der Objektpsychologie und anderen Ansätzen Raum gegeben wird, hat sich entwickelt und verlangt eine Neubestimmung der legitimen Arbeitsformen. Schon vorher hat es die mächtige Strömung der Selbstpsychologie gegeben, und die Auseinandersetzung zwischen den beiden großen Gruppierungen hat die Psychoanalyse lange beschäftigt. Die Fragen nach dem Arbeitsstil und der Legitimation der Arbeit, dem Wissen und der Autorität in der analytischen Beziehung, wurden dadurch unabweisbar.

Darüber hinaus gab es in den letzten Jahren eine heftige Enttäuschung und Desillusionierung am psychoanalytischen Establishment, wurde doch immer unübersehbarer, daß Autorität, gekoppelt mit Neutralität, eher als ein Schutzraum beansprucht wurde, mit dem Fragen abgewiesen wurden, die gestellt werden müssen, und daß Autorität, die behauptet wird, nicht allein mit dem Abstinenzgebot der Analyse zu legitimieren ist.

Als ein letztes, schwerwiegendes Motiv, sich mit solchen Fragen auseinanderzusetzen, ist die Reaktion darauf zu verstehen, daß Analytiker erschreckt feststellen mußten, daß die intellektuelle Klientel zunehmend der Analyse fernblieb und sich nicht mehr für die Psychoanalyse interessierte. Die Analytiker hatten den Kontakt zu den intellektuellen Strömungen in den USA verloren.

Die amerikanische Ausgabe des *Quarterly* hat eine lebhafte Diskussion in Gang gebracht, deren zentrales Thema war, ob die „sogenannte postmoderne Wende grundlegende psychoanalytische Erkenntnisfragen vernachlässigt, gelöst oder in einen neuen Zusammenhang gestellt hat" (Brief von O. Renik an die Herausgeber). Diese Diskussion war so fruchtbar, weil in den Beiträgen verschiedene Standpunkte formuliert und nicht Ergebnisse vorgelegt wurden. Wir hoffen, daß die deutsche Ausgabe ebenfalls zur Diskussion anregt.

Wir danken dem Herausgeber des *Quarterly* für die freundliche Ermunterung, den Autoren für die Erlaubnis, ihre Texte in diesem Band zu veröffentlichen, dem „Förderverein für die Verbreitung fremdsprachiger psychoanalytischer Literatur e. V." für die finanzielle Unterstützung sowie ganz besonders den Kollegen, die die Texte übersetzt haben, für die Mühe, die sie auf sich genommen haben, und die Geduld, die sie mit den Herausgebern hatten.

Jürgen Hardt und Antje Vaihinger

Objekte und ihre Funktionen: über die ödipale Struktur einer Psychoanalyse

Christopher Bollas

Erstaunlich widersprüchliche Ziele sind für die psychoanalytische Praxis von zentraler Bedeutung. Der Patient kommt in erster Linie zur Behandlung aufgrund seiner psychischen Leiden – die eine konzentrierte Aufmerksamkeit und intensive Interpretationsarbeit auf beiden Seiten erfordern –, und trotzdem müssen beide Beteiligten solche Intentionen, die sich logischerweise aus dieser Aufgabe ergeben, aufgeben und sich statt dessen der freien Assoziation überlassen. Zielgerichtete Willensanstrengungen sind sofort zu unterbinden. Beide Beteiligten dürfen ihrem Wunsch nach Wissen nicht nachgeben, weil sonst die Methode, die einem träumerischen Geisteszustand vor einer verstärkten Konzentration den Vorzug gibt, um so die Beweglichkeit von Bildern, Ideen, prägnanten Worten, Versprechern, Gefühlen und die Entwicklung der Beziehung zu fördern, behindert würde.

Freud hat sich damit immer schwer getan. Obwohl er sich eindeutig für das Recht des Patienten auf freie Assoziation eingesetzt hat – wohl wissend, daß sich nur durch ein solch unüberlegtes Sprechen eine gewisse Wahrheit durchsetzen kann –, glaubte er gleichzeitig im Besitz der universellen Wahrheit zu sein, wie dem Ödipuskomplex und anderer ubiquitärer Organisationsstrukturen, die das Netzwerk von Assoziationen knüpfen. So wollte er seine Wahrheiten im Material wiederfinden. Dabei hat er nie den Sieg über seine eigene Methode davongetragen. Man kann heute noch sehen, wie sehr ihn unerwartete Ideen und unbewußte Komplexe seiner Analysanden überraschten, die damit eine seiner eben entwickelten Theorien wieder in Frage stellen konnten.

Der Bericht über seine Behandlung des Rattenmannes (Freud 1909) illustriert z. B., wie er mit Patienten zusammenarbeitete. Als er dem Patienten erklärte, daß seine Omnipotenz auf den ersten Todesfall in seiner Familie zurückzuführen sei, den von „Katherine – an den er drei Er(innerungen) behalten" hatte (S. 556), stellte er fest, daß der Rattenmann die erste „corrigirt u erweitert" hatte (ebd.). Und außerdem: „Während ich nun die Möglichkeiten erörterte, wie er sich an diesem Tod schuldvoll finden kann, knüpft er an anderer Stelle an, auch dadurch bedeutungsvoll, daß er sich der Allmachtidee nicht vorher erinnert hatte" (ebd.).

Er liebt es, Wahrheiten zu verkünden – „Aufklärg, daß seine O daran schuld sei, erstaunt ihn" (S. 533) – aber das Unerwartete gefällt ihm auch: „Tr ganz erzält, weiß aber nichts davon, dagegen einiges zu WlK. Meine Vermutung W.C. Closet nicht bestätigt. Dagegen W sei in einem Lied der Schwester *In meinem Herzen sitzt ein großes Weh*" (S. 552). Er weiß nicht, was als nächstes geschehen wird – der Patient wird den Weg weisen –, und wenn der Rattenmann Phantasien über Freuds Tochter enthüllt, kann sein Analytiker sein Entzücken darüber, daß er in neue Bereiche des Unbewußten vorgedrungen ist, nicht verbergen.

In diesem gesamten Text – wie in all seinen Schriften – ist Freud voll von umfassenden Entdeckungen und Wahrheiten und immer in der Erwartung, daß ihre Allgemeingültigkeit bestätigt wird; trotzdem behält er das Vergnügen an der Fähigkeit des Unbewußten, Sicherheit zu verwerfen. Sitzung um Sitzung wird die Ambiguität des psychischen Lebens deutlich; nicht zuletzt verursacht durch die unbewußten Antworten des Analytikers auf das Material des Patienten. Freud teilt uns mit, daß er, während er dem Rattenmann bei der Aufzählung seiner früheren Verluste zuhörte, drei Erinnerungen aus vorangegangenen Sitzungen nicht erwähnt habe, weil er sich nicht sicher war, ob die dritte Erinnerung – der Vater des Patienten beugt sich über eine weinende Mutter – eine Erinnerung des Rattenmannes oder die „Ph's", eines anderen Patienten Freuds, war. „Diese beiden letzten Zweifel u Vergeßen hängen innig zusammen", schreibt er („Aus eigenen Complexen vergessen" [S. 530]) und beginnt von seinen eigenen unbewußten Regungen zu berichten, die immer in der Arbeit mit jedem Patienten auftauchen. Wir begegnen hier wieder jenem Freud, der sich wie in seinem Buch über die Traumdeutung selbst analysiert: (der Traum) als der Lieferant des Materials, der seine versteckten, unbewußten Interessen verdichtet artikuliert, das Selbst, das dieses Geschenk durch freie Assoziation entwirrt, und das Selbst, das nach Anhaltspunkten für Schnittstellen im „Material" sucht.

Hat Freud realisiert, daß er die nichtdialektische Beziehung zwischen verschiedenen Wissensformen entdeckt hatte? Der Traum verdichtet in Bildern Tausende von verschiedenen Gedankengängen, die angesichts der Ereignisse des Vortages aufgetaucht sind. Der Patient, der Autor eines Skripts ist, das viel Wissen enthält, versteht seine eigene Kreation nicht, und obgleich die Psychoanalyse einen Weg zum Verständnis des Traums anbietet, führt sie dadurch eine andere Art des Wissens ein. Die freie Assoziation informiert durch Destruktion: nicht nur durch die Destruktion des bewußten Wunsches, dem Traum unmittelbar eine Bedeutung zu verleihen, sondern auch durch die Destruktion des Traumes selbst, wenn sein Text aufgebrochen und in freie Sprache aufgelöst wird. Eine dritte Art von Wissen wird durch die Deutung gewonnen, wenn der Analytiker unter den Bruchstücken nach dem „Gewebe des Gedankens" sucht, welches die Spur des Wunsches oder des unbewußten Interesses offenbart.

Wichtig ist jedoch, daß keine dieser Arten von Wissen in einer hierarchischen Ordnung durch eine andere ersetzt werden kann. Wenn das vielsagende Wissen des Traumes durch die Logik der freien Assoziation zerstört wird, bedeutet das nicht, daß die Wahrheit, die durch die Gestaltung eines Traumes gefunden werden kann, durch freies Sprechen jemals ersetzt werden könnte. Wenn eine Deutung mehrere Themen aus dem latenten Netzwerk freier Assoziationen zusammenbringt, wird dies nicht die Wahrheit ersetzen, die durch die Ausweitung des Traumes durch die Assoziationen evoziert wurde.

Jeder dieser Autoren – der Träumende, der Assoziierende, der Deutende – macht seine Lebenserfahrungen auf unterschiedliche Weise und bildet seine eigene Wahrheit. Jede dieser Arten von Wissen ist lebensnotwendig für die menschliche Persönlichkeit. Wir müssen träumen, genauso wie wir es brauchen, das Geträumte durch Assoziationen auszuweiten und zu interpretieren. Obwohl Freud der Interpretation der Bedeutung des Traums durch den Analytiker den Vorzug gab, blieb er von Trauminhalten und der Matrix des unbewußten Materials fasziniert und hielt dem Prozeß der freien Assoziation die Treue, was bedeutete, daß an keinem Punkt seiner Schriften jemals sein Glaube an die interpretative Wahrheit eine Methode verdrängen konnte, die ihn immer unterminiert.

Diese Arten von Wissen geben die drei unterschiedlichen psychischen Positionen im ödipalen Dreieck wieder. Und genau wie der Ödipuskomplex drei unterschiedliche Personen einbezieht, die sich zudem noch überschneiden – die Mutter, das Kind, der Vater –, so lassen sich diese Prozesse von den drei Personen des ödipalen Dreiecks ableiten. Den Traum zu gestalten heißt – wie Freud zeigte – wieder so zu denken wie ein Kind: in intensiven halluzinatorischen Bildern, die eine Wirklichkeit heraufbeschwören. Nahe bei einem ruhigen, aber präsenten Objekt zu ruhen, ruft jenen halb träumerischen Zustand eines frei assoziierenden Menschen hervor – wie Mutter und Kind, wenn sie mit unterschiedlichen Zuständen von Allein- und Bezogensein beschäftigt sind. Wenn der Analysand über seine Mitteilungen nachdenkt und der Analytiker eine Deutung anbietet, trägt er immer den Namen des Vaters:

Der Außenseiter, der die ungehinderte Bewegung von Begehren und Abwehren durchbricht. Die psychoanalytische Art des Wissens verschafft dem Analysanden Raum für eine frühere Art des Wissens: die pure Halluzination des Kindes von seiner Realität, seine Beteiligung an der Art des Wissens der Mutter, seine Begegnungen mit dem Vater. Jeder dieser Autoren von Bedeutung führt essentiell nicht zu einer letzten Wahrheit, auf der alles beruht, vielmehr ist es die Triade und ihre Bestandteile, die es ermöglichen, Wahrheit zu finden.

Wenn der Patient träumt, den Traum durch freies Sprechen aufbricht und unter dem Verbliebenen nach Fragmenten von Bedeutung sucht, hält ihn der interaktive und intermittierende Austausch von drei Mentalitäten lebendig – oder er entdeckt sie zum ersten Mal –: die Mentalität des Kindes, die der Mutter und die des Vaters. Mit den drei Arten zu verstehen und über seine Existenz zu verfügen – wie es meiner Meinung nach die psychoanalytische Methode vertritt – wird jeder Analysand durch die Schritte dieser konstitutiven Ordnung geführt.[1] Das Selbst, das auch in Gegenwart des anderen (des Träumers) allein ist,[2] das Selbst, das, ohne es zu wissen, damit beschäftigt ist, einem bedeutsamen anderen etwas mitzuteilen (Säugling und Mutter zusammen), das Selbst, das dahin kommt, Verantwortung für das Wissen über seine innere Welt durch von außen kommende Einsichten zu übernehmen und zu akzeptieren (Kind und Vater), sind die essentielle Autoren*familie.*[3] Wenn ein Mitglied dieser Triade zu einflußreich wird oder wenn eine Funktion ganz eliminiert wird, ist vollständiges Wissen nicht möglich.

---

1 Ein Säugling sein, ein Kind werden, die Mutter in sich aufnehmen, den Vater introjizieren – dies sind die konstituierenden Aufgaben der Kindheit. Die Betonung liegt weniger auf der Person der Mutter oder der des Vaters, die als Objekte internalisiert werden, sondern mehr auf den von ihnen vertretenen „Ordnungen": Funktionsweisen, die das Kind ermuntern und voranbringen.

2 Hier ist die Objektbeziehung rein intrapsychisch: vom Bewußtsein zum Unbewußten oder der erwachende Denker, der die Ereignisse des schlafenden Selbst betrachtet.

3 Ich vertraue darauf, daß es klar ist, daß Attribute, die man gleichsam unter dem Namen des Vaters subsumieren kann, wie die Deutung, oder unter den Begriff ‚mütterlich', wie Reverie, nicht damit gleichzusetzen sind, daß Väter unfähig sind zur Reverie oder Mütter nicht ihre eigene Art von Interpretation hätten. Eine vollständige Darlegung aller Qualifikationen, die man braucht, um die Konzepte von mütterlicher und väterlicher Ordnung zu untersuchen, würde uns zu interessanten Beobachtungen über die Art von Interpretation, die vom mütterlichen Prozeß und über die Art von Reverie, die vom väterlichen Prozeß kommt, führen. Ein Nachteil einer solchen Aufzählung ist jedoch, daß sie von einer klaren Unterscheidung ausgeht, wie eine Person diese beiden Ordnungen wahrnehmen sollte, während es doch, wie ich annehme, eher der Wahrheit entspricht, daß verschiedene Psychoanalytiker für sich selbst Funktionen dem einen oder dem anderen Elternteil zuordnen. Letztlich ist es wichtig, im Gedächtnis zu behalten, daß diese Ordnungen keine Beschreibungen sind, wie alle Mütter oder Väter sich verhalten, sondern Prozesse, die normalerweise mit Müttern oder Vätern verbunden sind, die unterschiedliche Bedeutungen für das sich entwickelnde Baby oder Kleinkind haben. Vom Verhalten her wird die Mutter väterliche Funktionen erfüllen können, und der Vater wird die mütterliche Ordnung ausüben können.

Einem der drei Mitglieder eine besondere Bedeutung beizumessen, führt zu einem subtilen Ausschluß der anderen und unterminiert automatisch die Struktur des Wissens, das aus der Psychoanalyse abgeleitet werden kann. Trotzdem würde eine umfangreiche Übersicht über die psychoanalytische Literatur – die hier nicht angeboten wird – eine überraschend große Anzahl von Arbeiten aufweisen, in denen die Autoren eine dieser drei Strukturen von Wissen bevorzugen. Winnicott z. B. betonte den träumerischen, frei assoziativen Zustand des Patienten, indem er eine „Nicht-Interpretation" anbot und damit eindeutig die Funktion der Interpretation ausklammerte. Kleinianische Arbeiten betonen übereinstimmend die interpretative Arbeit des Analytikers und kritisieren jene Analytiker, die mehr Wert auf die Funktion des Haltens legen und von der fruchtbaren Wirkung des Schweigens überzeugt sind. Diese Gruppen von Analytikern tun dies ohne Zweifel aus eigenen politischen Gründen – so überbetonen die Kleinianer die innere Welt, weil die Winnicottianer die haltende Umwelt überbetonen – und polarisieren sich gegenseitig und beeinträchtigen damit wechselseitig eine vollständigere Sicht der Psychoanalyse.

Diese Debatten entbehren nicht der Ironie. Kleinianer legen den Schwerpunkt oft auf ihre Theorie über das erste Lebensjahr, in dem der Körper der Mutter große Bedeutung hat, jedoch befürworten sie eine höchst aktive interpretative Haltung, die sicher im Namen des Vaters ausgeübt wird. („Wie mein Bericht zeigt," schreibt Melanie Klein im Vorwort zu ihren Aufzeichnungen der Analyse des zehnjährigen Richard, „ist es mir gelungen, in sehr tiefe seelische Schichten *vorzudringen* ..." [1975, S. 15, Kursivschrift hinzugefügt]). Die Lacanianer, von denen viele kaum ihre Geringschätzung für die britische Betonung des Haltens verbergen, sind erstaunlich mütterlich: Der Patient darf frei sprechen, wird selten unterbrochen, und die Sprache des Analytikers ist voller Anspielungen, kryptisch und durchlässig.

Es ist mehr als erstaunlich, daß psychoanalytische Schulen – viele von ihnen haben sich um eine Person herum gebildet – das ödipale Dreieck unbewußter Strukturen, die sich in einer Psychoanalyse auswirken, auflösen und entweder die Mutter oder den Vater gleichsam hinauswerfen. Dadurch kommt es zu beschämenden psychoanalytischen Debatten – Interpretation versus Halten oder Natur versus Erziehung oder innere versus äußere Welt –, die den Leser unweigerlich zwingen, ein ödipales Objekt dem anderen vorzuziehen. Zum Beispiel könnte man „Mutter" versus „Vater" in dem Titel „Halten" versus „Deuten" lesen. Psychoanalytische Konferenzen oder Artikel haben oft mit ödipalen Aufteilungen dieser Art zu tun. Tatsächlich könnte man sagen, daß ganze Regionen oder Städte dieser Welt – je nachdem, welcher Ordnung sie gefolgt sind – scheinbar ein Elternteil marginalisiert und sich den anderen angeeignet haben. So scheinen die gute und die böse Brust das intellektuelle Eigentum der Briten in London geworden zu sein, während der Phallus in Paris als intellektuelles Eigentum der Lacanianer residiert. Psychoanalytische Gruppen eignen sich weiterhin wichtige Körperteile des einen oder des anderen Elternteils an – Brust, Penis, Gebärmutter – oder eignen sich in ödipaler Weise andere Attribute an. Um dies ein wenig zu karrikieren: „Wir können Ihnen etwas über Neid und Destruktivität erzählen", „wir wissen über Empathie Bescheid", wir haben genügend Raum in unserem Haus", „wir besitzen die Sprache und den Namen des Vaters!"

Diejenigen, die die mütterliche Ordnung bevorzugen, behaupten viel zu oft, beim Hören des klinischen Materials auf präödipale Elemente zu achten, wobei hier präödipal auch „tiefer" meint, und damit näher an der Wahrheit zu sein. Diejenigen, die die väterliche Ordnung bevorzugen, betonen das Ödipale und vertreten in klinischen Diskussionen, daß das Fokussieren auf das Präödipale eine Flucht sei vor den beunruhigenden Problemen der Sexualität. Auf das Ödipale zu achten und nicht auf dessen präödipale Elemente, bedeute, der wahren Herausforderung des Rätselhaften ins Auge zu sehen. In Abhängigkeit von ihren ödipalen Positionen, behaupten viele Analytiker, daß sie das intimere Wissen über die Wahrheit besitzen, was man auch so verstehen kann, daß sie das bevorzugte Kind der Psychoanalyse sein wollen: das entweder der Mutter oder dem Vater des wahren Wissens möglichst nahe ist.

Wenn man sieht, wie wichtige Bereiche des menschlichen Lebens herausgelöst werden, um zu Flaggenträgern bedeutender psychoanalytischer Bewegungen zu werden – *Ich*psychologie, *intersubjektive* Theorie, *Beziehungs*theorie –, wundert man sich, daß andere wichtige Bestandteile keinen ähnlich starken Zulauf finden. Man könnte sich Bewegungen vorstellen, die sich im Namen des Begehrens formieren, oder in dem der Bedeutung oder ... wie wäre es mit Authentizität? Authentische Psychoanalyse! Jede dieser Gruppierungen tendiert dazu, diejenigen, die außerhalb der jeweils eigenen politischen Gruppe stehen, auszuschließen, vielleicht weil es doch als zu offensiv erlebt wird, anzunehmen, man wüßte über etwas genau Bescheid, z. B. über Beziehungen, über Triebe, über den Körper oder über das Selbst. Psychoanalytiker, die eingeladen werden, in einem anderen Land einen Vortrag zu halten vor einer Gruppe, die ihre Identität um ein einziges Wort oder ein Set von heimlich beanspruchten Teilen des psychoanalytischen Körpers gebildet hat, sind sich häufig nicht bewußt, daß sie mit einem unbewußt „patentierten" Wort eine Wortwahl getroffen haben, die ihre Gastgeber zutiefst irritiert, wenn die neuen

Eltern des wiedergeborenen Wortes nicht zitiert werden, oder, was noch schlimmer ist, Begriffe oder Konzepte benutzt zu haben, ohne dem Clan zu huldigen, der das Ereignis ausgerichtet hat.[4] Dies ist dann weniger eine intellektuelle Entwicklung als ein intellektueller Totemismus.

Psychoanalytiker, die in dieser Sache[5] Außenseiter sind, entwickeln häufig ein irrationales Mißfallen an solchen signifikanten Begriffen der oben genannten Gruppen – wie oft haben wir Analytiker zusammenzucken sehen bei dem Wort „Empathie" oder „Beziehung" oder „Selbst" – und geraten dadurch plötzlich in eine Rolle, wichtigen Ideen, die zur Entwicklung der psychoanalytischen Theorie gehören, zu widersprechen. Oder sie vertreten so etwas wie einen kläglichen Pluralismus nach dem Motto „Alles und jeder ist gut". Ich meine nicht, daß es darum geht, „eine glückliche Familie" von Ideen entstehen zu lassen, aber die politisch motivierte Demontage des psychoanalytischen Theoriegebäudes sollte verhindert werden. Dies kann nur dann eklektisch sein, wenn dieses Gebäude von Beginn an bruchstückhaft gewesen und nicht durch eine Reihe von Modellen von Freud und der Gruppe der frühen Analytiker gebildet worden wäre, die sich ihre analytischen Nachkommen seither kannibalistisch angeeignet haben. Die Urhorde – die Brüder, die den Körper des Vaters verschlingen – ist eine unzulängliche Darstellung der Ursprünge der Menschheit, aber als Mythos für das Wesen der psychoanalytischen Bewegung nur zu passend.

Ist es nur ein Scherz, auf die Aufteilung von Körper, Seele und allem anderen zu verweisen, oder kann man, wie ich meine, in dem Kampf, der weltweit zwischen den verschiedenen Gruppen herrscht, eine wichtige Wahrheit finden – in dem Kampf erstes gegen fünftes Lebensjahr, Mutter-Säugling gegen Vater-Kind, Phallus gegen Brust, während der Fötus den ganzen Kuchen haben möchte?

Dieses Aufbrechen der ödipalen Struktur, die für eine völlige analytische Freiheit notwendig ist, ist nicht mehr lustig – aber es ist psychoanalytisch interessant, zu untersuchen, warum wir uns in einer so unglücklichen Situation befinden. Ich werde die Ansicht vertreten, daß die Psychoanalyse ihren eigenen Ödipuskomplex – hier dadurch definiert, daß die eine Gruppe, weil sie sich einem bestimmten Elternteil anschließt, die andere Gruppe gleichsam vernich-

4 Nicht selten wird der Gast etwas gefragt, was wie eine einfache Frage aussieht, aber die Mitglieder der gastgebenden Institution wissen, daß es sich dabei um eine „codierte" Nachricht handelt. Sie enthält Schlüsselworte, um die sich ein Subclan gebildet hat und die in diesem Moment zur Ikone werden. Sie kann einen Begriff enthalten, der von einem Analytiker aus der Arbeitsgemeinschaft in einem Buch oder Aufsatz verwendet wurde und so etwas ist wie ein lokales Angebot an ein hochgeschätztes Mitglied. Unnötig zu erwähnen, daß diese kryptische Kommunikation vom Gast oft nicht wahrgenommen wird, so daß daraus eine unbeabsichtigte Beleidigung wird.

5 Niemand steht in der psychoanalytischen Bewegung wirklich außerhalb des Stammesdenkens, und ich bin mir durchaus darüber im klaren, welchen Anteil auch ich an dem intellektuellen Territorialismus habe.

tet – objektivieren und auflösen sollte, um dem Wissen Platz zu verschaffen, das Freud eingeführt, aber selbst immer wieder gefährdet hat. Jung z. B. verkörperte Qualitäten, die Freud sowohl bewunderte als auch fürchtete. Er verfügte über Mütterlichkeit und Weiblichkeit – so wie später Winnicott –, was Freud sogar anziehend fand, aber auch aus seiner Annäherung an den Vater heraushalten wollte. Indem er sich Jungs entledigte, schloß er auch andere Dinge, die er ärgerlich fand, aus seinen Überlegungen aus – Ästhetik, Philosophie, Musik –, die sich anfühlten wie die „wish(y) wash(y) world" (Original beibehalten, A. d. Ü.) des mütterlichen Wissens. Bis heute marginalisieren zu viele freudianische Psychoanalytiker Jung, den sie als brüchig, impressionistisch, weltfremd, humorlos empfinden, ohne sich dabei der Geringschätzung der mütterlichen Ordnung, von der Jungs Arbeit durchdrungen war, bewußt zu sein.

Die Psychoanalyse kämpft weiter mit ihrem und gegen ihr ödipales Dilemma. Wie wichtig auch immer die großen Denker der Psychoanalyse für die Entwicklung unseres Wissens gewesen sein mögen – Klein, Lacan, Kohut, Winnicott, Bion –, jeder von ihnen hat ein Elternteil dem anderen vorgezogen. Jeder dieser Denker – auch Freud – opponierte unbewußt dagegen, jedes der drei Mitglieder der ödipalen Familie völlig und wissentlich einzubeziehen, und interessanterweise muß die Disziplin, die das Konzept des Ödipuskomplexes begründet hat und auf die Einsicht in unbewußte Prozesse stolz ist, erst noch die antiödipale Dimension ihrer eigenen Formation objektivieren.

Die psychoanalytische Art des Wissens ist politisiert worden und hat sich unvermeidlich auf die verschiedenen Arten von Autorität im Behandlungsraum ausgewirkt. Bei näherer Betrachtung scheint es eine lang anhaltende Spaltung des ödipalen Paares zu geben. Obwohl die Meinungsverschiedenheiten zwischen den Gruppen in der analytischen Welt weit gefächert sind, kann man diese Welt unterteilen in solche Analytiker, die offensichtlich grunsätzlich still bleiben und relativ wenig sagen, und solche, die interaktiv sind und die Beziehung als Dialog begreifen. So verstehen klassische Analytiker aus den USA und Frankreich – die sich die innere Welt ihrer Patienten sehr unterschiedlich vorstellen – das Schweigen des Analytikers und seine sparsamen Bemerkungen als essentiellen Faktor der klinischen Arbeit. Obwohl sich Objektbeziehungs-Analytiker und Kleinianer ihren Patienten gegenüber sehr unterschiedlich äußern würden, betrachten sie beide die analytische Beziehung als interaktiv und glauben, daß es ihre Aufgabe ist, von Moment zu Moment zu deuten, was der Patient mit dem Analytiker macht. Natürlich gibt es auch feine Unterschiede, wenn Analytiker sich zwangsläufig in den Grauzonen, in denen feste technische Regeln nur von geringem Wert zu sein scheinen.

Es mag verwundern, wie es zu diesen grundsätzlichen Unterschieden gekommen ist. Was bedeutet es, wenn Analytiker unterschiedlicher Schulen sich in ihrer grundsätzlichen Annäherung an ihre Aufgabe so unterscheiden?

Es wird nicht überraschen, daß diese unterschiedlichen Haltungen gegenüber der grundsätzlichen Objektbeziehung in einer Psychoanalyse sich darum drehen, ob sich der Analytiker entweder für die mütterliche oder für die väterliche Haltung entschieden hat. Da ist der eine, der ruhig ist, abwartet, die knappen Ausdrücke und die Feinheiten der Entwicklung von Bedeutungen bevorzugt, in Anspielungen oder in kryptischer Weise kommentiert und sich auf den Fluß des Lebens zwischen beiden bezieht: Er bleibt „in" der mütterlichen Ordnung. Oder der andere, der deutet und den Patienten hinführt zu einem nachdenklichen Bericht darüber, was er „gerade jetzt" tut: Er ist „in" der väterlichen Ordnung.

Wenn wir über das Thema Autorität in diesen Analysen nachdenken, kommen wir auf Paula Heimanns (1956) Frage nach der Übertragung des Patienten – wer spricht zu wem, und warum jetzt? – und fragen den Analytiker „Wer ist dieser Sprecher, und zu wem spricht er, und warum?" Die Frage ist nicht einfach zu beantworten, und man darf sie nicht zu sehr vereinfachen. Die Kleinianer haben die Haltung der interpretativen Präsenz des Vaters, während sie grundsätzlich den Patienten auf den Körper der Mutter orientieren. Klassische Analytiker in Europa würden der Idee, daß sie mit der Stimme der Mutter sprechen, widersprechen, da sie Deutungen als die Einführung des Dritten verstehen, der durch die Einsicht des Vaters zu dem analytischen Paar dazukommt. Aber irgendwo, zwischen der mütterlichen Stimme des Analytikers – der „hm" macht, zuhört und aufnimmt – und dem spielerischen Ausbreiten der Wünsche des Säuglings oder Kindes in der Übertragung und durch die freie Assoziation handelt der Analytiker in der mütterlichen Ordnung. Deshalb gibt es subtile und wichtige Unterschiede, wenn wir fragen, wer der Analytiker ist, wenn er spricht, und wir können hier nicht allen gerecht werden.

Wichtige theoretische Unterschiede zwischen Analytikern mögen zum Teil aus der „Ordnung" ihrer Sprache herrühren. Kohut und Kernberg z. B. haben unterschiedliche Auffassungen über die narzißtische Persönlichkeit. In gewisser Weise arbeitet Kohut eher aus der mütterlichen Ordnung – und ist, gelegentlich vereinfacht, als verhätschelnd abgetan worden –, und Kernberg schreibt aus der väterlichen Ordnung und wurde manchmal unfairerweise als zu konfrontierend gesehen. Sicher besteht die Lösung solcher Differenzen weder darin, Partei zu ergreifen, noch eine falsche Synthese zu versuchen. Jede Position ist auf ihre Weise valide und repräsentiert eine wichtige Perspektive.

Ich vermute, daß die meisten Analytiker finden, daß sie mit narzißtischen Analysanden unterschiedlich arbeiten, manchmal eher so wie Kohut, ein anderes Mal eher wie Kernberg: und das oft in ein und derselben Sitzung.[6]

So oder so, die Anhänger der grundlegend unterschiedlichen analytischen Positionen sprechen entweder im Namen der Mutter oder im Namen des Vaters, aber sie handeln gleichzeitig mit der Haltung des anderen Elternteils. So weit könnte man sagen, daß beide Elternteile anwesend sind, obgleich einer der Partner in eine stumme Rolle gedrängt wird. Für meine Art zu denken ist dies ein unglückliches Ergebnis in der Entwicklung der Psychoanalyse. Warum kann z. B. eine typische analytische Sitzung oder, besser noch, eine Reihe von Sitzungen nicht natürlicherweise eine Mischung sein aus beiden Positionen, mit einem Analytiker, der manchmal für längere Zeit still ist und implizit die generative Entwicklung innerer Assoziationen (im Patienten und in sich selber) fördert und zu anderen Zeiten gesprächig ist und sowohl sich als auch den Patienten in eine eher „objektive" Position bringt. Das Assoziative funktioniert nach der mütterlichen Ordnung, das Interpretative nach der väterlichen und die Partizipation des Patienten an beiden Welten – sein Bedürfnis nach beiden Positionen – würde den strukturellen Gebrauch des Elternpaares konstituieren.

In beiden Positionen funktionieren zu können, ist essentiell für eine *volle* Analyse. Der Analysand braucht die Elemente der mütterlichen Ordnung, die die träumerische und empfindungsfähige Produktion unbewußten Materials fördern. Das Bereitstellen der mütterlichen Prozesse erleichtert diese unbewußte Freiheit, die vom Analytiker als Teil des Primärprozesses konzeptualisiert wird. Gleichzeitig sind für das psychische Leben des Patienten die kreativen Interventionen der väterlichen Ordnung erforderlich.

Winnicott wäre damit wahrscheinlich nicht einverstanden gewesen. Er schrieb, daß die Deutung eines Analytikers wie das blinkende Objekt sei, das einem Kind überreicht wird: wie ein „blinkender Spatel" (Winnicott 1941, S. 32). Sicher hat die Erfahrung, etwas „von außen" zu bekommen – von jenseits der Grenzen der unmittelbaren Selbsterfahrung –, ihren Vorläufer in einem unsichtbaren Teil der Mutter, die etwas aus der Außenwelt in die intime Beziehung zum Kind mitbringt. Winnicott und viele andere Psychoanalytiker haben allerdings gleichzeitig den Standpunkt vertreten, daß dieses äußere Objekt die Funktion der Mutter mit der Präsenz des Vaters verbindet, der der höchste Gebieter in

6 Obwohl ich glaube, daß wir es nie erfahren werden, wäre ich nicht überrascht, wenn detaillierte Stundenprotokolle dieser beiden bedeutenden psychoanalytischen Denker und Kliniker sich „überkreuzen" würden, so daß der eine dann so arbeitet, wie er es von seinem Gegenpart vermutet.

der Außenwelt ist und unbewußt mit jemandem assoziiert wird, der außerhalb der träumerischen Welt steht und einen anderen Bewußtseinsrahmen und andere Erwartungen hat. Das blinkende Objekt, das woanders herkommt – eingeführt durch die Hände der Mutter – zeigt schon in eine andere Richtung, nämlich die des Vaters. Zum Vater und seiner prozeßhaften Identität[7] gehören Elemente der mütterlichen Ordnung, und wenn das Kind ihm begegnet, kann es die Elemente der mütterlichen Ordnung in der Persönlichkeit des Vaters fühlen.

Viele Bemerkungen des Analytikers sind oft eher assoziativ als interpretativ. Eine Deutung bringt viele Elemente zusammen und ist implizit eine Konfrontation. Vom Analysanden wird erwartet, daß er dies erkennt und das Objekt in diesem Sinne gebraucht. Wenn das fehlschlägt oder die Deutung abgelehnt wird, wird dies oft vom Analytiker als Widerstand betrachtet, und bringt ihn zurück zu der Frage, warum der Kommentar abgelehnt wurde. Seine weiteren assoziativen Bemerkungen sind dann allerdings von weniger Erwartungen und Forderungen geprägt und halten den Strom des Bewußtseins aufrecht, der für die unbewußte Zusammenarbeit zwischen Patient und Analytiker wichtig ist.

So gesehen, würde eine typische Abfolge von Sitzungen von drei verschiedenen Ordnungen entworfen – der infantilen oder kindlichen, der mütterlichen und der väterlichen –, während der Patient oszilliert zwischen Phasen des Schweigens, die ein dichtes inneres Erleben erleichtern, und Phasen des Sprechens, in denen sich eine solche innere Erfahrung durch die freie Rede, mit deren Hilfe sich das Selbst in unendlich viele Richtungen ausbreiten kann, erschließt, und Momenten von reflexiver Konzentration, wenn Analytiker und Patient Bedeutung aus früherer Zeit sammeln.[8]

---

7 Die Identität, die in der besonderen Art zu sein und sich zu beziehen liegt: im Selbst als einem Prozeß.

8 Natürlich entspricht das dem, was Lacan mit dem Begriff „symbolische Ordnung" meinte, die sich, als Selbsterfahrung, bei jedem Menschen zu einer unendlichen Kette von Signifikanten ausweiten läßt, die das Subjekt unmittelbar mit Netzwerken von Bedeutungen jenseits des Ausgangspunktes, an dem die Äußerung ursprünglich entstanden war, verbindet. Die Psychoanalyse hat ganz zu recht zurückgeschaut, um die Verbindung zwischen dem Netzwerk von Signifikanten und dem ursprünglichen Moment zu finden – wobei dies die unmittelbar für den Patienten bedeutungsvollere Suche ist –, aber gleichzeitig bedeutet die Geburt des Subjekts durch seine Äußerung, daß die Sprache das Subjekt auch in andere Welten versetzt, zu denen es letztlich gelangen kann. Dies ist weniger eine Sublimation – des ursprünglichen Inhalts – als eine treibende Kraft: Jede Äußerung führt zu weiteren Äußerungen und Interessen, die daraus erwachsen. – Das beschriebene dichte innere Erleben würde Masud Khan (1974) „die Selbst-Erfahrung" nennen (vgl. "Vicissitudes of Being, Knowing, and Experiencing in the Therapeutic Situation" in: *The Privacy of the Self*, S. 203-218. Dt.: *Selbsterfahrung in der Therapie*, München 1977, S. 366). Diese innere Entwicklung, in der der Patient die unbewußte Logik seiner eigenen Existenz erlebt – selbst wenn er sie nicht ins Bewußtsein holen kann –, ist ein wichtiger Bestandteil der tiefgehenden Arbeit in einer Analyse, und ein solches Schweigen darf nicht mit Widerstand verwechselt werden, wenn der Patient schweigt, um den Fluß der Assoziationen zu stoppen oder einen bestimmten Gedanken zurückzubehalten.

Alle drei Arten von Wissen werden von den beiden an einer Psychoanalyse Beteiligten auf unterschiedliche Weise erfahren. Auch der Analytiker macht kindgemäße Erfahrungen in seinen Tagträumen und Einfällen, die auftauchen, wenn man in Gedanken verloren ist. Es kann sein, daß der Patient aus der freien Assoziation auftaucht und plötzlich etwas bisher Ungesehenes sieht: Der Patient könnte dann die Reverie des Analytikers unterbrechen, indem er eine objektivierende Bemerkung[9] macht.

Das Bild (Traum oder dichte innere Erfahrung), das im stillen Zentrum des Seins ankommt (in der Nacht oder in einem Tagtraum), sein Aufbrechen durch die freie Äußerung, seine Förderung durch einen empfindsamen, willkommen heißenden anderen, der diese Schwingung von ruhiger zu intensiver Erfahrung wünscht und teilt, seine Unterbrechung durch einen anderen, der von außerhalb kommt (und immer Teil unserer Art zu denken ist), diese Bewegungen sind die Arten von Wissen die für jedes Leben zutreffen, aber nur in der Psychoanalyse auf diese Art und Weise zusammengebracht werden. Das *ist* die ödipale Struktur der Psychoanalyse. Diese Beteiligten – sozusagen die Geister von mindestens drei Menschen – leben in ihren Funktionen weiter. Die verschiedenen Arten von Wissen sind mit den verschiedenen Arten von Autorität gleichzusetzen. Wer kann sagen, daß der Traum oder das Bild oder die psychische Intensität oder der Affekt allen anderen vorzuziehen ist? Dies zu tun, würde bedeuten, das Kind wieder zu verhätscheln und anzubeten. Wer kann sagen, daß die träumerische, empfindsame und rezeptive Ordnung, die bedeutungsschwangere Welt, die geheiligte Autorin des Wissens ist? Dies zu tun, würde bedeuten, die Madonna des Schweigens und des Seins anzubeten. Wer kann sagen, daß das oben genannte ganz nett, aber bedeutungslos ist, bevor nicht ein innerer, pflichtgebundener Teil mit seinem interpretierenden Zugang die Wahrheit erfaßt?

Diese drei Formen von autorisiertem Wissen und diese drei sehr unterschiedlichen Arten, die Wahrheit zu erwägen, sind genauso essentiell für eine umfassende Analyse, wie die Anwesenheit der Mutter, des Vaters und des Kindes von essentieller Bedeutung sind für die Realisierung der ödipalen Familie. Man wiederholt eine altbekannte Tatsache, wenn man sagt, Sophokles' *Ödipus* sei kein Märchen über den Ödipuskomplex, sondern die Geschichte einer

9 Leser werden sich an manchen Stellen mit Recht fragen, wie sich all dies bei Borderline Patienten verhält, oder bei Schizophrenen, oder bei ..., und man kann noch viele andere Patienten hinzufügen. Ein Aufsatz dieser Art kann nicht die vielen unterschiedlichen Variationen des oben Gesagten ausführen, obwohl die Gruppe der Autoren, die ich oben beschrieben habe, in der Analyse mit jedem Patienten, unabhängig von seiner Diagnose, vorkommen können.

Familie, die nicht stattgefunden hat. Die ödipale Familie – die der liebende Ödipus sich wünschte – konstituiert ein kreativ destruktives Kind, einen rezeptiven anderen, der das Kind aufnimmt und mit ihm spielt, und einen Außenseiter, der Teil des Inneren wird: der Vater, der immer da ist und letztlich einbezogen werden muß als Vertreter von Gesetzen und Verboten, die ihrerseits essentiell für das Denken und die Fähigkeit sind, zu einer sozialen Welt zu gehören. Wenn wir eine der wichtigsten Aufgaben der Psychoanalyse – die Dekonstruktion von Symptomen, pathologischen Strukturen und Charakterstörungen – beiseite lassen, können wir uns fragen, was eine Psychoanalyse sonst noch leisten kann?

Psychoanalytiker würden die Entwicklung einer psychoanalytischen Haltung[10] für ein wichtiges Ergebnis einer Psychoanalyse halten; mit Lacan würden sie sagen, daß man eine Analyse beenden kann, wenn der Patient mit dem Analytiker über sich reden kann, oder mit Kohut, wenn das „Gesundheitspotential" des Patienten deutlich geworden ist (Kohut 1987, S. 74). Diese Ansichten sind meiner Meinung nach sehr wichtig. Es ist in der Tat einleuchtend, daß die oben beschriebenen psychischen Veränderungen letztlich nur geleistet werden, wenn der Patient für sich die analytische Haltung entdeckt. Das erfordert eine spezifische Fähigkeit, um entsprechend der drei Elemente von Autorenschaft und Wissen funktionieren zu können: ein Zelebrieren des Träumers, des Babys, des Kindes, des Produzenten lebendiger Ideen; eine Fähigkeit, das Leben aufzunehmen und Nichtwissen über das, was vor sich geht, zu ertragen, selbst wenn ein tiefes Grübeln und Spielen das Medium dieser Rezeption ist; und endlich eine Suche nach der Wahrheit, die eine realistische Organisation der Traumwelt erfordert. Deshalb ist ein Analysand am Ende der Analyse ein Träumer, der seine Träume wertschätzt, der empfänglich dafür ist, seine Träume und lebendigen Ideen[11] in Gedanken verloren weiterzuspinnen, und der immer wieder Einsichten gewinnt, die unverkennbar mit dem Gefühl von Wahrheit über sich selbst einhergehen.

Folglich muß ein Analytiker, wenn eine Psychoanalyse ihrem Namen gerecht werden soll, sensibel sein für das Bedürfnis eines jeden Patienten nach diesen verschiedenen Arten von Wissen. Der Patient muß der wahre Autor der Stunden sein, weil er die Träume produziert und wiedergibt, lebendige Begebenheiten vom Tag zuvor erzählt und die Inhalte seines eigenen unbewußten

10 Siehe Schafer (1983): „The Analytic Attitude: An Introduction", in: *The Analytic Attitude*, S. 3-13.

11 Unter lebendigen Ideen verstehe ich solche inneren Assoziationen, die sehr gut durch aktuelle Objekte des Alltags hervorgerufen werden können – angereichert mit Gefühlen, einem Erinnerungspotential und einer Durchlässigkeit für Trieb-Derivate.

Lebens in sich aushält. Der Analytiker muß die mütterliche Ordnung aufrechterhalten, indem er die Wichtigkeit von analytischer Ruhe und Reverie begreift und nutzt. Dadurch hat er eine vitale Präsenz, die rezeptiv die Mitteilungen des Analysanden introjiziert und die für den konstanten Fluß von unbewußter Kommunikation, die immer über das Gesagte hinausgeht, wichtig ist.

Und schließlich muß der Analytiker die Funktion des Vaters übernehmen. Er ist nicht einfach nur da, um die Fähigkeiten des Analysanden zu bewundern oder ihm eine haltende Umgebung anzubieten. Es ist entscheidend für die Bereitstellung der dritten Art von Wissen, daß der Analytiker den Fluß der Assoziationen unterbricht mit gut durchdachten Deutungen, die eine psychische Veränderung mit sich bringen.[12]

Eine psychoanalytische Stunde ist eine unvermeidliche Regression in frühere Lebensordnungen, nicht weil sich der Analytiker wie die Mutter oder der Vater verhält oder der Patient wie ein Säugling oder Kind, sondern weil jene psychischen Strukturen, die für diese Ordnungen typisch sind und den Kern mentalen Funktionierens bilden, in einer Analyse verstärkt werden. Zu träumen und den Traum zu erinnern, frei zu sprechen, ohne ein Gefühl für die Richtung der Gedanken, sein innerstes Leben zu artikulieren mit Hilfe von Sprachfetzen, die die unverständlichen Metonymien der dichteren und angereicherteren Welt der Selbsterfahrung sind: Diese Grundzüge der Analyse rufen die mütterliche Ordnung hervor. Einem Selbst, das sich noch in dieser Ordnung befindet, folgt eine andere Geistesverfassung: zielgerichteter, intensiver, verantwortlicher, in das Netzwerk des Materials eindringend, um den Wahrheitskern zu finden. Dann befindet sich der Patient in der väterlichen Ordnung. In einer Stunde kann der Patient zwischen beiden Ordnungen oszillieren, wobei keine Position die andere beseitigen kann. Auch der frei assoziierende Analysand ist noch teilweise an das Gesetz des Vaters gebunden und wenn der Strom des Bewußtseins natürlicherweise auf einen empfindsamen Punkt zuläuft, wechselt der Patient zum väterlichen Funktionieren, um zu erkennen, was er weiß.[13]

---

12 Wenn ein Analytiker eine anregende Deutung gibt – in der er disparate Elemente zum ersten Mal zusammenbringt –, trägt sein Kommentar aktuell die Möglichkeit zu psychischer Veränderung in sich. Wenn der Patient die Deutung annimmt und damit weiter arbeitet, führt dieses Durcharbeiten bei ihm zur Introjektion einer Wahrheit, die in sich selbst der Katalysator für Veränderung ist. Inspirierte Deutungen sind gewöhnlich das Ergebnis einer unbewußten Kollaboration zwischen Patient und Analytiker und Vorboten einer sich entwickelnden psychischen Struktur, die in der Deutung angesprochen wird (vgl. Bollas (1992): „Psychic Genera" in: *Being a Character*, S. 66-100).

13 Diese Ordnungen sind kein tatsächliches Spiegelbild der Mutter oder des Vaters des Patienten, und doch drücken sie einen Teil des Subjekts aus, das seinerseits diese Ordnungen eingeführt hat, um wichtige Formen von Erfahrung und Wissen zu konstituieren.

Besteht ein Gegensatz zwischen diesen beiden verschiedenen Arten zu denken und zu sein? Ein Krieg der Geschlechter? Im besten Sinn ist man geneigt, dem zuzustimmen. Die mütterliche und die väterliche Ordnung sind gegensätzlich beteiligt, beide notwendig für die Entwicklung des Kindes. Der Analysand, der in der Psychoanalyse seine eigene Wahrheit sucht, wird nur in dem Maße erfolgreich sein, wie er die mütterliche und die väterliche Ordnung in sich vereinen kann. Es kann nie darum gehen, daß die eine Form zu wissen besser ist als die andere. Der Prozeß des Träumens, Asssoziierens und freien Sprechens ist bedeutungslos ohne die scharfsichtige, unvoreingenommene, wahrheitssuchende väterliche Ordnung. Patienten haben natürlich Schwierigkeiten, die eine oder die andere Form zu akzeptieren, und Psychoanalytiker versuchen, sich dem klinisch anzupassen. Ein narzißtischer Patient wird die väterliche Ordnung als zu verfolgend erleben, und der Analytiker sollte sich klugerweise dafür entscheiden, für längere Zeit eher mütterlich zu sein und den Vater nur langsam einzuführen. Eine zwanghafte Persönlichkeit empfindet vielleicht eine tiefe Verachtung für die lockere Welt der mütterlichen Prozesse und sucht nur nach den klaren, harten Objekten der väterlichen Welt. Der Analytiker wird Zeit brauchen, den Patienten zur Dekonstruktion des Schweigens und der Selbstaufgabe einzuladen.

Betrachtungen über die Arten von Autorität und Wissen in einer Psychoanalyse können sicher auch andere Formen annehmen als die, die ich gewählt habe. Über die müterliche Ordnung oder die väterliche Ordnung zu schreiben, kann leicht archaisch oder unbeholfen wirken. Vielleicht scheint es zu willkürlich und rollenspezifisch. Natürlich sind *die* Mutter und *der* Vater nicht so eindeutig zu definieren. Wir wissen, daß beide auch Qualitäten des anderen in sich haben. Allegorisiere ich, wo abstrakte Begriffe besser wären? Vielleicht. Aber ich mag die Ausdruckskraft dieser Begriffe. Das Mütterliche und das Väterliche in uns – ein Selbst ist unvermeidlich eine Kombination unterschiedlicher Personen und ihrer Funktionen – gefällt mir, weil ich glaube, daß unsere Konstitution aus unserer ererbten Form und seiner Transformation herrührt, nicht nur durch zwei vereinte, aber unterschiedliche Personen mit spezifischen Eigenschaften, sondern durch zwei Personen, die eine jeweils ganz verschiedene Art des Seins und Denkens verkörpern. Wir können darüber reden, wer die Mutter ist und wer der Vater, und wir können reden und reden: Es ist eine endlose Konversation. Sind Begriffe wie „Primärprozeß" oder „Sekundärprozeß" ähnlich lebendig? Ich glaube nicht. Auch haben die Funktionen, die diese Begriffe kennzeichnen, nicht ihre eigene Geschichte, wohingegen, wenn wir an die Mutter und den Vater denken, sofort unsere eigene Geschichte mit diesen Personen und ihren Strukturen wach wird: Das trifft überall und auf alle Menschen zu. Damit sind wir unmittelbar Teil unserer persönlichen Geschichte und Teil einer universellen Ordnung, da wir alle *unsere* Mutter und *unseren* Vater haben, und doch partizipiert jeder von uns an den psychischen Ordnungen, die zu Recht unter dem Namen der Mutter und unter dem Namen des Vaters geführt werden.

Durch die regressive Bewegung in einer Psychoanalyse werden die drei Beteiligten des ödipalen Dreiecks wieder belebt, nicht nur im spekulativen Sinn, sondern, viel wichtiger, auch in ihrer strukturellen Beziehung untereinander. Vielleicht war Freuds Konstruktion des psychoanalytischen Prozesses nur eine ödipale Inszenierung, aber wenn es so ist, dann kommen im klinischen Theater sicher unsere wichtigsten Teile zum Einsatz. Das erwachsene Selbst ist ein Ergebnis dieser Funktionen. Fähig zu sein, anregende Ideen zu generieren, die aus inselhaften Regionen eines jeden Selbst kommen, die komplexe Spannbreite der Prozesse, die von der Mutter eingeführt wurden, voll auszuschöpfen, und schließlich auch die Funktionen, die den Namen des Vaters tragen, gebrauchen zu können. Ein Gemisch. Der erwachsene Analysand weiß unbewußt, wie man regrediert und von welchen Rollen, die in dieser sehr tiefen Revision des eigenen Selbst zur Verfügung stehen, Gebrauch zu machen ist.

Die Psychoanalyse als eine politische Bewegung – hier unterschieden von der klinischen Praxis, die den gleichen Namen trägt – greift allzuoft Körperteile, Elemente des Selbst und Dimensionen des anderen heraus und bildet eine Gruppe um Teilobjekte. Es ist beunruhigend, daß die Ermordung des einen oder des anderen Elternteils eine Hauptmotivation der psychoanalytischen Bewegung ist – in der Praxis deutlich zu erkennen in der divergenten Haltung bezüglich des Schweigens oder des Redens. Die Unfähigkeit, in der Praxis beide elterlichen Prozesse zu kombinieren, bedeutet für Patienten, daß sie allzuoft entweder in einem übermäßig mütterlichen oder in einem übermäßig väterlichen Raum leben müssen. Versuche, diese Teilung aufzuheben, werden als pluralistische Verwässerung einer reinen Annäherung abgetan, deren Reinheit nur auf der Vertreibung des unerwünschten anderen Objektes beruht. Die ödipale Gewalt, die zu viele der psychoanalytischen Bewegungen erzeugt, hat eine „Teilobjekttheorie" hervorgebracht: Man nimmt einen Teil der gesamten Theorie über Bedeutungen, die in der psychoanalytischen Theorie verfügbar ist, und gründet eine Schule oder ein Gedankengebäude um dieses spezielle Teilobjekt und behandelt es als ausreichende Wissensgrundlage. Das ist eher eine Art des intellektuellen Klonens als eine wahre Entwicklung einer Theorie – mit „Unterstützern", die für eine kritische Überprüfung einstehen, und einer bloßen Mitgliederzahl, die die Validität einer Theorie und die ihrer Verteter bestimmt.

Damit die mütterliche und die väterliche Ordnung in den Prozessen, die eine umfassende Psychoanalyse ausmachen, hergestellt werden kann, bedarf es einer kritischen Prüfung der Gewalt dieser „Bewegungen" gegen das elterliche Paar. Um einer wirklich kreativen Theorie, die sich auf die Praxis bezieht, zum Leben zu verhelfen, muß die Bewegung die kombinierten Tugenden, die von der Mutter und dem Vater als Paar abzuleiten sind, schätzen lernen. Sonst wird sich der mütterliche oder der väterliche Intellektualismus fortsetzen, und die psychoanalytische Theorie – und konsequenterweise die Praxis – wird weiterhin eine Familie mit einem Elternteil bleiben.

Übersetzung: Christine Wegner

Literatur

Bollas, C. (1992): Being a Character. New York: Hill & Wang

Freud, S. (1907-08): Originalnotizen zu einem Fall von Zwangsneurose („Rattenmann"). GW Nachtragsband 1955

Heimann, P. (1956): Dynamics of transference interpretations. In About Children and Children-No-Longer. Collected Papers 1942-80. London: Routledge, 1989, S. 108-121.

Khan, M. M. R. (1974): The Privacy of the Self. Papers on Psychoanalytic Theory and Technique. New York: Int. Univ. Press. (Dt.: Selbsterfahrung in der Therapie.Theorie und Praxis. München: Kindler 1977.

Klein, M. (1961): Narrative of Child Analysis. The Conduct of the Psycho-Analysis of Children as Seen in the Tratment of a Ten Year Old Boy. London: Hogarth 1975. (Dt.: Der Fall Richard. Das vollständige Protokoll einer Kinderanalyse, durchgeführt von Melanie Klein. München: Kindler 1975)

Kohut, H. (1984): How Does Analysis Cure? Chicago/London: Univ. of Chicago Press. (Dt.: Wie heilt die Psychoanalyse? Frankfurt: Suhrkamp 1987)

Schafer, R. (1983): The Analytic Attitude. New York: Basic Books.

Winnicott, D. W. (1941): The observation of infants in a set situation. In: Collected Papers. Through Paediatrics to Psycho-Analysis. London: Tavistock 1958, S. 52-69. (Dt.: Die Beobachtung von Säuglingen in einer vorgegebenen Situation. In: „Collected Papers": Von der Kinderheilkunde zur Psychoanalyse. München: Kindler 1976, S. 31-56.)

Die Art des Wissens und die Grenzen der Autorität in der Psychoanalyse

Charles Brenner

Das Thema dieses Aufsatzes gehört, wie das der anderen in diesem Band, unter die Überschrift „Technik". Es betrifft die Frage nach der Beziehung zwischen Analytiker und Patient: Ist der Analytiker dem Patienten überlegen, was das Wissen und die Autorität betrifft?

Das gegenwärtige psychoanalytische Denken über diese und verwandte Aspekte der analytischen Situation beinhaltet so viele verschiedene und gegensätzliche Ideen, daß es sinnvoll ist, zumindest kurz auf die Grundlagen zurückzukommen. Bei jeder Technik geht es darum, etwas zu tun. Was möchte ein Psychoanalytiker tun? Hat der Analytiker vor allem die Aufgabe, eine Umgebung zu schaffen, in der sich der Patient sicher fühlen kann? Oder soll er dem Patienten dabei helfen, die Fähigkeit zur Selbstanalyse zu entwickeln? Oder will er Defekte der Ich-Funktion des Patienten reparieren? Möchte er vor allem das Selbstgefühl des Patienten verbessern? Oder will er dem Patienten helfen, zu entdecken, wie er auf die Worte, den Klang der Stimme und überhaupt auf das Verhalten des Analytikers reagiert? Oder ist es der Hauptwunsch des Analytikers, die Art und die Entwicklung der pathogenen Konflikten der Patienten herauszufinden und ihm diese Information zu vermitteln?

Die Anworten auf diese Fragen haben auf die Technik eines Analytikers großen Einfluß. Er ist so grofl, daß gesagt wurde, die Technik eines Analytikers werde davon bestimmt, welche Theorie er über die Krankheitsursachen hat (Arlow 1986). Die Entscheidung darüber, wie einem Patienten zu helfen ist, wird ganz wesentlich von den Vorstellungen beeinflußt, die man darüber hat, was ihn so krank gemacht hat, daß er überhaupt eine Behandlung aufsucht.

Zum Beispiel stimmt Kohuts Überzeugung, daß die Symptome seiner Patienten primär auf Störungen ihres Selbsterlebens zurückzuführen waren und daß sexuelle Konflikte gegenüber der Fragmentierung des Selbst sekundär sein müssen, damit überein, daß er bei Mr. Z auf die homosexuellen Konflikte nicht einging, obwohl sie im vorgestellten Fallmaterial (Kohut 1979) offenkundig waren. Ähnlich ist es bei Hoffman, dessen Überzeugung, das Ziel der Analyse sei, daß der Patient lernt, auf das Verhalten eines anderen zu reagieren, die Betonung verständlich macht, wie notwendig es ist, jedem Patienten konsequent zu deuten, wie er sich in der analytischen Situation dem Analytiker gegenüber verhält (Hoffman 1994).

Ich selbst schließe aus den mir verfügbaren Daten, daß die Symptome der Patienten krankhafte Kompromißbildungen sind, die aus Konflikten mit sexuellen und aggressiven Wünschen in der Kindheit herrühren. Diese Schlußfolgerung ist schon früh in der Geschichte der Psychoanalyse gezogen (Freud 1894, 1896) und, wie ich glaube, wiederholt durch die Beobachtungen der meisten Analytiker, mich eingeschlossen, bestätigt worden (Brenner 1982, 1994). Demzufolge sehe ich die Aufgabe einer Analyse darin, krankmachende Konflikte zu verstehen und zu interpretieren. Im folgenden beschränke ich mich darauf, zu diskutieren, wie Fragen über Wissen und Autorität in die Analyse eingehen, deren Ziel es ist, Art und Ursachen der krankmachenden Konflikte eines Patienten herauszufinden und zu deuten. Ohne diese selbstauferlegte Beschränkung müßte die relative Gültigkeit anderer Theorien über Krankheitsursachen und Psychodynamik diskutiert werden. Eine derartige Diskussion würde den Rahmen dieses Aufsatzes sprengen.

Bleiben wir noch ein wenig bei den Grundlagen, zu denen auch gehört, daß ein angehender Analysand zu Recht erwarten kann, daß ein Analytiker mehr über die Analyse im Speziellen und über die Psychopathologie im Allgemeinen weiß als der Analysand. Wenn ein Analytiker einem Patienten vorschlägt, sich auf die Couch zu legen und frei zu assoziieren, tut er dies offensichtlich, weil er mehr über die Analyse weiß, und damit übt er Autorität aus. Sich auf Wissen zu berufen und Autorität auszuüben, sind wesentliche Elemente jeder therapeutischen Beziehung, einschließlich jener zwischen Analytiker und Analysanden. Ein Analytiker riskiert bei jedem Patienten seinen professionellen Ruf, wenn er kraft seiner Autorität dem Patienten die Aufgabe zuweist, so frei wie möglich zu sprechen und dem zuzuhören, was der Analytiker zu sagen hat, wenn er eine Besserung seines Zustandes erreichen möchte. Nicht viele Analytiker, denke ich, würden die Auffassung teilen, jeder Patient wisse am besten, welche Art der Behandlung für ihn angemessen ist, und der Analytiker solle sich den Vorstellungen des Patienten bezüglich der Art der Therapie fügen.

Auch wenn man einräumt, daß Autorität und Wissen zumindest am Anfang der Behandlung in diesem Sinn eine Rolle spielen, bleibt doch die Frage, wie der Analytiker während der Analyse seine Autorität ausübt. Oft (immer?) glauben Analytiker besser als der Patient zu wissen, was in diesem vorgeht.

Sollte der Analytiker dies jemals dem Patienten sagen? Sollte ein Patient jemals aus dem, wie sein Analytiker redet und sich verhält, herauslesen, daß der Analytiker glaubt, es sei so? Sollte der Analytiker, weil er davon ausgeht, mehr zu wissen, sich jemals selbst als Autorität deklarieren oder, noch schlimmer, autoritär auftreten?

In diesem Zusammenhang wird oft kritisch auf Freuds Feststellung verwiesen, daß Patienten wegen einer milden positiven Übertragung von der Richtigkeit der Deutungen des Analytikers überzeugt sind, weil sie als Erwachsene dem Analytiker genauso glauben und vertrauen wie als Kinder ihren Eltern (Freud 1917). So weit und nur so weit spielt nach Freud Suggestion eine Rolle in der Psychoanalyse.

Es scheint nicht schwer zu sein, die Gründe für Freuds Überzeugung zu erraten. 1917 dauerten Analysen selten länger als ein paar Monate. Die Vorstellung, daß Widerstände analysiert werden müssen, statt sie zu überwinden oder zu umgehen, war noch nicht einmal ansatzweise zu erkennen. Die vierjährige Analyse des Wolfsmannes war Freuds erste Erfahrung mit einer ziemlich langen Analyse (Kris 1955). Sogar noch im Fallbericht 1918 schrieb Freud, daß die Arbeit in den ersten dreieinhalb Jahren vor allem darin bestand, die Hindernisse gegenüber der Analyse auszuräumen und nicht darin, die Widerstände des Patienten zu analysieren. Nach Freuds damaliger Auffassung von der Analyse begann die richtige, konsequente Analyse des Wolfsmannes erst, nachdem er mit ihm vereinbart hatte, etwa vier Monate später die Analyse zu beenden. Noch lange nach 1917 sah man die Aufgabe der Analyse darin, die Fixierungen der Libido des Patienten aufzuspüren und sie aufzulösen, so daß ihre Entladung durch direkte, sexuelle Befriedigung und/oder gesunde Sublimation herbeigeführt werden konnte.

Erst einige Jahrzehnte später wurde dann allgemein anerkannt, daß die Analyse der Widerstände ein unentbehrlicher, zentral wichtiger Teil der analytischen Arbeit ist. Als sich diese Erkenntnis in den dreißiger Jahren durch die Arbeiten von Analytikern wie Fenichel (1941) und Anna Freud (1936) allmählich durchsetzte, nahm gleichzeitig die Betonung der Rolle der Suggestion in der Psychoanalyse ab. So hielt man es beispielsweise nicht mehr für wichtig, ob ein Patient der Deutung des Analytikers zustimmte (Fenichel 1941; Freud 1937). Auch wenn ein Patient nicht zustimmte, konnten doch sein weiteres Verhalten und/oder seine Assoziationen beweisen, daß die Deutung richtig gewesen war, oder er stimmte einer unrichtigen und unpassenden Deutung zu aus Gründen, die aufgedeckt und analysiert werden mußten. Um die analytische Aufgabe zu bewältigen, sollte die suggestive Wirkung des Analytikers verringert werden, statt sich auf sie zu verlassen. Gegebenenfalls mußte sie erkannt und analysiert werden.

Vor vielen Jahren machte Waelder im Verlauf einer anregenden Diskussion nach einem Fallbericht eine Bemerkung, die so platt und selbstverständlich war, daß sie von den Zuhörern als Witz verstanden wurde und beträchtliches Gelächter hervorrief. Er sagte, es sei immer gut, seine Patienten zu verstehen. Obwohl vielleicht platt und selbstverständlich, scheint mir diese Bemerkung doch äußerst weise. Je besser man jederzeit versteht, was in einem Patienten vorgeht, desto besser kann man entscheiden, was man, wenn überhaupt, dem Patienten wie sagt, und wann. Darüber hinaus enthält Waelders Bemerkung eine Warnung vor vorschnellen Verallgemeinerungen. Auf die Frage „Was sagen Sie zu einem Patienten, der ...?" gibt es nur eine vernünftige Antwort: „Das kommt darauf an." Vor allem kommt es darauf an, wie man „den Patienten, der ..." versteht. Zwei Patienten können sich aus ganz unterschiedlichen Gründen sehr ähnlich verhalten oder aus ähnlichen Gründen ganz unterschiedlich. Was man in klinischen Situationen tut oder sagt, hängt davon ab, wie man die Motive und Konflikte des jeweiligen Patienten versteht.

Man muß die therapeutische Situation so strukturieren, daß man die bestmöglichen Voraussetzungen hat, die jeweiligen Konflikte des Patienten und ihre Ursachen zu verstehen (Brenner 1995). Unter den vielen Elementen einer analytischen Situation ist neben dem, was der Analysand beiträgt, die analytische Haltung des Analytikers unverzichtbar. Was immer ein Patient sagen oder tun mag, der *Analytiker* sollte dazu eine fragende Haltung einnehmen, um durch die jeweiligen Mitteilungen und Verhaltensweisen und die besonderen Kompromißbildungen die aus der Kindheit stammenden Konflikte des Patienten mit seinen sexuellen und aggressiven Wünschen besser verstehen zu können. Fenichels (1941) Empfehlung, daß sich der Analytiker gegenüber seinen Patienten natürlich benehmen sollte, ist seitdem oft wiederholt worden, aber man sollte dabei nicht vergessen, daß natürliches Verhalten des Analytikers in der analytischen Situation sich wesentlich von natürlichem Verhalten in jedem anderen sozialen Umfeld unterscheidet. Wenn die Aufgabe des Analytikers darin besteht, zu versuchen, die Konflikte des Patienten zu verstehen, wird klar, daß es für einen Analytiker ganz natürlich und „menschlich" sein kann, etwas zu unterlassen, was in anderen Situationen natürlich und taktvoll wäre, zum Beispiel Mitgefühl zu äußern oder eine direkte Frage zu beantworten. Für einen Analytiker ist es natürlich und menschlich, zu tun, was er für das beste hält, was für einen Patienten getan werden kann. Es muß nur hinzugefügt werden, daß man die Patienten nicht im Unklaren über die Gründe für das Verhalten ihres Analytikers lassen sollte. Die Gründe sollten erläutert werden, wenn sie nicht schon bekannt sind. Zum Beispiel, daß man manchmal Fragen nicht beantworten werde, weil man glaubt, daß ein Nicht-Beantworten dann wahrscheinlich hilfreicher sei als das Beantworten oder, in unserem anderen Beispiel, daß es unter bestimmten Umständen der Analyse mehr schade als nütze, sofort sein Mitgefühl zu bekunden.

Wie kann man jemals sicher sein, die Konflikte des Patienten richtig zu verstehen? Wie kann man jemals sicher sein, daß man nicht durch eigene Wünsche, durch Erinnerungen aus der eigenen schwierigen Kindheit in die Irre geführt wird, was man kontrollieren, verleugnen oder sonstwie abwehren muß. Wie ihre Patienten sind auch Analytiker nur Menschen. Macht nicht die Tatsache, daß jeder Analytiker ein teilnehmender Beobachter ist, seine Aufgabe, einen Patienten zu verstehen, unmöglich in dem Sinne, den die Worte „einen Patienten verstehen" heute haben? Hängen die Antworten auf diese Fragen nicht von der Vorstellung eines überlegenen Wissens und der sich daraus ergebenden Autorität in der psychoanalytischen Beziehung ab? Hier sind zwei Personen, Analytiker und Patient, beide mit Konflikten, die aus ihrer Kindheit stammen und die entscheidend ihr augenblickliches Denken und Verhalten beeinflussen. Wie kann einer der beiden behaupten, objektiver oder realistischer als der andere zu sein? Sollte nicht die analytische Haltung eine sein, die sich „den klinischen Betrieb als redliche Zusammenarbeit zwischen Gleichberechtigten vorstellt"? (Renik 1995, S. 491f)

Bei dem Versuch, diese Fragen so gut wie derzeit möglich zu beantworten, könnte man die erste Frage als irrelevant beiseite legen: „Wie kann man jemals sicher sein, die Konflikte des Patienten richtig zu verstehen?" Ich habe in einer anderen Arbeit beschrieben (Brenner 1995), daß man nie sicher in dem Sinne sein kann, wie es die Frage impliziert. In der Wissenschaft kann man nie „sicher" sein. Man kann nur die bestmöglichen Schlüsse aus den verfügbaren Daten ziehen. Weiter kann man nicht gehen. Allerdings kann man nach Meinung vieler Analytiker davon ausgehen, daß ein erfahrener Analytiker mit Hilfe seiner eigenen Analyse anhand der verfügbaren Daten in einer sehr viel besseren Position als der Patient ist, Art und Ursachen der Konflikte seines Patienten zu verstehen als dieser selbst. Man wird immer Fehler begehen. Man wird immer etwas übersehen. Wenn so etwas passiert, ist wahrscheinlich nicht der Patient die Instanz, auf die man sich letztlich verlassen sollte. Man sollte immer aufmerksam auf das hören, was ein Patient zu sagen hat, aber nicht wie auf einen Schiedsrichter.

Ich erinnere mich an eine meiner ersten Analysepatientinnen, die sich nach mehreren Analysejahren monatelang tränenreich beschwerte, daß die Analyse nichts für sie wäre, daß ich keine Hilfe für sie wäre und daß sie eine Behandlung, die nichts außer tagtäglichem Elend und einem Gefühl der Hilflosigkeit bewirkte, aufgeben sollte. Aber sowohl ihre Lebensgeschichte als auch das aktuelle analytische Material ihrer Träume schienen mir deutlich zu zeigen, daß ihr Leiden und ihr Mangel an Fortschritt sowohl ihren Wunsch, mich impotent zu machen, als auch ihre damit einhergehenden unbewußten Schuldgefühle und ihr Bedürfnis, sich selbst zu bestrafen, ausdrückten. Aber meine inhaltlichen Deutungen schienen nutzlos, obgleich sie durch Träume und anderes analytisches Material gut belegt wurden. Nach Monaten eines scheinbaren Stillstands kam ich zu der Entscheidung, daß ich vielleicht unrecht und sie recht hätte und daß es das beste für sie wäre, die Analyse zu beenden. Als ich ihr das sagte, setzte sie sich auf der Couch auf, sah mich mit einem breiten Grinsen an und wischte ihre Tränen weg. Ihr erster Gedanke war, daß sie endlich gewonnen und mich zum Aufgeben gezwungen hatte!

Einem Anfänger, der ich damals war, kann man möglicherweise verzeihen, so zögernd und unsicher mit solchen Schwierigkeiten in der Analyse der Übertragung einer äußerst sadomasochistischen Patientin umgegangen zu sein. Tatsächlich setzte die Patientin nach diesem Ereignis ihre Analyse bei mir noch ein paar Monate fort, brach sie dann aber schließlich ab, um einige Zeit später die Behandlung bei einem erfahreneren Kollegen fortzusetzen, bei dem sie dann schließlich ein befriedigendes analytisches Resultat erzielte. Ich möchte einfach klar machen, daß der Patient nicht unbedingt recht haben muß, wenn Analytiker und Patient nicht einer Meinung sind. Patient und Analytiker sind in der analytischen Situation nicht gleichberechtigt. Diese Patientin hatte den intensiven Wunsch, mich zu besiegen, und den Wunsch, sich selbst dafür zu bestrafen, obwohl sie beides gut vor sich selbst verbergen konnte. Das analytische Material zeigte dies entgegen ihrem bewußten Protest ziemlich eindeutig. Wenn solche Beweise vorliegen, ist der Analytiker gewöhnlich gut beraten, sich darauf zu verlassen und davon überzeugt zu bleiben, statt sich den gegenteiligen Argumenten des Patienten zu beugen. Sollte der Analytiker begründet und ernsthaft an der Richtigkeit seiner Überzeugung zweifeln, dann ist die Beratung durch einen Kollegen wahrscheinlich hilfreicher, als sich dem Patienten als vermeintlich Gleichberechtigtem zu beugen.

Um auf die obige Betrachtungsweise zurückzukommen: Die Tatsache, daß man als teilnehmender Beobachter notwendigerweise die beobachteten Daten beeinflußt (ändert), berechtigt nicht zu dem Schluß, daß die eigenen Beobachtungen niemals verläßlich und objektiv sind. Es ist ein generelles Problem, daß Beobachtungen Ergebnisse beeinflussen. Es besteht bei allen wissenschaftlichen

Untersuchungen, nicht nur in der Psychoanalyse. Heisenberg hat bewiesen, daß es wegen des Einflusses des Beobachters auf das zu untersuchende Objekt unmöglich ist, gleichzeitig Ort und Geschwindigkeit eines Elektrons zu bestimmen; das heißt aber nicht, daß man zum Beispiel eine chemische Probe nicht genau wiegen oder die Temperatur einer Flüssigkeit nicht messen könnte. In beiden Fällen beeinflussen die Anwesenheit und Aktivität des Beobachters zwar das Ergebnis, aber man kann diesen Einfluß ruhig vernachlässigen. Er ist nicht groß genug, um sich störend auszuwirken, während bei einem Elektron der Einfluß zu groß ist, um vernachlässigbar zu sein. Was bei jeder wissenschaftlichen Beobachtung diskutiert werden muß, sind die sogenannten wesentlichen Einflußgrößen. Wenn man die Aufgabe hätte, eine chemische Probe bis auf das letzte Elementarteilchen genau zu wiegen, könnte man dies schlicht nicht. Man kann aber ohne große Mühe eine derartige Probe auf ein zehntel bzw. hundertstel Milligramm genau auswiegen. Ähnliches gilt in der Psychoanalyse. Die Frage lautet nicht, ob der Beobachter die Ergebnisse beeinflußt; selbstverständlich tut er das immer. Die Frage lautet, ob die Einflußnahme bedeutsam ist im Hinblick auf die gemachten Beobachtungen und im Hinblick auf die Verallgemeinerungen, die man auf ihrer Basis machen möchte. Ich glaube, daß in einer richtig durchgeführten Analyse beziehungsweise in der jeweiligen analytischen Situation die Einwirkung des Beobachters auf das Ergebnis nicht so groß ist, daß die Ergebnisse unzuverlässig für den Zweck werden, für den man sie verwenden möchte, z. B. als Grundlage für das Verständnis der Art und Ursachen der Konflikte des Patienten und darüber hinaus als Grundlage, ihm dieses Verständnis zu vermitteln.

Wie man dem Patienten sein Verständnis vermittelt, verdient einige Überlegung, weil es dabei auch um Fragen der Autorität und der autoritären Einstellung geht. Man kann die Ausdrucksweise, den Klang der Stimme, den Gebrauch von Metaphern und Humor nicht so festlegen, daß sie zu jeder Situation passen. Die analytische Haltung ist meiner Meinung nach von grundsätzlicher Bedeutung. Wenn der Analytiker eine Deutung gibt, ist er, wie ich glaube, in der Position, einem anderen, dem Patienten, erklären zu wollen, was möglicherweise die Motive für sein Verhalten sind, derer er sich nicht voll bewußt ist. Wenn man versucht, jemandem etwas zu erklären, wird man manchmal etwas sanfter, dann wieder etwas lauter und dann zögernd und dann wieder sicherer sprechen usw. Manchmal wird man überzeugend sein, manchmal sachlich, manchmal humorvoll, wie es die Situation erfordert und wie einem gerade zumute ist. Man sollte in einer analytischen Situation weder ärgerlich, arrogant und mißbilligend noch verführerisch oder unaufrichtig sein. Der Analytiker sollte jemand sein, der etwas erklären möchte und hofft, daß die angebotenen Erklärungen sowohl richtig als auch hilfreich sind; er sollte aber auch jemand sein, dessen Hauptinteresse nicht darin besteht, den Patienten zu überzeugen, sondern seine Reaktionen auf die unterschiedlichen Deutungen zu beobachten.

Wie ich schon früher ausgeführt habe (Brenner 1976), ist jede Deutung eine Vermutung, die der Analytiker dem Patienten mitteilt. Die Überzeugung des Analytikers von der Richtigkeit seiner Vermutung variiert sehr von Mal zu Mal, aber wie überzeugt auch immer der Analytiker von seiner jeweiligen Deutung ist, die Reaktion des Patienten ist immer von allererster Wichtigkeit. Natürlich hofft man auf eine bestätigende Reaktion, vielleicht auf eine der Art, wie sie Freud (1937) und Fenichel (1941) anführen, obgleich ihre Auflistung in keiner Weise erschöpfend ist (Panel 1955). Unter gewissen Bedingungen wird man die Deutung durch Hinweise auf die analytische Arbeit der vergangenen Tage, Monate oder Jahre untermauern. Auf keinen Fall sollte man den Patienten unter Druck setzen oder mit ihm streiten, aber man sollte seine Einwände auch nicht unbedingt für richtig halten. Sie mögen richtig sein, aber weder Analytiker noch Patient können die unanfechtbare Richtigkeit für eine gegebene Deutung beanspruchen. Meistens kann der Analytiker aus zwei offensichtlichen Gründen besser entscheiden. Erstens weiß er gewöhnlich mehr über die Arbeitsweise des Gedächtnisses als der Patient. Zweitens gehört es zur analytischen Situation, daß der Patient damit beschäftigt ist, sich selbst über seine wirksamsten Motive zu täuschen. Abwehr ist ein wichtiger Teil des Konfliktes, und Selbsttäuschung ist das Wesen der Abwehr. Deswegen ist in den meisten Fällen die Vermutung des Analytikers wahrscheinlich die richtigere, weil er es in dieser Situation weniger nötig hat als der Patient, sich selbst zu täuschen. Nichtsdestoweniger ist der beste Test für die Richtigkeit einer Vermutung das analytische Material, das auf die Deutung folgt (siehe Brenner 1976, Kapitel 2).

Eine analytische Situation kann nicht einfach durch die Anwendung von Faustregeln oder durch ein bestimmtes äußeres Arrangement geschaffen werden. Die Essenz der analytischen Situation ist die Haltung der beiden Beteiligten. Einer sucht Hilfe, der andere bietet sie an. Von seiner eigenen Analyse und dem, was er gelernt hat, ausgehend, versucht der Analytiker die krankmachenden Konflikte seines Patienten, deren Ursachen und seine Kompromißbildungen zu verstehen. Welche Autorität auch immer der Analytiker ausübt, wenn er den Patienten anweist, wie er vorzugehen hat, wird der Patient darin das Expertentum des Analytikers sehen, der weiß, wie er dem Patienten am besten helfen kann. Damit sollten die Grenzen der Autorität des Analytikers hinsichtlich Haltung und Verhalten gekennzeichnet sein. Jenseits dieser Grenze ist die Frage der Autorität nebensächlich. Im Laufe der analytischen Arbeit ist der Analytiker damit beschäftigt, Vermutungen zu formulieren, sie als Deutungen mitzuteilen und die Reaktion des Patienten auf die angebotenen Deutungen zu beobachten. Die Ausübung von Autorität ist dabei kein Thema. Selbst in solch extremen Fällen, die keinesfalls selten sind, wenn ein Patient sich weigert zu sprechen oder über bestimmte Themen zu sprechen oder dem zuzuhören, was der Analytiker sagt, tut der Analytiker gut daran, nicht zu versuchen, Autorität auszuüben, sondern zu versuchen, wohlwollend zu verstehen und zu deuten. Kurz: Die Aufgabe des Analytikers in der Analyse ist es, zu analysieren.

Übersetzung: Barbara Rosengärtner

Literatur

Arlow, J. (1986): The Relation of theories of pathogenesis to psychoanalytic therapy. In: *Psychoanalysis, the Science of Mental Conflict*, ed. A. D. Richards & M. S. Willick. Hillsdale, NJ: Analytic Press, pp. 49-63.
Brenner, C. (1976): *Psychoanalytic Technique and Psychic Conflict.* New York: Int. Univ. Press.
Brenner, C. (1982): *The Mind in Conflict.* New York: Int. Univ. Press.
Brenner, C. (1994): The mind as conflict and compromise formation. *J. Clin. Psychoanal.* 3:473-488
Brenner, C. (1995): Some remarks on psychoanalytic technique. *J. Clin. Psychoanal.* 4:413-428
Fenichel, O. (1941): *Problems of Psychoanalytic Technique*. New York: Psychoanalytic Quarterly, 1969.
Freud, A. (1936): *Das Ich und die Abwehrmechanismen*. In: Dies.: Geist und Psyche. München: Kindler 1964.
Freud, S. (1894): Die Abwehr-Neuropsychosen. GW, 1, 57-74.
Freud, S. (1896): Weitere Bemerkungen über die Abwehr-Neuropsychosen. GW, 1, 377-403.
Freud, S. (1917): Vorlesungen zur Einführung in die Psychoanalyse. GW, 11.
Freud, S. (1918): Aus der Geschichte einer infantilen Neurose. GW, 12, 27-157.
Freud, S. (1937): Konstruktionen in der Analyse. GW, 16, 41-56.
Hoffman, I. Z. (1994). Remarks in discussion. Meeting of the American Psychoanalytic Association, December.
Kohut, H: (1979): The two analyses of Mr. Z. *Int. J. Psychoanal.*, 60:3-27.
Kris, E. (1955): Personal communication.
Panel (1955): Validation of psychoanalytical techniques. J. Marmor, Reporter. *J. Amer. Psychoanal. Assn.*, 3:496-505.
Renik, O. (1995): The ideal of the anonymous analyst and the problem of self-disclosure. *Psychoanal. Q.*, 64:466-495.

Die Vergangenheit als Maßstab für das psychoanalytische Denken

Nancy J. Chodorow

Unübersehbar befindet sich das strukturelle Denken auf dem Rückzug. Die Begegnung in der Analyse gilt als etwas wechselseitig Gestaltetes und Bedingtes und kaum mehr als ein Vorgang, der sich den innerpsychischen Voraussetzungen eines einzelnen verdankt; zunehmend setzen wir auf die Gegenübertragung des Analytikers, die von seiner persönlichen Eigenart geprägt ist, seinen Erfahrungen und Initiativen. Zunehmend werden sich Analytiker der vieldeutigen, ja paradoxen Bedeutungen des zwischenmenschlichen und innerpsychischen Geschehens bewußt, Deutungen müssen nicht immer vollständig sein, und wir schätzen die vielfältigen Möglichkeiten, im Fortgang des Erzählens ein Einverständnis zu erzielen.

Wenn solche Fragen in den Vordergrund treten, bewegt man sich in einem durchweg durch psychologische Momente bestimmten Bereich – von Phantasien und Konstruktionen eines Selbst-Anderen, von fließenden, sich ständig wandelnden Vorgängen und von Inszenierungen libidinöser Fixierungen oder von Strukturen des Ich bzw. Selbst. Die tiefenpsychologische Dimension unbewußter Konflikte, Phantasien, Empfindungen und projektiver sowie introjektiver Beziehungsvorgänge, die in Übertragungsbeziehungen zum Ausdruck kommen, entstehen und verwandeln sich unaufhörlich, und als Analytiker achten wir wahrscheinlich viel sorgfältiger auf die unbewußten Phantasien und Empfindungen, eben das Subjektive, als auf die durch die Entwicklung entstandenen objektiven Strukturen, die im Übertragungsgeschehen zum Ausdruck kommen. Was sich im Verlaufe einer Analyse abspielt, speist sich aus infantilen Quellen, aber gleichermaßen auch aus den vielfältigen Quellen des Alltagslebens – daraus, wie die Welt von Augenblick zu Augenblick mit subjektiven Bedeutungsgehalten und durch neu entstehende Bedeutungen belebt und besetzt wird, die sich aus den Wechselbeziehungen zweier (oder mehrerer) Menschen ergeben, die damit beschäftigt sind, innerhalb dieser und durch diese Begegnung für sich das Empfinden von Bedeutung zu erreichen. Manche Autoren stellen sogar in Frage, ob überhaupt, wie in der analytischen Theorie einmal vorausgesetzt, ohne weiteres zwischen Übertragungsbeziehung und realer Beziehung unterschieden werden kann, als würde die Übertragung aus den sich aus der Vergangenheit herleitenden Verzerrungen bestehen, während die Realität die genaue Wahrnehmung einer objektiven Aktualität und des tatsächlichen Verhaltens des Analytikers wiedergibt (Hoffman 1983, Loewald 1960).

Jegliche Erfahrung entsteht, aus der breiteren Perspektive von Übertragung und Gegenübertragung betrachtet, unter der Domäne des Subjektiven und ist davon durchdrungen, selbst dann, wenn sie sich mit der aktuellen Umgebung auseinandersetzt und auf sie eingeht. Selbst wenn wir die allgemeinen Reaktions- und Denkmuster des anderen kennen oder auf sie aufmerksam werden oder Hypothesen über die objektiv vorgegebenen Konsequenzen ihrer Entwicklung bilden können, fehlt uns doch jede Möglichkeit, genau vorauszusagen, wann und in welcher Form diese zum Tragen kommen werden. Psychobiologische Strukturen und Anlagen bedingen solche Prozesse, doch bilden sie sich erst im jeweiligen Augenblick; damit steht aber in Frage, inwieweit sie durch die Entwicklung festgelegt sind: Sicher bilden sich Bedeutungen aufgrund von Erinnerungen, Phantasien und Positionen der Kindheit, doch gehen sie ebenso auf Erfahrungen und Phantasien aus jüngerer Zeit zurück, und zwar solchen mit dem Analytiker wie mit der äußeren Welt. Das psychologische Geschehen stellt damit einen Prozeß und zugleich ein Ergebnis dar.

Wenn wir in unserer Behandlungspraxis die Zufälle und Unbestimmbarkeit der persönlichen Bedeutungen betonen, gestaltet sich das Ganze noch undurchsichtiger und unbestimmter, als es einem Versuch der Verknüpfung klinischer Beobachtungen oder Interpretationen mit den vermeintlich entwicklungsbedingten Voraussetzungen entsprechen würde. Bisher haben trotz der Vielzahl von sich ständig verändernden Mitteilungen und Interpretationen aus Behandlungen zumindest auf die eine oder andere Theorie über die Vergangenheit in der Kindheit und ihre bestimmenden, lebenslangen Auswirkungen auf die Psyche stützen können. Doch mit der derzeit gängigen Vorliebe für das Hier-und-Jetzt haben wir uns von diesen Wurzeln entfernt. Während sich die Entwicklungstheorie eher in Richtung auf eine stärker fixierte, kausale und objektivierende Sicht der Dinge hin bewegt – mit der genauen Darstellung von Entwicklungslinien, von miteinander verbundenen Systemen oder Strukturen und mit Theorien über Stufen der Objektbeziehungen oder der Selbstentwicklung, Defizite und Mängel –, fassen wir den analytischen Prozeß immer stärker in Begriffen eines subjektiven oder zwischen Subjekten ablaufenden Geschehens, das zufällig, nicht vorhersagbar, vieldeutig und ephemer erscheinen muß. Daraus ergibt sich aber eine Spannung: Unbestimmtheit schafft eine unmittelbar weniger angenehme Situation als klare Ableitung, Erklärung und Begründung, und die Psychoanalyse hat während ihrer gesamten Geschichte für sich den Rang einer kausal erklärenden Wissenschaft in Anspruch genommen.

Zudem sehen wir uns ständig mit Übertragungsbedeutungen konfrontiert – mit Projektionen und Introjektionen, die mit Gefühlen und mit bewußten und unbewußten Phantasien machtvoll aufgeladen sind. Doch sind diese offenbar zugleich situationsabhängig, werden also durch gegenwärtige Umstände ausgelöst, und sind zeitüberdauernd, treten also immer wieder erneut auf und sind durch innere Fixierungen bestimmt. Auch dort, wo wir im Deutungsvorgang unsere Aufmerksamkeit dem Hier-und-Jetzt der psychoanalytischen Situation zuwenden möchten, können wir doch nicht umhin, die sich wiederholenden, vorhersagbaren Interaktions- und Ausdrucksmuster aufzuspüren und nach Erklärungen für sie zu suchen. Und gerade in dem Maße, wie sich diese Muster als zählebig erweisen, wiederholt und in immer gleicher Form auftreten, wird der Gedanke unabdingbar, solche Ausdrucksformen bei Patienten auf die Kindheit, die Vergangenheit allgemein und auf Außeneinflüsse zurückzuführen.

Zu dieser zäh festgehaltenen Beschäftigung der Psychoanalyse mit der Vergangenheit kommt noch etwas hinzu. An anderer Stelle (Chodorow 1994) habe ich mich mit der Frage auseinandergesetzt, weshalb sich in psychoanalytischen Denkansätzen immer wieder kulturelle Normvorstellungen einschleichen. Dazu gehört, wie ich meine, die vor jeder Theorie bestehende, als selbstverständlich angesehene Überzeugung, daß für jeden die Empfindung eines in sich geschlossenen Empfindens für sein Leben als Ganzes eine notwendige, allgemein gültige psychologische Grundkonstante darstellt. Darüber hinaus strebt die überlieferte westliche Kultur ebenso wie die Tradition unseres Berufs dahin, diese Geschlossenheit zu schaffen (bzw. vorauszusetzen), indem sie dem Selbst eine zeitliche Kontinuität zuerkennt. Damit verquicken wir Ganzheit und Kontinuität mit biographischen Kategorien wie Fallgeschichte und persönliche Überlieferung. So können wir uns schließlich bei all dem hochentwickelten theoretischen und klinischen Wissen über unbewußte seelische Abläufe (die häufig als „zeitlos" angesehen werden) das Leben eines Menschen gar nicht mehr anders als im Rahmen eines Lebenszyklus vorstellen, in dem Vergangenheit und Gegenwart, Kindheit und Erwachsenenleben miteinander verknüpft sind. Intuitiv unterlegen wir dann noch diesen „Lebenszyklus" mit der Bedeutung biologisch vorgegebener, regelhafter Abläufe mit Anfang, Entwicklung und Ende. Doch besteht in einem zeitlich bestimmten Ablauf nicht die einzige Form, ein Leben als in sich geschlossen anzusehen, und ein Lebenszyklus nach westlicher Vorstellung ist auch nicht die einzig mögliche Form einer zeitlichen Geschlossenheit (Hindus und Buddhisten beispielsweise erklären und konzeptualisieren Lebensgeschichten, indem sie vorherige und nachfolgende Existenzen in Betracht ziehen).

Vielerlei Gründe nähren das Interesse an der Kindheit, auch jenseits der klinischen Praxis. Teilweise geht unser Hang, von einem in sich geschlossenen und sich entwickelnden Lebenszyklus auszugehen, der sich von der Vergangenheit in die Gegenwart bis in die Zukunft hinein erstreckt, zurück auf eine nicht weiter hinterfragte kulturelle und fachliche Überlieferung; teilweise scheint die persönliche Vergangenheit in die Übertragungsbeziehungen der Gegenwart einzusickern, und teilweise lassen wir uns von den komplexen, ungewissen und unbestimmbaren Momenten der ständig wechselnden Übertragungen und Gegenübertragungen sowohl hinsichtlich ihrer psychologischen wie epistemologischen Dimensionen allzu leicht verunsichern. Die Beziehungen zwischen subjektiver und objektiver Vergangenheit, zwischen Vergangenheit, Gegenwart und den Entwicklungen der Gegenwart für sich genommen stellen jede für sich besondere Anforderungen.

Diese Tendenzen lassen moderne Autoren unabhängig von ihrer theoretischen Orientierung nach einer Sowohl-als-auch-Position suchen. Diese Autoren behaupten, daß sie sich mit ihrem Rückgriff auf die Bedeutung der Vergangenheit in der Übertragung auf eine innerpsychische Vergangenheit beziehen und nicht so sehr auf eine Vergangenheit, wie sie in einer tatsächlichen Umwelt, geschichtlich oder auch nur in der Phantasie vorgelegen hat. Sie bemühen sich nicht um eine Rekonstruktion tatsächlicher Ereignisse einschließlich der in der Vergangenheit gestalteten Phantasien über die Vergangenheit. Und wenn sie sich mit den tatsächlichen Ereignissen befassen, dann geschieht dies nur aus besonderen Gründen – beispielsweise weil die *Patienten selbst* die Empfindung von Kontinuität erleben können, wenn sie eine Geschichte ihres Lebens erschaffen, wo sich Vergangenheit und Gegenwart miteinander verbinden lassen, oder weil sich darin das Interesse des Analytikers an seinem Patienten erweist oder weil dies einen Weg zurück zur Deutung der Übertragung eröffnen kann, gegen die sich der Patient sonst sträuben würde. Joseph beispielsweise faßt die Übertragung auf als „eine lebendige Beziehung, in der beständig Bewegung und Veränderung stattfindet, (...) in der die ganze Zeit etwas geschieht, doch wir wissen von diesem Etwas, daß es wesentlich in der Vergangenheit des Patienten und in seinen Beziehungen zu seinen inneren Objekten bzw. in seinen Überzeugungen über sie und ihre Eigenarten begründet ist" (Joseph 1985, S. 167, 164). Für Malcolm bringt die Übertragung „die Vergangenheit in der Gegenwart" zum Ausdruck, „so daß das analytische Verstehen des Gegenwärtigen zugleich das Verstehen der Vergangenheit des Patienten als etwas in der Gegenwart Lebendigem und Aktuellen" ist (Malcolm 1986, S. 75). Ähnlich stehen für Schafer „die Rekonstruktionen der kindlichen Vergangenheit und die Gegenwart des Übertragungsgeschehens in einem wechselseitigen Abhängigkeitsverhältnis" (Schafer 1983, S. 196). Will man sich Aufschluß geben über „die Tragweite von Übertragungsdeutungen im Hier-und-Jetzt im Hinblick auf die Rekonstruktion der frühen Entwicklung", fallen Vergangenheit und Gegenwart des Analysanden im Grunde zusammen: „Was gewesen ist, ist, und was ist, ist gewesen, die erzählte Gegenwart hat ihren Ursprung im erzählten Vergangenen und umgekehrt" (Schafer 1982, S. 78). Sandler und Sandler (1984) führen eine Topographie von Tiefe und Oberfläche ein, womit sich das „vergangene Unbewußte" vom „gegenwärtig Unbewußten" unterscheidet und sich die Topographie mit Vergangenem und Gegenwärtigem verbinden läßt. Das „gegenwärtig Unbewußte" nähert sich dabei dem Vorbewußten Freuds an, während das „vergangene Unbewußte" ein strukturierendes Moment darstellt, das den innerpsychischen Inhalt tieferer, eher zur Kindheit gehörender unbewußter Wünsche und Phantasien formt. Ogden spricht von „zwei Ausformungen der Geschichte, (...) der bewußt symbolisierten und der unbewußt lebendigen Vergangenheit" (Ogden 1989, S. 193).

Loewald ruft in Erinnerung, daß die Übertragung wesentlich um die Pole unbewußt/bewußt und weniger um die Pole vergangen/gegenwärtig zentriert ist, und stellt fest, daß das „Verhalten des Patienten, das in der Übertragung wesentlich durch Verschiebungen aus seiner Vergangenheit bestimmt wird, häufig vom Verhalten oder den Worten des Analytikers ausgelöst wird" und daß „Gegenübertragungen durch vergangene Erfahrungen beeinflußt, aber nicht völlig bestimmt werden" (Loewald 1986, S. 279). Die Übertragung entstamme gleichermaßen dem Gegenwärtigen wie dem Vergangenen: „Sie besteht aus einer Neuauflage, die durch diese [vergangenen] Ursprünge, durch später hinzutretende Erfahrungen und durch Wachstum gestaltet und zunehmend durch die libidinös fundierten Austauschvorgänge in der analytischen Begegnung verändert wird" (ebd., S. 286). Subjektiv Vergangenes und Gegenwärtiges bestimmen und konstituieren einander schließlich wechselseitig: „Das Wiedererleben von Vergangenem kann durch Erfahrungen neuer Art in der Gegenwart leicht beeinflußt werden. (...) Insofern die Neuinszenierung als eine Form des Erinnerns gelten kann, können sich die Erinnerungen unter der Wirkung der aktuellen Erfahrung verändern ... Damit steht nicht nur fest, daß die

Gegenwart durch Vergangenes beeinflußt wird, sondern auch, daß das Vergangene – als ein dynamisch wirkendes Moment im Patienten – durch die Gegenwart beeinflußt wird" (Loewald 1975, S. 360).

All diese Formulierungen – „vergangenes Unbewußtes und gegenwärtig Unbewußtes", „unbewußt lebendige Vergangenheit", „lebendige Vergangenheit", „Vergangenheit in der Gegenwart", „Gegenwart in der Vergangenheit" – stellen einen Versuch dar, zwei scheinbar unvereinbare Sichtweisen miteinander in Einklag zu bringen: Daß, einerseits, die aktuelle psychische Realität subjektiv und intersubjektiv im Hier-und-Jetzt geschaffen wird und daß, andererseits, die aktuelle psychische Realität (besonders dort, wo sie dem Analytiker relevant erscheinen mag) im Hier-und-Jetzt der Vergangenheit gestaltet worden ist. In diesen Darstellungen (möglicherweise mit Ausnahme der von Sandler und Sandler) wird ausdrücklich versucht, Vergangenes und Aktuelles über das subjektive Erleben miteinander zu verknüpfen – und damit für eine Theorie der Entwicklung von einem kausalen Determinismus abzurücken. Anders als in vorangegangenen Zeiten, in denen eine objektive Vergangenheit herausgearbeitet werden sollte, verweisen diese Autoren nachdrücklich auf die Bedeutung der subjektiv geschaffenen Vergangenheit für den analytischen Dialog. Die Deutungsarbeit hat nun zum Ziel, die „Vergangenheit in der Gegenwart" oder die „lebendige Vergangenheit" zutage zu bringen und ihr eine emotionale Bedeutungskraft zu geben, ohne sich um die tatsächliche Vergangenheit bzw. die „erschlossene historische Vergangenheit" zu kümmern, die „die Vergangenheit in der Gegenwart" wiedergeben soll.

Doch tendieren diese Darstellungen, wie ich glaube, bei aller Bemühung, ein nicht mehr deterministisches Verhältnis von Vergangenheit und Gegenwart zu erreichen, zu einer metaphorischen Unbestimmtheit, die an die Stelle einer überzeugenden Argumentation tritt. Dies scheint mir daran zu liegen, daß sie unausgesprochen immer noch objektivistische und deterministische Vorstellungen hinsichtlich der Vergangenheit enthalten. Zwar geht wohl niemand mehr davon aus, daß die Übertragung wirklich eine direkte Übernahme früherer Objektimagines auf aktuelle Beziehungen darstellt, doch fehlt dieser neuen Betrachtungsweise für den Bereich der Entwicklung letztlich ein eigenständiger, mit dieser veränderten klinischen Orientierung in Einklang stehender Ansatz. Auch wenn man der lebendigen gegenüber der erschlossenen Vergangenheit den Vorzug gibt, lebt hier gleichsam die Vorstellung von einer allgemeingültigen, objektiven Beschaffenheit weiter: Besondere klinische Umstände können einem Rückgriff auf die tatsächliche Vergangenheit eine entscheidende Bedeutung verleihen.

Theorien zur Entwicklung wie zur Übertragung legen gleichermaßen einen Sowohl-als-auch-Standpunkt nahe. Klein und ihre Anhänger sehen die paranoid-schizoide und die depressive Position als in der Entwicklung angelegt an, sie gehen aber davon aus, daß sich der Mensch in jeder einzelnen analytischen Sitzung, in der gesamten Analyse und in seinem ganzen Leben zwischen diesen Positionen bewegen kann. Loewald (1978, 1979) verweist darauf, daß der Mensch während seines ganzen Lebens zwischen dem ödipalen Sekundärprozeß mit Abgrenzung und ichautonomen Lebens- und Denkformen und andererseits primärprozeßhaften Zuständen der Verschmelzung, Präödipalität und Nichtsprachlichkeit hin- und herwechselt, offenbar ein Oszillieren zwischen nicht zeitlich gebundenen, gesonderten Seinsformen und zwischen als früher und später einzuordnenden Entwicklungsstadien. Mahler und ihre Mitarbeiter (1975) beschreiben den Prozeß der Verständigung zwischen dem Selbst und dem anderen im Rapprochement als die zentrale Krise der Kindheit und den fundamentalen Grundkonflikt im Leben des Menschen. Eriksons (1950) Entwicklungszyklen waren ursprünglich als Beschreibung von Entwicklungsstufen als zeitabhängige biologische Abläufe konzipiert, doch formte er sie dann zu einem ziemlich verwickelten Gebilde um, in dem jede Stufe des Lebenszyklus mit jeder anderen Stufe verwoben ist (an dieser Stelle vielfach miteinander verflochtener Nuancierungen und Bestimmungen haben Analytiker wohl aufgegeben, in den Begriffen Eriksons zu denken). Bei all diesen Entwürfen finden sich mit der Entwicklung verknüpfte Vorstellungen – das Präödipale entsteht vor dem Ödipalen, die paranoid-schizoide vor der depressiven Position und Verschmelzung vor der Separation –, doch daneben wird jede als solche konzipierte Entwicklungsstufe als etwas gezeichnet, das von der Säuglingszeit an das gesamte Leben als mögliche Funktionsarten durchzieht, von denen keine durch eine andere dauerhaft abgelöst wird.

Auch die konsequentesten Narrativisten und Subjektivisten halten neben den subjektivistischen Anschauungen der Vergangenheit in bezug auf die Gegenwart auch an objektiven Anschauungen fest. Schafer hat das methodische Programm, das sich auf die Erzählweise ausrichtet, detailliert ausgearbeitet, doch verlangt seine Hermeneutik letztlich sowohl ein (wenn auch vieldeutiges) Signifikat als auch einen Signifikanten. Er stellt fest, daß der Analytiker auf „für die Psychoanalyse spezifische abstrahierende und organisierende Konzepte" zurückgreift (Schafer 1982, S. 78) und daß „Interpretationen neue Beschreibungen bzw. Erzählweisen von Handlungen entsprechend dem besonderen psychoanalytischen Interesse sind" (Schafer 1983, S. 255, S. 219). Zu diesen „für die Psychoanalyse spezifischen organisierenden Konzepten" und

„psychoanalytischen Vorlieben" gehört die Theorie der kindlichen Entwicklung und deren Folgewirkungen. Die vielfältigen analytischen Theorien führen ausnahmslos zu „Berichten über die Lebensgeschichte" (1982, S. 77), so daß eine „narrative Strategie" den einen Bericht (den der Patient mitteilt) zu einem anderen Bericht umorganisiert, worin „der erwünschte Blickpunkt auf die Vergangenheit zum Ausdruck kommt (...), im Sinne bereits vorhandener theoretischer Festlegungen oder lebensgeschichtlicher Strategien" (S. 77, S. 81). Das in der Übertragung Gegenwärtige und das Vergangene der Kindheit können in dem Bericht konstruiert bzw. rekonstruiert werden, doch stellt Schafer die Notwendigkeit nicht in Frage, die Erzählung in der Analyse in erster Linie um Vergangenheit und Gegenwart zu zentrieren.

Ganz ähnlich geht Hoffman (1983) davon aus, daß das Geschehen in der analytischen Begegnung durch diese Begegnung selbst erzeugt wird, und doch verweist er darauf, daß zu den besten Verfahren zur Überwindung zählebiger Inszenierungen der Übertragung-Gegenübertragung das beim Analytiker und beim Patienten „sich entfaltende Verstehen der Geschichte des Patienten" gehört. Auf vertraute Weise vergleicht er die Interpretation, die der Patient der Erfahrung mit seinem Analytiker gibt, mit seiner Interpretation der Kindheitserfahrung mit den Eltern, und er geht davon aus, daß der Patient seine Reaktionen auf der Grundlage „der Ereignisse der Vergangenheit" besser verstehen werde (Hoffman 1983, S. 419).

Selbst wenn wir also gute Gründe dafür haben, die Übertragung als einen Ausdruck für eine „lebendige" oder „unbewußte" Vergangenheit zu sehen – bei allem, was darin enthalten ist und fortwirkt, für etwas Gegenwärtiges –, tun wir uns offenbar schwer damit, diese nicht als die tatsächlichen, in der Vergangenheit liegenden Wurzeln der psychischen Realität von heute auszumachen oder sie sogar ausdrücklich als solche zu benennen. In Falldarstellungen und theoretischen Diskussionen wird häufig von einer Vergangenheit gesprochen, deren Umrisse durch die Kindheitserfahrung geformt und nach den Vorstellungen der speziellen Entwicklungstheorie des Analytikers verstanden werden. Selbst wo etwas anderes behauptet wird, legen diese Darstellungen durchaus nahe, daß die Übertragung durch die tatsächliche Vergangenheit begründet wird bzw. diese in jener zum Ausdruck kommt. Diese Tendenz zeigt sich im gesamten psychoanalytischen Spektrum. Die Kleinianer beschreiben, wie sich Schwankungen der frühen inneren Objektbeziehungen und das Oszillieren zwischen innerer und äußerer Erfahrung im Auf-und-Ab der Übertragungsbeziehung widerspiegeln und diese hervorrufen. Psychoanalytiker, die der Objektbeziehungstheorie folgen, sprechen eher über „innere" als über reale Mutter-Kind-Beziehungen, doch stellen auch sie Vermutungen an über die reale Psychodynamik und das Verhalten und die Auswirkungen der Vergangenheit eines Patienten (siehe z. B. Bollas 1987; Ogden 1987, 1989). Selbstpsychologen greifen auf die Übertragung und die Erfahrung zurück, als Selbstobjekt gebraucht zu werden, und ziehen daraus definitive Schlüsse über die Erfahrung in früher Kindheit, von der Mutter nicht angemessen gespiegelt worden zu sein, und über elterliche Barrieren gegen eine positive narzißtische Entwicklung. Ichpsychologen und Anhänger der Strukturtheorie achten bei ihren Patienten auf die Vorgänge bzw. mangelhafte Funktion verschiedener Entwicklungslinien und Strukturen (beispielsweise Strukturen des Selbst oder des Über-Ich) und gelangen dann zu der Frage, ob diese Patienten eine wirkliche infantile Neurose durchgemacht oder eine wirkliche ödipale Krise und Lösung erreicht haben.

Unsere Ansichten stecken zwischen zwei Perspektiven fest. Die meisten Analytiker gehen heute davon aus, daß psychoanalytische Theorie und Praxis sich in erster Linie mit dem Geschehen im Behandlungszimmer befassen müssen. Diese *Sui generis*-Erfahrung läßt sich auf das Geschehen außerhalb und von früher beziehen, es handelt sich dabei aber nicht um einfache Epiphänomene – ein Ergebnis, eine Nachbildung oder ein Ausdruck – dieses Geschehens. Die Determinierungen der Kindheit reichen nicht aus, diese in sich geschlossenen, innerpsychisch und zwischen Menschen ablaufenden klinischen Prozesse zu erklären.

Doch kann man psychoanalytische Arbeit offenbar nur leisten (zumindest läßt sich empirisch beobachten, daß Analytiker sich die meiste Zeit nicht mit psychoanalytischer Arbeit befassen) mit einer Vorstellung von den frühen Erfahrungen eines Patienten oder mit Theorien über die frühe Entwicklung und die mit dieser verbundenen Anforderungen. Viele von uns möchten nicht von der Annahme lassen, daß die psychische Verfassung des Erwachsenen in der Kindheit bestimmt wird. Noch mehr verwirren sich die Fäden, weil die meisten Vorstellungen von psychoanalytischen Prozessen mit Theorien über die Kindheit durchwirkt sind: Das Erleben der Behandlung wird auf dem Hintergrund einer Mutter-Kind-Beziehung, anhand von Kindheitsphantasien wie ödipaler Kastrationsangst oder der Suche nach väterlichem Beistand oder im Sinne primitiver projektiver und introjektiver Prozesse (des ersten Lebensjahres) usw. verstanden; der psychoanalytische Prozeß selbst ist als ein Entwicklungsvorgang konzipiert (Loewald 1960; Settlage 1980, 1993). Wir arbeiten vor allem im „Hier-und-Jetzt", zum einen, weil das Hier-und-Jetzt für sich genommen Aufmerksamkeit erweckt (wir sind heute mehr als früher an der unmittelbaren Gegenwart interessiert) und weil es der beste Weg ist, das „Dort-und-Dann" zu begreifen (noch immer interessieren wir uns für die Vergangenheit und möchten ihre Auswirkungen umformen).

Diese offenbar unauflösliche doppelte Realität legt als andere mögliche Lösung unserer problematischen erkenntnistheoretischen und empirischen Lage nahe, Darstellungen der Kindheit und Entwicklung danach zu beurteilen, wie weit sie mit unserem klinischen Verstehen übereinstimmen. Mir drängt sich der Eindruck auf, daß Entwicklungstheorien, die mit klinischen Beobachtungen übereinstimmen, aus zwei Teilstücken bestehen müssen. Einmal versetzt uns der Blick auf das psychische Geschehen im Hier-und-Jetzt der Übertragung-Gegenübertragung in der Behandlung unmittelbar in eine Beziehungswelt, die auf Gegenseitigkeit aufbaut und in der eine Verständigung hinsichtlich der gefühlsmäßigen Bedeutungen der Geschehnisse und des Umgangs miteinander stattfindet. Die Vorgänge der Übertragung-Gegenübertragung bringen innerpsychische Phantasien und Gefühle zum Ausdruck, doch diese entstehen innerhalb einer sich zwischen zwei Menschen entfaltenden Matrix (denn auch Konzepte aus der Ein-Personen-Perspektive der psychoanalytischen Begegnung implizieren ein Gegenüber für das Selbst, das überträgt). In Behandlungen stehen die Gefühle stets in einem Beziehungsfeld, auch wenn dieses Feld ein innerlich phantasiertes oder selbst geschaffenes ist, selbst dann, wenn die hauptsächliche Beziehungserfahrung die Abwesenheit des anderen darstellt.

Zum zweiten schaffen Analytiker und Analysand die Übertragung-Gegenübertragung in einem in sich geschlossenen, fortlaufenden Gestaltungsprozeß. Beide greifen in ihrem Zusammenspiel auf die üblichen kulturellen und sprachlichen Konventionen zurück und machen Gebrauch von einem teilweise übereinstimmenden Repertoire an sprachlichen und bildlichen Metaphern, an Geschichten und Redensarten, aus denen sich ihr Gespräch zusammensetzt. Beide haben sich ihr Leben lang mit dem Verhältnis vom Selbst zu anderen beschäftigt und sich dabei mit ihren von Gefühlen und Ängsten besetzten, von Phantasien geleiteten unbewußten projektiven und introjektiven Bildungen auseinandergesetzt. All dies geht in die analytische Begegnung ein, und dabei bringt jeder einzelne Augenblick dieser Begegnung neue Bedeutungen hervor. Die Verständigung entsteht im Hier-und-Jetzt innerpsychischer Vorgänge und im Kontakt zweier Menschen, keinesfalls ist sie ein für allemal in der früheren oder späteren Kindheit festgelegt worden. Übertragung-Gegenübertragung lenkt unser Augenmerk ab von den Universalien der psychischen Strukturen, Systeme oder Inhalte und hin zu den Besonderheiten des einzelnen und der unwiederholbaren Begegnung zweier Menschen.

Theorien der Entwicklung sollten also, damit sie mit unserem Verständnis der Vorgänge in der Behandlung in Einklang stehen können, die Entwicklung in den Zusammenhang einer inneren und äußeren Beziehungsmatrix stellen und – anders als das klassische psychosexuelle Modell einer in Stufen verlaufenden Entwicklung, das ichpsychologische Strukturmodell oder das Kleinianische Modell – keine Angaben über Festlegungen, Inszenierungen oder Determinanten psychischer Inhalte oder Funktionsweisen machen. Statt dessen sollten sie etwas darüber aussagen, wie Menschen ihr ganzes Leben hindurch funktionieren, und dabei die Entwicklung und die Vorgänge beleuchten, wie sich unbewußte Phantasien und das Empfinden von Bedeutungen herausbilden. Empirisch bedeutsam ist dabei allein das Ausmaß des Überdauerns – weshalb also bei vielen Menschen unter besonderen Kindheitsbedingungen, ihrer Kindheit allgemein oder ihrer ganz spezifischen Kindheit, diese frühen Erfahrungen zu einer besonderen Ausgestaltung oder einem besonderen Echo geführt haben. Definitionsgemäß sollten solche Modelle in Einklang stehen mit der Erkenntnis, daß die Phänomene und Vorgänge der Begegnung in der Behandlung sich auch während des gesamten übrigen Lebens beobachten lassen.

Im folgenden möchte ich auf die Möglichkeiten einer sinnvollen Ausarbeitung einer solchen Theorie und auf Mängel anderer Ansätze zur Entwicklung hinweisen, die sie für die Konzeptualisierung der Abläufe in Behandlungen als weniger brauchbar erscheinen lassen. Für das klinische Denken hilfreiche Theorien der Entwicklung gehören offenbar eher der gleichen phänomenologischen Kategorie an wie die Vorgänge der Verständigung in Behandlungen oder der Übertragung als dem Raster kausaler bzw. Strukturmodelle, die nicht auf beobachtbaren Erfahrungen beruhen. Es geht also nicht so sehr um besondere aufeinanderfolgende Stadien in der Kindheit, die spätere psychische Inhalte bestimmen, um Funktionsweisen, Persönlichkeit oder Pathologie, sondern vielmehr um Theorien, die umfassend und detailliert die psychologischen Aspekte des Lebens eines Menschen als ein Ganzes aufnehmen.

Loewald geht von der Voraussetzung aus, daß es für den Menschen anfänglich kein Innen und Außen, keinen Gegensatz zwischen Ich und äußerer Realität, zwischen Trieben und Ich gibt. Sie entstehen erst oder differenzieren sich zugleich aus einer globalen Struktur (Loewald 1989, *et passim*). Damit beschreibt er Primärprozesse, aus denen die Existenz und die Bedeutung von Selbst und Objekt erwachsen, wobei das eine auf das andere bezogen ist. Danach sind Innen und Außen empirisch gesehen keine zu jedem Zeitpunkt festliegenden Qualitäten. Von Anfang an besitzen sie eine gefühlsmäßige Bedeutung sowie eine Bedeutung für die Körperwahrnehmung, und diese anfänglichen Bildungen setzen einen lebenslangen Prozeß in Gang, durch den nicht nur die Bedeutung, sondern auch die Konstituierung des Innen und Außen ausgehandelt wird. Auch die Triebe müssen sich erst ausbilden. Loewald hält sie nicht für vorgegeben, sondern geht davon aus, daß der Mensch gestaltet, was seine künftigen Triebe und seine persönlichen Erfahrungen sein werden und was bei ihm Aggression und Libido auslösen wird. Die mit Gefühlen geladenen Erfahrungen des Kindes mit anderen Menschen beeinflussen die Art dieser Gestaltung: „Triebe (...) müssen als Beziehungsphänomene von Beginn an gesehen werden und nicht als autochthone Kräfte, die nach Entladung suchen" (Loewald 1972, S. 321f).

Die Beiträge Kleins (1940, 1952 und anderswo) und Fairbairns (1952) gehen noch über Loewalds Ansatz hinaus. Diese Psychoanalytiker, die sich mit der Entwicklung beschäftigt haben, achten besonders auf die Art der Beziehungen zwischen Innen und Außen – also darauf, wie die innere Objektwelt sich aus Vorgängen gestaltet, die auch die Grundlage der später entstehenden Orientierungen des Selbst und der Übertragungen bilden und diese formen. Während der ganzen Entwicklung, während des gesamten Lebens bilden sich die innere und die äußere Realität als Folgen von Angst, Furcht und anderen, unter Affektdruck stehenden projektiven und introjektiven Phantasien stets aufs neue, und zwar so, daß die Erfahrung von Menschen durch ihre innere Welt geformt bzw. gefiltert wird und ihrerseits auf diese Welt umgestaltend einwirkt: „So entwickelt sich im Unbewußten des Kindes eine innere Welt, die seinen realen Erfahrungen und Eindrücken, die es von den Menschen und der äußeren Welt gewinnt, entspricht, zugleich aber durch seine eigenen Phantasien und Triebstrebungen verändert wird." (Klein 1940) Die Umgestaltung durch Übertragungsvorgänge findet überall statt: „Im Ganzen gesehen, wird im Seelenleben des Kleinkindes jede äußere Erfahrung mit seinen Phantasien verwoben, und andererseits enthält jede Phantasie Bestandteile tatsächlicher Erfahrungen." (Klein 1952, S. 54)

Die Sprache von Klein und Fairbairn mag zuweilen übermäßig konkret und schlicht erscheinen, doch gerade in dieser Konkretheit spiegeln sich die grundlegenden Annahmen, aus denen sich unser Wissen von der Übertragung herleitet. In ihrer Darstellung des Doppelaspekts von Erfahrung versucht Klein (1940) beispielsweise, die schwierigen klinischen Fragen zu kennzeichnen und zu beantworten, wie Phantasien die innere Welt immer erneut umgestalten können und deren Ergebnisse sich sowohl im Innenbereich der Phantasien (der Realität in der Übertragung) finden lassen und darüber hinaus sich nachweislich auf unsere Wahrnehmungen, Erfahrungen und Empfindungen der äußeren Welt auswirken. Besonders in der analytischen Situation lassen sich diese „realen" Wirkungen umfassend beobachten, wenn der Analysand unbewußt seine Auffassung von der analytischen Beziehung darstellt und auf Spaltungsmechanismen, projektive Phantasien darüber, was der Analytiker mit dem Patienten macht und auf projektive Identifikationen seiner Empfindungen gegenüber dem Analytiker zurückgreift. Klein und Fairbairn schildern auch die geradezu verwirrenden ständigen Vorgänge von Machen und Ungeschehenmachen, die Umkehr von schlecht und gut, von Selbst und anderem, die mit dem Wechsel einer Übertragung einhergehen.

Winnicotts (1971) Darstellung der Entwicklung mit Übergangsphänomenen und Übergangsvorgängen ist ein weiterer Beitrag zu einer Entwicklungstheorie der Vergangenheit, in der das Hier-und-Jetzt mitklingt. Hier liegt ein Beziehungsraum *sui generis* vor, worin die intern erzeugte persönliche Bedeutung auch die tatsächliche Anwesenheit des anderen begründet. Damit legt Winnicott einen Entwurf dafür vor, wie das Objekt bzw. der andere selbst eine Rolle spielt, im Vergleich zu Überlegungen, daß Phantasien und affektive Bedeutungen und wie man sich vom Selbst, von anderen und Objekten persönlich berühren läßt, im einzelnen Menschen entstehen. Sein Konzept läßt erkennen, wie die Bedeutungen in der Übertragung-Gegenübertragung sowohl entstehen (von innen heraus erzeugt werden) und Züge des Regelhaften zeigen (von außen oder von früher vorgegeben sind). Dieser Entwicklungsansatz ist klinisch durch Konzepte wie etwa den vom potentiellen Raum in der analytischen Situation (Ogden 1986), über das Sinn stiftende analytische Objekt (Bollas 1987) und über das für den Patienten unvermeidlich zweideutige, aber produktive Verhalten des Analytikers (Hoffman 1983) herausgearbeitet worden.

Weil diese Ansätze zur Entwicklung abgestimmt sind auf die sich in den Vordergrund schiebenden psychologischen Vorgänge und subjektiven Bedeutungen – Phantasien, Affekte und Triebvorgänge, die die Beziehungen zu anderen und zur Innenwelt ständig neu gestalten –, klingen darin die Beschreibungen der Übertragung-Gegenübertragung noch einmal an. In diesen Theorien richtet sich die Aufmerksamkeit auf die *Bedeutungen* von Ich und Objekt. Diese Bedeutungen müssen aber erst geschaffen werden: Das Kleinkind stattet das Ich und die Objekte mit Phantasien, Trieben und Affekten aus, erzeugt dabei eine Welt innerer Objekte und setzt unter dem Druck von Angst und Abwehr stehende Prozesse der Spaltung, Projektion und Introjektion in Gang, die sich ihrerseits durch sein gesamtes Leben fortsetzen werden. Auch die bei diesen Autoren aufgezeichneten Ergebnisse sind vom gleichen phänomenologischen

Zuschnitt – denn sie bilden sich aus verhältnismäßig stabil gewordenen Phantasie- und Triebmustern und Mustern des affektiven Aufbaus des Selbst und des anderen.

Solche Theorien können auch ausschließlich als Erklärungen von Entwicklungsstufen verstanden werden, doch gleichgültig, ob sich bei Kleinkindern die in diesen Ansätzen geschilderten Vorgänge zeigen, hat jeder Psychoanalytiker jeden Tag mit ihnen zu tun. Diese Entwicklungstheorien belegen das Auftreten jener psychischen Vorgänge in der Kindheit, die später einmal die Erscheinungen der Übertragung während des gesamten Lebens ermöglichen und hervorbringen, und nicht, daß hier ein strukturiertes Unbewußtes, eine Psyche oder kognitive Vorgänge zutage treten, die ihrerseits Grundlagen späterer Übertragungsvorgänge sind. Hier kommen nicht fixierte Entwicklungsabläufe psychosexueller Stufen, Entwicklungslinien oder miteinander in Zusammenhang stehende Systeme zur Darstellung, diese Ansätze stehen statt dessen in Einklang mit den drängenden Verwicklungen und Unwägbarkeiten der Übertragung, der Vielfalt möglicher Bedeutungen und den feinsinnigen Deutungsmöglichkeiten. Übergangsphänomene und Übergangsräume bilden eine Welt widersprüchlicher, situativer Bedeutungen ab – Objekte, Erfahrungen und andere Menschen werden objektiv wahrgenommen und zugleich subjektiv empfunden, und ihre Bedeutung wird zwischen zwei Menschen ausgehandelt. Ständiges Fließen kennzeichnet primäre und sekundäre Internalisierungen und Externalisierungen. In diesen Ansätzen wird der beharrliche Verweis der Psychoanalyse auf die Bedeutung der frühen Entwicklung neu gefaßt, aber keinesfalls untergraben. Sie legen in bezug auf die Übertragungsbeziehung eher die Annahme einer beständigen Neuauflage nahe, als eine konzise, mit dem Ursprung verbundene Wiederholung.

Autoren der Säuglingsforschung steuern ebenfalls Beiträge zur Entwicklung bei, die gut mit den Ansichten von heute über die Begegnung in der Behandlung übereinstimmen. Stern (1985) schreibt beispielsweise über die fließende und formbare Beschaffenheit der Affekte und Wahrnehmungen. Kleinkinder übersetzen Informationen aus einem Modus der Wahrnehmung in einen anderen und erleben Intensitätsgrade unterschiedlicher Affekte oder Wahrnehmungen als einander gleichwertig: Heftige Wut hat viel gemeinsam mit überschäumender Freude; grelles Licht ist eindringlicher als beruhigende Musik; die Dynamik des Schwindens, Explodierens oder Stürzens ist in gewisser Hinsicht gleichwertig mit unterschiedlichen Affekten. Stern bringt die Position des Sowohl-als-auch direkt zum Ausdruck, wenn er von Fragen der „Behandlungsentwicklung" spricht und feststellt, daß sich im Gegensatz zu den psychosexuell verankerten Entwicklungsstufen unterschiedliche Aspekte des Selbstgefühls in den ersten beiden Lebensjahren nacheinander entwickeln und „Themen für das gesamte Leben" bleiben (Stern 1985, S. 12).

Die Bindungstheorie (Bowlby 1969, 1973, 1980) und die Theorie der Intersubjektivität (Stern 1985, Trevarthen 1979, 1980) können sich auch indirekt auf die analytische Beziehung und die Veränderungen der analytischen Haltung und Technik auswirken, denen wir uns neuerdings wieder stärker zuwenden. Die Säuglingsforscher von heute belegen einen Austausch von affektiven Signalen zwischen Kleinkind und Bezugsperson und die Art und Weise, wie sich aus der Gefühlstönung dieser Beziehung der „affektive Kern des Selbst" (der Begriff, den Stern gebraucht) bildet. Sie zeigen, wie das Kind den Objekten eine affektive Bedeutung verleiht, indem es seine Wahrnehmungen mit denen seiner Mutter oder Bezugsperson teilt: Die Abläufe des affektiven Austauschs drehen sich nicht allein um Ich und Du, sondern um „unsere" Erfahrung und Verständigung über die gegenständliche und die kulturelle Welt (Emde 1991; Emde und Sorce 1983). Entsprechend haben die Bedeutungen der Worte der Mutter, auch wenn sie sich von der gewöhnlichen Sprache nicht unterscheiden, für das Kind den besonderen Widerhall der Beziehung und ihres affektiven Kontextes. Auch die Selbstentwicklung ist ein sich zwischen Menschen abspielender Vorgang auf der Ebene unbewußter Phantasien: Kleinkinder entwickeln sich von Geburt an in einer Sphäre von „Interphantasien" – einer Matrix der mütterlichen Phantasien in bezug auf ihre Verständigung mit dem Kind, die wiederum zu Bestandteilen der Phantasien des Kleinkindes werden, ohne sie zu determinieren (Stern 1985, S. 134). Damit gibt es von Beginn an in den Zusammenhängen von Sprache, Wörtern, dem Sozialen, den Affekten und Phantasien im dichtgedrängten Ablauf der Primärprozesse Verbindungen, in die allmählich ein stärker artikulierter Sekundärprozeß eingewoben wird. Aus diesem Stoff bestehen auch die Verwicklungen der analytischen Begegnung und die in anderen Austauschvorgängen, die vom Betroffenen subjektiv als bedeutsam erlebt werden. Hier lenkt die theoretisch sorgfältig fundierte Forschung unsere Aufmerksamkeit auf Vorgänge der sich im Umgang von Menschen bildenden menschlichen Erfahrung und des Empfindens seiner selbst. Früher hielten die Analytiker die Triebbefriedigung für das primäre menschliche Verlangen, doch gehen wir heute davon aus, daß die Menschen vor allem auf Anlehnung, Resonanz, Anerkennung und Bedeutung bedacht sind.

Diese Ansätze beschreiben übereinstimmend eine innere Befindlichkeit der Kindheit, die aus einer Beziehungsmatrix hervorgeht und eine unbewußte, mit Affekten und Phantasien erfüllte innere Objektwelt mit persönlichen Bedeutungen und Färbungen und einer Belebung der äußeren Welt mittels Übertragung, einer geteilten Phantasiewelt und wechselseitigen projektiven Vorgängen erzeugt. Hier wird deutlich, daß Übertragung und Gegenübertragung nicht nur im Alltagsleben stattfinden, sondern auch in den zu Beginn wirksamen Vorgängen der Ausbildung von Wahrnehmung und Bedeutung. Solche Beschreibungen der Entwicklung lassen uns bei erneuter Untersuchung psychoanalytischer Prozesse die Kindheit in einem weniger deterministischen Lichte erscheinen. Ihnen zufolge werden psychologische Bedeutungen und die Subjektwerdung nicht in früher Kindheit festgelegt, auch wenn Kinder vom Säuglingsalter an psychologische Bedeutungen und Empfindungen für sich als Subjekt erzeugen. Weil psychologische Bedeutungen für die Wahrnehmung von sich selbst und der Außenwelt sowie für Erfahrungen in der Kindheit konstitutiv sind, übt die Vergangenheit auf die Gegenwart stets eine Sogwirkung aus. Doch ist diese Sogwirkung immer komplex und unbestimmt, sie wird vielleicht nicht stets neu erfunden, doch in jedem Augenblick neu geschaffen. Diese Darstellungen der Entwicklung stellen die Bedeutung der Kindheit keinesfalls in Frage, doch betrachten sie die Erfahrung des einzelnen als einen fortlaufenden Prozeß der intersubjektiven und interpretativen Beschäftigung und setzen nicht die Annahme voraus, daß die Kindheit die Art und Weise des aktuellen Funktionierens verursacht, festlegt oder mit diesem korreliert.

Solche Darstellungen kontrastieren mit jenen, die die empirisch vorgefundenen psychischen Inhalte als primär ansehen (psychosexuelle Stufen der Triebentwicklung, ödipale Konflikte, Zerstörungstriebe, Neid auf die Brust, Separations- und Individuationsängste oder -konflikte) und mit Darstellungen der Entwicklung, die im Sinne psychischer Struktursysteme, die nicht der Erfahrung entstammen oder von Entwicklungslinien gefaßt sind. Unsere vorgeblich allgemeingültigen Theorien der Entwicklung beschreiben meiner Meinung nach häufig nicht allgemeingültige, sondern nur weit verbreitete Phantasiemuster, psychische Inhalte der Beziehung zu sich selbst und zu Objekten, und setzen unnötigerweise Möglichkeiten der Entwicklung mit Anforderungen gleich (der Ödipuskomplex kann hier als prominentes Beispiel gelten). Irrtümlich wurden sie als allgemeingültige Theorien seelischer Abläufe mit universalen Phantasien und strukturellen Konsequenzen konzipiert. Muster und Tendenzen können in Behandlungen wertvolle Gedächtnisstützen darstellen, uns auf erfahrungsgemäß wichtige Muster verweisen und uns beim Zuhören im Hinblick auf unsere allgemeine vorbewußte Haltung orientieren. Für den Einzelfall oder zu bestimmten Zeiten des analytischen Prozesses mögen sie nützlich sein, doch können sie für den einzelnen Patienten zu einem speziellen Zeitpunkt keinesfalls mehr bedeuten. (Allerdings sehe ich mich nicht in der Lage, die Gültigkeit solcher Entwicklungstheorien für die Behandlung von Kindern zu beurteilen, und natürlich stelle ich den immanenten Wert der Erforschung der Entwicklung und entsprechender Theorien an sich nicht in Frage.)

Manchmal lassen sich Muster und Möglichkeiten erst deshalb erkennen, weil uns ein vielfältiges Wissen über Entwicklung verfügbar ist (allerdings ist hier vieles gar nicht miteinander vereinbar: Wenn wir uns dieses Wissens lediglich im einzelnen Fall und Moment bedienen, kann das Unvereinbare für uns dennoch nebeneinander bestehen). So scheinen bestimmte traumatische Erfahrungen der Kindheit die Entwicklung zu beeinträchtigen (vielleicht kann es, statistisch gesehen, zum „Stillstand" der Entwicklung führen), sie wirken sich aber nicht immer negativ aus, nicht für alle Betroffenen und nicht durchgängig in voraussagbarer Weise. Im Hinblick auf einen jungen Patienten mit einer hirnorganischen Problematik (um das eine der Extreme anzuführen, das allgemein entweder durch die Entwicklung oder die Konstitution verursacht erscheint) sagt Erikson (1950, S. 34): „Die Schädigung (...) würde natürlich nur eine mögliche, wenn auch notwendige Vorbedingung für Krämpfe bilden. Als Ursache für die Krämpfe kann sie nicht angesehen werden, weil wir davon ausgehen müssen, daß eine ganze Reihe von Menschen mit vergleichbarer zerebraler Schädigung lebt, ohne jemals einen Krampfanfall zu erleiden." Er fährt fort: „Wir kennen keine ‚Ursache'. Statt dessen wird ein Zusammentreffen sichtbar (...), das die Katastrophe in der Rückschau verständlich und wahrscheinlich werden läßt. Die so gewonnene Plausibilität erlaubt uns allerdings nicht, an den Anfang zurückzukehren und mögliche Ursachen nicht mehr zu sehen. Wir müssen das Geschehen als ein Kontinuum begreifen, auf dem diese Katastrophe einen entscheidenden Vorfall markierte, ein Vorfall, der nun seinen Schatten über alle Einzelpunkte wirft, die ihn verursacht zu haben scheinen" (Erikson 1950, S. 37f).

In dieser Arbeit trete ich dafür ein, daß man sich vor klinischen Erklärungen im Sinne objektivierender, allgemeingültiger Stufen der kindlichen Entwicklung oder psychobiologisch gedachter Triebe hüten muß, mittels derer die späteren psychologischen Erfahrungen als determiniert gesehen oder vorhergesagt werden sollen, und vor allgemeingültigen Ansprüchen an ein allen Menschen gleichermaßen vorgegebenes Repertoire unbewußter Phantasien. Außerdem sollten wir von Entwicklungstheorien Abstand nehmen, die Interpretationen und Erklärungen dieser Art unterstützen. Wenn sich in der Begegnung in einer Behandlung psychologische Bedeutungen aufdrängen und durch Phantasien, miteinander geteilte Phantasien, durch einen kooperativen und umsichtigen Umgang mit Vorgängen mit Übergangscharakter, durch Übertragungen und Gegenübertragungen im Hier-und-Jetzt geschaffen werden, dann ist es nicht zugleich möglich, daß ein Ödipuskomplex, daß Kastrationsängste, Phantasien über „die" Urszene oder der Neid auf „die" Brust oder „das" Innere der Mutter allen gemeinsam vorgegeben oder bei allen gleichermaßen durch die Bedingungen der frühen Kindheit oder eine allen Menschen gemeinsame Psychologie bestimmt wird. Unbedingt müssen wir aber an einer induktiv vorgehenden Offenheit gegenüber den Inhalten psychischer Phantasien festhalten und nach den Belegen suchen, die sich nicht aus einer allgemeingültigen Kindheit oder Psyche, sondern von der besonderen, persönlichen Kindheit und der einzigartigen Beweiskraft der Übertragung des einzelnen Patienten herleiten.

Die analytische Fokussierung auf Übertragungs- und Gegenübertragungsvorgänge im Hier-und-Jetzt ermöglicht ein erneutes Überdenken der Kindheit und der Beziehungen der Vergangenheit und Gegenwart in psychoanalytischen Begriffen. Damit werden analytisches Wissen und analytische Interpretationen vom Verstehen der Entwicklung und den Rekonstruktionen voneinander abgekoppelt, außer für den Fall, daß solche Rekonstruktionen oder Konzeptionen der Vergangenheit für die Phantasie oder das Gefühlsleben eines Analysanden oder im Rahmen des analytischen Zusammenspiels eine besondere Rolle spielen. Ich glaube, jene prozeßhaften Konzeptionen der Kindheit, die die menschliche Fähigkeit betonen, gewissermaßen von Geburt an persönliche und intersubjektive Bedeutungen herstellen zu können, weisen uns eher den Weg zu einem erweiterten Verständnis der psychischen Abläufe im gesamten Leben als die Theorien über Entwicklungsstufen, Linien, Strukturbildung oder Anforderungen. Diese Konzeptionen verschaffen uns vielleicht ein geringeres Maß an analytischer Gewißheit, aber sie versprechen uns ein konsequenteres Verstehen der analytischen Begegnung.

Übersetzung: Joachim Roether

Literatur

Bollas, C. (1987): The Shadow of the Object: Psychoanalysis of the Unthought Known. New York: Columbia University Press. (Dt.: Der Schatten des Objekts. Das ungedachte Bekannte. Zur Psychoanalyse der frühen Entwicklung. Stuttgart: Klett Cotta 1997)

Bowlby, C. (1963): Attachment and Loss, Bd. I. Attachment. New York: Basic Books.

Bowlby, C. (1973): Attachment and Loss, Bd. II. Separation: Anxiety and Anger. New York: Basic Books. (Dt.: Das Glück und die Trauer. Herstellung und Lösung affektiver Bindungen. Stuttgart: Klett Cotta 1997)

Bowlby, C. (1980): Attachment and Loss, Bd. III. Loss: Sadness and Depression. New York: Basic Books. (Dt.: Verlust, Trauer und Depression. Frankfurt a. M.: Fischer 1983)

Chodorow, N. J. (1994): Femininities, Masculinities, Sexualities. Freud and Beyond. Lexington: Univ. of Kentucky Press; London: Free Association Books.

Emde, R. N. (1991): Positive emotions for psychoanalytic theory: surprises from infancy research and new directions. In: J. Amer. Psychoanal. Assn., Suppl. 39, S. 5-44.

Emde, R. N. u. Sorce, J. F. (1983): The rewards of infancy: emotional availability and maternal referencing. In: Call, J. D., Galenson, E. u. Tyson R. (Hg.): Frontiers of Infant Psychiatry, Bd. II. New York: Basic Books, S. 17-30.

Erikson, E. H. (1950, 21963): Childhood and Society. New York: Norton. (Dt.: Kindheit und Gesellschaft. Stuttgart: Klett Cotta 1995)

Fairbairn, W. R. D. (1952): An Object Relations Theory of Personality. New York: Basic Books.

Hoffman, I. (1983): The patient as interpreter of the analyst's experience. In: Contemp. Psychoanal. 19, S. 389-422.

Joseph, B. (1985): Transference: the total situation. In: Psychic Equilibrium and Psychic Change. London/New York: Routledge, 1989, S. 156-167. (Dt. in: Psychisches Gleichgewicht und psychische Veränderung. Stuttgart: Klett Cotta 1994)

Klein, M. (1940): Mourning and its relation to manic depressive states. In: Love, Guilt and Reparation and Other Works, 1921-1945. New York: Delacorte, 1975, S. 344-369. (Dt.: Trauer und ihre Beziehung zu manisch-depressiven Zuständen. In: Melanie Klein: Gesammelte Schriften, Bd. I. Stuttgart: Frommann-Holzboog 1996)

Klein, M. (1952): The origins of transference. In: Envy and Gratitude and Other Works, 1946-1963. New York, Delacorte, 1975, S. 48-56. (Dt.: Die Ursprünge der Übertragung. In: Melanie Klein: Gesammelte Schriften, Bd. III. Stuttgart: Frommann-Holzboog 1999)

Loewald, H. W. (1960): On the therapeutic action of psychoanalysis. In: Loewald H. W. (1980), S. 221-256.

Loewald, H. W. (1972): Freud's conception of the negative therapeutic reaction, with comments on instinct theory. In: Loewald, H. W. (1980), S. 315-325.

Loewald, H. W. (1975): Psychoanalysis as an art and the fantasy character of the psycho analytic situation. In: Loewald, H. W. (1980), S. 352-371.

Loewald, H. W. (1978): Primary process, secondary process, and language. In: Loewald, H. W. (1980), S. 178-206.

Loewald, H. W. (1979): The waning of the Oedipus complex. In: Loewald, H. W. (1980), S. 384-404.

Loewald, H. W. (1980): Papers on Psychoanalysis. New Haven: Yale Univ. Press.

Loewald, H. W. (1986): Transference-countertransference. In: J. Amer. Psychoanal. Assn. 34, S. 275-287.

Mahler, M. S., Pine, E. u. Bergman, A. (1975): The Psychological Birth of the Human Infant, Symbiosis and Individuation. New York: Basic Books. (Dt: Die psychische Geburt des Menschen. Symbiose und Individuation. Frankfurt a. M.: Fischer 1996)

Malcolm, R. R. (1986): Interpretation: the past in the present. In: Spillius E. B. (Hg.): Melanie Klein Today, Bd. II. London: Routledge, 1988, S. 73-89. (Dt.: Deutung: Die Vergangenheit in der Gegenwart. In: Spillius, E. B. (Hg.): Melanie Klein heute, Bd. II. Stuttgart: Verl. Int. Psychoanal. 1991)

Ogden, T. (1986): The Matrix of the Mind. Object Relations and the Psychoanalytic Dialogue. Northvale, NJ: Aronson.

Ogden, T. (1989): The Primitive Edge of Experience. Northvale, NJ/London: Aronson. (Dt.: Frühe Formen des Erlebens. Berlin/Wien/New York: Springer 1995)

Sandler, J. u. Sandler, A. M. (1984): The past unconscious, the present unconscious and the interpretation of the transference. In: Psychoanal. Inquiry 4, S. 367-400.
Schafer, R. (1982): The relevance of the ‚here and now' transference interpretation to the reconstruction of early development. In: Int. J. Psycho-Anal. 63, S. 77-82.
Schafer, R. (1983): The Analytic Attitude. New York: Basic Books.
Settlage, C. F. (1980): Psychoanalytic developmental thinking in current and historical perspective. In: Psychoanal. Contemp. Thought 31, S. 139-170.
Settlage, C. F. (1993): Therapeutic process and developmental process in the restructuring of object and self constancy. In: J. Amer. Psychoanal. Assn. 41, S. 473-492.
Stern, D. N. (1985): The Interpersonal World of the Infant. A View from Psychoanalysis and Developmental Psychology. New York: Basic Books. (Dt.: Die Lebenserfahrung des Säuglings. Stuttgart: Klett Cotta 1996)
Trevarthan, C. (1979): Communication and cooperation in early infancy: a description of primary intersubjectivity. In: Bullowa, M. M. (Hg,): Before Speech: The Beginning of Interpersonal Communication. New York: Cambridge Univ. Press, S. 321-347.
Trevarthan, C. (1980): The foundations of intersubjectivity: development of interpersonal and cooperative understanding in infants. In: Olsen, D. R. (Hg.): The Social Foundation of Language and Thought. Essays in Honor of Jerome Bruner. New York: Norton, S. 316-342.
Winnicott, D. W. (1971): Playing and Reality. New York: Basic Books. (Dt.: Vom Spiel zur Kreativität. Stuttgart: Klett Cotta 1995)

Danksagung

Ich danke Maureen Katz, Maurice C. Marcus, Owen Renik und Victor Wolfenstein, die diesen Artikel sorgfältig durchgesehen und wertvolle Hinweise gegeben haben. Während des Abfassens dieses Artikels wurde ich unterstützt von der National Endowment for the Humanities und der Guggenheim Foundation.

Grenzen der Psychoanalyse oder die postmoderne Wende meistern

Anthony Elliott und Charles Spezzano

In einem Essay schrieb T. S. Eliot 1929, „daß Dante so dachte wie alle Menschen der europäischen Kultur seiner Zeit und daß er eine Methode anwendete, die in ganz Europa allgemein bekannt und verständlich war" (Trachtenberg 1979, S. 1). Vielleicht war Dante der letzte Schriftsteller, der dieses sichere Einvernehmen mit seinen Lesern genießen konnte. Sicherlich kann kein psychoanalytischer Autor irgend etwas Ähnliches erwarten. Ganz im Gegenteil wird jeder Psychoanalytiker, der heute für seine Kollegen schreibt, mit Sicherheit – zumindest bei einigen seiner Leser – auf Unglauben stoßen, weil er grundlegende Prinzipien nicht verstanden hat; er wird Kopfschütteln hervorrufen wegen seiner Hybris, sich einzubilden, daß er irgend einen neuen Gedanken geschrieben habe; er wird auf Desinteresse bei den Lesern stoßen, die nicht der gleichen „Schule" angehören, weil er eine „andere Sprache" benutzt, die „altmodisch" ist, oder weil, was er schreibt, nicht „wahre Psychoanalyse" ist.

Darüber hinaus gibt es – irritierenderweise – aber nicht nur theoretische und klinische Arbeiten in den psychoanalytischen Fachzeitschriften, deren Autoren psychoanalytische Projekte wie Ich-Psychologie, Objektbeziehungs-Theorie oder Kleinianische Analyse weiterentwickeln wollen oder deren Arbeiten sauber in diese Projekte hineinpassen. Es gibt auch Autoren, deren Arbeiten weniger gut einzuordnen sind. Jedoch hat Iris Murdoch (1993) überzeugend formuliert: „Wir fürchten uns vor Pluralität, Diffusion, sinnlosem Zufall und Chaos. Wir möchten das, was wir nicht beherrschen oder verstehen können, in etwas transformieren, das uns vertraut ist und uns bestätigt in einem ordentlichen Sein, in Geschichte, Kunst, Religion und Wissenschaft" (S. 1f). Wir möchten sagen können: „Das ist klassische Analyse, das ist Selbstpsychologie, das ist Beziehungsanalyse. Der Autor ist Teil einer Einheit, die unsere Ordnungen bestätigt."

Weil sich individuelle Stimmen in der Psychoanalyse ausbreiten, brauchen wir um so nötiger vereinheitlichende Etikette, Bezeichnungen, die Ordnung halten und Chaos abwehren. „Postmoderne" ist das neueste Etikett. Wie bei anderen Etiketten auch hängt der scheinbare Nutzen und seine Berechtigung von der Verfügbarkeit einer entgegengesetzten Perspektive ab, hier ist es „die Moderne". In diesem Fall von Etikettierung sind die gegeneinander antretenden Bezeichnungen zum ersten Mal in der Geschichte der Psychoanalyse aus anderen Disziplinen importiert worden. Das führt zu einer noch größeren Konfusion in bezug auf ihren Gebrauch als bei denen, die mit anderen psychoanalytischen Dichotomien verbunden waren. Das Ziel unseres Artikels ist nicht, diese Konfusion zu klären, eher soll sie einfach beschrieben werden. Wir werden sogar behaupten, daß es eine gute Idee ist, diese Konfusion in bezug auf die Moderne und die Postmoderne noch eine Weile bestehen zu lassen.

Moderne und Postmoderne: Die angebliche Dichotomie

Die „Sache", gegen die sich die Postmoderne stellt und die als Moderne bezeichnet wird, wurde wegen Kants ärgerlicher Reaktion auf die Blindheit der Metaphysik und die Leere des Empirismus in die Welt gesetzt. Kant räumte dem kostbarsten Kind der Aufklärung, der Vernunft, die erste Stelle ein – obwohl er sie mit einigen Qualifizierungen versah – gegenüber allen anderen (traditionellen) Ansprüchen. Durch Vernunft (und nur durch Vernunft) „konnten die universalen, ewigen und unveränderlichen Eigenschaften der Humanität entdeckt werden" (Harvey 1990, S. 12). Indem das Wissen zunahm, „versprach das vernünftige Denken Befreiung von der Unvernunft des Mythos, der Religion und des Aberglaubens" und ganz besonders „Befreiung von willkürlichem Machtgebrauch und von den dunklen Seiten unserer eigenen menschlichen Natur" (ebd.).

Wenn sich eine solche monolithische Einheit wie die Moderne gebildet hat, ist zwangsläufig zu erwarten, daß alles, was nicht wie sie ist, als gegensätzlich beschrieben wird; in diesem Fall als Postmoderne. Wenn die Moderne eine Sache der Wahrheit und Wirklichkeit (Realität) war und wenn ihr Modus operandi Positivismus oder Objektivismus war, dann folgt daraus, daß alles, was nicht positivistisch oder objektivistisch ist, von Grund auf antagonistisch zu Wahrheit und Wirklichkeit ist. Wenn aber die Moderne selbst eher wie ein kubistisches Gemälde war – mit mehrdeutig aufeinander bezogenen Oberflächen von Vernunft, Wahrheit, Sicherheit, Objektivität und Positivismus, die wie ein vermeintliches Ganzes aussehen sollten –, dann wird ein heutiger Theoretiker, der sich mit einem dieser Punkte beschäftigt, sich nicht gleichzeitig mit allen anderen Problemen beschäftigen wollen. Das, so stellt sich heraus, ist die verwirrende Wahrheit des postmodernen Denkens in der Psychoanalyse und anderen Disziplinen. Lassen Sie uns die folgenden erkenntnistheoretischen Ansätze genauer ansehen:

Der britische Philosoph Roger Scruton vertrat 1994 den Standpunkt, daß Kants Annahme über die Erkenntnismöglichkeiten des Menschen zwar nicht das letzte, aber das beste Wort sei. Wir können die Welt nicht außerhalb unserer Begriffe wahrnehmen und nicht die Welt an sich erkennen. Wir können sie nicht von einem nicht-speziellen Gesichtspunkt sehen, wie Gott das vielleicht könnte. In der Tat können wir aber nicht anfangen, über die Welt nachzudenken, wenn wir nicht glauben würden, daß wir sie in Begriffen der Objektivität wahrnehmen und unsere Urteile über die Welt die Realität betreffen.

Der deutsche Philosoph Jürgen Habermas, der aus der Kritischen Theorie kommt, vertritt den Standpunkt, daß alle Menschen die gleichen Vernunftmöglichkeiten besitzen. Wir erfahren das Resultat erfolgreichen Vernunftgebrauchs, wenn wir uns mit anderen in dialogischer Übereinkunft oder in koordinierten Handlungen befinden. Die Intersubjektivität der Validität von Kommunikationsregeln werde in der Reziprozität von Handlung und Erwartung bestätigt. Ob Reziprozität erreicht oder verfehlt wird, könnten nur die daran beteiligten Parteien entdecken. Die beiden Parteien machen diese Entdeckung intersubjektiv.[1]

In der äußerst lesenswerten Einführung in die Postmoderne benutzt J. McGowan (1991) den Ausdruck Postmoderne, „um eine bestimmte Form von kultureller Kritik zu bezeichnen, die in der akademischen Welt seit 1975 zunehmend hervorgetreten ist". (S. IX) Er versteht Postmoderne auf eine antifundamentalistische Kritik bezogen, die Letztbegründungen in Frage stellt. Dann fügt er aber eine positive Dimension hinzu: die Suche nach Freiheit und Pluralität, die die Notwendigkeit oder sogar den Vorteil von Normen anerkennt, an denen sich Menschen, Institutionen und Handlungsweisen orientieren.

Der amerikanische Philosoph Simon Blackburn nimmt 1993 eine, wie er sie nennt, „quasi realistische" Position ein: „Die Wahrheit ist das Ziel von Urtei-

1 Vgl. auch Habermas 1982. Dort heißt es: „Im kommunikativen Handeln sind die Beteiligten an Verständigung orientiert. Auch der Handlungserfolg, den sie jeweils anstreben, kann nur über eine geglückte Verständigung erreicht werden. Wenn eine Verständigung gelingt, führt sie unter den Beteiligten zu einem Einverständnis. Einverständnis kann von keiner Seite erzwungen werden; ob es zustandekommt, hängt vom Angebot der einen und von der Stellungnahme der anderen Seite ab. Das Sprechaktangebot des einen glückt nur dann, wenn der andere es akzeptiert. Unter handlungstheoretischen Gesichtspunkten interessiert nicht in erster Linie die Bedeutung einer Sprechhandlung (oder einer äquivalenten nichtsprachlichen Äußerung), also nicht dasjenige, *worüber* ein Einverständnis herbeigeführt werden kann, nicht der Inhalt eines Konsenses, sondern die formalen Bedingungen seines Zustandekommens." (Habermas 1982, S. 541f)

len; die Einzelwissenschaften ermöglichen uns, Wahrheit besser zu erfassen; sie bleibt aber trotz alledem unabhängig von uns, unser Versuch, sie gänzlich zu erfassen, wird nicht gelingen." (S. 4)

Jacques Derrida legt nahe, daß wir alle Texte dekonstruierend lesen müssen: Wir müssen die strukturierte Entwicklungsgeschichte der Begriffe des Textes in einer äußerst gewissenhaften und immanenten Weise durcharbeiten, aber zugleich müssen wir von einer bestimmten externen Perspektive aus herausarbeiten, was nicht benannt oder beschrieben ist, das, was die Geschichte des Begriffes verschlossen oder ausgeschlossen hat (1997). Wir könnten das, was Norris (1987) in seiner ausgezeichneten Darstellung von Derridas philosophischem Projekt schreibt, paraphrasieren und ausführen, daß Derridas Philosophie vieles „äußerst problematisch" macht, was als psychoanalytische Gedanken „unproblematisiert" gehandhabt wird (das gleiche gilt in der Philosophie und der Literaturtheorie). „Dieser Effekt (das Ausgeschlossene sichtbar zu machen) wird nicht dadurch erreicht, daß auf Ableitungen und detaillierte, genaue Argumentationen verzichtet wird oder ein grundlegender Begriffsgebrauch, der bisher solche Argumentationen geleitet hat, einfach aufgegeben wird." (S. 20)

Barnaby Barratt entwickelt in seinem Buch *Psychoanalyse und der postmoderne Impuls* (1993) eine Vision von einer Psychoanalyse als einem Prozeß freiassoziativer Dekonstruktion – „dekonstruktiv und negativ-dialektisch in einem subversiv postmodernen Sinne" und weniger „Einsicht begründend und reflektierend im Sinne der modernen Philosophie" (S. XIV)

Der italienische Philosoph Gianni Vattimo vertritt (1986) in einer Diskussion von Nietzsches Reduktion von Wahrheit auf Moral folgende Position: „Wenn eine Präposition evident erscheint, sind immer eine ganze Reihe von geschichtlichen Prämissen am Werk sowie weitere Präpositionen, die auf der Seite des Subjekts zur Annahme oder Ablehnung führen. Diese Prädispositionen sind geleitet von einem vorrangigen Interesse, nicht nur das ‚Leben' als solches zu erhalten und zu fördern, sondern eine ganz bestimmte Form des Lebens." (S. 43)

Der neopragmatische Philosoph Richard Rorty vertritt den Standpunkt (1982), daß „es zwei Arten des Denkens über verschiedene Dinge gibt". Wir können Wahrheit denken als eine vertikale Beziehung zwischen Repräsentationen und Repräsentiertem (S. 92). Wir können Wahrheit aber auch „horizontal" denken, „als den Gipfel unserer Neuinterpretationen der Neuinterpretationen unserer Vorgänger." Er fügt hinzu: „Das ist der Unterschied: Wahrheit, Gott und Schönheit als ewige Objekte ansehen, die wir zu lokalisieren und zu entdecken suchen, oder sie als Artefakte ansehen, deren grundlegendes Design Konstruktionen sind, die wir öfter ändern müssen." (ebd.)

In der amerikanischen Ausgabe von *Das postmoderne Wissen* schreibt Jean-Francois Lyotard (1984): „Ich definiere die Postmoderne als Ungläubigkeit gegenüber den Metanarrationen" (S. XXV). Für Lyotard besteht die postmoderne Welt aus „Wittgensteinschen Sprachspielen". „Das soziale Subjekt selbst scheint sich in der Ausbreitung von Sprachspielen aufzulösen" (ebd.). Selbst die Wissenschaft braucht Regeln, die festlegen, welche Züge in ihren Sprachspielen zulässig sind. Diese Regeln entsprechen den Voraussetzungen, die die Grundlage aller Sprachspiele sind.

Wo kann man in diesem grob zusammengestellten Kontinuum von Perspektiven eine Grenzlinie ziehen, um modern und postmodern auseinanderzuhalten; gibt es nicht eher eine Mischung von Übergängen und Brüchen, die gleichzeitig Naheliegendes verbinden und trennen? „Moderne" und „Postmoderne" bezeichnen nicht homogene und eindeutige Fakten, sondern sie sind eher zum Teil erfolgreiche Versuche, intellektuelle Schwerpunkte zu lokalisieren und zu definieren. Psychoanalytiker, die sich mit dieser erkenntnistheoretischen Debatte beschäftigten und hofften, ihre Einstellung zu ihrer Deutungsarbeit besser bestimmen zu können, mußten eine größere Heterogenität der Ansätze hinnehmen, als sie gehofft hatten.

Die drei Gesichter der Postmoderne

Man kann die Debatte um Modernität und Postmodernität in drei Themenkreise einteilen, von denen jeder einzelne genau betrachtet werden muß, um den Einfluß der Postmoderne auf psychoanalytische Theoriebildung und Praxis nachvollziehen zu können. Der erste ist die ästhetische Debatte über Moderne und Postmoderne. Sie bezieht sich vor allem auf die Art von Repräsentationen in der gegenwärtigen Epoche. In diesem spezifischen Sinne beschäftigt sich die Postmoderne mit einem bestimmten Satz von ästhetischen und kulturellen Werten, die zuerst in der Architektur, der Plastik, den visuellen Künsten sowie in der Literatur auftraten. Im Gegensatz zur Zielsetzung der Hochmoderne, die die Wahrheit hinter oberflächlichen Erscheinungen entdecken wollte, entwickelt die Postmoderne eine neue Verspieltheit und vermischt vorher beachtete ästhetische Unterscheidungen, wie die zwischen Inhalt und Form, hoher und niederer Kultur sowie zwischen privatem und öffentlichem Bereich. Der moderne Versuch, eine „tiefere" Realität zu entdecken, ist in der Postmoderne aufgegeben, zugunsten einer Verherrlichung von Stil und Oberfläche. Die moderne Beschäftigung mit Bedeutung und Rationalität wird ersetzt durch eine Toleranz gegenüber Vielfalt und Differenz. Die postmoderne Toleranz spiegelt sich in der postmodernen Kritik wieder, in ihrer Wertschätzung von Ironie, Zynismus, Parodie, Kommerzialismus und, in manchen Fällen, Relativismus (Jameson 1991). Deleuze und Guattari bringen die Metapher des „Rhizoms" in die Diskussion (1977) ein, um die Komplexität von ästhetischer Oberfläche und Zeichen in der Postmoderne darzustellen: Das „Rhizom" ist ein besonderer Wurzelstock, der multidirektional, chaotisch und zufällig in seiner Ausdehnung ist. In dieser neuen ästhetischen Erfahrung ist die Postmoderne eine sich selbst konstituierende Welt, bestimmt durch ihre eigenen inneren Bewegungen und Prozesse.

Der zweite Themenkreis der Debatte dreht sich um die philosophischen und kulturellen Konzepte von Moderne und Postmoderne. Hier wurde der Standpunkt vertreten, daß der postmoderne Ansatz notwendig ist, um die realistischen Annahmen der Tradition von Descartes, Kant und Hegel zu vermeiden. Vielleicht hat kein Text diesen intellektuellen Themenbereich deutlicher markiert als Lyotards kurze Abhandlung *Das postmoderne Wissen*. „Postmoderne", so schreibt Lyotard, „bezeichnet einen Zustand unserer Kultur als Folge der Veränderungen, die mit dem Ende des 19. Jahrhunderts die Spielregeln für Wissenschaft, Literatur und Kunst verändert haben." (S. XXV der amerikanischen Ausgabe) Die neuen „Spielregeln", auf die sich Lyotard bezieht, betreffen den Anspruch der großen Narrationen der traditionellen Philosophie und Wissenschaft und bewirken eine Akzeptanz heteromorpher Sprachspiele. Vernunft tritt in vielen Variationen auf. Wenn zwei Gruppen Vernunft in der gleichen Situation anwenden, beide effektiv und adaptiv, so könnte es doch darauf hinauslaufen, daß sie ein anderes Wittgensteinsches Sprachspiel erfinden und folglich darin leben, ohne daß es für beide verbindliche gemeinsame Grundregeln gibt. Hier liegt das Schwergewicht nicht mehr auf den Formen des Denkens, die zu Uniformität und Universalität führen wollen, sondern es liegt eher auf der Würdigung von Partikularität, besonders, wenn es darum geht, Ambiguität und Differenz nicht unberücksichtigt zu lassen. Lyotards Position in der postmodernen Debatte wurde insofern als extrem beschrieben, weil er für eine radikale Abtrennung der Natur der Sprachspiele von ihrem sozio-kulturellen Kontext eintritt, womit, so sagt man, eine komplette Fragmentierung der Subjektivität drohe. (Siehe bezüglich der kritischen Würdigung der neuen Arbeiten Lyotards: Norris 1993 und Eagleton 1990.)

Gemäß den postmodernen Theorien des Wissens, werden die Letztbegründungs-Theorien vollkommen in Frage gestellt. Derrida vertritt den Standpunkt, daß die westliche Metaphysik immer noch unmöglichen Träumen von Sicherheit und Durchsichtigkeit nachjagt. Derrida macht zusammen mit dem Dekonstruktivismus, den er ausgearbeitet hat, auf die binäre Opposition von Textpraxis und rhetorischer Strategie aufmerksam. Er benutzt dabei eine poststrukturalistische Konzeption von Sprache als einem differenzierenden Spiel von Signifikanten, um so die Sprache von der Welt, die sie durch Beschreibung zu kontrollieren versucht, abzukoppeln. In allem, was ein Schriftsteller schreibt oder ein Patient sagt, ist ein Widerspruch enthalten, den der Autor selbst nicht erkennen kann. Stanley Fish faßt 1989 die Ziele von Derridas dekonstruierendem Lesen so zusammen: „Damit sollen Gegensätze ans Licht gebracht und Unterdrückungen aufgedeckt werden." (S. 215) Ein solches Lesen wird dazu führen, die Ideen oder Gefühle zu entlarven, die vorher unterdrückt waren (wir könnten verdrängt oder dissoziiert hinzufügen). Solche Enthüllungen stören die scheinbare Einheitlichkeit des Textes. Wir meinen, daß solche Einheiten aus Abwehrgründen gebildet wurden. Dekonstruktivisten meinen, „daß solche Einheiten in erster Linie geschaffen wurden, um alle anderen Betonungen und Interessen, die die Einheit bedrohen könnten, zu überdecken." Nach Fish strebt die Derridasche Dekonstruktion nicht „die Wahrheit" an, wenn sie die Widersprüche und dialektisch verborgenen Operationen der Rhetorik aufdeckt, „es geht eher ständig darum, die Wahrheit rhetorischer Operationen aufzudecken, die Wahrheit nämlich, daß alle Operationen, auch die Operation der Dekonstruktionen selbst, rhetorisch sind" (ebd.). Von diesem Standpunkt aus betrachtet, gibt es keine philosophische oder ideologische Position, die *letzte* Autorität oder Rechtfertigung für sich beanspruchen kann. Ganz im Gegenteil: Die Rechtfertigung von Wissen ist, nach der Auffassung des postmodernen Pragmatikers Richard Rorty, immer eine Sache der Argumentation von verschiedenen Positionen und Perspektiven, so daß unsere Überzeugungen von der Welt notwendiger Weise lokal begrenzt, provisorisch und zufällig sind.

Der dritte Bereich der Debatte bezieht sich explizit auf die persönlichen, sozialen und kulturellen Aspekte der postmodernen Gesellschaft. Hier dreht es sich um die Frage, in welcher Weise die Postmoderne auf die Welt der menschlichen Subjekte und auf die zwischenmenschlichen Beziehungen einwirkt. Und gerade auf der Ebene unserer persönlichen und kulturellen Welt – so meinen wir – zerbricht die Postmoderne am entschiedensten die Verbindungen mit den ontologischen Vorurteilen der Moderne. Damit möchten wir die zeitgenössische Kultur und ihre Technologien in den Mittelpunkt rücken;

insbesondere die Art und Weise, wie Globalisierung und schnelle Kommunikation die Selbstidentität und die zwischenmenschlichen Beziehungen umgestalten. Globalisierung, internationale Kommunikationssysteme, neue Informationstechnologien, die Industrialisierung des Krieges, das universale Konsumdenken: das sind die wichtigsten institutionellen Dimensionen der heutigen Gesellschaft, und fast alle Untersuchungen der zeitgenössischen Kultur stimmen darin überein, daß diese Transformationen enorme Auswirkungen auf das Selbstsein, die Selbstidentität und die Subjektivität haben (Frosh 1991; Giddens 1991; Thompson 1990). Die Transformationen der persönlichen Erfahrungen, die durch die Postmoderne eingeleitet wurden, beziehen sich neben anderen auf die Kompression von Raum und die Veränderung von Zeit; rapide und manchmal umwälzende Formen der Veränderung, ein exponentielles Anwachsen der Dynamik des sozialen und des ökonomischen Lebens und ein wachsendes Gefühl der Fragmentierung und Entwurzelung. Solche Umwandlungen, um es zu wiederholen, sind nicht nur sozialer Art, sondern dringen, im Gegenteil, in den Kern der persönlichen Erfahrung ein und restrukturieren unbewußte Austauschprozesse zwischen den Individuen in einer oft dramatisch neuen Weise (siehe Elliott 1996).

Viele Kommentatoren haben die Postmoderne als antihistorisch, relativistisch und ohne jegliche Ordnung gebrandmarkt, weil das zeitgenössische soziale Leben ständig in Fluß und Aufruhr ist. Die Postmoderne stellt sich in dieser Lesart als ein Durcheinander von Bedeutung und Logik dar, ein Durcheinander von Gesellschaft und Vernunft. Es ist aber möglich, eine optimistische Sichtweise dieser offensichtlichen kulturellen Desorientierung aufrechtzuerhalten, wenn man die nicht aufhebbare Pluralität der menschlichen Welten akzeptiert. Der Sozialtheoretiker Zygmunt Bauman (1990, 1991, 1992, 1993) vertritt z. B. den Standpunkt, daß die Postmoderne bezüglich der Schaffung von Bedeutung eher eine neue Dämmerung als ein Zwielicht des Untergangs ist. „Die Postmoderne", schreibt Baumann 1991, „ist durch eine Sichtweise gekennzeichnet, in der die menschliche Welt als unhintergehbar und unwiderruflich pluralistisch gesehen wird, aufgespalten in eine Vielzahl von souveränen Einheiten und Autoritätsbereichen, die in keiner horizontalen oder vertikalen Ordnung miteinander verbunden sind, weder tatsächlich noch potentiell." (S. 35) Pluralität und Vielfalt werden unterstrichen, und damit wird betont, daß die Postmoderne eine Zurückweisung der typisch modernen Suche nach Begründung, Absolutheit und Universalität zur Folge hat. Postmoderne ist eine sich selbst konstituierende und sich selbst antreibende Kultur, die in ihrer Entwicklungsrichtung zunehmend selbstbezüglich ist. Im Kabel-TV und auf Datenautobahnen, überall ist zu beobachten, daß die postmoderne Kultur durch reflexive Systeme technischen Wissens auf sich selbst zurückbezogen ist und sich selbst erzeugt.

Eine besondere Überzeugungskraft gewinnt Baumans Interpretation dadurch, daß er nachweist, daß Moderne und Postmoderne nicht klar voneinander zu trennen sind. Bezogen auf die Kulturentwicklung, haben wir die Moderne weder überschritten, noch sind wir in einen ausgesprochen und umfassend postmodernen Gesellschaftszustand eingetreten. Im Gegenteil muß man sagen, daß die westlichen Gesellschaften moderne und postmoderne kulturelle Formen gleichzeitig einsetzen. Die Postmoderne ist besser als eine „Moderne ohne Illusionen" zu verstehen. Es ist eine Lebensform oder ein Geisteszustand, in der das Durcheinander des Lebens direkt angegangen und als eine Herausforderung angenommen wird. Pluralität, Kontingenz, Vieldeutigkeit, Ambivalenz und Unsicherheit – all diese Kennzeichen des sozialen Lebens wurden in der Moderne als negative Werte eingeschätzt; sie wurden als Krankheiten angesehen, die ausgerottet werden müssen. Aber Bauman sieht darin keine Beeinträchtigungen, die überwunden werden müssen, sondern unverwechselbare Kennzeichen einer sozialen Erfahrungswelt, die mit den Behinderungen durch das Festhalten an Objektivität, Notwendigkeit und allgemeingültigen Gesetzen gebrochen hat.

Unsere Auffassung von der Moderne und der Postmoderne geht davon aus, daß beide weder in sich homogene und eindeutige Fakten noch sich gegenseitig ausschließende Einheiten sind. Als Formen der zeitgenössischen Erfahrung lokalisieren und definieren Moderne und Postmoderne eher kognitiv-affektive Gravitationszentren für jeden einzelnen bei seinem Versuch, die Schwierigkeiten des Alltags zu bewältigen. Psychoanalytiker, die sich mit dieser erkenntnistheoretischen Debatte auseinandersetzen, müssen bei dem Versuch, ihre Einstellung zu ihren Deutungen besser einzuschätzen, feststellen, daß sie ein größeres Maß an Heterogenität ertragen müssen, als sie zunächst gedacht hatten.

In den nächsten Abschnitten werden wir zwei typische reduktionistische Kritiken an der postmodernen Wende in der Psychoanalyse besprechen. Reduktionistisch in dem Sinne, daß der Postmodernismus auf eine einzige Bedeutung verkürzt wird und dadurch die Komplexität der Postmoderne aus dem Blick gerät. Wir werden anders als viele, die aktuell über das Thema des Subjekts in der Postmoderne nachdenken, den Standpunkt vertreten, daß es tatsächlich Verbindungen zwischen Auffassungen, die im Bereich der Postmoderne Geltung haben, und einigen zeitgenössischen psychoanalytischen Auffassungen gibt. Wir werden auch den Standpunkt vertreten, daß, im Gegensatz zu der herrschenden Annahme von der unausweichlichen Fragmentierung, fast alle Formen der Postmoderne, auch die extremsten, reflexive psychische Aktivitäten „eröffnen" und Raum für das Denken und Bearbeiten von Unsicherheit, Ambivalenz, Andersartigkeit und Differenz schaffen. Ebenso gilt, daß, obwohl ein Teil des postmodernen Denkens relativistisch ist, der Postmodernismus im wesentlichen ein Perspektivismus, nicht ein Relativismus ist. Die Realität und Plausibilität von vielen Perspektiven anzuerkennen, bedeutet nicht, daß jede Deutung genauso gut wie alle beliebigen anderen ist.

Die Kritik postmoderner Theoriebildung von James Glass

In seinem Buch *Shattered Selves: Multiple Personality in a Postmodern World* (1993) führt James Glass aus, daß die objektivistischen Ansprüche der Moderne zurückgewiesen werden sollten. Er unterstützt die postmoderne Kritik an den allumfassenden und beherrschenden Metanarrationen. Außerdem unterstreicht er die Bedeutung der aktuellen französischen psychoanalytischen feministischen Kritik an den phallozentrischen Werten und Annahmen der Moderne, um den persönlichen und politischen Wandel in der zeitgenössischen Epoche zu unterstützen und voranzubringen.

Glass sieht aber auch, daß dieses postmoderne Programm einen hohen Preis hat. Falls die Identität des Selbst imaginär ist, wie manche postmoderne Autoren behaupten, die dem französischen Psychoanalytiker Jacques Lacan folgen, und sozusagen nur die Unbestimmtheit der Triebe überkleistert, dann ist das menschliche Leben völlig desubjektiviert. Diese Spielart der Postmoderne isoliert das Selbst und behauptet, daß in psychischen Erfahrungen nichts verborgen oder abgespalten ist, nichts, das nicht ideologischer Erklärung zugänglich wäre. Wir teilen die Bedenken gegenüber Lacan und ähnlichen Spielarten des Postmodernismus, aber weil Glass annimmt, die Postmoderne sei in sich einheitlich, glaubt er notwendigerweise, daß alle Postmodernisten von diesem subjektzerstörenden Virus befallen sind.

> „In ihrem Bestehen darauf, das Selbst von jeglichen historischen oder strukturellen Konzeptionen – darüber, was das Selbst ist – zu befreien, weisen die Postmodernisten in ihrem Verständnis, was Identität ‚sei', den Einfluß der Kindheit (auf das Selbst) zurück, des weiteren die psychoanalytischen Konzeptionen der Präödipalität sowie die Freudsche Konzeption des Unbewußten (Triebtheorie) und schließlich auch die Vorstellung, daß sich in schweren Formen innerer psychischer Konflikte Handlungen des Selbst manifestieren können, deren Ursprünge in primitiver emotionaler Symbolisierung liegen." (Glass 1993, S. 5)

In diesem Verständnis versuchen postmoderne Theorien nicht nur die modernen Konzeptionen der Subjektivität, der Bedeutung und der Wahrheit zu destabilisieren, sie sind sogar darauf aus, die basale Spannung oder den Gegensatz zwischen Selbst und Welt insgesamt aufzuheben. In der Folge müssen alle diese Theorien in einer Kritik und Zurückweisung von allem Modernen in der Freudianischen Psychoanalyse enden. „Die Vielzahl der Selbste" führt zu einer psychologischen Nichtanerkennung von Differenz und von Sprache; die im postmodernen Diskurs idealisierte Fragmentierung wird dann wirklich zur Persönlichkeitszerstörung und Schizophrenie; daß alles im Fluß sein soll, bedroht das Selbst, Subjektsein und die Identität.

Schließlich werden wir mit einer Reihe postmoderner Theoretiker konfrontiert – eine Liste, die von Derrida über Lyotard, Baudrillard, Cixous, Irigaray und weiteren, sehr unterschiedlichen Autoren reicht. Allen diesen Autoren wird nachgesagt, ihnen sei es gleichgültig, ob die psychische Fragmentierung zerstörend oder verletzend sei. Auch wüßten sie nichts von den post-Freudianischen Beziehungs- und Intersubjektivitätstheorien. (Daß einige dieser Theoriker in Frankreich die seit dem Zweiten Weltkrieg bedeutendste Kritik an der Psychoanalyse bewirkt haben, ist Glass wohl entgangen; wie auch die Tatsache, daß einige dieser Kritiker an der Psychoanalyse selbst praktizierende Psychoanalytiker sind.)

Die Kritik von Kimberlyn Leary an der Postmoderne

Für die meisten Psychoanalytiker sind Fragen nach dem Selbst, dem Subjekt und der Wahrheit nur wichtig, sofern sie klinisch abzuwägende Optionen nahelegen sowie Entscheidungen, die in der klinischen Situation getroffen werden müssen. Kimberlyn Leary hat in ihrem Artikel „Psychoanalytische ‚Probleme' und postmoderne ‚Lösungen'" (1994, in diesem Buch S. 259-288) den Standpunkt vertreten, daß „postmoderne Lösungen" illusorische Antworten für reale klinische Probleme vorschlagen. Als Beispiele für die Postmoderne in der Psychoanalyse benutzt sie die Schriften von Hoffman und Schafer.

Leary meint, postmoderne Schriften implizierten, „daß wir nach Belieben ein Selbst annehmen können, das uns paßt, wenn nur das geeignete Publikum anwesend ist." (S. 278) Das ist eine äußerst übertriebene Wiedergabe der postmodernen These, die besagt, daß wir uns Menschen vorstellen können, die je nach sozialem Kontext ein anderes Gefühl dafür haben, was es heißt, ein Selbst zu sein, als das heute in unserer Kultur der Fall ist. Das trifft ganz besonders dort zu, wo die postmoderne Dekonstruktion des Subjekts versucht, sehr genau die modernen Auffassungen von Willen, Intention, Handlung usw. kritisch zu untersuchen und neu zu denken. Leary meint dagegen, daß es keinen Unterschied gibt zwischen der Vorstellung, zu sein, wie auch immer man sein möchte, wenn nur das richtige Publikum anwesend ist (oder daß man nur deshalb so ist, wie man ist, weil man immer das falsche Publikum hatte) und der Diagnose einer Borderline-Störung oder narzißtischen Störung.

Bevor wir die Überlegungen weiter verfolgen, ob Schafer oder Hoffman aus dem, was sie geschrieben haben, so verstanden werden können, als würden sie eine „Wähle Dein eigenes Selbst"-Position einnehmen, möchten wir anmerken, daß es sehr problematisch ist, wie Leary Hoffman und Schafer in einen Topf wirft. Vielen Lesern wird das schon aufgefallen sein. Leary erkennt zwar bedeutsame Unterschiede zwischen den verschiedenen Positionen an, die die beiden Autoren in ihren Schriften einnehmen, und einige von ihnen stellt sie detailliert dar. Trotzdem kann sie der Versuchung nicht widerstehen, den Schluß zu ziehen, daß trotz aller Unterschiede ihre theoretischen Werke im Grunde nur Variationen des postmodernen Themas der Relativierung von Wahrheit und Fragmentierung sind.

Hoffman und Schafer mit dem Etikett „postmodern" in einen Topf zu werfen, wischt die einzigartigen unterschiedlichen Züge der sehr differenten Theorien beider Autoren einfach vom Tisch. Diese einzigartigen Züge sind aber entscheidend, wenn man sie als Beispiele postmoderner Theoriebildung in der Psychoanalyse verwenden will. (Und außerdem werden damit die modernen Züge im Werk beider Autoren übergangen.) Hoffman schätzt die Teilnahme des Analytikers am psychoanalytischen Prozeß als eine Funktion seiner Subjektivität ein (Gegenübertragung im weitesten Sinne). Alle Aspekte dieser unbewußten Subjektivität werden dem Analytiker weder bewußt werden können, noch wird er wünschen, daß sie ihm bewußt werden. Deswegen müßten die Analytiker eigentlich unsicherer sein (oder realisieren, daß sie es sind) in bezug auf das, was sie meinen und was sie tun, unsicherer als Analytiker aus allen Schulrichtungen jemals waren. Wenn ein Patient behauptet, etwas über die Erfahrung oder die Persönlichkeit des Psychoanalytikers zu wissen oder zu vermuten, dann sollte der Analytiker das nicht notwendigerweise bestätigen oder von sich weisen, sondern sich an den Beobachtungen des Patienten interessiert zeigen und sich fragen, welche Schlüsse der Patient daraus ziehen wird.

Schafer betont im Gegensatz dazu, daß die Art und Weise, wie ein Psychoanalytiker versteht und deutet, immer wenigstens teilweise eine Manifestation seiner Theorie ist. Er sagt wenig oder gar nichts über die unbewußte Psychologie des Psychoanalytikers. So beschreibt Schafer (1992) z. B. einen Lehrer, S. M., der „Freude daran (hat), seine Schüler regelmäßig grausam zu behandeln". (dt. Ausgabe: 1997, S. 88) In Freuds psychosexueller Sprache würde man den Patient sadistisch nennen. „Er allerdings glaubt, seine Schüler fair, sachlich, professionell zu behandeln". (ebd.) Schafer weist darauf hin, daß wir als Analytiker wie andere Beobachter auch den Schluß ziehen könnten, daß dieser Patient sich selbst täuscht. „Die Zuschreibung einer Täuschung basiert jedoch", so argumentiert Schafer – und hier wird er postmodern –, „auf einer Reihe von nicht festgesetzten Annahmen, Interpretationen und offenkundigen Behauptungen". (ebd.)

> „Diese Täuschung ist weit davon entfernt, die unvermittelte Wahrnehmung eines ‚objektiven' Beobachters von S. M.s ‚wirklichem' Verhalten zu sein, sondern ist eine ziemlich komplizierte Konstruktion." (ebd.)

> „(es sind) die Handlungsstränge (...), die die Tatsachen des Falls begründen; welche dieser Tatsachen sollte als bedeutungsoll angesehen werden (zum Beispiel als Beweis für Sadismus) und wie sollen diese Tatsachen in einer Darstellung der fraglichen Situationen und Handlungen festgelegt werden? (...) Der Fall S. M. könnte auch anders erzählt werden, was oft auch getan wird." (ebd., S. 92)

Wie in einer Vorwegnahme der Kritik von Leary fügt Schafer dann hinzu: „Ich meine nicht, daß alle Erzählungen gleich akzeptabel sind." Was er in einer hermeneutisch postmodernen Argumentation dagegen vorschlägt, ist, daß wir, „wenn wir von wahren und falschen Erzählungen über Handlungen reden, uns immer in einer Matrix von Geschichten befinden, die offen für (weitere) Überprüfungen sind, bezüglich ihrer noch nicht kritisch betrachteten Vorannahmen und Werte, bezüglich ihrer Nützlichkeit in diesem oder in jenem Projekt." (ebd.)

Während Schafer sich dafür interessiert, wie die Theorie des Analytikers die Erzählung umschreibt, die die Patienten von ihrer Geschichte geben (wobei diese Erzählung selbst schon eine von vielen möglichen Narrationen ist), spricht Hoffman dagegen davon, wie der Analytiker die sich entwickelnde Beziehung mit dem Patienten beeinflußt und mitgestaltet, durch das, was er tut oder nicht tut, was er zu einem bestimmten Zeitpunkt sagt oder nicht sagt. Der Psychoanalytiker kann inzwischen weder sicher sein, daß seine unerschütterliche Überzeugung von einem bestimmten technischen Standpunkt (sei es Empathie oder Widerstandsanalyse) allein ausreicht, um ein klares Bild davon zu bekommen, was in seinem Patienten wirklich vorgeht, noch, daß damit der beste Weg eingeschlagen ist, um das, was man strukturellen Wandel nennt, sicher zu erreichen. Darüber hinaus bedeutet eine solche unerschütterliche

Überzeugung in keiner Weise, daß der Psychoanalytiker nicht doch immer und immer wieder Entscheidungen treffen muß und dadurch die analytische Beziehung auf seine Weise gestaltet.

Hoffman (1994) berichtet folgendes Beispiel für eine spezifische Entscheidung: Er rief während einer Behandlungsstunde den Internisten einer wütenden Patientin an und reagierte damit auf ihren dringenden Wunsch, sofort etwas zu tun, um ihr zu Valium zu verhelfen. Diese „Inszenierung half mir und der Patientin, wahrzunehmen, wie sehr sie sich wünschte, daß ich ihretwegen aus der Fassung gerate, ähnlich wie in ihrer Vorstellung die Mutter (wegen ihrer Schwester) außer Fassung geraten war. Der Unterschied zwischen dieser Inszenierung als einer Wiederholung und meiner ‚hysterischen' Reaktion war, daß letztere zum Gegenstand der Neugier und kritischer Reflexion werden konnte. Insofern gab es guten Grund anzunehmen, daß die Qualität meiner Zuwendung besser war, als das, was sowohl die Patientin als auch ihre Schwester von ihrer Mutter je bekommen hatte." (Hoffman 1994, S. 212f.) Hoffman betont in diesem Zusammenhang, daß ihm bewußt ist, daß solche Entscheidungen tief in der Subjektivität des Psychoanalytikers verwurzelt sind und Gegenübertragungen implizieren, auch wenn diese theoretisch durchgearbeitet sind. Diese Entscheidungen lösen eine kritische Reflexion darüber aus, welche Bedeutung sie in der Beziehung haben. Die Gegenübertragung wird nicht verurteilt, weil die gesamte Übertragungs-Gegenübertragungs-Inszenierung Gegenstand einer genauen und kritischen Reflexion ist.

Weder Schafers noch Hoffmans Schriften implizieren, daß Analysanden keine dauerhaften unbewußten psychischen Strukturen haben oder daß Menschen sich ständig verändernde, in einem endlosen Fluß von Zeit und Raum unverbundene und plötzlich auftauchende Selbste sind. Was beide in unterschiedlicher Weise vertreten, ist, daß sie aufgrund ihrer klinischen Erfahrungen annehmen, daß der menschlichen Psyche tatsächlich und grundlegend ein höheres Maß an Diskontinuität und Kontingenz innewohnt, als frühere Theorien annahmen.

Wenn sich Leary, nachdem sie sich mit Hoffman und Schafer beschäftigt hat, den Themenbereichen Körper und Geschlecht zuwendet, kommt sie als Positivistin und Objektivistin erst richtig in Fahrt. Die Postmodernisten, sagt sie, vergessen, daß Menschen Körper haben und daß diese Körper entweder männlich oder weiblich sind – eine besonders intrigante Kritik dies, wo doch die Sozial-, Geistes- und Humanwissenschaften, d. h. die Wissenschaften vom Menschen insgesamt, die heutige Betonung des Körpers und der Körperlust als etwas ansehen, das direkt von der Postmoderne stammt. (Butler 1993) Sollten diese postmodernen Psychoanalytiker das vergessen haben, dann sprechen sie mit ihren Patientinnen vielleicht so, als könnten sie diese Realität ebenfalls übersehen. Überdies meint sie, daß die Postmodernisten ihren Patienten wahrscheinlich erzählen, der Tod sei nur eine andere Version des Lebens, gerade so, als würden sie glauben, daß Terry Anderson aus seiner Gefangenschaft hätte machen können, was er wollte, wenn er nur die Tatsache nicht so wichtig genommen hätte, daß seine Geiselnehmer darüber bestimmten, wann er die Toilette benutzen durfte und wann nicht. (Leary, in diesem Band S. 282)

Leary stellt es so dar, als würde Hoffman die Idee einer externen Realität verwerfen, nachdem er ihre Bedeutung kurz erwogen hatte. Das tut er nicht. Er vertritt nur den Standpunkt, daß die Variationen dessen, was wir als von uns unabhängiges Außen betrachten, nicht jeder für sich alleine konstruiert, sondern in der Interaktion mit anderen. Hoffman behauptet auch nicht, daß ein Analytiker jede Erzählung eines Analysanden glauben und übernehmen muß. Er schlägt eine Veränderung der Technik vor, die zu einer veränderten analytischen Haltung führt. Der Analytiker wird es dann eher, als das früher (in der Geschichte der Psychoanalyse) der Fall war, für möglich halten, daß Patienten im Erleben und im Verhalten ihres Analytikers (auch in dessen unbewußtem Erleben) solche eigene Elemente evozieren und dann auch finden, an denen sie ihre anhaltenden Vorstellungen festmachen können, sich gehaßt und angegriffen zu fühlen. Darüber hinaus sagt Hoffman nirgendwo, daß er mit allem, was seine Patienten über ihn sagen, übereinstimmt. Er beschreibt sich selbst so, wie nach Leary Analytiker sein sollten: Er hält die Sichtweise, die der Patient von seinem Analytiker hat, eher für plausibel, als es uns die Theorien von Übertragung-als-Verzerrung nahegelegt haben. Er gibt allerdings zu bedenken, daß solche Auffassungen grob und unbeholfen sind, solange sie von Analytikern in klare Deutungen des Verhaltens und Erlebens des Patienten nur eingeschoben werden. Das würde heißen, daß Analytiker zwar die infantile Sichtweise des Patienten würdigen, ihr aber keine Spur von aktueller Wahrheit zubilligen.

Sollte sich ein Analytiker von Hoffmans Schriften überzeugen lassen und schrittweise eine konstruktivistische Haltung annehmen, könnten wir erwarten, daß sich seine Einstellung verändert. Er wird häufiger und selbstverständlicher die Möglichkeit erwägen, daß die Feststellungen eines Patienten über das Erleben seines Analytikers (inklusive des unbewußten Erlebens des Psychoanalytikers) etwas Wahres erfassen, etwas Wahres nicht nur in bezug auf den Patienten, sondern auch in bezug auf die Fähigkeit des Patienten, in anderen eine Erfahrung zu bewirken. Außerdem wird er auf die selektive Aufmerksamkeit des Patienten achten, mit der dieser bestimmte Aspekte der Erfahrung anderer erfaßt. In ähnlicher Weise wird ein solcher Psychoanalytiker sich eher in der Lage fühlen, die Feststellungen des Patienten über die Erfahrung des Analytikers unter dem Gesichtspunkt zu beurteilen – und es dann auch zu äußern –, daß sie aus der subjektiven Erfahrung stammen und daß solche Feststellungen und Urteile ihren Teil zu der Entwicklung von Übertragungs- und Gegenübertragungsmustern beitragen. Was Hoffmans Ansichten so besonders macht, ist, daß der Analytiker anerkennen muß/sollte, daß seine Urteile in der ganz subjektiven Teilnahme des Analytikers – und zwar als ganzer Person – am Prozeß entstehen.

Artikel von Skeptikern der „postmodernen Psychoanalyse" wie die von Glass und Leary sind deswegen so bedauerlich, weil sie die wichtigen Fragen der psychischen und sozialen Implikationen der Postmoderne in einer so gehässigen und abfälligen Art und Weise aufwerfen. Ihre jeweilige Kritiken an der „unausweichlichen Fragmentierung", die die Postmoderne angeblich befördert, spezifizieren in der Tat ein Dilemma, dem Psychoanalytiker heute begegnen: Die gegenwärtige Welt ist gekennzeichnet durch permanentes Durcheinander und Entwurzelung. Sich auf die Einsichten der Postmoderne einzulassen, heißt, eine Steigerung der Fragmentierung zu riskieren: die des Wissens, des Sachverstandes und der Bedeutung.

In unserer Sichtweise ist ein solches Verständnis von Postmoderne unangebracht (selbst wenn die Angst, die darin zum Ausdruck kommt, eher der Furcht des „Nicht-Wissens" entspricht). In der Tat werden viele Postmoderne die gleichen Kritiken gegen die extremen Formen des Postmodernismus artikulieren, die Glass und Leary sehr deutlich formuliert haben. Ganz besonders Leary aber behauptet einfach, nachdem sie sich die Dinge so zurechtgelegt hat, daß alle nicht-positivistischen, nicht-objektivistischen Theoretiker der Psychoanalyse allem Anschein nach extremistische Postmodernisten sind. Die Postmoderne erlaubt aber andere konzeptuelle Optionen als die, die sich Glass und Leary vorstellen können, weil, wie wir von Anfang an gesagt haben, die Gesichtspunkte, die als postmodern bezeichnet werden, äußerst heterogen sind.

In den nächsten beiden Abschnitten werden wir über die spezifischen Argumente von Glass und Leary hinausgehen und uns zwei Kategorien von Kritik zuwenden, die gegen die Versuche formuliert wurden, den postmodernen Diskurs dazu zu verwenden, der psychoanalytischen Theorie eine neue Gestalt zu geben – es sind dies Versuche zu behaupten, daß der postmoderne Diskurs uns dazu zwinge, eine unhaltbare Vorstellung eines unausweichlich fragmentierten Selbst anzunehmen und daß er uns jede Hoffnung nimmt und sogar die Aussicht darauf vereitelt, die Wahrheit von irgend etwas in Erfahrung bringen zu können. In beiden Fällen hoffen wir zeigen zu können, daß solche Kritiken interessierte Psychoanalytiker nicht verschrecken und nicht davon abbringen sollten, herauszufinden, welche Möglichkeiten der Verbesserung ihrer klinischen Effektivität sich aus einer Auseinandersetzung mit postmodernen Ideen ergeben könnten. In der Würdigung dieser Kritiken werden wir Unterscheidungen treffen zwischen dem, was im postmodernen Diskurs über Selbstsein und über Subjektivität wirklich gesagt wurde und was nicht. Kurz: Postmodernes Denken zwingt uns nicht die Vorstellung von einem inkohärenten und fragmentierten Selbst auf (es ist vielmehr dezentriert); und postmodernes Denken läßt uns nicht in dem Glauben zurück, daß jede Deutung so gut wie eine beliebige andere ist (es ist vielmehr so, daß alle Sichtweisen Interpretationen und gewählte Standpunkte sind).

Die Kritik der „unausweichlichen Fragmentierung"

Die postmoderne Konzeption der mannigfachen Selbste und Welten ist im weitesten Sinne durch die poststrukturalistische Vorstellung von der Dezentrierung des Subjektes beeinflußt. Diese Dezentrierung hat mit Freud selbst begonnen, als er in strenger theoretischer Ableitung schrieb, daß das Ich nicht Herr im eigenen Hause sei. Diese Einsicht ist von Lacan in fruchtbarer Weise so modifiziert worden, daß sie die schöpferisch erweiternden und die zwingend einschränkenden Auswirkungen der Sprache mit in den Blick rückte.

Hier ist von zentraler Bedeutung zu betonen, daß diese Dezentrierung nicht mit einer Desintegration des menschlichen Subjektes zu verwechseln ist. Die Kritik, daß die postmoderne Dezentrierung des Selbst in einem Auslöschen der Subjektivität gipfelt, muß man eher als eine Abwehrreaktion verstehen gegen das In-Frage-Stellen der modernen Phantasien von Selbstkontrolle und Beherrschung. Die postmoderne Betonung von Zweideutigkeit, Ambivalenz, Differenz, Pluralität und Fragmentierung unterstreicht im Gegenteil die psychischen Fähigkeiten und Mittel, die notwendig sind, um solche Formen von Subjektivität zu erfassen, oder, psychoanalytisch ausgedrückt, den ergebnisoffenen Erfahrungen Bedeutung zukommen zu lassen.

In diesem Lichte gesehen, stellt die postmoderne Konzeption der mannigfachen Selbste das Subjekt in den Kontext einer erhöhten Selbstreflexivität und einer Nachdenklichkeit, die zur Erforschung persönlicher Erfahrung und Phantasie genutzt werden kann. Die enge Verbindung von Erfahrung, Phantasie und Reflexivität wird in Begriffen erfaßt, die wir dazu benutzen, um über unbewußte Kommunikation in der zwischenmenschlichen Beziehung nachzudenken – d. h. sie zu symbolisieren und zu bearbeiten. Es sind die Begriffe von projektiver und introjektiver Identifizierung, Spaltung, Verleugnung usw. Ganz allgemein wird hier das Aufbrechen eines Raumes zwischen Phantasie und Worten betont – die Kette der Signifikationen –, in dem sich Bedeutung konstituiert. Dieser Raum ist die Voraussetzung dafür, daß das Subjekt über seine Selbstverfassung nachdenken kann und sie kreativ verändern kann.

Unter manchen Umständen ist diese Selbstreflexivität natürlich eher lähmend als emanzipatorisch. Für viele Phantasiewelten offen zu sein sowie die Beeinträchtigung der eigenen Fähigkeit, das Denken selbst überprüfen zu können, kann extremen Schmerz und extreme Angst bewirken (Bion 1962, Ogden 1989). Allgemeiner aber und in den unterschiedlichen Zusammenhängen bewirkt es das Gegenteil: Eine Fülle von Phantasien und Vorstellungen am Schnittpunkt von Selbst und Welt tut sich auf. Wir werden später in diesem Artikel untersuchen, wie das in unterschiedlicher Weise von postmodernen Analytikern konzeptualisiert wird. Cornelius Castoriadis spricht vom Selbstverstehen als einer „radikalen Imagination", Julia Kristeva von einer „semiotischen Subversion" und Christopher Bollas von unserem „persönlichen Idiom". Diese Gesichtspunkte rücken das reflexive Bewußtsein der Imagination und die Schlüsselrollen der Ambivalenz, der Differenz und des Andersseins in der menschlichen Beziehung in den Mittelpunkt.

Die Kritik des postmodernen Zusammenbruchs der Signifikation

Wie steht es um „Realität" und „Wahrheit"? Manche Kritiker der Postmoderne sind zu dem irrtümlichen Schluß gekommen, daß die sogenannte hermeneutische, relationale, dekonstruktivistische, intersubjektive oder konstruktivistische Perspektive eine Auffassung von Deutungen impliziere, die keine wahren oder richtigen Deutungen mehr erlaube. Das ist eine Position, die manche Philosophen (Bohman 1991) mit „Deutungsskeptizismus" (S. 136) oder mit „starkem Holismus" bezeichnen (S. 130). Diese Begriffe beziehen sich auf die Argumentation gewisser postmoderner Denker, die betonen, daß jegliche kognitive Aktivität deutend sei und deswegen eine tiefe Skepsis verdiene, und ganzheitlich, insofern sie immer vor dem Hintergrund all dessen, was wir glauben und tun, stattfindet. „Diese beiden Thesen implizieren zusammengenommen, daß keine Deutung für sich genommen, außerhalb ihres

Kontextes, richtig sein kann, weil jede Behauptung, daß sie es sei, selbst wiederum eine Deutung innerhalb eines bestimmten Kontextes ist" (S. 130) – das ist der sogenannte hermeneutische Zirkel.

Einige Philosophen und Literaturwissenschaftler haben sich zutiefst mit dieser epistemologischen Behauptung identifiziert, andere dagegen haben zeitweise oder zum Teil auch nur in abgeschwächter Form in ihren Schriften eine solche Position eingenommen. Wir selbst glauben aber nicht, daß postmoderne Analytiker diese streng skeptische und streng holistische, ganzheitliche Position in bezug auf Deutungen einnehmen müssen. In verschiedenem Ausmaß scheinen Schafer und Hoffman (die gleichermaßen sehr modern wie postmodern sind) zusammen mit anderen Analytikern, die in der Dialektik von Moderne und Postmoderne arbeiten, darin übereinzustimmen, daß jede Deutung unbestimmt, nicht vollständig determiniert und perspektivisch ist, wobei sie trotzdem alle daran festhalten, daß Deutungen aufgrund weiterer Untersuchungen revidierbar sind und daß sie ein gemeinsames Wissen hervorbringen können, das auf nachvollziehbaren und evidenten Ableitungen beruht. Folglich zwingt eine postmoderne Haltung in der klinischen Situation keineswegs dazu, die Suche nach der Wahrheit der unbewußten Psychologie des Patienten aufzugeben. Sie stellt aber jede rigide modernistische Suche nach letzter Wahrheit in Frage und problematisiert sie. Denken Sie z. B. an folgende klinische Situation:

> „Eine 25jährige Frau verfiel in Schweigen, nachdem ich eine Deutung gegeben hatte. Nach ein paar Minuten sagte sie, sie hatte das Gefühl, meine Stimme sei zu ‚insistierend' gewesen, dann schwieg sie weiter." (Busch 1995, S. 47)

Man kann sich leicht vorstellen, daß jeder von postmodernen Strömungen beeinflußte Analytiker seinen Patienten auffordern würde, ihm mehr davon mitzuteilen, was das Insistieren bedeute. Busch geht ähnlich, aber mit einem entscheidenden Unterschied vor: „Mir war sofort klar, auf was sie reagiert hatte." (ebd.) Der Postmodernismus würde ein bißchen weniger Sicherheit in der Beurteilung dessen bevorzugen, was die Reaktion der Patientin hervorbrachte, bevor sie nicht die Möglichkeit hatte, ihre Vorstellung von einem zu sehr insistierenden Analytiker weiter zu erläutern oder dazu zu assoziieren.

Was dann geschieht, ist zunächst einmal etwas verwirrend. Wir würden erwarten, daß Busch jetzt dem Leser mitteilt, was ihm sofort klar war, aber er teilt uns lediglich mit, daß er „über die Deutung schon einige Zeit nachgedacht hatte und daß die Assoziationen der Analysandin die Deutung in einer Art bestätigten, die ihm zeigte, daß sie mittlerweile bereit war, sie zu verstehen" (ebd.). Wir sehen darin zweierlei. Erstens will Busch uns nahelegen, daß er bis zu dem Zeitpunkt gewartet hatte, an dem die Patientin schon selbst fast so weit war, zu sagen – worum es auch immer in der Deutung ging –, was er dann gesagt und die Patientin als zu insistierend empfunden hatte. Zweitens will er uns wissen lassen, daß er keine Vermutungen über die unbewußten und Wünsche der Patientin angestellt hatte, die ihr selbst Angst machten. Das spielt insofern eine Rolle, als Busch von sich meint, er arbeite entlang der von Paul Gray vorgezeichneten Linien, und Gray in seinen Schriften klar herausgestellt hat, daß man seiner Meinung nach nicht darüber spekulieren solle, welche *abwesenden unbewußten* Inhalte die Abwehr auslösten, sondern nur den Widerstand deuten sollte, und das ganz besonders, wenn es um die Über-Ich-Projektion auf den Analytiker geht. Der Patient wird dann von selbst die Angst entdecken, die den Widerstand auslöste, und zu der sexuellen Erregung oder Wut kommen, die wiederum die Angst hervorrief. Busch muß diese Rechtfertigung vorbringen, weil er früher oder später etwas über den *abwesenden Inhalt* sagen wird. Und er möchte auf keinen Fall die subjektive Art des Urteils herausstellen, die bei der Entscheidung eine Rolle spielt, ob man auf den abwesenden Inhalt in den Assoziationen der Patientin hinweist oder ob man selbst auf den Gedanken kommt. Wie Leary möchte er, daß die Assoziationen der Patienten eine feste Basis abgeben, die frei und unabhängig von Konstruktionen oder Narrationen macht.

Nachdem Busch diese Punkte herausgestellt hat, teilt er uns mit, daß er ebenfalls sofort und unmittelbar wahrnahm, daß sich seine Stimme nicht mehr eher fragend, sondern anders angehört hatte. Hier ist entscheidend, daß er diesen veränderten Klang seiner Stimme nicht näher bezeichnet. Man kann sich kaum vorstellen, daß er keine Bezeichnung dafür hatte, ähnlich wie die Patientin die Bezeichnung „zu insistierend" von sich aus gebraucht hatte. Er hat allerdings eine Bezeichnung für den Ausdruck seiner Stimme, wie sie vorher gewesen war: „fragend". Ein postmoderner Analytiker würde an dieser Stelle sagen, daß Busch die Veränderung im Ausdruck seiner Stimme in seiner Weise konstruiert hat und die Patientin hat sie in einer anderen Richtung auf ihre Weise konstruiert. Wie kann Busch so sicher sein – als wäre es eine positivistische Tatsache –, daß ihre Konstruktion („zu insistierend") falsch und seine Konstruktion richtig ist? Das heißt nicht, daß Hoffman oder Schafer denken, alle Konstruktionen seien hier gleich plausibel, sondern daß es eine ganze Reihe von Konstruktionen gibt, die einen Sinnzusammenhang dafür bieten, was in der Ausdrucksverschiebung vom Fragen zum Erzählen oder vom Fragen zum Feststellen oder vom Fragen zum Insistieren zum Ausdruck kommen kann, was es zu untersuchen gilt.

Dann kommt Busch auf den fragenden Ausdruck seiner Stimme zurück. Etwas später in seinem Artikel beklagt er sich darüber, daß die Objektbeziehungs-Analytiker, die er in seiner Arbeit zu kritisieren meint, einfach die „Lautstärke ihrer Stimme senken" würden, damit die Patienten sich sicher fühlen könnten. Wir nehmen an, daß er uns zu verstehen geben möchte, daß er überdies noch mehr getan hat. Es wäre ein Thema für eine weitere Untersuchung, daß unseres Erachtens kein Objektbeziehungs-Analytiker, dessen Arbeiten wir gelesen haben, vorschlagen würde, daß wir einfach aufhören sollten zu tun, was wir tun, wenn der Patient sich darüber beschwert, oder daß wir nicht versuchen sollten, mit den Patienten daran zu arbeiten, wie ihre Beschwerden über uns zu verstehen sind.

Hier ist festzuhalten, daß Busch tatsächlich den Ausdruck seiner Stimme änderte, es aber nicht bedeutungsvoll fand für das, was dann geschah. Die Angelegenheit wird noch komplizierter. Weil er nicht berücksichtigte, wie sehr *er* an der Konstruktion des komplexen Beziehungsgeschehens mit seiner Patientin beteiligt ist, kann er es sich erlauben, ganz nebenbei zu bemerken, daß er ihr, nachdem seine Stimme wieder einen *fragenden* Ausdruck angenommen hatte, *sagte*, er könne verstehen, in welcher Weise sie den Ausdruck seiner Stimme „anders" gehört habe. Schließlich war er gezwungen, das zu tun, was wir vorgeschlagen haben und in einer postmodernen Perspektive für unvermeidlich halten: Er berichtet uns, wie er den Wechsel im Ausdruck seiner Stimme konstruierte. Er verwendet dafür das Wort „anders". Damit möchte er den Anspruch aufrechterhalten, daß jede darüber hinausgehende Beschreibung ganz und gar eine Sache des Widerstands der Patientin wäre. Wir meinen, daß das genau die Art klinischer Arbeit ist, gegen die sich Theorien, wie z. B. die von Hoffman, richten. Leary gebraucht das extreme Beispiel einer Patientin, die behauptet, der Analytiker greife sie ständig aus Rache an, obwohl er nichts dergleichen getan hatte. Das verdeckt das Problem der klinischen Arbeit, die ihre theoretische Position impliziert.

Was die Kritiker der Postmoderne wie Glass und Leary unterschlagen

Einige der wichtigsten Veränderungen, die in der postmodernen Kultur stattfinden, beziehen sich auf eine Neugestaltung der emotionalen Beziehungen, der Sexualität und Intimität, der Geschlechter und der Liebe (Beck und Beck-Gernsheim 1990; Giddens 1992). Wie können Psychoanalytiker, wenn man die großen Narrationen der westlichen Rationalität im Licht der postmodernen Kritik betrachtet, die Beziehung zwischen Subjekt, unbewußten Wünschen und zwischenmenschlichen Prozessen neu denken? (Für eine ausführliche Behandlung dieser Thematik siehe Elliott 1992.)

Unseres Erachtens verschließen Kritiken wie die von Glass und Leary die Psychoanalyse vor dem epistemologischen Interesse der Postmoderne. Das heißt, es gelingt ihnen nicht, sich mit dem zu beschäftigen, was in der postmodernen Debatte für die Psychoanalyse wirklich wichtig und signifikant ist.

Glass konzentriert sich auf das Werk von Michel Foucault – insbesondere bei seiner These, daß „Subjektpositionen" von einem Netzwerk von Macht und Wissensrelationen bestimmt werden. Dann kritisiert er Foucault – ganz zu Recht – dahingehend, daß dieser die unbewußte und libidinöse Triebhaftigkeit als bloßes Produkt von vielfältigen sozialen Kräften aufgefaßt hat, als ein Produkt von Macht und Wissen. Aber der entscheidende Punkt ist hier, daß das keine Kritik an der Postmoderne ist: Foucault war kein Postmoderner und wies die Vorstellung von einem Übergang der Moderne in die Postmoderne zurück (siehe Macey 1993).

Leary benutzt den Begriff „postmodern", um die mögliche Brauchbarkeit der Theoriebildung von Hoffman und Schafer für Analytiker zu entwerten, statt aufzuzeigen, wie deren klinische Arbeit mit spezifischen modernen und postmodernen Denkern verbunden ist. Dann behauptet sie, daß postmoderne Analytiker dazu neigen, in den psychoanalytischen Sitzungen verschiedene absurde Dinge zu tun. Ihre Meinung, Schafer und Hoffman könnten als „lästige Insekten" gesehen werden, die positivistisch eingestellte Analytiker (die nicht so sehr zur Entwicklung eigener Theorien neigen) verfolgen, mildert kaum die schwere Kritik, die sie vorher formuliert hatte. Diese Kritik basiert darauf, daß sie beide Theoretiker als „postmodern" etikettiert und sie so mit der Fragmentierung des Selbst und dem totalen Relativismus in der Zuordnung von Bedeutung zu Erfahrung in Verbindung bringt.

Die Postmoderne und die psychoanalytische Heterogenität

Während Glass und Leary sehr verschiedene postmoderne Sozialtheorien zusammenbündeln, um dann eine negative Bedeutung dieser Verschiebungen des Denkens für die Psychoanalyse als Wissenschaft abzuleiten, schlagen wir eine andere Richtung vor. Unserer Meinung nach ist die Vorstellung zu einfach und sogar falsch, man könnte die unterschiedlichen postmodernen Theorien in die Psychoanalyse importieren oder von ihr ausschließen; das geht weder auf der Ebene der Theoriebildung noch auf der Ebene der klinischen Praxis. Ein solcher Ansatz behandelt die besondere Eigenart psychoanalytischen Denkens so, als entwickle es sich außerhalb unserer allgemeinen Kultur. Das Ding, das wir „die Postmoderne" nennen, scheint dann keine wirkliche Auswirkung auf die Struktur des Geistes zu haben; und falls seine konzeptuellen und seine praktischen Implikationen ein bißchen furchterregend sind, dann tut die Psychoanalyse gut daran, sich davon fernzuhalten. Postmoderne und Psychoanalyse haben in dieser Lesart absolut nichts miteinander zu tun, es sei denn, es werde von der psychoanalytischen Community eine andere Entscheidung getroffen, nämlich die, daß die Profession aktiver als bisher einen grundlegenden Wechsel in ihrem System dessen, woran sie glaubt, in Erwägung zieht.

In unserer Sicht ist die Entwicklung der Psychoanalyse nicht so unabhängig, selbstbezogen und selbstgenügsam. Im Gegenteil zeigen aktuelle Trends in der Psychoanalyse eine Veränderung der Theoriebildung an, sei es über Subjektivität, den Status des Unbewußten oder das Wesen der Intersubjektivität. Auch wird längst darüber nachgedacht, was Analytiker und Patient über sich selbst und voneinander wissen (Elliott und Frosh 1995; Mitchell 1993; Spezzano 1993). Diese Veränderungen in der Theoriebildung zeigen sich in der aktuellen psychoanalytischen Literatur in vielerlei Form. Ein zentraler Gesichtspunkt unserer Auffassung besteht darin, daß diese Richtung in der psychoanalytischen Theoriebildung als Teil eines postmodernen Weltbildes zu verstehen ist.

Denken wir z. B. an die Fragen der Erkenntnistheorie. Praktiker der traditionellen Psychoanalyse neigten dazu, sich ihres Wissens über das Unbewußte als eines klar abgegrenzten und erkennbaren psychischen Systems zu rühmen. Das Unbewußte – vollständig von Freud erforscht und kolonialisiert – wurde als ein Bereich der Seele angesehen, der erfahrbar und wißbar ist, folglich unter rationale Kontrolle gebracht werden kann, wenn Patient und Analytiker nur mutig genug sind, die Sexualverdrängung und die damit verbundenen Schwierigkeiten anzugehen. In der post-Freudianischen Psychoanalyse gibt es dagegen eine ganze Reihe von Denkansätzen über das Unbewußte und die angsterregende Natur der Triebhaftigkeit, in denen meist weniger die Gewißheit als vielmehr offene Formen von Wissen und Erfahrung betont werden. In der Tat wird, sowohl auf der subjektiven als auch auf der theoretischen Ebene, das Ertragenkönnen von Zeiträumen des „Nicht-Wissens" in einigen aktuellen Versionen der Psychoanalyse eher positiv eingeschätzt (siehe Hoffman 1987; Ogden 1989).

Hier steht das Aufschieben-Können vorgefaßter Gedanken und Überzeugungen im Mittelpunkt, verbunden mit einer intersubjektiven Untersuchung von Phantasie und Triebhaftigkeit. Das menschliche Wissen wird nicht mehr als etwas verstanden, das der jeweiligen rationalistischen Kontrolle unterworfen ist, wenn erst einmal die Geheimnisse des Unbewußten offenbar geworden sind; im Gegenteil wird Wissen als perspektivisch und dezentriert betrachtet. Wissen von sich und anderen wird – nach Winnicott – im „Übergangsraum" der intermediären Erfahrung entdeckt; die Verbindung zwischen Subjektivität und Wahrheit entfaltet sich nach Bion in den Randzonen des Denkens und in der intersubjektiven Reverie, und nach Klein ist die Phantasie durch ein dialektisches Zusammenspiel zwischen paranoid-schizoider und depressiver Position und der daraus erwachsenden Erfahrung in zwischenmenschlichen Beziehungen eingebettet. Wir verweisen auf Winnicott, Bion und Klein in diesem Zusammenhang, um die Anfänge dieser Verschiebungen in der Psychoanalyse kenntlich zu machen, die Wissen nicht mehr als Rationalität und Kontrolle verstehen. Wir meinen nicht, daß all diese als „postmoderne" Autoren neu gelesen werden sollten. Der Punkt ist eher, daß die durch die Beiträge dieser Autoren in Gang gesetzte Entwicklung der psychoanalytischen Theorie zu unserem postmodernen Weltbild und unserer Kultur beigetragen hat und sie zugleich widerspiegelt

Viele Psychoanalytiker haben zu einer Entwicklung beigetragen, die von den hohen Erwartungen des Realismus und der unpersönlichen Objektivität wegführt. Sie haben die traditionelle Sichtweise zurückgewiesen, nach der die klarste Form des Verstehens die Unterscheidung des sekundärprozeßhaften Denkens von der unbewußten Phantasie verlangt. Statt dessen achten sie ausdrücklich auf die kreative Potenz der menschlichen Einbildungskraft, wenn es um Themen der Subjektivität, der Intersubjektivität, Wahrheit, Triebhaftigkeit, Phantasie und persönlichen Bedeutung sowie um Authentizität geht. Stephen Mitchell (1993) faßt den Umbau der psychoanalytischen Disziplin wie folgt zusammen:

> „Was heute an der Psychoanalyse inspiriert, ist nicht die Aufgabe einer Illusion, der Hoffnung, daß sich ein gemeinsames und zunehmend realistischeres Wissen mit Kontrolle verbindet, sondern die Hoffnung auf die Gestaltung einer persönlichen Realität, die sich authentisch und bereichernd anfühlt. Die Hoffnung, die die Psychoanalyse in unserer Zeit erweckt, basiert auf persönlicher Bedeutungshaftigkeit und nicht auf rationalem Konsens. Die Brücke, die uns in den Beziehungen mit anderen Menschen trägt, ist nicht aus einer Rationalität gebaut, die Phantasie und Imagination ablöst, sondern aus Gefühlen, die als real und authentisch erlebt werden und die von innen heraus in enger Beziehung zu Phantasie und Imagination entstehen. Sie werden nicht von außen auferlegt und erzwungen." (Mitchell 1993, S. 21)

Unseres Erachtens kann die explizite Aufmerksamkeit, mit der Phantasie und Imagination beachtet werden, dazu dienen, herauszufinden, was für die zeitgenössische Psychoanalyse auf dem Spiel steht. Der Einsatz ist notwendigerweise hoch, schon deswegen, weil niemand mit annähernder Sicherheit wissen kann, wie und mit welchem Erfolg heutige Menschen und Gesellschaften Bedeutungen und Wahrheiten entwerfen werden können, die auf einer Anerkennung von Ambivalenz, Ambiguität und Pluralität in der menschlichen Erfahrung beruhen.

All das wirft die sehr schwierige Frage auf: Ist die Psychoanalyse, ob sie will oder nicht, postmodern geworden? Gibt es so etwas wie eine „postmoderne Psychoanalyse?" Auf diese Fragen würden wir mit einem eingeschränkten „Ja" antworten. Nur kann das Thema nicht wirklich adäquat verstanden werden, wenn es in solch groben Begriffen formuliert wird. Wir schlagen vor, daß man, um die Entwicklungslinien der Psychoanalyse heute zu erfassen, notwendigerweise verstehen muß, daß die Selbstreflexivität, die die Psychoanalyse aufdeckt und befördert, in der postmodernen Kultur radikalisiert und transformiert wird. Nach Jürgen Habermas (1975) ist die Aufdeckung und Beförderung der Selbstreflexivität Freuds größte Entdeckung. Mit dem Verblassen von Gebräuchen und Traditionen, die mit der Moderne verbunden waren, sind in der postmodernen Zeit die Beziehungen zwischen Selbst und Gesellschaft selbstbezüglich geworden. Ohne die bindenden symbolischen Normen der Moderne in den Bereichen wie Sexualität, Liebe, Beziehung, Geschlechtszugehörigkeit und Arbeit werden die Menschen sich zunehmend der Kontingenz des Selbst, der Beziehung und sogar der Gesellschaft bewußt. Sie werden sich sogar zutiefst der Kontingenz von Bedeutung und Zeichen bewußt. Sie sehen ein, daß Bedeutung nicht ein für alle mal festgelegt ist, sondern daß die Signifikation durch trieb- und angstbewegte zwischenmenschliche Beziehungen kreativ aus- und umgearbeitet wird. In diesem Sinne kann man sagen, daß die postmoderne Kultur bestimmte zentrale Einsichten der Psychoanalyse in ihre konstituierenden Annahmen aufnimmt. Ganz besonders betrifft das die Rolle der Phantasie als Wurzel unseres Austausches von sozialen Bedeutungen. (Genauere Ausführung über die verwickelte Beziehung zwischen Postmoderne und Psychoanalyse siehe Elliott [1996].)

Vieles spricht dafür, daß in den heutigen psychoanalytischen Behandlungsprozessen das kulturelle Selbstbewußtsein von Kontingenz, Ambivalenz und Pluralität – die entscheidenden Kennzeichen eines postmodernen Weltbildes – zumindest theoretisch erfaßt werden. Nach der Auffassung der radikalsten Psychoanalytiker und Theoretiker der modernen Psychoanalyse umfaßt die Subjektivität des Selbst multivalente psychische Formen, die in ein Feld zwischenmenschlicher Beziehungen eingebettet sind und in enger Beziehung zu unbewußten Phantasien stehen. In den letzten Jahren haben Autoren wie Castoriadis, Kristeva, Anzieu, Ogden und Bollas die Art der psychischen Prozesse und insbesondere die Konstituierung psychischer Bedeutungen in völlig neue Begriffe gefaßt. Eine detaillierte Diskussion der spezifischen Beiträge dieser Autoren würde den Umfang dieser Arbeit bei weitem überschreiten. Auch die signifikanten Unterschiede zwischen ihren Ansätzen und der herkömmlichen Psychoanalyse (als Mainstream) können hier nicht diskutiert werden. Aber trotzdem werden einige sich durchziehende thematische Fäden in den Auffassungen dieser Autoren von Psychoanalyse und von ihrem Verständnis psychischer Konstitution und Bedeutung kurz aufgezeigt, um die weitreichenden kulturellen Verbindungen zur Postmoderne sichtbar zu machen.

Cornelius Castoriadis (1987, 1995), ein in Paris lebender Psychoanalytiker, faßt Subjektivität in Begriffe einer „grundlegenden Imagination". Damit meint er eine unbewußte Struktur von Vorstellungen, Trieben und Affekten, in denen und durch die der psychische Raum gebildet und aufrechterhalten wird. Phantasie, so sagt Castoriadis, ist die Vorbedingung, um über Subjektivität nachzudenken: die Fähigkeit der Psyche, *ex nihilo* Gestaltungen zu setzen. Er schreibt: „Die ursprüngliche narzißtische Besetzung oder Investition ist notwendigerweise Repräsentation, sonst wäre sie nicht psychisch, und es kann nichts anderes sein als eine ‚Repräsentation' des Selbst, aber unvorstellbar und nicht darstellbar für uns." (1987, S. 287)

Castoriadis versteht Freud so, daß das Unbewußte nicht in erster Linie der Ablagerungsort ist für das, was nicht im Bewußtsein behalten werden kann, es ist eher die essentielle psychische Strömung, die allen Vorstellungen vom Selbst, dem anderen, der sozialen und kulturellen Welt als Basis dient. Solch eine psychische Strömung, die notwendigerweise mehrere einbezieht und diskontinuierlich ist, führt dazu, daß die Identität nicht identisch mit sich selbst ist, wie Adorno gesagt hätte. Oder, in eher psychoanalytischen Begriffen: Jede Vorstellung von sich selbst ist unvollständig und beschränkt an sich, weil das Subjekt aus einem primären Verlust entsteht, der auf der Ebene des Unbewußten traumatisch bleibt. Hier ergibt sich eine Parallele zwischen Castoriadis Betonung der radikalen imaginären Dimensionen des Selbst und der Gesellschaft und der postmodernen Auffassung, daß externe Begründungen nicht länger als Mechanismen zur Verfügung stehen, die den Gedanken einen festen Halt geben können. Seine Betonung der psychischen Strömung spiegelt bestimmte postmoderne Themen wider, die Ambiguität, Ambivalenz und radikale Andersheit im heutigen sozialen Leben herausstellen.

Auch Kristeva (1984, 1989) unterstreicht die von Grund auf imaginäre Dimension der unbewußten Erfahrung, indem sie Begriffe aus ihrer Konzeption des „Semiotischen" verwendet, einem Bereich vorsprachlicher Erfahrung (der Triebe, Affekte und primäre Rhythmen umfaßt), der notwendigerweise vor der symbolischen Repräsentation und dem Beginn von Kulturprozessen liegt. Um der inneren, störenden Gegenwart, bezogen auf den Raum des anderen (in der Lacanschen Psychoanalyse), gerecht zu werden, vertritt Kristeva den Standpunkt, die heutige Psychoanalyse sei zunehmend mit der Kompliziertheit symbiotischer Verschiebungen oder unbewußten Brüchen beschäftigt. Das ist der Punkt der Andersheit, an dem die Symbolik und die Intersubjektivität entgleisen. Man kann Kristevas Rekonzeptualisierung des Unbewußten in der Nach-Lacanschen Theorie als einen expliziten Versuch ansehen, der Vervielfachung von Phantasien und der multiplen Selbste im Austausch mit geltenden sozialen Bedeutungen in der externen Realität gerecht zu werden.

Elliott (1995) geht über Kristeva hinaus und behauptet, daß der Vervielfachung von Phantasien ein „Vorstellungsbündel, das das Selbst und den anderen umfaßt", zugrunde liegt. Das ist eine primäre Ordnung der *Vor-Selbst-Erfahrung*, die Andersheit und Differenz in sich vereint. Solch ein Bündel bildet das Zentrum des intersubjektiven Raumes, eines psychischen Raumes, der unbewußt mit Gestalten, Strukturen, Oberflächen und Vor-Objekten ausgestattet ist. Dieser psychische Raum funktioniert wie eine Art von ständiger Selbst-Konstituierung, die auch wie eine in Wellen und Drehungen sich bewegende Identifikation verstanden werden kann (S. 45-47).

In einem Kleinianischen Sinne spricht auch Thomas Ogden (1989) von einer solchen vorläufigen Ordnung von Vor-Objektbeziehungen als einem „autistisch berührenden Modus der Erfahrungsentwicklung" (S. 30), dem sensorischen Boden des psychischen Raumes, der den paranoid-schizoiden und depressiven Prozessen zugrundeliegt.

Ähnlich verbindet Anzieu (1985; dt.: 1996) Phantasie und zwischenmenschliche Erfahrung mit dem Konzept des „Haut-Ich", einer imaginären Registrierung des mütterlichen Haltens. In Anlehnung an Klein und Winnicott entwickelt Anzieu den Gedanken, daß das Haut-Ich in Beziehung zur Erfahrung mit dem Körper der Mutter konstituiert wird, in einem Kontakt, in dem die Trennung von innerer und äußerer Welt sich abzuzeichnen beginnt, und zwar durch introjektive und projektive Identifikationen. Das Haut-Ich ist demnach eine Art „bergende Umhüllung" für das Halten von emotionalen Zuständen in der Phantasie. Von dort aus kann menschliche Erfahrung erkannt, symbolisiert und weiterentwickelt werden. Auch Bollas (1992) vertritt die Konzeption, daß das Selbstsein durch unser „persönliches Idiom" entwickelt wird, ein psychisches Raster (oder ein unbewußter Raum) zwischen Erfahrung und Phantasie.

In den hier aufgeführten Auffassungsweisen wird das psychische Leben als nicht-lineare Bewegung von Phantasien gekennzeichnet, von Containern, Introjekten, Repräsentationen, semiotischen Empfindungen, Umhüllungen und Erinnerungen. Solch eine Zentrierung hat viele Gemeinsamkeiten mit der postmodernen Theorie, weil eine radikale Imagination des Geistes als zentral für die Konstituierung und Reproduktion von Subjektivität verstanden wird – für eine selbst-reflexive Subjektivität. Das heißt aber nicht, daß das Subjekt der heutigen Psychoanalyse ohne Grundlage ist, ohne Bindung und der Logik der Desintegration ausgesetzt. Ganz im Gegenteil wird gesagt, daß die vielfältigen psychischen Formen des Selbst auf einem zwischenmenschlichen Feld strukturiert werden, durch den Austausch mit dem signifikanten anderem. Das wird in verschiedener Weise theoretisch gefaßt: als symbolische Ordnung bei Lacan, als depressive Position bei Klein oder als soziale imaginäre Signifikation.

Jenseits von Hermeneutik und Konstruktivismus

Die hermeneutischen und konstruktivistischen Perspektiven von Hoffman und Schafer sind aber nicht die ganze Geschichte einer „postmodernen Wende" in der Psychoanalyse. Wir haben ihre Arbeiten so sehr herausgestellt, weil ein anderer Beitrag in diesem Band möglicherweise einen Eindruck vermittelt hat, der das Interesse an den wichtigen Werken dieser beiden Analytiker schmälern könnte und, darüber hinaus, auch das Interesse an allem, was mit der Postmoderne verbunden ist. Wir haben oben den Standpunkt vertreten, daß die Psychoanalytiker von den postmodernen, gleichsam um sie herumschwirrenden Ideen nicht unberührt bleiben können, genausowenig wie es irgendeinem Bereich im westlichen Denken des zwanzigsten Jahrhunderts möglich war, sich für oder gegen eine Auseinandersetzung mit der Psychoanalyse zu entscheiden.

Sehr lange in diesem Jahrhundert glaubten Psychoanalytiker, wir könnten wählen, ob wir uns mit Dingen außerhalb unserer Disziplin beschäftigen sollten oder nicht. Wir glaubten, daß es ausreicht, unsere Technik und Theorien zu beherrschen. Dann kam eine Zeit, in der einige Analytiker sich mit Philosophie, Neuropsychologie, Kleinkindforschung und Literaturkritik beschäftigten, um unsere theoretischen und klinischen Auseinandersetzungen besser entscheiden zu können. Learys Artikel könnte, obwohl wir ihre Thesen zurückgewiesen haben, der Vorbote einer dritten Phase der Beziehung zwischen Psychoanalyse und anderen Disziplinen sein. In dieser aufkommenden dritten Phase würden wir neue Ideen, z. B. der zeitgenössischen Philosophie, weder einfach ignorieren noch einfach übernehmen. Statt dessen könnten wir sie als breite kulturelle Veränderung unserer Art und Weise, die conditio humana zu verstehen, auffassen (und der Veränderungen in unserer Art und Weise, die conditio humana zu verstehen). Wenn das geschieht, kann die Psychoanalyse sowohl Beiträge zu diesen Veränderungen leisten, als auch von ihnen Anstöße erhalten. Im Ergebnis verstehen wir es so, daß wir als Psychoanalytiker in Beziehung zu den Aktivitäten anderer Disziplinen stehen, angefangen vom Wiederlesen Hegels bis zu den Untersuchungen von Affekten und Intersubjektivität durch Neurologen und Kleinkindforscher. In diesen Beziehungen reagieren die klinische und die angewandte Psychoanalyse auf die übrige menschliche Welt, und durch diese Beziehungen kann sie die menschliche Welt mitgestalten.

Übersetzung: Jürgen Hardt

Literatur

Anzieu, D. (1985): *Das Haut-Ich*. Frankfurt a. M.: Frankfurt a. M.: Suhrkamp 1996.

Barratt, B. B. (1993): *Psychoanalysis and the Postmodern Impulse. Knowing and Being since Freud's Psychology*. Baltimore/London: Johns Hopkins Univ. Press.

Bauman, Z. (1990): *Modernity and Ambivalence*. Cambridge: Polity Press. (Dt.: Moderne und Ambivalenz. Das Ende der Eindeutigkeit. Frankfurt a. M.: Frankfurt a. M.: Fischer 1995)

Bauman, Z. (1991): *Intimations of Postmodernity*. London: Routledge.

Bauman, Z. (1992): *Mortality, Immortality, and Other Life Strategies*. Cambridge: Polity Press. (Dt.: Tod, Unsterblichkeit und andere Lebensstrategien. Frankfurt a. M.: Frankfurt a. M.: Fischer 1994).

Bauman, Z. (1993): *Postmodern Ethics*. Oxford: Blackwell.

Beck, U. & Beck-Gernsheim, E. (1990): *Das ganz normale Chaos der Liebe*. Frankfurt a. M.: Suhrkamp.

Bion, W.R. (1962): *Learning from Experience*. New York: Basic Books. (Dt.: Lernen durch Erfahrung. Frankfurt a. M.: Suhrkamp 1990)

Blackburn, S. (1993): *Essays in Quasi-Realism*. Oxford: Oxford Univ. Press.

Bohman, J. (1991): Holism without Skepticism. In *The interpretive Turn,* ed. D. Hiley, J. Dorman & R. Shusterman. Ithaca: Cornell Univ. Press, pp. 129-134.

Bollas, C. (1992): *Being a Character*. New York: Hill & Wang. (Dt.: Vom Werden der Persönlichkeit. Psychoanalyse und Selbsterfahrung. Göttingen: Steidl 1998)

Busch, F. (1995): Resistance analysis and object relations Theory. *Psychoanal. Psychol.,* 12: 43-54.

Butler, J. (1993): *Bodies That Matter*. New York: Routledge.

Castoriadis, C. (1987): *The Imaginary Institution of Society.* Translated by K. Blamey. Cambridge, MA: MIT Press. (Dt.: Gesellschaft als imaginäre Institution. Frankfurt a. M.: Suhrkamp 1990)

Castoriadis, C. (1995): Logic, imagination, reflection. In *Psychoanalysis in Contexts: Paths between Theory and Modern Culture,* ed. A. Elliott & S. Frosh. London: Routledge, pp. 15-35.
Deleuze, G. & Guattari, F. (1977): *Anti-Ödipus. Kapitalismus und Schizophrenie.* Frankfurt a. M.: Suhrkamp.
Derrida, J. (1975): *Die Schrift und die Differenz.* Frankfurt a. M.: Suhrkamp.
Derrida, J. (1997): *Positionen.* Wien: Passagen.
Eagleton, T. (1990): *The Ideology of the Aesthetic.* Oxford: Blackwell.
Elliott, A. (1992): *Social Theory and Psychoanalysis in Transition: Self and Society from Freud to Kristeva.* Oxford: Blackwell.
Elliott, A. (1995): The affirmation of primary repression rethought: reflections on the state of the self in its unconscious relational world. *Amer. Imago*, 52: 55-79.
Elliott, A. (1996): *Subject to Ourselves: Social Theory, Postmodernism and Postmodernity.* Cambridge: Polity press.
Elliott, A. & Frosh, S. (1995): *Psychoanalysis in Contexts: Paths between Theory and Modern Culture.* London: Routledge.
Fish, S. (1989): Rhetoric. In: *Critical Terms for Literary Study,* ed. F. Lentriccia T. McLaughlin. Chicago: Univ. of Chicago press, pp. 203-222.
Frosh, S. (1991): *Identity Crisis: Psychoanalysis, Modernity and the Self.* New York: Routledge.
Giddens, A. (1991): *Modernity and Self-Identity. Self and Society in the Late Modern Age.* Stanford, CA: Stanford Univ. Press.
Giddens, A. (1992): *The Transformation of Intimacy. Sexuality, Love and Eroticism in Modern Societies.* Stanford, CA: Stanford Univ. Press.
Glass, J. M. (1993): *Shattered Selves. Multiple Personality in a Postmodern* World. Ithaca, NY/London: Cornell Univ. Press.
Habermas, J. (1968): *Erkenntnis und Interesse.* Frankfurt a. M.: Suhrkamp.
- (1970): Zur Logik der Sozialwissenschaften. 5. Aufl., Frankfurt a. M.: Suhrkamp (1982)
Harvey, D. (1990): *The Condition of Postmodernity.* Cambridge, MA: Blackwell.
Hoffman, I. Z. (1987): The value of uncertainty in psychoanalytic practice. *Contemp. Psychoanal.*, 23: 205-215.
Hoffman, I. Z. (1994): Dialectical thinking and therapeutic action in the psychoanalytic process. *Psychoanal. Quarterly,* 63: 187-218.
Jameson, F. (1991): *Postmodernism, or, The Cultural Logic of Late Capitalism.* Durham, NC: Duke Univ. Press.
Kristeva, J. (1984): *Revolution in Poetic Language.* Translated by M. Waller. Ithaca, NY: Duke Univ. Press.
- (1989): *Schwarze Sonne – Depression und Melancholie.* Frankfurt a. M.: Suhrkamp 1996.
Leary, K. (1994): Psychoanalytic ‚problems' and postmodern ‚solutions'. *Psychoanal. Quart.* 63: 433-465. (Deutsche Übersetzung in diesem Band, S. 259-288)
Lyotard, J.-F. (1984): *The Postmodern Condition: A Report on Knowledge.* Translated by G. Bennington & B. Massumi. Minneapolis: Univ. of Minnesota Press.
(Dt.: Das postmoderne Wissen. Ein Bericht. Wien: Passagen 1994)
Macey, D. (1993): *The Lives of Michel Foucault.* London: Hutchinson.
McGowan, J. (1991): *Postmodernism and Ist Critics.* Ithaca, NY: Cornell Univ. Press.
Mitchell, S.A. (1993): *Hope and Dread in Psychoanalysis.* New York: Basic Books.
Murdoch, I. (1993): *Metaphysics as a Guide to Morals: Philosophical Reflections.* New York: Viking Penguin, 1994.
Norris, C. (1987): *Derrida.* Cambridge, MA: Harvard Univ. Press, 1988.

Norris, C. (1993): *The Truth about Postmodernism.* Oxford: Blackwell.
Ogden, T.H. (1989): *The Primitive Edge of Experience.* Northvale, NJ/London: Aronson. (Dt.: Frühe Formen des Erlebens. Basel/Wien/New York: Springer 1995)
Rorty, R. (1982): *The Consequences of Pragmatism: Essays 1972-1980.* Minneapolis: Univ. of Minnesota Press.
Schafer, R. (1992): *Retelling a Life. Narration and Dialogue in Psychoanalysis.* New York: Basic Books. (Dt.: Erzähltes Leben. Narration und Dialog in der Psychoanalyse. Stuttgart: Pfeiffer 1997)
Sgruton, R: (1994): *Modern Philosophy.* London: Sinclair-Stevenson.
Spezzano, C. (1993): *Affect in Psychoanalysis. A Clinical Synthesis.* Hillsdale, NJ: Analytic Press.
Thompson, J.B. (1990): *Ideology and Modern Culture. Critical Social Theory in the Era of Mass Communication.* Stanford, CA: Stanford Univ. Press.
Trachtenberg, A. (1979): Intellectual background. In: *Harvard Guide to Contemporary American Writing,* ed. D. Hoffman. Cambridge, MA: Harvard Univ. Press.
Vattimo, G. (1986): *Jenseits vom Subjekt. Nietzsche, Heidegger und die Hermeneutik.* Wien: Passagen.

Weibliche und männliche Autorität: Eine Entwicklungsperspektive

Charles M. T. Hanly

Gibt es einen Unterschied zwischen weiblicher und männlicher Autorität? Wenn ja, hängt es vom Geschlecht einer bestimmten psychoanalytischen Autoritätsfigur ab, wer sich ihr anschließt? Denken Kleinianische Analytiker anders als Freudianische, und führt dies zu den Unterschieden in ihrer jeweiligen Theorie und Technik? Entstehen diese aus der Beziehung zur Autorität der jeweiligen Schulenbegründer? Hätte ein männlicher Analytiker das Kleinianische Denken entwickeln können? Oder eine Analytikerin das Freudianische Denken? Hängt die Entscheidung eines Analytikers, Kleinianer oder Freudianer zu werden, von seiner Geschlechtszugehörigkeit ab?

Daraus ergeben sich weitere Fragen. Handelt es sich dabei um dumme Fragen? Ist es nicht offenkundig, daß wir Analytiker Theorien nur dann übernehmen, wenn sie uns in unserer eigenen Analyse, unserer Forschung und bei unserer klinischen Arbeit in den von uns selbst durchgeführten Analysen überzeugt haben? Was soll die Tatsache, daß Klein eine Frau und Freud ein Mann war, damit zu tun haben, daß man ihre Theorien einleuchtender findet als seine? Ich werde später zeigen, daß diese Fragen tatsächlich in gewisser Weise dumm sind. Aber es lohnt sich, über Narren und ihre dummen Fragen nachzudenken. Bei Shakespeare war es die Aufgabe des Narren, an der Wahrheit, die von anderen geleugnet wurde, festzuhalten, beispielsweise in *King Lear*. Also werde ich mir die Freiheit nehmen, den Narren zu spielen, ohne den Anspruch zu erheben, so weise wie Shakespeares Narren zu sein.

Wenn die Autorität des Vaters auf dem Gesetz beruht, basiert die der Mutter auf dem Begehren. Diese Formulierung legt nahe, daß es in unserer Erfahrung mit Autoritätsobjekten einen Geschlechtsunterschied gibt. Man könnte denken, in dieser Unterscheidung liege eine Entwertung der Mutter und der Frauen. Die Mutter (die Frau) ist in der Lage, zu bestimmen, weil sie das Objekt des Begehrens für ihr Kind oder ihren Liebhaber ist. Der Vater (der Mann) kann bestimmen, weil er der Ursprung des Gesetzes ist – des Verbotenen und des Erlaubten. Aber wir müssen uns nun fragen, wie der Vater zum

Ursprung des Gesetzes wird. Ein Teil der Antwort lautet: Weil er das Objekt der Furcht ist. So wie die Mutter das Objekt des Begehrens ist, ist der Vater das Objekt der Furcht und damit der Idealisierung. Beide sind gleichermaßen Objekte, die sich aber durch die Affekte, die sie hervorrufen, unterscheiden.

Weil die Mutter Bedürfnisse befriedigen kann, hat sie Autorität über diejenigen, deren Bedürfnisse sie befriedigt. Es liegt in ihrer Macht, Leben zu spenden und in der Phase der größten Hilflosigkeit zu erhalten, und sie spendet die früheste Lust, an der alle Triebe gleichzeitig beteiligt sind und die deshalb die umfassendste und intensivste Lust des ganzen Lebens ist. Solange ein Säugling die Mutter nur als ein Teilobjekt wahrnehmen kann, das kaum von ihm selbst zu unterscheiden ist, ist in seinem Erleben die Mutter als Brust symbiotisch mit Omnipotenz ausgestattet. Diese symbiotische Ausstattung ist der Vorläufer der in die Mutter projizierten Omnipotenz, während der Säugling gleichzeitig lernt, allmählich mit seiner gefährdeten und hilflosen Begrenztheit zurechtzukommen (Hanly 1992). Aus dieser Symbiose und Projektion entsteht eine Aura, die im Erleben des Kindes die gute Mutter umgibt und zu einem Ganzen macht.

Grunberger (1971) hat den Narzißmus auf einen pränatalen erhabenen Zustand zurückgeführt, der auf der Illusion einer intrauterinen Unabhängigkeit beruht. Nach Grunbergers Hypothese beruhen der Glaube an Unsterblichkeit, das Gefühl der Unendlichkeit, die Vorstellung einer körperlosen Glückseligkeit, der Glaube an ein Nirwana, utopische Ideale, einen Pantheismus und Naturmystizismus etc. auf den Erinnerungen des Erwachsenen an eine ursprüngliche biologische Verbindung mit der Mutter, und diese Vorstellungen und Gefühle entstammen der Sehnsucht, in diesen Zustand zurückzukehren. Wenn solche Erinnerungen erhalten bleiben, entwickelt sich zunächst die Symbiose des Kindes mit der Mutter und daraus dann die Projektion des kindlichen Narzißmus auf die Mutter. Wenn das Kleinkind solche intrauterinen Empfindungen nicht behält, können die von Grunberger erklärten Phänomene meiner Meinung nach ebenso gut mit der erhabenen Aura erklärt werden, mit der zunächst die Brust der Mutter und dann die Mutter selbst durch Symbiose und narzißtische Projektionen umgeben wird.

So oder so bleibt in diesen Vorstellungen und psychischen Zuständen, Mitteilungen und Erfahrungen des erwachsenen Lebens implizit die wohlwollende Präsenz der Mutter erhalten, wie sie am Beginn des Lebens bestanden hatte. Aus diesen Vorstellungen, Zuständen, Mitteilungen und Erfahrungen entwickeln sich verschiedene Gesetzes- und Moralvorstellungen mit unterschiedlichen Inhalten. Die unbewußte Sehnsucht nach Wiedervereinigung mit einem vollkommenen Wesen oder nach der Verwirklichung eines Idealzustands ist eine mächtige Motivation für Moral und für eine Lebensweise, die diese Sehnsucht zu erfüllen verspricht. In den Melodien, den Tonarten und dem Rhythmus großer religiöser Musik kommen die Quellen der Motive des Strebens nach Moral zum Ausdruck. Damit zeigt sich, daß in unserer ersten Formulierung, die der mütterlichen Autorität das Begehren und der väterlichen die Furcht zuordnete, eine falsche Dichotomie enthalten war. Begehren, und besonders das Begehren nach der Mutter, ist als Ursprung des Gesetzes genauso wichtig wie die Furcht. Deshalb enthält die zum Gesetz führende Autorität einen elementaren weiblichen Anteil oder, anders gesagt: In unserem unbewußten Erleben ist die Mutter mit der Autorität einer Gesetzgeberin ausgestattet.

Aber unsere anfängliche Formulierung enthält noch eine andere Unwahrheit. Die Mutter ist genauso wie der Vater ein Objekt der Furcht. Klein (1946) war der Auffassung, daß das Ich des Säuglings von Geburt an, also früher als Freud es angenommen hatte, existiert und daß es von namenloser Angst vor Desintegration und Vernichtung durch den Todestrieb überschwemmt wird und dazu gezwungen ist, seine Aggression auf sein erstes, einziges und am meisten geliebtes Objekt zu projizieren – die noch wenig differenzierte Brust der Mutter. Das hat zur Folge, daß sich der Säugling zugleich durch die Brust bedroht fühlt. Dieser unerträgliche Zustand führt zu einer Spaltung des Objekts und damit zur paranoid-schizoiden Organisation des kindlichen Erlebens. Die namenlosen Ängste werden so zur namenlosen Furcht, die mit der allmählich differenzierteren mütterlichen Brust verknüpft wird. Dadurch gelangt in die Welt des Kindes eine mit der Mutter identifizierte fremde und gefährliche Macht.

Selbst wenn man (wie ich) Zweifel hat an Freuds Todestrieb oder (anders als ich) Kleins Hypothese, daß Säuglinge über frühe Ichfunktionen verfügen, nicht nachvollziehen kann, muß man die Angst des Säuglings vor der Mutter akzeptieren. Klein beschreibt die Phänomene in der Entwicklung eines Kindes, wenn die Bedingungen nicht gut genug sind – beispielsweise bei oraler Deprivation. Dabei gibt es zwei Unterschiede: Die Ursache für das Phänomen der Projektion und Spaltung ist eher ein äußeres Trauma als ein Triebgeschehen, und bei genügend guter Pflege tritt die paranoid-schizoide Position erst später auf.[1] Sind die Umstände gut genug, macht das heranwach-

1 Anm. d. Übers.: Kleins Konzept der paranoid-schizoiden Position ist von ihrer Auffassung einer von Geburt an bestehenden Dualität von Lebens- und Todestrieb nicht zu trennen. Die paranoid-schizoide Position ist die früheste Entwicklungsphase, die durch die Beziehung zu Partialobjekten und durch das Vorherrschen von Ich- und Objektspaltung gekennzeichnet ist. Angst entsteht dabei „aus der Aktivität des Todestriebs innerhalb des Organismus" und wird als „Furcht vor Vernichtung (Tod) in der Form von Verfolgungsangst empfunden" (M. Klein: Bemerkungen über einige schizoide Mechanismen, [S.136] in: Das Seelenleben des Kleinkindes, Stuttgart 1989). Günstige oder weniger günstige Entwicklungsbedingungen erleichtern oder erschweren die Ichentwicklung hin zu mehr Integration und Kohäsion.

sende Kind einen progressiven Schritt zur Differenzierung zwischen Selbst und Objekt und entdeckt seine eigene Hilflosigkeit angesichts einer fremden, sonderbaren und überwältigenden Welt, die sich seiner Wahrnehmung entzieht und seiner Kontrolle widersetzt. Aus Angst projiziert das Kind seinen Narzißmus auf die Mutter, die deshalb omnipotent in ihrer Fürsorge wird – seine Sonne am Tag und sein Mond bei Nacht. Diese Projektion des Narzißmus entspricht zwar nicht ganz den von Klein (1946) beschriebenen Prozessen der Idealisierung des Objekts durch die Projektion des liebenden Ichs, wie sie Segal (1979) als Quelle der narzißtischen Objektbeziehungen beschrieben hat, ist ihnen aber doch wenigstens funktional einigermaßen gleichwertig.

Aus dieser Situation erwächst eine neue Angst, wenn das Kind die unterschiedlichen Stimmungen der Mutter entdeckt und die Erfahrung macht, daß ihre Fürsorge abhängig ist von ihrer Liebe. Es ist gefährlich, die Liebe der Mutter zu verlieren, und das Kind muß sich anstrengen, um sie zu behalten. Diese Anstrengung wird innerlich durch eine Signalangst sanktioniert, die sich als Scham bemerkbar macht. In seinem fortdauernden Narzißmus glaubt das Kind, es selbst habe den Ärger der Mutter verursacht. Zumindest spürt das Kind, wenn die Mutter sich zurückzieht, daß dann sein Leben aus den Fugen gerät und es sich hilflos und wertlos fühlt. Diese kindliche Verletzlichkeit durch die Angst vor Liebesverlust verleiht der Mutter eine ungeheure Macht über das Kind. Wenn sie ihm ihre Liebe versagt, fühlt sich das Kind, als würde es in ihren Augen und somit auch in seinem eigenen Erleben abstürzen. Die erste innere Sanktion für Gehorsam, die erste Erfahrung mit Autorität und die erste Erfahrung mit dem Gesetz stammen aus der Beziehung zur Mutter. Die erste kindliche Auflehnung durch Schlagen und Beißen und verschiedene kraftvolle Trotzhandlungen widersprechen dieser Auffassung nicht; sie werden durch das Vertrauen des Kindes in die Liebe der Mutter erst möglich, ein Vertrauen, dessen es sich nicht immer sicher sein kann.

Aber wie steht es mit dem Vater? Besteht sein Beitrag zu dem sich entwickelnden Gefühl des Kindes für Autorität ebenfalls darin, daß er als Gesetzgeber identifiziert wird? Weil der Vater nicht über die Autorität der Brust verfügt, kann sein Beitrag während der oralen Phase nur wenig mit dem Triebgeschehen und den dadurch verursachten Ereignissen zu tun haben und auch nicht mit den sich allmählich entwickelnden Strukturen, während das Ich seine Fähigkeit zur Abwehr erwirbt und stärken wird. Die Präsenz des Vaters und seine Pflege des Kindes wirken sich deshalb für den Säugling bei einer genügend guten Bemutterung weniger verhängnisvoll und hart aus.

Wahrscheinlich ist der Vater zunächst nur ein guter Ersatz für die Mutter, und er unterscheidet sich nur wenig von ihr, wenn er sich an der Säuglingspflege sehr beteiligt. Durch seine Beteiligung an der Pflege kann er in die Mutter-Kind-Monade eingeschlossen werden. Grunberger (1989) hat diese Idee einer Monade eingeführt und darunter einen virtuellen Raum verstanden, der die Mutter mit einschließt und den Säugling vor der Welt und seiner eigenen Triebhaftigkeit beschützt. In der Entwicklung ist die Monade die Vorläuferin der von mir so genannten narzißtischen Projektion (Hanly 1992). Wenn der Säugling gestillt wird, ist der Vater aus der zentralen Fütterungs-Zeremonie der Monade ausgeschlossen und kann nicht zum Objekt der daraus erwachsenden intensiven Bindung werden. Wenn die Natur in den ersten Lebensmonaten ihren Lauf nimmt, kommen dem Vater unterschiedliche Bedeutungen zu: Er ist sowohl eingeschlossen in als auch ausgeschlossen aus der mütterlichen Welt des Säuglings. Wegen dieser biologisch bedingten Mehrdeutigkeit wird der Vater für den Säugling sowohl zum Repräsentanten der Welt jenseits der Monade als auch zu einem aus dieser anderen Welt kommenden Eindringling, der gleichzeitig die Beziehung zu dieser herstellt. Die physischen und biologischen Unterschiede machen sich besonders dann bemerkbar, wenn ein Vater seinem Kind helfen und es trösten will, weil es Schwierigkeiten bei der Entwöhnung von der Brust hat – ein Triebverzicht, mit dem sich für das Kind das Tor zu einer Welt öffnet, die es mit Vater und Mutter gemeinsam hat.

Chasseguet-Smirgel (1984) hat deutlich gemacht, wie wichtig für den kleinen Jungen die idealisierende Identifikation mit dem Vater ist, und sie hat gezeigt, daß diese mißlingt, wenn die „Vorrechte und Fähigkeiten" des Vaters verleugnet werden, um an der Illusion festhalten zu können, daß der „kleine prägenitale Penis genauso wertvoll wie der des Vaters" ist (S. 70). Die primäre Identifikation des Jungen mit dem Vater (Freud 1923) spielt bei der Entwicklung und Auflösung des Ödipuskomplexes deswegen die wichtige Rolle, die Freud ihr zugeschrieben hat, weil mit ihr das Kind allmählich aus der mütterlichen Welt, in der vor allem die oralen und analen Phasen ausgelebt werden, herausgeführt wird in die väterliche Welt der ödipalen Phase. Diese Auffassung setzt voraus, daß schon vor dem Einsetzen und der Auflösung des Ödipuskomplexes die Triangulierung und eine rudimentäre Über-Ich-Entwicklung stattgefunden haben, wie auch Klein (1945, 1957) betont hat. Ich neige jedoch eher zu der Annahme, daß die Triangulierung in der oralen und analen Phase, obwohl sie mit aggressiver Rivalität und Eifersucht und gelegentlichen phallischen oder klitoridalen Impulsen einhergeht, aus zwei Gründen nicht im engeren Sinn ödipal ist: Die phallisch/klitoridalen Impulse sind sekundär und stammen aus der oralen und analen Trieborganisation und deren vorherrschenden erogenen Zonen, und vor allem rivalisieren sowohl Jungen als auch Mädchen in erster Linie mit dem Vater um die Gunst der Mutter. Aus diesem Grund verliert die Mutter ihre zentrale Position als Quelle der Selbstautorisation nur allmählich, bevor es zu den Umstrukturierungen der ödipalen Phase kommt.

Trotz des wichtigen Einflusses der Triebdeterminanten sollte man bei diesem Übergang nicht übersehen, welche Rolle die Beziehung zum Vater spielt und welchen Anteil er als Person daran hat. Verschiedene Autoren mit unterschiedlichen Auffassungen, zu denen Lacan und sein „Name des Vaters" und „Gesetz des Vaters" und Grunberger (1989) mit seinem „Prinzip des Vaters" gehören, haben auf die Rolle des Vaters hingewiesen, wenn es darum geht, das Kind aus der mütterlichen Welt herauszuführen. Der Vater übernimmt bei seinem Sohn diese Aufgabe durch die kindliche Identifizierung des Jungen mit ihm und beim Mädchen durch dessen Objektliebe. Identifikation und Liebe haben wichtige ödipale Vorläufer, aber ihre Entwicklung vollzieht sich erst mit dem Ödipuskomplex, dessen Auflösung weitere Reifungsschritte nach sich zieht.

Wie ist der Beitrag des Vaters zur Definition der Autorität einzuschätzen, wenn er auf diese Weise an den Entwicklungsbedürfnissen des Kindes beteiligt ist? Was wird dann aus dem Beitrag der Mutter? Wird er einfach übergangen oder für immer auf den zweiten Platz verwiesen?

Eines ist klar: Die Dichotomie von Autorität/Begehren auf seiten der Mutter und Autorität/Gesetz auf seiten des Vaters wird der Rolle des Vaters ebensowenig gerecht wie der der Mutter. Zweifellos kann das Kind seine mütterliche Welt angefüllt mit polymorph-perverser Lust erleben, und zweifellos können Erwachsene, Männer wie Frauen, machtvolle unbewußte Phantasien über das Entzücken an der glückseligen, mühelosen, sinnlichen, befriedigenden Fülle des mütterlichen Körpers haben und diese Phantasien wegen ihres regressiven Sogs als bedrohlich empfinden.

Wie verbreitet diese Phantasien sind, kann man an den Prüfungen sehen, die Helden und Ritter zum Beispiel in Homers *Odyssee* bestehen müssen und in Spensers *The Faerie Queene*, in der der „Tempel der Lust" eine gefährliche Schönheit und Lust machtvoll heraufbeschwört. Die mit dem Begehren verbundene mütterliche Autorität kommt nirgends gewaltiger zum Ausdruck als in Hesiods kosmologischem und genealogischem Gedicht *Theogonie*. Im Verlauf der Schöpfung wird Uranos, der Himmelsgott, eifersüchtig auf seine Nachkommen und will nicht, daß sie von Gaea geboren werden, der dies Kummer bereitet, „und sie ersann einen teuflischen Plan ... sie schickte (Kronos) in einen versteckten Hinterhalt mit einer gezackten Sichel in der Hand und bürdete ihm die ganze Hinterlist auf" (Kirk und Raven 1957, S. 35). Eine andere Variante in einem großen soziopolitischen und doch sehr menschlichen Rahmen zeigt sich darin, daß Frauen die Macht haben, ihre Söhne und damit den Staat zu korrumpieren, wie es Platon *(Staat*, Buch VIII) beschrieben hat. In den Herrscherfamilien der Timokratie (der Herrschaft der militärischen Elite) gibt es Mütter, die sich bei ihren Söhnen über die Unmännlichkeit ihrer Soldatenväter beklagen, von denen sie sich vernachlässigt fühlen und denen sie Gleichgültigkeit gegenüber den schönen Dingen des Lebens, die der Wohlstand bereithält, vorwerfen, um ihre Söhne zum Streben nach materiellen Gütern zu verleiten, wodurch es zu einer Degeneration des Staates, zu einer Oligarchie (der Herrschaft der wenigen Reichen) kommt. Dieser Verfall führt nach Platon über eine demokratische Anarchie in eine sinnliche, durch das Streben nach Lust gekennzeichnete Tyrannei, die durch Spensers „Tempel der Lust" symbolisiert wird. Man fühlt sich an die Mutter erinnert, die, nach Chasseguet-Smirgels Beispiel, ihren Sohn glauben macht, daß sein kleiner Penis tatsächlich besser sei als der des Vaters. Vor diesen Müttern müssen Kinder durch Väter gerettet werden, die männlich genug sind, um einige der für das Kind nötigen mütterlichen Funktionen aufrechtzuerhalten.

Obwohl diese Phantasien sehr bedeutsam sind, reichen sie nicht aus, um die Rolle der Mutter bei der Entstehung und Definition der Autorität zu verstehen. Es ist kaum zu übersehen, daß die Phantasie von einer alles befriedigenden Mutter wahrscheinlich eher deshalb entsteht, weil die Erinnerungen an schmerzliche Enttäuschungen verleugnet werden als die an unbekümmerte Freuden. Und in Hesiods und Platons mythischen Darstellungen der malignen Macht der Frauen über ihre Söhne wird sicher viel an Projektion verleugnet.

Könnte man nicht vermuten, daß diese Phantasien dazu dienen sollen, die mütterliche Autorität zu vermeiden und zu verleugnen, die aus der kindlichen Angst vor Liebesverlust herrührt, mit der die Mutter ihre Söhne und Töchter eher bestraft als belohnt? Mit Hilfe dieser Phantasien kann auch verleugnet werden, daß Frauen biologische und psychologische Gründe haben – beispielsweise, weil sie erschöpft sind und wieder selbst über ihren Körper, ihre erwachsene Sexualität und ihre eigene Identität verfügen können wollen –, die Monade zu zerbrechen und ihren Nachwuchs mehr oder weniger unsanft aus der mütterlichen Welt hinauszubefördern. Diese Motive gesunder Mütter erleichtern den Prozeß der allmählichen Erziehung zur Realität, den Ferenczi (1913) so brillant beschrieben hat. Aber wenn diesen Motiven das sadistisch-narzißtische Bedürfnis zugrundeliegt, sich im Erfolg perfekter Kinder spiegeln zu wollen, kann es passieren, daß Mütter ihre Kinder traumatisieren, wenn sie mehr von ihnen erwarten als ihrer Trieb- und Ichreife entspricht. Aus der Ausübung mütterlicher Autorität wird dann psychopathogene Gewalt, wenn dieser Sadismus nicht durch Narzißmus gemildert wird. Diese gewalttätig-strafenden Mütter finden sich nicht nur in der Literatur über Objektbeziehungen und in den im Inneren des Individuums entstandenen Verfolgern, wie sie Klein (1957) untersucht hat, sondern auch in Legenden, Mythen und in der Literatur: die ehrfurchtgebietende Schönheit der trojanischen Helena, die Schiffe, Männer und Städte zerstörte; die Verderben bringenden Erynnien der antiken griechischen Mythologie; die neiderfüllte mörderische Lady Macbeth, in deren Häusern kein König sicher war.

So wenig wie weibliche Tugenden immer weich sind, sind männliche immer hart. Von Anfang an ist die Identifikation des Jungen mit seinem Vater eine Form der Liebe. Die der Mutter als Ernährerin geltende anaklitische Liebe wäre nicht stärker als die zum Vater als Beschützer, wenn nicht wegen der oralen und analen Anteile des Lebenstriebs der Mutter eine Beschützerrolle zugeschrieben würde. Diese Beschützerfunktion hat sie darüber hinaus auch real. Freuds (1914) Darstellung ist zu einfach, auch wenn sie in ihren Grundzügen zutrifft. Außerdem weiß ein Vater, wenn er gut genug ist und nicht vor der Identifikation mit seiner eigenen Mutter Angst haben muß, was er tun kann, um die gewaltsame Autorität seiner Frau zu mildern, wenn sie unnötig streng und vereinnahmend ist. Aber auch eine Mutter, die sich über ihr eigensinniges Kind ärgert und ihm mit der Bestrafung durch den Vater droht, sobald er nach Hause kommt, und so ihren eigenen Impuls, ihr Kind körperlich zu strafen, unterdrückt, hat das Kind bereits durch Liebesentzug bestraft, der durch ihre hinterhältige Allianz mit dem Vater nur noch verschlimmert wird. Aber ein Vater kann nur dann gut als Muttterersatz fungieren, wenn er sich seiner männlichen Identität so sicher ist, daß er mit seinen Kindern mütterlich umgehen kann, ohne in ihren Augen an Männlichkeit zu verlieren. Gute Eltern können die väterliche Autorität teilen, ohne bei ihren Kindern eine Konfusion der Geschlechteridentität hervorzurufen.

Damit kommen wir zum Ödipuskomplex und der Frage, welche Rolle er bei der Entstehung einer stabilen und fundierten Anerkennung der väterlichen und mütterlichen Autorität in der Eltern-Kind-Beziehung spielt. Diese Beziehung ist wichtig, damit sich ein Gewissen entwickeln kann, das die innere Triebbeherrschung ermöglichen hilft – eine Triebbeherrschung, die für ein anständiges, zivilisiertes Leben und für die innere Aufrechterhaltung eines angemessenen Selbstwertgefühls erforderlich ist. Aus diesem Grund messe ich der Auflösung des Ödipuskomplexes eine ebenso wichtige Rolle in der gesamten seelischen Entwicklung und speziell für die Entwicklung einer guten inneren und äußeren Beziehung zur Autorität bei, wie Freud (1923) das tat, sehe aber auch, wie wichtig ödipale Vorläufer sind, wie sie Britton, Feldman und O'Shaughnessy (1989) vor kurzem beschrieben haben.

Bei der Auflösung des Ödipuskomplexes ist eine Intensivierung der Identifikation mit beiden Elternteilen, Mutter und Vater, besonders wichtig, weil das Kind die dringende Notwendigkeit verspürt, sein Verhältnis zu beiden Eltern zu verändern. Das Mädchen muß seinen Haß auf die Mutter und die zu bedrohliche und rebellische Rivalität mit ihr mäßigen, indem es seine Identifikation mit ihr intensiviert; ähnlich geht es dem Jungen in seiner Identifikation mit dem Vater. Die Aggression, die diesen Beziehungen gegolten hatte, wird dann gegen das Selbst gerichtet und kann ein ausschlaggebender Faktor für Zurückhaltung und Zielgehemmtheit werden. Das Mädchen fühlt sich auch in ihrer Liebe zum Vater dazu getrieben, einen anderen Umgang mit ihm zu finden, weil ihr sonst die notwendige Veränderung in der Beziehung zur Mutter nicht gelingen würde. Denn es ist die Liebe zum Vater, die aus einer erträglichen Eifersucht auf die Mutter einen gefährlich neidischen Haß macht. Der damit einhergehende Verlust wird durch die Intensivierung der Identifikation mit dem Vater aufgewogen. Dieselbe Umwandlung muß der Junge in seiner Beziehung zur Mutter vollbringen. Die Autorität des Gewissens beruht auf diesen doppelten Identifizierungen.

Meine Beschreibung der ödipalen Identifizierungen weicht von Freuds (1923) Darstellung in zwei Punkten ab. Das Paradox, die Intensivierung der Identifikation mit dem gleichgeschlechtlichen Elternteil direkt mit dem Aufgeben der inzestuösen Liebesbeziehung zum gegengeschlechtlichen Elternteil zu verknüpfen, läßt sich so ebenso vermeiden wie die Inkonsistenz dieses Konzepts mit Freuds (1917) Auffassung der Entstehung der Melancholie. Und ich gehe auch nicht davon aus, daß das männliche Über-Ich wirksamer ist als das weibliche, auch wenn sich beide qualitativ unterscheiden. So wird sowohl Freuds (1923) unangemessener Vergleich vermieden als auch dessen Inkonsistenz mit seiner Todestriebhypothese, die vermutlich für Frauen wie Männer gleichermaßen kränkend ist; schließlich sterben Frauen genauso häufig wie Männer.

Bei dieser abweichenden Auffassung wird allerdings die Erklärung des Geschlechtsunterschieds, soweit er auf der stärkeren Identifikation mit dem gleichgeschlechtlichen Elternteil beruht, zum Problem. Ein möglicher Ansatz wäre die Feststellung, daß der positive Ödipuskomplex eine heterosexuelle Struktur hat. Die Umgestaltung der Beziehung zu den Eltern durch die Internalisierung der stärkeren Identifikation mit ihnen könnte ausschließlich durch die ursprünglichen libidinösen und aggressiven Besetzungen zustandekommen. Der Wunsch des Jungen, sofort den Platz des Vaters einnehmen zu können, wird durch den Wunsch, wie der Vater zu werden, ersetzt. Er substituiert den Wunsch, die Mutter jetzt zu besitzen, durch den Wunsch, in der Zukunft jemanden zu haben, der wie sie ist. Die Befriedigung kann aufgeschoben und später realisiert werden, wenn der Junge selbst ein Mann geworden sein wird wie sein Vater. Allerdings beruht die Idealisierung, mit der der Aufschub des Lustgewinns eingeleitet wird, auf Angst. Die wirksamen Verbote, die von dieser Idealisierung ausgehen, sind der Angst proportional, die ihrerseits wieder der Stärke der inzestuösen und aggressiv-neidischen Wünsche entspricht.

Da ich keinen Grund sehe, warum diese Wünsche bei Mädchen schwächer ausgeprägt sein sollten als bei Jungen, kann ich auch nicht sehen, warum die Kastrationsangst des Jungen eine stärkere Quelle moralischer Schuld sein sollte als die Angst des Mädchens, vergiftet zu werden, lebenslänglich eingesperrt zu bleiben, dem Zauberspruch einer Hexe zum Opfer zu fallen oder entstellte, kranke oder tote Babys zu bekommen. Die für den Jungen spezifische Unmittelbarkeit und bedrohliche Unwiderruflichkeit der körperlichen Verletzung durch die Kastration gilt zwar für Mädchen nicht, wird aber durch die Tatsache aufgewogen, daß für sie nun die Mutter, durch die sie doch von Geburt an geliebt und versorgt wurden, zu ihrer gefährlichsten Feindin geworden ist. Die Mutter, die listig genug ist, den Vater verzaubern zu können, was das ödipale kleine Mädchen mit eigenen Augen sehen kann, ist bestimmt auch imstande, es selbst zu beschämen und aus Bosheit zu verzaubern. Vielleicht ist es vor allem dieser Grund, nämlich die Angst vor Liebesverlust, die dem Gewissen des Mädchens die Autorität verleiht, Gehorsam zu verlangen, während Schuldgefühle erst an zweiter Stelle stehen – während es beim Jungen primär um Schuld und erst an zweiter Stelle um die Angst vor Liebesverlust geht.

Wenn also, wie Freud (1925) festgestellt hat, die moralische Autorität bei Männern zwar unpersönlicher und strenger, bei Frauen aber objektbezogener und mitfühlender ist, so ist sie doch bei beiden gleichermaßen wirkungsvoll. Die moralische Autorität der Frauen wird nicht aus der Rippe Adams erschaffen. Wenn es im großen und ganzen zutrifft, daß Frauen in ihrer Einstellung zur Autorität eher Wert auf Liebe, Beziehungen, Verführung und Manipulation legen, während für Männer Begriffe wie Gerechtigkeit, Verpflichtung, Betrug und Gesetzesbruch größeres Gewicht haben, stimmt es doch auch, daß Frauen wegen ihres Pflichtgefühls unter Schuldgefühlen und Hemmungen leiden und Männer lernen können, Gerechtigkeit durch Mitgefühl zu mildern. Ideal scheint die Integration der Identifikationen mit Mutter und Vater zu sein, wobei die Identifikation mit dem gleichgeschlechtlichen Elternteil bei der Auflösung des Ödipuskomplexes den Vorrang hat. Britton, Feldman und O'Shaughnessy (1989) haben die pathologischen Folgen beschrieben, die ein Scheitern dieser Integration mit sich bringen kann.

Aus den Schlußfolgerungen dieser Argumentation ergibt sich aber noch eine andere Frage: Wenn Autorität – mehr oder weniger – gleichermaßen weiblich wie männlich ist, gibt es dann psychologische, kulturelle und physische Gründe dafür, daß Juden und Christen über viele Jahrhunderte eine männliche Gottheit verehrt haben? Ich habe an anderer Stelle (Hanly 1988) vermutet, daß der Unterschied etwas mit dem unterschiedlichen Ödipuskomplex bei Jungen und Mädchen zu tun hat. Die männliche Einstellung zu einer Gottheit entspricht vor allem einer ehrfürchtigen Demut (sublimierte Kastrationsangst) und einer sublimierten homosexuellen Unterwerfung; die weibliche Einstellung entspricht der sublimierten Liebe zum Vater und der Sehnsucht, von ihm geliebt zu werden.

Bis jetzt ist es mir noch nicht gelungen, eine Antwort auf die Frage des Narren zu versuchen, mit der ich diese Arbeit begonnen habe. Hat die Geschlechtszugehörigkeit der Analytiker einen Einfluß auf ihre Theoriebildung? Meine Arbeit kann bei dieser Frage bestenfalls den Hintergrund bei der Suche nach einer Antwort zur Verfügung stellen. Hier sind einige vorläufige Überlegungen.

Ist es Zufall, daß bei der Erforschung der Dynamik der Mutter-Kind-Dyade eine Reihe genialer Analytikerinnen Pionierarbeit geleistet hat? Melanie Klein hat die Implikationen des Todestriebs für die frühesten Phasen der Beziehung zwischen Säugling und Mutter herausgearbeitet. Annie Reich hat die Gründe für die Beeinträchtigung des weiblichen Selbstwertgefühls in der präödipalen Beziehung zur Mutter gesucht. Elizabeth Zetzel hat bei ihren Überlegungen zur Technik die Bedeutung ihres Konzepts des Arbeitsbündnisses mit dem Einfluß der frühen Bindung an die Mutter verknüpft. Frauen haben noch viel mehr zur Theorie und Praxis der Psychoanalyse beigetragen, und man muß sich fragen, ob ihr Geschlecht dabei eine Rolle gespielt hat. Die Vermutung liegt nahe, daß die Geschlechtszugehörigkeit zu der Motivation beiträgt, die Psychologie von Säugling und Mutter zu erforschen. Aber so interessant und wichtig die Frage nach der Motivation auch sein mag, sie verblaßt vor der Frage, ob die Geschlechtszugehörigkeit eine wichtige Rolle spielt, wenn es um die Entwicklung und die Überprüfung neuer Ideen für ein besseres Verständnis geht.

Bevor man versucht, auch nur ansatzweise Vermutungen über einen Zusammenhang zwischen Geschlechtszugehörigkeit und Einsicht anzustellen, sollte man sich daran erinnern, daß auch Männer wichtige Beiträge zu spezifisch weiblichen Bereichen geleistet haben. Abraham hat als erster die präödipalen Phasen systematisch herausgearbeitet. Grunbergers Verständnis des Narzißmus beginnt mit seinen Überlegungen über die psychologischen Derivate der intrauterinen Existenz und der Mutter-Baby-Monade. Winnicotts Konzepte des Übergangsobjekts, des falschen Selbst und der fördernden Umwelt haben ihre Wurzeln in der Mutter-Kind-Dyade. Gibt es also keine Basis für eine psychologische Erkenntnistheorie, die eine auf der Geschlechtszugehörigkeit beruhende kognitive Unterscheidung erkennen ließe?

Psychoanalytisches Wahrnehmen und Verstehen ist sehr stark von Erinnerungen abhängig. Machen kleine Mädchen in ihrer frühesten Kindheit geschlechtsspezifische Erfahrungen, die es ihnen, wenn sie sich als erwachsene Analytikerinnen daran erinnern, eindeutig leichter machen, die Psychologie der Mutter-Kind-Dyade zu verstehen? Erlebt ein Mädchen im Säuglingsalter seine Mutter anders als ein Junge? Es scheint einleuchtend, daß die unterschiedlichen Erfahrungen eines Säuglings mit seiner Mutter davon beeinflußt werden, welche unbewußten Gefühle sein Geschlecht in ihr auslöst. Diese Gefühle beeinflussen sie in ihrer mütterlichen Pflege und damit auch die Erfahrungen ihres Kindes. Könnte man aber nicht auch vermuten, daß der Einfluß, den das Kind auf die Gestaltung der frühesten Erfahrungen mit der Mutter hat, bei Jungen und Mädchen im wesentlichen gleich ist? Die Mutter als Objekt der frühen Erfahrung wird bei Jungen und Mädchen vermutlich gleich sein, wenn man davon absieht, daß das Geschlecht ihres Kindes die Mutter unbewußt beeinflußt. Wenn dies zutrifft, scheint die Geschlechtszugehörigkeit kein Vorteil zu sein, wenn es um die Erforschung der frühen Kindheit geht. Allerdings könnten Analytikerinnen in einem Punkt einen kognitiven geschlechtsabhängigen Vorteil haben. Die Erfahrung der anaklitischen Bindung an die Mutter mag für Mädchen und Jungen gleich sein, aber nur Frauen können die Erfahrung machen, selbst als Mutter das Objekt dieser Bindung zu werden. Zu diesem Thema müßte es noch weitere Untersuchungen und Überlegungen geben.

Bis jetzt habe ich versucht, mit einer ein wenig dialektischen Methode zu einem Verständnis der männlichen und weiblichen Autorität zu kommen. Dabei handelt es sich aber sicher nicht um die Art von Dialektik, die Platon bei seiner Suche nach der Erkenntnis des Göttlichen angewandt hat, und es soll auch nicht das Prinzip, daß es keine Widersprüche gibt, umgangen werden, wie in der Verwendung der Dialektik bei Hegel und Marx. Ich will lediglich einen Überblick über die Komplexität der Autorität ermöglichen, die Männer und Frauen in der Beziehung zu ihren Kindern unvermeidlich ausüben. Ich verwende in meiner Methode eine Reihe von Bestätigungen und Verneinungen, Behauptungen und Einschränkungen, in der vielleicht törichten Hoffnung, den widerstreitenden Beiträgen der Triebentwicklung und der Objektbeziehungen etwas Gerechtigkeit widerfahren zu lassen und dabei gleichzeitig für soziale und kulturelle Determinanten offen zu sein. In gewisser Weise handelt es sich dabei um eine Dialektik, die den in unseren Beobachtungen, unseren Denkkategorien und unseren Aussagen liegenden Beschränkungen entspringt.

In diesem Sinn möchte ich zum Schluß kommen und noch kurz zwei weitere Einschränkungen des bis jetzt Gesagten untersuchen, wie ich es anfangs versprochen habe. Bei Männern und Frauen läßt sich eine Anerkennung der Autorität finden, die über die Unterscheidung zwischen männlich und weiblich hinausgeht. Diese Art von Autorität hat mehr mit Wissen als mit Moral zu tun, die mich bisher vor allem beschäftigt hat. Zugang zum Wissen einer Autorität zu haben, ist etwas sehr Wertvolles und Nützliches. Kleine Kinder müssen sich auf die Autorität und das Wissen ihrer Eltern verlassen können, wenn es darum geht, zu beurteilen, was für sie sicher ist und ihnen gut tut und was gefährlich ist und sie verletzen kann. Kinder müssen sich darauf verlasssen, daß ihre Eltern die Realitätsprüfung übernehmen, die sie selbst noch nicht leisten können. Als Erwachsene kommen wir nicht selten wieder in die Situation, eine für uns wichtige Idee nicht selbst verifizieren zu können, so daß wir Experten konsultieren und uns auf ihr Wort verlassen können müssen. In vielen Bereichen unseres Wissens müssen wir uns auf die Autorität der Experten verlassen.

Man unterliegt einem gewaltigen Irrtum, wenn man mit Autorität argumentiert. Wenn Kinder behaupten, etwas sei wahr, nur weil ihr Vater es gesagt hat, unterliegen sie einem Trugschluß, den man *argumentum ad verecundiam* oder Argument in bezug auf eine Autorität nennt. Die Wahrheit einer Behauptung hängt davon ab, ob sie bewiesen werden kann, und nicht davon, aus welcher Quelle sie stammt, wie anerkennenswert diese auch immer sein mag. Wie stark der Wunsch sein kann, sich auf eine Autorität zu berufen, um nicht selbst die Verantwortung übernehmen zu müssen, auch wenn es um bemerkenswert kreative Entdeckungen geht, die aber herkömmliche Vorstellungen in Frage stellen, zeigt sich an Harveys Behauptung, die Schriften des berühmten Galen (in denen sich nichts dergleichen findet) hätten ihn auf die Idee des Blutkreislaufs gebracht, obwohl in Wirklichkeit er selbst diese Entdeckung gemacht hatte. Er verbarg eine schöne Wahrheit hinter einem Irrtum, obwohl es zu seiner Zeit vielleicht gar nicht so wirkte, wenn man an die unter seinen Zeitgenossen übliche ehrfürchtige Haltung gegenüber Autoritäten denkt. Freud und Klein scheinen von diesem Bedürfnis wenig beeinträchtigt gewesen zu sein; beide waren stolz auf die Originalität ihrer Ideen und fühlten sich dadurch ermutigt.

Auch wenn sich nicht vermeiden läßt, daß wir bei vielem, was wir glauben, auf Experten angewiesen sind, weil wir nicht die Möglichkeit haben, alles selbst zu überprüfen, können wir Analytiker diese Entschuldigung, wenn es um psychoanalytisches Wissen geht, nicht gelten lassen. Analytiker sind die Experten und Autoritäten im Bereich der Tiefenpsychologie. Wir verlassen uns auf Autoritäten in anderen Bereichen, weil wir davon ausgehen, daß sie ihren Anspruch auf Wissen mit zuverlässigen Fakten begründen können. Wir haben nicht weniger Anspruch auf Wissen als andere, wenn es um die Psychoanalyse geht.

Dabei geht es um eine andere Art von Autorität – die Autorität von Fakten und Logik, mit der wir eine personenunabhängige Autorität der Realität erreichen können, bei der es darum geht, was ist, und nicht darum, was wir glauben oder wünschen. Es geht um eine personenunabhängige Domäne der Beobachtung und des Denkens. Eine Feststellung über den männlichen Narzißmus ist, für sich genommen, genausowenig männlich wie eine Feststellung über weiblichen Narzißmus weiblich ist. Männer und Frauen müssen sich gleichermaßen der personenunabhängigen Autorität von beobachteten Fakten beugen, aus denen unsere Theorien aufgebaut werden, wenn sie als Beiträge zu wissenschaftlichen Erkenntnissen Bestand haben sollen. Natürlich kann es vorkommen, daß sich Männer und Frauen entsprechend ihrer Geschlechtsunterschiede auf unterschiedliche Themen spezialisieren. Unterschiedliche Interessen, Lebenserfahrungen und -einstellungen können bei beiden Geschlechtern dazu führen, unterschiedliche Beobachtungen zu machen. Wenn Untersuchungen gut durchgeführt werden, werden sie aber zu Ergebnissen führen, deren Inhalt und Bedeutung vom Objekt der Untersuchung abhängt und nicht von der Subjektivität und dem Geschlecht des Beobachters. Überall entsteht Wissen aus solchen Beobachtungen. Nur wenn wir unsere Wahrnehmungen und Gedanken der Autorität der Fakten unterordnen können, können wir mehr sehen als Teiresias.

Für die psychologische Entwicklung, die die Voraussetzung für Objektivität ist, sind zwei Aspekte bei der Auflösung des Ödipuskomplexes notwendig: die Bildung des Über-Ichs und die damit einhergehende Fähigkeit zur Selbstkritik sowie die Ausstattung der Ichfunktionen mit neutralisierter Triebenergie durch Sublimation (Waelder 1934). Neutralisierung wird heutzutage in der psychoanalytischen Theoriebildung weitgehend vernachlässigt oder verworfen. Für manche ist sie suspekt, weil sie mit einer energetischen Vorstellung verknüpft ist. Neutralität als wünschenswerte analytische Haltung wird manchmal mit der

Begründung verworfen, daß dieses Ideal wegen der allgegenwärtigen Gegenübertragung unerreichbar sei. Auch ich finde unsere Auffassung von Neutralität problematisch. Sicher können wir aber mit Freud (1895) die ersten fragilen Vorläufer des Realitätsprinzips auf die Entdeckung des Unterschieds zwischen einem nur vorgestellten und einem real wahrgenommenen befriedigenden Objekt zurückführen. Durch diese Differenzierung wird das Interesse an Dingen freigesetzt, denen die Neugier um ihrer selbst willen gilt, was wiederum als Nachwirkung der Auflösung des Ödipuskomplexes schließlich zu einem weltoffenen Beobachten und Nachdenken beim Erwachsenen führen kann. Auf dieses letzte Stadium eines neutralisierten Objekthungers hat Aristoteles in den Eröffnungssätzen seiner *Metaphysik* hingewiesen: „Alle Menschen streben von Natur aus nach Wissen. Dies beweist die Liebe zu den Sinneswahrnehmungen; denn auch ohne den Nutzen werden sie an sich geliebt ..." Die Autorität der Erfahrung anzuerkennen versetzt uns in die Lage, zu überprüfen, was wir glauben und zunächst von Autoritätspersonen übernommen haben.

Ich finde es wichtig, daß Analytiker in sich selbst und durch ihre Ausbildung viel von diesem personenunabhängigen Bedürfnis entwickeln, etwas über das Leben von anderen zu erfahren, und diese Erfahrung in ihrer analytischen Arbeit nutzen zu können. Das ist entscheidend, wenn Psychoanalyse sowohl Wissensgut als auch Heilkunst sein soll. Es ist entscheidend, weil unsere Patienten, ob wir wollen oder nicht, uns in der Übertragung mit den Auseinandersetzungen konfrontieren, die sie mit der Autorität ihrer Eltern hatten, und gleichzeitig von uns die Autorität der Experten erwarten, die wir für sie haben sollen und für die sie uns bezahlen, damit wir ihnen etwas anbieten, worüber sie selbst nicht verfügen. Immer wenn wir bei unserem Versuch, unsere Patienten zu verstehen, in der Übertragung unsere Autorität als Stellvertreter der Eltern ausnutzen, statt nach der Autorität der Fakten zu suchen, mißbrauchen wir ihr Vertrauen. Ich wollte mit dieser Arbeit etwas zur Klärung der aus der kindlichen Entwicklung stammenden Gemeinsamkeiten und Varianten der elterlichen Autorität, die uns in der Übertragung begegnen können, beitragen.

Zurück bleibt eine Dialektik, die sich von der Dialektik der Darstellung unterscheidet, die ich in dieser Arbeit verwenden wollte. Es ist die in jedem von uns lebendige tiefere Dialektik bei dem Kampf um eine Übereinstimmung zwischen der Autorität der Personen, denen wir viel zu verdanken haben, und der Autorität der Fakten, auf die wir stoßen, wenn wir Glück haben.

Übersetzung: Antje Vaihinger

Literatur

Aristoteles: *Metaphysik I*, Hamburg: Felix Meiner Verlag 1989.
Britton, R., Feldman, M. & O'Shaughnessy, E. (1989): *The Oedipus Complex Today: Clinical Implications.* London: Karnac. (Dt.: *Der Ödipuskomplex in der Schule Melanie Kleins.* Stuttgart: Klett Cotta 1998)
Chasseguet-Smirgel, J. (1984): *Kreativität und Perversion.* Basel: Stroemfeld 1986.
Ferenczi, S. (1913): Entwicklungsstufen des Wirklichkeitssinnes. In: *Schriften zur Psychoanalyse.* Auswahl in zwei Bänden. Frankfurt a. M.: Fischer 1970
Freud, S. (1895): *Entwurf einer Psychologie.* GW, Nachtragsband, 387-477.
Freud, S. (1914): *Zur Einführung des Narzißmus.* GW, 10, 137-170.
Freud, S. (1917): *Trauer und Melancholie.* GW, 10, 427-446.
Freud, S. (1917): *Das Ich und das Es.* GW, 13, 235-289.
Freud, S. (1925): *Einige psychische Folgen des anatomischen Geschlechtsunterschieds.* GW, 14, 17-30.
Grunberger, B. (1971): *Vom Narzißmus zum Objekt.* Frankfurt a. M.: Suhrkamp 1976.
Hanly, C. (1988): Metaphysics and innateness. In: *The Problem of Truth in Applied Psychoanalysis.* New York/London: Guilford, 1991, S. 50-70.
Kirk, G. S. & Raven, J. E. (1957): *The Presocratic Philosophers.* Cambridge: Cambridge Univ. Press.
Klein, M. (1945): The Oedipus Complex in the Light of Early Anxieties. *Int. Journ. Psycho-Anal. 26:11-33.* (Dt.: *Der Ödipuskomplex im Licht früher Ängste*. In: Gesammelte Schriften, Bd. III. Stuttgart: Frommann-Holzboog 1999)
Klein, M. (1946): Notes on some schizoid mechanisms. *Int. Journ. Psycho-Anal. 27:99-110.* (Dt.: In: Gesammelte Schriften, Bd. III, Stuttgart: Frommann-Holzboog 1999)
Klein, M. (1957): *Envy and Gratitude. A Study of Unconscious Sources.* London (Tavistock): New York: Basic Books. In: The Writings of Melanie Klein, Bd. III. (Dt.: *Neid und Dankbarkeit. Eine Untersuchung unbewußter Quellen.* In: Gesammelte Schriften, Bd. III. Stuttgart: Frommann-Holzboog 1999)
Platon. *Der Staat.* Stuttgart: Kröner 1973
Segal, H. (1979): *Melanie Klein.* New York: Viking. (Dt.: Melanie Klein. Eine Einführung in ihr Werk. München: Kindler 1974)
Waelder, R. (1934): The problem of freedom in psychoanalysis and the problem of reality testing. In: *Psychoanalysis: Observation, Theory, Applications.* New York: Int. Univ. Press, 1976, S. 101-120. (Dt.: In: *Ansichten der Psychoanalyse. Eine Bestandsaufnahme.* Stuttgart: Klett-Cotta 1980)

Die verborgene und paradoxe Autorität der Präsenz des Analytikers*

Irwin Z. Hoffman

Eine Sitzung aus „Sessions"

Im amerikanischen Kabelfernsehen gab es eine Sendung namens *Sessions*. Jede Folge drehte sich um eine psychoanalytische oder psychotherapeutische Sitzung, das hängt vom jeweiligen Standpunkt ab,[1] mit verschiedenen Rückblenden auf Szenen der aktuellen Lebenssituation und der Kindheit des Patienten, so wie er sie beschrieb. In einer Episode hatte die Mutter des Patienten eine Panikattacke gehabt und war mit Herzbeschwerden, möglicherweise mit einem leichten Herzinfarkt, ins Krankenhaus gekommen. Der Patient liegt auf der Couch. Der Analytiker oder Therapeut, gespielt von Elliot Gould, wirkt warm und sympathisch. Der Patient, der zwischen fünfunddreißig und vierzig Jahren alt sein dürfte, fühlt sich seinem Vater entfremdet. Er beklagt sich beim Analytiker darüber, wie egozentrisch sein Vater sei, der sogar unter diesen Umständen nur an sich selbst denken könne. Der Patient erzählt, wie er mit dem Vater vom Krankenhaus nach Hause fuhr, nachdem sie zusammen die Mutter besucht hatten. In der Rückblende sehen wir, wie der Vater im Auto die ganze Zeit von seinen Ängsten bezüglich der Haushaltsführung spricht. Er weiß nicht, wo die Sachen sind, er kann nicht kochen, er fühlt sich hilflos. In der Sitzung ist der Patient wütend darüber, daß der Vater gar nicht über den Zustand der Mutter besorgt schien. Irgendwann fragt der Analytiker: „Denken Sie, daß er Angst hat?" Der Patient ist erstaunt und antwortet nach einer Pause: „Ja, ver-

* Eine frühere Version dieser Arbeit wurde auf dem Symposion „Intimität und Grenzen in der psychotherapeutischen Situation" am 31. Oktober 1992 am Massachusetts Institute for Psychoanalysis, Cambridge, Mass., vorgestellt.

1 Bezüglich der Diskussion konzeptueller und terminologischer Fragen zur Beziehung zwischen psychoanalytischer Psychotherapie und Psychoanalyse siehe Gill (1991). In dieser Arbeit werden die Begriffe Psychoanalyse und „psychoanalytische Therapie" und die Begriffe Analytiker und Therapeut austauschbar verwendet. „Psychoanalytische Therapie" ist Gills Begriff für die Modalität der Psychoanalyse ohne Couch und ohne die übliche Frequenz der eigentlichen Psychoanalyse. Die Modalität, die mich interessiert, wie auch immer sie bezeichnet werden sollte, hängt mit einem dialektischen Zusammenspiel von suggestivem Einfluß und kritischer Reflexion der Interaktion zusammen.

mutlich." Der Analytiker sagt: „Vielleicht braucht er jemanden, mit dem er darüber reden kann." Der Patient erwidert: „Mein Vater? Sie meinen, er soll mit so einem Seelenklempner-Typen wie Ihnen reden? Machen Sie Witze? So etwas würde er nie machen." Der Analytiker sagt: „Eigentlich dachte ich nicht an einen Seelenklempner-Typen wie mich, sondern eher an einen Sohn-Typen wie Sie." Der Patient ruft aus: „Sind Sie verrückt? Mein Vater und ich haben in meinem ganzen Leben noch kein einziges Mal wirklich miteinander gesprochen. Warum in aller Welt sollten wir jetzt damit anfangen? Das ist einfach lächerlich." Nach einer Pause sagt der Analytiker: „Wissen Sie, es ist kein Vorschlag, nur ein Gedanke."

In der folgenden Szene sieht man den Patienten mit seinem Vater in der Küche des Elternhauses. Sie stehen mit dem Rücken zur Kamera an der Küchentheke. Der Vater ist stämmig und etwas kleiner als der Patient. Er wirkt wie Mitte sechzig, vielleicht Anfang siebzig. Sie sind dabei, das Abendessen zuzubereiten. Der Vater läuft unbeholfen und nervös herum und sucht nach Kochgeräten und anderen Dingen. Er läßt etwas fallen und hebt es wieder auf. Er erzählt die ganze Zeit, wie unmöglich es für ihn sei zurechtzukommen. Er wirkt müde und lehnt sich einen Moment lang an die Theke. Der Patient fragt ihn ruhig: „Dad, hast Du Angst?" Der Vater ist still. Dann nickt er, seufzt und sagt: „Ja, ich habe Angst." Nach einer Weile lehnen sich beide gleichzeitig aneinander an, und der Patient umarmt den Vater, der seinen Kopf auf die Schulter seines Sohnes legt. Die Szene wird ausgeblendet, und die Sendung ist zu Ende.

Zum Mythos der analytischen Neutralität

Wenn wir zur Illustration diese Episode so betrachten, als wäre sie aus einer wirklichen analytischen Therapie, gibt es zweifellos viele andere Dinge, die der Therapeut hätte tun oder sagen können. Er hätte beispielsweise schweigen können, um mehr zu erfahren, bevor er den Eindruck gehabt hätte, etwas Treffendes sagen zu können. Oder er hätte Mitgefühl mit dem Ärger des Patienten auf den Vater und dessen Selbstbezogenheit zum Ausdruck bringen können. Er hätte ihn in diesem Zusammenhang nach Assoziationen zu diesem Erlebnis des Patienten fragen können und hätte sich dabei besonders für ähnliche Erlebnisse aus der Vergangenheit interessieren können. Eine andere Möglichkeit wäre gewesen, auf die latenten Übertragungsmitteilungen in dieser Assoziationskette zu achten und zu versuchen, diese zu deuten. Spielt der Inhalt auf einen Aspekt der Beziehungserfahrung des Patienten mit dem Analytiker an oder wünscht sich der Patient etwas Bestimmtes vom Analytiker, wenn er eben jetzt von diesen Erlebnissen spricht? Durch sein Wissen um die Geschichte des Patienten sowie seine Wahrnehmung verschiedener Aspekte der Übertragung würde der Analytiker vielleicht dazu veranlaßt, einen konflikthaften Wunsch des Patienten nach einer Anleitung im Umgang mit dem Verhalten des Vaters zu deuten. In dem Zusammenhang würde der Analytiker vermutlich seine Deutung geben, ohne *tatsächlich* etwas zu empfehlen oder vorzuschlagen, womit er die gemeinhin als angemessen, relativ „neutral" angesehene analytische Haltung beibehalten würde.

Allerdings haben all die eben erwähnten Alternativen einen entschieden neutraleren *Anschein* als das, was der Analytiker oder Therapeut in diesem Moment tut, nämlich trotz seiner fadenscheinigen Abschwächung („nur ein Gedanke") einen eindeutigen Vorschlag anzubieten, was der Patient tun könnte. Angenommen, es gäbe bei einem solch offenkundigen „Ratschlag" genügend Material im Hintergrund, so könnte ihm darüber hinaus auch eine interpretative Bedeutung zukommen. So könnten zum Beispiel Patient und Analytiker ein Verständnis dafür entwickelt haben, daß der Patient Anlässe zu einem emotionalen Kontakt mit seinem Vater scheut. In einem solchen Kontext könnte die offene Suggestion des Analytikers eine Frage enthalten wie: „Ist das jetzt wieder eine Situation, in der Sie sich weigern, sich mit etwas mehr Mitgefühl darüber Gedanken zu machen, was Ihr Vater empfinden könnte?" Ohne diesen Kontext jedoch (und vielleicht sogar mit ihm) würden viele Kollegen die Kommentare des Analytikers allenfalls als angemessen bei einer beratenden oder stützenden Psychotherapie sehen und weniger als angemessen für eine Psychoanalyse oder für irgendeine im engeren Sinne psychoanalytische Psychotherapie. Entsprechend dieser Perspektive wäre das letzte, was ein guter analytischer Therapeut tun möchte, die Grenze zu überschreiten, die ihn oder sie davon trennt, direkt in das Leben des Analysanden einbezogen zu sein. Vielmehr sind Analytiker bemüht, ihren Patienten zur Wahrnehmung unbewußter Themen und Konflikte zu verhelfen, durch die ihre Anpassung beeinträchtigt wird, so daß ihr Handlungsspielraum ganzheitlicher und bewußter werden kann. Eine Einmischung in die Angelegenheiten des Patienten bedeutet, persönliche Vorurteile einzuschleusen, auf Kosten der Möglichkeit, die unbewußten Motivationen und inneren Objektbeziehungen des Patienten, sein oder ihr „intrapsychisches Leben" zu erhellen. Wenn im „wirklichen Leben" schwierige Entscheidungen gefällt werden müssen, ist es schließlich der Patient oder die Patientin, der oder die es allein tun muß. Ziel der Analyse ist, um Freud (1893-1895, S. 312) zu zitieren, das neurotische Elend in gemeines menschliches Unglück zu verwandeln. Unsere Verantwortlichkeit endet da, wo die des Patienten beginnt.

Aber ist diese Darstellung des Prozesses stimmig? Nehmen wir an, der Analytiker hätte in der von mir beschriebenen Situation eine Anwort von offenkundig neutralerem Typus gegeben. Nehmen wir an, er hätte nur zugehört oder Empathie mit dem Ärger des Patienten gezeigt, oder versucht, die latente Bedeutung für die Übertragung aufzugreifen. Was hätte das Ergebnis sein können? Hätte der Patient seinen Vater gefragt, ob er Angst hatte? Wäre dieser ergreifende Augenblick der Nähe entstanden? Vielleicht. Aber es scheint vernünftig, sich klarzumachen, daß die Wahrscheinlichkeit, daß so etwas geschehen wäre, eher gering ist. Selbstverständlich ist nicht zu verkennen, daß sich die Präsenz des Analytikers unmittelbar auswirkt, wenn der Patient die gleiche Frage stellt, die der Analytiker in der Stunde gestellt hatte. Tatsächlich denken wir sofort an die Gefahren der Angepaßtheit und/oder der Identifizierung mit dem Analytiker auf Kosten anderer Erfahrungsaspekte des Patienten. Aber hätte der Analytiker nicht diesen klaren Vorschlag gemacht, und hätte der Patient seinem Vater diese Frage nicht gestellt und sich ihm dadurch nicht als jemand, mit dem dieser über seine Ängste hätte reden können, zur Verfügung gestellt, würden wir dann den Einfluß des Analytikers in dessen *Nicht*-Fragen und im *Nicht*-Eintreten jenes Augenblicks von Nähe mit all seinem Potential für künftige Entwicklung erkennen? Ich vermute, das würden wir nicht. Statt dessen würden wir denken, der Patient hätte einfach das getan, wozu *er sich entschieden* hat, indem er bei seiner ihm eigenen Art im Umgang mit dem Vater geblieben wäre. Der Analytiker, würden wir sagen, hatte damit nichts zu tun; er könnte seine Hände in Unschuld waschen. Er war schließlich nur dem Patienten gefolgt und hatte verschiedene Aspekte des Unbewußten des Patienten und dessen unbewußtes Erleben erforscht.

Das ist alles sehr zutreffend, aber aus meiner Sicht auch ziemlich illusorisch. Was immer der Analytiker tut, ist unweigerlich von Suggestion durchtränkt (Gill 1991). Dem zu folgen, wozu immer man sich entschlossen hat, gehört zur *Führung durch den Patienten*, sich zu entscheiden, die eine oder andere der mehr oder weniger zwiespältigen Mitteilungen des Patienten aufzunehmen, bedeutet auch, die *Führung des Patienten* in eine bestimmte Richtung zu übernehmen (Hoffman 1990). Wenn der Analytiker beispielsweise mit dem Ärger des Patienten mitfühlt, könnte er unter Umständen bewußt oder unbewußt suggerieren, daß es für den Patienten Sinn machte, den Abstand zu seinem Vater beizubehalten, zumindest derzeit. Man könnte argumentieren, daß die Einschränkung „derzeit" ziemlich wichtig ist. Selbst wenn am Ende einer Sitzung ein deutlicher Ausschlag in die eine oder andere Richtung stattgefunden hat, so bedeutet das nicht, daß damit das letzte Wort in dieser Sache gesprochen ist. Es ist noch Zeit, so könnte argumentiert werden, noch an andere Erlebensaspekte des Patienten heranzukommen und diese zu erkunden, so vielleicht einen verborgenen Wunsch nach der Nähe zum Vater mit einer gleichzeitigen unbewußten Angst vor dieser. *Es herrscht nie Grund zur Eile in der Psychoanalyse.* Zu gegebener Zeit werden verschiedene, mehr oder weniger konflikthafte Facetten im Erleben des Patienten ans Licht kommen, und wir werden schon beweisen, wie unparteiisch wir alles mit dem angemessenen Respekt zu behandeln wissen.

Das Problem bei dieser Argumentation ist allerdings, daß nicht berücksichtigt wird, daß die Analyse in der wirklichen Zeit stattfindet – der oder einer Zeit, die wirklich zählt – und daß der Patient dauernd unter unserem suggestiven Einfluß innerhalb und außerhalb der analytischen Situation wirkliche Entscheidungen trifft. Eine verbreitete Illusion ist meiner Ansicht nach, daß wir versuchen, daran festzuhalten, daß die Analyse eine Art *Zufluchtstätte* vor der Welt der Entscheidungen darstellt. Wir haben diesbezüglich die Vorstellung, daß unsere Patienten bestimmte Entscheidungen wegen der darunterliegenden und mit hineinverflochtenen unbewußten Konflikte zurückstellen sollten, bis sie mehr darüber wissen. Zweifellos kann diese Verzögerung möglich und in manchen Fällen von unschätzbarer Bedeutung sein, aber selbst dann ist natürlich das Aufschieben selbst eine wirkliche Entscheidung mit wirklichen Konsequenzen.

Ich denke, daß die Vorstellung von der Analyse als einer Zufluchtstätte, wenn sie zu wörtlich genommen wird, beides verleugnet: das Ausmaß unserer Autorität und das Ausmaß unserer intimen Verwicklung mit unseren Patienten, während sie es wagen, das eine oder andere zu tun oder nicht zu tun, innerhalb oder außerhalb der analytischen Situation. Indem wir uns so sehr bemühen, uns herauszuhalten, können wir wirklich „draußen" *sein*. Günstige Momente zum Handeln kommen und gehen. Sie kommen nicht notwendigerweise wieder, und gewiß dauern sie nicht ewig an. Der Analytiker ist unweigerlich dabei, wenn diese Momente vorübergehen. Es gibt keine risikofreie Position, auf die er oder sie sich zurückziehen kann. Wenn der Analytiker in dem Beispiel, das ich aus der Fernsehsendung vorgestellt habe, bei seiner relativ passiven und scheinbar „neutralen" Haltung geblieben wäre, die meiner Ansicht nach in vielen unserer Theorien idealisiert wird, wäre dieser Vater vielleicht *gestorben*, bevor der Patient über seinen eigenen Wunsch nach diesem besonderen Augenblick der Intimität und auch über seine eigene Fähigkeit, diese Intimität herzustellen, gestolpert wäre, ganz zu schweigen von der kostbaren Zeit, die verlorengegangen wäre, selbst wenn so ein Augenblick schließlich gekommen wäre.

Ich finde es nicht melodramatisch, diese Möglichkeiten in Betracht zu ziehen. Obwohl in der psychoanalytischen Theorie eindrucksvoll verleugnet (Becker 1973; Hoffman 1979), stört der Tod ziemlich häufig unsere ausgefeilten Planungen. In einem Basketball- oder Fußballspiel kann das Team sich wenigstens eine Aus-Zeit nehmen, und die Uhr wird im wörtlichen Sinne angehalten, während die Spieler sich sammeln, einander motivieren und mit Hilfe des Trainers Strategien besprechen. Aber die Lebenszeit eines Menschen geht unerbittlich weiter in jeder analytischen Stunde, in jeder Woche, in jedem Jahr. Die Uhr läuft weiter, und mehr oder weniger quälende Entscheidungen werden unablässig getroffen mit der wissentlichen oder unwissentlichen Beteiligung des Analytikers, direkt vor seiner oder ihrer Nase. Selbst wenn der Analytiker es vorzieht, zu schweigen oder sich zurückzuziehen, so reagiert er oder sie dennoch und nimmt teil. Das Schweigen oder der Rückzug bewirken nicht etwa nur, „die Wahrheit" bezüglich der Wünsche des Patienten an den Tag zu bringen, sondern vielmehr werden diese Wünsche und die Art, sie auszudrücken, dadurch auch angeregt und teilweise sogar geformt, zu jeder beliebigen Zeit innerhalb und außerhalb der analytischen Situation.

Die Auseinandersetzung mit der Autorität des Analytikers in einem konstruktivistischen Paradigma

Heutzutage ist es ein Allgemeinplatz, daß wir in den therapeutischen Prozeß nicht bloß als objektive Wissenschaftler involviert sind. Vielmehr stellen wir fest, daß sich unsere interpersonale Beteiligung in mancherlei Hinsicht als günstig für das therapeutische Handeln im analytischen Prozeß erweist (z. B. Bromberg 1983; Kohut 1984; Loewald 1960; Strachey 1934; Winnicott 1971), daß unsere Theorien unvermeidlich die Interpretationen beeinflussen, zu denen wir gelangen (z. B. Schafer 1992; Spence 1982), daß unsere Einstellungen in der Gegenübertragung mehr Einfluß, mehr Konsequenzen und einen größeren potentiellen Nutzen haben, als traditionell angenommen wurde (z. B. Bollas 1987; Ehrenberg 1993; Gill 1982, 1994; Greenberg 1995; Hirsch 1993; Mitchell 1988, 1993; Racker 1968; Renik 1993; Sandler 1976; Searles 1978-1979; Slavin 1994; D. B. Stern 1989; Tansey and Burke 1989) und daß wir im Auge behalten müssen, inwieweit unsere persönlichen Wertvorstellungen uns dazu verleiten könnten, den Patienten in die eine oder andere Richtung beeinflussen zu wollen (z. B. Gedo 1983; Hoffer 1985; Lichtenberg 1983; Meissner 1983; siehe die Gesamtausgabe der *Psychoanalytic Inquiry*, Vol. 3, No. 4, 1983: *Values and Neutrality in Psychoanalysis*, M. Bornstein, Hrsg.).

Aber inwieweit geben wir nur Lippenbekenntnisse ab, was diese Erkenntnisse betrifft? Selbst wenn die Allgegenwart der Suggestion bekannt ist, beschäftigt man sich üblicherweise fast ausschließlich damit, ihre Wirkungen zu analysieren, statt sie zu verringern. Inwieweit nehmen wir uns der Tatsache an, daß wir, ob wir wollen oder nicht, in einem gewissen Ausmaß unweigerlich als *Mentoren* für unsere Patienten einbezogen sind? Diesen Aspekt unserer Rolle ganz zu akzeptieren, heißt anzuerkennen, daß es nicht genügt, zu sagen, daß unser Handeln immer einer sorgfältigen analytischen Prüfung unterzogen werden sollte. Wir müssen auch versuchen, *weise zu handeln,* obwohl wir wissen, daß jede Weisheit, über die wir verfügen, auf alle Fälle ausgesprochen persönlich und subjektiv ist. Aus eben dieser Erkenntnis heraus denken wir nicht *gern* darüber nach, daß wir Patienten bei lebensverändernden Fragen beeinflussen, wie zum Beispiel bei Fragen bezüglich ihrer Karriere, ihrer sexuellen Ausrichtung oder ihrer Geschlechtsidentität, bei der Frage, ob oder sogar wen sie heiraten sollten oder nicht, ob sie Kinder haben oder adoptieren sollten oder nicht, ob sie sich wieder um Eltern, die ihnen fremd geworden sind, bemühen oder sich ganz von ihnen lösen sollten, ob sie ein bestimmtes politisches Risiko eingehen sollten oder nicht oder sogar, ob sie bis zur nächsten Sitzung etwas Bestimmtes zu einer bestimmten Person sagen sollten.

Auch innerhalb der analytischen Situation möchten wir, daß der Patient derjenige ist, der die Atmosphäre der Beziehung bestimmt, und wir uns wenig oder gar nicht „einmischen". Wenn wir die Übertragung deuten, stellen wir uns lieber vor, daß wir lediglich zutage fördern, was bereits „da" ist, als daß wir etwas im Patienten und in der Beziehung zu ihm kultivieren, das sonst nicht in gleicher Weise entstanden wäre. Wir glauben immer noch gerne, daß unser Einfluß auf die Entscheidungen unserer Patienten sich darauf beschränkt, ihnen zu helfen, sich der verschiedenen Aspekte ihrer inneren Konflikte gewahr zu werden, während sie an den Alternativen arbeiten, die sie zu haben meinen. Vielleicht sind wir durch unsere neuen, ausgefeilten Theorien immer mehr davon überzeugt, daß unsere Neutralität für uns nicht selbstverständlich ist, selbst wenn wir formal unsere eigene Analyse abgeschlossen haben. Aber ich denke, wir waren Anhänger der Idee, daß wir durch kontinuierliche harte Arbeit, durch die Analyse der Übertragung und Gegenübertragung und durch kritische Reflexion unsere persönlichen und theoretischen Vorurteile *neutralisieren* können, so daß ihre Auswirkungen zu vernachlässigen sind. Kontinuierliches Tun und Wiederaufheben, das ist die neue Lösung. Unsere Hände sind *nicht* sauber; das wissen wir jetzt alle. Aber wir stellen uns vor, daß wir, wenn wir sie weiter waschen, vielleicht den meisten Dreck (oder das Blut) loswerden oder wenigstens so viel, daß sogar wir selbst den Rest nicht mehr entdecken können.

Aber diese Strategie kann einfach nicht funktionieren. Insbesondere diejenigen von uns, die eine objektivistische Sichtweise der Rolle des Analytikers abgelegt und durch die Sichtweise ersetzt haben, daß das Erleben des Patienten partiell interaktiv aus der analytischen Situation heraus entsteht, mit anderen Worten, diejenigen von uns, die versucht haben, eine „konstruktivistische" Sichtweise des analytischen Prozesses auszuarbeiten, sind mit der Notwendigkeit konfrontiert, sich mit den vollen Implikationen dieser Perspektive für die Rolle des Analytikers im Leben des Patienten auseinanderzusetzen. Wenn wir davon ausgehen, daß der Analytiker in den Aufbau der psychischen Realität des Patienten miteinbezogen ist und nicht *lediglich* in deren Entdeckung, dann müssen wir uns der Tatsache stellen, daß es entsprechend dieser Sichtweise nicht mehr möglich ist, das eigene Engagement darauf zu reduzieren, die Selbstwahrnehmung des Patienten oder auch nur seine Integration lediglich zu verbessern. Es gibt keine objektive Deutung und es gibt kein affektives Mitschwingen, das lediglich das beantwortet oder reflektiert, was der Patient in die Situation einbringt (Cushman 1991; Seligman 1990). Auf seiten des Analytikers ist immer viel Persönliches und viel Theorie mit im Spiel (die Theorie ist dabei ein Aspekt des Persönlichen). Darüber hinaus gibt es immer etwas Unbekanntes, entweder weil es abgewehrt ist oder weil es einfach außerhalb des Bezugsrahmens von Patient und Therapeut liegt. Was immer wir auch wahrnehmen können bezüglich der kulturellen, theoretischen und aus der eigenen Gegenübertragung kommenden Zusammenhänge, bleiben doch manche Dinge immer im dunkeln. Man könnte sagen, einer der Zusammenhänge unseres Handelns ist immer *der Zusammenhang, Zusammenhänge nicht zu kennen.* Und doch müssen wir handeln. Da haben wir keine Wahl. Mit der Wahrnehmung unserer unvermeidlichen partiellen Blindheit können wir auch feststellen, daß der Analytiker mitten im Zentrum der Handlung steht und mit den Patienten ringt, während sie entscheiden, was sie aus ihren Leben, ihrer Vergangenheit und ihrer Zukunft *machen*.

Lassen Sie mich hier eine Pause machen und etwas zum Begriff des „Konstruktivismus" sagen. Ich bin mir dessen bewußt, daß der Begriff eine Vielzahl von Bedeutungen in der Philosophie, der Literaturtheorie, der Soziologie und in der Psychologie hat. Mahoney (1991) unterscheidet zwischen „radikalem

Konstruktivismus", der einen im Grunde solipsistischen Relativismus meint, und „kritischem Konstruktivismus", einer Interaktion zwischen einer teilweise unabhängigen Wirklichkeit und der Aktivität menschlicher Subjekte. Ich verwende den Begriff Konstruktivismus wahrscheinlich eher im Sinne von Mahoneys „kritischem Konstruktivismus".

Weder das Erleben des Patienten noch das des Analytikers gleicht einer Knetmasse, die sich auf beliebige Weise formen läßt, wobei natürlich auch die Formbarkeit von Knetmasse ihre Grenzen hat. Konstruktive Aktivität findet in Relation zu den mehr oder weniger unklaren *Gegebenheiten* im Erleben des Patienten und des Analytikers statt. In der Tat sind manche dieser Gegebenheiten im Grunde unhinterfragbare Elemente im Erleben der Beteiligten, die in jeder plausiblen Deutung berücksichtigt werden oder zumindest unwidersprochen bleiben müßten. Das gilt auch dafür, wie jeder der Beteiligten sein Erleben des anderen interpretiert, wie auch für Interpretationen, die jeder oder jede an die eigene Adresse richtet. Darüber hinaus sind selbst die *dunklen* Aspekte des Erlebens nicht amorph. Hier gibt es Bereiche, die einer Reihe von Interpretationen zugänglich sind, möglicherweise unendlich vielen Interpretationen, insbesondere dann, wenn wir all die Nuancen berücksichtigen, die durch Sprache und Tonfall möglich werden. Aber unendlich bedeutet nicht grenzenlos in dem Sinne, daß alles möglich wäre. Es gibt unendlich viele numerische Werte zwischen den Zahlen 5 und 6, aber diese Reihe schließt alle anderen numerischen Werte aus.

Wenn wir das erkannt haben, können wir uns wieder der Betrachtung des konstruktiven Aspekts des bewußten und unbewußten menschlichen Handelns zuwenden. Ich ziehe den Begriff Konstruktivismus dem des Perspektivismus (Hoffman 1991, 1992c) vor, weil die Wurzel des Begriffes ein Verb ist, das an „formen" und „erschaffen" denken läßt. Lassen Sie mich hinzufügen, daß ich nicht der Ansicht bin, daß Konstruktivismus beim Studium des menschlichen Erlebens dieselbe Bedeutung haben sollte wie Konstruktivismus in den Naturwissenschaften oder in der Literaturtheorie. Unser Erleben als Ganzes konstituiert sich zum Teil durch das, was wir daraus machen, wenn wir es rückblickend interpretieren und vorausschauend etwas planen, das unser Erleben prägen wird (Hoffman 1992b).[2] Ich glaube nicht, daß man vernünftigerweise dasselbe über die Bewegung der Planeten sagen könnte oder über den

2 Eines der vielen Dinge, die wir jederzeit tun können, ist darüber nachdenken, was in der jüngeren oder der weiter zurückliegenden Vergangenheit passiert ist. Selbstverständlich kann ein Erlebnis aus der Vergangenheit durch eine retrospektive Sichtweise nicht verändert werden. Somit hat der Begriff „konstituieren" in den retrospektiven und prospektiven Zusammenhängen verschiedene Bedeutungen (E. Gillett, persönliche Mitteilung 1993).

literarischen Inhalt eines fertiggestellten Textes. Die Planeten oder ein gegebener Text sind auf eine andere Art von der organisierenden Aktivität der Menschen unabhängig als deren eigenes Erleben während irgendeines bestimmten Zeitintervalls (siehe Taylor 1985).

Howard (1985) hat unter einer angemessenen Berücksichtigung der Auswirkungen des Beobachters auf das Beobachtete in den Naturwissenschaften über die Rolle von Werten in der Psychologie geschrieben und dabei argumentiert, daß in den Sozialwissenschaften und insbesondere in der Psychologie noch etwas anderes zu beachten sei:

> „Form und Charakteristik einer jeden Schöpfung spiegeln teilweise ihren Schöpfer wider. Das gilt sogar für die Naturwissenschaften, in denen jede Theorie das Markenzeichen des Theoretikers trägt. Ich argumentiere jedoch, daß die Subjektivität noch einen anderen Weg in die psychologische Theorie und Forschung bahnt: Menschliches Handeln, das Explanandum der Theorie, kann sich auch in der Reaktion auf die Theorie verändern. Daher hat der Psychologe, obwohl er mit dem Naturwissenschaftler die Aufgabe teilt, das momentane Handeln ihres oder seines Studienobjekts zu erklären, eine weitere Pflicht: Er muß beachten, wozu Menschen in der Forschung werden könnten.
> Aus dieser Perspektive werden Psychologen als aktiv Mitwirkende bei der Veränderung eines Menschen betrachtet. (...) Forscher sollten davon abkommen, möglichst desinteressiert und unparteiisch sein zu wollen oder wertfrei wirken zu können. Es dürfte zu einer angemesseneren Lösung gehören, den Platz, den Wertvorstellungen in ihren Bemühungen einnehmen, anzuerkennen und zu akzeptieren." (Howard 1985, S. 262)

Was Howard über Forscher sagt, gilt selbstverständlich teilweise auch für Psychoanalytiker in der klinischen Situation.

Zu unserem Engagement für unsere Patienten in ihrem Kampf um die Gestaltung ihres eigenen Lebens gehört natürlich, daß wir intensiv daran arbeiten, die Art und Weise unserer Beteiligung an diesem Prozeß zu reflektieren. Es besteht eine kontinuierliche Spannung und ein ständiges Oszillieren zwischen dem bewußten und unbewußten Herstellen von „Wirklichkeiten" in der einen oder anderen Sphäre und der Reflexion darüber, wie, warum und um welchen Preis die jeweiligen Konstruktionen mehr oder weniger erstarrt sind. In der analytischen Situation, so könnte man sagen, ergibt sich eine Spannung daraus, daß wir uns auf der einen Seite gestatten, uns in unterschiedlicher Weise in Interaktionen mit unseren Patienten verwickeln zu lassen und uns auf der anderen Seite zur Ordnung rufen und zurücknehmen, um die Bedeutung unseres Einbezogenseins kritisch zu reflektieren. Die freie Assoziation als Mittelpunkt der analytischen Aufmerksamkeit wird in diesem Modell in einem gewissen Maß ersetzt durch das freie Auftauchen multipler Übertragungs-

Gegenübertragungs-Szenarien, die im Laufe der Zeit mehr oder weniger reflektiert und interpretiert werden. Das heißt allerdings nicht, den zentralen Platz der Bedeutung der „psychischen Realität" des Patienten außer acht zu lassen. Die in der analytischen Situation auftauchenden Übertragungs-Gegenübertragungs-Muster tragen partiell den Stempel der inneren Objektbeziehungen des Patienten (Bollas 1987; Hoffman 1983; Racker 1968; Sandler 1976; Searles 1978-1979). Eine der potentiell fruchtbaren Funktionen der Analyse der Gegenübertragung besteht in der Möglichkeit, bestimmte, in der Atmosphäre der Beziehung schwelende Übertragungs-Gegenübertragungs-Spannungen zutage treten zu lassen.

Über diesen Unterschied hinaus gibt es zwischen einer Betonung der freien Assoziation und einer Betonung des Auftauchens von Übertragungs-Gegenübertragungs-Konfigurationen auch einen Unterschied zwischen dem analytischen Erleben, das als stellvertretend oder sinnbildlich verstanden wird, und dem analytischen Erleben, das als „aktuell" oder „buchstäblich" angesehen wird (vgl. Schafer 1985). Levenson (1989) wirft den Analytikern vor, sich ausschließlich mit der ersten Variante zu beschäftigen, wenn sie die „psychische Realität" unter Vernachlässigung der „aktuellen" Ereignisse innerhalb und außerhalb der psychoanalytischen Situation untersuchen. Das Endergebnis ist eine institutionalisierte Vermeidung von Aktualität (eine Vermeidung, die mit der Vermeidung des Todes als realem Thema zusammenhängen dürfte [Becker 1973; Hoffman 1979]). Levenson scheint sich jedoch zum anderen Extrem zu bewegen, wenn er verleugnet, daß es psychoanalytisch wertvoll sein kann, diese Geschehnisse auch als Ausdruck innerer Repräsentanzen oder als metaphorisch und damit eigentlich dunkel und ungeklärt anzusehen (Hoffman 1990). Was meiner Ansicht nach erforderlich ist, ist eine Haltung, die die Dialektik zwischen dem sinnbildlichen oder dem „Als-ob"-Aspekt der analytischen Erfahrung und deren buchstäblichem Aspekt erhellt. In Anbetracht der Verwicklung des Analytikers besteht die Spannung darin, eben diese Verwicklung als eine *Gelegenheit, in anderer Weise zu verstehen*, aufzufassen, besonders in bezug auf die Externalisierung innerer Konflikte des Patienten, und sie *als – für sich genommen – wichtig und folgenreich* aufzufassen. Es ist darüber hinaus wichtig, zu erkennen, daß unsere Beteiligung wahrscheinlich schon Folgen haben wird, bevor sie hinreichend explizit verstanden wurde.

Im erweiterten Sinne besteht ein Aspekt des gemeinen menschlichen Unglücks schließlich darin, daß wir nicht so lange warten können, bis unsere Neurosen „geheilt" werden, bevor von uns Entscheidungen verlangt werden, die grundlegende Auswirkungen auf unser Leben und das Leben anderer haben. Der Glaube, daß analytische Therapeuten durch ihre Arbeit mit den Patienten die Grundlagen ihrer Handlungen vollkommen aufklären könnten, ist ein Wunschtraum. Vielmehr bleibt es oft unklar, wie ein Konflikt zu lösen ist, selbst wenn er gründlich erforscht scheint. Deshalb denke ich, daß wir uns der Verantwortung da nicht entziehen können, wo neurotisches Leid und normales menschliches Unglück aufeinandertreffen, denn ich sehe unsere heimliche Verflechtung mit den Patienten, denen wir verpflichtet sind, darin, ihnen Partner bei ihren angestrengten Bemühungen in oft quälenden existentiellen Entscheidungen und Lebenslagen zu sein.

Die Quellen der Macht des Analytikers

Jetzt möchte ich mich der Macht des Analytikers und seiner Autorität in der psychoanalytischen Situation zuwenden. Die Psychoanalyse umfaßt eine komplexe Kombination von Ritualen und Spontaneität in einer einzigartigen Form menschlicher Interaktion. Die methodischen, rituellen, relativ unpersönlichen Züge des Prozesses werden ganz klar mit der Aufrechterhaltung von Grenzen in Verbindung gebracht und die persönlichen, spontanen Aspekte eher mit der Kultivierung von Intimität. Aber diese beiden Dimensionen des Prozesses stehen in einer dialektischen Beziehung, so daß die eine nur im Zusammenhang mit der anderen verstanden werden kann. Tatsächlich ist jede in ihrer Bedeutung von der anderen abhängig. Selbstverständlich kann es ohne Grenzen in *keiner* Beziehung Intimität geben. Die Herausforderung besteht darin, die spezifische Natur dieser Dialektik, wie sie in der psychoanalytischen Situation in Erscheinung tritt, in ein Konzept zu fassen.

Ich möchte die Vorstellung näher untersuchen, daß der analytische Therapeut als eine Art *moralischer Autorität* im weiteren Sinne in den Prozeß einbezogen ist. Schon bei Freud finden sich interessante Hinweise auf diese Sichtweise. Zusammen mit dem Begriff der unanstößigen positiven Übertragung erwähnte Freud (1916) die erzieherischen Funktionen des Analytikers, als er von „Nacherziehung" sprach und sich mit dieser auseinandersetzte. Er schrieb zu diesem Aspekt der Rolle des Analytikers:

> „(Der Patient) soll unter der ärztlichen Leitung jenen Fortschritt vom Lustprinzip zum Realitätsprinzip machen, durch welchen sich der reife Mann vom Kinde scheidet. Bei diesem Erziehungswerk spielt die bessere Einsicht des Arztes kaum eine entscheidende Rolle; er weiß ja in der Regel dem Kranken nichts anderes zu sagen, als was diesem sein eigener Verstand sagen kann. Aber es ist nicht dasselbe, etwas

> bei sich zu wissen und dasselbe von anderer Seite zu hören; der Arzt übernimmt die Rolle dieses wirksamen anderen; er bedient sich des Einflusses, den ein Mensch auf den anderen ausübt. Oder: erinnern wir uns daran, daß es in der Psychoanalyse üblich ist, das Ursprüngliche und Wurzelhafte anstelle des Abgeleiteten und Gemilderten einzusetzen, und sagen wir, der Arzt bedient sich bei seinem Erziehungswerk irgendeiner Komponente der Liebe. Er wiederholt bei solcher Nacherziehung wahrscheinlich nur den Vorgang, der überhaupt erst Erziehung ermöglicht hat. Neben der Lebensnot ist die Liebe die große Erzieherin, und der unfertige Mensch wird durch die Liebe der ihm Nächsten dazu bewogen, auf die Gebote der Not zu achten und sich die Strafen für deren Übertretung zu ersparen." (Freud 1916, S. 365)

Freud erkannte also, daß der Analytiker über eine besondere Autorität verfügt, eine intime, *liebevolle* Autorität, die der Art von Autorität entspricht, wie Eltern sie im Leben ihrer Kinder haben. In diesem Zusammenhang ist bemerkenswert, daß Freud (1927) dachte, die soziale Rolle des Analytikers könne am besten als die einer „weltlichen Seelsorge" beschrieben werden (Freud 1927, S. 293). Obwohl Freud die Autorität des Analytikers primär darauf beschränkt sehen wollte, Patienten davon zu überzeugen, sich der „Wahrheit" ihrer inneren und äußeren Welten zu stellen, war ihm dieser Aspekt der Funktion des Analytikers immer ein wenig unbehaglich, und er warnte vor dessen Gefahren. In *Abriß der Psychoanalyse* (1940) drückte er seine Sorge darüber aus, die Unabhängigkeit des Patienten einzuschränken und bestand darauf: „Der Analytiker soll aber bei allen Bemühungen zu bessern und zu erziehen die Eigenart des Patienten respektieren" (Freud 1940, S. 101). Bei alledem ist klar, daß Freud, wenn auch widerstrebend, einräumte, daß die Funktion des Analytikers über eine neutrale Hilfestellung für den Patienten bei reflexiven Denkprozessen und Einsichten hinausgeht. Tatsächlich ging Freud in einer späteren Arbeit, nachdem er die psychologische Implikation „mystischer Praktiken" (1933) diskutiert hatte, so weit, zu sagen: „Immerhin wollen wir zugeben, daß die therapeutischen Bemühungen der Psychoanalyse sich einen ähnlichen Angriffspunkt gewählt haben" (Freud 1933, S. 86).

Ich denke, es ist nicht zu leugnen, daß die Grenze zwischen Analytiker und Patient eine Beziehung definiert, die teilweise hierarchisch organisiert ist. Die psychoanalytische Situation kann als einzigartige Form einer zeitgenössischen sozialen Institution gesehen werden, in der einer der beiden Beteiligten eine besondere Art von Macht hat, mit der er auf den anderen einzuwirken vermag. Die heikle *Integration* von Grenzen und Intimität, von ritualisierter Asymmetrie und Wechselseitigkeit (Aron 1991; Burke 1992; Hoffman 1991; Modell 1990) begünstigt die sozial legitimierte Autorität des Analytikers. Die Psychoanalyse hat mit ihrer Vorgehensweise, deren Ziel es ist, tiefverwurzelte Muster von Selbst- und Objektrepräsentanzen zu verändern, Eigenschaften, die von den Soziologen Berger und Luckmann (1967) als „sekundäre Sozialisation" bezeichnet werden. In dieser Hinsicht bedeutet Psychoanalyse eine Art „Gespräch" mit einem ganz erheblichen Wirkungspotential:

> „Unterschiedliche Gespräche können bezüglich der Intensität der Wirklichkeit, die sie erzeugen oder aufrechterhalten, verglichen werden. (...) Vielleicht sieht man seinen Geliebten oder seine Geliebte nur einmal im Monat, aber das Gespräch kann dann so intensiv sein, daß die relative Seltenheit wettgemacht wird. Bestimmte Gespräche können auch explizit so definiert und legitimiert sein, daß sie als privilegiert gelten – wie Gespräche mit dem Beichtvater, dem Psychoanalytiker oder einer ähnlichen ‚Autorität'. Die ‚Autorität' liegt dabei in dem kognitiv und normativ übergeordneten Status, der diesen Gesprächen beigemessen wird." (Berger und Luckmann 1967, S. 154)

Der Versuch, die „subjektive Wirklichkeit" eines Individuums radikal zu verändern, analog zu dem, was Psychoanalytiker „strukturelle Veränderung" nennen würden, erfordert eine Art „Resozialisierung". Darüber schreiben die Autoren folgendes:

> „Diese Prozesse ähneln der primären Sozialisation (der Kindheit), weil ihnen auf radikale Weise Realitätsaspekte zukommen und deshalb starke gefühlshafte Identifizierungen wiederholt werden müssen, die vormals den Sozialisationspersonen der Kindheit galten.(...) Eine grundlegende Veränderung der subjektiven Wirklichkeit (was natürlich die Identität mit einschließt) ist ohne eine solche (affektive) Identifizierung, die unweigerlich eine Neuauflage der Kindheitserfahrung emotionaler Abhängigkeit von bedeutsamen anderen darstellt, nicht möglich. Diese bedeutsamen anderen weisen den Weg in eine neue Realität." (ebd., S. 157)

Die Vorstellung, daß die Psychoanalyse Ähnlichkeit mit einem Prozeß der Resozialisierung haben könnte, ist mit unserem Selbstverständnis als analytische Therapeuten kaum vereinbar. Sie erinnert zu sehr an Gehirnwäsche und zu wenig an die Unterstützung bei der Selbsterfahrung und der Entwicklung des tatsächlichen Potentials der Patienten. Und es stimmt, daß die Psychoanalyse vor allem auf Skepsis und kritische Reflexion Wert legt, die sie von den anderen Arten von Resozialisierung unterscheidet, wie Berger und Luckmann sie im Sinn haben. Dennoch glaube ich, daß es eine Überreaktion auf die Vorstellung von Gehirnwäsche und die Gefahren unbeabsichtigter und unhinterfragter Suggestion ist, wenn man verleugnen wollte, daß Psychoanalyse eine komplexe Art konzentrierter sozialer Einflußnahme mit sich bringt, die auch einiges von dem enthält, was Berger und Luckmann der „Resozialisierung" zuschreiben. Dazu gehört auch der kulturell sanktionierte Einfluß des Analytikers, der durch die rituellen Züge des psychoanalytischen Prozesses immerfort erhalten und weiterentwickelt wird.

Bereiche der moralischen Autorität des Analytikers

Ich denke, daß die am Prozeß Beteiligten sich diesen Einfluß wahrscheinlich (oder vielleicht unvermeidlich) auf zwei, miteinander in Beziehung stehenden Weisen zunutze machen. Die eine hat damit zu tun, das *Selbstgefühl* des Patienten und seinen Wert als erlebendes und wirkendes Subjekt zu bestätigen. Die andere hat damit zu tun, den Patienten bei seinen im Laufe der Zeit entstehenden und hart erkämpften *Entscheidungen* zu begleiten und in gewissem Ausmaß auch an diesen beteiligt zu sein. Die eine ist in der psychoanalytischen Gemeinschaft allgemein eher anerkannt und findet sich in verschiedenen Konzepten wieder. Relevante Theorien dazu sind von Strachey, Winnicott, Kohut und anderen entwickelt worden. Die andere wird dagegen eher kontrovers diskutiert. Ich denke, beide Wege sind in der Praxis untrennbar, selbst wenn sie sich konzeptuell voneinander unterscheiden. Dennoch will ich diskussionshalber meine Bemerkungen zur Bestätigung des Patienten ziemlich abstrakt lassen und mich dann damit beschäftigen, wie ihr Erscheinungsbild in der Praxis den Analytiker in die Entscheidungen und Anpassungsmuster des Patienten einbezieht.[3]

Obwohl es in der Übertragung und in der Gegenübertragung unbewußte Faktoren geben kann, die die Fähigkeit des Patienten beeinträchtigen können, die liebevolle Aufmerksamkeit und den Respekt des Analytikers hervorzurufen oder anzunehmen, denke ich, daß an der einfachen Idee etwas dran sein kann, daß der Analytiker eine Autorität ist, deren Aufmerksamkeit für den Patienten in besonderer Weise von Bedeutung ist. Wir versuchen gar nicht, wegzuanalysieren, und es würde uns vielleicht auch gar nicht gelingen, wenn wir es versuchten. In manchen Fällen mag es einiger Arbeit bedürfen, dahin zu kommen, daß der Analytiker diese dem Patienten vermitteln und dieser sie integrieren kann. Ich bezweifle jedoch, daß viele von uns – Patienten oder Analytiker – erlebt haben, daß der Prozeß, wenn er denn hilfreich war, den Faktor der Bestätigung nicht enthalten hat (vgl. Schafer 1983, S. 43-48). Die Wahrscheinlichkeit, daß dies *authentisch* geschieht, erhöht sich nicht nur dadurch, daß der Analytiker sich in einer Position befindet, die eine bestimmte Qualität der Aufmerksamkeit evoziert, sondern auch dadurch, daß der Patient sich in einer analogen Position befindet. Aufmerksamkeit für den Analytiker wird durch den Umstand gefördert, daß der Patient so viel *weniger* von ihm oder von ihr weiß als der Analytiker oder die Analytikerin vom Patienten. Die Position, in der

3 Die zwei folgenden Absätze stammen singgemäß aus einer früher veröffentlichten Arbeit (Hoffman 1994, S. 199-200).

sich der Analytiker befindet, trägt dazu bei, die tolerantesten, verständnisvollsten und großzügigsten Aspekte seiner oder ihrer Persönlichkeit zu fördern. Ich denke bei „Idealisierung" teilweise an ein interaktionelles Geschehen (z. B. „den anderen ‚besser' machen"), weil die analytische Situation und oft auch der Patient tatsächlich manchen der „besseren" persönlichen Eigenschaften des Analytikers Nahrung geben; Schafer (1983) nannte dies das „Zweite Selbst" des Analytikers. Umgekehrt wird jedoch die Aufmerksamkeit des Analytikers für den Patienten dadurch gefördert, daß er oder sie so viel über den Patienten weiß, nicht zuletzt über die Ursprünge der Schwierigkeiten des Patienten und seine oder ihre verzweifelten Bemühungen, damit fertigzuwerden. Darüber hinaus muß natürlich keiner der Beteiligten mit dem anderen leben oder sich außerhalb der umschriebenen analytischen Situation auf ihn einlassen, so daß jeder ein ganzes Stück weit geschützt ist vor den besonders schwierigen Eigenschaften des anderen.

Entsprechend dem, was verschiedene Autoren als Zusammenspiel zwischen dem „Prinzip der Wechselseitigkeit" und dem „Prinzip der Asymmetrie" (Modell 1990; Aron 1991; Hoffman 1991; Burke 1992) bezeichnet haben, besteht auf seiten des Patienten eine kontinuierliche Dialektik zwischen der Wahrnehmung des Analytikers als eines *Menschen wie du und ich* und als *einer Person, die über mehr Wissen, Weisheit, Urteilsfähigkeit und Macht* als der Patient verfügt. Jede der beiden Betrachtungsweisen wird stark durch die andere eingefärbt. Wenn die eine im Vordergrund ist, bildet die andere stets den Hintergrund. Wie das Gleichgewicht für eine bestimmte analytische Dyade zu einem bestimmten Zeitpunkt oder über längere Zeit aussehen sollte, ist schwer zu entscheiden oder zu kontrollieren. Außerdem muß es eher aus einer authentischen Anteilnahme des Analytikers entstehen als aus dem Befolgen einer bestimmten Technik. Der Patient kann jedoch vielleicht einfach davon profitieren, daß er die Aufrichtigkeit der Bemühungen des Analytikers um das Thema spürt.

Ich denke, daß sich die Bereitschaft des Analytikers, sich persönlich und spontan auf den Patienten einzulassen, wahrscheinlich besonders bestätigend auswirkt. Der Ursprung dieser bestätigenden Kraft liegt genau in der ritualisierten Asymmetrie, die in gewisser Weise den Analytiker in eine erhöhte Position bringt, die außerhalb der Reichweite des Patienten liegt. In diesem Zusammenhang kann die emotionale und persönliche Verfügbarkeit des Analytikers zu einer Art magischem Geschenk für den Patienten werden, wie früher in der Kindheit die Liebe seiner Eltern (selbst wenn es kaum ein Äquivalent für diese ist). Man könnte argumentieren, daß es immer etwas Magisches hat, wenn jemand die Liebe eines anderen Menschen gewinnt, egal unter welchen Umständen, und ich würde dem zustimmen, daß das, worüber ich spreche, der Erfahrung von Liebe in anderen Zusammenhängen sehr nahekommt. Dennoch vertrete ich die Ansicht, daß das persönliche Engagement des Analytikers in der analytischen Situation potentiell eine spezielle Art konzentrierter Macht darstellt, weil es in ein Ritual eingebettet ist, in dem der Analytiker zu einer besonderen Art von Autorität wird.

Ich bin mir dessen bewußt, daß diese Ideen für manchen etwas Unangenehmes haben, weil sie mit einem Element von Manipulation behaftet scheinen, das wir doch durch die Analyse der Übertragung aufzulösen versuchen.[4] Obwohl durch eine solche Beurteilung die magischen Aspekte der Rolle des Analytikers vielleicht abgeschwächt oder teilweise „dekonstruiert" werden, denke ich, daß sie dadurch – wahrscheinlich zum Glück – nicht gänzlich ausgelöscht würden. Gerade der Umstand, daß wir den analytischen Rahmen üblicherweise selbst nach der Beendigung der Analyse aufrechterhalten – weder freunden wir uns beispielsweise mit unseren Patienten an, noch treffen wir uns im üblichen Sinne mit ihnen –, weist darauf hin, daß wir die besondere *Präsenz* im Leben unserer Patienten, die durch die analytische Situation entstanden ist, eher erhalten als auflösen wollen. Diejenigen unter uns, die eher auf wechselseitige und ebenbürtige Beziehungen mit ihren Patienten Wert legen, sollten nicht vergessen, in welchem Ausmaß wir uns auf die ritualisierte Asymmetrie der analytischen Situation verlassen, aus der die Wechselseitigkeit ihre Stärke bezieht. Die Asymmetrie bewirkt, daß unsere Beteiligung im Sinne der Wechselseitigkeit in ihrer *Bedeutung* intensiviert wird und eine Intensität gewinnt, die unseren Patienten dabei hilft, sich selbst als kreative, handelnde Subjekte und letztlich als liebenswerte Menschen zu begreifen.

Unsere Verantwortung wird noch bedrückender, wenn wir verstehen, daß der Prozeß der Bestätigung immer an Inhalte gebunden ist. Ich denke nicht, daß man bei den Patienten ein gleichsam isoliertes Potential für Erfahrung und

4 Der Punkt, um den es mir geht, erinnert mich an den von Malcapine, die im Jahre 1950 äußerte: „Sehen Sie, wir müssen uns der Tatsache stellen, daß das analytische Setting nicht nur den Fluß der freien Assoziationen erleichtert. Im Gegenteil schafft das Setting eine Situation von Verlust und Deprivation, die in die Regression führt." Darüber hinaus war sie der Ansicht, dies sei weder etwas, worüber wir mit unseren Patienten sprechen, noch war sie sich sicher, daß wir das tun sollten. Ich meine: „Wir sollten die Macht nicht verleugnen, die wir einsetzen, um Einfluß darauf zu nehmen, wie unsere Patienten sich fühlen und wie sie ihr Leben führen, eine Macht, die teilweise tatsächlich auf den asymmetrischen Aspekten der Beziehung beruht." Anders als Malcapine, denke ich, wäre es das beste, wenn dieser Aspekt des Prozesses in der Analyse offen zur Sprache käme. Zudem befürworte ich, anders als Malcapine, nicht den vorsätzlichen Versuch, eine regressive Übertragungsneurose herbeizuführen, indem man dem Patienten die Erfahrung einer Objektbeziehung vorenthält (vgl. Lipton 1977). Ich bin der Ansicht, die Auseinandersetzung in der Dialektik von Asymmetrie und Gegenseitigkeit komplexer ist (Hoffman 1992a, 1994).

Entscheidung lokalisieren und darauf eingehen kann. Wenn wir etwas Bestätigendes sagen, heben wir unvermeidlich eine der Möglichkeiten des Patienten auf Kosten einer anderen hervor. Das Selbstgefühl eines Patienten zu bestärken und an seinen Entscheidungsmomenten oder Entscheidungsmustern teilzuhaben, läßt sich deshalb nicht mehr auseinanderhalten. Zum Kontext der Bestätigung gehört immer, daß unsere Patienten unmittelbar *etwas* tun oder auf die eine oder andere Weise sind. Wenn wir schon die Verantwortung dafür tragen müssen, das Selbstgefühl und das Selbstwertgefühl eines Patienten zu beeinflussen, wünschen wir uns vielleicht, daß – inhaltlich gesehen – ausschließlich das Erleben des Patienten die Interaktion bestimmt. Wenn wir als empathische Selbstobjekte präsent sind (Kohut) oder auf die spontanen Äußerungsformen des keimenden oder halbverschütteten wahren Selbst (Winnicott) unserer Patienten antworten, dann können wir als Menschen mit eigenen, individuellen Veranlagungen und Werten genauso effektiv verschwinden, wie unter dem Deckmantel der wissenschaftlichen Objektivität im klassischen Modell. Aber die gefühlshafte Beteiligung und das empathische Reagieren sind nicht weniger von der kulturellen, theoretischen und persönlichen Ausrichtung eines jeden Therapeuten gefärbt als das traditionelle Deuten. Was immer es an Gemeinsamkeiten gibt, so existieren zweifellos Nuancen in der Art des affektiven Mitschwingens, die von einer Kultur zur anderen und von einem Elternteil zum anderen oder von einem Therapeuten zum anderen innerhalb derselben Kultur variieren (siehe Cushman 1991; Seligman 1990). Ich stelle nicht einen Augenblick lang in Frage, daß es einen Unterschied macht, ob wir uns unseren Patienten intrusiv aufdrängen oder ihnen Raum für ihre relativ spontane Eigeninitiative lassen. Aber wie weit auch immer unsere Reaktionsbereitschaft reicht, wir werden nie erreichen, daß unsere eigene Persönlichkeit von der Bildfläche verschwindet.

Manche werden argumentieren, daß perfekte Empathie und Einfühlung, ebenso wie perfekte Objektivität, bloße Ideale sind, denen wir nachstreben, obwohl wir wissen, daß wir immer hinter ihnen zurückbleiben werden, selbst wenn wir unser bestes geben. Meine Antwort darauf ist, daß ich Ideale nicht gutheiße, die an sich irrational sind und die der menschlichen Natur Gewalt antun. Das Ziel zu haben, auf Wasser laufen zu können, muß zwangsläufig das Schwimmenlernen behindern. Eine solche Fortbewegungsnorm erscheint nicht weniger verbohrt, wenn wir demütig „zugeben", daß diejenigen, die es probieren, bestimmt naß dabei werden, weil niemand „perfekt" ist. Die Ideale exakter Empathie und perfekten affektiven Mitschwingens sowie das Ideal der perfekten Neutralität begünstigen die Entwicklung unangemessener Ich-

Ideale, die wiederum defensive Illusionen nähren bezüglich dessen, was wir erreichen könnten, während wir uns in irreführenden Bekenntnissen über unseren Mangel an „Perfektion" ergehen. All das lenkt uns vom eigentlichen Thema ab, das nicht der Frage gilt, ob, sondern *wie* wir persönlich mit unseren Patienten verstrickt sind. Auch bringen solche Überlegungen die Tatsache nicht zum Verschwinden, daß unsere Beteiligung sich auswirkt. Mit unseren Patienten über unseren suggestiven Einfluß zu sprechen, mag dessen unbewußte kontrollierende Macht verringern, aber wir machen uns etwas vor, wenn wir denken, daß wir dadurch geschafft hätten, uns selbst gleichsam vom Feld genommen zu haben oder unseren Einfluß zu begrenzen auf das, was in Übereinstimmung mit den psychoanalytischen Wertvorstellungen der Bewußtheit und der individuellen Freiheit steht. Wahrscheinlich ist es sogar so, daß die Art und Weise, wie wir eine „Suggestion" analysieren, eine andere, noch unbekannte mit sich bringt. Das soll nicht heißen, daß der Patient bloß Wachs in den Händen des Analytikers ist. Im Gegenteil, es ist doch gerade der Respekt vor dem Einfluß des Patienten, der die Möglichkeit eröffnet, unsere *phobische* Haltung gegenüber unserem eigenen, persönlichen Einfluß auf das Leben unserer Patienten zu überwinden. Aber lassen Sie mich rasch noch hinzufügen, daß, nachdem wir diese Phobie überwunden haben, noch genug zu tun ist auf dem Gebiet der relativ normalen Angst, die bei all unserer spezifischen Verantwortung als Beteiligte im Kampf des Patienten um Integration und Selbstbestimmung garantiert nicht ausbleibt.

Im Hinblick auf kulturelle Prägungen hat Cushman (1995) einen umfangreichen Beitrag geleistet, indem er historisch und klinisch untersucht hat, inwieweit die psychoanalytische Therapie unkritisch die Werte eines konkurrenzbetonten und materialistisch ausgerichteten Individualismus zu übernehmen und zu unterstützen tendiert, obwohl sie über ein konstruktiveres und kritischeres Potential verfügt. Ich stimme mit Cushmans These überein, daß die Psychoanalyse unweigerlich ein moralisches Unterfangen ist und daß es dem Analytiker oder der Analytikerin geziemt, in der analytischen Arbeit selbst die eigene passive Konformität bezüglich vorherrschender sozialer Erwartungen, was denn ein gutes Leben ausmacht, einer sorgfältigen Überprüfung zu unterziehen. Cushman lehnt es jedoch strikt ab, nach möglichen Grundelementen zu suchen, die den Aktivitäten und Rollen der „Heiler" in verschiedenen Kulturen und Subkulturen zugrundeliegen, ein Unterfangen, das mir recht nützlich erscheint, und das übrigens implizit in Cushmans eigenem Ansatz enthalten ist, obwohl er die kulturellen Unterschiede betont. Er schreibt:

> „Jede Epoche hat vorherrschende Selbst-Konfigurationen, spezifische Grundannahmen und -überzeugungen davon, was Menschsein bedeutet. (...) Dieses Selbst und diese Rollen sind nicht untereinander austauschbar oder gleichwertig. Beide verkörpern eine Art einzigartiger und charakteristischer Wahrheit, die nicht auf ein universelles Gesetz reduziert werden sollte, da solche Verkürzungen unvermeidlich von einem bestimmten kulturellen Bezugsrahmen abhängig sind, der wiederum in enger Beziehung zu einem ideologischen Programm steht." (Cushman 1995, S. 3)

Verweist Cushman unter der Annahme kulturspezifischer Faktoren nicht auch auf das universelle Bedürfnis nach einer Art Glaubenssystem? Und gibt es nicht moralische Autoritäten in jeder Kultur, die das jeweilige Glaubenssystem in besonderer Weise stützen? Anders gefragt: Glaubt Cushman nicht, daß die Behauptung, soziale Realität sei sozial geformt, transkulturell und transhistorisch gültig, so daß es sich dabei um ein „universelles Gesetz" handelt? Vielleicht entsteht entsprechend unserer postmodernen Sensibilität diese Sichtweise gerade in unserem Zeitalter, aber der Ursprung dieser Sichtweise ist für den Wahrheitsgehalt, der dafür in Anspruch genommen wird, nicht von Belang. Trotz seiner Abneigung gegenüber Verallgemeinerungen schreibt Cushman folgendes zum menschlichen Sein:

> „Etwas in der *menschlichen Natur* macht es extrem schwierig, zu unterscheiden, was wir sind und was wir konstruieren oder was wir sein können, gemessen an dem, was unser Horizont uns erlaubt. Wir konstruieren die soziale Welt so, daß wir sie als Wirklichkeit betrachten und erfahren können, als die einzig stimmige, konkrete Wahrheit. Wäre das anders, stünden wir vor einem existentiellen Abgrund. Wir wären gezwungen, uns mit unseren eigenen Mängeln, Fehlern und unserer Leere zu konfrontieren, mit den selbstverständlich gewordenen Machtverhältnissen, den ökonomischen Privilegien, der Statushierarchie unseres Zeitalters, und müßten die Beziehungsregeln, Bündnisse und die Geheimnisse unserer Ursprungsfamilie erkennen. Aus verschiedenen Gründen scheint das Gewahrwerden der Konstruiertheit unserer Welt zu schwierig und zu erschreckend, als daß wir damit leben könnten." (ebd., S. 309, Hervorhebungen von I. Z. Hoffman)

Und doch ist der Psychotherapeut aufgerufen, den Status quo in Frage zu stellen und damit den schrecklichen „existentiellen Abgrund" zu öffnen. Cushman sagt: „Es ist genau diese geheime, unwissentliche Kollusion, die der Psychotherapeut aufdecken und lösen muß" (S. 310). Es ist jedoch eine Sache, verborgene Werte und Ausrichtungen freizulegen; eine ganz andere ist es, diese zugunsten bestimmter alternativer Seinsweisen zurückzuweisen. Psychoanalytischer Skeptizismus selbst, potentiell auf dem aktuellen Wissenstand und durch den kritischen Geist der Postmoderne geformt, steht für eine Haltung des Hinterfragens expliziter und impliziter, alter und neuer Wertesysteme. Er stellt die moralische Autorität des Analytikers in Frage, selbst wenn Aspekte des analytischen Rituals ihren Einfluß fördern. Eine Autorität, die Bestand hat, kann nur eine *paradoxe* sein, in dem Ausmaß, in dem sie in Frage gestellt wird. Wenn wir uns der „konstruierten Natur unserer Welt" bewußt sind, können wir in ihr nicht länger in demselben Glauben leben und mit derselben Selbstverständlichkeit, die uns ohne diese Bewußtheit noch offenstand. Das eine Absolute, das vielleicht eine solche Enthüllung überlebt, ist der Wert eben dieser Bewußtheit und damit der Wert der kritischen Betrachtung der eigenen Welt und seiner selbst.

„Sessions" in den Sitzungen

Jetzt möchte ich auf die Anekdote aus der Fernsehsendung zurückkommen, auf die Episode aus *Sessions*. Ich habe der Geschichte noch etwas hinzuzufügen. Da ich kein Kabelfernsehen zu Hause habe, erfuhr ich durch einen meiner Patienten von *Sessions*. Dieser Patient schaute sich die Sendung regelmäßig an und meinte, sie würde mir auch gefallen. Er bot an, einige Folgen für mich auf Video aufzunehmen, wenn ich daran interessiert wäre. Ich war einverstanden, und er brachte die Aufnahmen mit. Nachdem ich das Band angenommen hatte, dachte ich auch, ich sollte es mir anschauen, ich fühlte mich durch den Patienten, der in seiner Art überhaupt nicht fordernd ist, nicht sonderlich gedrängt. Ich empfand das als eine gute Gelegenheit, eine Erfahrung mit ihm zu teilen, die von beiderseitigem Interesse war. So etwas mache ich manchmal: einen Film anschauen, den ein Patient empfiehlt, auf seine oder ihre Empfehlung hin etwas lesen und so weiter. Wahrscheinlich tue ich das besonders dann, wenn ich den Eindruck habe, es könnte dem Prozeß dienlich sein, wenn es auch meinem eigenen Interesse entspricht und ich mich dabei nicht überbeansprucht fühle.

Natürlich sind meine bewußten Wahrnehmungen diesbezüglich nicht immer verläßlich. Es ist immer möglich, daß eine scheinbar „konfliktfreie" Reaktion auf das Ansinnen eines Patienten bei beiden Beteiligten zur Verdrängung der konflikthaften Elemente führt. Beispielsweise wird vielleicht der regressive Einverleibungswunsch des Patienten verleugnet, ebenso wie der entsprechende Racheimpuls des Analytikers. Oder der Patient ist vielleicht mit einem fordernden, intrusiven oder gleichsam angreifenden Elternteil identifiziert, während der Analytiker sich vielleicht in der Position des Kindes befindet, das seine Fügsamkeit rationalisiert (vgl. Frederickson 1990; Tower 1956). Wenn der Analytiker Anzeichen dafür entdeckt, daß ihn eine solche Übertragungs-Gegenübertragungssituation (D. B. Stern 1991) gleichsam „im Griff" hat, dann kann er oder sie sich daran machen, sich und den Patienten durch Reflexion, Deutung, „Aushandeln" und anderes Eingreifen wieder aus der Verstrickung zu befreien (Ehrenberg 1992; Gill 1982, 1994; Hoffman 1983, 1992a, 1992b, 1994; Mitchell 1988, 1993; Pizer 1992; Racker 1968; D. B. Stern 1989; Tansey and Burke 1989). Die Beziehung zwischen der Wiederholung pathologischer Aspekte der Vergangenheit und relativ neuen Erfahrungen ist normalerweise hochkomplex und paradox. Es ist sogar generell nützlich, ihre Beziehung als dialektisch anzusehen, das heißt, eines ist nicht nur die Voraussetzung für das andere, sondern beide können ineinander übergehen (Ghent 1992; Hoffman 1992a, 1994).

Das genannte Beispiel ist relativ unkompliziert, die Arbeit ging, soweit ich das damals (und bis heute) empfunden habe, mit einem starken Gefühl einer relativ unanstößigen positiven Übertragung und Gegenübertragung einher. Es war spürbar, daß die analytische Beziehung regelrecht in Kontrast zu den pathogenen Aspekten der Vergangenheit stand. Während das Vorherrschen einer manifest gutartigen Atmosphäre ein Grund sein kann, den Verdacht auf etwas latent Bösartiges zu schüren, halte ich es nicht für angebracht, die analytische Situation so zu beeinflussen, daß letzteres entsteht. Malcapines (1950) Konzeptualisierung des analytischen Prozesses als einer systematischen Induktion einer regressiven Übertragungsneurose fußte auf der Annahme, daß die pathogenen Wünsche des Patienten auf überholte Wünsche zurückgeführt werden könnten, die ihm versagt worden waren. Heutzutage haben wir eine wesentlich erweiterte Auffassung der Art dieser Wünsche, die gleichzeitig legitime Entwicklungsbedürfnisse umfassen.[5] Dabei laufen wir allerdings Gefahr, den entgegengesetzten Fehler zu begehen, nämlich die Wünsche des Patienten auf legitime Bedürfnisse einzuschränken und weniger legitime Wünsche zu übergehen (Mitchell 1988). Jede dieser Einschränkungen kann jedoch zu einem mechanischen, objektivistischen Ansatz führen, dem Spontaneität und persönlicher Ausdruck fehlen.

Zu einer optimalen analytischen Haltung gehören: Anerkennung der dialektischen Beziehung zwischen den autoritätsfördernden Aspekten des analytischen Rituals und den Elementen von Wechselseitigkeit und Spontaneität innerhalb der persönlichen Seite der Beziehung; eine Perspektive, die das Erleben des Patienten als ein komplexes, fluktuierendes, hierarchisches Arrangement von Bedürfnissen und Wünschen einschließt, dessen Beschaffenheit, Intensität und Rangordnung teilweise von der Art der Beteiligung des Analytikers abhängt (Hoffman 1987; Mitchell 1993); Anerkennung der dialektischen

5 Diesbezüglich nimmt Steven Stern (1994) die nützliche Unterscheidung zwischen der „wiederholten Beziehung" („Type I transference") und der „benötigten Beziehung" („Type II transference") vor.

und oft paradoxen Beziehung zwischen Wiederholung und neuer Erfahrung im psychoanalytischen Prozeß (Ghent 1992; Hoffman 1992a, 1994; Pizer 1992); und die Würdigung des Umstandes, daß der Analytiker oder die Analytikerin sich immer in einer Position der Unsicherheit befindet bezüglich der Regungen des Patienten und auch der eigenen, die ihm oder ihr als Quellen der Erkenntnis dienen.

Schließlich gibt es kein Entkommen vor der Verantwortung des Analytikers, mit größtmöglicher Umsicht vorzugehen, selbst wenn er das subjektive Fundament seines Handelns erkennt. Machmal ist das Unsicherheitsgefühl zwar prinzipiell vorhanden, aber im Vordergrund steht doch die Überzeugung, daß ein bestimmter Gedankengang oder eine ganz bestimmte Reaktion dazu beitragen könnten, die Beziehung in kreativer und authentischer Weise weiterzuentwickeln (Bader 1995; Hoffman 1992b). Dies war in dem Beispiel, das ich zu berichten begonnen habe, der Fall.

Um nun zu dieser Geschichte zurückzukommen, kann ich sagen, daß ich das Videoband des Patienten gern angenommen habe. Die Sendung zu Hause anzuschauen war ein Erlebnis, das in den analytischen Prozeß eingebettet war, obwohl es außerhalb seiner üblichen Grenzen stattfand. Ich will keine weiteren Details dieser Behandlung mitteilen, nur daß der Patient der Sohn von Überlebenden des Holocaust ist, die ihn streng und entbehrungsvoll erzogen hatten, beinahe als ob sie mit ihren Verfolgern identifiziert und als ob er und seine Geschwister ihre Gefangenen gewesen wären. Er konnte sich nicht erinnern, in seinem ganzen Leben jemals ein Spielzeug von den Eltern bekommen zu haben. Für Unterkunft und Verpflegung war gesorgt, aber es kam so gut wie nie vor, daß Gefühle offen ausgedrückt wurden. Er sagte, daß seine Eltern nie mit ihm gespielt hätten. Zudem wurde er in ultraorthodoxer religiöser Weise erzogen. Seine Eltern, insbesondere sein Vater, hielten sich extrem strikt an die Befolgung jüdischer Gesetze. Daher habe ich das Mitbringen und Annehmen des Videobandes im Zusammenhang mit der Lebensgeschichte des Patienten unmittelbar als eine Form des *Spiels* erlebt (Ehrenberg 1992; Feinsilver 1989; Winnicott 1971), das die orthodoxe Befolgung der *psychoanalytischen* Regeln durchbrach, und das fand ich gut.

Nun darf man bei alledem, was ich empfand, nicht übergehen, daß auch ich eine konfessionsgebundene Grundschule und High School absolviert habe, die allerdings viel liberaler und moderner war als die, die der Patient durchlaufen hatte. Wie der Patient habe auch ich mit der Tradition gebrochen, in der ich erzogen wurde, und habe bis heute ein ambivalentes Verhältnis zu ihr. Vielleicht ist es deshalb auch kein Zufall, daß ich mit einigen Aspekten *psychoana-*

lytischer Konventionen gebrochen habe. Wie hätten diese Erfahrungen nicht mein Erleben der Anstrengungen des Patienten einfärben sollen, der dem zu entkommen versuchte, was ich als Fesseln seiner kargen Erziehung empfand und, noch unmittelbarer, als Zwänge der üblichen Grenzen der Analyse?

Also schaute ich die Aufnahme an. Sie gefiel mir sehr, und das sagte ich dem Patienten in der nächsten Sitzung. Wir redeten ein bißchen über verschiedene Aspekte der Sendung, die, soweit ich feststellen konnte, von mehr oder weniger speziellem analytischen Interesse waren. Übrigens war der, vom Standpunkt der analytischen Arbeit aus, offenkundig „inkonsequente" Teil ein sehr wichtiger Teil der Erfahrung, weil er spontan und informell war und *nicht* ausdrücklich analysiert wurde. Wenn versucht wird, alles zu analysieren, selbst alle Aspekte möglichen Agierens, besteht die Gefahr, daß die Erfahrung von allem Lebendigen entleert wird. Warum Analytiker und Patient sich gezwungen fühlen könnten, das zu tun, sollte wahrscheinlich als nächstes analysiert werden.

An diesem Beispiel haben wir verschiedene Aspekte der Fernsehsendung gestreift. Wir sprachen über die spezifische Suggestion des Analytikers in bezug auf den Vater, und gemeinsam ließen wir uns die Frage durch den Kopf gehen, ob es eine Möglichkeit gegeben hätte, wie mein Patient *seinen* Vater hätte ansprechen können, um einen Durchbruch in ihrer Beziehung zu erreichen. Der Patient glaubte nicht daran, und ich fand, er hatte recht. Er meinte, daß es ihn angerührt hätte, als Vater und Sohn sich am Ende umarmt hätten. Ich sagte, daß es mir genauso gegangen sei, aber daß ich gut verstehen könne, daß er besonders ergriffen sei in Anbetracht der offenkundig nicht zu durchbrechenden Barriere zwischen ihm und seinem eigenen Vater.

Der Bezug zu der durchsichtigen Abschwächung des Analytikers („Nur ein Gedanke") ist zwischen uns zu einer humorvollen stehenden Redewendung geworden, so daß – wann immer ich bemerke, daß ich auf die eine oder andere Weise ein Dilemma berühre, mit dem der Patient sich herumschlägt – einer von uns beiden zu bemerken pflegt: „Natürlich nur ein Gedanke". Im Hinblick auf das gemeinsam angeschaute Videoband sagte ich etwa: „Tja, er läuft viel in seiner Praxis herum, aber ich habe nicht mitbekommen, daß er sich irgendein Videoband von seinem Patienten ausgeliehen hätte, so gewinne ich ja vielleicht den Wettbewerb, wer freier und flexibler ist." Der Patient lachte.[6] Zweifellos ist es Teil der Atmosphäre, daß sich jeder über den Sinn für Humor des ande-

6 Derartige scherzhafte Bemerkungen dienen oft implizit der Deutung von Themen der Übertragung und Gegenübertragung. In diesem Beispiel berührt der Kommentar unter anderem den Wunsch des Patienten nach mehr Flexibilität auf seiten des Analytikers, die Möglichkeit, daß der Patient Konkurrenzgefühle in ihm auslösen möchte, und das Element von Wettbewerb, das die Gegenübertragung auf einer bewußten Ebene tatsächlich mit sich bringt.

ren freut. Ein wichtiger Punkt ist hier, daß ich das Gefühl habe, mein Ausleihen des Bandes sei als Vorgang eingebettet gewesen in eine Atmosphäre gegenseitigen Verständnisses bezüglich einer der *wahrscheinlichen* Bedeutungen für das Leben des Patienten, so daß es *ohne Worte klar zu sein* schien, daß die Interaktion im Kontrast stand zu jeglicher Interaktion, die der Patient jemals mit seinen Eltern hätte haben können. Persönliche Momente wie dieser werden voranalysiert oder „vorbehandelt", und manchmal lohnt sich die erneute mühsame Suche nach ihren unausgesprochenen oder unbewußten Bedeutungen nicht, weil dann das Element der Spontaneität verlorengeht. Wenn andererseits spätere Träume oder andere Assoziationen auf die unkonventionelle Interaktion anspielen, wäre es natürlich wichtig, sie im Licht jenes Ereignisses zu deuten.

Um dieses Fallbeispiel darüber hinaus in bezug auf die zentralen Themen meiner Betrachtung einzuordnen, so handelte es sich beim Ausleihen des Videobandes und bei der gemeinsamen Erfahrung, mit dem Patienten die Sendung anzuschauen und später zu diskutieren, um Handlungen, die mein spezielles Verhältnis zu diesem Patienten zum Ausdruck brachten. Ich bewunderte seine Sensibilität, seinen Humor, seinen Mut, mit dem restriktiven Verhaltenscodex seiner lustfeindlichen Familie zu brechen, und seine aktive Suche nach angenehmen Erfahrungen mit anderen Menschen. Ich vertraute bei diesem Patienten auch darauf, daß sein Anliegen nicht dazu führen würde, daß er mich nun mit allen möglichen Forderungen überschwemmen würde. Ich vertraute darauf, daß er meine Grenzen respektieren und es nicht zu einer Gewohnheit machen würde, von mir zu erwarten, daß ich sie überschritt. Gleichzeitig trug der Inhalt der Sitzung in der Fernsehsendung und in der aktuellen analytischen Stunde dem Hunger des Patienten nach einer affektiven Verbindung zu einer Elternfigur Rechnung. Der Schlüssel dafür ist, daß meine Nähe zu diesem Patienten und mein Vergnügen an der Arbeit mit ihm an dem, was Ehrenberg (1992) „die intime Ecke" nennt, besondere Kraft aus dem Umstand bezieht, daß ich schließlich auch sein Analytiker war. Als Analytiker *mußte* ich mich nicht auf diese Weise beteiligen. Und als sein Analytiker hatte ich bereits einiges an Wohlwollen und Macht gewonnen, die diese Rolle – zumindest potentiell – mit sich bringt.

Schließlich beinhaltete der Ausdruck des Anerkennens und Mitschwingens und die affektive Färbung, die damit einherging, vieles, das aus meiner eigenen Persönlichkeit und Geschichte kam. Ich hätte ein Analytiker sein können, der entweder ganz der Tradition verpflichtet war, in der der Patient erzogen wurde, oder der Psychoanalyse in einer eher traditionellen Form praktizierte, und ich bezweifele, daß dann dieselbe Art der Interaktion stattgefunden hätte. Es ist gut möglich, daß der Patient, wenn er es mit einem traditionelleren Ansatz zu tun gehabt hätte, dem Analytiker von vornherein niemals vorgeschlagen hätte, das Videoband auszuleihen, weil die Atmosphäre einen solchen Vorschlag gar nicht erst angeregt hätte. Statt dessen hätte der Patient noch mehr Leid bezüglich des Fehlens einer warmen, spielerischen, gefühlsbetonten Umwelt in der Analyse erfahren, wodurch die Entbehrungen seiner Kindheit sich wiederholt hätten und ebenfalls nutzbringend ins Zentrum gerückt wären.

Dementsprechend wäre sicherlich etwas anderes mit einem Analytiker passiert, der mehr Wert auf traditionelle religiöse Praktiken legt. So verschieden das auch hätte gewesen sein mögen, wäre es notwendig auch weniger empathisch und auf die Bedürfnisse des Patienten abgestimmt gewesen? Zum Beispiel hätte in dem Setting und in dieser Begleitung im Vordergrund stehen können, daß der Patient die orthodoxe Gemeinde vermißte, von der er sich entfernt hatte, zusammen mit einem stärkeren, wenngleich konflikthaften Wunsch, dorthin zurückzukehren. Der Patient und ich haben sicherlich auch über diese Seite des Konflikts gesprochen, aber ohne dieselbe *Überzeugung*, die in anderen Bereichen mobilisiert wurde. Es wäre tröstlich, sich vorzustellen, daß das, was in mir auftauchte, dem näherkam, was Winnicott das „wahre Selbst" nennt, und daß das, was bei einem anderen, hypothetischen Therapeuten aufgetaucht wäre, vielleicht eher dem „falschen", „angepaßten Selbst" nahegekommen wäre. Aber ich bezweifele, daß der Unterschied so eindeutig ist.

Das Erleben des Patienten umfaßt immer eine Reihe von Möglichkeiten, inklusive verschiedener, multipler Möglichkeiten des „Selbst" oder von Selbstaspekten (siehe Mitchell 1993). Welches dieser Potentiale sich weiterentwickelt und stärker wird, hat vielleicht etwas damit zu tun, was wir (die Therapeuten) für Menschen sind, was sich darin widerspiegelt, worauf wir reagieren, mit welchem Affekt und mit welchem Grad an Überzeugung. Noch einmal: Wie auch immer unsere Orientierung in anderer Hinsicht ist, wir müssen anerkennen, daß wir eng verstrickt sind in das Ringen unserer Patienten nach einem besseren Leben, und wir können unsere eigene Vision von einem besseren Leben bei unserer Beteiligung an diesem Ringen nicht unbeachtet lassen.[7]

---

7 Ich bin mir bewußt, daß es verschiedene „Arten" von Werten gibt, die einerseits mit einem Gefühl von Freiheit und Spielraum einhergehen und andererseits einem Wunsch, aus einem spezifischen orthodoxen Glaubenssystem auszubrechen. Ersterer ist ein eher „universeller" Wert oder einer, über den in unserer Gesellschaft eher ein Konsens besteht. Letzterer gründet sich eher auf Vermutungen, die auf eine spezielle Subkultur oder ein Individuum zutreffen. Man könnte argumentieren, daß es für Analytiker akzeptabel ist, sich mehr auf die universellen Werte auszurichten, aber daß sie keinen Einfluß auf die Berufsausübung in bezug auf individuellere Themen haben. In der Praxis glaube ich, daß selbst im Hinblick auf die individuelleren Angelegenheiten Analytiker stärker verwickelt sind, als oft angenommen wird. Darüber hinaus knüpfen sich die allgemein anerkannteren Werte vielleicht an bestimmte kulturelle Praktiken und Überzeugungen, die ebenfalls eine kritische Überprüfung rechtfertigen (Cushman 1991, 1995; Grey 1993; Seligman 1990).

Bei manchen Gelegenheiten sollte der Patient, um selbst besser urteilen zu können, etwas wissen dürfen über die persönlichen Faktoren, von denen wir spüren, daß sie die Art unserer Beteiligung beeinflussen. In bezug auf meinen Hintergrund und meine eigenen Einstellungen und Konflikte habe ich einiges mit dem Patienten gemeinsam. Wenn diese Dinge offen auf den Tisch kommen, ergibt sich für den Patienten manchmal die Chance, zu erkennen, daß der Standpunkt des Analytikers auch von dessen eigenen Erfahrungen und seiner eigenen Geschichte abhängig ist. Was enthüllt werden sollte und was nicht, ist eine schwierige und persönliche Angelegenheit. Der Punkt ist für mich, daß wir bei einer konstruktivistischen Sichtweise verpflichtet sind, unseren persönlichen Einfluß hinzunehmen und Wege zu finden, damit umzugehen, ohne den Schutz eines Wissenschaftsmodells, das „die Tatsachen" der Erfahrung des Patienten untersucht.

Von der einsamen Reflexion zur Auseinandersetzung in der Beziehung

Wenn wir an die historische Entwicklung unseres Verständnisses des analytischen Prozesses denken, können wir eine – eindeutig nicht lineare – Bewegung nachzeichnen, ausgehend von Freuds einsamer Reflexion seiner eigenen Träume, welche die Selbstanalyse zum Ideal setzt, über die losgelöste Präsenz des Analytikers als eines wissenschaftlichen Beobachters, der die Übertragung und deren Deutung erleichtert, hin zu einer Sichtweise, bei der der Analytiker therapeutisch korrigierend auf die Bedürfnisse und Defizite des Patienten eingeht, hin zur Anerkennung des Nutzens der Gegenübertragung in diesem Prozeß, zu einem Verständnis dafür, daß die Deutungen des Analytikers nicht einfach nur auf eine bereits vorstrukturierte Wirklichkeit passen, sondern daß sie vielmehr etwas zum Entstehen dieser Wirklichkeit beitragen, zu einer Anerkennung der kulturell bedingten und verborgenen Aspekte der Autorität des Analytikers, ebenso wie zu einer Anerkennung des vollen Ausmaßes und der Implikationen unseres persönlichen Engagements für unsere Patienten, die darum ringen, die Auffassung und den Aufbau ihrer spezifischen Welt zu verändern. Kurz und bündig kann man diese Bewegung von ihren Anfängen bis heute zusammenfassen als den langen Weg von der *Analyse als einer einsamen Reflexion* hin zur *Analyse als einer Auseinandersetzung in der Beziehung*. In letzterer sind wir – vor dem Hintergrund der ritualisierten Asymmetrie der psychoanalytischen Situation, aus der wir einen besonderen moralischen Einfluß beziehen – intime

Partner unserer Patienten, die sich mit ihren Konflikten herumschlagen und aus ihren vielfältigen Möglichkeiten wählen oder darum ringen, ihre Möglichkeiten zur Intimität und Autonomie, zur Identifikation und Individualität, zu Arbeit und Spiel, zu Kontinuität und Veränderung zu erkennen.

Übersetzung: Susanne Eschweiler

Literatur

Aron, L. (1991): The patient's experience of the analyst's subjectivity. Psychoanal. Dialogues, 1:29-51.

Bader, M. J. (1995): Authenticity and the psychology of choice in the analyst. Psychoanal. Q, 64:282-305

Becker, E. (1973): The Denial of Death. New York: Free Press.

Berger, P. & Luckmann, T. (1967): The Social Construction of Reality. Garden City, NY: Anchor Books.

Bollas, C. G 987): The Shadow of the Object. Psychoanalysis of the Unthought Known. New York: Columbia Univ. Press. (dt.: Der Schatten des Objekts. Das ungedachte Bekannte. Zur Psychoanalyse der frühen Entwicklung. Stuttgart: Klett Cotta 1997)

Bromberg, P. M. (1983): The mirror and the mask: on narcissism and psychoanalytic growth. Contemp. Psychoanal., 19:359-387.

Burke, W. F. (1992): Countertransference disclosure and the asymmetry/mutuality dilemma. Psychoanal. Dialogues, 2:241-271.

Cushmann, P. (1991): Ideology obscured: political uses of the self in Daniel Stern's infant. Amer. Psychologist, 46:2o6-2 19.

Cushmann, P. (1995): Constructing the Self, Constructing America: A Cultural History of Psychotherapy. Reading, MA/Menlo Park, CA: Addison-Wesley.

Ehrenberg, D. B. (1992): The Intimate Edge. Extending the Reach of Psychoanalytic Interaction. New York/London: Norton.

Feinsilver, D. B. (1989): Transitional play and regressed schizophrenic patients. In The Facilitating Environment: Clinical Applications of Winnicott's Theories, ed., G. M. Fromm & B. L. Smith. Madison, CT: Int. Univ. Press, pp. 205-237.

Frederickson, J. (1990): Hate in the countertransference as an empathic position. Contemp. Psychoanal., 26:479-496.

Freud, S. (1893-1895): Studien über Hysterie, GW I

Freud, S. (1916): Einige Charaktertypen aus der psychoanalytischen Arbeit, GW X

Freud, S. (1927): Die Frage der Laienanalyse, GW XIV

Freud, S. (1933): Neue Folge der Vorlesungen zur Einführung in die Psychoanalyse, GW XV

Freud, S. (1940): Abriß der Psychoanalyse, GW, Bd. XVII

Gedo, J. E. (1983): Saints or scoundrels and the objectivity of the analyst. Psychoanal. Inquiry, 3:609-622.

Ghent, E. (1992): Paradox and process. Psychoanal. Dialogues, 2:136-159.

Gill, M. M. (1982): Analysis of Tramference, Vol. 1: Theary and Technique. New York: Int. Univ. Press.

Gill, M. M. (1991): Indirect suggestion: a response to Oremiand's Interpretation and Interactl'on. In Interpretation and Interaction: Psychoanalysis or Psychotherapy? by J. D. Oremland. Hillsdale, NJ/London: Analytic Press, pp. 137-163.

Gill, M. M. (1994): Psychoanalysis in Transition. A Personal View. Hillsdale, NJ/London: Analytic Press.
Greenberg, J. (1995): Psychoanalytic technique and the interactive matrix. Psychoanal. Q., 64:1-22.
Grey, C. C. (1993): Culture, character, and the analytic engagement: toward a subversive psychoanalysis. Contemp. Psychoanal., 29:487-502.
Hirsch, I. (1993): Countertransference enactments and some issues related to external factors in the analyst's life. Psychoanal. Dialogues, 3:343-366.
Hoffer, A. (1985): Toward a redefinition of psychoanalytic neutrality. J. Amer. Psychoanal. Assn., 33:771-795.
Hoffman, I. Z. (1979): Death anxiety and adaptafion to mortality in psychoanalytic theory. Annual Psychoanal., 7:233-267.
Hoffman, I. Z. (1983): The patient as interpreter of the analyst's experience. Contemp. Psychoanal., 19:389-422.
Hoffman, I. Z. (1987): The value of uncertainty in psychoanalytic practice. (Discussion of paper by E. Witenberg.) Contemp. Psychoanal., 23:205-215
Hoffman, I. Z. (1990): In the eye of the beholder: a reply to Levenson. Contemp. Psvchoanal., 26:291-299.
Hoffman, I. Z. (1991): Discussion: toward a social-constructivist view of the psychoanalytic situation. (Discussion of papers by L. Aron, A. Modell, and J. Greenberg.) Psychoanal. Dialogues, 1:74-105.
Hoffman, I. Z. (1992a): Expressive participation and psychoanalytic discipline. Contemp. Psychoanal., 28:1-15
Hoffman, I. Z. (1992b): Some practical implications of a social constructivist view of the psychoanalytic situation. Psychoanal. Dialogues, 2:287-304.
Hoffman, I. Z. (1992c): Reply to Orange. Psychoanal. Dialogues, 2:567-570.
Hoffman, I. Z. (1994): Dialectical thinking and therapeutic action in the psychoanalytic process. Psychoanal. Q., 63:187-218.
Howard, G. S. (1985): The role of values in the science of psychology. Amer. Psychologist, 40:255-265.
Jacobs, T. J. (1991): The Use of the Self: Countertransference and Communication in the Analytic Situation. Madison, CT: Int. Univ. Press.
Kohut, H. (1984): How Does Analysis Cure? Chicago/London: Univ. of Chicago Press. (Dt.: Wie heilt die Psychoanalyse? Frankfurt a. M.: Suhrkamp 1987)
Levenson, E. A. (1983): The Ambigulity of Change. An Inquiry into the Nature of Psychoanalytic Reality. New York: Basic Books.
Levenson, E. A. (1989): Whatever happened to the cat? Interpersonal perspectives on the self. Contemp. Psychoanal., 25:537-553.
Lichtenberg, J. D. (1983): The influence of values and value judgements on the psychoanalytic encounter. Psychoanal. Inquiry, 3:647-674.
Lipton, S. D. (1977): The advantages of Freud's technique as shown in his analysis of the Rat Man. Int. J. Psychoanal., 58:255-273
Loewald, H. W. (1960): On the therapeutic action of psychoanalysis. Int. J. Psychoanal., 4 1: 1633.
Macalpine, I. (1950): The development of the transference. Psychoanal. Q., 19:501-539
Mahoney, M. J. (1991): Human Change Processes: The Scientific Foundations of Psychotherapy. New York: Basic Books.
McLaughlin, J. T. (1981): Transference, psychic reality, and countertransference. Psychoanal. Q., 50:639-664.
Meissner, W. W. (1983): Values in the psychoanalytic situation. Psychoanal. Inquiry, 3:577-598.

Mitchell, S. A. (1988): Relational Concepts in Psychoanalysis. An Integration. Cambridge, MA/London: Harvard Univ. Press.
Mitchell, S. A. (1993): Hope and Dread in Psychoanalysis. New York: Basic Books.
Modell, A. H. (1990): Other Times, Other Realities. Toward a Theory of Psychoanalytic Treatment. Cambridge, MA/London: Harvard Univ. Press.
Pizer, S. A. (1992): The negotiation of paradox in the analytic process. Psychoanal. Dialogues, 2:215-240.
Racker, H. (1968): Transference and Countertransference. New York: Int. Univ. Press.
Renik, O. (1993): Analytic interaction: conceptualizing technique in light of the analyst's irreducible subjectivity. Psychoanal. Q., 62:553-571.
Sandler, J. (1976): Countertransference and role-responsiveness. Int. Rev. Psychoanal., 3:43-48.
Schafer, R. (1983): The Analytic Attitude. New York: Basic Books.
Schafer, R. (1985): The interpretation of psychic reality, developmental influences, and unconscious communication. J. Amer. Psvchoanal. Assn., 33:537-554.
Schafer, R. (1992): Retelling a Life. Narration and Dialogue in Psychoanalysis. New York: Basic Books. (Dt.: Erzähltes Leben. Narration und Dialog in der Psychoanalyse. Stuttgart: Pfeiffer 1997)
Searles, H. F. (1978-1979): Concerning transference and countertransference. int. J. Psychoanal. Psychother., 7:165-207.
Seligman, S. (1990): What Is Structured in Psychic Structure?: Affects, Internal Representations and the Relational Self. Presented at the Spring Meeting, Division of Psychoanalysis (39), American Psychological Association, Chicago.
Slavin, J. H. (1994): On making rules: toward a reformulation of the dynamics of transference in psychoanalytic treatment. Psychoanal. Dialogues, 4:253-274.
Spence, D. P. (1982): Narrative Truth and Historical Truth. Meaning and Interpretation in Psychoanalysis. New York/London: Norton.
Stern, D. B. (1989): The analyst's unformulated experience of the patient. Contemp. Psychoanal., 25:1-33.
Stern, D. B. (1991): A philosophy for the embedded analyst. Contemp. Psychoanal., 27:51-80.
Stern, S. (1994): Needed relationships and repeated relationships: an integrated relational perspective. Psychoanal. Dialogues, 4:317-345.
Strachey, J. (1934): The nature of the therapeutic action of psycho-analysis. Int. J. Psychoanal., 15:127-159.
Tansey, M. & Burke, W. F. (1989): Understanding Countertransference. From Projective Identification to Empathy. Hillsdale, NJ: Analytic Press.
Taylor, C. (1985): Human Agency and Language: Philosophical Papers i. Cambridge: Cambridge Univ. Press.
Tower, L. E. (1956): Countertransference. J. Amer. Psychoanal. Assn., 4:224-255
Winnicott, D. W. (1971): Playing and Reality. New York: Basic Books. (Dt.: Vom Spiel zur Kreativität. Stuttgart: Klett Cotta 1995)

Die Autorität des Analytikers in der psychoanalytischen Situation

Otto F. Kernberg

Die Problematisierung traditioneller Autorität

Ein signifikanter Trend in der Theorieentwicklung psychoanalytischer Technik der letzten zwei Jahrzehnte, der in der gesamten psychoanalytischen Gemeinschaft, besonders jedoch in den Vereinigten Staaten anzutreffen ist, besteht in der Problematisierung der Autorität des Psychoanalytikers hinsichtlich der Formulierung von Deutungen, die sich auf „Fakten" in der psychoanalytischen Situation beziehen. Aus verschiedenen psychoanalytischen Ansichten mit unterschiedlichem theoretischen Unterbau wird eine Frage immer wieder aufgeworfen: In welchem Ausmaß birgt die Haltung des Analytikers gegenüber dem Patienten die Gefahr, Ansichten des Analytikers dem Patienten autoritär aufzubürden? Oder, anders formuliert: In welchem Ausmaß wird die erstrebenswerte, respektvolle Empathie gegenüber den Erfahrungen des Patienten beiseite geschoben, wenn Analytiker die Divergenzen zwischen eigenen Ansichten und denen des Patienten als „Widerstände" behandeln? Kurz: Die bei Analytikern vorausgesetzte professionelle Autorität kann autoritäre Elemente beinhalten, die dem Geist der analytischen Arbeit entgegenlaufen und emotionale Schwierigkeiten und Pathologien des Patienten fortsetzen oder gar verstärken.

Eine in diesem Zusammenhang geäußerte Hauptkritik besteht in der Problematisierung der „Anonymität" des Psychoanalytikers: Die zentrale Bedeutung des Vermeidens dessen, daß der Patient irgendein Wissen über das reale Leben und die Persönlichkeit des Analytikers in der Analyse in Erfahrung bringen kann. Es wurde z. B. geäußert, daß dies zu einem Weiterbestehen von Idealisierungen in der psychoanalytischen Beziehung beitrage, indem nämlich der Analytiker von einer „Person ohne Persönlichkeit" zu einem Bild von Perfektion umgeformt werde; dadurch können Idealisierung und Abspaltung von negativer Übertragung auf andere Autoritätspersonen verstärkt werden.

Bei den Lacanianern wurde die Frage aufgeworfen, ob das Bild des Analytikers als eines „Subjekts mit vermutetem Wissen" als Ausdruck des Ausagierens der ödipalen Situation angesehen werden kann, das möglicherweise durch die autoritären Interpretationen des Analytikers unangezweifelt bleibt (Etchegoyen 1991, S. 127-146). Bions (1967) Kritik an der kategorischen Formulierung von Deutungen bei den Kleinianern, die in seiner Empfehlung, „ohne Erinnerung oder Wunsch" zu deuten, zum Ausdruck kam, spiegelt seine große Besorgnis gegenüber dem Risiko wider, der Analytiker könne mit vorgefertigten Theorien auf die Entwicklung in jeder Sitzung einwirken. Bei den Ichpsychologen haben Gills und Hoffmans Forschungsarbeiten (Gill 1982; Gill und Hoffman 1982) zum Beitrag zur Übertragung seitens der Analytiker – ihre Beobachtung von Tendenzen des Analytikers, Aspekte der unmittelbaren Realität seines eigenen Verhaltens zu verleugnen, die Übertragungsreaktionen beim Patienten auslöst – zu einem Konzept von Übertragung als einer Kompromißbildung zwischen den Übertragungsbereitschaften des Patienten und dem Beitrag des Analytikers zur Inszenierung der Übertragung geführt. Thomae und Kächele (1987) haben dieses Konzept ausgearbeitet, wobei sie auf die intime Verbindung zwischen Übertragungs- und Gegenübertragungsentwicklungen und auch auf die einzigartige Natur jedes psychoanalytischen Prozesses hinwiesen, der sich aus den Persönlichkeiten beider Teilnehmer ergibt.

Auch der interpersonelle psychoanalytische Ansatz unterstreicht die enge Interaktion zwischen Übertragung und Gegenübertragung: Gegenübertragungsreaktionen werden als zentral für das Verständnis der unbewußten Konflikte des Patienten angesehen, so wie sie in den vorhandenen dyadischen psychoanalytischen Beziehungen in Szene treten (Epstein und Feiner 1979; Greenberg 1991; Mitchell 1988). Selbstpsychologen haben die Notwendigkeit betont, die idealisierende Übertragung des Patienten zu tolerieren, speziell bei der Behandlung narzißtischer Persönlichkeiten. Das Achten auf traumatische Erfahrungen, die die optimale Selbst-Selbstobjekt-Beziehung in der Übertragung unterbrechen, impliziert auch eine besondere Aufmerksamkeit auf den Beitrag des Analytikers zu solchen traumatischen Unterbrechungen in der idealisierten Beziehung (Kohut 1977). Ohne den theoretischen Bezugsrahmen der Selbstpsychologie zu übernehmen, hat Schwaber (1983, 1990) in einer sorgfältigen, klinisch dokumentierten Arbeit illustriert, daß das, was zunächst als Übertragungsreaktion aus der Vergangenheit des Patienten erschien, eine adäquate Reaktion des Patienten auf das Verhalten des Analytikers ist – ein Verhalten, welches systematisch in der psychoanalytischen Situation untersucht werden sollte.

Von einem anderen Ausgangspunkt aus hat Laplanche (1992) vorgeschlagen, daß unbewußte Botschaften, die aus dem Unbewußten des Analytikers stammen, ein unvermeidlicher Aspekt der psychoanalytischen Interaktion sind und gerade durch diese Tatsache eine Wiederholung der frühesten Erfahrung in der Mutter-Säuglings-Beziehung darstellen: Die unbewußten Phantasien der Mutter werden in der Interaktion mit ihrem Säugling ausgedrückt und von dem Säugling als „geheimnisvolle" Botschaften erfahren, die grundlegend die Entwicklung der ursprünglich unbewußten Phantasien des Säuglings beeinflussen.

Die interessanteste Entwicklung der letzten Jahre besteht in der allmählichen Zunahme der Kommunikation zwischen Analytikern verschiedener theoretischer Ansätze. Zuweilen mag dies wie ein recht loser Eklektizismus erscheinen, aber darin lag schon häufiger ein kreativer Anreiz für neue Formulierungen und Forschungen (Kernberg 1993a). Eine Hauptkonsequenz solch eines nicht auf Gegnerschaft beruhenden Diskurses ist das Bewußtsein, daß dasselbe psychoanalytische Material sehr verschiedene Ansichten auslösen kann, Interpretationen entlang verschiedener Linien, und daß sogar innerhalb einer spezifischen psychoanalytischen Orientierung Analytiker sehr unterschiedliche Wahrnehmungen und Interpretationen entwickeln können.

Als Resultat hat sich eine starke philosophische Verschiebung in den Grundlagen des analytischen Arbeitens, eine Problematisierung des traditionellen Sicherheitsgefühls beim Beschreiben von „Fakten" im Material der Patienten, die Betonung des konzeptuellen Rahmens sowie der Wahrnehmungsempfindlichkeiten des Analytikers und das Anerkennen der unvermeidlichen Bedeutung von theoretischen Modellen ergeben, mit deren Hilfe Analytiker Beobachtungen organisieren. Im Extremfall kann solch eine Problematisierung zu einer nihilistischen Einschätzung führen, die leugnet, daß ein Analytiker irgendeine „objektive" Information oder Wissen über unbewußte Motivationen des Patienten und seiner psychischen Vergangenheit erlangen kann. Nur die unbewußten Bedeutungen, die aus der gegenwärtigen interpersonellen psychoanalytischen Situation abgeleitet werden, bleiben übrig. Eine radikale Problematisierung der professionellen „Autorität des Analytikers" ist die natürliche Konsequenz dieser Entwicklungen.

Machtvolle kulturelle Einflüsse haben zu dieser sich in Frage stellenden professionellen Entwicklung bezüglich der psychoanalytischen Technik beigetragen: Die feministische Kritik an den patriarchalischen Machtbeziehungen in der Behandlung von weiblichen Patienten durch männliche Analytiker; die marxistische Kritik bezüglich des Überstülpens ideologischer Setzungen des

Analytikers unter dem Deckmantel technischer Neutralität; die Problematisierung traditioneller Annahmen bezüglich sexueller Orientierung; das neue Bewußtsein vom häufigen Vorkommen physischen und sexuellen Mißbrauchs (im Gegensatz zu infantilen sexuellen Phantasien) und eine psychiatrische Forschung, die auf Patienten, insbesondere Frauen, hinweist, die tatsächlich früher zum Opfer wurden und sich in psychotherapeutische Behandlung begeben: All diese Ansätze haben sich verbunden, um die Frage nach der psychoanalytischen Annahme unbewußter intrapsychischer Konflikte im Gegensatz zu real determinierten Defiziten zu erheben, und um das Bedürfnis zu betonen, die Erfahrung des Patienten zu bestätigen, im Gegensatz zur Analyse ihrer Widerstände gegen das Bewußtwerden unbewußter Konflikte. Die Bedrängnis der Psychoanalyse in Ländern, die unter Diktaturen oder totalitären Regimen leiden, hat das Ausmaß unterstrichen, in dem eine scheinbare Position technischer Neutralität mit kulturellen und politischen Orientierungen von Patient und Analytiker korrespondieren kann. Auf diese Weise wurde die Frage nach der Autorität und die nach den mit dieser in Beziehung stehenden kulturellen und ideologischen „blinden Flecken" des Analytikers verstärkt.

All diese Strömungen und Entwicklungen haben dann Fragen bezüglich der traditionellen Autorität des Analytikers als „weißer Leinwand" und seiner Rolle als teilnehmendem Beobachter an der Psychopathologie des Patienten aufgeworfen. Eine traditionelle Sicht würde aus dieser Perspektive einer veralteten „Ein-Personen-Psychologie" entsprechen, die nicht in Verbindung zur Realität der „Zwei-Personen-Psychologie" oder sogar der interpersonellen Netzwerkpsychologie steht, die sich als Konsequenz aus diesen kritischen Ansätzen entwickelt hat.

Extreme Manifestationen dieser neuen Trends behandeln Übertragung und Gegenübertragung so, als ob sie fast symmetrisch wären, sie nehmen an, daß der Analytiker kein spezifisches Wissen hätte, außer dem, welches gemeinsam mit Patienten in der Exploration entsteht; sie vernachlässigen unbewußte intrapsychische Konflikte und betonen statt dessen Defizite, Verzerrungen und Fixierungen aus vergangenen Traumata; sie betonen die kurativen Aspekte der gegenwärtigen interpersonellen psychoanalytischen Beziehung im Gegensatz zu kurativen Effekten von Deutungen vergangener unbewußter Konflikte. Auf der theoretischen Ebene werden solche Trends normalerweise mit einem Typus von Objektbeziehungstheorie verbunden, welcher Triebe unzureichend berücksichtigt oder sie verleugnet, technische Neutralität zusammen mit der Anonymität des Analytikers infragestellt und eine relativ uneingeschränkte Kommunikation der emotionalen Reaktionen des Analytikers und seiner

Ansichten gegenüber dem Patienten in einer Atmosphäre vorschlägt, welche einen gleichberechtigten, nicht-hierarchischen Austausch betont.

Das Auftauchen einer neuen Synthese

Inzwischen ist offensichtlich geworden, daß es mir nicht gelingen wird, das Zusammenwirken der vielfältigen theoretischen, klinischen und kulturellen Entwicklungen zu beschreiben, die die Problematisierung der Autorität des Analytikers bedeuten und allen involvierten Überlegungen gerecht zu werden. Im folgenden werde ich verschiedene dieser Gedanken aufgreifen und einige ihrer Stärken und Schwächen herausarbeiten. Im weiteren Verlauf werde ich eine bestimmte Sichtweise der psychoanalytischen Situation vorschlagen und zur Verantwortung und Funktion des Psychoanalytikers in ihr Stellung nehmen.

Am Anfang muß das Konzept Autorität weiter geklärt werden: Oft werden Autorität und Autoritarismus durcheinandergebracht, und das entspricht dem Umgang mit den Konzepten von Autorität und Ausübung von Macht. Weil sich Autorität auf die Ausübung von Macht in einer sozialen Situation bezieht, kommt es leicht zu einer Konfusion dieser Konzepte. Macht bezieht sich auf die Fähigkeit, eine Aufgabe auszuführen und auf sozialem Gebiet die Fähigkeit, andere zu beeinflussen und zu kontrollieren; Autorität bezieht sich auf die adäquate Anwendung von Macht bezüglich einer Aufgabe und, im sozialen Bereich, auf die adäquate und legitime Ausübung von Macht, um eine sozial wünschenswerte Aufgabe auszuführen (Kernberg 1978, 1979, 1991, 1993b). Kurz: Autorität bezieht sich auf die „funktionellen" Aspekte der Ausübung von Macht. Legitime Autorität ist ausgestattet mit Führungskraft und beinhaltet bestimmte Fähigkeiten, um Führungsfunktionen auszuführen. Autoritarismus bezieht sich im Gegensatz dazu auf die Ausübung von Macht, d. h. auf Bereiche jenseits dessen, was nötig ist, um eine Aufgabe zu erfüllen, und, im sozialen Bereich, auf den illegitimen Gebrauch von Macht jenseits dessen, was durch eine sozial sanktionierte Aufgabe gerechtfertigt ist.

Jede Ausführung einer Aufgabe beinhaltet die Ausübung von Macht und Autorität. Im sozialen Bereich führt die Ausübung von Autorität ohne adäquate Macht zu Impotenz, Paralyse, Mißlingen von Führung und Chaos. Es ist in der Tat so, daß Autoritarismus normalerweise eine Erstarrung im sozialen Bereich bewirkt, aber die konsequente Negation der Autorität von denen, deren Funktion zentral für den Entscheidungsfindungsprozeß ist, kann ebenfalls ein Chaos induzieren. Dieses ist wiederum nur Schritte von einer autoritären Führungsposition entfernt. Chaos und Erstarrung können eher koexistieren als daß sie einfach alternieren, z. B. wenn dem Autoritarismus ein völliger Zusammenbruch der Führungsposition folgt (Kernberg 1994b).

Ich wende dieses Konzept von Autorität auf die Art der psychoanalytischen Beziehung an, weil ich glaube, daß die Autorität des Analytikers legitim ist und tatsächlich einen unentbehrlichen und zentralen Aspekt seiner Arbeit darstellt. Die professionelle Funktion des Psychoanalytikers basiert auf einer spezifischen Ausbildung und einem spezifischen Wissen, auf einer Legitimierung dieser Ausbildung und dieses Wissens durch die sozialen und kulturellen Strukturen, mit denen die psychoanalytische Erziehung ausgestattet ist, und auf der Anerkennung des wissenschaftlichen Status der Psychoanalyse. Indem der Analytiker den Rahmen für eine psychoanalytische Behandlung herstellt, indem er dem Patienten die Regel der freien Assoziation und die Funktion des Analytikers erklärt, die darin besteht, dem Patienten sein Wissen über das Unbewußte mit Hilfe von Deutungen zur Verfügung zu stellen, übt er, wie ich glaube, eine legitime Autorität aus, d. h. eine adäquate Macht, die aufgrund seiner professionellen Funktionen erforderlich ist.

Auf diese Weise übernimmt der Analytiker eine Führungsfunktion in einem Prozeß der Zusammenarbeit, wobei ein Teil seiner Autorität an den Patienten delegiert wird, während der Patient umgekehrt seine Autorität für die gemeinsame Arbeit während der Behandlung an den Analytiker delegiert.

Vielleicht hört sich diese Beschreibung trivial oder oberflächlich an, in der Praxis kann aber, wie wir wissen, die reale Autorität des Analytikers, wie sie durch den Behandlungsvertrag definiert wird, durch Übertragungsentwicklungen beim Patienten sehr schnell zur Wahrnehmung einer idealisierten, allwissenden und omnipotenten Autorität umgewandelt werden, an die der Patient die gesamte Verantwortung für sein Leben delegiert. Oder der Analytiker kann als eine willkürliche, unterdrückende Autoritätsperson erlebt werden, die Unterwerfung verlangt und versucht, totale Kontrolle über den Patienten auszuüben (Kernberg 1995). Wenn der Patient *nicht* annehmen würde, daß der Analytiker ein gewisses Maß an legitimer Autorität besäße und er bei Beginn der Analyse die Führungsautorität des Analytikers, der ausgebildet wurde, um solch eine Behandlung durchzuführen, zu akzeptieren hat, dann würde die psychoanalytische Beziehung absurd werden. Es gibt keinen Grund, warum der Patient einem Analytiker irgendwelchen Glauben schenken, ihm Respekt zollen oder ihm Geld geben sollte, wenn dieser keine spezielle professionelle Autorität besitzt – einer fragwürdigen professionellen Person, die nichts zur Situation beizutragen hat, als was der Patient nicht auch selber beitragen könnte.

Meiner Ansicht nach sichert das Konzept technischer Neutralität die funktionelle Autorität des Psychoanalytikers und schützt den Patienten vor einem autoritären Aufbürden der Ansichten oder Wünsche des Analytikers. Wie Anna Freud (1936) definierte und wie Freud ursprünglich in einem Brief an Pfister erklärte (E. Freud und Meng 1963, S. 120), besteht technische Neutralität nicht aus „einer gewissen verdrossenen Indifferenz", sondern stellt eine objektive, interessierte Haltung gegenüber den Problemen des Patienten dar, eine unerschütterliche Anstrengung, dem Patienten zu helfen, die Art seiner Probleme aufzuklären, und eine Position, die gleich weit entfernt ist von den widersprüchlichen Kräften, die in der Psyche des Patienten operieren. Technische Neutralität impliziert gleiche Entfernung zum Es, Über-Ich, handelndem Ich und externer Realität und eine Position der Nähe bzw. Allianz mit dem beobachtenden Ichanteil des Patienten.

Zweifellos wird man solch eine Position technischer Neutralität als ideale Position ansehen, von der Analytiker immer wieder durch Gegenübertragungsentwicklungen fortgerissen werden, eine Position, die Analytiker immer wieder durch selbst-analytisches Durcharbeiten ihrer Gegenübertragung wiedergewinnen müssen. Der Gebrauch des Verständnisses von Gegenübertragung beim Analytiker als Teil des Materials, welches in die interpretative Arbeit eingeht, muß mit der Bereitschaft gepaart sein, jedes „Ausagieren" der eigenen Gegenübertragungsdisposition als solches anzuerkennen, wenn es in der Hitze der Sitzungen auftritt; dies versetzt den Analytiker in die Lage, seine Menschlichkeit dem Patienten gegenüber ohne übertriebene Selbst-Enthüllung, Schuldbereitschaft oder auch eine defensive Rationalisierung seines Verhaltens einzuräumen (Kernberg 1994a). Technische Neutralität muß allerdings klar vom Konzept analytischer „Anonymität" unterschieden werden, das aufeinander abgestimmte Anstrengungen beinhaltet, zu vermeiden, daß Patienten irgendwelche Informationen über den Analytiker als Individuum jenseits seiner interpretativen Funktion gewinnen. Im Extremfall kann das Streben nach Anonymität zu einer künstlichen, unnatürlichen Verhaltensweise seitens des Analytikers führen, einer phobischen Vermeidung von gewöhnlicher sozialer Höflichkeit innerhalb der professionellen Beziehung, ganz zu schweigen von Kontakten mit Patienten außerhalb der analytischen Situation.

Ich glaube, daß das Konzept von Anonymität, das den Unterricht und die Praxis psychoanalytischen Arbeiten von den 40er bis zu den 60er Jahren hindurch stark beeinflußt hat, besonders in den Kleinianischen und Ichpsychologischen Schulen, zu einem übertriebenen, idealisierenden Übertragungsprozeß in einem solchen Ausmaß beigetragen hat, das in der Analyse nicht vollständig durchzuarbeiten war. Dadurch wurden Abspaltungen und Verschiebungen der negativen Übertragung und eine nicht-analysierbare Unterwerfung des Patienten unter einen idealisierten Analytiker gefördert. Dieses Problem wurde besonders im Kontext der psychoanalytischen Ausbildung deutlich, ein Tatbestand, den ich anderswo exploriert habe (Kernberg 1986). Solche unanalysierten Idealisierungen in Lehranalysen von Kandidaten führen, wie ich glaube, zu einer unbewußten Identifikation mit idealisierten Lehranalytikern, zu der Übernahme einer „anonymen" Rolle und zu einer Kontamination technischer Neutralität mit einem autoritär-kategorischen Stil im Deutungsprozeß. Von diesem Blickwinkel aus gesehen, glaube ich, daß diese Anonymität technische Neutralität verzerrte und einen kategorischen Stil von Interpretation sowie das Unterlassen der vollständigen Untersuchung des subtilen Gegenübertragungsagierens in der psychoanalytischen Situation förderte. Stones (1961) Besorgnis über diese Entwicklung war eine frühe Reaktion auf diesen Trend.

Im Laufe jeder psychoanalytischen Behandlung wird der Patient durch die Art der Formulierung von Deutungen, durch die Explorierung offener Fragen mit ihm, durch das Benehmen des Analytikers sowie die Ausstattung seiner Praxis mit wichtigen Hinweisen über die reale Persönlichkeit des Analytikers versorgt. Aktive Anstrengungen auf seiten des Analytikers, die Realität der Beobachtungen des Patienten zu verleugnen oder sie zu ignorieren, sind in scharfem Kontrast zu der technischen Anforderung, daß der Analytiker der Wahrnehmung des Patienten von seiner Person sorgfältige Beachtung schenken soll, um die Realität der die Übertragungsentwicklungen mit motivierenden Stimuli in allen Einzelheiten zu untersuchen. Eine Position technischer Neutralität ist sehr gut mit einer nicht-phobischen, vollen Exploration sowohl der realistischen als auch der unrealistischen Wahrnehmungen des Patienten von seinem Analytiker zu vereinbaren.

Die Neugierde des Psychoanalytikers bezüglich seines Patienten und des analytischen Materials ist natürlich selektiv; sie ist von dem theoretischen Ansatz des Analytikers abhängig, von technischen Vorlieben, von Gegenübertragungsreaktionen und natürlich von bewußter und unbewußter Ausrichtung der Neugier des Analytikers durch seinen Patienten. Solange solch eine Neugier Fragen bewirkt, die von einer Position technischer Neutralität aus formuliert werden, können sie für die psychoanalytische Arbeit hilfreich sein. Verbote, daß der Analytiker zuviel fragt, auf sein spezielles Interesse hinweist oder Kommentare gibt, die keine Deutungen sind, fördern ein künstliches Bild von einem Analytiker als einer perfekten Deutungsmaschine. Das paßt zum

Konzept der Anonymität (und zur nicht hinterfragten Idealisierung) und gibt, wie ich glaube, ein Überbleibsel der Tradition der 50er und 60er Jahre wieder.

Meiner Ansicht nach sollte sich ein Psychoanalytiker so natürlich wie möglich verhalten, ohne irgendwelche Selbstenthüllungen oder Gratifikationen von Neugier und von Übertragungsforderungen des Patienten zu gewähren. Außerhalb seiner spezifisch technischen Funktion sollte sich ein Analytiker im Rahmen üblicher Normen sozialer Interaktionen verhalten. Das natürliche Verhalten muß allerdings an die spezifische Rolle des Analytikers angepaßt sein, d. h. an eine Position technischer Neutralität, die per definitionem impliziert, daß ein Analytiker seine eigenen Präferenzen, Verpflichtungen, Wünsche und Befürchtungen nicht aufdeckt, um so eine maximale Freiheit für den Patienten bereitzustellen, seine Übertragungsdisposition und seine eigenen Lösungen für intrapsychische Konflikte zu entwickeln (Kennedy 1993). Die Position einer „weißen Wand" impliziert aus diesem Blickwinkel nicht die Unsichtbarkeit der Persönlichkeit des Analytikers, sondern eher eine Natürlichkeit und einen authentischen Respekt für die Freiheit des Patienten, zu seinen eigenen Entscheidungen gelangen zu können.

Kurz: Technische Neutralität impliziert nicht Anonymität, und natürliches Verhalten impliziert nicht, daß der Analytiker sich nicht in einer konsistenten, stabilen professionellen Rollenbeziehung mit dem Patienten befindet. Auch impliziert technische Neutralität nicht, daß die Persönlichkeit des Psychoanalytikers den Patienten nicht beeinflussen wird, genau wie der Patient natürlich den Analytiker durch Gegenübertragungsreaktionen beeinflussen wird. Die Realität des Analytikers als eine professionelle Person, die damit befaßt ist, den Patienten zu verstehen, sich empathisch mit dem Leiden des Patienten in Beziehung zu setzen, aufmerksam gegenüber den destruktiven und selbstdestruktiven Versuchungen des Patienten zu sein, kann nicht anders, als auf Dauer eine einzigartige hilfreiche menschliche Erfahrung zu ermöglichen. Manche Patienten mögen nie zuvor eine menschliche Erfahrung von solch positiver Art in ihrem Leben gehabt haben. Der positive Einfluß der Persönlichkeit des Analytikers wird notwendigerweise dadurch unterminiert, daß der Patient den Analytiker als Teil seiner Übertragungsentwicklungen verzerrt wahrnimmt: Unter idealen Bedingungen wird die systematische Analyse und die Auflösung der Übertragung eine sublimierte Internalisierung realistischer Aspekte der Analytikerpersönlichkeit zulassen, die einen Teil der Reorganisation der Persönlichkeit des Patienten im Laufe der gesamten Behandlung ausmacht.

Wenn der Analytiker Übertragungsentwicklungen ignoriert, zurückhält oder über sie hinweggeht, indem er aktiv seine Persönlichkeit einsetzt, dann bedeutet dies hingegen, klar ein Verlassen technischer Neutralität, etwas, was für das autonome Wachstum des Patienten abträglich wäre. Gleichzeitig betonen die eingehende Untersuchung der Gegenübertragungsreaktionen und der psychoanalytische Gebrauch des Verständnisses von Gegenübertragungen bei der Formulierung von Deutungen den Fokus auf die interpersonelle Natur der psychoanalytischen Situation. Solch ein Ansatz spiegelt deutlich das Konzept einer „Zwei-Personen-Psychologie" wider als einem wichtigen Rahmen für das Verständnis unbewußter Konflikte des Patienten und von Gegenübertragung als einem Hauptkanal von Kommunikation (gemeinsam mit anderen „Kanälen" wie den Inhalten der freien Assoziation des Patienten, seines verbalen Stils und nonverbalen Verhaltens in den Stunden).

Aufgrund der in der neueren psychoanalytischen Literatur geäußerten Besorgnis über das autoritäre Verhalten des Analytikers muß, wie ich denke, betont werden, daß jede Analyse, die zu den Tiefen unbewußter Konflikte vordringt, den Patienten mit unvermeidlicher Angst, Schuld und einem unvermeidlichen Schmerz konfrontiert. Wenn die Funktion von Abwehrstrukturen darin besteht, Angst bezüglich unbewußter Konflikte zu vermeiden, wird die Interpretation dieser Abwehrstrukturen nicht verhindern können, Angst und Schmerz hervorzurufen, selbst wenn auf ihre irrationalen Motive hingewiesen wird. Damit kommen starke Anstrengungen auf, diese Exploration abzuwehren, und zwar von dem Teil des Patienten, der sich Veränderungen und der Selbst-Exploration entgegenstellt – nämlich der von Abwehrbewegungen und -strukturen, die sich notwendigerweise den Anstrengungen des Analytikers, unbewußte Konflikte aufzudecken, entgegenstellen. Jenseits solcher unvermeidbarer Konflikte in der Übertragung, die aus der speziellen Natur von Triebabwehrkonfigurationen entstehen, werden die destruktiven unbewußten Kräfte, speziell die selbst-destruktiven Tendenzen von Patienten mit schwerer Psychopathologie, unvermeidlich in Form einer feindseligen Haltung gegenüber dem besorgten, helfenden Analytiker aktiviert werden.

Unter solchen Bedingungen können sich in den Sitzungen starke Diskrepanzen zwischen den Ansichten des Patienten und denen des Analytikers in den Sitzungen entwickeln, und der Analytiker kann dazu neigen, solch ein Aufeinanderprallen durch Reduzieren oder Hinausschieben von Anstrengungen zu vermeiden, den Patienten mit schmerzhaften Aspekten intrapsychischer Konflikte zu konfrontieren. Die Annahme, daß jede schmerzhafte Erfahrung des Patienten als eine Reaktion auf Interventionen des Analytikers eine Anerkennung des autoritären Anspruchs von Ansichten des Analytikers bedeutet, schafft das Risiko, die Deutungsarbeit zu verlangsamen oder zu paralysieren.

Um es anders auszudrücken: Die exzessive Besorgnis des Analytikers bezüglich möglicher Effekte von Autorität auf den Patienten – über die „Verletzlichkeit" des Patienten gegenüber jedem Standpunkt, der von dem des Patienten differiert – kann eine masochistische Unterwerfung unter die Pathologie des Patienten bewirken und damit einen Verlust an psychoanalytischer Perspektive, anstatt der analytischen Bearbeitung dieses Ursprungs von Verletzlichkeit im Sinne einer Abwehr nachzugehen. Genauso werden die bewußten und unbewußten Anstrengungen des Patienten, seinen Analytiker dazu zu verführen, die bewußte Sicht des Patienten von sich selbst zu akzeptieren, möglicherweise eine vorübergehende Besserung im Zustand des Patienten hervorbringen, aber als Teil des unterstützenden Effekts solch einer Kollusion. Dadurch wird aber psychoanalytisches Arbeiten auf lange Sicht gesehen behindert.

Damit in Beziehung steht die Gefahr in der analytischen Arbeit, einen unbewußten Konflikt auf einer eher oberflächlichen Ebene zu analysieren, auf der der Patient ihn tolerieren kann, wenn unbewußte Inhalte ausschließlich im „Hier-und-Jetzt" gedeutet werden, während die tieferen, primitiveren Ebenen desselben Konflikts umgangen werden, weil sie primitive Ängste und Schuldgefühle des Patienten auslösen könnten. Zum Beispiel können so direkte Manifestationen primitiver zerstörerischer Wünsche und Phantasien von Konflikten in sadomasochistischen Bereichen und von bedrohlichen erotischen Wünschen nicht zureichend untersucht werden. Einer der unmittelbaren Effekte des Bemühens, um jeden Preis eine „positive emotionale Beziehung" in der Übertragung aufrechtzuerhalten, ist die Förderung von Verdrängung, Spaltung und Dissoziation oder von Projektion aggressiver Aspekte der ambivalenten Übertragungsbeziehung auf Dritte.

Ein Thema, das ebenfalls Autorität und Autoritarismus berührt, ist die psychoanalytische Arbeit mit Patienten, die in der Vergangenheit schwer traumatisiert wurden. In solchen Fällen kann die unbewußte Identifizierung des Patienten mit Opfer und Täter in der Übertragung samt der jeweils spezifischen Angst beider Teilnehmer in bezug auf die Inszenierung der unbewußten Identifikation des Patienten mit dem traumatisierenden Täter inszeniert werden. Unter diesen Umständen kann der Psychoanalytiker vom Patienten verführt werden, sich auf den aggressiven Konflikt zwischen dem Patienten und dem ursprünglich traumatisierenden Objekt zu konzentrieren: Die Inszenierung des Patienten als Täter in der Übertragung würde hingegen zu einer sofortigen Aktivierung einer feindseligen Interaktion führen, zu heftigen Anschuldigungen gegenüber dem Psychoanalytiker. Dieser Vorgang gehört zur Rationalisierung des Patienten und ist Teil seines Versuchs, eine omnipotente Kontrolle auszuüben. Wenn der Analytiker befürchtet, daß jede Ausübung seiner Autorität eine autoritäre Haltung bedeutet, wird er recht erleichtert sein über die Bemühungen des Patienten, mit Verschiebung und Abspaltung die sadomasochistische Beziehung außerhalb der Übertragung abzuhandeln.

In der Praxis können Deutungen unter den Bedingungen einer positiven Übertragung und solche unter den Bedingungen einer starken negativen Übertragung einen jeweils anderen Stil bzw. Nachdruck erforderlich machen. Das Aufrechterhalten eines unerschütterlich ruhigen und freundlichen Kommunikationsstils von seiten des Analytikers kann zu einer unbewußten Provokation unter den Bedingungen intensiver negativer Übertragung werden. Und eine gelegentliche, bestimmt geäußerte Feststellung der Ansichten eines Analytikers kann zu einer angemessenen Kommunikation der „Unzerstörbarkeit" des Analytikers werden im Angesicht des Angriffs eines Patienten auf ihn und dem Patienten auf diese Weise versichern, daß die Aggression nicht so gefährlich ist, wie er befürchtet hatte. Allgemeiner ausgedrückt: Deutungen in Worte zu fassen entlang eines breiten Spektrums von Sicherheit, angefangen von versuchsweisen Fragen, gelegentlichen Kommentaren bis hin zu empathischen Feststellungen, können sowohl Stadien interpretativer Elaboration als auch die emotionale Atmosphäre von Sitzungen widerspiegeln.

Dies bringt mich zu einem der Hauptpunkte der Frage „Was sind psychoanalytische Fakten?" – nämlich zu dem unvermeidlichen Einfluß von theoretischen Annahmen des Analytikers in bezug auf seine Wahrnehmungen und seine Deutungsarbeit und der Infragestellung der „objektiven" Natur von Deutungen. Offensichtlich sind alle Deutungen „subjektiv" in dem Sinne, daß sie das Verständnis des Analytikers davon wiedergeben, was „ausgewählte Fakten" sind. Es gibt keinen Zweifel daran, daß Patienten sich durch vielfältige Kommunikationskanäle ausdrücken – durch freie Assoziationen, verbale Fehlleistungen, Träume, nonverbales Verhalten, Zeigen von Affekten und mit Hilfe von Verdichtungen, auch durch Anspielungen und Metaphern im Diskurs – und daß der Psychoanalytiker notwendigerweise die Daten auswählen muß, die er im Moment für die relevantesten hält (Levy und Inderbitzin 1990). Wenn eine solche Auswahl im Rahmen einer breiten Beobachtungsskala vorgenommen wird, ungeachtet notwendiger Perioden des Nichtverstehens, dann wird sie nach einer Weile das reflektieren, was aktuell in der Erfahrung eines Patienten dominant ist.

Eine Position technischer Neutralität, eine Offenheit für das, was Patienten in jede Stunde mitbringen, und insbesondere eine Offenheit für das, was affektiv-dominant über all diese Kanäle zum Vorschein kommt, sollte Psychoanalytikern helfen, ihre Beobachtungen zu einem „ausgewählten Faktum" zusammenzufassen und zugleich die Gefahr einer künstlichen Verzerrung – oder zwangsweisen Begradigung – des analytischen Materials zu minimieren. Die legitime Autorität von Psychoanalytikern impliziert nicht, daß sie immer verstehen, was gerade passiert, oder daß sie mit ihrem Verständnis und ihren Interventionen immer „das Richtige" tun. So wie es vielfache Oberflächen psychoanalytischen Materials gibt, die zu einem gemeinsamen Thema in der Tiefe unter solchen Oberflächen führen, so gibt es verschiedene Wege der Formulierung des Materials, wobei die Reaktionen des Patienten dem Psychoanalytiker helfen, herauszufinden, wo das Zentrum der gegenwärtig aktiven unbewußten Konflikte liegt.

In anderen Worten: Die Konzeption des Deutungsprozesses als eines Prozesses von Versuch und Irrtum, als einer graduellen Annäherung an das Material, die sowohl Perioden des Nichtverstehens als auch von versuchsweisen Explorationen des Materials durch den Analytiker einschließt, sollte der Versuchung entgegenwirken, kategorische, autoritäre Deutungen zu geben, die das Material des Patienten in den theoretischen Bezugsrahmen des Analytikers zwingen. Die Formulierung von Deutungen auf eine „ungesättigte" Art – d. h. durch Vermeidung von technischer Sprache und theoretischer Konzepte, die Teil des psychoanalytischen Bezugsrahmens sind, und die Präsentation einer Formulierung, die sich einem Spektrum von Antworten mit offenem Ende anbietet – sollte dem Psychoanalytiker allmählich zu einem besseren Verständnis verhelfen und dem Risiko autoritärer Deutungen entgegenwirken.

Es gibt unvermeidliche Momente, speziell bei Patienten mit schwerer Psychopathologie, in denen das, was der Analytiker als Übertragungsregression deutet, diesem Patienten als eine verständliche Reaktion auf das Verhalten des Analytikers erscheint. Unter diesen Umständen besteht der erste Schritt darin, zu untersuchen, in welchem Ausmaß der Patient bestimmte Aspekte des Verhaltens des Analytikers realistisch beobachtet hat, für die der Analytiker selbst blind war. (Die Kritik von Schwaber halte ich in dieser Hinsicht für angemessen.) Aber nachdem die Grenzen der realistischen Wahrnehmung des Patienten in der analytischen Bearbeitung besprochen worden sind und der Analytiker die Wiederholung unbewußter Muster aus der Vergangenheit in der gegenwärtigen Beziehung deutlich wahrnimmt, ist es wichtig, diese zu analysieren, und nicht nur bis zu dem Punkt, wo Patienten ihre Verzerrung der Realität des Verhaltens des Analytikers im Lichte ihrer eigenen unbewußten Konflikte im „Hier- und-Jetzt" anerkennen, sondern diesen explorativen Prozeß auch zu den tieferen Ebenen der Vergangenheit fortzusetzen.

Meiner Erfahrung nach liegt ein Problem des Analysierens ausschließlicher unbewußter Bedeutung im „Hier-und-Jetzt" bei der Auflösung intensiver negativer Übertragung darin, daß das Nachlassen der feindseligen Beziehung zwischen Patient und Analytiker eine so verführerische Kraft für beide Teilnehmer hat, daß es dem Analytiker nicht gelingt, das Problem weiter in die Vergangenheit des Patienten zu verfolgen.

Ohne Zweifel wird psychoanalytisches Arbeiten sowohl durch die Persönlichkeit als auch durch den Kommunikationsstil des Psychoanalytikers beeinflußt. Die ständige Untersuchung der Psychoanalytiker in bezug auf die eigenen Beiträge zu den Übertragungsbeziehungen, von Patient zu Patient, sollte ihnen, über einen längeren Zeitraum gesehen, deutlich machen, wo ihre starken und wo ihre schwachen Seiten liegen. Fortlaufende kollegiale Supervision ist wahrscheinlich die wichtigste, potentiell korrigierende Erfahrung für Probleme analytischen Funktionierens und ein wichtiger Beitrag für kontinuierliches Wachstum und Wissen über sich selbst bei der Arbeit. Kontinuierliche Fortbildung sollte ein viel wichtigerer Teil der psychoanalytischen Ausbildung werden, als sie es gegenwärtig ist. Insbesondere sollten ältere Analytiker ihre klinische Arbeit in Gruppen von jüngeren Analytikern vorstellen. Zur Zeit ist es üblich, daß die jüngsten Kliniker ihre Arbeit den ältesten vortragen, was dazu führen kann, daß theoretische Vorlieben, aber auch persönlichkeitsspezifische Rigiditäten in der technischen Arbeit aufrechterhalten und verfestigt werden.

In jeder einzelnen analytischen Erfahrung ist es wichtig, daß Analytiker sich des Risikos bewußt sind, der Erfahrung des Patienten einen „konventionellen" Rahmen aufzudrücken. „Unkonventionell" zu sein – nicht im Sinne eines Gegenübertragungsagierens qua Identifikation mit den antisozialen Konflikten eines Patienten, sondern durch Offenheit für alternative Lösungen im Hinblick auf die Herausforderungen des Lebens – stellt ein wichtiges Korrektiv der Beobachtung dar, daß technische Neutralität auf einem geheimen Einverständnis kultureller Ansichten zwischen Patient und Analytiker beruhen kann.

Klinische Illustration

Die sich aus der Autorität ergebenden Probleme und Konflikte werden, wie ich glaube, in meiner Behandlung eines Patienten mit einer zwanghaften Persönlichkeitsstörung veranschaulicht. Im Laufe seiner Analyse wiederholte er in der Übertragung die von Unterwerfung und Rebellion geprägte Beziehung zu seinem außerordentlich dominanten, inzwischen verstorbenen Vater. Die zwanghaften Zweifel des Patienten, seine Depression und seine Hemmungen bei der Arbeit sowie seine sexuellen Potenzschwierigkeiten hatten sich nach dem Tod seines Vaters und dem seiner älteren Schwester in schneller Folge entwickelt. Das kontrollierende Verhalten der Schwester hatte das des Vaters wiederholt; Neid und Rivalität mit dem erfolgreichen jüngeren Bruder war in der Vergangenheit für meinen Patienten eine Quelle von Furcht und Abneigung gewesen. Er war im psychiatrisch-psychosozialen Bereich in einer verantwortungsvollen Stellung der Verwaltung einer Dienstleistungsorganisation des Gesundheitswesens tätig. Seine Konflikte mit Untergebenen, deren rebellisches Verhalten aus seiner Sicht eine Herausforderung an seine Autorität darstellte, entsprach einer autoritären Haltung gegenüber seiner Frau und seinen Töchtern. Er hatte intensive Beziehungen zu einigen wenigen männlichen Freunden, die weise, unterstützende Vaterfiguren für ihn darstellten und die er beharrlich und wiederholt um Rat fragen konnte, wenn seine eigenen zwanghaften Zweifel seine Handlungen paralysierten.

Er versuchte mich in der Übertragung über lange Zeiträume zu verführen, „ihm zu sagen, was er tun sollte", und sehr viel Zeit wurde damit verbracht, zu analysieren, auf welche Weise er versuchte, aus meinen Kommentaren herauszulesen, was meine bevorzugten Lösungen für seine Konflikte in der Realität sein könnten, wodurch er den sadistischen Attacken seines Über-Ichs bezüglich irgendeiner, von ihm zu treffenden Entscheidung ausweichen konnte. Dieser Patient hatte gegen seinen Vater in der frühen Kindheit dadurch rebelliert, daß er in der Schule trotz hoher Intelligenz elend versagte; die unzähligen Anstrengungen seines Vaters, das Funktionieren meines Patienten in der Schule zu verbessern, stellten ein Hauptproblem während seiner ganzen Kindheit dar. Der Vater, ein kreativer „Self-Made-Man", schien erfolgreich in allen Aspekten seines Lebens, außer im Umgang mit den Schwierigkeiten seines Sohnes. Die Mutter blieb immer irgendwie im Hintergrund. Nach und nach kam heraus, daß sie ihren Sohn in Abwesenheit seines Vaters unterstützte und ihn als Gefährten und als Bewunderungsobjekt für andere benutzte, ihre Unterstützung aber sofort unterließ, sobald der Vater Bestrafungen wegen der Mißerfolge des Sohnes in der Schule in die Wege leitete.

An einem bestimmten Punkt in seiner Behandlung, nach vielen Monaten der Beschäftigung mit seiner unbewußten Unterwerfung, der Rebellion gegen und Identifikation mit seinem Vater und seinem Kampf gegen homosexuelle Gefühle bezüglich der ödipalen Unterwerfung unter den Vater und gegen frühe Abhängigkeitsbedürfnisse, die von seiner ihn hänselnden, zurückweisenden

Mutter frustriert wurden, verschlechterten sich die Symptome des Patienten erneut. Er konnte sich nicht entscheiden, wie er die administrative Struktur seiner Institution reorganisieren konnte, wodurch er auch seine eigene Position in Gefahr bringen würde; er war unfähig zu entscheiden, welche Initiativen er bezüglich einer seiner Töchter unternehmen sollte, deren Schwierigkeiten in der Schule seine eigenen Kindheitsschwierigkeiten zu wiederholen schienen. Er fürchtete sich wieder, seine sexuellen Wünsche in der Beziehung mit seiner Frau „zu rechtfertigen", von der er sich in seinen Bedürfnissen nicht verstanden fühlte, die er aber mit seiner Unzufriedenheit nicht zu konfrontieren wagte; und er konnte die Vorstellung nicht ertragen, sich in einem näherrückenden Urlaub zu vergnügen. Inmitten der Verschlechterung seiner Symptomatik beklagte sich der Patient, daß ich ihm nicht helfen würde, daß all das Verständnis, welches er gewonnen hatte, eine rein intellektuelle Qualität habe, und sich nichts geändert hätte. Er forderte mich auf, ihm zu sagen, was ich über diese Situation dächte und ob zu diesem Zeitpunkt nicht eine andere Behandlung indiziert sei. Er hegte die starke Überzeugung, daß, wenn er seine Psychoanalyse jetzt beenden würde, dies seine Unabhängigkeit wieder herstellen würde, die er während all dieser Jahre erreicht hatte und welche nun durch die Fortsetzung dieser hoffnungslosen und beschränkenden Behandlungssituation unterminiert wurde.

Wenn ich die Entwicklungen über viele Wochen der Behandlung zusammenfasse, kann ich die Intensität der Bitten dieses Patienten an mich nicht entsprechend wiedergeben. Er bat, ich solle in Aktion treten, ihm zu helfen, zu Entscheidungen zu kommen, wie er mit den verschiedenen Konflikten seines Lebens umgehen könne. Es schien mir sehr klar, daß als Reaktion auf die großen Erfolge in seinem professionellen Leben und auf die Verbesserung der Beziehung zu seiner Frau und seinen Kindern die unbewußte Schuld hinsichtlich der Annahme der Rolle eines starken, liebenden Vaters zu einer Regression in seinem Verhalten und auch in der Übertragung geführt hatte. Er machte enorme Anstrengungen, mich zu etwas zu verführen, was ich nur als Ratgeben verstehen konnte, wobei er heftig gegen meine „rigide" Aufrechterhaltung der analytischen Beziehung protestierte. Gleichzeitig war er davon überzeugt, daß er in der Lage sein würde, seine Schwierigkeiten zu lösen, wenn er sich von mir befreite.

Dieser Patient hatte eine frühere psychoanalytische Behandlung verfrüht abgebrochen; auf Bitte des Patienten hatte sein erster Analytiker sich mit der Beendigung einverstanden erklärt, scheinbar überzeugt von der Fähigkeit des Patienten, viel besser alleine zurechtkommen zu können. Es waren nur zwei oder drei Jahre nach dem Ende seiner ersten analytischen Erfahrung vergangen, als die Wiederkehr seiner Hauptsymptomatologie ihn zurück in die Behandlung brachte. Ich wies ihn jetzt darauf hin, daß er in Versuchung war, dieselbe rebellische „Unterbrechung" der Analyse mit mir durchzuführen; daß er von mir Ratschläge und Beratung erwarte, während er gleichzeitig jede Selbst-Erforschung der Probleme, die wir über eine lange Zeit in der Psychoanalyse untersucht hatten, außer acht ließ.

Der Patient warf mir dann vor, meine Autorität willkürlich auszuüben, indem ich ihm „Selbst-Reflexion" als Möglichkeit zur Lösung seiner Konflikte auferlege. Ich wies ihn darauf hin, daß mich dies an die Erfahrung mit seinem Vater erinnere, dessen Art ihm „aufzuzwingen", zur Schule zu gehen, ihm als gewalttätige Einschränkung seiner Freiheit erschienen war. Ich bot ihm als Deutung an, daß er eine Phantasie inszeniere: Entweder müsse er sich einer irrationalen Autorität unterwerfen, wie ich sie an diesem Punkt repräsentierte, oder gegen diese durch Zurückweisung all dessen, was von mir kam, rebellieren mit dem selbstdestruktiven Effekt, entweder auf seine Autonomie oder darauf zu verzichten, etwas aus dem analytischen Prozeß zu lernen. Ich wies ihn darauf hin, daß seine kategorische Erklärung, ich solle ihn mit Richtlinien für ein „besseres Verhalten" versorgen, andernfalls würde er die Beziehung zu mir beenden, eine Identifikation mit der willkürlichen Autorität repräsentierte, die er bei seinem Vater wahrgenommen hatte: Er versuche nun mich, was seine Ansicht der Behandlung betraf, zu einer Unterwerfung zu zwingen. Durch diese Identifikation mit pathologischen Aspekten seines Vaters versage er sich aus einer Schuld heraus die Identifikation mit den kreativen Aspekten seines Vaters. Diese würden ihm nämlich erlauben, das, was er aus der analytischen Situation lernte, zu nutzen, um unabhängiger und durchsetzungsfähiger in seinem Leben zu werden. Allmählich führte das Durcharbeiten dieses unbewußten Konflikts in der Übertragung zu einer tieferen Ebene desselben Konflikts: zu seiner Wut und seinem Groll, von einer gleichgültigen, kontrollierenden Mutter „zwangsgefüttert" zu werden.

Ich hoffe, ich konnte darstellen, wie ich eine Position technischer Neutralität beibehalten habe gegen die Beschwerden des Patienten, daß ich ihm nicht helfen und ihn alleinlassen würde. Während ich verschiedene Übertragungs-Implikationen dieser Forderung analysierte – wie den von Wut begleiteten Wunsch nach Liebe von einer kalten und nichts gebenden Mutter (und die wütende Weigerung, zwangsgefüttert zu werden) und eine beschützende Ermächtigung durch einen dominanten und schuldinduzierenden Vater – hatte ich das Gefühl, eine bestimmte Haltung einzunehmen, die eine Position technischer Neutralität darstellte, entgegen den Vermutungen des Patienten, daß ich auf eine autoritäre Art insistierte, ihn zu behandeln. Während dieses Prozesses analysierte ich seine Konflikte mit der ödipalen Autorität, ohne von ihm zu einer unterstützenden Haltung verführt zu werden oder aber in ein verfrühtes, rebellierendes Ausagieren einzuwilligen, als er drohte, seine Behandlung abzubrechen. Ich denke, daß ich in der Lage war, mich nicht durch seine verführerischen Anstrengungen zu Interventionen bringen zu lassen, die darin bestanden hätten, Stellung zu den Schulproblemen seiner Tochter oder zu den sexuellen Schwierigkeiten mit seiner Frau, der Reorganisation seiner Institution und der Planung seiner Ferien zu nehmen. Auf all diesen Gebieten versuchte er, aus mir Informationen gleichsam herauszupressen, die ihm im Umgang mit den Schwierigkeiten helfen sollten, und er erlebte meinen Widerstand gegenüber seiner Anstrengung als eine autoritäre Kontrolle. Gleichzeitig erlebte er meine Deutungen während dieser gesamten Periode seiner Analyse als eine Verdichtung der autoritären Kontrolle seines Vaters und des Zwangsfütterns durch seine Mutter. Ich versuchte, dies alles interpretativ durchzuarbeiten.

Zusammenfassend glaube ich, daß die Ausübung einer funktionellen Autorität in der psychoanalytischen Situation ein notwendiger Aspekt der psychoanalytischen Arbeit ist und solch eine funktionelle Autorität durch eine Position technischer Neutralität ermöglicht wird. Ich glaube auch, daß technische Neutralität eine Kombination von Natürlichkeit und die Beibehaltung einer psychoanalytischen Rolle impliziert, nicht jedoch Anonymität, und daß die gegenwärtig in angemessener Weise zunehmende Betonung der Analyse von Gegenübertragung keine Symmetrie von Gegenübertragung und Übertragung beinhaltet. Ich glaube, daß der Einfluß der Persönlichkeit des Analytikers auf die psychoanalytische Behandlung unvermeidlich ist. Allerdings sollte er deutlich und angemessen durch die Einhaltung einer sehr bestimmten Position technischer Neutralität reduziert werden. Solch eine Haltung ist mit der Auffassung verknüpft, daß das allmähliche Durcharbeiten und Auflösen der Übertragung dem Patienten nach und nach erlaubt, sich in einer sublimierenden Weise mit Aspekten der Persönlichkeit des Analytikers zu identifizieren, die der Patient unweigerlich kennenlernt. Ich glaube, daß eine „unkonventionelle" Haltung in den Sitzungen den Analytiker in einem gewissen Ausmaß gegen die Beschränkungen technischer Neutralität schützen wird, die sich aus dem gemeinsamen kulturellen Hintergrund von Patient und Analytiker ergeben. Vor allem glaube ich, daß die Beibehaltung der technischen Neutralität und die diskursive Zurückhaltung des eigenen Wertesystems und der eigenen Lebenserfahrung seitens des Analytikers den Patienten am besten schützt, so daß dieser zu eigenen Schlußfolgerungen gelangen kann, und zwar durch das Verstehen und die Lösung unbewußter Konflikte.

Übersetzung: Regine Legutke

Literatur

Bion, W. R. (1967): Notes on memory and desire. Psychoanal. Forum, 2:272-273, 279-280.
Epstein, L. & Feiner, A. H. (Hg.) (1979): Countertransference. New York: Aronson.
Etchegoyen, R. H. (1991): Fundamentals of Psychoanalytic Technique. London: Karnac Books.
Freud, A. (1936): The Ego and the Mechanism of Defense. The Writings of Anna Freud, Vol. 2. New York: Int. Univ. Press, 1966. (Dt.: Das Ich und die Abwehrmechanismen. In: Geist und Psyche. München: Kindler 1964)
Freud, E. L. & Meng, H. (Hg.) (1963): Sigmund Freud-Oskar Pfister Briefe 1909-1939. Frankfurt a. M.: Fischer
Gill, M. M. (1982): Analysis of Transference, Vol. I. Theory and Technique. New York: Int. Univ. Press. (Dt.: Die Übertragungsanalyse. Frankfurt a. M.: Fischer 1996)
Gill, M. M. & Hoffman, I. Z. (1982): Analysis of Transference, Vol. II. Studies of Nine Audio-Recorded Psychoanalytic Sessions. New York: Int. Univ. Press.
Greenberg, J. (1991): Oedipus and Beyond. A Clinical Theory. Cambridge, MA/ London: Harvard Univ. Press.
Kennedy, R. (1993): Freedom To Relate Psychoanalytic Exploration. London: Free Association Books.
Kernberg, O. (1978): Leadership and organizational functioning: organizational regression. Int. J. Group Psychother., 28:3-25
Kernberg, O. (1979): Regression in organizational leadership. Psychiat., 42:24-39.
Kernberg, O. (1986): Institutional problems of psychoanalytic education. J. Amer. Psychoanal. Assn., 34:799-834.
Kernberg, O. (1991): The moral dimension of leadership. In: Psychoanalytic Group Theory and Therapy: Essays in Honor of Saul Scheidlinger, ed. S. Tuttman. Madison, CT: Int. Univ. Press, pp. 87-112.
Kernberg, O. (1993a): Convergences and divergences in contemporary psychoanalytic technique. Int. J. Psychoanal., 74:659-673 (Dt.: Übereinstimmungen und Unterschiede in der zeitgenössischen psychoanalytischen Technik. In: Forum der Psychoanalyse, 10 [4], S. 296-314).
Kernberg, O. (1993b): Paranolagenesis in organizations. In: Comprehensive Textbook of Group Psychotherapy, 3rd Edition, ed. H. L. Kaplan & B. J. Sadock. Baltimore: Williams & Wilkins, S. 47-57.
Kernberg, O. (1994a): Acute and chronic countertransference reactions. Rev. Franç. Psychoanalyse, 5:1563-1579.
Kernberg, O. (1994b): Ideology and bureaucracy as social defenses against aggression. Unpublished.
Kernberg, O. (1995): Omnipotence in the transference and in the countertransference. Scandinavian Psychoanal. Rev., 18:2-21.
Kohut, H. (1977): The Restoration of the Self. New York: Int. Univ. Press. (Dt.: Die Heilung des Selbst. Frankfurt: Suhrkamp 1979)

Laplanche, J. (1992): Seduction, Translation, Drives. Edited by Fletcher & M. Stanton. London: Institute of Contemporary Arts.
Levy, S. T. & Inderbitzin, L. B. (1990): The analytic surface and the theory of technique. J. Amer. Psychoanal. Assn., 38:371-391.
Mitchell, S. A. (1988): Relational Concepts in Psychoanalysis. An Integration. Cambridge, MA/London: Harvard Univ. Press.
Schwaber, E. A. (1983): Psychoanalytic listening and psychic reality. Int. Rev. Psychoanal., 10:379-392.
Schwaber, E. A. (1990): Interpretation and the therapeutic action of psychoanalysis. Int. J. Psychoanal., 71:229-240 (Dt.: Die Deutung und die therapeutische Wirkung der Psychoanalyse. In: Zeitschrift für psychoanalytische Theorie und Praxis, 7 (4), S. 362-379)
Stone, L. (1961): The Psychoanalytic Situation. An Examination of Its Development and Essential Nature. New York: Int. Univ. Press. (Dt.: Die psychoanalytische Situation. Frankfurt a. M.: Fischer 1973)
Thomae, H. & Kächele, H. (1985): Lehrbuch der psychoanalytischen Therapie. Bd. I: Grundlagen. Berlin/Wien/ New York: Springer.

Veränderungen in den Naturwissenschaften und ihre Auswirkungen auf das Wissen und die Autorität in der Psychoanalyse[1]

Elizabeth Lloyd Mayer

> Diese heftige Reaktion auf die jüngste Entwicklung der modernen Physik kann man nur verstehen, wenn man erkennt, daß hier die Fundamente der Physik und vielleicht der Naturwissenschaft überhaupt in Bewegung geraten waren, und daß diese Bewegung ein Gefühl hervorgerufen hat, als würde der Boden, auf dem die Naturwissenschaft steht, uns unter den Füßen weggezogen.
>
> Werner Heisenberg (1958, S. 160)

> Sagte die Sonne zum Mond: „Wenn du erst ein einsames altes Weib bist und ich ein toter König in meiner goldenen Rüstung irgendwo in einem dunklen Wald, dann erinnere dich wenigstens an dies aus unserer hoffnungslosen Liebe:
> Niemals bis ans Ende der Zeit werden das Feuer des Herzens und das Feuer des Verstandes eins sein."
>
> Edith Sitwell (*Heart and Mind*)

Wollte man beschreiben, was wir in einer Psychoanalyse machen, könnte man vielleicht sagen, wir versuchen, das Feuer des Herzens mit dem des Verstandes zu vereinen. Wir versuchen, sie zusammenzubringen – wenigstens manchmal und für kurze Momente. Anders als Sitwell, die dies für unmöglich hält (jedenfalls vor einer unvorstellbaren und poetischen Zukunft, in der die Zeit selbst vorbei sein wird), machen Psychoanalytiker dies zu ihrer täglichen Arbeit.

Anders auch als Sitwell bleiben Psychoanalytiker ihrer Zeit verhaftet. Unser Alltag besteht darin, unsere Patienten zu sehen, und wir haben es täglich mit der Frage zu tun, wie wir ihnen dabei helfen können, das Feuer ihres Herzens mit dem ihres Verstandes neu und produktiv zu verknüpfen. So könnte es möglich werden, Herz und Verstand in einer Psychoanalyse zusammenzubringen, und daran arbeiten wir. Aber es gibt noch andere Möglichkeiten. Es kommt zur Begegnung zwischen dem Herzen des Patienten und dem Verstand des Analytikers sowie zwischen dem Herzen des Analytikers und dem Verstand des Pa-

---

1 Ich danke Charles McMillan von den Lawrence Livermore Laboratorien für seine Unterstützung bei meinen Überlegungen über die moderne Physik und Kim Chernin und Carol Gilligan für unsere hilfreichen Gespräche.

tienten, und das Herz des Analytikers muß sich ständig mit seinem eigenen Verstand zusammentreffen. Das Feuer, das in jeder dieser Begegnungen steckt – zwischen dem Feuer des Herzens und dem des Verstandes bei jedem der Beteiligten –, macht die analytische Arbeit so intensiv.

In unseren Theorien der Technik versuchen wir, unsere Erfahrungen mit dieser Intensität zu etwas zu verarbeiten, das unseren Patienten hilft. Im besten Falle finden wir so einen Weg, das Feuer des Herzens mit dem des Verstandes zum Wohle des Patienten – zumindest dem, was wir darunter verstehen – zu verbinden. Schlimmstenfalls wird diese Aufgabe durch unsere Theorien vereitelt. In den letzten Jahren haben die Fragen, ob und wie unsere Arbeit durch die uns geläufigen Theorien der Technik beeinträchtigt wird, in unserer Fachliteratur breiten Raum eingenommen. Die Autoren, die sich mit diesen Fragen beschäftigt haben, vertreten die unterschiedlichsten Standpunkte und kommen zu sehr verschiedenen Ergebnissen. Trotz aller Unterschiede läßt sich jedoch ein zentrales und allen gemeinsames Anliegen feststellen. Alle stellen die herkömmlichen Vorstellungen über die Beziehung zwischen Wissen und Autorität in der analytischen Begegnung in Frage, ob es nun um den Dialog zwischen dem Analytiker und dem Patienten geht, wie er sich von Moment zu Moment ereignet, oder um die theoretische Matrix, in der ein psychoanalytischer Prozeß konzeptualisiert wird.

Im folgenden möchte ich versuchen zu zeigen, daß wir die gegenwärtige Kritik an den Konzepten des psychoanalytischen Wissens und der psychoanalytischen Autorität vielleicht besser verstehen können, wenn wir die jüngsten Veränderungen in der Naturwissenschaft und damit auch die derzeitigen Veränderungen unseres wissenschaftlichen Weltbildes untersuchen. Ich gehe davon aus, daß dieses veränderte Weltbild die Psychoanalyse direkt beeinflußt und daß sich dieser Einfluß in unseren Veröffentlichungen widerspiegelt, daß es aber auch einen indirekten und implizit sich auswirkenden Einfluß gibt, weil jeder praktizierende Analytiker in seinem Denken oft subtil und unausgesprochen davon erfaßt worden ist. Ich möchte zeigen, daß diese Infiltration die Widersprüche zwischen den privaten Ansichten der Analytiker und den öffentlichen Theorien über ihre Arbeit verstärkt hat: die Widersprüche zwischen dem, was Analytiker tatsächlich tun, und dem, was sie angeblich tun. Wenn diese Widersprüche nicht artikuliert werden, wirken sie sich meiner Meinung nach sowohl auf die psychoanalytische Praxis als auch auf die Entwicklung der Theorie destruktiv aus. Und ich denke, daß uns eine Auseinandersetzung mit den jüngsten Veränderungen in der Naturwissenschaft dabei helfen könnte, wenigstens einiges von dem, was bis jetzt nicht benennbar gewesen ist, besser zu artikulieren. Und zum Schluß möchte ich auf Heisenberg zurückkommen, mit dem ich begonnen habe, und zeigen, wie die Angst der Analytiker, daß der Psychoanalyse als Wissenschaft der Boden unter den Füßen weggezogen werden könnte, ihre Abneigung dagegen erklären könnte, in einem öffentlichen und explizit formulierten Diskurs untersuchen zu lassen, was sie wirklich tun und wie sie wirklich denken.

Ich habe nicht nur Heisenberg, sondern auch Sitwell an den Anfang gestellt, und das aus mehreren Gründen. Zunächst finde ich ihre Bilder für eine umfassende und in den heutigen Kontroversen über die Technik zentrale Frage sehr anregend: Wie steht es um die Beziehung zwischen Herz und Verstand (insbesondere um den leidenschaftlichen, feurigen Teil der Beziehung) bei und zwischen den beiden an der analytischen Dyade Beteiligten? Überdies finde ich, daß ihre Bilder etwas von den beunruhigenden Widersprüchen wiedergeben, die es zwischen den privaten und den öffentlichen Theorien eines Analytikers geben kann: Bei einigen Analytikern kann es zu einer unwiderruflichen Spaltung zwischen ihrem persönlichen, privaten und tiefempfundenen Wissen und ihrer intellektuellen Loyalität kommen – einer Loyalität zu offiziellen Theorien der analytischen Technik, die zumindest in irgendeiner Weise dem ähneln, was wir Wissenschaft zu nennen pflegen. Und schließlich finde ich es sehr hilfreich, sich an Poesie und Dichtung zu erinnern, wenn man die vielen reduktionistischen Fallstricke vermeiden will, die sich bei der Untersuchung der Frage ergeben können, wie sich Veränderungen im naturwissenschaftlichen Bereich auf die Psychoanalyse auswirken. Wir sind es gewohnt, die Poesie wegen ihrer Metaphorik und den damit verbundenen Anregungen zu verwenden. Sich auf ganz ähnliche Weise durch die Naturwissenschaften anregen zu lassen, könnte uns viele Erkenntnisse über die Psychoanalyse vermitteln. Nicht nur die Poesie, auch die Naturwissenschaft kann unsere Wahrnehmung anregen und bereichern – genauso anschaulich und zuverlässig.

Zu einer neuen Definition des Wissens und der Autorität, mit der wir etwas wissen

Ich habe dargelegt, daß viele der Autoren, die sich zur Zeit mit unseren allgemein akzeptierten Theorien auseinandersetzen, trotz aller Unterschiede über ein zentrales Thema einig sind: Psychoanalytisches Wissen und psychoanalytische Autorität und ihre Beziehung in der psychoanalytischen Situation müssen neu definiert werden. Beispielsweise zeigte McLaughlin (1981, 1982, 1991, 1995), daß die strikte Dichotomie, die üblicherweise zur Kennzeichnung von Übertragung und Gegenübertragung diente, eine willkürlich hierarchische Unterscheidung ist, um die Analytiker vor der Erkenntnis zu bewahren, daß sie nicht mehr Objektivität, Realität oder Wahrheit für sich beanspruchen könnten als ihre Patienten. Hoffman (1983, 1992, 1994) betonte, daß der Analytiker weder die Realität zuverlässig interpretieren noch sicher beurteilen kann, was dazu führt, daß sein Bild in der Übertragung des Patienten verzerrt wird. Gill (1982, 1993) meinte, daß allein schon der Begriff „Übertragungsverzerrung" impliziere, daß der Analytiker die unverzerrte Wahrheit kenne, was der Undeterminiertheit der Wahrheit völlig widerspreche. Aron (1991) schrieb, daß der Analytiker nicht behaupten kann, in der Lage zu sein, beurteilen zu können, ob das Bild, das der Patient von ihm hat, zutreffend ist; deshalb sei die Vorstellung, der Analytiker könne die Wahrnehmung des Patienten „validieren" oder „bestätigen", sowohl anmaßend als auch falsch. Cooper (1993) stellte ähnlich wie Bollas fest, daß die Ära des „offiziellen psychoanalytischen Entschlüsselns" vorbei sei; der Analytiker könne nicht länger als ein ganz und gar objektiver und zuverlässiger Übersetzer und Interpret der Erfahrung des Patienten angesehen werden. Stolorow (1995) meinte, das Konzept der analytischen Neutralität sei eine defensiv-grandiose Illusion, die die Analytiker vor der Erkenntnis bewahren solle, daß ihre Interpretationen immer nur Vorschläge und sie selbst nie objektiv sind und die Übertragung immer durch die Person des Analytikers „kontaminiert" ist. Ehrenberg (1992) argumentierte, daß die Vorstellung, ein Analytiker sei ein unvoreingenommener Beobachter, nur bestehen bleibe, weil der Analytiker als Autorität geschätzt werden möchte. Und Mitchell (1992) stellte fest, daß der Anspruch, den frühere Generationen von Analytikern erhoben hatten, die die Autorität ihres Wissens nicht in Frage stellen lassen wollten, überholt und jenseits der Vorstellungen unserer heutigen Welt ist. Roughton (1994) glaubt, daß wir inzwischen, statt auf dem Wissen und der Autorität des Analytikers zu beharren, anerkennen könnten, daß Patienten, analytisch gesehen, letztlich mehr über sich selbst wissen als wir. Spezzano (1993, 1995) zeigte, daß wir nur soviel über psychoanalytische Wahrheit wissen, um erkennen zu können, in welchen Aussagen das Unbewußte, das beide, Patient und Analytiker, zu entdecken versuchen, am ehesten evident werde und worauf sich beide in ihren gemeinsamen Bemühungen im jeweiligen Augenblick verständigen könnten. Renik (1993, 1995) fragt, warum wir uns meistens darauf verlassen, die Autorität des Analytikers als selbstverständlich zu betrachten, und meint, alles, was Analytiker über das Geschehen in der Analyse wüßten, könne nur subjektiv sein, und deshalb sollten sie eher ihren Patienten so umfassend wie möglich erklären, was sie denken, statt solche Erklärungen zu vermeiden und sich auf ihre unbedingte Autorität zu berufen. Psychoanalytische Erkenntnis ist nur offen und gemeinsam zu erreichen, und dabei hat weder die Autorität des Analytikers noch die des Patienten Vorrang.

Konzepte über Wissen und Autorität sind in den heutigen Theorien zur psychoanalytischen Technik ziemlich verbreitet. Das sollte uns nicht überraschen, da diese Konzepte in den meisten Bereichen neu überdacht werden (Dossey 1982; Edelglass et al. 1992; Harman und Clark 1994; Tarnas 1991; Wheatley 1992): Weitreichende und fundamentale Veränderungen in den Grundlagen der Wissenschaft haben dazu geführt, daß vieles neu überdacht werden muß. *Unser wissenschaftliches Weltbild hat einen grundlegenden Wandel durchgemacht. Deshalb sind bestimmte Fragen über Wissen und Autorität bei allen Untersuchungen, die auch nur irgendwie wissenschaftlich orientiert sind, nicht nur möglich, sondern sogar nötig geworden.* Das hat dazu geführt, daß es in der Psychoanalyse gärt – wie in jedem anderen Bereich wissenschaftlicher Forschung auch.

Andererseits handelt es sich bei der Psychoanalyse um eine besondere Art wissenschaftlicher Forschung, und es lohnt sich, genau zu untersuchen, wie ein verändertes naturwissenschaftliches Weltbild Implikationen für die Psychoanalyse und ihre einzigartige Methodologie hat, die die psychoanalytische Technik ausmacht. Die Tatsache, daß sich Psychoanalytiker überall auf der Welt Gedanken über Wissen und Autorität machen, könnte leicht damit erklärt werden, daß wir Teil einer umfassenderen wissenschaftlichen *Weltanschauung* (im Orig. deutsch – d. Ü.) sind, aber die Frage bleibt, wie Veränderungen dieser *Weltanschauung* in explizit *psychoanalytische* Effekte zu übertragen sind.

Beispielsweise erweisen psychoanalytische Autoren Heisenberg und seiner Unschärferelation schon routinemäßig ihre Referenz, wenn es um die Frage geht, ob Analytiker in der analytischen Situation etwas objektiv wissen können. Meistens wird dann argumentiert, daß angesichts der Unschärferelation nicht mehr davon ausgegangen werden könne, daß Analytiker objektive Beobachter sind, deren Mitwirkung ohne Einfluß auf das bleibe, was sie in der analytischen Begegnung wahrnehmen.

Wenn man Heisenbergs Argument so gebraucht, wird allerdings außer acht gelassen, was er mit seiner Unschärferelation eigentlich zeigen wollte: die Tatsache, daß unser Wissen über die Natur *grundsätzlich begrenzt* ist. (Es ist nicht nur von Natur aus *unmöglich,* die Position und den Bewegungsimpuls eines Elementarteilchens in einem gegebenen Experiment gleichzeitig zu kennen; während das eine gemessen wird, werden die Werte des anderen regelrecht ausgelöscht. Jeder Versuch des Untersuchers, festzustellen, was grundsätzlich nicht erkennbar ist, verändert drastisch die Ergebnisse des Experiments.) Auf die Tatsache, daß die Natur dem Wissen grundsätzliche Grenzen auferlegt, wird selten hingewiesen, wenn Heisenberg in unserer Literatur zitiert wird.[2]

Das ist nicht ohne Ironie. Einen Lehrsatz der Physik anzuwenden und dabei gleichzeitig den entscheidenden Punkt dieses Lehrsatzes nicht zu beachten, hat zu wichtigen analytischen Überlegungen geführt. Ein Lehrsatz der Physik wurde als Begründung herangezogen, um das privilegierte Wissen des Analytikers und die ihm als objektivem Beobachter zugeschriebene Autorität in Frage zu stellen – und das, obwohl dieses Argument vom Standpunkt der Physik aus den zentralen Punkt verfehlt. Diese Ironie ist deshalb interessant, weil sie klar macht, welche Implikationen für das psychoanalytische Denken durch die Veränderungen des naturwissenschaftlichen Weltbildes zu erwarten sind, und weil sie auch klar macht, wie vorsichtig und engagiert wir uns mit diesen Implikationen auseinandersetzen sollten.

Ich will mich zuerst mit der Vorsicht befassen. Wir bekommen es mit einer Vielfalt von Problemen zu tun, wenn wir auch nur entfernt versuchen, veränderte naturwissenschaftliche Konzepte direkt auf die letztlich idiosynkratischen Daten der Psychoanalyse anzuwenden. Die Ebenen der Schlußfolgerungen können durcheinandergeraten, es gibt viele Möglichkeiten, Kategorien falsch zuzuordnen, und es besteht die Gefahr, genau das aus dem Auge zu verlieren, was unsere besondere Art der Empirie ausmacht: sich dessen bewußt zu sein, daß psychoanalytische Daten, Beobachtungen und Ziele einzigartig und spezifisch für die Psychoanalyse sind, wie auch die Daten, Beobachtungen und Ziele irgendeines anderen Wissenschaftszweiges ihre jeweils bestimmten und besonderen Charakteristika haben.[3]

Aber nachdem diese Vorsicht benannt ist, kann man auch erkennen, welch ungeheures Potential für neue Gedanken in diesen Veränderungen des natur-

---

2 Schwartz (1995) hat kürzlich auf einen ähnlichen Punkt hingewiesen: „Die Geschichte, die Heisenberg bei dem Versuch entwickelt hat, einer schwierigen abstrakten Narration physikalisch Sinn zu verleihen, hat nur *außerhalb* und nicht *innerhalb* des Bereichs (der Physik) Verbreitung gefunden. (...) Tatsächlich bevorzugen die meisten Physiker Max Borns (...) die direktere Interpretation, mit der die Wahrscheinlichkeitsstruktur der Theorie ohne weitere Elaboration als gegeben akzeptiert wird". (S. 48, Hervorhebung durch die Autorin)

3 Polanyi (1974) hat sehr gründlich den wissenschaftlichen Reduktionismus untersucht, der entsteht, wenn diese Spezifität oder, wie er es nennt, das Trennende zwischen verschiedenen Wissenschaftszweigen ignoriert wird.

wissenschaftlichen Weltbildes steckt. Die Unschärfe-, Komplexitäts- oder Chaoskonzepte haben zu einer Umwälzung in den Vorstellungen über die physikalische Realität geführt und weitere Fragen zu anderen Aspekten der Realität ausgelöst. Wenn Psychoanalytiker wenigstens ansatzweise erfassen, was diese Veränderungen für die Physik bedeuten, lohnt es sich plötzlich, überlieferte psychoanalytische Annahmen zu hinterfragen, und damit wird es legitim, neue Fragen zu stellen, die zu neuen Hypothesen führen. Am wichtigsten ist vielleicht, daß die Veränderungen des naturwissenschaftlichen Weltbildes eine wichtige Voraussetzung für wissenschaftliche Untersuchungen erst geschaffen haben, die Polanyi „heuristische Passion" genannt hat. „Heuristische Passion", sagt er, „ist (...) die Hauptantriebsfeder für Originalität – die Kraft, die uns zwingt, ein akzeptiertes Bezugssystem für Interpretationen aufzugeben und uns durch einen logischen Sprung einem neuen Bezugssystem zu widmen" (Heisenberg 1958, S. 159).

Mir scheint, daß die derzeitigen Veränderungen des naturwissenschaftlichen Weltbildes bei vielen Psychoanalytikern genau diese heuristische Passion stimulieren. In vielen analytischen Arbeiten, in denen es darum geht, auf welch unterschiedliche Weise neue naturwissenschaftliche Ideen für die Psychoanalyse wichtig werden könnten, ist eine kaum verhüllte Begeisterung zu spüren (Fogel 1990; Furman 1993; Godwin 1991; L. Hoffman 1992; Moran 1991; Mosher 1990; Spruiell 1993). Wir können viel dabei gewinnen, wenn wir diese Begeisterung aufgreifen. Der Physiker Frank Oppenheimer hat es beiläufig, aber scharfsinnig so formuliert: „Wenn man neue Gedankengänge gefunden hat, warum sollte man sie nicht auch überall sonst anwenden, wohin einen die Gedanken führen? Es ist sicherlich anregend, sich darauf einzulassen, aber oft auch sehr erhellend, und es kann zu neuen und tiefen Einsichten führen" (Cole 1985, S. 2). Oppenheimer regt einen assoziativen und sogar metaphorischen Umgang mit der Naturwissenschaft an, um herausfinden zu können, wie neue Entwicklungen, beispielsweise in der Physik, zum Ausgangspunkt gemeinsamer Überlegungen werden könnten und was in Bereichen, die von der Physik so weit entfernt sind wie die Psychoanalyse, wirklich wichtig ist, und wie es funktioniert und was von Nutzen sein könnte – oder sogar zu Transformationen führen. Dabei meint er keineswegs, man könne die Naturwissenschaft leichtfertig oder freizügig interpretieren, sondern, daß der Impuls, mit den Implikationen neuer wissenschaftlicher Ideen frei und fächerübergreifend zu spielen, zu höchst kreativen Ideen führen kann.

Analytiker haben schon früh die Idee, daß neue Gedankengänge in der Naturwissenschaft für die Psychoanalyse, wie Oppenheimer sagt, „sehr erhellend" sein könnten, antizipiert und begierig aufgenommen. Freud vermutete 1921, daß die naturwissenschaftlichen Grundsätze sich eines Tages so verändern könnten, daß sie besser als die Chemie und Physik seiner Zeit psychoanalytische Ideen aufnehmen oder sogar auslösen könnten. Er schrieb: „Die Analytiker hingegen können ihre Abkunft von der exakten Wissenschaftlichkeit (...) nicht leugnen. (...) Anstatt auf den Moment zu lauern, der ihnen gestattete, sich dem Zwang der bekannten physikalischen und chemischen Gesetze zu entziehen, erhoffen sie das Erscheinen erweiterter und tiefer reichender Naturgesetze" (Freud 1921, GW 17, S. 29). Siegfried Bernfeld erklärte 1941, daß die bekannten Gesetze, die Freud so zwingend gefunden hatte, tatsächlich überholt waren und daß die Psychoanalytiker inzwischen erkannt hatten, wie veraltet eine Naturwissenschaft war, die sich über „Begriffe wie Atome, Zellen und Hirnpartien, zwischen denen physische Kräfte ihr Wesen trieben", definierte. Er schrieb: „(Wir Psychoanalytiker richten unser Interesse) vielmehr auf den Konsens der Forscher im Hinblick auf ein intersubjektives Wissen" (Bernfeld 1941, S. 342-343). (Wenn wir fünfundfünfzig Jahre später sehen, wie in immer mehr Veröffentlichungen radikal auf der Einführung der Intersubjektivität in die Theorie der Technik bestanden wird, zeigt sich, daß der Konsens, den Bernfeld so überzeugend gefordert hatte, keineswegs erreicht worden ist. Das kann nicht überraschen: Es dauert lange, bis ein verändertes Weltbild in eine funktionierende Theorie eingebettet ist, und die Implikationen werden selbst dann noch heftig diskutiert, wenn es bereits zu einer weitgehenden Übereinstimmung über neue Paradigmen gekommen ist [Kuhn 1962, 1977]. Außerdem werden wir, wie Brunner [1993] sagt, mit dem Kampf gegen den versteckten Positivisten in uns nie ganz fertig.)[4]

Psychoanalytiker haben sich vor allem über die Veränderungen im Bereich der Physik viele Gedanken gemacht. Spruiell hat im Jahre 1991 einige der in der letzten Zeit entstandenen Überlegungen unter psychoanalytischen Gesichtspunkten in seiner Plenumsansprache vor der American Psychoanalytic Association folgendermaßen zusammengefaßt:

---

4 Es ist erstaunlich, wie weitgehend Bernfeld in seiner Arbeit von 1941 gewisse Ansätze der heutigen Auffassungen über Intersubjektivität vorweggenommen hat. Spezzano (1996) hat drei Ebenen des Diskurses unterschieden, auf denen heute das psychoanalytische Denken durch ein intersubjektives Paradigma neu gefaßt wird: die ontologische (die sich mit den wesentlichen Merkmalen der menschlichen Natur befaßt), die erkenntnistheoretische (die untersucht, wie wir den Anspruch erheben können, etwas über das Unbewußte zu wissen) und die Entwicklungsebene (die das Entstehen der Selbst- und Objektrepräsentanzen untersucht). Bernfeld beschäftigte sich mit der ontologischen und besonders mit der erkenntnistheoretischen Ebene und mit der Überlegung, wie die Psychoanalyse das Gespräch zwischen zwei Menschen und „einen Prozeß, in dem das untersuchte Objekt aktiv beeinflußt wird", benutzt hat, um eine einzigartige psychoanalytische Methode der wissenschaftlichen Untersuchung zu entwickeln.

> „Zur Zeit findet eine gewaltige naturwissenschaftliche Revolution statt. (...) Die Psychoanalytiker sind mittendrin, und erst wenige haben das erkannt. (...) Diese Revolution wird unsere langfristigen Ziele und Erwartungen sowohl in der Entwicklung als Spezialdisziplin (...) als auch in der Integration mit anderen intellektuellen Disziplinen enorm beeinflussen." (1994, S. 4)

> „Was bis jetzt als Grundlage der Naturwissenschaft betrachtet und idealisiert wurde, wird heute von einigen der am besten ausgebildeten Naturwissenschaftler, insbesondere unter den Physikern, fast völlig verworfen." (S. 10)

Ausgehend von seinem Verständnis der derzeitigen Arbeiten im Bereich der Physik und Mathematik, führt Spruiell aus, wie sehr nach seinem Eindruck bisherige Annahmen durch die neuesten Veränderungen in der Naturwissenschaft in Frage gestellt worden sind:

> „... die Vorstellung, daß die rationale Fähigkeit, Ereignisse vorherzusagen, theoretisch unbegrenzt ist; die Behauptung, daß wissenschaftliche Untersuchungen von Natur aus öffentlich sind; daß es zum Erreichen wissenschaftlicher Glaubwürdigkeit notwendig ist, die Zahl der Variablen zu reduzieren und statistisch relevante Mengen zu untersuchen; daß bestimmte Annahmen über die Validität des Experimentierens, Verifizierens und die Natur der ,Wahrheit' als ,Kanon der Wissenschaft' kodifiziert werden könnten, mit dem die ,wissenschaftliche Methode' definiert wird; daß sich wissenschaftlicher Fortschritt in kleinen Schritten vollzieht; und daß es berechtigt ist, darauf zu vertrauen, daß ein messendes Vorgehen nahezu allwissend ist." (S. 7f)

Wenn wir nun aus Spruiells spezifischen Ausführungen ein umfassendes und einfaches Prinzip für wissenschaftliche Untersuchungen extrapolieren wollen, könnte dieses Prinzip lauten, daß *wir grundlegend neu darüber nachdenken müssen, wie wir uns bis jetzt die Existenz eines zuverlässigen, sicheren, absoluten, objektiven, kausalen oder vorhersagbaren Wissens vorgestellt haben.* Ein so globaler Ansatzpunkt ergibt sich, wenn wir die Veränderungen betrachten, die die Definition der Realität in der Physik durchgemacht hat. Darin sehe ich einen Ansatzpunkt, um die heute in der Psychoanalyse auftauchenden Fragen neu zu ordnen: nicht nur solche, die sich auf die Ausarbeitung konzeptueller Grundsätze oder den Entwurf von Forschungsmethoden beziehen, sondern auch Fragen, die für ganz alltägliche Dinge von praktischer Bedeutung sind – was wir also unseren Patienten sagen, wie wir ihnen zuhören und auf das reagieren, was wir hören.[5]

---

5 Wenn man sich mit dieser neuen Art des Denkens beschäftigt, verlieren die ständigen Debatten darüber, ob Psychoanalyse in die Kategorie der „Naturwissenschaften" gehört, für mich (Mayer 1996) und auch für Renik (1994) an Schlagkraft. Der Streit Hermeneutik versus Naturwissenschaft geht in der Regel von einer Definition der Naturwissenschaften aus, der heute nur noch wenige Naturwissenschaftler zustimmen würden, und berücksichtigt meist nicht die revolutionäre Veränderung der Annahmen über die Art der „Naturwissenschaften", wie sie Spruiell zusammengefaßt hat.

Ein ähnlich globaler Ansatz, der durch eine gleichermaßen grundlegende Umwälzung in der Definition der Wissenschaft ausgelöst worden ist, zeigt sich derzeit in der Biologie. Darüber haben Psychoanalytiker bis jetzt noch nicht ausführlich diskutiert, aber ich denke, auch von dort kommen Beiträge zur Klärung der Fragen, mit denen sich Analytiker heute auseinandersetzen. Diese Veränderung zeigt, daß *wir grundlegend neu definieren müssen, welche Geisteshaltung die Voraussetzung für wissenschaftliche Erkenntnis ist, und daß wir neu untersuchen müssen, welche Auswirkungen es auf das Objekt und den Erkenntnisprozeß selbst hat, wenn der Untersucher die Position einer Autorität einnimmt.* Die Naturwissenschaftsphilosophin und Biophysikerin Evelyn Fox Keller hat in ihrer Darstellung der brillanten und originellen Arbeit der Zytogenetikerin und Nobelpreisträgerin Barbara McClintock deren Version dieser Veränderung beschrieben:

> „McClintock schlägt eine Auffassung der Naturwissenschaft vor, die nicht auf der Vorherrschaft der Natur basiert, sondern [wie sie es nennt] auf einem ‚Gefühl für den Organismus'. Unter einem ‚Gefühl für den Organismus' versteht sie gleichzeitig eine Geisteshaltung und eine Quelle des Wissens: für die tagtägliche Durchführung der Experimente und die Beobachtung und Interpretation ihrer Ergebnisse – kurz gesagt, für die naturwissenschaftliche ‚Tätigkeit'. (...) Ihre Konzeption des naturwissenschaftlichen Arbeitens hat mehr damit zu tun, die ‚Fähigkeiten' der Natur und ihre Ordnungsvielfalt aufzudecken, als damit, ‚Naturgesetze' zu verfolgen. Ihre alternative Sicht lädt dazu ein, die Natur eher als aktiven Partner in einer reziproken Beziehung zum Untersucher zu sehen, der genauso aktiv und weder allwissend noch allmächtig ist." (Keller 1992, S. 32)

McClintock hat eine Revolution in der Genetik herbeigeführt, und ihre Entdeckung der Transposition von Genen ist aus ihrer besonderen Auffassung der Naturwissenschaft heraus entstanden, die sie in den Augen vieler ihrer Kollegen zur Dissidentin gemacht hat. Ihre Weigerung, zu den von ihr untersuchten Pflanzen eine konventionelle, objektivierende Haltung einzunehmen, spiegelt sich in dem von Keller zitierten folgenden Kommentar (wobei Keller anmerkt, daß er für McClintock „nicht charakteristisch und nicht so wörtlich zu nehmen sei"): „Es tut mir jedesmal leid", sagte McClintock, „wenn ich über Gras laufe, weil ich dann weiß, daß das Gras mich anschreit." (Keller 1983, S. 200) Vielleicht ist dieser Vergleich nicht charakteristisch, aber Keller zitiert ihn, um zu zeigen, wie McClintock darauf besteht, daß originelle wissenschaftliche Entdeckungen aus einem tiefen „Gefühl" für das, was untersucht wird, entstehen, aus einer Empathie, wie sie sonst intimen menschlichen Beziehungen vorbehalten ist und die sicherlich nicht zur allgemein üblichen Definition einer wissenschaftlichen Haltung gehört. Ähnlich argumentieren Maturana und Varela (1992) in ihrer Untersuchung über die biologischen Grundlagen der Erkenntnis, daß bei der Schilderung, wie Menschen überhaupt etwas – auch über Naturwissenschaften – wissen können, viel zu wenig Gewicht auf die „ungebrochene Koinzidenz unseres Seins, unseres Denkens und unseres Wissens" (S. 25) gelegt wird.

Die derzeitigen Veränderungen des naturwissenschaftlichen Weltbildes: Öffentliche versus private Auswirkungen

Ich möchte mich nun Fragen zuwenden, mit denen wir uns heute in der Technik der Psychoanalyse besonders auseinandersetzen, und untersuchen, wie sich dabei die heutigen Veränderungen des naturwissenschaftlichen Weltbildes auswirken.[6] Meiner Meinung nach läßt sich dieser Einfluß in den neueren Veröffentlichungen zur Technik zeigen, die ich weiter oben zitiert habe, in denen es vor allem darum geht, Wissen und Autorität in der Psychoanalyse und die Beziehung zwischen beiden neu zu definieren. Diese Arbeiten, in denen sich die heutige Naturwissenschaft direkt widerspiegelt, machen deutlich, daß man sich den Analytiker nicht mehr als einen objektiven oder zuverlässigen Beobachter vorstellen kann – noch nicht einmal als teilnehmenden Beobachter, dessen Einfluß grundsätzlich nachweisbar wäre. Eher ist anzunehmen, daß psychoanalytische Beobachtungen nie frei von Theorie sind; also gilt dies auch für das psychoanalytische Wissen. Es geht in diesen Arbeiten nicht darum, klinische Hypothesen zu beweisen oder zu widerlegen, sondern um ihren Nutzen. Mehrdeutige Befunde sind dann nicht ein bedauerlicher Beweis dafür, daß unser Anspruch auf ein zuverlässiges Wissen eben begrenzt ist, sondern unvermeidlich. Sie sind noch basaler als die Komplexität, die in den Konzepten der

6 Die Veränderungen in den Naturwissenschaften tragen, wie ich denke, nicht nur direkt, sondern auch indirekt zu dieser Auseinandersetzung bei, weil sich der starke Einfluß der Naturwissenschaften auf das generelle intellektuelle Klima unseres Denkens intensiv bemerkbar macht. Es könnte trotzdem sein, daß der Impetus für diese Fragen, die heute zu neuen Definitionen in den Naturwissenschaften führen, nicht in den Naturwissenschaften selbst zu suchen ist, sondern in allgemeinen Strömungen, denen die Naturwissenschaften ebenso unterliegen wie die Psychoanalyse. Die Frage, woher dieser Impetus eigentlich rührt, leitet zu der viel umfassenderen Frage über, wie und warum Veränderungen in der allgemeinen Erkenntnislehre einer Kultur zustandekommen. Mit dieser Frage will ich mich hier nicht beschäftigen, sondern nur anmerken, daß es, wenn schon nicht eine direkt *kausale,* doch eine starke *korrelative* Beziehung gibt zwischen den derzeitigen Veränderungen des naturwissenschaftlichen Weltbildes und den Veränderungen im Denken der Psychoanalytiker. Ob wir nun Veränderungen in der Psychoanalyse betrachten, die direkt durch Veränderungen in der Naturwissenschaft herbeigeführt wurden, oder diejenigen, die sich lediglich zeitgleich mit Veränderungen in der Naturwissenschaft einstellen, hilft uns dies meines Erachtens so oder so, klarer zu formulieren, was derzeit das psychoanalytische Denken bestimmt, wenn die Naturwissenschaft einbezogen wird.

multiplen Funktion oder der Überdeterminiertheit enthalten ist (siehe besonders Renik 1993). Wenn man berücksichtigt, daß diese neuen Betrachtungsweisen zumindest teilweise durch grundlegende Veränderungen des naturwissenschaftlichen Weltbildes ausgelöst wurden, versteht man, wie ich denke, die ihnen zugrunde liegende Motivation und auch ihre gemeinsame Intention besser und damit letztlich die von ihnen repräsentierte Richtung.

Anhand der Veröffentlichungen, in denen diese neuen Betrachtungsweisen enthalten sind, läßt sich untersuchen, wie sich Veränderungen des naturwissenschaftlichen Weltbildes mittlerweile auf das psychoanalytische Denken auswirken. Weil diese Arbeiten veröffentlicht wurden, haben sie eine öffentliche Funktion. Sie zeigen das Interesse der Autoren, die öffentlichen Theorien über das, was Analytiker tun, neu zu überdenken. Und es geht bei diesem öffentlichen Versuch nicht nur darum, die Veränderungen des naturwissenschaftlichen Weltbildes in die psychoanalytischen Theorien der Technik zu integrieren, sondern auch um den Versuch, die öffentlichen Theorien der Technik stärker mit den persönlichen Erfahrungen der Analytiker, mit dem, was sie tatsächlich tun, zu verknüpfen. Dabei zeigt sich eine interessante Verbindung. Wenn durch ein verändertes Weltbild neue Fragen über das, was wir tun, aufgeworfen werden, ändern sich auch private Ansichten über alte Gewohnheiten. Daher fühlen sich Analytiker ermutigt, *über die Widersprüche zwischen Theorie und Praxis nachzudenken, in denen deutlich wird, daß das, was sie in ihren Praxen wirklich tun, möglicherweise nicht mit dem übereinstimmt, was akzeptierte Theorien darüber aussagen. In Veröffentlichungen werden diese Widersprüche deutlich, so daß die privaten Auswirkungen eines veränderten Weltbildes zum Thema des öffentlichen Diskurses werden können.*

Ich denke aber nicht, daß sich nur anhand von Veröffentlichungen besonders gut zeigen läßt, wie sich das veränderte naturwissenschaftliche Weltbild auf Psychoanalytiker und ihre Arbeit auswirkt. Ein verändertes Weltbild macht sich eher schleichend bemerkbar. Es wird ein Bestandteil unserer intellektuellen Umgebung, und ihm entsprechend ordnen und definieren wir unsere Erfahrungen und Gedanken.[7] Fragen, die auf Widersprüche zwischen Theorie und Praxis verweisen, beeinflussen Analytiker beim Nachdenken über ihre Arbeit schon lange, bevor Arbeiten, die sich mit der Bedeutung dieser Widersprüche befassen, als theoretische Beiträge anerkannt werden. Die Fragen, durch die sich private Ansichten über alte Gewohnheiten ändern, sind in der

7 Der Wissenschaftsphilosoph Lynn Nelson meint dazu: „Wissenschaftlern (...) wird kognitive Autorität zugebilligt, und sie machen davon Gebrauch, um die Vorstellungen zu bilden, die sich eine größere Gemeinschaft von der (gesamten) Natur und damit auch der menschlichen Natur macht" (1990, S. 140).

Praxis schon längst wirksam, bevor schließlich darüber geschrieben wird. Deshalb sind Veröffentlichungen sozusagen Indikatoren: formale Hinweise darauf, wie sehr unser Denken bereits von den Veränderungen des naturwissenschaftlichen Weltbildes durchdrungen worden ist.

Daraus ergibt sich die Frage, was aus all den inoffiziellen Einflüssen wird, die durch ein verändertes Weltbild in unseren alltäglichen klinischen Einschätzungen und Formulierungen wirksam werden sowie in dem, was praktizierende Analytiker beunruhigt. Diese Einflüsse bleiben nicht nur inoffiziell, sondern auch unausgesprochen. *Und weil sie unausgesprochen bleiben, sind sie meines Erachtens besonders folgenreich: Durch sie werden die Widersprüche, die ich bereits beschrieben habe, noch vergrößert, und damit wird die Kluft zwischen dem, was Analytiker angeblich tun, und dem, was sie wirklich tun, noch vertieft.*

Sandler hat 1983 beschrieben, wie verbreitet diese Art von Kluft in der Psychoanalyse ist, und er hat gezeigt, daß es eine besonders konservative Strömung in der psychoanalytischen Theoriebildung gibt, die bei vielen Analytikern dazu führt, insbesondere wenn noch unterschiedliche politische und institutionelle Zwänge hinzukommen, daß sie denken, sie würden bei ihren Kollegen nicht mehr als „richtige" Analytiker gelten, wenn sie zu erkennen geben, wie oft sie von der „Standardtechnik" abweichen. Sandler beschäftigt sich vor allem mit der Abneigung der Analytiker gegen Veränderungen ihrer Theorien angesichts neuer Befunde, die weitere Fragen aufwerfen oder widersprüchlich sind. Nach seiner Meinung reagieren wir auf konflikthafte Beobachtungen mit der Entwicklung privater Theorien, die aber nicht der öffentlichen Theorie gegenübergestellt werden. Dissonanz und Unbehagen werden somit vermieden.

> „Analytiker entwickeln mit wachsender klinischer Erfahrung und zunehmender Kompetenz vorbewußt (bildlich gesagt: unbewußt) eine große Vielfalt von theoretischen Segmenten, die sich direkt auf ihre klinische Arbeit beziehen. Diese entstammen dem unbewußten Denken und sind überwiegend Partialtheorien, -modelle oder -schemata, auf die man sozusagen im Notfall zurückgreifen kann. Daß es dabei zu Widersprüchen kommen kann, wird nicht problematisiert, und deshalb können sie eine friedliche Koexistenz führen, solange sie unbewußt bleiben. Im Bewußtsein tauchen sie nur auf, wenn sie mit den offiziellen oder öffentlichen Theorien, wie ich sie genannt habe, in Einklang stehen." (Sandler 1983, S. 38)

Sandler bedauert, wieviel der öffentlichen Theoriebildung verlorengeht, weil viele Analytiker nicht gern über das sprechen, was sie tatsächlich tun, und er findet es begrüßenswert, daß sie sich nicht an Theorien festhalten müssen und damit klinische Flexibilität und Sensibilität für die Bedürfnisse der Patienten beweisen. Für ihn sind private Theorien eine angemessene Antwort darauf, daß unsere öffentliche Theorie zwar brauchbar, aber auch restriktiv ist; deshalb argumentiert er, daß bei Analytikern Widersprüche zwischen privater und öffentlicher Theorie eine „friedliche Koexistenz" führen können, solange sie unbewußt (oder vorbewußt) bleiben.

Ich möchte eine andere Sichtweise vorschlagen. Mich beeindruckt es nicht, daß Widersprüche zwischen privaten und öffentlichen Theorien eine „friedliche Koexistenz" führen können, wie Sandler meint. Und ich finde, daß sie *keineswegs* friedlich koexistieren, wenn sie den Analytikern, die sich daran orientieren, unbewußt oder vorbewußt bleiben, um mit Sandler zu sprechen. Ich finde sogar, daß diese Widersprüche oft eine zunehmend zersetzende und zerstörerische Wirkung entfalten, und bei vielen Analytikern dazu führen, daß sie sich im Lauf der Zeit immer weniger wie „wirkliche" Analytiker fühlen, die „wirkliche" Analysen machen. Diese Analytiker empfinden oft ein zunehmendes Unbehagen, wenn sie ernsthaft überprüfen, wie sie tatsächlich arbeiten, und dabei feststellen müssen, daß vieles von dem, womit sie glauben, ihren Patienten zu helfen, nicht mehr mit dem Modell der analytischen Technik übereinstimmt, an dem sie sich eigentlich orientieren. Sie unterscheiden dann zwischen der Analyse, die sie ausüben, und der Analyse, die sie öffentlich oder sogar in der Lehre vertreten und über die sie schreiben. So kommt es, daß sie sich wie Betrüger fühlen, die sich nicht mehr an die Regeln halten, weil sie keine integrierte und akzeptierte öffentliche Identität mehr haben, die mit ihrer privaten psychoanalytischen Erfahrung in Einklang steht. Die Trennung zwischen dem, was *ist*, und dem, was *sein sollte*, öffnet jenen Gefahren Tür und Tor, die wir kennen: Das private Verhalten wird dem potentiell korrigierenden Einfluß der kollegialen Überprüfung und der öffentlichen Diskussion zunehmend entzogen, und dieser korrigierende Einfluß kann sogar innerlich aufgegeben werden, was noch schlimmer ist. Das kann vielfältige Konsequenzen haben – angefangen von einer ständigen Verworrenheit des Denkens, damit einander widersprechende Gedanken sich nicht ins Gehege kommen können, bis hin zu schweren und beunruhigenden Gewissenslücken.

Wie sind also die erheblich divergierenden Implikationen zu verstehen, die Sandler und ich dargelegt haben? *Ich denke, daß diese Divergenz zum Teil durch den unterschiedlichen Kontext erklärt werden kann, in dem jeder von uns die Spaltung zwischen privater und öffentlicher Theorie ansiedelt. Hinzu kommt eine unterschiedliche Auffassung, wie weitgehend wir in dieser Spaltung einen Beweis sehen für die implizite und inoffizielle Infiltrierung durch ein sich änderndes naturwissenschaftliches Weltbild, wie ich es oben beschrieben habe.*

Sandlers Ansatz erinnert mich an das, was Kuhn und andere als normalnaturwissenschaftliches Vorgehen beschrieben haben. Nicht zusammenpassende oder widersprüchliche Beobachtungen können assimiliert werden, wenn für Anomalien reichlich Raum gelassen wird, so daß ein ursprüngliches und übergreifendes Paradigma aufrechterhalten und so ausgeweitet werden kann, daß so viele neue Beobachtungen einbezogen werden können wie möglich: „Konzeptuelle Kategorien werden solange angepaßt, bis aus dem zunächst Anomalen das Antizipierte wird" (Kuhn 1962, S. 64). Die Betonung liegt auf der Einpassung in das vorherrschende Paradigma und der Adaptation an die akzeptierte Theorie, solange es irgend geht. Sandler (1983) gelingt die Adaptation durch seine Überlegung, daß die „partiell privaten Konzepte", die verschiedene Analytiker im Widerspruch zur öffentlichen Theorie entwickeln, eigentlich angesichts der jeweiligen klinischen Situation angemessene und brauchbare Modifikationen sind. „Oft bewirken oder spiegeln die sogenannten Parameter, die ein Analytiker einführt, eine größere Übereinstimmung zwischen seiner sich allmählich entwickelnden, immanent privaten und vorbewußten Theorie und der offiziellen öffentlichen Theorie, an der er sich bewußt orientiert." (S. 38) Sandler geht davon aus, daß sich die öffentliche Theorie irgendwann so verändert, daß die wertvollsten Anteile der privaten vorbewußten Theorien assimiliert werden können und es so zu einer allmählichen Weiterentwicklung der psychoanalytischen Theorie kommt.

Das ist der normale Gang der Wissenschaft, und auch die Entwicklung in unserem Bereich könnte man so darstellen. Manchmal kommt es aber auch anders, wenn nämlich dieser normale Gang der Wissenschaft unterbrochen wird und der Assimilationsprozeß scheitert, wenn Anomalien sich nicht assimilieren lassen und das Theoriegebäude zu sprengen drohen, statt sich irgendwann absorbieren zu lassen. Wenn solche Anomalien zum Ausgangspunkt für private Konzepte von Analytikern werden, gelingt die friedliche Koexistenz zwischen privater und öffentlicher Theorie nach Sandler immer weniger. Statt der friedlichen Koexistenz machen sich dann immer häufiger die beunruhigenden Konsequenzen bemerkbar, von denen ich gesprochen habe. Die privaten Konzepte sind dann immer weniger auseinanderzuhalten oder zu absorbieren.

Ich habe oben dargelegt, daß kontroverse Veröffentlichungen zur Technik als Indikatoren für Richtungsänderungen verstanden werden können, wenn es darum geht, bestimmte fundamentale Themen auszumachen, mit denen sich die meisten praktizierenden Analytiker beschäftigen. Ich habe auch dargelegt, daß es in den heutigen kontroversen Veröffentlichungen vor allem um die Frage geht, wie Wissen und Autorität in der psychoanalytischen Situation neu zu definieren sind, und daß sich dieser Prozeß zeitgleich mit den großen Umwälzungen abspielt, die zu einer Neudefinition von Wissen und Autorität in der Naturwissenschaft geführt haben. Ich denke, daß die von Analytikern entwickelten privaten Konzepte, die sich heute *nicht* der friedlichen vorbewußten Koexistenz mit öffentlichen Theorien der Technik anpassen lassen, gerade aus diesen neuen Definitionen bestehen. Man könnte hinzufügen, daß man nicht überrascht sein sollte, wenn dies zutrifft: So wie diese Neudefinitionen zu einer Herausforderung für den normalen Gang der Wissenschaft *außerhalb* der Psychoanalyse geworden sind – was sicherlich der Fall ist –, sollte man auch erwarten, daß sie *innerhalb* der Psychoanalyse eine Herausforderung für die normale wissenschaftliche Entwicklung sind. Man kann wohl kaum davon ausgehen, daß diese privaten Konzepte sich leicht von der sogenannten öffentlichen Theorie absorbieren lassen.

Was passiert, wenn öffentliche und private Theorie divergieren: Ein Fallbeispiel

Ich möchte das an einem Fallbeispiel zeigen. Kürzlich hatte mich ein Kollege konsultiert, weil er eine Reihe privater Vorstellungen über seine Arbeit mit Patienten entwickelt hatte, die er nicht mehr ohne weiteres in die von ihm öffentlich vertretene Theorie der analytischen Technik integrieren konnte. Im Verlauf unserer Gespräche wurde deutlich, daß es viele Faktoren gab, die zu seinem widersprüchlichen Erleben geführt hatten. Teils lagen sie in seinem Charakter und teils in Problemen, die er wahrscheinlich mit seiner eigenen Analyse gehabt hatte, teils lag es an seinem begrenzten theoretischen Verständnis etc. Trotzdem war dieser Analytiker sehr motiviert, seinen Patienten zu helfen, und es zeigte sich immer deutlicher, daß allein schon die *Tatsache*, daß seine privaten und öffentlichen Ansichten über die analytische Arbeit nicht mehr übereinstimmten, sich enorm destruktiv auf seine Fähigkeit, mit seiner Patientin gut zu arbeiten, ausgewirkt hatte. Erst als sich im Verlauf unserer Sitzungen schließlich seine privaten Vorstellungen – nach Sandler seine „partiell privaten Konzepte" – seinen öffentlichen Konzepten gegenüberstellen ließen, konnte er sich bewußt über diese Widersprüche Gedanken machen und dann allmählich die Dinge wieder in Ordnung bringen, die mit seiner Patientin schiefgegangen waren.

Zu Beginn unserer Konsultation schilderte mir der Kollege, daß er sich immer mehr zu einer Patientin hingezogen gefühlt hatte. Er räumte ein, daß es ihn mittlerweile beunruhigte und erschreckte, wie weit er sich inzwischen auch auf eine körperliche Beziehung mit ihr eingelassen hatte. Beim Zuhören fielen mir eine Reihe paradoxer Elemente in seiner Schilderung auf. Er beschrieb einerseits eine ziemlich eindrucksvolle analytische Arbeit, die er seit zwei Jahren mit ihr machte. Sein gutes Verständnis der Psychodynamik hatte ihm Einsichten und Deutungen ermöglicht. Die Patientin hatte gut darauf reagiert, ihr Verhalten hatte sich geändert, und auch in ihrem Selbstwertgefühl hatte sich viel getan. Anfänglich machte er auf mich den Eindruck eines nachdenklichen (wenn auch gehemmten und ziemlich rigiden) Analytikers, der einen analytischen Prozeß beschrieb, der durchaus mit der öffentlichen Theorie der analytischen Technik übereinstimmte, die seit vielen Jahren die amerikanische Psychoanalyse charakterisiert. Seine analytische Funktion sah er vor allem darin, seiner Patientin die Entwicklung der Übertragung zu ermöglichen und ihr dann die Übertragung und den Widerstand zu deuten. Dabei hatte er auf konventionelle Weise eine neutrale und abstinente Haltung aufrechterhalten, um diese beiden Aufgaben erfüllen zu können. Er hatte viel über die Kindheit der Patientin erfahren und über die Hintergründe, die zur Entwicklung ihrer Probleme geführt hatten, und er hatte ihr mit viel Geschick sein Verständnis der Zusammenhänge vermitteln können. Was er mir schilderte, war keineswegs nur dogmatisch; an vielen klinischen Beispielen beschrieb er überzeugend, wie genau er sich an die von ihm vertretene Standardtheorie der Technik gehalten hatte.

Andererseits schwang noch etwas anderes mit. Als ich mehr darüber erfuhr, wie es dazu gekommen war, daß er sich nicht nur zu seiner Patientin hingezogen gefühlt, sondern schließlich auch eine sexuelle Beziehung mit ihr aufgenommen hatte, tauchte in seiner Sicht der Behandlung noch ein anderer Strang auf, den man als eines der von Sandler beschriebenen „partiell privaten Konzepten" bezeichnen könnte. Von Anfang an hatte dieser Analytiker eine starke Zuneigung für seine Patientin empfunden und den ausgeprägten Wunsch, ihr zu helfen. Als ich mehr über seine Gefühle wissen wollte, räumte er ein, daß sie ihm von Anfang an viel bedeutet hätte – mehr als er das sonst mit Patienten erlebte. Und er fügte etwas verwirrt hinzu, daß es ihr sehr gut getan hätte, daß er so besonders fürsorglich zu ihr gewesen war. Er fand, daß sie sich deshalb sehr verstanden gefühlt hatte – und er sie sehr gut verstehen konnte –, auf eine Weise, die für ihre Analyse erstaunlich gut gewesen war, auch wenn es überhaupt nicht zu seiner sonstigen Auffassung der analytischen Arbeit paßte. Ebenso unangemessen war seine zögerlich geäußerte Meinung, daß die sexuellen Aspekte ihrer Beziehung ihr anscheinend sogar dabei geholfen hatten, an zentralen Problemen ihrer Analyse zu arbeiten.

Dieser Subtext war so extrem abgespalten von seiner Sicht der offiziell von ihm durchgeführten Analyse, daß es geradezu schockierend war. Es war, als hätte er zwei verschiedene Behandlungen durchgeführt – eine mittels Einsicht und eine mittels einer liebevollen „wirklichen" Beziehung. Die eine war eine Analyse, und die andere etwas völlig anderes. Die eine bezog sich auf seine Fähigkeit, Wissen durch Interpretationen zu vermitteln; die andere hatte etwas mit wechselseitigen Gefühlen zu tun und dem Wunsch, sie zum Ausdruck zu bringen.

Nun ist natürlich klar, daß dieser Analytiker sich durch das Ausmaß der Dissoziation von vielen seiner Kollegen erheblich unterscheidet, und man könnte ihn einfach ein schlechtes Beispiel für die von ihm vertretene Theorie der Technik nennen. Aus vielen Gründen (von denen ich einige nach und nach erkennen konnte) war seine Auffassung der Theorie besonders rigide und unbeweglich; in dieser Hinsicht war er tatsächlich ein schlechtes Beispiel für die von ihm vertretene Theorie der Technik. Viele Analytiker können mit einer öffentlichen Theorie arbeiten, bei der Abstinenz und Neutralität von zentraler Bedeutung für die analytische Arbeit sind, und sie können sich trotzdem eine zutiefst empathische und liebevolle Haltung als wesentliche Grundlage ihrer Arbeit aneignen und sich gleichzeitig mit intensiven Gefühlen für ihre Patienten auseinandersetzen.[8]

Man könnte also das Entgleisen dieser Analyse mit der idiosynkratischen Unfähigkeit dieses Analytikers erklären, eine allgemein akzeptierte Theorie der Technik richtig anzuwenden, mit der viele andere Analytiker sehr viel besser zurechtkommen. Aber ich halte es für sinnvoll, in ihm nicht nur ein *schlechtes*, sondern auch ein *gutes* Beispiel zu sehen – nicht für die analytische Technik, sondern für das Scheitern der friedlichen Koexistenz einer öffentlichen Theorie der Technik mit einem privaten und kaum artikulierten „partiellen Konzept" darüber, was Patienten hilft und wie Analyse wirkt. *Vielleicht läßt sich gerade an den schlechten Beispielen einer öffentlichen Theorie besonders gut zeigen, wozu eine Divergenz zwischen öffentlichen und privaten Theorien führen kann, weil dann die sonst verborgen bleibende Diskrepanz besonders deutlich wird, wenn nämlich die persönlichen therapeutischen Fähigkeiten dazu herhalten sollen, die weniger gewissenhafte Anwendung der öffentlichen Theorie zu begründen.*

8 Solche Gefühle werden oft der Gegenübertragung zugeschrieben und dann von Sandlers „privaten Theorien" unterschieden. Damit wird meines Erachtens eine letztlich willkürliche Unterscheidung getroffen, um bestimmte Aspekte der persönlichen Arbeitsweise einer direkten und beunruhigenden Konfrontation mit der öffentlichen Theorie zu entziehen.

Dieser Analytiker fand, daß er in Übereinstimmung mit der öffentlichen Theorie eine Haltung herzlicher, engagierter, aber distanzierter Autorität einnehmen sollte, um seine analytische Funktion ausüben zu können, also die Erfahrungen seiner Patienten zu interpretieren. In seiner Auffassung der offiziellen Theorie unterschied er scharf zwischen „analytisch" und „therapeutisch". In der Analyse, die er mir vorstellte, war er durcheinandergeraten, weil ihm diese Unterscheidung abhanden gekommen war. Er hatte es mit einer Patientin zu tun, die zu einer besonderen Herausforderung für seine Fähigkeit geworden war, seine Gefühle hinter einer offiziell neutralen und abstinenten Haltung zu verbergen, und dabei hatte er entdeckt, daß die, wie er glaubte, „nichtanalytischen" Erfahrungen und Kommunikationen nicht nur die Behandlung dieser Patientin, sondern, was noch beunruhigender war, sogar die Analyse überhaupt dominierten. Er fühlte sich zunehmend unwohl, nicht nur, weil er eindeutig gegen ethische Richtlinien verstoßen hatte, an die er meinte, geglaubt zu haben, sondern auch, weil er für sein Gefühl die von ihm vertretene Theorie der Technik verraten hatte. In gewisser Weise hatte dieser Verrat seinen Verstoß erst möglich gemacht. Als er dann merkte, daß er nicht mehr innerhalb des Rahmens seines analytischen Modells arbeitete, konnte er sich bei diesem Modell auch nicht mehr die Hilfe holen, die er gebraucht hätte, um mit der Intensität seiner Gefühle für seine Patientin zurechtzukommen. Er fühlte sich bereits außerhalb der Regeln; zu seiner eigenen Verblüffung stellte er fest, daß sich an diesem Gefühl kaum noch etwas änderte, als es dann schließlich zum körperlichen Kontakt gekommen war.

Als er zu mir kam, gehörte er zu jenen Analytikern, die sich nicht mehr wie „wirkliche" Analytiker fühlen, die „wirkliche" Analysen machen. Er schämte sich sehr und fühlte sich wie ein Betrüger. Das Schamgefühl überwog, weil er sich nicht in erster Linie schuldig fühlte. Trotz seiner Gewissensqualen wegen der körperlichen Beziehung, die ihn veranlaßt hatten, mich zu konsultieren, fand er, daß er seiner Patientin geholfen hatte und dies auch weiterhin tat. (Dieser Meinung war auch seine Patientin, und ich glaube, daß die Tatsache, daß er mir schließlich zu seiner Erleichterung den Stand ihrer Beziehung enthüllen konnte, daran lag, daß ich ihn beruhigte und wissen ließ, daß auch ich fand, daß er ihr geholfen hätte – obwohl ich ihm auch sagte, daß seine Verwirrung über die *Art* seiner Hilfe der Grund für die destruktive Wendung war, die die Behandlung genommen hatte und wahrscheinlich auch weiterhin nehmen würde.)

Er fühlte sich nicht in erster Linie schuldig, sondern *schämte* sich sehr. Er schämte sich nicht nur wegen der körperlichen Beziehung zu seiner Patientin, sondern auch, weil seine privaten Vorstellungen über die Art seiner Hilfe all jene möglichen Ideen nach sich gezogen hatten, die seine offizielle Theorie über die Wirkung von Analyse in Frage stellten. Schon allein solche Fragen zu haben, gab ihm das Gefühl, als Analytiker versagt zu haben. Er stellte sich vor, daß andere Analytiker – „richtige" Analytiker – im Unterschied zu ihm mit der öffentlichen Theorie gut arbeiten konnten; er gab seiner Unfähigkeit, richtig zu interpretieren und neutral zu bleiben, die Schuld, und es kamen ihm keine Zweifel an seiner öffentlichen Theorie oder seiner Auffassung davon. Ihm wurde bewußt, daß er glaubte, seiner Patientin durch eine nicht-neutrale und nicht-abstinente Haltung geholfen zu haben, und daß er damit in einem „partiell privaten Konzept" gefangen war, das mit seiner öffentlichen Theorie der Technik keine friedliche Koexistenz führen konnte.

Deshalb denke ich, daß das Scheitern dieses Analytikers auf der Divergenz zwischen öffentlicher und privater Theorie beruht. Es gab vieles (in seinem Charakter, seiner eigenen Analyse, seiner Ausbildung etc.), was ihn für sein Versagen anfällig gemacht hatte, aber darum geht es mir hier nicht. Mir kommt es darauf an, zu zeigen, daß bei ihm eine beunruhigende Version der Konsequenzen zu sehen ist, zu denen es kommen kann, wenn Analytiker anfangen, ihren privaten Theorien entsprechend zu arbeiten, die nicht mit ihren öffentlichen Theorien übereinstimmen. Und wenn man betrachtet, welcher *Inhalt* es eigentlich war, der bei ihm in so krassem Widerspruch zu seiner öffentlichen Theorie stand, zeigt sich meines Erachtens, daß es sich dabei um eine verworrene und schlecht durchdachte Version genau der Ansätze handelt, die in den aktuellen Arbeiten zu Kontroversen der Technik diskutiert werden.

Kurz gesagt: Seine Version der öffentlichen Theorie war, daß man, wenn man ein guter Analytiker sein wollte, vor allem aus einer Position der wohlwollenden impliziten Autorität heraus die Erfahrungen eines Patienten sachkundig interpretieren können sollte. Als ihm klar wurde, daß sein intensives Engagement und nicht-interpretierendes Vorgehen und seine ungewohnten Enthüllungen über sich selbst und seine Gefühle dieser Patientin nicht nur zu helfen schienen, sondern es ihr sogar erleichterten, sich selbst zu erkunden, wußte er nicht mehr weiter. Er merkte, daß er sich unausgesprochene, aber grundsätzliche Fragen zu stellen begann, die sich vor allem darum drehten, wie und womit er eigentlich sein Wissen und seine Autorität in der analytischen Rolle definierte. Soweit diese Fragen unentdeckt blieben und losgelöst von seinem offiziellen Bild, wie er selbst Analyse praktizierte, blieben sie (samt der daraus resultierenden Einstellungen und Verhaltensweisen) gleichsam im Untergrund: partiell private Konzepte, die in seine öffentliche Theorie nicht integriert werden konnten. Aber sie blieben nicht ohne Wirkung. Sie wurden immer mehr in Handlung umgesetzt und führten schließlich zu einer körperlichen Beziehung mit seiner Patientin. Erst als sich im Verlauf unserer Konsultation diese privaten Konzepte seiner öffentlichen Theorie gegenübergestellen ließen, gelang es ihm, bewußt über die Widersprüche zwischen seiner privaten Erfahrung und seiner öffentlichen Theorie nachzudenken. (Ich sollte hinzufügen, daß er damit auch genügend Abstand bekam, um die sexuelle Beziehung zu seiner Patientin zu beenden, sie an einen anderen Analytiker zu überweisen und für sich selbst wieder eine Behandlung aufzunehmen.)

Die normalen naturwissenschaftlichen Lösungen versagen heute: Lipton und Sandler

Lipton schrieb 1977, daß sich die moderne psychoanalytische Technik in eine, wie er glaubte, unhaltbare Richtung entwickelte. Er fand, daß in der modernen klassischen Technik eine Unterscheidung verlorengegangen war, die für die ursprünglich von Freud entwickelte Technik wesentlich gewesen war. In gewisser Weise kann man sehen, wie Lipton das normal-wissenschaftliche Vorgehen auf die Entwicklung einer psychoanalytischen Theorie der Technik anzuwenden versuchte. Er meinte, daß sich die moderne Theorie in eine falsche Richtung entwickelt hätte, als versucht wurde, den Geltungsbereich der Technik zu erweitern und Aspekte der Beziehung zwischen Analytiker und Patient mit einzubeziehen, die Freud aus seinen Überlegungen zur Technik ausdrücklich ausgenommen hatte. Höflichkeit, Spontaneität, Herzlichkeit und Wärme waren für Freud selbstverständliche Voraussetzungen: Sie gehörten zum persönlichen menschlichen Kontext, in dem sich eine psychoanalytische Beziehung, wie jede andere auch, entwickeln kann und innerhalb dessen letztlich alle Aspekte der Beziehung zwischen Analytiker und Patient analysiert werden können. So konnte Freud (GW, Nachtragsband, S. 559) beiläufig feststellen, sein Patient, der Rattenmann, war „hungerig u wird gelabt", als er zu einer Sitzung kam, ohne auf die technischen Komplikationen einzugehen, über die spätere Analytiker, wie zum Beispiel Zetzel (1966, S. 129), sagten, sie sei eine „Intervention, die als unanalytisch definiert werden muß".

Lipton (1977) meinte, daß die moderne Theorie, teilweise aus einer Reaktion auf das Konzept der korrigierenden emotionalen Erfahrung heraus, jeden Aspekt der persönlichen Beziehung zum Patienten – auch jeden Ausdruck menschlicher Beteiligung und Anteilnahme – als Frage der Technik aufzufassen begann, mit der die Funktion des Analytikers ernsthaft beeinträchtigt werden könnte.

> „Paradoxerweise führt die moderne Technik möglicherweise genau das herbei, was sie eigentlich vermeiden wollte, nämlich eine korrigierende emotionale Erfahrung, indem sie den Patienten einer hypothetisch ideal korrekten, ideal unauffälligen, ideal ruhigen, technisch instrumentalisierten Umgebung aussetzt, statt den Analytiker als einen Menschen präsent sein zu lassen, mit dem der Patient eine persönliche Beziehung aufnehmen kann. Außerdem birgt die moderne Technik die Gefahr, iatrogene narzißtische Störungen zu fördern, wenn eine Atmosphäre entsteht, in der der Patient wenig Gelegenheit hat, eine Objektbeziehung zu entwickeln." (Lipton 1977, S. 272)

> „Der Vorwurf, die ‚Psychoanalyse werde inhuman', (...) könnte gerade mit dieser Tendenz verknüpft sein, einen Menschen durch eine technisch instrumentalisierte Umgebung zu ersetzen." (ebd., S. 266)[9]

Lipton war sich darüber im klaren, daß der Psychoanalyse mit diesem modernen Porträt eines idealen Analytikers ein schlechter Dienst erwiesen wurde. Gleichzeitig sah er darin auch eine Überforderung der heutigen Theorien der psychoanalytischen Technik. Er reagierte darauf in bester wissenschaftlicher Tradition: Er untersuchte die ursprüngliche Theorie sorgfältig von neuem, und argumentierte dann, daß die jetzigen Mängel und Belastungen nicht aus Problemen mit der Theorie selbst entstanden waren, sondern aus einer *Fehlentwicklung der ursprünglichen Theorie*. Das ist in der Wissenschaft üblich und entspricht insofern Sandlers Ansatz (obwohl sich Lipton von Sandler unterscheidet, weil er viele von Sandlers „partiell privaten Konzepten" eben nicht zu Fragen der Technik zählt). *Sowohl Lipton als auch Sandler sorgten für die Aufrechterhaltung der öffentlichen Theorie, indem sie eine Sonderkategorie für all die Anomalien einführten und gerechtfertigt fanden, die sich ergeben, wenn bei der analytischen Arbeit ein nicht-interpretierendes Vorgehen nötig wird – eine Kategorie, die meines Erachtens genau die Anomalien enthält, durch die heute die traditionellen Konzeptualisierungen von Wissen und Autorität in den psychoanalytischen Theorien zur Technik in Frage gestellt werden.*

Liptons Bemühungen um ein normal-wissenschaftliches Vorgehen hatten, wie ich finde, ein sehr nützliches Ergebnis. Er erläuterte elegant, wie Freuds ursprüngliche Theorie eigentlich am besten funktionierte: nämlich in den Hän-

9 Lipton räumte zwar ein, daß mit dem Konzept des Arbeitsbündnisses in der modernen Theorie ein Weg gefunden worden war, um dieses Problem zu umgehen. Er fand aber, daß dies nur eine scheinbare Lösung war, weil sie etwas Künstliches unterstützte, indem sie menschliches Mitgefühl zu einem technischen Rezept machte und Elemente der Übertragung, die eigentlich innerhalb des Rahmens der Technik gehandhabt werden müßten, der analytischen Untersuchung entzog.

den ihrer ersten Praktiker und in denen jener, die sich, wie Lipton selbst, eng an diese hielten.

Aber das Problem besteht nicht darin, daß die moderne Wissenschaft in bezug auf die Erklärung der Dinge nichts leisten kann. Das kann sie. Das Problem ist eher, daß Erklärungen, die sich für bestimmte Ereignisse hervorragend eignen, für die Erklärung anderer immer weniger taugen oder noch nicht einmal dazu, neue Versionen der alten Vorgänge zu erklären. Auch weiterhin kann man mit der Newtonschen Physik manches wunderbar erklären (z. B. die Bahn einer Billardkugel über den Billardtisch). Nur kann man eben anderes damit nicht ganz so gut oder überhaupt nicht erklären (z. B. wenn sich Billardkugeln annähernd mit Lichtgeschwindigkeit bewegen würden). Wenn sich die Parameter der Definition oder der Untersuchung ändern, dann kann selbst etwas, das mit Newtonscher Physik am besten erklärt werden kann, sich so verändern, daß daraus etwas wird, das damit nicht mehr zu erklären ist.

Aber noch einmal zurück zu dem Analytiker, der mich konsultiert hatte. Seine Vorstellung, wie ein Analytiker sein sollte, stimmte genau mit Liptons Porträt des idealen Analytikers in der modernen klassischen Technik überein. Nach Lipton könnte man ihn als Beispiel für das Versagen der modernen Theorie sehen. Wenn man außer acht läßt, daß man sich mit seinen Charakterproblemen befassen müßte, mit den Unzulänglichkeiten seiner eigenen Analyse und den Folgen, die seine Grenzüberschreitungen für seine Patientin hatten, dann würde Lipton ihm als Kliniker empfehlen, sich wieder an Freuds ursprünglicher Theorie der Technik zu orientieren (oder zumindest an etwas, das Liptons Auffassung davon sehr nahekommt). Zu solchen Empfehlungen kommt die Wissenschaft normalerweise, und auch in psychoanalytischen Instituten sind sie meines Erachtens sehr verbreitet. Viele Supervisoren versuchen übermäßig rigiden und abstinenten Kandidaten mehr Menschlichkeit zu vermitteln, um ihre „Höflichkeit, Spontaneität, Herzlichkeit und Wärme" jenseits der Technik freizusetzen und ihnen wichtige Eigenschaften zu vermitteln für das, was einen guten Analytiker ausmacht.

Und ähnlich wie bei der Newtonschen Physik besteht das Problem nicht darin, daß dieses Vorgehen nicht funktionieren würde. Wenn wir die Dinge nicht zu sehr auseinandernehmen oder zu genau wissen wollen, warum etwas passiert, funktioniert dieses näherungsweise und pragmatische Vorgehen oft ganz gut (genau wie die Newtonsche Physik). Aber ich denke, mit diesem Vorgehen und dieser Empfehlung wird gleichzeitig vermieden, genau zu klären, innerhalb welcher Grenzen es funktioniert. Das Problem, daß es Dinge gibt, die damit nicht erklärt werden können, wird gelöst, indem ihr Einfluß als selbstverständlich vorausgesetzt wird, so daß sie aus dem, was man zu erklären *versucht,* einfach ausgeschlossen werden. Deshalb sehe ich in diesem Vorgehen eine erhebliche Einschränkung bei unserem Versuch, herauszufinden, wie *all* die Myriaden von Bestandteilen, die eine wirksame Psychoanalyse ausmachen, zusammenpassen und sich gegenseitig unterstützen.

Deshalb finde ich dieses Vorgehen prinzipiell nur begrenzt brauchbar. Genauer gesagt, taugt es insgesamt nicht mehr so wie früher. Mir scheint, daß heutzutage zumindest einige unserer besonders guten und begabten Kandidaten wichtige Fragen über den Nutzen einer abstinenten, autoritativen und neutralen Haltung stellen. Ihre Fragen lassen sich nicht dadurch unterdrücken, daß sie in der Supervision ermutigt werden, über die Technik hinaus eine persönliche Beziehung zu ihren Patienten aufzubauen (Liptons Vorschlag) oder sich mit der Einführung von Parametern zu helfen (Sandlers „partiell private Konzepte"). Was diese Kandidaten beunruhigt, betrifft hartnäckigere und grundsätzlichere Probleme. Sie wollen nicht einfach nur wissen, wie man mit ungewöhnlichen Situationen umgehen soll. Wenn es diesen Kandidaten gelingt, wirklich klar zu machen, wie und was sie denken, zeigt sich, daß ihre Fragen gewissermaßen eine Kurzfassung sind für sehr weitreichende Fragen über das Wesen der Analyse, die Definition der analytischen Arbeit und die essentiellen Merkmale der Rolle des Analytikers. Es geht darum, wie wir wissen, was wir wissen, wie wir überhaupt etwas wissen können und wie wir unsere Autorität dafür einsetzen, bei unseren Versuchen weiter zu kommen, mehr zu wissen. Die Fragen beziehen sich auf Wissen und Autorität in der Psychoanalyse. Ähnlich wie die Fragen des Analytikers, der mich konsultiert hatte, machen sie deutlich, daß sich an unserer Auffassung, was wir als gegeben hinzunehmen bereit sind und was wir an unseren Theorien für unantastbar halten, etwas grundlegend verändert hat.

Weiter oben habe ich dargelegt, daß aktuelle Arbeiten zu Kontroversen der Technik Indikatoren für die Veränderungen sind, die sich in unseren fundamentalen psychoanalytischen Annahmen tatsächlich einstellen könnten, insbesondere, wenn sie mit den allgegenwärtigen Veränderungen unseres heutigen naturwissenschaftlichen Weltbilds verknüpft werden. Ich nehme an, daß sich in den zentralen Themen unserer veröffentlichten Kontroversen genau die Annahmen über Wissen und Autorität wiederfinden, die in Bewegung geraten sind und gegenwärtig zu einem Umdenken in der Naturwissenschaft führen. Ich habe auch dargelegt, daß unsere Veröffentlichungen, wie andere Indikatoren auch, keineswegs alles wiedergeben. Was fehlt, muß man außerhalb der offiziellen Literatur suchen, und dann entdeckt man, daß das Denken der praktizierenden Analytiker im Alltag bereits ganz subtil, inoffiziell und allmählich durch ein verändertes naturwissenschaftliches Weltbild infiltriert wurde. Für mich war der Analytiker, der mich konsultiert hatte, ein Beispiel dafür, wie sich diese allmähliche Infiltration manifestieren kann. Ein weiteres Beispiel sind die Kandidaten, deren Fragen durch in der Wissenschaft übliche Empfehlungen nicht befriedigend beantwortet werden können. Beide Beispiele zeigen auch, daß – in Sandlers Worten – bestimmte partiell private Konzepte eben nicht so ohne weiteres eine friedliche Koexistenz mit der öffentlichen Theorie der Technik führen können, über die eigentlich ein Konsens besteht. Und beide Beispiele zeigen, daß sich die Konzepte, die uns Probleme bereiten – wie auch unsere Veröffentlichungen über die Kontroversen der Technik –, vor allem mit dem Thema beschäftigen, wie die Art des psychoanalytischen Wissens und wie die der Autorität des Psychoanalytikers beschaffen sind.

Wie geht es weiter? Einige Spekulationen

Wahrscheinlich gibt es noch mehr partiell private Konzepte, die zu untersuchen sich lohnen würde, wenn wir besser verstehen wollen, wie die Veränderungen des naturwissenschaftlichen Weltbildes das psychoanalytische Denken beeinflussen. Und ich vermute, daß sehr viele dieser Konzepte zu weit radikaleren Revisionen der öffentlichen Theorie führen würden, als unsere veröffentlichten Kontroversen bis jetzt vermuten lassen. Wenn die partiell privaten Konzepte der Analytiker tatsächlich etwas von den Veränderungen des naturwissenschaftlichen Weltbildes widerspiegeln, werden einige davon die Grundlagen des analytischen Denkens so gründlich erschüttern, wie die Naturwissenschaft selbst erschüttert worden ist.[10]

Einige Spekulationen könnte man anstellen. Wenn wir zum Beispiel Mc Clintocks Vorstellung ernst nehmen, derzufolge ein bestimmter Geisteszustand erforderlich ist, um überhaupt wissenschaftliche Entdeckungen machen zu können, müßten wir möglicherweise radikal neu definieren, was eine wissen-

10 Und natürlich wurde die Naturwissenschaft in Verbindung mit der Definition von Wissen und Autorität in der Wissenschaft erschüttert. Ich begann mit Heisenbergs Kommentar zu der heftigen Reaktion auf die Entwicklung der modernen Physik, die „ein Gefühl hervorgerufen hat, als würde der Boden, auf dem die Naturwissenschaft steht, uns unter den Füßen weggezogen". Einstein formulierte es so: „Alle meine Versuche, die theoretischen Grundlagen der Physik diesem (neuen Typ von) Wissen anzupassen, schlugen völlig fehl. Es war, als wäre einem der Boden unter den Füßen weggezogen worden, ohne daß irgendwo eine feste Grundlage zu entdecken gewesen wäre, auf die man hätte bauen können" (in: Capra 1983, S. 77). Und Niels Bohr bemerkte: „Jeder, der nicht durch die Quantentheorie geschockt wird, hat sie nicht verstanden" (in: Gribbin 1984, S. 5).

schaftliche Haltung ausmacht. Könnten mit dieser Revision nicht sehr beunruhigende Implikationen verbunden sein, wie die geistigen Fähigkeiten beschaffen sein müßten, die wir für die Weiterentwicklung wissenschaftlicher Erkenntnisse – auch in der Psychoanalyse – für notwendig halten? Oder wenn wir uns der Physik zuwenden und eine Entwicklung wie Bells Theorem[11] ernst nehmen, wie sollen wir dann damit fertig werden, daß sich daraus schockierende und unserer Intuition widersprechende Implikationen für die Frage der Kausalität ergeben: mit der Tatsache, daß Atomteilchen, die zunächst zusammen waren und dann weit voneinander getrennt wurden, anscheinend in unmittelbarem Kontakt bleiben und sich wechselseitig beeinflussen können? Heißt das, wir könnten, wenn wir sowohl McClintock wie Bell ernst nehmen, etwas von dem Konzept zu begreifen beginnen, das der Physiker David Bohm die „verborgenen Variablen" des Universums genannt hat, so daß wir (auch wenn wir es kaum und nur schwerfällig begreifen) für immer und unwiderruflich daran zu zweifeln beginnen, Dinge als getrennt und unterscheidbar wahrzunehmen, und wirklich anfangen, zu erkennen, daß diese Wahrnehmungen nur die Begrenztheit unseres heutigen Denkens und sonst nichts wiedergeben?[12] Und wenn wir *das* zu erkennen beginnen, könnten wir dann nicht neue überraschende Beweise finden für Zusammenhängendes und Untrennbares, die, unter anderem, unsere gewohnte Unterscheidung zwischen dem Wissenden und dem Gewußten in einem Ausmaß stören, das bis jetzt in den

11 Einstein, Podolsky und Rosen entwickelten 1935 ein mathematisches Argument, das nach ihrer Auffassung die Quantentheorie widerlegte: Nach ihrer Annahme müßte sich, wenn die Quantentheorie richtig wäre, „in einem Zwei-Teilchen-System die Änderung im Spin eines Teilchens simultan auf das Zwillingsteilchen auswirken, selbst wenn sich beide Teilchen in der Zwischenzeit weit voneinander entfernt hätten" (Einstein, Podolsky und Rosen, S. 777). John Bell entwickelte fast dreißig Jahre später ein Theorem, mit dem er zeigte, daß die EPR-Vorhersage (EPR steht für Einstein, Podolsky und Rosen) einer sofortigen nicht-lokalen Wirkung tatsächlich eintreten könnte. Einige Jahre später wurden die quantenmechanischen Vorhersagen von Bells Theorem, die Einstein für unmöglich gehalten hatte, eindrucksvoll bestätigt. Henry Stapp, ein Physiker aus Berkeley und ein Experte für Bells Theorem, nannte es die wichtigste Entdeckung in der Geschichte der Naturwissenschaft. Seine Zusammenfassung lautet: „Wenn die statistischen Vorhersagen der Quantentheorie wahr sind, ist ein objektives Universum mit dem Gesetz der rein lokalen Wirkungen nicht kompatibel." (Mit lokalen Wirkungen meint Stapp kausale Zusammenhänge, die auf Informationen beruhen, deren Übertragungsgeschwindigkeit die Lichtgeschwindigkeit nicht übersteigt, so daß sofortige Reaktionen, wie sie Bells Theorem vorhersagt, ausgeschlossen sind.) Nach Stapps Auffassung sind die Implikationen von Bells Theorem nicht auf atomare Teilchen beschränkt, sondern außerordentlich bedeutsam, wenn sie in unsere makroskopische Existenz übersetzt werden (in: Dossey 1982, S. 98 und S. 191). (Anm. der Übersetzerin: Die Übersetzung dieses Abschnitts erfolgte mit der fachkundigen Hilfe durch Prof. H. Ströbele, Frankfurt, dem ich an dieser Stelle für seine Unterstützung danke.)

12 Bohm (1980) verwendet den Begriff „verborgene Variablen", um das Quantenpotential und die zusammenhängende ganzheitliche Struktur zu beschreiben, die der von uns wahrgenommenen Welt der Getrenntheit und Fragmentierung zugrundeliegt; er beschreibt eine „übergeordnete" Struktur für jeden Aspekt des Universums, in der alle Teile das Ganze „implizieren".

heutigen Kontroversen über die Bedeutung der Intersubjektivität in der psychoanalytischen Technik noch kaum erkennbar ist?

Ausgehend von McClintock oder Bell, könnten wir also nach Oppenheimers Vorschlag über die Implikationen nachdenken, die außergewöhnliche neue Ideen aus anderen Bereichen für die Psychoanalyse haben könnten. Wenn man all die Warnungen berücksichtigt, die ich weiter oben für den Fall der Anwendung naturwissenschaftlicher Ideen auf die Psychoanalyse beschrieben habe, muß man dabei sehr vorsichtig zu Werke gehen – aber ich denke, es gibt eine Anwendung, von der wir, um mit Oppenheimer zu sprechen, etwas „sehr Erhellendes" erwarten dürfen. Ich meine die einfache Erkenntnis, daß eine naturwissenschaftliche Entwicklung wie Bells Feststellung der Möglichkeit einer nicht-lokalen Wirkung für uns bedeutet, daß *eine ganze Reihe neuer Fragen über Kausalität vorstellbar geworden ist.* Die Tatsache, daß sich völlig neue Fragestellungen ergeben können, zeigt, daß unsere kollektiven Vorstellungen eine Neuordnung erfahren haben und damit auch alles, was unser Interesse und unsere Aufmerksamkeit wecken kann. Wie die Gestaltpsychologie früher gezeigt hat, können wir ohne einen Bezugsrahmen für die Wahrnehmung nichts sehen. Wenn wir aber erst einen neuen Bezugsrahmen haben, entdecken wir alle möglichen neuen Dinge. Und wenn neue Fragestellungen erst denkbar geworden sind, tauchen sie an den unmöglichsten Stellen auf.[13]

Es geht nicht darum, McClintocks Entdeckungen oder Bells Theorem direkt auf die Psychoanalyse anzuwenden. Es geht darum, wie sich die durch McClintock und Bell denkbar gewordenen Fragen auf die für uns dadurch aufgeworfenen Fragen auswirken – und die später vielleicht sogar von entscheidender und strukturierender Bedeutung werden könnten –, *wenn es sich um eindeutig psychoanalytische Vorgänge und Hypothesen handelt.*

Wir könnten uns zum Beispiel Gedanken machen über das Argument des Physikers Arthur Zajonc, das besagt, daß die quantenmechanischen Vorhersagen von Bells Theorem fundamentale Fragen nach der wissenschaftlichen Definition der Rationalität aufwerfen. Er sagt: „Etwas an Einsteins Sicht der Rationalität muß aufgegeben werden. Fragt sich nur, was. Das archetypische Experiment von EPR-Bell drängt uns den Gedanken an eine flexiblere Form der Rationalität auf, als sie in der traditionellen Naturwissenschaft üblich ist. Wir müssen nicht die Rationalität aufgeben, sondern eher ihre Bedeutung erweitern." (Zajonc 1993, S. 311)

13 In diesem Sinn ist das Wissen der Naturwissenschaft sozial konstruiert, was nicht ausschließen soll (obwohl die Geschichte zu diesem Thema kontrovers ist), daß sie auch auf Evidenz beruht.

Wie könnte diese erweiterte Definition der Rationalität für Psychoanalytiker aussehen? Wir sind sicher weit davon entfernt, diese Frage beantworten zu können, aber ich denke, Zajonc schlägt vor, daß wir, zusammen mit Wissenschaftlern aus allen möglichen Bereichen, Bells Theorem als Ausgangspunkt für eine neuartige Auseinandersetzung mit dieser Frage nehmen könnten.

Beispielsweise haben wir als Analytiker der Macht des Irrationalen im Unbewußten eine enorme Tragweite zuerkannt, aber unsere Auffassung der Rationalität hat sich seit Freuds frühen Theorien wenig verändert. Könnten bestimmte Aspekte dessen, was wir irrational nennen, zu der Kategorie gehören, die eine wie auch immer erweiterte Rationalität beinhaltet? Könnte diese erweiterte Rationalität dazu führen, daß wir herkömmliche Unterscheidungen zwischen Primär- und Sekundärprozeß oder zwischen bewußt und unbewußt auf eine Weise in Frage stellen, die unsere Vorstellungen über Gedanken und Denken verändern könnte? Könnte die Vorstellung nicht-lokaler Auswirkungen uns zu ganz neuen Fragen veranlassen, zu der, worin eigentlich menschliche Intuition besteht und wo ihre Grenzen liegen? Oder zu Fragen über die Natur der zwischenmenschlichen Kommunikation – sicher über die Kommunikation zwischen Analytiker und Analysand, aber vielleicht sogar über die zwischen Menschen, die „zunächst zusammen waren und dann weit voneinander getrennt wurden"? Wir haben bis jetzt keinen Grund zu der Annahme, daß Bells Theorem makroskopische Implikationen für die menschliche Kommunikation *hat* – aber genausowenig haben wir einen Grund zu der Annahme, daß sie diese *nicht* hat. Und allein schon die Frage nach diesen Implikationen könnte grundlegende Fragen nach sich ziehen, worin menschliche Kommunikation eigentlich besteht. (Eine ausführlichere Übersicht über diese beiden Fragen und die wachsende Zahl einschlägiger Forschungsarbeiten findet sich bei Mayer [1996].)

Einige der von mir aufgeworfenen Fragen sind von Psychoanalytikern ebenso wie von anderen Wissenschaftlern entschieden in den Bereich des Irrationalen verwiesen worden. Wird es dabei bleiben, wenn wir zu einer erweiterten Definition der Rationalität kommen, wie Zajonc und seine Kollegen es den Wissenschaftlern nahelegen? Oder, genauer noch, wirken sich Fragen wie diese – die sich nach meiner Meinung nachdrücklich aus unserer gegenwärtigen *Weltanschauung* ergeben – *schon jetzt* so auf die partiell privaten Konzepte praktizierender Analytiker aus, daß die konventionellen öffentlichen analytischen Theorien darüber, *wie* wir etwas wissen und *was* wir wissen, radikal unterlaufen werden?

Wir könnten auch McClintock betrachten. Ihr gelang es, die Frage nach dem für wissenschaftliche Erkenntnisse nötigen Geisteszustand genauer zu formulieren – jene Frage, die heute in verschiedenen Bereichen der Wissenschaft gestellt wird, insbesondere wenn es um *neue* Erkenntnisse und Entdeckungen geht. Sie nahm an, daß das Vorgehen nach der sogenannten wissenschaftlichen Methode zwar einen Bezugsrahmen für die wissenschaftliche Kommunikation bereitstellt, betonte aber mit Nachdruck, daß sie damit nie in den Geisteszustand geraten wäre, der ihr ihre Entdeckungen ermöglicht hatte. Damit ist sie unter Wissenschaftlern noch nicht außergewöhnlich, aber sie hat besonders deutlich gemacht, welche möglichen Implikationen ihr eigener Geisteszustand für die Form ihrer Forschungsmethoden und -entwürfe hatte. McClintock interessierte sich bei ihrem Versuch, mehr darüber herauszufinden, *wie* sie wußte, was sie wußte, zunehmend mehr für die geistige Disziplin, die im tibetischen Buddhismus entwickelt wurde. Sie „fand, daß die Tibeter verstanden hatten, *wie* man etwas weiß" (nach Keller 1983, S. 203). Etwas, was sie für den Vorgang wissenschaftlicher Entdeckungen wesentlich fand, hatte bei dem, was die Tibeter für ihr Gefühl wußten, eine zentrale Bedeutung: eine Beziehung zum Untersuchungsobjekt, bei der Aufmerksamkeit und Rezeptivität des Untersuchers so umfassend wie möglich sind. Sie vermutete, daß die Tibeter wußten, wie das, was sie ihr „Gefühl für den Organismus" nannte, zu erreichen war, und sie antizipierte, daß die Methoden der Tibeter für die heutigen Wissenschaftler von entscheidendem Interesse sein könnten bei unserer derzeitigen wissenschaftlichen Revolution, einer Revolution, von der sie vermutete, daß sie „unsere Art, etwas zu untersuchen und unsere Art, Forschung zu betreiben, völlig umgestalten würde" (ebd., S. 207).

McClintocks Frage, wie wir wissen, was wir wissen, findet sich in den Überlegungen vieler Physiker wieder, die ebenfalls vermuten, daß der in verschiedenen östlichen Traditionen systematisch entwickelte Geisteszustand uns eine Lehre sein könnte, wenn es um den Geisteszustand geht, der uns die gegenwärtigen Entwicklungen in der Naturwissenschaft verstehen helfen könnte. Schrödinger schrieb: „Unsere Wissenschaft – die griechische Wissenschaft – basiert auf Objektivierung. (...) Aber ich glaube, daß das genau der Punkt ist, an dem unsere jetzige Art zu denken ergänzungsbedürftig ist, vielleicht durch eine ‚Bluttransfusion' mit östlichem Denken" (Schrödinger 1945, S. 140). Heutzutage ist es fast schon eine Binsenweisheit, bei verschiedenen Pionieren der modernen Physik auf ihren Hang zur Mystik hinzuweisen, aber es ist trotzdem eindrucksvoll, wie viele von ihnen ausdrücklich beschrieben haben, wie wertvoll sie einen meditativen oder mystischen Zustand finden, wenn es um wissenschaftliche Erkenntnisse geht (um nur einige zu nennen: Heisenberg, Einstein, de Broglie, Jeans, Planck, Pauli, Eddington, Bohr und Robert Oppenheimer).[14] Zajonc schloß vor kurzem seine umfangreiche Untersuchung der Geschichte des Lichts mit der Frage: „Wie sollte das Wissen der Zukunft beschaffen sein; wie werden wir morgen das Licht sehen?" (Zajonc 1993, S. 338) Als Teil seiner Antwort schlägt er vor, sich das Beispiel der Mönche zu betrachten, die wissen, „daß sie durch *diszipliniertes Üben* die Natur so weit internalisieren können, daß sie *neue geistige Möglichkeiten* realisieren können." (ebd., S. 341, Hervorhebungen durch die Autorin).

Was ist von diesen disziplinierten Übungen und den neuen geistigen Möglichkeiten zu halten, die uns von Wissenschaftlern empfohlen werden? Haben sie irgendeine Relevanz für uns, während wir in unseren Praxen sitzen, unseren Patienten zuhören, uns mit ihren Assoziationen beschäftigen und in eine Interaktion mit ihren Erfahrungen geraten? Haben sie irgendetwas mit psychoanalytischem Wissen zu tun? Oder damit, wie und wo Autorität beim Erwerb psychoanalytischer Kenntnisse eine Rolle spielt? Haben sie, um es noch einmal zu sagen, irgendetwas mit den Fragen zu tun, die *schon jetzt* die partiell privaten Konzepte beeinflussen, die mit den öffentlichen Theorien der Analytiker kollidieren?

Ich denke schon.

Vor kurzem gründeten einige Mitglieder der American Psychoanalytic Association eine Forschungsgruppe, um diese Fragen zu diskutieren. Die Gruppe kam auf ähnliche Weise zustande wie viele Forschungsgruppen: Einige Analytiker entdeckten bei informellen Gesprächen ähnliche Interessen, über die bei offiziellen Treffen nie gesprochen wurde. Die Fragen, für die sie sich interessierten, entstanden aus besonderen persönlichen Erfahrungen, die mit ihren individuellen Versionen der offiziellen klinischen Theorie kollidierten. Die Reaktion darauf war, daß jeder mehr oder weniger deutlich formulierte partiell private Konzepte bezüglich der Frage entwickelt hatte, wie wir in der Analyse eigentlich wissen, was wir wissen. Einige dieser Konzepte waren für die Analytiker, die sich dazu geäußert hatten, sehr irritierend und beruhten auf Erfahrungen, die sie viel zu beunruhigend fanden, um sie Kollegen gegenüber zu offenbaren. Hatten sie sie erst einmal ausgesprochen, deuteten sich damit Implikationen für das psychoanalytische Wissen an, die möglicherweise so radikal sind wie die Fragen, die ich weiter oben angeführt habe.

---

14 Ich bin keineswegs der Meinung, daß diese Physiker mit Hilfe der Physik die Mystik beweisen wollten, wie von einigen Autoren behauptet worden ist, die damit eindeutig die Diskursebenen vermengten, was Wilber (1984, Vorwort) überzeugend kritisiert hat.

Ein Analytiker beschrieb zum Beispiel einen bestimmten Geisteszustand, den er als meditationsähnlich empfand und in dem ihm besonders gute Einsichten über seine Patienten gelangen. Als er kürzlich versuchte, sich in die für diesen Zustand charakteristische Erlebensweise zu versetzen, entdeckte er, daß er dabei ständig einen Lichtstreifen um Kopf und Körper des Patienten wahrnahm, der wieder verschwand, sobald sich sein eigener Geisteszustand auch nur geringfügig veränderte. Er war natürlich davon fasziniert; was sah er, und warum sah er es? Die Wahrnehmung des Lichts interessierte ihn besonders, weil sie so eng mit dem Geisteszustand verknüpft war, in dem er am besten analytisch arbeiten konnte. Für ihn ergab sich daraus die Frage, ob ihm dieser Geisteszustand anders geartete Wahrnehmungen seiner Patienten ermöglichte als er sie sonst mit „analytischem Zuhören" in Verbindung gebracht hatte. Er fing an zu überlegen, ob seine Einsichten in diesem Zustand weniger eine Funktion des Zuhörens waren als vielmehr eine Funktion des Wahrnehmens auf einer Ebene, die er „energetisch" nannte – was sich sowohl an dem von ihm gesehenen Licht zeigte als auch in der besonderen Intuition, die dieser Geisteszustand zu begünstigen schien. Er fand diese Fragen beunruhigend, aber auch fesselnd. Am meisten beunruhigte ihn die Diskrepanz zwischen dieser Erfahrung und den sich daraus ergebenden Fragen und allem, was er bis dahin wissenschaftlich und rational zu nennen gewohnt war.

Ein anderer Teilnehmer beschrieb, wie er zunehmend davon überzeugt war, daß er mit den ihm vertrauten Konzepten von Empathie und projektiver Identifikation zwar in vielen Aspekten gut beschreiben konnte, wie er etwas über Patienten wußte, daß er damit aber überhaupt nicht das Ausmaß der Intuition wiedergeben konnte, die er in bestimmten Augenblicken empfand, wenn er bei sich, so sagte er, einen subjektiv ungewöhnlichen Bewußtseinszustand bemerkte, in dem er das Gefühl hatte, gleichsam innerhalb der Erfahrung seiner Patienten zu sein. In solchen Augenblicken wußte und antizipierte er Dinge, die man für sein Gefühl mit den Mitteln, die man rational nennt, einfach nicht wissen konnte: Er sagte, er wüßte dann buchstäblich Einzelheiten vergangener Ereignisse, von denen er noch nie etwas gehört hatte und antizipierte zukünftige Ereignisse (richtig, wie er später herausfand). Andere Mitglieder dieser Gruppe beschrieben andere (wenn auch weniger dramatische) Versionen des Gefühls, auf eine Weise etwas über Patienten zu wissen, die nicht in die konventionellen Definitionen paßten, was wir über andere Menschen wissen können. Ihre Diskussionen verdichteten sich auf eine zentrale Frage: Wann müssen wir aufgrund der Daten, die wir aus unserer Erfahrung mit Patienten gewinnen, über das hinausgehen, was wir in unserer üblichen Definition einer rational begründeten Intuition in der Psychoanalyse bequem unterbringen können?

Ein anderes Mitglied sprach ebenfalls davon, sich in das Erleben eines Patienten gleichsam „hineinzubegeben", um zu beschreiben, wie ungewöhnlich tief er sich einem Patienten gefühlsmäßig verbunden fühlte. Ihm kam es allerdings weniger darauf an, was er in diesem Zustand über den Patienten *wußte*, als darauf, wieviel besser er dann in der Lage zu sein schien, mit seinem Patienten auf eine Weise zu kommunizieren, die für ihn jenseits seiner sonstigen Fähigkeiten lag – was ihn dazu brachte, sich darüber Gedanken zu machen, wie sich Menschen überhaupt gegenseitig zu Heilungszwecken beeinflussen und wie Heilung an sich letztlich zustandekommt. Zwei Mitglieder der Gruppe interessierten sich besonders für solche Fragen, nachdem sie selbst erlebt hatten, wie sich finale Krankheitszustände plötzlich und dramatisch besserten, was sowohl ihr medizinisches Verständnis des physiologisch Möglichen als auch ihre Auffassung der seelischen Beeinflussung körperlicher Vorgänge gründlich in Frage gestellt hatte. Diese Analytiker berichteten, daß ihre Grundannahmen über die Realität und die Seele zutiefst erschüttert wurden – Annahmen, die über Jahre die Grundlage ihrer psychoanalytischen Arbeit gewesen waren. Sie entdeckten, daß sie vieles von dem hinterfragten, was unsere öffentlichen und offiziellen psychoanalytischen Theorien für selbstverständlich halten, wenn es um seelische Vorgänge überhaupt oder, in Verbindung damit, um die Wirkungsweise der analytischen Beziehung geht.

Mit solchen Fragen beschäftigt sich diese Forschungsgruppe. Ihre Fragen haben, wie ich denke, viel gemeinsam mit den Fragen, die sich aus der gegenwärtigen Neudefinition der Wissenschaft ergeben haben: besonders mit denen, die die Art unserer Verbindung mit den Objekten unseres Wissens neu zu fassen versuchen und dabei auch neu definieren, wie diese Verbindung zu Erkenntnissen führt. Die Analytiker, die sich damit beschäftigen, fühlen sich unserer Herkunft aus der Naturwissenschaft, wie Freud es genannt hat, zutiefst verpflichtet. Aber sie sind, wie ich sagen würde, ebenso daran interessiert, die Psychoanalyse mit der Revolution in der Naturwissenschaft in Verbindung zu bringen, die Spruiell beschrieben hat, und mit der Revolution in der Biologie, wie sie McClintock repräsentiert. Noch sind die Diskussionen darüber, wie diese Verbindung zu bewerkstelligen ist, sehr rudimentär und spekulativ. Diese Analytiker bemühen sich darum, eine rationale und wissenschaftliche Orientierung aufrechtzuerhalten – trotz ihrer Erfahrungen, die sich der Wissenschaft und der Rationalität, mit der sie aufgewachsen sind, zu widersetzen scheinen. Gleichzeitig wird in ihren Diskussionen die von Polanyi beschriebene heuristische Passion eindrucksvoll spürbar. Sie finden die Fragen, mit denen sie sich auseinandersetzen, sehr beunruhigend und haben gleichzeitig das starke Gefühl, daß es dabei um sehr zentrale Punkte geht, die möglicherweise ihr Verständnis von effektiver psychoanalytischer Arbeit grundlegend verändern könnten.

Ich glaube, daß von dieser heuristischen Passion, die unser Feld befruchten könnte, noch viel mehr vorhanden ist, wenn wir sie zulassen würden. Und viel von dieser Passion zeigt sich wie bei der von mir beschriebenen Forschungsgruppe darin, wie bestimmte, neuerdings denkbar gewordene Fragen, die sich aus Veränderungen in unserem gegenwärtigen naturwissenschaftlichen Weltbild ergeben haben, uns dabei helfen könnten, Aspekte der persönlichen analytischen Erfahrung von Analytikern zu formulieren – vielleicht sogar zu stimulieren –, die nicht einfach in unsere vertrauten analytischen Theorien passen. Das führt meiner Meinung nach dazu, daß wir die Entwicklung einiger „partiell privater Konzepte" über die Wirkung der Analyse miterleben.

Der Physiker David Bohm hat Wissenschaft als „ein Mittel (definiert), neue Formen des Kontakts mit der Welt herzustellen, in neuen Bereichen, auf neuen Ebenen" (1965, S. 230). Vielleicht kann man die partiell privaten Konzepte der Analytiker als wissenschaftliche Versuche im Sinne Bohms verstehen: Individuelle Versuche, neue Wege, neue Bereiche und neue Ebenen des Kontakts mit der Welt der Psychoanalyse zu erschließen. Diese Versuche reichen von dem verwirrten Denken, mit dem sich der Analytiker, der mich konsultiert hatte, herumschlug, bis zu den Grundsatzfragen, mit denen sich die von mir beschriebene Forschungsgruppe beschäftigt. Wenn wir nicht anfangen, die ganze Bandbreite der partiell privaten Konzepte, mit denen sich Analytiker zur Zeit beschäftigen, in unseren öffentlichen Diskurs einzuschließen – insbesondere wahrscheinlich die beunruhigendsten und irritierendsten unter ihnen –, haben wir eine Menge zu verlieren. Es geht um radikal neue Fragen danach, was Wissen ausmacht und wie wir wissen, was wir wissen. Sie führen derzeit in jedem Zweig der Wissenschaft zu neuen Entwicklungen (Harman und Clarke 1994; Jahn und Dunne 1987). Entweder werden sie auch für die Zwecke der Psychoanalyse genutzt oder eben nicht. Wenn nicht, wird sich daraus wahrscheinlich zweierlei ergeben: Es könnten partiell private Konzepte daraus werden, die im Untergrund wirksam werden mit all den destruktiven Konsequenzen für Denken und Gewissen, die ich oben beschrieben habe. Oder sie verschwinden einfach irgendwohin, und dann fehlt unseren Diskussionen über die offizielle Theorie der Psychoanalyse die lebendige Auseinandersetzung. In jedem Fall haben wir eine Menge zu verlieren.

Das wesentliche Ziel der Psychoanalyse – menschliche Erfahrung innerhalb des einzigartigen Schmelztiegels der Beziehung zwischen Analytiker und Analysand zu verstehen – bleibt, glaube ich, aufregend und höchst wertvoll. Die entscheidende Frage für uns ist, wie offen wir für neue Möglichkeiten sind, auf welche Weise dieses Ziel zu erreichen ist. Ich habe darzulegen versucht, daß die empirischen Daten, die uns heute durch die von Analytikern verwendeten partiell privaten Konzepte zugänglich sind, Ansatzpunkte dafür enthalten, daß die neuerdings in der Naturwissenschaft denkbar gewordenen Fragen bereits jetzt erheblichen Einfluß auf einige Psychoanalytiker haben. Wenn wir die Formulierung dieser Konzepte weiterverfolgen, von denen viele schlecht definiert sind oder noch in den Anfängen stecken, könnten sich unsere Vorstellungen über Wissen und Autorität in der Psychoanalyse wahrscheinlich gewaltig ändern. Aber ich vermute auch, daß die Psychoanalyse enorm bereichert werden könnte.

Ich hatte mit Sitwells *Heart and Mind* angefangen und mit der Überlegung, daß ihre Bilder unser gegenwärtiges Dilemma heraufbeschwören, das entsteht, wenn es um die Psychoanalyse selbst geht und um unsere Versuche, mehr über sie zu wissen. Sitwell spricht vom Feuer des Herzens und dem Feuer des Verstandes und ihrer Beziehung zueinander. Der Analytiker, der mich konsultiert hatte, war nicht in der Lage, daraus so etwas wie eine lebendige Begegnung zu machen. Unsere gegenwärtigen Kontroversen über die Technik zeigen, wie wichtig es ist, anzuerkennen, daß diese Begegnungen sich in vielfältigen Versionen abspielen können, wenn das Feuer des Herzens der beiden an der analytischen Dyade Beteiligten dem Feuer des Verstandes begegnet, was nicht einfach das Zusammentreffen zwischen zwei Menschen ist, von denen einer privilegiert ist, weil er wichtiger wäre oder mehr zu bestimmen hätte oder mehr Autorität besitzt.

Mir scheint, daß Sitwells Bilder auch ein Dauerthema aufgreifen, das für das von mir beschriebene, sich ändernde naturwissenschaftliche Weltbild charakteristisch ist. Wir können immer besser anerkennen, daß das Feuer des Herzens nicht weniger wichtig ist als das Feuer des Verstandes für das, was Wissenschaft und wissenschaftliche Entdeckungen ausmacht. Wenn wir versuchen, einige der Widersprüche zwischen den privaten und den öffentlichen Theorien von Analytikern zu benennen, die derzeit in unserem Bereich für Beunruhigung sorgen, können wir, wie ich glaube, feststellen, daß sich die besten der partiell privaten Konzepte – diejenigen, die wahrscheinlich die Psychoanalyse am meisten bereichern – letztlich danach unterscheiden lassen, wie sie das Feuer des Herzens mit dem des Verstands in einer Weise verknüpfen, die Polanyi (1958) persönliches Wissen genannt hat:

„Dieser persönliche Koeffizient, der alles Tatsachenwissen formt, überbrückt so die Trennung zwischen Subjektivität und Objektivität".
(Polanyi 1958, S. 17)

„Er zwingt uns – leidenschaftlich und weit über das hinaus, was wir verstehen können – zu einer Vision der Realität. (...) Wir leben darin wie in der Hülle unserer eigenen Haut. Wie die Liebe, mit der sie verwandt ist, ist diese Verpflichtung ein ‚Flammenhemd', das vor Leidenschaft glüht, und sie wird, wie die Liebe auch, vollzogen, (...) indem man sich universellen Standards verpflichtet. (...) Das ist der eigentliche Sinn der Objektivität in der Wissenschaft." (ebd., S. 64)

Wenn sich Psychoanalytiker nicht nur darum bemühen, ihre Verwurzelung in der Naturwissenschaft aufrechtzuerhalten, sondern auch die Implikationen miteinbeziehen, die sich aus der radikalen Neudefinition der Naturwissenschaft selbst ergeben, wird uns, wie ich glaube, das persönliche Wissen nach Polanyi dabei helfen, die dafür notwendige Vorstellungsfähigkeit zu entwickeln. Zajonc (1994) beschreibt die Notwendigkeit für diese Fähigkeit in bezug auf andere Wissenschaftszweige:

„Die intellektuelle Strömung des atomaren Denkens, der Analyse, ist immer noch schnell und tief. (...) Aber wenn die Quantentheorie dabei eine Hilfe sein sollte, dann ist es nur unsere Phantasie, die begrenzt ist. Die Natur ist eindeutig in ihren Hinweisen, sogar unsere mathematischen Beschreibungen von ihr. Atomisierung und Lokalisierung sind nur klägliche und begrenzte Beispiele einer viel reicheren und subtileren Ordnung des Universums.(...) Hinter jeder (dieser) Feststellung(en) steht ein Experiment. (...) Ich habe viele dieser Experimente durchgeführt, so wie Hunderte von anderen Physikern in anderen Laboratorien rund um die Welt. Für alle diese Forscher sind die experimentellen Ergebnisse Routine – keine Überraschungen; aber sie stellen an unser Vorstellungsvermögen enorme Anforderungen. Diesen Aspekt möchte ich hervorheben und daran appellieren, daß eine Erneuerung des Denkens und die Entwicklung einer reicheren Phantasie notwendig sind. Ähnliche Anforderungen werden durch die Biologie, die Ökologie, die kognitiven Wissenschaften, die Medizin und eine Vielzahl anderer Bereiche an uns gestellt. Wir befinden uns an einer Schwelle." (Zajonc 1994, S. 323)

Die Psychoanalytiker stehen an derselben Schwelle. Und mir scheint, daß gerade die Dinge, über die wir als Psychoanalytiker am meisten wissen – die Bewußtmachung von Unbewußtem und die Untersuchung des seelischen Widerstandes gegen Veränderung –, uns bei der Entwicklung einer reicheren Vorstellungsfähigkeit helfen können, die wir brauchen werden. Zusammen mit unseren Bemühungen, die Verbindung zu anderen Wissenschaften herzustellen, wird diese reichere Phantasie sowohl unsere Theorie als auch unsere Praxis enorm beleben.

Übersetzung: Antje Vaihinger

Literatur

Aron, (1991): The patient's experience of the analyst's subjectivity. Psychoanal. Dialogues, 1:29-51.
Bernfeld, S. (1941): The facts of observation in psychoanalysis. Int. Rev. Psychoanal., 1985, 12:342-351. (Deutsche Fassung: Psychoanalyse als Gespräch. In: Psyche (1978) 32, S.355-373)
Bohm, D. (1965): Special Theory of Relativity. New York: Benjamin Books.
Bohm, D. (1980): Wholeness and the Implicate Order. London: Routledge & Kegan Paul.
Bruner, J. (1993): Loyal opposition and the clarity of dissent. Psychoanal. Dialogues, 3:11-19.
Capra, F. (1983): The Turning Point: Science, Society and the Rising Culture. New York: Bantam Books.
Cole, K. C. (1985): Sympathetic Vibrations: Reflections on Physics as a Way of Life. New York: Bantam Books.
Cooper, S. (1993): Introduction: hermeneutics and you. Psychoanal. Dialogues, 3: 169-176.
Dossey, L. (1982): Space, Time and Medicine. Boston: Shambhala Publ.
Edelglass, E., Maier, G., Gebert, H. & Davy, J. (1992): Matter and Mind: Imaginative Participation in Science. New York: Lindisfarne Press.
Ehrenberg, D. B. (1992): The Intimate Edge. Extending the Reach of Psychoanalytic Interaction. New York/London: Norton.
Einstein, A., Podolsky, B. & Rosen, N. (1935): Can quantum mechanical description of reality be considered complete? Physical Review, 47:777-780.
Fogel, G. I. (1990): Review of Chaos: Making a New Science by J. Gleick. Bull. Assn. Psychoanal. Med., 29:95-96.
Freud, S. (1907-08): Originalnotizen zu einem Fall von Zwangsneurose (‚Rattenmann') (1955) GW, Nachtragsband, 1987.
Freud, S. (1921): Psychoanalyse und Telepathie. GW, 17.
Furman. R. (1993): Kuhn, chaos and psychoanalysis: an introduction. Child Anal., 4: 133-150.
Gill, M. M. (1982): Analysis of Transference, Vol. 1: Theory and Technique. New York: Int. Univ. Press.
Gill, M. M. (1993): Interaction and interpretation. Psvchoanal. Dialogues, 1:111-122.
Godwin, R. (1991): Wilfred Bion and David Bohm: toward a quanturn metapsychology. Psychoanal. Contemp. Thought, 14:625-654.
Gribbin, J. (1984): In Search of Schrödingerís Cat: Quantum Physics and Reality. New York: Bantam Books.
Harman, W. & Clark, J. (1994): New Metaphysical Foundations of Modern Science. Sausalito, CA: Inst. of Noetic Sciences.
Heisenberg, W. (1958): Physik und Philosophie. Stuttgart: Hirzel 1990.
Hoffman, I. Z. (1983): The patient as interpreter of the analyst's experience. Contemp. Psychoanal., 19:389-422.
Hoffman, I. Z. (1992): Some practical implications of a social constructivist view of the psychoanalytic situation. Psychoanal. Dialogues, 2:287-304.
Hoffman, I. Z. (1994): Dialectical thinking and therapeutic action in psychoanalysis. Psychoanal. Q., 61: 187-2 18.
Hoffman, L. (1992): Review of Chaos: Making a New Science by J. Gleick. J. Amer. Psychoanal. Assn., 40:880-885.
Jahn, R. & Dunne, B. (1987): Margins of Reality. The Role of Consciousness in the Physical World. New York: Harcourt Brace.

Keller, E. (1983): A Feeling for the Organism: The Life and Work of Barbara McClintock. New York: W. H. Freeman.
Keller, E. (1992): Secrets of Life, Secrets of Death: Essays on Language, Gender and Science. New York: Routledge.
Kuhn, T. S. (1962): The Structure of Scientific Revolutions. Chicago: Univ. of Chicago Press.
Kuhn, T. S. (1977): The Essential Tension: Selected Studies in Scientific Tradition and Change. Chicago: Univ. of Chicago Press.
Lipton, S. D. (1977): The advantages of Freud's technique as shown in his analysis of the Rat Man. Int. J. Psychoanal., 58:255-273.
Maturana, H. & Varela, F. (1992): The Tree of Knowledge: The Biological Roots Of Human Understanding. Boston: Shambhala Press.
Mayer, E. L. (1996): The essential subjectivity and intersubjectivity of clinical facts and some speculations regarding the relevance of research concerning anomalous mental effects. Int. J. Psychoanal.
McLaughlin, J. T. (198 1): Transference, psychic reality, and countertransference. Psychoanal. Q., 5o:639-664
McLaughlin, J. T. (1982): Issues stimulated by the 32nd Congress. Int. J. Psychoanal., 63:229240.
McLaughlin, J. T. (1991): Clinical and theoretical aspects of enactment. J. Amer. Psychoanal., Assn., 39:595-614.
McLaughlin, J. T. (1995): Touching limits in the analytic dyad. Psychoanal. Q., 64:433-465
Mitchell, S. A. (1992): Introduction to symposium: What does the analyst know? Psychoanal. Dialogues, 2:279-287.
Moran, M. G. (iggi): Chaos and Psychoanalysis: the fluidic nature of mind. Int. Rev. Psychoanal., 18:211-221.
Mosher, P. (1990): Review of Chaos: Making a New Science by J. Gleick. Bull. Assn. psychoanal. Med., 29:95-96.
Nelson, L. (1990): Who Knows? From Quine to a Feminist Empiricism. Philadelphia: Temple Univ. Press.
Polanyi, M. (1958): Personal Knowledge: Towards a Post-Critical Philosophy. Chicago: Univ. of Chicago Press.
Polanyi, M. (1974): Scientific Thought and Social Reality, ed. F. Schwartz, Psychol. Issues, Monogr. 32. New York: Int. Univ. Press.
Renik, O. (1993): Analytic interaction: conceptualizing technique in light of the analyst's irreducible subjectivity. Psychoanal. Q., 62:553-571.
Renik, O. (1994): Publication of clinical facts. Int. J. Psychoanal., 75:1245-1250.
Renik, O. (1995): The ideal of the anonymous analyst and the problem of selfdisclosure. Psychoanal. Q., 64:466-495
Roughton, R. E. (1994): Repetition and interaction in the analytic Process: enactment, acting out, and collusion. Annual Psychoanal., 22:271-286.
Sandler, J. (1983): Reflections on some relations between psychoanalytic concepts and psychoanalytic practice. Int. J. Psychoanal., 64:35-45.
Schrödinger, E. (1945): What Is Life-Mind and Matter? London: Cambridge Univ. Press.
Schwartz, J. (1995): What does the physicist know? Thraldom and insecurity in the relationship of psychoanalysis to physics. Psychoanal. Dialogues, 5:45-62.
Sitwell, E. (1968): The Collected Poems of Edith Sitwell. New York: Vanguard.
Spezzano, C. (1993): A relational model of inquiry and truth: the place of psychoanalysis in human conversation. Psychoanal. Dialogues, 3:177-2o8.
Spezzano, C. (1995): „Classical" versus „contemporary" theory: the differences that matter clinically. Contemp. Psychoanal., 31:20-46.

Spezzano, C. (1996): The three faces of two-person psychology: the meanings and clinical implications of the one-person versus the two-person dichotomy at the developmental, ontological and epistemological levels of psychoanalytic discourse. Psychoanal. Dialogues, 6.
Spruiell, V. (1994): Deterministic chaos and the sciences of complexity: psychoanalysis in the midst of a general scientific revolution. J. Amer. Psychoanal. Assn., 41:3-44.
Stolorow, R. D. (1995): Deconstructing the myth of the neutral analyst: an alternative from intersubjective systems theory. Unpublished.
Tarnas, R. (1991): The Passion of the Western Mind: Understanding the Ideas That Have Shaped Our World View. New York: Harmony Books.
Wheatley, M. (1992): Leadership and the New Science: Learning about Organization from an Orderly Universe. San Francisco: Berrett-Koehler Publ.
Wilber, K., Editor (1984): Quantum Questions. Boston: Shambhala Pubi.
Zajonc, A. (1993): Catching the Light. The Entwined History of Light and Mind. New York: Oxford Univ. Press.
Zajonc, A. (1994): New wine in what kind of wineskins? Metaphysics in the twenty-first century. In New Metaphysical Foundations of Modern Science, ed. W. Harman & Clark. Sausalito, CA: Inst. of Noetic Sciences, PP. 321-343.
Zetzel, E. (1966): 1965: Additional notes upon a case of obsessional neurosis. Int. J. Psychoanal., 47:123-129.

Macht, Autorität und Einfluß in der analytischen Beziehung

James T. McLaughlin

> Wie einzelne Menschen oder soziale Gruppen miteinander umgehen, läßt sich nur durch Gewalt oder aber Überzeugung regeln.
> *Alfred North Whitehead* (1949, S. 105)

Seit Freuds Versuchen, seine neue Wissenschaft aus ihren Anfängen der hypnotischen Suggestion zu lösen, hat sich die Psychoanalyse immer wieder mit der Frage der Macht und des Einflusses in der analytischen Beziehung auseinandergesetzt. Die Bemühungen Freuds, das Ausüben von Macht und Einfluß zu unterbinden, und unsere eigenen Versuche in diese Richtung kann man nicht gerade als erfolgreich bezeichnen, und das ist für uns alle bis zum heutigen Tage zugleich Geißel und Herausforderung.

Nachdem zunächst versucht wurde, jeglichen Einfluß durch den Analytiker abzustreiten und, später, diesen auszuschalten, haben wir uns allmählich dazu durchgerungen, solche Einflüsse anzuerkennen und uns mit ihnen als einer unausweichlichen Komponente des Zusammenspiels der dynamischen Kräfte in der analytischen Beziehung auseinanderzusetzen.

Ich möchte zunächst einige Feststellungen zu bestimmten dynamischen, vielleicht von unserer Natur vorgegebenen Faktoren treffen, die diese unausweichlichen Komplikationen hervorbringen. Danach will ich mich mit Beobachtungen aus Behandlungen beschäftigen, von denen ich meine, daß sie das von mir bevorzugte technische Vorgehen begründen; ich möchte nachvollziehbar machen, daß man sinnvoll analytisch arbeiten kann, wenn man den dabei wirksamen Einfluß in Rechnung stellt. Ich möchte zeigen, wie ein solches Vorgehen unsere Erkenntnis dafür schärfen kann, in welchem Umfang wir zu einem unangemessenen Rückgriff auf Macht neigen, wie wir uns vor unseren Übertreibungen bewahren und die Position und die Macht des Patienten zugunsten des Ziels mutativer analytischer Arbeit bestärken können.

Den Begriff Einfluß verwende ich zur Kennzeichnung eines enger umrissenen Bereichs innerhalb des weiter gefaßten Begriffs der Machtausübung. Zu seinem Bedeutungsbereich gehört „die ruhige, unmerkliche oder allmähliche Ausübung von Macht, die dann meist einem überlegenen Intellekt, der Charakterstärke, einer gehobenen Stellung und ähnlichem entspringt." (Diese und die weiteren Definitionen aus *Webster* 1959.)

Hinweise dieser Art auf eher untergründige Ausübungen von Macht verweisen auf eine Form von Einfluß, die ich als besonders wirksam und als genuin analytisch ansehe. Gerade damit unterscheidet sich Einfluß von offen ausgeübter „Autorität", die „auf formaler, gesetzlicher oder offener Machtausübung aufgrund eines Amtes, der Rechtsprechung oder eines besonderen Titels beruht". Damit wird auch die Unterscheidung von Beeinflussen und Überzeugen ein wenig klarer, letzteres kann als „Einfluß auf den Verstand aufgrund von Argumenten oder Begründungen, von eindringlicher Bitte oder Aufforderung" verstanden werden.

Der Begriff *Suggestion* ist wenig hilfreich, weil er den gesamten Bereich an Bedeutungen von Einflußnahme abdeckt, also vom „Anregen neuer Ideen durch Assoziation", „einer Andeutung", „der Übertragung einer Idee auf einen anderen" bis hin zu „der unkritischen Übernahme einer Feststellung, einer Idee oder einer bestimmten Zielvorstellung eines Menschen, demgegenüber man eine gefügige und unterwürfige Haltung einnimmt". Mit dieser Feststellung befinden wir uns bereits mitten in der Domäne hypnotischer Suggestion und unserer wohlgemeinten analytischen Versuche, einem Patienten etwas vermitteln zu wollen, das er selbst lieber noch nicht sehen möchte. Wir befinden uns damit in keiner guten Position, den Forderungen wissenschaftlicher Objektivität und Autorität nachzukommen, die wir für unser Fach so gerne beanspruchen.

Außerdem funktioniert unser Verstand und die Verständigung zwischen Menschen von Natur aus und zwangsläufig in einer Weise, daß alle unsere Hoffnungen, analytisch arbeiten zu können, ohne Einfluß zu nehmen, müßig erscheinen.

Eine dieser grundlegenden Funktionsweisen des Verstands will ich mit meinen Überlegungen zu einem bisexuellen Patienten illustrieren, den ich weiter unten genauer schildern werde. Während dieser die lebhafte Vorstellung einer Vagina vor Augen hat und davon berichtet, sieht er unvermittelt, überscharf und zwingend, den erigierten Penis seines letzten homosexuellen Partners vor sich. Er berichtet, daß dies in der immer gleichen Abfolge geschieht, auch bei seinen tatsächlichen Begegnungen mit Partnern beiderlei Geschlechts. Es bereitet ihm Sorge und Kummer, wie sehr er sich konzentrieren muß, um das Gegenbild zu dem, womit er sich jeweils aktuell befaßt, in sich zu tilgen.

Hegel (1821) maß der Gegentendenz eine besondere Bedeutung bei und machte sie zum Kernpunkt seines Philosophierens: Ihm zufolge ist der menschliche Verstand so beschaffen, daß er unmöglich über etwas nachdenken kann, ohne gleichzeitig auf dessen Gegenteil Bezug zu nehmen. Der schottische Philosoph Alexander Bain hat die wesentliche Relativität alles Wissens, Denkens und Bewußtseins hervorgehoben, so daß selbst unsere Sprache die doppelsinnige Bezogenheit all unseres Wissens enthüllt (zitiert bei Freud [1910] in seiner Arbeit über den Gegensinn der Urworte).

Von Anfang an maß Freud solchen Phänomenen eine dynamische Bedeutung bei, etwa als er das Bestehen eines „Gegenwillens" bei der Hysterie postulierte (1892-93, S. 10). Er schrieb schließlich dessen dynamischem Gehalt eine zentrale Bedeutung für seine Theorien von Widerstand, Verdrängung und Konflikt zu. Gewissermaßen hat sich Freud mit seiner Betonung des angeborenen Konservatismus des dynamisch Unbewußten Hegels Ansichten angeschlossen, daß nämlich die damit verbundenen innerpsychischen Vorgänge als eine Auseinandersetzung zwischen alten, beharrenden Momenten und den entgegengesetzten neuen Anforderungen, die sich aus der Entwicklung herleiten, zu betrachten seien.

In seiner Lehre der Dialektik machte Hegel diesen natürlichen Gegensatz zu seinem zentralen Punkt. Die bestmögliche Verständigung zweier Menschen sah er als ein niemals zu Ende kommendes Oszillieren an zwischen der Bemühung, Negationen mittels Einigung aufzulösen, was immer neue Negationen und damit erneute Anstrengungen der Verständigung nach sich zieht. Wo dies nicht geschieht, werde die Absicht des einen, den anderen zu etwas zu zwingen, wie dies in Familien und in der Gesellschaft insgesamt häufig geschieht, zu einer gewaltsamen Auseinandersetzung führen, statt zu einer Kooperation, in der man gegenseitig aufeinander einwirkt.

Damit sollten wir, der Argumentation von Freud und Hegel folgend, bei unseren Bemühungen, mit anderen Menschen in einen Dialog zu treten, bereit sein, uns auf unser Gegenüber einzustellen und etwas von ihm anzunehmen; doch erweisen wir uns zugleich als von Natur aus halsstarrig und neigen dazu, uns gegen alles Neue, mit dem wir uns konfrontiert sehen, zu sträuben. Die Naturgeschichte der Beziehungen zwischen Menschen zeichnet ein lebhaftes Bild immer komplexerer dynamischer Verhältnisse, die aus diesem vorgegebenen Grundzug resultieren; wir neigen angesichts dieser Schläge und Gegenschläge, die durch Ängste wegen der Ungleichheiten der Macht und Autorität zwischen einzelnen, zwischen Individuen und Familie/Gesellschaft und so fort in Gang gehalten werden, allzu sehr dazu, in eine grundsätzliche Haltung der Opposition zu flliehen.

Aus diesen Spannungen innerhalb eines einzelnen Menschen wie zwischen einem einzelnen und allen anderen ergeben sich drei Arten von Bedürfnissen und Neigungen, die viele oder vielleicht sogar sämtliche Verständigungsprozesse im Bereich menschlicher Beziehungen durchtränken. Zusammengefaßt handelt es sich dabei um *die Absicht bzw. den Wunsch, Einfluß zu nehmen, die Empfindung, beeinflußt zu werden und die Überzeugung, daß man Einfluß genommen hat.* Diese Hintergrundtendenzen kommen von Beginn der analytischen Arbeit an ins Spiel und wachsen sowohl für Patienten wie Analytiker in der immer spannungsvoller werdenden Beziehung im analytischen Prozeß immer mehr an und werden schließlich überspitzt. Solche Entwicklungen könnte man einfach als Übertragungserscheinungen betrachten. Doch legen manche Befunde aus außeranalytischen Gebieten nahe, daß diese von Natur aus konservativen oppositionellen Tendenzen auf eine grundlegende Weise die Auswirkungen der Übertragung selbst verstärken können.[1]

Die erste Tendenz besteht in einem Wunsch, einem Bedürfnis, einer Absicht, Einfluß zu nehmen, zu überzeugen oder einen anderen zu zwingen, sich gemäß unserem Wunsch oder unseren Wünschen zu verhalten.[2] Diese Tendenz ist in einer Weise bestimmend und allgemein akzeptiert, daß ich hier nicht weiter darauf eingehen möchte. Die zweite und dritte Tendenz lassen sich in unserer Alltagswelt nicht ohne weiteres beobachten, dafür erscheinen sie für tiefere Dimensionen des Erlebens in der analytischen Arbeit von entscheidender Bedeutung.

Die zweite Tendenz besteht in der *Überzeugung des einen, daß sein/ihr Verhalten die notwendige Folge des Verhaltens des anderen ist.* Anders ausgedrückt, aus einem Wunsch oder einer Angst heraus erleben sich beide Beteiligten als vom anderen beeinflußt und ihre Reaktionen als vom anderen verursacht.

Diese Überzeugung ist uns von der analytischen Theorie und Technik her vertraut. Ausdrücklich findet es sich in dem auf den Analytiker bezogenen

1 Der Kognitionspsychologe Wegner (1994) hat auf neurophysiologische Forschungsergebnisse verwiesen, die ein Konzept „ironischer Vorgänge der Kontrolle durch den Verstand" nahelegen. Seine Ergebnisse weisen darauf hin, daß intentionales Denken mit einer Art nicht vom Willen gesteuerter Hintergrundkontrolle einhergeht, die sich ihrerseits ständig mit gegensätzlichen, antithetischen Vorstellungen in den Vordergrund schiebt.

2 Die Forschung durch Kleinkind- und Kinderbeobachtung hat zu dem überzeugenden Bild geführt, daß Kleinkinder vielleicht schon vor der Geburt, doch bestimmt von Geburt an und danach eine wechselseitige, auf Verständigung beruhende Interaktion mit der Mutter eingehen (Brazelton 1982; Stern 1985). Wovon auch immer und wann immer ein solches Verhalten ausgehen mag, zeigt das Verhalten von Kind wie Mutter sehr deutlich, wie dringlich und stark die Bemühungen sind, beim anderen gewünschte Verhaltensweisen hervorzurufen und in diesem Sinne auf sie einzuwirken. Die Aufeinanderfolge in Form eines Hin-und-Her und die zeitliche Übereinstimmung dieses Zusammenspielens zur Zeit der frühen Entwicklung bilden eine regelrechte Matrix von miteinander geteilten Anstößen und Reaktionen, die in einer Weise miteinander verwoben sind, daß sich jede Klarheit in bezug auf die Frage, wer was von wem wünscht (oder nicht wünscht), verwischt.

Konzept der Gegenübertragung und besonders deutlich im Konzept der projektiven Identifikation. Daß der Analytiker diese ihrem Wesen nach projektive Aneignung so leicht akzeptiert, entspricht der Bereitschaft des Patienten, dem Analytiker zu unterstellen, daß er ihn zu etwas bringen möchte. Ich verstehe diese symmetrische Beziehung als Teil der für beide Beteiligten unvermeidlichen Regression, wenn die Zusammenarbeit für sie Bedeutung bekommt. Der gegenseitige Austausch in der Analyse führt zu einer Wiederbelebung der subtilen Interaktionen der frühen Mutter-Kind Beziehung, wo Grenzen und Unterschiede sich erst ganz allmählich ausbilden und die Art des Denkens noch primärprozeßhaft durchwirkt ist.

Bei der dritten Tendenz geht es darum: *Einer der beiden Beteiligten geht davon aus, daß sein/ihr Handeln der Anlaß und die Begründung für das Re-(Agieren) des/der anderen ist.* Dieser Glaube stellt die paradoxe Umkehrung der zweiten Tendenz dar, bei beiden ist ein primärprozeßhafter Anteil zu erkennen, was ihren, entwicklungsmäßig gesehen, frühen Wurzeln entspricht (Emde 1988). Wenn sie sich bei einem Kind, in einer primitiven Kultur oder einem verliebten Paar manifestiert, bezeichnen wir diese dritte Tendenz als magisch, animistisch oder närrisch, und doch tritt sie eben auch in der analytischen Situation in Erscheinung.

In dem folgenden, bruchstückhaften Bericht einer Behandlung werden wir ganz alltäglichen Inszenierungen zwischen Herrn Q. und mir begegnen, die die Immanenz und Kraft dieser drei Tendenzen schon gleich zu Beginn unserer Arbeit beleuchten. Sie formen unvermittelt die Erfahrung des Beeinflussens und Beeinflußtwerdens, die zu einem zentralen Moment der Intensivierung wirksamer analytischer Arbeit werden, aber auch in einer fehlgeschlagenen analytischen Arbeit zu einer zerstörerischen Kraft werden können.

Solche empfindlichen Reaktionen auf die Frage, wessen Macht und Einfluß sich durchsetzt, sind eine ständige Provokation für unsere Theorie und haben sich auf unsere Technik ausgewirkt.

Tatsächlich spiegelt sich in der Entwicklungsgeschichte der analytischen Technik ein bemerkenswerter Wandel: In den frühen Jahren hatte man den Einfluß des Analytikers hartnäckig abgestritten und zugleich versucht, seine Entfaltung nach Möglichkeit zu verstärken und zu stabilisieren, später wurde die Möglichkeit gegenseitiger Einflußnahme zurückhaltend anerkannt, doch erst neuerdings beschäftigt man sich wieder mit der Bedeutung des Einflusses des Analytikers.

Mit einem kurzen Rückblick auf diesen historischen Wandel möchte ich meine Auffassung beleuchten.

Die Anfänge der Analyse basierten auf dem Modell der medizinischen Wissenschaft Westeuropas, und so konnte es nicht ausbleiben, daß der Analytiker aus einer Position der Überlegenheit heraus vorging. Er sollte über heilende Kräfte verfügen, um die Verletzungen seiner Patienten heilen zu können, und es wurde ihm die mächtige Position von Gestalten wie Eltern, Lehrern, einer göttlichen Figur oder einem Arzt zugesprochen.

Da Freud jedoch auf wissenschaftliche Objektivität erpicht war und zugleich jede Ähnlichkeit zwischen der Analyse und der Hypnose herunterspielen und die Übertreibungen seiner Mitanalytiker im Zaum halten wollte, versuchte er in seinen der Technik gewidmeten Arbeiten wirksame Einschränkungen und Idealisierungen in bezug auf die Ausführung der Analyse auszuarbeiten (Freud 1911, 1912, 1915). Jeder Teilaspekt seiner damaligen Vorschriften, die in unseren Auffassungen zum „analytischen Rahmen" weiterleben, kann als ein Versuch aufgefaßt werden, das Zusammenspiel gegenseitiger Einflußnahme zu moderieren und/oder nutzbar zu machen. Die diversen Rituale um Couch, Honorar, Zeit und Anwesenheit, die der Analytiker festlegt, und das Ungleichgewicht in der Frage, wer sprechen soll und worüber, all das spiegelt das Bemühen wider, etwas zu regulieren, und zielt darauf ab, beiden Beteiligten Zurückhaltung aufzuerlegen; dabei bleibt die privilegierte Position des Analytikers stets gesichert.

In der Grundregel, die als ein feiner Gradmesser für unsere sich wandelnden Einstellungen gelten kann, kommen diese gewichtigen Vorschriften seit langem in gedrängter Form zur Geltung. Sie überdauert als unser wichtigstes Behandlungsinstrument und ist für viele unter uns der Indikator für die heute gängige Behandlungsroutine, auch wenn an der entsprechenden Vereinbarung und Verwendung als Kernpunkt analytischer Untersuchung zunehmend getüftelt und sie in ihrer Bedeutung abgeschwächt wurde.

Ob man diese Regel nun nachdrücklich oder nur zurückhaltend empfiehlt, immer nötigt sie den Patienten zu einer geteilten inneren Einstellung: Er soll sich der beobachtenden Perspektive des Analytikers anschließen. Der Patient soll den Enthusiasmus seines Analytikers an der objektivierenden Auseinandersetzung mit dem mündlichen Bericht des Patienten teilen, indem dieser ihm die ungebundene freie Assoziation nahelegt und dadurch Zugang zu den tiefen Gefühlen des Patienten erhält.

Durch diese gemeinsame Zielsetzung soll erreicht werden, daß für die Beteiligten weniger das gegenseitige Interesse an der Person als die Arbeit am Seelenleben des Patienten im Mittelpunkt steht. Der Hintersinn einer solchen Vorschrift kann als Versuch angesehen werden, die Auswirkungen der unmittelbaren persönlichen Bedürfnisse des Analytikers, Autorität auszuüben, abzumildern und seine Tendenz, sich allzu sehr auf den Patienten einzulassen, zu regulieren. Sie unterstützt den Analytiker in seinem Bedürfnis, sich vor der ungebrochenen Wucht der Bedürfnisse des Patienten abzuschirmen, wozu schließlich auch die Zurückhaltung des Patienten gehört, auf Bedürfnisse des Analytikers einzugehen. Kurz, es geht darum, für beide Beteiligten einen Schutzraum zu schaffen, in dem keiner den anderen direkt betrachtet und somit wohl eher in der Lage ist, die Sicherheit der dem Analytiker zugeordneten distanzierten Objektivität zu bewahren.

Und gerade die Unfähigkeit eines der Beteiligten, die Analyse in diesem Geiste durchzuhalten, macht das Herz und die Substanz dessen aus, was wir als das Wesen der Analyse empfinden.

Der Patient, der seine Bedürfnisse zu befriedigen sucht, scheint sich nur zu oft dazu gedrängt zu fühlen, seine gewohnten Anpassungsbemühungen in immer stärkerem Maße zur Geltung zu bringen und damit sämtliche Möglichkeiten einzusetzen, die ihm vergleichsweise abgeschwächt zur Verfügung stehen, auf die Reaktionen seines Analytikers einzuwirken. Der Patient kämpft also darum zu provozieren, was er als sein Bedürfnis sieht, und von sich fernzuhalten, was er nur als Zumutung seitens seines Analytikers, die Erfordernisse der Analyse einzuhalten, empfinden kann.

Die unausgewogene Machtbalance zugunsten des Analytikers, von der ich ausgehe, gleicht sich ein Stück weit aus, wenn man an seine Motivation für die analytische Arbeit und an Möglichkeiten von Verletzungen denkt, die sich daraus ergeben. Je mehr er sich als Heilender einem Leidenden widmen möchte, desto stärker wird er Gefahr laufen, sich in für ihn eigentümlichen oder mit dem Patienten geteilten regressiven Übertragungspositionen zu verlieren. Dagegen wird der Analytiker, der sich in einer Art Konquistadorenrolle gefällt, das Unbekannte zu benennen und seiner Herr zu werden, leicht in Gefahr geraten, seinem Bedürfnis nach Dominanz und Kontrolle nachzugeben und seine Patienten dazu zu bringen, sich dem Ehrgeiz des Analytikers entsprechend zu verhalten. Unter dem Druck solcher Bedürfnisse wird eher der Analytiker den Patienten umwerben, ihm Stichworte geben und für den Einfluß und die Macht des Patienten anfällig werden. Analytiker wie Patient werden jeweils, ihrer inneren Notwendigkeiten gemäß, den weiteren Verlauf dieser neuen Beziehung bestimmen wollen.

Diese hier skizzierten Grundzüge sollen die Bühne erahnen lassen, die für das außergewöhnliche Spiel des Verwandelns und Transzendierens für den einen und oft für beide Beteiligten dieser Beziehung bereitet ist. Was der Vorschrift nach eine ruhige, geziemende Erkundung der Funktionen des Seelenlebens eines Menschen sein soll, stellt sich als ein stürmisches Geschehen zwischen zwei Menschen heraus, die das Wagnis eingegangen sind, sich dem Drängen des anderen zu öffnen. In einer solchen Beziehung verfügt niemand über genügend Macht, die Regie zu führen, doch bleibt der Analytiker mit der schwierig zu lösenden Aufgabe und Verantwortung allein, die Dinge in einem ethisch und technisch vertretbaren Rahmen zu halten.

Ich hoffe, überzeugende Argumente für meine Behauptung vorbringen zu können, daß wir als Analytiker am besten offen und beständig zu dem stets vorhandenen gegenseitigen Einfluß stehen und unsere bevorzugte Einstellung, an der wir festhalten möchten, mit allen uns gebotenen Fähigkeiten unter Kontrolle zu halten versuchen. Möglicherweise lassen sich dann bessere Lösungen finden, wenn wir uns genauer auf die Gefährdungen und die verantwortliche Haltung einstellen, die unser Einfluß und dessen Auswirkungen notwendig mit sich bringen. Diese Position bietet wenig Neues. Ein Großteil der Anstrengungen der vergangenen siebzig Jahre, die analytische Technik voranzubringen und zu verfeinern, dreht sich, wenn auch häufig unausgesprochen, um die optimale Einstellung des Analytikers.

Früher wurde der Einfluß des Analytikers damit heruntergespielt, daß ihm eine unanstößige, fördernde Funktion zugesprochen wurde. Der Theorie nach würde die Haltung des ärztlichen Wohlwollens in der Übertragung an die Haltung unterstützender Elternfiguren der Kindheit anklingen. Eine solche Förderung würde die geduldige Bereitschaft für die Untersuchungen des Analytikers bestärken und die pädagogische Funktion des Analytikers unterstützen, mithin ein Einfluß, der so lange als unanstößig hingestellt werden kann, wie er zum besten des Patienten zur Überwindung seines unreifen Verhaltens eingesetzt wird (Freud 1912).

Das Recht des Patienten, mit *seiner* Sicht der Dinge Einfluß zu nehmen, scheint von Freud und noch lange danach vor allem als „Widerstand" angesehen worden zu sein, der im Kern als eine dem Patienten eigene Störung verstanden wurde und so lange hinzunehmen sei, bis sie schließlich verstanden werde, sich abnütze oder an Wirkung verlöre.

Das Festhalten an der Vorstellung des überlegenen Wissens des Analytikers und die Verpflichtung dem Patienten gegenüber, der gedrängt werden muß, die Dinge realistisch zu sehen, dieses Wissen gegen seinen Widerstand zur Geltung zu bringen, war zumindest bis in die fünfziger Jahre hinein die vorherrschende Position in den Vereinigten Staaten. Diese Position spiegelt sich wider in der Definition von Widerstand in einem Standard-Wörterbuch jener Zeit: „In der

Psychoanalyse: Opposition des Patienten gegenüber den Versuchen des Analytikers, in das Unbewußte einzudringen" (*Webster*).

In den vergangenen fünfzig Jahren hat man sich vielfach an den Belastungen gerieben, die aus den autoritären Voraussetzungen dieses frühen Denkmodells erwachsen. Dabei hat es an Vorschlägen nicht gefehlt, diesen dürftigen Ansatz etwa mit Hilfe subtiler technischer Feinabstimmung und persönlich gefärbter Umdeutungen doch weiter vertreten zu können. Andere haben mit diesem Ansatz völlig gebrochen. Viele von uns haben ihre Meinung, wie sie ihre Arbeit ausüben und über sie nachdenken, so stark verändert, daß es jetzt wahrscheinlich kaum noch allgemein geteilte Ansichten gibt, wie die Analyse verstanden und Behandlungen geführt werden sollen. Nur wenige haben sich so weit vorgewagt, die Art und Weise dieser Änderungen konkret auszusprechen (Gill 1982; Schafer 1983). Die meisten haben ihre veränderten Auffassungen für sich behalten.

Viele der in unseren Reihen entstandenen Unterschiede lassen sich wohl auf Fragen der Verteilung von Macht beziehen: Welche Bedeutung weisen wir der Theorie gegenüber klinischen Befunden zu? Welche Rolle spielen Deutungen gegenüber der Beziehung? Wie weit verstehen wir uns als unbeteiligte Zuschauer bzw. als teilnehmende Beobachter, deren Übertragungspotential dem der Patienten nahekommt? Wie weit übernehmen wir für unsere Rolle Freuds vorherrschende Perspektive als autoritative Vermittler analytischer Wahrheiten bzw. seine, dieser untergeordnete, Sichtweise als Sucher einer unbekannten Wahrheit, die im Patienten versteckt vorhanden ist? Verstehen wir uns als Richter und Lehrer in Sachen einer zu vermittelnden Realität oder als Lehrer von Verfahren, wie ein Patient mit seiner eigenen Realität vertraut werden kann?

Ein allgemeiner Trend geht wohl dahin, die analytische Beziehung menschlicher zu gestalten. Damit wird sich wahrscheinlich die ungleiche Verteilung der Macht innerhalb des analytischen Paars eher ausgleichen und die Bereitschaft des Analytikers verstärken, zu seinen Unzulänglichkeiten zu stehen (Cooper 1993). Insgesamt ist dies sicher eine günstige Entwicklung, allerdings nur dann, wenn dadurch nicht die Illusion von einem ausgeglichenen Spielfeld und einem Sieg der Demokratie um sich greift. Denn es besteht weiterhin unser natürlicher, unabdingbarer Drang, auf unserer Meinung als einem überlegenen Verstehenszugang zu beharren und den anderen dazu zu bringen, sich von unserer Überlegenheit überzeugen zu lassen.

Da möchte ich nicht zurückstehen und zeigen, wie ich selbst die analytische Situation mit all ihren Aspekten begreife, und dabei all meine Überzeugungskraft aufwenden, auf den Leser Einfluß zu nehmen, sich die möglichen Vorzüge meiner Sichtweise anzueignen. Vermutlich wird kaum jemand an meiner Darstellung etwas finden, das seiner persönlichen Auffassung wesentlich zuwiderläuft. Natürlich freue ich mich über Zustimmung, noch wichtiger erscheint mir aber, gerade die Bedeutung auch kleinerer Unterschiede herauszuarbeiten.

Seit den späten siebziger Jahren habe ich die analytische Arbeit aus einer Haltung der Relativität des Erkennens zu betrachten versucht und immer wieder die Frage geprüft: Wessen Erkennen soll die Richtung und die Kernpunkte der analytischen Erforschung bestimmen: die des Patienten, des Analytikers oder beider Beteiligter?

Diese Frage verhalf mir zu der faszinierenden Entdeckung, die Arbeit an der psychischen Realität des Patienten ausrichten zu können. Ich lernte, mir die manifesten Sorgen und Sichtweisen des Patienten als analytische Oberfläche vorzustellen, die als primärer Kernpunkt für die Untersuchung die ganze Aufmerksamkeit beansprucht. Am besten fuhr ich, wenn ich meine gewohnten Erwartungen von Bedeutung und Relevanz als nur noch allgemeine Leitlinien in den Hintergrund drängen konnte. Bald empfand ich dieses Zäumen meiner eigenen Ansichten weder als Zwang noch als Behinderung meiner analytischen Fähigkeiten; ich gewann ganz im Gegenteil die Freiheit, die vom Patienten eingeschlagenen Entwicklungen, wohin immer sie uns bringen mochten, zu befragen und auf sie einzugehen. Unabhängig davon, welche besonderen Bedeutungen schließlich die Äußerungen des Patienten annehmen würden, sie ließen sich am besten im Gespräch zwischen uns ausarbeiten. Sobald meine Position dem Patienten gegenüber auf verläßliche Art voraussagbar wurde, konnte er mehr Vertrauen in mich setzen, und ich konnte mehr wagen. Erstaunt stellte ich fest, wie viel freier sich der Patient nun offenbar fühlte, neue eigene Erfahrungen zu machen und eigenständig Einsichten zu entdecken, und wie viel freier ich mich selbst fühlte, auf Eigenarten des Verhaltens, der Formulierung oder Ausdrucksweise hinzuweisen, auf die zu achten lohnen könnte.

Von dieser gemeinsamen Basis aus ließen sich immer wieder getrennte Lesarten der Realität, manchmal in Kooperation, manchmal aber auch im Konflikt, miteinander verbinden. Überrascht war ich von etwas, das eigentlich naheliegend erscheint: Wenn beide Beteiligten von der Gültigkeit ihrer Sichtweise ausgehen, verdeutlicht sich zunehmend die eigentümliche Ausformung der Realität, in der jeder für sich lebt. Anhand der einzelnen Punkte, an denen sich die persönliche Ausformung erweist, läßt sich die machtvolle Auswirkung der jeweils unterschiedlichen Vergangenheit erkennen.

Deshalb plädiere ich für die Rückkehr zu Freuds früheren Anschauungen der psychischen Realität und der Übertragung als den allgemeinen psychologischen Grundtatsachen, die auf Patienten wie Analytiker gleichermaßen Anwendung finden müssen. Entgegen unserer traditionellen Schieflage, wonach die infantilen Aspekte der Realitätssicht des neurotischen Patienten gegenüber der „erleuchteten" Sichtweise des Analytikers überbetont werden, sollten wir einen relativistischen Standpunkt einnehmen (McLaughlin 1981).

Seit jeher versuche ich, in meiner Behandlungspraxis eine überzeugende Haltung der Kooperation zu verwirklichen und anderen zu vermitteln; dabei will ich weniger wissen, vielmehr die Suche selbst in den Vordergrund stellen und erfassen, wie der Patient die Dinge bis hin zu den Auswirkungen meiner Anstrengungen versteht.

In Ermangelung eines besseren Begriffs für diese technische Akzentuierung bezeichne ich dieses Vorgehen für mich als *Analyse, die auf der psychischen Realität des Patienten basiert.*

Damit gehe ich davon aus, daß die Realitätssicht eines jeden Menschen weitgehend durch die psychische Realität *bestimmt ist*, die sich aus der Summe der Erfahrungen im Verlaufe unserer Entwicklung und deren Veränderungen ergibt. Zur psychischen Realität gehört auch der Blick auf die Welt in der primitiven präverbalen Form, die Freud ausschließlich als Primärprozeß bezeichnet hat; doch sind hier auch alle späteren Erwerbungen der Wahrnehmung und Reaktionen hinzuzufügen, die sich aus der Reifung dieser primären Erlebnisformen und ihrer Amalgamierung mit sekundärprozeßhaften Fähigkeiten ergeben (McLaughlin 1978).

Ein in dieser Weise erweiterter Begriff der psychischen Realität geht davon aus, daß sich bei allen Menschen die Vergangenheit auf die gegenwärtig bestehende Realitätssicht weiter auswirkt. Diese Wirkung bezeichnen wir als Übertragung, eine Konsequenz aus den wesentlich konservativen Gegebenheiten unserer psychophysischen Existenz.

Wenn ich auf die zentrale Bedeutung der Übertragung für die Ausbildung der psychischen Realität bei uns allen einen solchen Wert lege, so resultiert das aus meiner Überzeugung, daß die analytische Erforschung sehr viel mehr bedeutet als ein Erfinden von Geschichten zweier Menschen, das deren Vorstellung von Wohlbefinden entwickeln helfen soll. Es geht hier um die Suche nach der Substanz, die weiter trägt und, aus den Wurzeln und Ursprüngen der Entwicklung in unserer Vergangenheit stammend, jedem von uns Form, Farbe und Lebendigkeit für die einzigartige Erfahrung der eigenen Gegenwart geben kann.

Deshalb halte ich es für die grundlegende Aufgabe des Analytikers, *seine Kräfte in erster Linie dafür einzusetzen, den Patienten dahingehend anzuweisen und anzuleiten, WIE er etwas herausfinden kann und nicht so sehr WAS*; er soll dem Patienten helfen zu erfassen, wie er die Innenwelt von sich und anderen betrachten kann, und dies ist wichtiger als die Frage, welche besonderen Erfahrungen und Ausgestaltungen sich bei dieser Suche ergeben können.

Ich vermute, daß die Grundregel ursprünglich genau dies gewährleisten sollte. Doch wie bei jedem anderen, speziell hervorgehobenen Punkt, einschließlich meines eigenen in bezug auf die besondere Aufmerksamkeit gegenüber der Realitätssicht des Patienten, wird das Bedürfnis des Analytikers, seine eigene Sichtweise in den Vordergrund zu rücken, ihn unvermeidlich dazu bringen, Antworten vorzusehen, warum ein Patient in bestimmter Weise assoziiert oder sich so verhält, wie er es tut.

Ich habe die Erfahrung gemacht, daß diese besondere Beachtung der Sichtweise des Patienten, seine analytische Oberfläche, ein Gegengewicht zu der Tendenz herstellt, Antworten und Schlußfolgerungen anzubieten. Immer wieder versuche ich, zu einer Haltung forscherischer Neugier zurückzufinden und diese durchzuhalten, und dies hat die Suche von Patienten nach erweiterter und vertiefter Suche nach neuen Erkenntnissen sehr nachhaltig unterstützt. So zu arbeiten, schafft das Modell und die Grundlage, durch die der Patient Unterstützung und Ansporn zur eigenen Tiefen-Erforschung seiner persönlichen Sichtweise der Welt finden kann, wenn diese sich im Blick eines Gegenübers in anderer Weise bricht.

Meine Position, die der Auffassung von Gill (1982) nahe, der von Schwaber (1983) noch näher kommt, jedoch nicht identisch ist mit den Vorstellungen dieser beiden Autoren, läßt sich wie folgt umschreiben: „Ich werde allem zuhören, was immer Sie erzählen möchten, und versuchen, die Bedeutung und die aus dem Gesagten sichtbar werdenden Ansichten zu verstehen und Ihnen dabei so wenig wie möglich eigene Meinungen und Bedeutungen aufzudrängen. Da ich selbst nicht beanspruchen kann zu wissen, werde ich immer wieder Fragen stellen und um Erläuterungen bitten. Ich werde auf Ihr nonverbales Verhalten und auf Stimmungswechsel achten und Sie dazu befragen, um Ihnen dabei helfen zu können, den verschiedenen Bedeutungsebenen nachzuspüren, die mit dem, worüber Sie gerade gesprochen haben, in Verbindung stehen. Ich werde auf Hinweise achten, wie Sie mein Verhalten sehen und darauf reagieren, und will Sie damit unterstützen, die Richtigkeit und Logik dessen, wie Sie Ihre Welt und mich in ihr sehen, klarer zum Ausdruck bringen zu können. Indem ich darauf achte, wie Sie mich sehen, will ich versuchen zu zeigen, wie Sie sich an der Oberfläche und in der Tiefe selbst sehen, und damit soll Ihre Fähigkeit gestärkt werden, mehr über sich herauszufinden, authentischer zu werden und sich diese Fähigkeit zu eigen zu machen."

Ich halte diese Position für vereinbar mit Freuds weniger hervorgehobener Auffassung von dem nicht-wissenden Analytiker und sehe sie in Übereinstimmung mit seiner frühen Vorstellung, zunächst die analytische Oberfläche ins Auge zu fassen, indem man von den Sorgen und dem Alltagsleben des Patienten ausgeht (Freud 1905; McLaughlin 1990; Smith 1990).

Offensichtlich gehört zu dieser Position, auf verbale Besonderheiten seines Verhaltens einzugehen, die Hinweise darauf erlauben, wie ein Patient gefühlsmäßig auf die Wahrnehmung seiner eigenen inneren Vorgänge oder auf seine Umwelt sowohl auf der bewußten Ebene als auch jenseits dieser reagiert. Dazu gehört in erster Linie, im einzelnen zu klären, wie ein Patient die Bedeutung meines Verhaltens sieht, denn seine Ausdeutung nimmt häufig meine Gefühle, Einstellungen und Verhaltensweisen auf, die über *meine eigene* bewußte Wahrnehmung hinausgehen.

Der Leitgedanke dieser Position liegt in einer Erwartung, zu der ich durch eigene Erfahrung gekommen bin: Die Bestätigung der Fähigkeit eines Patienten, authentisch wahrzunehmen, sowie die seiner Ansichten, stärkt offenbar seine Bereitschaft, sich selbst eingehender zu beobachten, womit durch das Aufdecken der entwicklungsmäßigen Vorläufer weiteres konflikthaftes Material zum Ausdruck kommen kann.

Diese Erwartung existiert in der Psychoanalyse schon seit langem, die entsprechende Geschichte klingt durchaus eindrucksvoll. Freud (1915) schärft in der abschließenden Arbeit seiner Serie zur Technik („Bemerkungen über die Übertragungsliebe") dem Analytiker ein, der Wahrnehmung einer Patientin bezüglich der Realität ihrer Liebe volle Achtung zu schenken und sich über ihre Sicht nicht etwa hinwegzusetzen oder sie gar zurückzuweisen. Der Analytiker müsse vielmehr an dem Teil der Wahrheit festhalten, daß sich in solchen Gefühlen Widerstände spiegeln, auf die man niemals mit gleicher Münze eingehen dürfe. Freud verspricht dem sich als unerschütterlich erweisenden Analytiker: „Die Patientin (...) wird sich dann sicher genug fühlen, um alle Liebesbedingungen, alle Phantasien ihrer Sexualsehnsucht (...) zum Vorscheine zu bringen, und von diesen aus dann selbst den Weg zu den infantilen Begründungen ihrer Liebe eröffnen." (Freud 1915, S. 315)

In seiner klassischen Arbeit „Facts of Observation in Psychoanalysis" (1941) stellt Bernfeld fest, daß Patienten dann bereit sind, ein Geheimnis zu lüften, wenn sich der Analytiker zuvor zustimmend geäußert und dadurch beim Patienten bestehende Hemmungen aus Scham oder Mißtrauen ermäßigt hat. Unabhängig davon hat die Arbeit zur Psychotherapieforschung von Sampson und Weiss (1986) Bernfelds Vorstellung bestätigt und erweitert.

Schwaber (1983, 1986, 1990) hat sich in einer Reihe inhaltlich zusammenhängender Arbeiten mit dem therapeutischen Anreiz beschäftigt, der darin liegt, daß der Analytiker ständig die Wahrnehmungsweise des Patienten und seine inneren historischen Bezüge kennenlernen möchte.

Diese Position des suchenden Analytikers reflektiert eine erhebliche Gewichtsverlagerung im Machtgefälle zwischen Patient und Analytiker. Dabei wird die Position des Patienten in dieser Dyade bestärkt, während das Wissen und die Autorität des Analytikers relativ an Gewicht verlieren und sich neu ordnen. Zu dieser Position gehört die Annahme des Grundgedankens und ein entsprechendes Verhalten, daß der eine die Quelle und Begründung für das Verhalten des anderen darstellt. Diese Grundannahme erkennt an, daß zuweilen der Patient eher als der Analytiker die primäre Quelle und der Wegweiser dafür werden kann, was in der analytischen Paarbeziehung zum Ausdruck kommt.

Um diese wohlerwogene Hochachtung vom Patienten als vorrangiger Quelle aufrechterhalten zu können, muß sich der Analytiker, auch wenn er zögert, dazu bereit finden, vom Patienten die feinen Färbungen von dessen Wahrnehmungswelt und seine Reaktionen auf diese in ihrer Schichtung von der Oberfläche zur Tiefe kennenzulernen, eine Welt, zu der auch das Verhalten des Analytikers gehört. Seine Bereitschaft, wie der Patient zum Gegenstand der Untersuchung zu werden, erfordert vom Analytiker eine grundlegende Bereitschaft, diese Sichtweise als schlüssig anzuerkennen; diese Ansicht sowie die Bereitschaft muß dann noch fundiert werden durch eine entsprechende, sich erweiternde klinische Erfahrung des Analytikers, durch die sich die Stimmigkeit dieser Sichtweise bestätigt. Aus solcher Offenheit erwächst ein machtvoller, überdauernder Ansporn zur Selbstprüfung auf seiten des Analytikers.

Das Moment ständiger Bereitschaft zuzuhören ermöglicht dem Patienten die grundlegende Erfahrung, daß man seinen Worten Glauben schenkt. (Diese pointierte Formulierung verdanke ich meinem Kollegen Murray Charlson [persönliche Mitteilung 1994], außerdem den Hinweis, welches Veränderungspotential für den Patienten darin liegt.)

Der Begriff „Glauben" umfaßt hier mehrere Bedeutungsebenen. Sie beginnen beim einfachen Akzeptieren der vom Patienten geäußerten Ansichten als einer Widerspiegelung dessen, was er mitzuteilen wünscht. Doch kommt hier eine wesentliche Dimension hinzu: Wenn man auf das Bedürfnis eines Patienten eingeht, ist klar ersichtlich, daß man seine Darstellung als solche annimmt. Doch geht es hier *nicht* um ein naives Annehmen einer empfangenen, endgültigen Wahrheit. Es *ist* erst einmal eine unbesehene Anerkennung der wichtigen und ernstzunehmenden Ansichten des Patienten, die er in Gegenwart der anhaltenden Aufmerksamkeit des Analytikers, sie zu erforschen und die Bedeutungen für den Patienten zu erweitern, ausleben und im Lichte der gemeinsamen Suche mit der Zeit weiter auf ihre tiefere Bedeutung untersuchen kann.

Diese Position unterscheidet sich durchaus vom herkömmlichen analytischen Vorgehen, in dem der Analytiker sich ständig darum bemüht, so wenig wie möglich das sich entwickelnde Bedeutungsgeschehen, ausgehend von seiner eigenen Erfahrung oder der seiner Gruppe, zu übersetzen bzw. in diesem Sinne darauf einzuwirken.

Eben dieses Bemühen um ein geduldiges Annehmen fördert die Bereitschaft des Patienten, sich auf das Spiel einzulassen, das der Einladung des Analytikers entspricht, die Gelegenheit zu einer gemeinsamen, tiefgreifenden Untersuchung der Psyche des Patienten in dessen eigener Sprache und Anschauung vom Leben anzubieten.

Diese Erfahrung enthält in ihrem innersten Kern für beide Beteiligte ein Veränderungspotential, das mir ein Stück weit rätselhaft geblieben ist.

Ein möglicher Schlüssel zu einem wichtigen Teilaspekt dazu mag in der archaischen Beschaffenheit des Glaubens liegen, der besonders dann zum Tragen kommen kann, wenn ausdrücklich anerkannt wird, daß man der Grund für das Verhalten einer anderen Person sein kann und damit die Bedeutung akzeptiert, das Verhalten eines anderen hervorrufen zu können. Das Erleben eines solchen Zusammenspiels von gegenseitiger Beeinflussung und Macht steht im Vordergrund der engen Verbindung des Babys mit seiner Mutter (Stern 1985). Wo dieser Glaube während der frühen Entwicklung völlig fehlt, wird das Baby verkümmern oder sterben. Dieser Glaube zieht sich auch durch die eng verschlungene Beziehung Liebender und gibt das ganze Leben hindurch jeder intensiven Beziehung eine besondere Färbung. In meinen Augen spürt der Analytiker die Wirkung des Patienten auf sich und seine auf den Patienten, und es ist seine Aufgabe, ihm diese im richtigen Zeitpunkt zu vermitteln; dies kann bei beiden Beteiligten ein nachhaltiges Mitschwingen mit den Schwankungen und dem wechselseitigen Einfluß und Zusammenfließen wachrufen, die für die Beziehungsgestaltung in früher Kindheit kennzeichnend sind. Erinnerungen dieser Art ermöglichen in der analytischen Begegnung besonders intensive, unmittelbare und reale Erfahrungen des Berührens und des Berührtseins, des Sehens und Gesehenwerdens, des Bewegens und Bewegtwerdens, des Beeinflussens und Beeinflußtwerdens.

Ich empfand es als eher beschwerlich, meine lebenslange Sichtweise in dieser Form zugunsten der Einsicht in die Sichtweise eines anderen Menschen zurückzustellen. Ich mußte mich dazu anhalten, meinen Hang, die mir vom

Patienten vermittelten Bedeutungen und Absichten bestimmen, entziffern und deuten zu wollen, zu begrenzen und bei mir unter Kontrolle zu halten.

Die eingehende Beschäftigung mit den Auswirkungen meiner Interventionen auf die Patienten hat mich dazu gebracht, im Vergleich zu meinem ursprünglich minimalistischen analytischen Vorgehen eine Reihe von Erweiterungen vorzunehmen. So bevorzuge ich nun bei meiner analytischen Arbeit, ebenso wie bei Konsultationen, einen zurückhaltenden und fragenden Stil, um meine Ideen und Beobachtungen vorzubringen. Patienten gegenüber lasse ich meine Gedanken gerne schweifen, anstatt sie in einer Art vorzutragen, die Patienten nur zu gerne als eine verbindliche Auffassung begreifen. Ich gebe auch nicht mehr vor zu wissen, was in einem schweigenden Patienten gerade vorgeht.

Ich mache meine Interventionen jetzt lieber wie nebenbei und fühle mich dann auch freier, meine vorbewußten Regungen in der Art beiläufiger, manchmal spielerisch aufzufassender Bemerkungen vorzubringen, die der Patient zurückweisen, verändern oder mit denen er spielen kann.

Diese Art, das Geschehen gemeinsam *mit* dem Patienten zu betrachten, fördert in der Arbeit eine viel bessere gegenseitige Aufnahmebereitschaft, beide Beteiligten können ihre Ansichten besser mitteilen als zu der Zeit meines hochtrabenden Stils in der Art eines Schiedsrichters. Damit will ich nicht sagen, daß man mit diesem Vorgehen sämtliche Hindernisse gleichermaßen überwinden kann. Es vermag lediglich die unnötigen Erschwernisse der Arbeit für den Patienten und mich zu ermäßigen, die auf mein Eingreifen zurückgehen; und es können damit Inhalte, mit denen keiner der Beteiligten gerechnet hat, zugänglich werden.

In dieser Weise zu arbeiten kann uns für eine aktive Selbsterforschung empfänglicher machen. Wenn man wirklich auf die Beobachtungen, die der Patient über unsere Art der Beziehungsgestaltung macht, zu achten bereit ist, wird man angeregt, die eigenen Motive für sein Handeln fortlaufend zu betrachten und zu untersuchen. Der Wunsch, Einfluß zu nehmen wird dann ebenso wie der Wunsch, dies zu unterlassen, ein dauerndes Moment der Spannung sein.

Dazu ein kleines Beispiel: Wenn ich früher in der von mir als angemessen objektiv empfundenen Weise sprach, konnte es vorkommen, daß Patienten sagten, ich klänge platt und wenig interessiert, ja tot. In der Rückschau, oder wenn ich mir danach selbst zuhörte, konnte ich diesen Tonfall nachvollziehen, der meinem tatsächlichen Empfinden gar nicht entsprach. Umgekehrt hörte sich meine Stimme manchmal harsch und auf meinen Erklärungen insistierend an, wo ich doch lediglich etwas so klar wie möglich auszusprechen versuchte und mir einer Absicht zu überzeugen gar nicht bewußt war. Häufig konnte ich diesen Stil mit der Angst in Zusammenhang bringen, der Patient werde verwerfen, was ich ihm mitteilen wollte, ich empfand die Situation dann so, als wäre mein Verhalten vom Patienten provoziert worden.

Doch es steckte mehr dahinter. Es gab mir einmal einen richtigen Stich, als ein Patient meine besten Ideen gleichsam zu Hackfleisch machte. Ich verbesserte meine Argumentation, versuchte noch überzeugender zu argumentieren. Worum es ging, wurde erst deutlicher, als ich über neuerliche Erinnerungen an mein Tasten in meiner durch Astigmatismus vernebelten Kinderwelt ins Stolpern geriet. Alte Schamgefühle kamen auf, etwas Falsches behauptet zu haben über etwas, das ich nur schemenhaft erkennen konnte. Oder wie ich mich in eine Welt von Büchern flüchtete, mit ihren schönen Worten und bildhaften Erzählungen, die in meiner Vorstellung noch deutlicher werden konnten. Nachdem ich erkannt hatte, daß es hier um neue Aspekte dieser alten Geschichte ging, deren Elend ich noch einmal durchmachte, konnte ich leichter hinnehmen, wenn meine Worte abgewiesen wurden. Was wichtiger war: Ich war danach eher bereit zu hören, welchen Sinn die Zurückweisungen eines Patienten hatten. Sein „Ja, aber", zusammen mit den nachfolgenden Korrekturen und Alternativen, erschien mir dann weniger als ein Widerstand, vielmehr erkannte ich darin den Ausdruck innerer Spannungen, wie sie mit einem intensiven gemeinsamen Arbeiten untrennbar verbunden sind.

Der Modus des Suchens erfordert Übung darin, uns auf die Ansichten eines Patienten einzulassen und die überwiegende Zeit unserer Arbeit auf sie gerichtet zu halten; wir müssen uns an Formen der Wahrnehmung gewöhnen, die sich von unseren eigenen unterscheiden. Wenn wir dies zum ersten Mal tun, werden die meisten von uns ein unerfreuliches Drunter-und-Drüber erleben, wenn wir nämlich auf unsere vertrauten Anschauungsweisen verzichten müssen. Vom Nebel überwältigt, möchten wir uns nur allzu gerne auf unsere Aufgabe, Anweisung zu geben, und auf unsere glänzenden Kenntnisse berufen.

Gelingt es uns aber, weiter ruhig auf den Patienten einzugehen, öffnen wir uns für Überraschungen und neue Ausblicke, die sich einstellen, wenn es erst einmal „so weit ist". Hier habe ich Anführungszeichen gesetzt, denn so höre ich mich und andere lakonisch über den wahren Schatz an Empfindungen sprechen, den man schließlich zu packen bekommt, nachdem man sich gemeinsam mit dem Patienten lange Zeit an ihn herangetastet hat. Wenn es so weit ist, kann man wirklich fasziniert davon sein, mit welch wesentlichem Anteil der Erfahrungswelt des Patienten man dann in Berührung kommt.

Die folgenden Ausschnitte meines Fallberichts sollen den geschilderten Behandlungsansatz erläutern.

Fallvignette: Herr Q.

Herr Q. und ich begannen unsere Arbeit zu Beginn der achtziger Jahre, als sich mir dieses neue Vorgehen für meine Interventionen gerade zu erschließen begann. Er war ein erfolgreicher Geschäftsmann von Mitte vierzig, unverheiratet, und fragte um Hilfe wegen einer nicht sehr ausgeprägten Depression, seinem instabilen Selbstwertgefühl und seiner Unfähigkeit, Befriedigung in seiner Arbeit zu finden und seine Beziehungen mit Menschen des einen oder anderen Geschlechts ruhig genießen zu können.

Er nahm die analytische Arbeit mit dem uneingestandenen Wunsch an mich auf, seine homosexuellen Eskapaden als bedeutungslos für seine ihm äußerst wichtige Position als distinguierter, mustergültiger Mann von Welt abzutun. Lange vermittelte sein untadeliges Verhalten mir gegenüber kaum einen Anflug seiner hinter diesem artigen Auftreten stehenden Unbeugsamkeit, daß ich ihn in dieser Weise zu sehen und akzeptieren habe. Anfänglich spürte ich das noch nicht und empfand sein gutes Benehmen als hilfreich für die beginnende Analyse. Er seinerseits ging davon aus, daß ich mit meinen üblichen höflichen Floskeln seinen Erwartungen entsprach und konnte sich unter dieser Voraussetzung auf die Analyse einlassen.

Wir gingen außerordentlich nüchtern miteinander um, und so war, oberflächlich gesehen, bei keinem von uns irgendein Verlangen oder Wunsch nach Einflußnahme sichtbar. In Wirklichkeit war die Art, wie wir miteinander umgingen, ohne Frage hoch besetzt mit Interessen und Erwartungen positiver und negativer Art.

Für mich ging es aus, wie ich heute weiß, vielerlei Gründen darum, das Interesse von Herrn Q. zu erwecken, von denen sich viele gar nicht auf ihn als Person richteten, über die ich aber noch wenig wußte. Mein neuer Patient bewertete, wie er später eingestand, jeden meiner Züge aufs genaueste und gewann durch seine Beobachtungen genügend Sicherheit, um seine angstgetönte Bereitschaft, die Behandlung abzubrechen, wenn ich ihn anders aufgenommen hätte, zu überwinden. Für uns beide war von außerordentlicher Bedeutung, daß wir uns gegenseitig darin überzeugt oder wenigstens beeinflußt hatten, daß es sich lohne, mit der Arbeit fortzufahren.

Wie von einer Nebensächlichkeit sprach er davon, daß er sich mit verschiedenen Frauen trifft und dabei zwar lustvoll erregt ist, es aber meistens dabei beläßt, sie am Genitale zu streicheln. Er ziehe die Anonymität und die rasche Befriedigung beim Sex mit Fremden in Männertoiletten vor und möchte sich an keinen Menschen gefühlsmäßig binden. Doch konnte die Beiläufigkeit seiner Mitteilung nicht darüber hinwegtäuschen, wie schwer ihm die Offenlegung seiner bisexuellen Neigungen fiel. Wir brauchten in der Analyse einige Jahre, um in Kontakt mit seinen chronisch trostlosen Kinderjahren zu kommen und etwas darüber zu erfahren, unter welchen Bedingungen seine Fassade äußerer Gefügigkeit und Konzilianz entstanden war.

Herr Q. war der fünfte Sohn einer Familie, in der der erste, erwünschte Sohn längst geboren war und stets weiter auf die erträumte Tochter gesetzt worden war. Diese erschien auf der Szene, als er kaum zwei Jahre alt war. Seinem Empfinden nach beachtete seine Mutter ihn trotz aller Versuche, ein guter Junge zu sein, der seine kleine Schwester anbetete, danach kaum mehr. Ihre mißlingende Beziehung trat in Form einer im ersten Jahr unserer Arbeit emotionslos mitgeteilten Deckerinnerung zutage. Als seine Mutter einmal seine kleine Schwester stillte, verspottete sie ihn in Gegenwart seiner Brüder, weil er an ihrer Bluse zerrte und bettelte, auch an der Brust trinken zu dürfen.

Es dauerte Jahre, bis wir wieder zusammenfügen konnten, wie er sich angesichts solcher Kränkungen noch während seiner Vorschulzeit vor Schmerz und Wut in sich selbst zurückgezogen hatte, wobei er seinen Ärger und den äußeren Ausdruck seiner Aggression in einem Maße unterdrückte, daß er seine Wut, aber auch seine sexuellen und zärtlichen Empfindungen kaum noch fühlen konnte. Lange Zeit pflegte er, wenn er mich einen flüchtigen Blick auf Impulse dieser Art erhaschen ließ, sich sogleich mit einer schneidenden Geste seiner linken Hand über seinen Leib zu unterbrechen, wobei er beschrieb, daß seine Empfindungen sich nahe bei seinen Genitalen, aber jetzt außerhalb seines Bewußtseins befänden.

Seine Welt überprüfte er mit kalter Wachsamkeit und trübem Blick, und in dieser Weise hatte er ehemals exakt registriert, für wen das Herz seiner Eltern schlug. Beinahe ein Jahr lang hatte ich davon nichts bemerkt, denn er lächelte bei der Begrüßung oder beim Weggehen freundlich, und auf der Couch verhielt er sich besonnen und ruhig. Erst mit Beginn der im folgenden beschriebenen Kämpfe fiel mir die kalte Reserviertheit seines stieren Blicks ins Auge.

Als er allmählich mehr darüber zu sprechen begann, womit er sich in seinen sexuellen Phantasien beschäftigte, schnellte er manchmal unvermittelt hoch, saß und starrte mich für den Rest der Stunde mit zusammengekniffenen Augen an. Gespannt beobachtete er mein Gesicht, er wollte ganz genau erkennen, was darauf geschrieben stand, denn meiner Stimme konnte er nicht trauen; er mußte ganz sicher gehen, daß ich ihm nichts Schlimmes antun werde. Schon früh war deutlich, daß ich dann keinerlei, auch nicht den sanftesten, Druck ausüben durfte, jede Aufforderung, sich doch wieder hinzulegen oder zu berichten, was er gerade erlebte, verstärkte nur den Ausdruck von Feindseligkeit in seinem

Gesicht und führte zu weiteren Ausbrüchen seiner geifernden Wut, die seinen Atem stocken ließ. Diese Episoden klangen jeweils nur langsam ab, er verfiel dann in einen dumpfen Zustand, den er als völlig inhaltslos abtat, inhaltslos wie seine „Anfälle", zu denen es, seiner Erinnerung nach, seit seinen Vorschuljahren immer wieder gekommen war. Sein Verhalten ließ mich eine Zeit lang an eine geringfügige Dysfunktion seines Temporallappens denken.

Mit der Zeit begann er, Bruchstücke seines Erlebens während seiner Anfälle und des nachfolgenden Verhaltens offenzulegen.

Er fühlte sich absolut wie ein kleines Kind, hilflos und überwältigt von den Bruchstücken seiner Erinnerungen an endlose Guerrillakämpfe mit beiden Eltern über zwei Hauptfragen. Die Idee, daß diese Erinnerungen durch die doch wesentlich ruhigeren Kämpfe zwischen uns ausgelöst sein könnten, wies er weit von sich.

Mit seiner Mutter hatte ein Machtkampf rund um seine Zustände von Verstopfung stattgefunden, über die er nun sehr gekonnt sprach und mir gegenüber inszenierte, indem er gekonnt auf emotional Wichtiges hinwies und sich jeder gefühlsmäßigen Beteiligung enthielt. Wir mußten lange arbeiten, bevor er hinter seinem Sich-Totstellen die Weigerung benennen konnte, die sich ihm mit der ganz schwachen Erinnerung an Situationen verband, bei denen ihn die Mutter immer wieder mit Leckereien, zu denen auch Exlax gehörte, und anklammernden Zärtlichkeiten zu sich gelockt hatte. Sobald sie ihn eingefangen hatte, wurde er von ihr und dem Dienstmädchen mit einem Klistier traktiert.

Herr Q. hatte versucht, sich an seinen distanzierten und chronisch überarbeiteten Vater zu halten, hatte um seine Aufmerksamkeit gebuhlt wie seine kleine Schwester, bis der Vater ihn in einer Weise beschämte, die ihn für die Zukunft abschreckte. Danach gab er sich ganz als Macho in der Art seines großen Bruders Ben, um sich auf diese Weise ein paar Überbleibsel des Essens und der Aufmerksamkeiten, mit denen der älteste Bruder und die anderen Geschwister überhäuft wurden, zu ergattern. Er eiferte Ben nach, ohne dessen Stellung im mindesten erschüttern zu können. Als Vierjähriger versuchte er sich eifrig mit Sex, und auch hier trat er in die Fußstapfen seiner Brüder, denn er machte sich an das gleiche Mädchen heran wie diese. Zunächst kamen sie damit durch, vielleicht sogar unter klammheimlichem Beifall seines Vaters. Doch erwischte ihn seine Mutter und die verriet ihn an den Vater, der ihn wiederholt verprügelte.

In diesen Jahren war Herr Q. tagsüber hinter seinem nächstälteren Bruder her und schmiegte sich nachts im Bett an ihn; dies behielten sie bei bis in die Zeit der Pubertät hinein. Erwachsen geworden, achteten sie stärker auf Distanz zueinander. Doch hing Herr Q. weiterhin dankbar und mit stiller Sehnsucht an seinen Erinnerungen an die Zeit mit seinem Bruder, die einzige Möglichkeit, innerhalb der Familie etwas körperliche Nähe und zumindest gelegentlich Zuneigung zu ergattern.

Ich möchte nur wenige Handlungsfäden aus den weiterbestehenden psychodynamisch bedeutsamen Themen herausgreifen, die zum Zeitpunkt der oben geschilderten Geschichte Licht auf die Auseinandersetzungen zwischen uns werfen.

Eine besonders auffällige Wiederholung kreiste um die aufgebrachten Empfindungen, die sich für Herrn Q. mit von mir geäußerten Ideen oder einzelnen Wörtern verbanden, die er als Lichtblicke empfand, die ihm eine „Erleuchtung" gaben, einen Schlüssel darstellten, die ihm ein Gefühl vermittelten, etwas zu verstehen, und ihm große Erleichterung verschafften. Doch schon zu Beginn der nächsten Stunde schien er wieder in die Position des stumpfen Vorbehalts zurückzufallen, er sprach dann von seiner üblichen „Autopilot"-Zurückhaltung und trauerte kaum darüber, daß er sich nicht mehr mit der vergangenen Stunde beschäftigt hatte. Das Gute hatte sich in etwas Schlechtes verwandelt.

So kam es zu einer bezeichnenden Situation, als ich laut über seinen Wunsch nach Trost nachdachte, den ich bei ihm spüren könne und für den er sich offenbar schäme; vielleicht wünsche er sich „Trost ohne Scham". Er reagierte lebhaft darauf, wiederholte meine Wendung und sprach sein gutes Gefühl an, wenn er sich jetzt erlauben könne, gestillt und getröstet zu werden. Wie er davon sprach, ließ eine erwartungsvolle Erregung erkennen. Recht allgemein redete er davon, wie sehr sich dies von seinem seit der Kindheit vertrauten Gefühl abhob, wo er voller Neid war und hergeben und sich mit dem kleineren Stück begnügen mußte. Ich fragte, ob er, während er sprach, sich etwas Bestimmtes vorgestellt oder sich an etwas erinnert hatte. Nichts dergleichen, antwortete er dumpf. Er fühle sich jetzt „genau wie der kleine Junge von damals", weiter konnte er nicht sprechen. Als er ging, sprach er von seiner Genugtuung über das, was sich ihm in der Stunde als Erweiterung seines Empfindens ergeben hatte, und versicherte, über die Unterbrechung am Wochenende hinweg „daran festzuhalten".

In der darauffolgenden Montagsstunde berichtete er bedrückt, daß er mit sich gar nichts habe anfangen können und sich nur schwach an das Thema „Trost ohne Scham" erinnere. Der ganze Zauber, den dies für ihn gehabt habe, sei geschwunden. Gewiß sei dies genau wie damals, als er als Kind in diese Zustände des Totseins geraten war, als er die Überzeugung entwickelte, daß es für ihn nach der Geburt seiner Schwester in seiner Familie keinen rechten Platz mehr gab. Wehmütig stellte er fest, daß er an den guten Empfindungen der Stunde vom letzten Freitag nicht hatte festhalten können.

In der Art aktiven Erkundens, mit der ich damals zu experimentieren begonnen hatte, machte ich eine Bemerkung zu seiner Niedergeschlagenheit. Er ließ ein zustimmendes Grunzen hören. Ich fragte weiter, ob es in unserer Arbeit am Freitag etwas gegeben habe, das ihn irritiert habe. Ich hatte festgestellt, daß solche Fragen, die eine gemeinsame Wahrnehmung in bezug auf die Empfindungen eines anderen anstreben, zur Folge haben, daß sich zwischen uns ein, wenn auch zunächst nur schwach ausgeprägtes, Gefühl von Zusammenarbeit etablieren konnte. Nach einigem Zögern gab Herr Q. widerwillig preis, daß ihn meine Frage nach einem bestimmten Detail sehr beschäftigt und seine ungemischte Freude und sein Wohlgefühl blockiert hätte. Er habe sich ein wenig gestört gefühlt, denn durch mein weiteres Nachfragen hätte ich wohl meine Unzufriedenheit mit dem, was er von sich gab, zum Ausdruck gebracht. Hier empfand ich eine Parallele zu alten Problemen zwischen dem Patienten und seinen Eltern, wegen seiner Unfähigkeit, sie für sich zu interessieren oder ihnen Freude zu bereiten; ich war deshalb versucht, über diese alten Spannungen zu sprechen, die sich nun auch mir gegenüber zeigten, oder ihn zu bitten, weiter davon zu berichten, was er gerade zu mir gesagt hatte.

Glücklicherweise ließ ich mich durch einen Anflug analytischen Taktgefühls bewegen, die Bitte nach mehr zu unterlassen. Meinen Hinweis auf die Verbindung zu seiner Geschichte hielt ich ebenfalls zurück, denn ich war alles andere als überzeugt, daß das, was ich hier als Muster empfand, wirklich zutraf. Deshalb sprach ich lieber an, was er mir gerade über sich erzählt hatte: daß er bedrückt war. Ich fragte, ob dieses Gefühl damit zu tun hatte, daß er sich noch immer gestört fühlte.

Herr Q. entspannte sich daraufhin offensichtlich ein wenig. Kläglich sprach er davon, ich hätte einfach nur da sein sollen, während er so ausgelassen war; wahrscheinlich am besten still, oder vielleicht hätte ich ihm irgendwie zu verstehen geben können, daß ich seine Gefühle verstehen kann. Aber schließlich (und da klang seine Stimme wieder frisch und engagiert wie am Ende der Freitag-Stunde) müsse er seine Lektion ja einmal gelernt haben. Warum sollte es auch je anders werden! Ich sprach mein Bedauern aus, ihn am Freitag verletzt und enttäuscht zu haben, als ich mich in der von ihm beschriebenen Weise verhalten hatte. Vielleicht habe er nicht einmal sicher sein können, daß ich etwas davon ahnte, ihn verletzt zu haben? Herr Q. schnappte nun mit offenem Mund nach Luft, schien minutenlang fast zu ersticken, während er nach Worten suchte. Dann riß er sich zusammen und wies mich in einem kalten, objektivierenden Tonfall darauf hin, daß er mir schließlich bis zum heutigen Tage deutlich genug gemacht habe, wie es mit ihm und seiner Familie gewesen sei. Niemals sei es ihm gelungen, deren Gleichgültigkeit zu durchbrechen, und mit den Schmerzen weiterer Versuche wolle er nichts mehr zu tun haben. Er hoffe, daß es mit mir anders sein werde, und manchmal erschiene es ihm auch so. Doch könne das Gute zwischen ihm und anderen offenbar keinen Bestand haben.

Mit meiner Entschuldigung, die Herrn Q. offenbar mächtig beeindruckte, werde ich kaum auf ungeteilten Beifall stoßen. Früher wäre mir dies höchst unanalytisch vorgekommen. Doch nach meiner Erfahrung mit solch aufrichtig empfundenem und ausgedrücktem Bedauern kann für beide Beteiligten eine solche Anerkennung zu einer wirklichen korrektiven emotionalen Erfahrung werden und eher zu fruchtbarer Weiterarbeit in der Analyse führen als meine früheren, mehr objektivierenden Versuche (McLaughlin 1992).

Meine Entschuldigung löste unter anderem zahllose Inszenierungen aus mit dem Thema: „Es war einmal gut gewesen, doch nun ist es verschwunden". Unaufhörlich schienen wir auf neue Wege zu stoßen, auf denen ich ihn im Stich gelassen hatte, da ich auf seine unausgesprochenen Wünsche nicht eingegangen war, und er nun zu reparativen Maßnahmen der Art, wie ich sie gerade beschrieben habe, greifen mußte. Bei manchen ließ sich dabei eine Verbindung zu den alten Kämpfen um Autonomie gegen die Unterwerfung unter die Mutter herstellen, so als Herr Q. eine Woche mit nüchterner Oberflächlichkeit und mit Rückzug zubrachte. Schließlich ließ er mich wissen, daß ich auf ein von ihm mühsam gefundenes Stück Einsicht eine Spur zu enthusiastisch reagiert hatte. Damit hätte ich ihn seines persönlichen Triumphs beraubt, wo es allein seine Sache gewesen wäre, sich zu freuen. Danach konnte er klarer sprechen, und ich eher nachvollziehen, daß ich ihm etwas genommen hatte: Damit konnte ich nun leichter anerkennen, daß ich ihn durch mein Versagen, seine Bedürfnisse zu erspüren, brüskiert hatte.

In dieser Form der Suche arbeiteten wir danach in vielen Variationen weiter, und ich empfand immer stärker, daß hier irgendeine Form von Strafe eingefordert wurde. Was meine Entschuldigung in Bewegung gesetzt hatte und was ich zu der Zeit vorzog auszuleben, statt ihn darauf aufmerksam zu machen, erschien mir wie ein Versuch, frühere Unstimmigkeiten durch etwas Richtiges zu ersetzen, dem man einfach seinen Lauf lassen mußte. Diese lange andauernde Inszenierung, in der ich den Wünschen meines Patienten entgegenkam, kann zurecht als ein Aufgeben meines autoritativen Standpunkts analytischer Abstinenz verstanden werden. Doch diente dies an dieser Stelle als positiver Faktor für den Fortgang der Analyse, und später konnten wir auf diesen zurückblicken und ihn hinsichtlich seiner vielfältigen, wechselnden Übertragungsbedeutungen untersuchen.

Herr Q. begann allmählich, sich sicherer zu fühlen, wenn er in kleinen und anfangs unsicheren Schritten Gefühle, zunächst in Form von Wut und Enttäuschung, dann als stark positiv getönte Empfindungen von Abhängigkeit und Sehnsucht erleben konnte, und er verfolgte unter Zögern seinen Weg bis dahin, daß er ihnen einen deutlichen, nuancierten Ausdruck geben konnte. Die lang andauernden Durststrecken von Entfremdung und Rückzug verkürzten sich mit der Zeit von Wochen oder sogar Monaten bis hin zu Tagen, ja manchmal konnte der Kontakt noch in der gleichen Stunde wiederhergestellt werden.

Er konnte nun auch den zuvor nicht zu benennenden Zustand von vor einem Jahr beschreiben, bei dem er buchstäblich nach Worten gegiert hatte. Er erzählte, wie sehr ihn an dem besagten Montag meine halbe Entschuldigung erschüttert hatte, daß ich ihm seine Freude am vergangenen Freitag genommen hätte. Für ihn sei das eine völlig neue, bestürzende Erfahrung gewesen. Noch niemand in seiner Familie, seine Eltern schon gar nicht, habe jemals zugeben können, ihm gegenüber im Irrtum gewesen zu sein oder ihm etwas angetan zu haben. Er sei eben gewöhnt, daß ihm die Schuld gegeben werde. Es gab für ihn keine Möglichkeit, sich mit den durch meine Intervention ausgelösten zwiespältigen Empfindungen von mit Angst durchsetztem Haß und Dankbarkeit auseinanderzusetzen.

Ein zweites dynamisches Thema lief parallel zu dem oben beschriebenen, und hier traten die Fragen von Autorität und Beeinflußung noch deutlicher hervor. Dazu gehörten die weiter stattfindenden sexuellen Abenteuer von Herrn Q. in Herrentoiletten. Als wir mit unserer Arbeit begannen, bildeten diese kurzen, anonymen Handlungen von Fellatio und gegenseitiger Masturbation die Höhepunkte seiner sexuellen Kontakte. Damit ergänzte er seine eigene rege Masturbation, die von Phantasien nicht penetrierenden gegenseitigen Berührens der Genitale mit Menschen beiderlei Geschlechts begleitet waren, was er kaum einzugestehen wagte.

Herr Q. fühlte sich in extremer Weise beschämt und trotzig, als er begann, mir von diesem Geschehen zu berichten. Mehr als ein Jahr verstrich, bis er mir erzählen konnte, daß er, weil ich ihn offensichtlich völlig akzeptierte und besonders weil ich auf sein Angebot des Händeschüttelns zum Abschied eingegangen war, sich eine gewisse Hoffnung bewahren konnte, daß ich ihn vielleicht doch nicht widerlich und unberührbar finden würde. In den folgenden Jahren achtete er genau auf Anzeichen, daß ich seiner spotten und von ihm erwarten würde, daß er sich auf Heterosexualität festlege.

Angesichts dieses fortgesetzten, ichsyntonen Verhaltens konnte ich nicht mehr ruhig bleiben, nachdem die Aids-Drohung für Pittsburgh zur Realität geworden war. Herr Q. jedoch hielt an seiner distanzierten Haltung gegenüber seinem Agieren als Teil seiner gewohnheitsmäßigen Fassade von Nonchalance fest und schien dem Risiko von Oralverkehr keinerlei Beachtung schenken zu wollen.

Wir gerieten daher in eine längere Phase stiller Spannung, die sich einstellte, nachdem ich ihn in der Art eines Arztes bezüglich seines Wissens über die Risiken ausfragte, denen er sich damit aussetze. Sogleich hielt er dagegen, er sei über diese Dinge selbstverständlich viel besser informiert als ich und werde zu Vorsichtsmaßnahmen greifen, sobald er dies für angebracht halte.

Herr Q. unternahm seine Eskapaden nun häufiger und zugleich seine Ausflüge zu Verabredungen mit Frauen. Er gestand ein, Petting mit Frauen viel erregender zu finden als Sex mit Männern, und es kam zu einer Kette kurzer, schlecht ausgehender Affären mit Frauen, die nicht zu ihm paßten. Jedes Erlebnis mit einer Streunerin oder Betrügerin belastete und erschöpfte ihn, und damit führte er mir unausgesprochen die zwangsläufigen Konsequenzen meiner ständigen Übergriffe vor Augen, stritt hier aber jede Verbindung ab.

Neben diesen Mißgeschicken deutete er Einzelheiten seiner intensiver gewordenen homosexuellen Erlebnisse an, etwa Anspielungen auf Zahnfleischbluten oder aufgesprungene Lippen. Ein Stück weit fühlte ich mich gedrängt, etwas dazu zu sagen oder zu raten, doch gab ich mir Mühe, ihm dies nicht zu zeigen. Allerdings habe ich sicherlich aktiver nach Anknüpfungspunkten gesucht, ihm seine unerträglichen Vorwürfe und Rachsucht erkennen zu lassen, die meinem Empfinden nach hinter seinem Verhalten stehen mußten.

Meine etwas holprigen Bemühungen, die Suche nach seinen Gefühlen und der Eigenart seiner Anschauungen wiederaufzunehmen, führte anfangs immerhin dazu, daß er in einem gewissen Umfang anerkannte, sich von mir wegen meiner überflüssigen Fragen nach seinen Vorsichtsmaßnahmen gegen Aids belästigt gefühlt zu haben. Danach wurde er wütend und war überzeugt, von mir dahingehend manipuliert zu werden, sein sexuelles Verhalten aufgeben zu müssen, das in beständiger Abwehr gegen die Gefahren der Intimität mit beiden Geschlechtern bestand.

In diesen wiederkehrenden Inszenierungen zwischen uns konnten wir mit der Zeit die Einzelheiten der Schichtung seines wahren und falschen Selbst erkennen; dieses Konzept ist uns seit Winnicott (1960) und Modell (1990) und anderen vertraut. Hinter seiner Fassade fügsamer Unterwürfigkeit und mit peinlicher Sorgfalt aufrechterhaltener sozialer Gewandtheit verbarg Herr Q. –

auch vor sich selbst – Wut und Verachtung, mit der er seit seinem vierten Lebensjahr auf seine Umwelt geblickt hatte. Allmählich lernte er, meine Hochachtung angesichts seiner gekonnten Anpassungs- und Schutzmechanismen zu teilen, die ihm infolge seiner Haltung von Distanziertheit und Gefühlsvermeidung besonders in seinen Entwicklungsjahren zur Verfügung gestanden hatten und ihm dazu verhalfen, seine verbissenen Anstrengungen abzusichern, mit denen er an seiner männlichen Identität und der Empfindung eines Kern-Selbst festhalten konnte.

Ich möchte diese klinische Vignette mit Auszügen zweier Stunden aus dem letzten Jahr unserer Arbeit abschließen; es sind zwei aufeinanderfolgende Stunden mit einer Unterbrechung von fünf Tagen wegen einer der häufigen Geschäftsreisen von Herrn Q. Das zitierte Material entspricht einem wörtlichen Protokoll, soweit es mir gelungen ist, aus dem Gedächtnis korrekt zu exzerpieren.

Die Stunde vor der Unterbrechung hatte er ganz begeistert über sein immer besseres Begreifen „meines Basis-Selbst, meines schneidigen Kind-Selbst" gesprochen: „niemals wird es sich geschlagen geben, selbst wenn das bedeutet, daß ich mich mein ganzes Leben lang verborgen halten muß. Ich liebe es! Es ist wirklich und es ist meines! Es ist ich!" Dann gingen die Kraft und der Nachdruck seiner Stimme zurück. „Bereits während ich spreche, lasse ich nach und verliere meinen Halt."

> *Analytiker:* Diese Stärke und innere Überzeugung in Ihrer Stimme, als Sie es festgehalten haben, und nun klingen Sie traurig und schwach und geben es auf?
> *Patient:* (setzt sich während seiner Antwort halb auf) Wollen Sie mich foppen? Wir haben doch gerade davon gesprochen, daß das Aussprechen von etwas, an das ich wirklich glaube, bedeutet, es aufgeben zu müssen. Es gehört nicht mir, es gehört Ihnen. Es ist nichts! (Er läßt sich zurück auf die Couch sinken) Ich weiß ja, daß das nicht wirklich so ist, ich habe Ihre Stimme gehört. Kein Spott darin. Ich *werde* an diesem Basis-Selbst festhalten. Ganz gleich, was passiert! (Pause von einigen Augenblicken) Schwerer zu sagen, dabei bleiben. Wenn ich dieses wirkliche Selbst fühlen kann, empfinde ich auch Ihnen gegenüber etwas, das sich wie wirklich anfühlt. Ich möchte sogar sagen, daß es sich gut anfühlt. Aber dann würde das bedeuten, daß ich Ihnen etwas gebe. Und ich kann gar nicht etwas geben, das wirklich ist, das der Mühe wert ist. Etwas geht schief. (Der Patient klingt bestürzt, schwer)
> *Analytiker:* Es ist mehr als mir etwas Gutes zukommen zu lassen?
> *Patient:* Ja, aber ich denke nicht über die Wörter dafür nach; will ich nicht. Muß jetzt an dieses Zeugs denken, über das Sie sich vor einer Weile ausgelassen haben. Als ich davon sprach, wie wohl ich mich mit Klein Ben (dem liebenswerten kleinen Neffen des Patienten) fühlte. Da sprachen Sie über die Hochherzigkeit, wenn man die Liebe erwidert. Ich hab's nicht ganz mitgekriegt. Ich weiß, es ist Zeit zu gehen. Ich will versuchen, an diesem Basis-Gefühl festzuhalten. *Das* wird mir eines Tages gelingen, das fühle ich!

Zur nächsten Stunde kam Herr Q. hastig herein, um mich sofort über folgendes zu informieren: „Die ganze Zeit habe ich an mir festgehalten. Jetzt kann ich Ihnen davon erzählen, was ich Ihnen nicht gleich geradeheraus geben wollte. Unter meinem Basis-Selbst befindet sich das *wirkliche* Selbst." (An dieser Stelle wurde seine Stimme ganz tief, fast knarzend) „Ich habe fast mein ganzes Leben hindurch jeden gehaßt und verachtet, denn nur so konnte ich etwas fühlen, sicher bleiben, mich nicht kümmern müssen. So wie ich Sie gerade jetzt hasse!"

> *Analytiker:* Ihre Stimme klingt schwer, harsch; kann man da Ihren Haß hören?
> *Patient:* Ich muß Sie doch hassen! Immer wieder sage ich zu Ihnen, ohne das wirklich sagen zu können, daß ich nur hier, bei Ihnen dieses wirkliche Selbst fühlen kann. Warum muß ich Sie so hassen? Ist das alles, was mich ausmacht? Inzwischen weiß ich ja, daß Sie mich nicht hassen, daß Sie mich nicht verachten, wie ich Sie verachtet und gehaßt habe. (Patient ist hier den Tränen nahe, was nur selten vorkommt) Ich muß gerade an etwas denken, was Sie mir vor Jahren gesagt haben. Daß Sie immer wieder einen flüchtigen Eindruck von der wirklichen Person in mir bekommen können, die ich aber versteckt halten muß. Ich dachte damals, daß Sie verrückt sein müssen oder scherzen. Trotzdem dachte ich, daß in Ihrer Stimme ein Gefühl mitschwang, vielleicht Traurigkeit. Ich dachte, ich könnte Sie dafür lieben. Ich weiß noch, ich wollte nach Ihnen greifen und Sie umarmen. Sie würden das aber als mein homosexuelles Zeugs verstehen. Ich habe Ihnen ja lange genug gezeigt, wie verärgert ich über Ihre Aussage gewesen bin, daß Sie nicht zulassen würden, daß wir miteinander Sex haben; daß das Ihr Problem wäre, nicht meines. Aber danach wollte ich Ihnen all das vorenthalten.
> *Analytiker:* Und so stehen die Dinge immer noch?
> *Patient:* Nein, auch das ändert sich gerade. Ich empfinde, daß Sie sich sehr um mich kümmern und mich achten. Und, ach so! Ich glaube, ich habe das jetzt verstanden, welchen Großmut es bedeutet, die Liebe zu erwidern. Ben gegenüber *habe* ich das wirklich empfunden. Und hier fühle ich das Ihnen gegenüber. Daß meine Liebe zu Ihnen Ihre Liebe zu mir zu fühlen ermöglicht, daß ich etwas Gutes zurückgeben kann! Hier fühlt es sich sicher an. Wird es da draußen auch sicher sein? Es fällt mir nicht leicht, mich dahin bringen zu lassen, aber ich bin dabei, mein Bestes zu geben! (Stundenende, Herr Q. will sich erheben)
> *Analytiker:* Ich bin stolz auf Sie!

Im Vorübergehen umarmt er mich plötzlich, und ich erwidere dies. Solche kurzen Umarmungen fanden gegen Ende unserer Arbeit noch zweimal statt. Danach haben wir daran jeweils ausgiebig analytisch gearbeitet.

Stunden wie diese brachten seine Fortschritte zum Ausdruck, die sich ihm in der zweiten Hälfte unserer Arbeit erschlossen. Er gab seine Eskapaden auf zugunsten einer Reihe wechselnder und doch zufriedenstellender intimer Beziehungen mit Männern von ihm ähnlicher Statur in anderen Städten. An seinem Wohnort suchte er nacheinander zu zwei Frauen befriedigende, auch sexuell vollzogene Beziehungen, und diese Frauen waren auch bereit, mit ihm auf Dauer angelegte, harmonische Beziehungen einzugehen. Dabei gab es in jeder dieser Beziehungen offensichtliche Anklänge an die Übertragung, zu denen er schließlich auch stehen und an ihnen arbeiten konnte.

Doch konnte er sich während der Zeit unserer Arbeit nicht zu festen Bindungen an einen Mann oder eine Frau durchringen. Er ist noch einige Male bei mir gewesen und hat darüber gesprochen, wie angenehm er seine Beziehungen zu Menschen beiderlei Geschlechts erlebt, bei denen er sich nicht festlegt und die so lange für beide Beteiligten befriedigend verlaufen können, bis ein Partner zu stark auf eine feste Bindung drängt. Dann muß er weiterziehen.

Diskussion

Wie weit kann dieser Behandlungsverlauf das veranschaulichen, was ich als meine Form zu arbeiten beschrieben habe? Welcher Art ist hier das wechselvolle Geschehen von Macht und Einfluß?

Mit dieser Form zu arbeiten wollte ich Herrn Q. darin unterstützen, seine ganz persönlichen Sicht- und Erlebnisweisen seiner Welt ausmachen und als zu sich gehörig erleben zu können und eine Bestätigung zu finden, daß man ihm seine grundlegende Art wahrzunehmen abnimmt. Davon hat Herr Q. nach dem Ende seiner Säuglingszeit erschreckend wenig genossen. In seinen sozialen Beziehungen als Erwachsener achtete er sorgfältig darauf, jede Form von Bestätigung schroff abzuweisen. Die stützende und befreiende Stärkung, die darin liegt, immer wieder in vielerlei Gestalt gesehen zu werden und glaubwürdig zu sein, hat bei meinem Patienten für ein ausreichendes Vertrauen in meine Arbeit und meine Absichten gesorgt, und er selbst hat genügend Zutrauen in seine Fähigkeit fassen können, was er bisher lieber von sich gewiesen hatte. Mit der Zeit konnte er ebenso sich selbst wie mir sein verborgenes Selbst zeigen, dessen jäh auflodernde Liebes- und Haßgefühle ihn erfreuten, aber auch erschreckten, und zugleich die sozialen Anpassungsmechanismen seines fassadären Selbst als wertvoll empfinden, für die er sich zuvor verachtet hatte, weil er sich schämte, sich Menschen zu unterwerfen, die er haßte und zugleich brauchte.

Er hat auch deutlich in Worte gefaßt, daß er erst, nachdem er mir trauen und sich geliebt und glaubwürdig fühlen konnte, in sich die Fähigkeit zu vertrauen wiederfand und seine positiven wie negativen Gefühle sich selbst und anderen gegenüber als berechtigt erleben konnte.

Ich bin der Auffassung, daß die Änderungen bei Herrn Q. die Wirksamkeit eines Vorgehens widerspiegeln, bei dem meine Arbeit auf den feineren Dimensionen einer ruhig zur Geltung kommenden Einflußnahme basiert. Wahrscheinlich hätte sich ohne diese Grundlage gar kein leistungsfähiges Arbeitsbündnis herstellen können. Dennoch habe ich ihn ja unübersehbar immer wieder dazu gedrängt, sich bestimmten Fragen zuzuwenden, sei es einer Veränderung seiner Stimmung, einem nicht in Worten ausgedrückten Zug seines Verhaltens oder einer eigenen Ansicht, über die ich mehr zu erfahren hoffte. Sogar meine persönlichen Reaktionen, die ich nur ganz zurückhaltend zeigte, werden sicher nicht völlig frei davon gewesen sein, ihm gewisse Anstöße geben zu wollen, was er wohl auch wahrgenommen hat.

Ich denke, daß ihn solche Fingerzeige allenfalls auf ein bestimmtes Verhalten oder eine Thematik hingewiesen und ihm als Schlüssel zu einem für ihn wichtigen, aber nicht zugänglichen Gefühl gedient haben können. Dies kann ihm bei dem „Wie" seiner analytischen Erforschung helfen, und dies *relativ* unbelastet vom Druck der Autorität auf ihn, „Warum"-Erklärungen von mir akzeptieren zu müssen.

Dieser Verzicht, etwas zu wissen, bedeutet eine gewichtige Veränderung meiner analytischen Position. Gewiß kann ich weiterhin unterhalb der „Oberfläche" der manifesten Belange eines Patienten viele mögliche Motive und dynamische Gestaltmuster erkennen, auf die ich aufgrund meiner Erfahrung und des überlieferten Wissens rechnen kann. Solche Mutmaßungen gehören auf jeden Fall zu mir, sie sind Teile der Summe innerer Gestalten und Erwartungen hinsichtlich sich ergebender Übertragungen oder meiner Sicht der Realität. Diesen Reichtum an kontextualer Erfahrung, aus der sich meine Sicht der Dinge bildet, möchte ich keinesfalls missen.

Doch haben diese Voraussetzungen längst nicht mehr den Stellenwert von früher, als ich es für meine Aufgabe hielt, maßgebliche Antworten geben zu können, um mit deren Hilfe den Patienten aus seiner irrtümlichen, der Kindheit entstammenden Perspektive herauszuführen. Ich bin mir einigermaßen sicher, daß ich bei meiner Anwendung dieses überkommenen Standpunkts nur allzu häufig die Ansichten von Patienten entkräftet und sie damit in bezug auf ihre entscheidende Empfindung, daß ihnen Glauben geschenkt wird, im Stich gelassen habe.

Meine Überzeugung dazu und mein Befürworten einer eher untergeordneten Stellung des Analytikers scheinen meinem Patienten auf mir nicht deutlich gewordene Weise die dynamische Aktualität meines dritten Postulats über Einfluß vermittelt zu haben: Daß nämlich in einer Beziehung der eine davon ausgeht, daß sein Verhalten Begründung und Anlaß für die Handlungen des anderen darstellt.

Herr Q. fühlte sich durch mein Eingeständnis, vielleicht etwas unternommen zu haben, das zu Spannungen zwischen uns geführt hat, zunächst zurückgestoßen, er reagierte argwöhnisch und ängstlich. Seiner Erfahrung nach war es ihm völlig fremd, wenn ich die Position einnahm, etwas falsch gemacht zu haben. Selbstverständlich und unter Verdruß war er davon ausgegangen, seiner Familie Anlaß für ihr mangelndes Interesse gegeben zu haben. Vielleicht wollte ich ihn ja nur mit süßen Worten umgarnen. Immer wieder ins Spiel gebracht, begann meine Position wirksamen Einfluß auf grundlegende Momente seiner Realitätssicht zu nehmen; unter anderem entwickelte er mit der Zeit die Empfindung, daß seine grimmige Verteidigungsbereitschaft und blanke Fassade für mich zwar akzeptabel, aber nicht länger notwendig waren.

Als ich mich von meiner Besorgnis angesichts seiner Bereitschaft zur Selbstzerstörung durch seine homosexuellen Eskapaden dazu bestimmen ließ, Druck auf ihn auszuüben, gab ich seinen Ängsten Nahrung, ich könne mich in seine sexuellen Unternehmungen einmischen oder sie gar verurteilen. Damit traten seine entsprechenden Erwartungen in der Übertragung deutlicher hervor und wurden wirksam – Erwartungen, die sich auf die Beschämungen und Züchtigungen durch den Vater zurückführen ließen. Mit der Zeit entwickelte sich aus dieser Erschütterung die Erkenntnis einer anderen, positiven Seite meiner Besorgnis: Er erkannte, daß ich ihm nicht gleichgültig gegenüberstand und mich auch nicht angewidert von ihm abwandte, wie er das bei seinem Vater erlebt hatte.

Beide achteten wir die ganze Zeit auf unsere Wirkung auf den jeweils anderen. Solange der Patient deutliche Hinweise dafür hatte, daß ich tatsächlich anstrebte, seine Eskapaden zu unterbinden, fühlte er sich dazu getrieben, zur Stützung seines rebellischen Aufbegehrens seine Erfahrungen als immer risikoreicher und provokativer auszumalen. Meinerseits konnte ich meine distanzierte Neutralität nicht durchhalten, die nach meiner Auffassung von wirklicher Gleichgültigkeit kaum noch zu unterscheiden wäre.

Unsere Demonstration von Macht wurde auf beiden Seiten genährt von der zweiten Tendenz, die ich oben beschrieben habe: Der Überzeugung, daß das Verhalten des einen die zwangsläufige Reaktion auf das Verhalten des anderen darstellt. So mußte ich davon ausgehen, die Gegenmacht meines Drängens wäre aufgrund meiner Verantwortung angesichts des notorischen Verhaltens von Herrn Q. geboten, während er selbst seine Rebellion als die gebotene Gegenreaktion auf mein ihm auferlegtes Verbot empfinden mußte.

Diese zirkuläre Reaktion wurde zunächst dadurch abgeschwächt, daß wir seine Ängste verstanden, ich würde ihn als Person insgeheim völlig ablehnen. Danach konnte er aussprechen, daß meine Heuchelei ihn in seine ängstlich getönte Rebellion treibe. Ich sollte mich offen zeigen, damit er wissen kann, woran er ist. Ich erkannte an, daß ich seine Argumentation verstehen und nachvollziehen könne, daß ich die für ihn schwierige Angelegenheit noch schlimmer gemacht habe, und war dann in der Lage, mein Dilemma anzusprechen zwischen dem Wunsch, daß er sich vernunftgemäß verhält, und meiner Sorge, wie sich dies mit seinem Bedürfnis nach Autonomie vereinbaren ließe.

Wie unser Versuch, diese dynamischen Fragen gemeinsam abzuklären, ablief, zeigt, wie sich die zweite und dritte Tendenz aufeinander auswirken. Die zweite, die Annahme, daß man auf das Verhalten des anderen reagiert, zeigt sich in Herrn Q.s Überzeugung, daß mein Übergriff seine trotzige Haltung ausgelöst hat, und ebenso in meinem Argument, daß mein Eingriff die Reaktion auf seine gefährlichen Eskapaden darstellte.

Unausgesprochen trat die dritte Tendenz (der Glaube, daß das eigene Verhalten das Verhalten des anderen angeregt hat) als Ergebnis unserer engen gemeinsamen Arbeit in bezug auf die zweite Tendenz zutage. Herr Q. konnte mich direkt wegen meines Versuchs, meine kritische Besorgnis wegen seiner gefährlichen Eskapaden zu vertuschen, offen in Frage stellen. Er konnte sich im Recht fühlen, und als ich dies akzeptierte, billigte ich damit die Folgerichtigkeit seines Standpunkts. Diese dritte Tendenz wurde direkt ausgesprochen, indem ich seine Ansicht bestätigte, daß mein Verhalten sein Verhalten provoziert hatte. Seine Reaktion darauf war eindrucksvoll und positiv, und schließlich konnten wir sie auch analysieren. Ganz wichtig war, daß wir dadurch schließlich auf seine Überlegungen stießen, wie *seine* Provokationen *mein* entgegengerichtetes Verhalten hervorgerufen hatten, und daraufhin auch zu erkennen, wie seine alten Erwartungen ihn zu dem Versuch veranlaßt hatten, genau die Form von Zurückweisung zu provozieren, die er so sehr fürchtete.

Diese besondere Auseinandersetzung um die Annahme, daß man sich über die gegenseitige Beeinflussung klar wird, markiert die Stelle, wo Herr Q. seine Eskapaden aufzugeben und mir gegenüber direkter über die Art seiner bisexuellen Wünsche zu sprechen begann.

Inzwischen bin ich der Auffassung, daß die Erkenntnis und Anerkenntnis der Auswirkung dieser dritten Tendenz, ob sie der Analytiker zum Ausdruck bringt oder der Patient – oder schließlich beide –, die Bedingungen kennzeichnet, unter denen sich die fruchtbaren Momente und Phasen tiefer, kooperativer analytischer Arbeit ergeben. Die gegenseitige Erkenntnis des Beeinflussens und Beeinflußtwerdens bildet den Ausgangspunkt für die Entfaltung beträchtlicher empathischer Möglichkeiten. Von da aus kann einer oder beide in dieser Beziehung die zwischen ihnen bestehenden Wechselwirkungen betrachten, die Rolle, die jeder bei dem Zustandekommen des Geschehens gespielt hat, einschät-

zen und sich auf die sehr persönlichen inneren Erwartungen von Hoffnung und Furcht beziehen, die jeder von ihnen eingebracht hat, um Einfluß auf den Gang der Ereignisse zu nehmen.

Ich bin davon überzeugt, daß solche mutativen Vorgänge jede psychoanalytische Arbeit von Rang kennzeichnen; jeder von uns kommt an diese Stelle, unabhängig davon, welchen persönlichen Stil und welche Vorgehensweise er bevorzugt.

Bei der Art des Vorgehens, wie sie hier von mir vertreten wird, muß der Analytiker seine eigene Denkweise und sein eigenes Selbst einbringen – Faktoren also, die ihn vom Patienten trennen, durch die er sich von diesem unterscheidet –, um so Aufschlüsse über die Besonderheit der Psyche und des Selbst des anderen zu ermöglichen. Und er tut dies mit dem Ziel, daß beide Beteiligten einen Zuwachs an Verstehen erreichen, in erster Linie der Patient, aber selbstverständlich auch der Analytiker.

Ich lege hier Wert auf die Beiträge von zwei voneinander getrennten Denkweisen und will damit unterstreichen, daß die besondere Fokussierung auf die Realitätssicht des Patienten nicht bedeutet, in der Beziehung zu ihm etwa einen bruchlosen Einklang und eine Einigkeit anzustreben. Vom Analytiker wird damit auch keineswegs der Verzicht auf seine beruflichen Fähigkeiten und Ansichten abverlangt, sondern nur, diese in der Weise einzusetzen, wie ich das oben auszudrücken versucht habe.

Ich will damit auf eine eher subtile und fortdauernd abwägende Sucharbeit abheben, mit der ein gemeinsam geteiltes Verstehen der Anschauung des Patienten gefunden werden soll, und außerdem eine Art, auf ihn Einfluß zu nehmen, die ein umfassendes Ausprobieren und Validieren ermöglicht und damit annehmbar und verläßlich wird.

Zum Schluß möchte ich noch einmal die Möglichkeiten des mutativen analytischen Erfolgs besonders hervorheben, die sich durch das Durcharbeiten der Erfahrungen gegenseitiger Einflußnahme ergeben, wenn es in dem beschriebenen Sinne erfolgt. Mit der Zeit und Stück für Stück können die Bedeutung und der Wert, den beide Beteiligten in den Worten und Handlungen des anderen erblicken, können die Relevanz und der Stellenwert des einen für den anderen und das Vertrauen in und der Glaube an die Entdeckungen, die sich zwischen dem Selbst und dem anderem ergeben haben, erlebt, ausgesprochen und dem Selbst angegliedert werden.

So gesehen, tritt unmittelbar und lebendig das in den Vordergrund, was meiner inzwischen jahrelangen Erfahrung klinischer Beobachtung entspricht. In den Worten dankbarer Anerkennung meiner Patienten beim Abschluß einer

Behandlung – und die Aussagen meiner Kollegen über die Abschiedsworte ihrer Patienten klingen ähnlich – ist wenig zu hören vom überragenden Intellekt oder der analytischen Tüchtigkeit des Analytikers. Statt dessen lassen sie in wenig geordneten Worten kleine Begebenheiten in der Analyse anklingen, die in ihnen weiterwirken als Kernerfahrungen des Beistands, der Anerkennung ihres Schmerzes und ihrer Freude, der Bestätigung ihres Wertes und des Annehmens von etwas für sie Wesentlichem.

Häufig geht es bei dieser großen Aufmerksamkeit in bezug auf die Realitätssicht des Patienten um wirklich kleine Dinge. Doch im einzelnen und zusammengenommen baut sich durch deren Untersuchung für die Arbeitsbeziehung eine anspornende Wirkung auf. Diese Wirkung bildet sich aus dem Vertrauen des Patienten und seiner Annahme des Einflußes des Analytikers.

Wenn der Analytiker auf diesem Wege die Möglichkeit zu einer optimalen Einflußnahme erhält, dann stellen die jetzt ein halbes Jahrhundert alten Worte aus dem Wörterbuch eine gute Annäherung an diesen Vorgang und seine Grundlage dar: „Die ruhige, unmerkliche oder allmähliche Ausübung von Macht, die oft einem überlegenen Intellekt, der Charakterstärke, einer gehobenen Stellung entspringt ..."

Übersetzung: Joachim Roether

Literatur

Bernfeld, S. (1941): The facts of observation in psychoanalysis. J. Psychol. 12, S. 289-305. Abgedr. in: Int. Rev. Psychoanal. (1985) 12, S. 312-351. (Dt.: Psychoanalyse als Gespräch. In: Psyche (1978) 32, S. 355-373)

Brazelton, J. B. (1982): Joint regulation of neonate-parent behavior. In: Tronick, E. (Hg.): Social Interchange in Infancy. Baltimore: University Park Press. S. 137-154.

Cooper, S. H. (1993): Interpretive fallibility and the psychoanalytic dialogue. J. Amer. Psychoanal. Assn. 41, S. 95-126.

Emde, R. N. (1988): Development terminable and interminable. I. Innate and motivational factors from infancy. Int. J. Psycho-Anal. 69, S. 23-42.

Freud, S. (1892-1893): Ein Fall von hypnotischer Heilung. GW I, S. 1-17.

Freud, S. (1905): Bruchstück einer Hysterie-Analyse. GW V, S. 161-286.

Freud, S. (1910): Über den Gegensinn der Urworte. GW VIII, S. 213-221.

Freud, S. (1911): Die Handhabung der Traumdeutung in der Psychoanalyse. GW VIII, S. 349-357.

Freud, S. (1912): Zur Dynamik der Übertragung. GW VIII, S. 363-374.

Freud, S. (1915): Bemerkungen über die Übertragungsliebe. GW X, S. 305-321.

Gill, M. M. (1982): Analysis of Transference, Bd. I. Theory and Technique. New York: Int. Univ. Press.

Hegel, G. W. F. (1821): Grundlinien der Philosophie des Rechts. Berlin: Nicolai'sche Buchhandlung.

McLaughlin, J. T. (1978): Primary and secondary process in the context of cerebral hemispheric specialization. Psychoanal. Q. 17, S. 237-266.
McLaughlin, J. T. (1981): Transference, psychic reality and countertransference. Psychoanal. Q., 50, S. 639-664.
McLaughlin, J. T. (1989): Relevance for the understanding of adult patients' non-verbal behaviors. In: Dowling, S. & Rothstein, A. (Hg.): The Significance of Infant Observational Research for Clinical Work with Children, Adolescents and Adults. Madison, CT: Int. Univ. Press, S. 109-122.
McLaughlin, J. T. (1992): Nonverbal behavior in the analytic situation: the search for meaning in nonverbal cues. In: Kramer, S. & Akhtar, S. (Hg.): When the Body Speaks. Psychological Meanings in Kinetic Cues. Northvale, N. J./London: Aronson, S. 131-162.
Modell, A. H. (1990): Other Times, Other Realities. Toward a Theory of Psychoanalytic Treatment. Cambridge, MA/London: Harvard Univ. Press.
Sampson, H. & Weiss, J. (1986): The Psychoanalytic Process: Theory, Clinical Observation, and Empirical Research. New York: Guildford.
Schafer, R. (1983): The Analytic Attitude. New York: Basic Books.
Schwaber, E. (1983): Psychoanalytic listening and psychic reality. Int. Rev. Psychoanal. 10, S. 379-392.
Schwaber, E. (1986): Reconstruction and perceptual experience: further thoughts on psychoanalytic listening. J. Amer. Psychoanal. Assn. 34, S. 911-932.
Schwaber, E. (1990): Interpretation and the therapeutic action of psychoanalysis. Int. J. Psycho-Anal. 71, S. 229-240.
Smith, H. F. (1990): Cues: the perceptual edge of the transference. Int. J. Psycho-Anal. 71, 219-228.
Stern, D. N. (1985): The Interpersonal World of the Infant. A View from Psychoanalysis and Developmental Psychology. New York: Basic Books.
Webster's New International Dictionary of the English Language. 2. ungek. Aufl. (1959). Springfield, MA: Merriam Co.
Wegner, D. (1994): Ironic processes of mental control. Psychol. Rev. 101, S. 34-52.
Whitehead, A. N. (1949): Adventures of Ideas. New York: Macmillan.
Winnicott, D. W. (1960): Ego distortion in terms of true and false self. In: (1965): The Maturational Process and the Facilitating Environment, Kap. 12. New York, Int. Univ. Press. (Dt.: Ich-Verzerrung in Form des wahren und des falschen Selbst. In: Reifungsprozesse und fördernde Umwelt. München: Kindler 1974)

Verantwortung, Evidenz und Wissen in der psychoanalytischen Beziehung

Roy Schafer

Einleitung

In dieser Arbeit geht es um das komplexe Zusammenspiel von Übertragung und Gegenübertragung bei der klinischen Konstruktion von Evidenz und Wissen sowie um die Etablierung von *analytischer* Verantwortung in der psychoanalytischen Beziehung. Beide Beteiligten erscheinen als unterschiedlich zuverlässige Quellen im Hinblick auf die Einschätzung ihrer eigenen subjektiven Erfahrungen und der des anderen. Indem der Analytiker auf eine zuverlässige Art und Weise zeigt, daß er versteht, sich verantwortlich fühlt, zum Containment fähig und genügend offen und flexibel ist, verdient er nicht nur analytische Autorität, sondern trägt auch dazu bei, daß der Analysand für seine Analyse Verantwortung entwickelt. Die Arbeit schließt mit einigen Bemerkungen über die erkenntnistheoretische Kontroverse bezüglich Evidenz und Wahrheit im Rahmen einer Perspektive, die narrativen Charakter hat und pluralistisch ist.

Wem soll man glauben?

Komplexe Übertragungs- und Gegenübertragungsprozesse sind die wichtigsten Faktoren, die die Verfügbarkeit, die Kommunikation und die Konsequenzen der klinisch psychoanalytischen Evidenz bestimmen. Daraus folgt, daß nur die langsame und mühsame Analyse der Übertragung und Gegenübertragung zu einer dauerhaften, vernünftigen und brauchbaren Übereinkunft bezüglich der Evidenz führt. Die Alternativen sind Konfusion, Streit oder Komplizenschaft des Analysanden mit dem Analytiker, wobei es sich manchmal auch um eine subtile Art von Fügsamkeit des Analytikers gegenüber dem Analysanden handeln kann. Bei diesen Formen von Fügsamkeit geht es weniger um Wissen als um neue Kompromißlösungen, die auf der Verteilung von Macht basieren und aus dem analytischen Rahmen fallen können.

Häufig verpacken Analytiker ihre Macht unreflektiert darin, daß sie ständig bessere psychologische Kenntnisse und klinische Erfahrung für sich in Anspruch nehmen. Analysanden beanspruchen ihrerseits häufig für sich, sich selbst doch wohl letztlich am besten zu kennen: Schließlich fragen sie, wer besser als sie selber wisse, was sie denken, fühlen, wünschen und vorhaben? Für beide Beteiligten ist es immer außergewöhnlich schwierig herauszufinden, was legitim ist und was nicht, wenn es um diese widersprüchlichen Ansprüche geht oder, wenn nicht Legitimität das Thema ist, herauszufinden, worüber man in diesem Moment am besten nachdenken sollte. Diese Schwierigkeit besteht zum Teil darin, daß es in der Hitze der Emotionen keine Garantie dafür gibt, daß selbst eine noch so gut begründete Behauptung vom anderen angenommen wird oder, wenn sie angenommen wird, zu Fortschritten führt. Es kann zum Beispiel sein, daß ein Analysand eine gleichsam partiell befreiende Einsicht in ein nur schwer zu akzeptierendes unbewußtes Motiv bekommt, diese Einsicht aber dazu benutzt, seine gewohnten Selbstvorwürfe zu verstärken. Oder in einem anderen Fall könnte der Analysand die Hilfe des Analytikers bei der Suche nach einer integrativen Einsicht kontraproduktiv dazu benutzen, den Analytiker noch mehr zu idealisieren. Auf seiten des Analytikers kann es vorkommen, daß er oder sie eine stabilisierende Einsicht in das Gegenübertragungs-Enactment nur benutzt, um sich bei dem Analysanden, der das Enactment herbeigeführt hat, zu revanchieren.

Daraus folgt, daß Fragen bezüglich des Wissens am besten folgendermaßen gestellt werden: Wem muß in der jeweiligen Situation geglaubt werden und warum? Was ergibt sich daraus? Viel Zeit und Energie wird in Analysen auf diese oder ähnlich formulierte Fragen verwendet. Analytiker versuchen am besten, sich dabei keine Einschränkungen aufzuerlegen, und sie sollten auch nicht den Einsatz von Zeit und Mühe bereuen, denn sie wissen, daß es sich hierbei grundsätzlich um analytische Arbeit von größter Bedeutung handelt.

Autoritative Rhetorik

Um diese Punkte entwickeln zu können, sollte ich noch kurz erwähnen, welche anderen wichtigen Bereiche ebenfalls zu Konfusionen und Kontroversen führen können: die Rollen, die Verantwortung, Evidenz und Wissen in Diskussionen unter Analytikern einnehmen; sei es in Gesprächen oder in dem, was sie schreiben und lesen und somit auch lehren. Ich glaube jedoch, daß so viel von dem, was man über die klinische Beziehung sagen kann, auch auf andere

Bereiche des psychoanalytischen Diskurses zutrifft – Übertragung und Gegenübertragung sind allgegenwärtig –, daß es nicht schwer sein sollte, die hier gemachten Schlußfolgerungen über den klinischen Dialog zu extrapolieren.

Es wäre jedoch falsch, es nur bei der Extrapolation zu belassen, ohne einige Beobachtungen über verwirrende Rhetorik zu erwähnen, bevor ich fortfahre. Wir werden in unserem professionellen Diskurs immer wieder auf original Freudsche Redewendungen stoßen wie: „Wie ich schon wiederholt betont habe ...", „Jeder weiß, daß ..." und „Tatsächlich ...", von denen keine einen ausreichenden Beitrag dazu leistet, irgendeine neue These zu bekräftigen. Zitate allein garantieren niemals neues Wissen. Außerdem gibt es überall diese häufig verwendeten Wörter wie wirklich, einzig, offensichtlich, sicher, deutlich, immer und nie, die man am besten – solange nicht der Beweis dafür erbracht ist – als Warnsignal versteht, daß sich der Sprecher oder Autor auf dünnem Eis bewegt und, um sich vielleicht rückzuversichern, dazu auffordert, kritisches Hören oder Lesen zugunsten einer wohlwollenden Übertragung zu unterlassen und eine Art masochistischer Unterwerfung oder ein Bedürfnis nach Zugehörigkeit erwartet. Die Rückversicherung ist meist selbstbezüglich, um den Mut bei der Entwicklung einer neuen Sichtweise zu bewahren. Freud war ein Meister in dieser rhetorischen Technik, und vieles davon hat sich auf lange Sicht erledigt, einiges jedoch hat bleibende Probleme im Bereich des psychoanalytischen Wissens geschaffen.

Ich glaube, daß diese kurzen Bemerkungen zur Rhetorik hierher gehören, weil das Verantwortungsgefühl des Analytikers in der klinischen Arbeit in hohem Maß von all diesen anderen klinischen Interessen im psychoanalytischen Diskurs herrührt. Deshalb kommen wir nicht umhin, diese Dinge anzuschauen, ohne wenigstens kurz unser Augenmerk auf andere diskursive Unternehmungen und Enthüllungen zu richten.

Unbewußte Phantasie und Realitätsprüfung

Wenn Analytiker effektiv arbeiten, sind sie sich ständig in zweierlei Hinsicht ihrer Verantwortung bezüglich der Evidenz im analytischen Prozeß bewußt. Einerseits müssen sie davon ausgehen, daß sie als Experten letztlich die Verantwortung tragen, wenn es darum geht, Einsichten zu konstruieren, die auf unbewußte Konflikte und Phantasien zurückzuführen sind. Das bedeutet, daß sie nicht davon ausgehen können, daß ihre Patienten darüber genauso gut Bescheid wissen können. Analytiker würden sonst das Recht verwirken, für ihre Arbeit den traditionsreichen Namen Psychoanalyse zu verwenden. Ihr Anspruch auf Sachkenntnis basiert auf ihrer relativen Neutralität, mit der sie die einzelnen Bestandteile der unbewußten Konflikte und Phantasien ihrer Patienten betrachten. In ihrer eigenen didaktischen und technischen Ausbildung, Hinweise aufzuspüren und Überzeugungen zu konstruieren, die sich auf beunruhigende unbewußte mentale Prozesse beziehen, und auf anderen Fähigkeiten auf dem Gebiet der subjektiven Sensibilität, ihrer psychologischen Veranlagung und ihrem analytischen Wissen über sich selbst, das sie in ihrer persönlichen Analyse, der Supervision und der theoretischen Ausbildung gewonnen haben. Mit dieser Vorbereitung und Voreinstellung versuchen sie, die Menschen, die zu ihnen kommen, in ihrem Leiden zu verstehen.

Wenn Analytiker diese Rolle und Verantwortung annehmen, halten sie es zunächst für selbstverständlich, daß sie mit einiger Unterstützung ihrer Patienten rechnen können. Sie gehen davon aus, daß sich ihre Patienten eine gewisse Fähigkeit bewahrt haben, sich dieser Tatsache bewußt zu sein und dafür aufgeschlossen zu bleiben, daß die Analyse eine Behandlungsbeziehung ist. Falls dieses Wissen nicht immer klar und eindeutig verfügbar sein sollte, so ist es doch die meiste Zeit vorhanden oder kann wieder aktualisiert werden, sollte es in extrem belastenden Abschnitten der Behandlung verlorengegangen sein; zumindest ist es ein tief vergrabenes Potential, das nach einer gewissen Zeit wieder zugänglich sein sollte. Analytiker zählen auf dieses Wissen oder Potential, welches sie aus der anfänglichen Einschätzung der „Ich-Stärke" ihrer Patienten gewonnen haben. Dies ist eine unscharfe Annahme, die einerseits aus mehr oder weniger überzeugenden Hinweisen aus der Lebensgeschichte der Patienten gewonnen wird und zum anderen aus den Beobachtungen, die der Analytiker während der Erstgespräche macht, die vermuten lassen, daß der Patient über eine einigermaßen konstante Fähigkeit verfügt, realistisch und fokussiert zu sein, sich im Kontakt mit anderen und sich selbst auch unter Streß anpassen zu können – oder wenn, wie unter manchen sogenannten Borderline-Bedingungen, dies nicht ganz so zu erwarten ist, dann doch wenigstens über ein Minimum dieser Fähigkeiten zu verfügen, wenigstens über so viel, um sich den Beginn einer Behandlung vorstellen zu können.

Wenn Analytiker ihre Behandlungen beginnen, gehen sie auch davon aus, daß ihre Patienten einen ausreichend großen Hoffnungsschimmer und ein Verlangen nach einem besseren Leben haben, um sich auf die Behandlung einlassen zu können, jedenfalls ausreichend genug, um häufig vorkommenden und unvermeidbaren Wellen von Destruktivität und Hoffnungslosigkeit zu widerstehen. Patienten beziehen aus diesem eher benignen Aspekt ihrer Orientierung eine gewisse, wenn oft auch spärliche, Bereitschaft, ihren Analytikern zuzugestehen, daß sie ein Wissen haben und Autorität und Respekt im Hinblick auf ihre analytische Evidenz verdienen. Analytiker zählen darauf, daß ihre Interventionen *auch* als konstruktive Anstrengungen, etwas zu verstehen und zu helfen, registriert werden. Es wird nicht alles durch eine dunkle Brille gesehen.

All dies gehört zu der Seite, die die Arbeit erleichtert, aber auf der anderen, manifest behindernden, gibt es noch eine Menge zu überlegen. Zum einen haben Analytiker die wohlbegründete Erwartung, daß, unbewußt, kein Patient vollkommen bereit ist, ihm die Autorität, die ich eben beschrieben habe, zuzugestehen. Unbewußt haben Patienten mehr oder weniger Angst, Mißtrauen, Verachtung, Haß und Rebellion und versuchen auf unterschiedliche Weise, diejenigen zu verführen, an die sie sich bewußt gewandt haben, um Hilfe bei ihren Problemen zu finden und die sie sogar achten, von denen sie abhängig sind und die sie verehren. Was das betrifft, wissen Analytiker, daß ihre Patienten für lange Zeit, oft oder sogar immer, in ihren verstehenden Interventionen und ihren Beweisführungen eine Bestätigung ihrer schlimmsten Ängste sehen. Selbst die beste Realitätsprüfung und der Respekt vor der Realitätsprüfung ihrer Analytiker wird nicht verhindern, daß die emotionalen Reaktionen der Patienten in vielen Fällen von den Mächten ihrer inneren Welt, die wir traditionell als Überich, Ichideal, feindselige Introjekte, Ichabwehr, Selbstzerstörung und dominante Fixierungen auf narzißtische und omnipotente infantile Wünsche bezeichnen, überrollt werden.

Zum Beispiel kann ein freundlicher Analytiker als jemand erlebt werden, der sich schuldig fühlt, Angst hat vor Aggressionen und Verrücktheiten – den eigenen, denen des Patienten oder beider –, oder als jemand, der unter der omnipotenten Kontrolle seines Patienten handelt. Wenn Analytiker sich ängstlich oder kontrolliert fühlen, wird es „verständlich", daß sie sich gezwungen fühlen, ihre Patienten durch Beruhigung zu unterstützen. Oder vielleicht sind diese Analytiker nur freundlich, weil sie von der Zuneigung ihrer Patienten abhängig sind und sich wie dumme Tölpel von den durch ihre Abwehr verfälschten Darstellungen ihrer Patienten irreführen lassen. Genauso können Analytiker, die an einer disziplinierten, umsichtigen, analytischen Art zu arbeiten festhalten, als indifferent, rigide oder sadistisch erlebt werden, während solche, die eine eher informelle Haltung einnehmen, als verführerisch und zum Agieren ermunternd gesehen werden. Und wenn Analytiker mit Hilfe ihrer Sachkenntnis diese latenten Reaktionen erkennen und deuten, werden sie finden, daß ihre Patienten, mindestens zu Beginn, solche Folgerungen als Beweise dafür nehmen, wie dogmatisch, defensiv, erbarmungslos oder übererregt ihre

Analytiker sind. Außerdem kann es passieren, daß Patienten die sorgfältigen Ausführungen leicht so verstehen, daß sie eine verfolgende Einstellung oder ein hohes Maß an Unsicherheit verraten.

Auf diese Weise werden Analytiker häufig dazu gebracht, sich wie vor einem geschlossenen System zu fühlen. Patienten können ihre ablehnenden und aversiven Reaktionen oft durch ein Zurschaustellen von Fügsamkeit und Dankbarkeit verbergen. Aber selbst die ernsthafte rationale Zustimmung eines Patienten kann sich auf seine bewußte Haltung beschränken. Es ist allerdings auch nicht selten, daß diese negativen Reaktionen nicht versüßt, sondern offen oder sogar triumphierend gezeigt werden, so daß die Patienten in die Rolle eines Anklägers geraten.

Die Probleme – immer noch auf der manifest schwierigen Seite – können auch noch andere Formen annehmen. Reaktionen auf Stil und Inhalt der Interventionen des Analytikers müssen nicht ablehnend oder aversiv sein, so wie ich sie gerade beschrieben habe. Zum Beispiel kann ein Patient die analytische Beziehung auch idealisieren oder romantisieren, und er versteht in diesem Fall die freundliche Art seines Analytikers als einen künstlich (technisch) unterdrückten Ausdruck von Liebe oder Begehren oder einer anderen tiefer gehenden Zuneigung, die die Grenzen des analytischen Anstands verletzen würde. Es ist nicht ungewöhnlich, Patienten zu begegnen, die der Meinung sind, daß ihre Analytiker von Natur aus warmherzig sind, sich aber künstlich einschränken müssen und sogar wegen ihres Pflichtbewußtseins, die Regeln der „korrekten" Technik im Auge behalten zu müssen, frustriert sind. Und wiederum können Patienten Deutungen dieser Übertragungsphantasie als Beweis für ihre eigene erotisierte Interpretation nehmen – zum Beispiel, durch zuviel Protest etwas abzuwehren. Einmal in diese positive, ödipal-elterliche Rolle gesteckt, scheint der Analytiker diese Phantasie durch seine Deutungen („sexuell aggressiv") oder sein Schweigen („ängstlich gehemmt") nur zu bestätigen. Analytiker haben auch gelernt, darauf zu achten, daß eine der Hauptfunktionen dieser Idealisierungen, Romantisierungen und Erotisierungen der Widerstand gegen das Analysieren von Argwohn, Angst, Schuld, Neid und Haß in der Übertragung ist.

Wie auch immer sich diese Dinge entwickeln mögen, die wichtigsten unbewußten Phantasien des Patienten werden dazu dienen, ein irgendwie zuverlässiges Akzeptieren der Tatsache, daß sie sich in einer analytischen Behandlungsbeziehung befinden, zu begrenzen oder ganz zu blockieren. Aus unbewußten Gründen müssen sie glauben, daß sie in einem in erster Linie sozialen oder familialen Kontext sind oder, wenn sie noch einen Schritt weiter gehen, in einer heimlichen Affäre. Sie glauben nicht, daß eine Deutung nicht mehr als nur eine Deutung ist. Daher bleibt der Anspruch des Analytikers, Autorität, gültige Überzeugungen und Wissen zu besitzen, für lange Zeit umstritten.

All diese Faktoren auf der schwierigen Seite werden Analytiker erwarten, so geduldig wie möglich mit ihnen umgehen und genügend Gelassenheit behalten in dem Streß und der Belastung durch die klinische Beziehung. Wie sie damit umgehen, variiert in Abhängigkeit von der individuellen Art der eigenen Schulrichtung eines jeden Analytikers und einer guten Einschätzung des Timings einer Deutung. Ich betone *individuelle* Schulrichtungen, weil sie die unterschiedliche Gewichtung und selektive Präsentation von Evidenz und die differenzierte Sensibilität für verschiedene Übertragungsformen bestimmen.

Es liegt an der Individualität der Analytiker, daß vorübergehende und bleibende charakterliche Gegenübertragungen ins Spiel kommen (Reich 1951). Die neurotischen und narzißtischen Gegenübertragungen des Analytikers können noch hinzukommen. Dann verlangen oder verlieren Analytiker auf unangemessene Weise Autorität über Evidenz, oder sie schätzen Evidenz falsch ein, wenn sie von etwas überzeugt sind, das andere nicht erkennen können, oder etwas übersehen, was für andere offensichtlich ist. Vielleicht entscheiden sie sich, etwas zu betonen, was aber im Moment gar nicht im Vordergrund steht, wenn sie z. B. zu Rekonstruktionen neigen, sobald Feindseligkeit in der Luft liegt. Vorübergehende, situationsgebundene Gegenübertragungen sind als Quellen wichtiger Informationen oder sinnvoller Vermutungen über Untertöne in der analytischen Beziehung erkannt worden. Im Zusammenspiel von Übertragung und Gegenübertragung können solche Untertöne zu einem gemeinsamen Enactment der unbewußten Phantasie des Patienten führen. Aber unabhängig davon, ob die Gegenübertragungsstörungen charakterlich bedingt und generalisiert sind oder temporär und situationsgebunden, kreieren sie ein großes Ausmaß an möglicher Mehrdeutigkeit und Konfusion hinsichtlich Autorität, Evidenz und Wissen in der analytischen Beziehung. Es ist genauso wichtig wie schwierig, daß sich eine Analyse so entwickelt, daß diese verschiedenen Einflüsse so weit wie möglich untersucht werden können. Die erforderliche Selbstanalyse der Gegenübertragung kann erleichtert werden, wenn der Analytiker in Gedanken vorangegangene Dialoge nach Hinweisen für eine hilfreiche „Supervision" durch den Patienten durchsucht, vielleicht gefolgt von weiteren Dialogen, um die Evidenz des Patienten zum Vorschein zu bringen.

Ich erwähne diese Supervision, weil ich betonen möchte, wie wertvoll es ist, die Anteile erfolgreicher Realitätsprüfung in Rechnung zu stellen, die die Patienten aufrechterhalten konnten. Diese Aspekte können einige sehr genaue Wahrnehmungen der Gegenübertragung des Analytikers beinhalten. Diesbezüglich kann man Patienten ein Wissen über Evidenz zusprechen, gerade hinsichtlich bestimmter Aspekte der analytischen Beziehung, wie sie sich während der Behandlung abspielen. Analytiker, die diese potentielle Fähigkeit respektieren, werden auch sehr genau darauf achten, was ihre Patienten aus der Realitätsprüfung der Gegenübertragung machen. Daraus kann eine brauchbare analytische Evidenz über die Probleme beider Teilnehmer und deren Einfluß auf den analytischen Prozeß entstehen. Zum Beispiel gibt ein Patient, der relativ viel mitbekommt, zu erkennen, daß er sich ängstigt oder den Analytiker zu sehr beschützen will, ohne es direkt zu erwähnen, und der Analytiker, der diese Zeichen aufnimmt, wird wahrscheinlich feststellen, daß dies Schlüssel zu großen Konfliktbereichen sind, die nicht nur Schuld und Verfolgungsphantasien des Patienten beinhalten, sondern auch eine Tendenz des Analytikers, vor dem Analysieren offener sexueller oder feindseliger Bereiche der Übertragung zurückzuweichen. Der Analytiker, der ein solches Beschützenwollen nicht erkennen kann, hat dann vielleicht eine angenehm ruhige, aber unproduktive Zeit. Auf einer tieferen Ebene wird dieser Analytiker jedoch erlebt als jemand, der die unbewußte Phantasie bestätigt, daß der Analytiker selbst rücksichtslos, fragil, erschrocken oder unter der Kontrolle des Patienten ist.

Ich möchte zusammenzufassen, was ich über diese vorgeblich erschwerende Seite unserer Arbeit gesagt habe: Analytiker müssen realisieren, daß sie es regelmäßig mit einer außergewöhnlich verwickelten Situation zu tun haben. In diesem Gewirr wird der Analytiker nur manchmal als zuverlässige und wissende Autorität bezüglich analytischer Evidenz erlebt. Manchmal nimmt der Patient für sich die alleinige Verantwortung für Evidenz in Anspruch, die sonst der Analytiker beansprucht, und das mag zeitweise realistisch und richtig sein. Und manchmal versucht der Analytiker sehr engagiert etwas weiter zu verfolgen, indem er aus der Art, wie der Patient Evidenz über den Analytiker als jemand, der mißbraucht und verführt, konstruiert und wie er mit dieser „Evidenz" oder diesem „Wissen" umgeht, weitere analytische Schlüsse zieht. Es kommt auch vor, daß der Patient dann dieses weitere analytische Durcharbeiten zur Bestätigung seiner negativen oder positiven Sicht gebraucht; und dann gibt es schließlich Zeiten, in denen der Patient diesen Punkt letztlich versteht und weiterkommt, obwohl es eigentlich der Analytiker sein sollte, der als erster diesen Punkt versteht und dann verwendet.

Ich denke, nur ein äußerst dogmatischer Analytiker wäre der Meinung, daß dieses Gefühl von Verwickeltsein das ohnehin schon komplexe Bild einer analytischen Arbeit unnötig kompliziert macht. Ich würde sogar sagen, daß das Verwickeltsein noch komplexer ist, als ich es soeben beschrieben habe. Im analytischen Dialog geht so vieles vor sich, daß es immer ein Bedürfnis gibt, die verschiedenen Variablen noch genauer und feiner zu differenzieren. Abschließende Aussagen müssen ständig aufgeschoben werden, obwohl es doch oft angebracht und effektiv ist, mit Bestimmtheit zu deuten.

Respekt verdienen

Bisher habe ich die beiden Beteiligten der analytischen Beziehung so beschrieben, wie sie in den frühen Stadien der Analyse sind. Zeitlich gesehen können die „frühen" Stadien eine ganze Weile dauern. Ich möchte noch kurz diskutieren, wie und warum sich Dinge zum Guten wenden oder so entwickeln, daß eine gemeinsame Autorität und Zusammenarbeit bezüglich der Evidenz entsteht – sie entsteht, weil das analytische Paar niemals gemeinsam, quasi irreversibel, an einem Endpunkt ankommt. Die „frühen" Stadien kehren außerdem häufig, wenn auch in modifizierter Form, wieder. Ihr Wiederauftreten in der Endphase ist Analytikern ein wohl bekanntes Phänomen.

Der spezielle Faktor, den ich hier hervorheben möchte, ist, daß sich der Analytiker ständig, wenn auch nicht absolut kontinuierlich, für die eigene Autorität *Respekt verdient*. Ich meine: sich *analytisch* verdient. Wie das zustande kommt, ist im einzelnen auch wieder eine komplexe Frage, die schon zu vielen Antworten in der Literatur stimuliert hat – viel zu vielen und zu unterschiedlichen, als daß ich sie hier wiedergeben könnte. Ich beschränke mich darauf, einige der Hauptfaktoren zu erwähnen, die diese Veränderung bewirken können. Idealerweise nähert sich ein Analytiker jedem Patienten auf ganz individuelle Weise. Um dieses Vorgehen aufrechterhalten zu können, ist nicht nur das von mir beschriebene Vorwissen notwendig, sondern auch eine Fähigkeit des Analytikers, dieses Wissen im Hintergrund zu halten. Nur wenn es im Hintergrund gehalten werden kann, bleibt genügend Raum für Ahnungen, Neues, Überraschung, ungewöhnliche Blickwinkel auf alte Probleme und noch nicht gut verstandene Verbindungen und Eindrücke. Diese Fähigkeit des Analytikers ist das Gegenstück zu der zunehmenden Fähigkeit des Patienten, frei zu assoziieren.

Diese bewegliche Balance ist nicht leicht zu beschreiben oder zu erklären. Ernst Kris (1952) und seine Nachfolger haben über eine temporäre, leicht rückgängig zu machende, kreative Regression im Dienste des Ichs des Analytikers geschrieben. Freud (1912) hatte schon früher beschrieben, daß der Analytiker mit gleichschwebender Aufmerksamkeit sein Unbewußtes auf das des Patienten einstellt. Und Bion (1967) verlangte, sich jedem Patienten ohne Erinnerung und ohne eigene Wünsche zu nähern. Obwohl ich nicht glaube, daß diese Beschreibungen einer konzeptuellen Überprüfung ausreichend standhalten, weil man bei sorgfältiger Introspektion einen ständigen Wechsel während der eigenen Arbeit entdeckt – man beschreibt etwas unvollständig und ist zu abhängig von rhetorischer Eindringlichkeit –, halte ich ihnen trotzdem zugute, daß sie etwas von dieser flüssig-flexiblen Einstellung des Analytikers wiedergeben.

Mit der Individualisierung und den Manifestationen seiner flüssig-flexiblen Position verdient sich der Analytiker innerhalb der Beziehung einigen Respekt und Autorität, indem er kontinuierlich zeigt, daß er gegenüber beiden Beteiligten in diesem Prozeß offen, kühn und neugierig ist. Ich denke hier an eine alte Geschichte, die man über Ernst Kris erzählt – nur wenige, wenn überhaupt jemand, hatten damals mehr Wissen als er: Zwischen den Stunden eilte er manchmal in seine Privaträume des Appartements, in dem er und seine Frau praktizierten, um ihr mit Staunen zu sagen: „Es ist wahr, es ist alles wahr". Häufig spürt man diese Haltung in seinen anregenden Schriften. In einer etwas gemäßigteren Weise betont Betty Joseph (1988), daß der Analytiker mit jedem Patienten die Verläßlichkeit der Prinzipien, die die Behandlung leiten, „wiederentdecken" muß. Die Spontaneität in der Selbstwahrnehmung zeigt sich nicht nur in der Stimme des Analytikers, dem Tempo der Intervention, dem Gebrauch der Sprache, den Änderungen in der Körperhaltung und anderen nonverbalen Manifestationen, sondern auch in seiner Fähigkeit, sowohl ein zuverlässiger, nicht intervenierender Container als auch ein animierter Partner im Dialog zu sein.

Man kann sagen, daß sich Analytiker ihre Anerkennung verdienen, indem sie immer wieder zuverlässig zeigen, daß *sie besser als ihre Patienten darauf vorbereitet sind, unvorbereitet zu sein.* In erfolgreichen Analysen lassen auch die Patienten allmählich erkennen, daß sie realisieren und akzeptieren, daß auf diesem Weg die Selbsterkenntnis zu finden ist. Diese Veränderungen tragen zu ihrer Bereitschaft bei, dem Analytiker die Autorität zuzutrauen, wie therapeutisch brauchbare Einsichten zu gewinnen sind. Sie tragen auch zum Wunsch der Patienten bei, selbst genuine Co-Autoritäten zu werden und *sich frei zu fühlen, das auch zu zeigen*. An diesem Punkt geben Patienten zu verstehen, daß sie in der Vergangenheit meistens viel zu ängstlich, schuldbewußt, defensiv, omnipotent in ihren Phantasien und neidisch waren, um für so eine Zusammenarbeit qualifiziert zu sein. Sie erkennen auch ihre ständige Anfälligkeit für Regression an, die inzwischen vielleicht regulierbarer und besser einzuschätzen ist.

Das Ende von allem ist keine Idylle. Nicht alle Konflikte konnten vollständig gelöst werden, nicht alle Not genommen, nicht alle Rätsel gelöst und nicht alle Enttäuschungen und Unzufriedenheiten überzeugend abgeschafft werden. Der gewöhnlich große Schmerz, den die Trennung aus einer wichtigen, gutartigen, analytischen Beziehung mit sich bringt, ist für beide nicht nur ein Zeichen für den Gewinn, sondern auch für den ständigen Einfluß von Konflikten im immer aktiv bleibenden Unbewußten und für die Unvollkommenheit einer jeden analytischen Arbeit. Daß der Analytiker auf seine eigene Weise das Ende akzeptieren kann ohne deutliche Enttäuschung, Ressentiment, Scham oder Schuld, zeugt von einer Art von Respekt und Individuation, die ich als grundlegend herausgestellt habe für das Wissen des Analytikers über unbewußte Phantasien und von seiner Autorität bezüglich der Evidenz im analytischen Prozeß.

Nicht zuletzt gibt es noch die Fähigkeit des Analytikers zum „Containment" der Projektionen des Patienten, ob es nun Verfolgungsphantasien sind, Schuldgefühle oder Idealisierung. „Containing" beinhaltet, tolerieren zu können, daß der Patient den Analytiker braucht, um seine Gefühle deponieren zu können, weil sie zu schmerzvoll zu ertragen sind oder zu fragil, um aufrechterhalten werden zu können oder zu kostbar, um in dem Chaos des Innenlebens des Patienten überleben zu können. Diese Toleranz manifestiert sich in der Fähigkeit, empathisch zuzuhören, geduldig zu explorieren und Deutungen zu verschieben und zu dosieren, bis der Patient bereit scheint, die Anforderung eines weitergehenden Verstehens anzunehmen. Erst nachdem es behutsam durch das Verstehen des Analytikers modifiziert wurde, wird der Patient das, was er zuvor projiziert hatte, als sein Eigenes wiedererleben.

Der narrative Charakter von Wissen

Zum Schluß bleiben einige große, vor allem erkenntnistheoretische Fragen über Wissen, Autorität und Evidenz übrig. Diese Fragen traten durch die Einführung des erzählerischen Standpunktes in die Psychoanalyse mit Macht auf – insbesondere, als der narrative Charakter von Wissen eingeführt wurde (Schafer 1983, 1992). Aus dieser Sicht läßt sich der klinische psychoanalytische Dialog am besten als eine Serie von Erzählungen und Wiedererzählungen von beiden Beteiligten des Dialogs verstehen. Hinzu kommt, daß die Deutungslinie, der der Analytiker folgt und die der Analysand zunehmend akzeptieren, assimilieren und gebrauchen kann, als Derivat großer Narrative verstanden werden kann. Die Haupttheorie und die meisten Konzepte der psychoanalytischen Schule des Analytikers bestehen aus diesen großen Erzählungen. Die detaillierten Deutungsbemühungen des Analytikers kann man deshalb als Linien einer Geschichte verstehen, die sich aus diesen großen Narrativen entwickelt hat.

Natürlich gibt es viele verschiedene Möglichkeiten, menschliche Entwicklung und menschliches Leiden zu beschreiben. Daß dies auch auf die Psychoanalyse zutrifft, wird daran deutlich, daß es heute eine Reihe verschiedener Schulrichtungen gibt (Kleinianer, Freudianer, Jungianer, Selbstpsychologen etc.). Für jede dieser Schulen ist charakteristisch, daß sie im Erfahrungsbereich ihrer tradierten Narrative bleibt: z. B. die Freudianer mit der triebhaften und dreigeteilten mentalen Organisation, dem Strukturmodell und der Vorstellung, daß Objektbeziehungen ein Ergebnis der Entwicklung sind; die Kleinianer mit dem Vorrang der Objektbeziehung innerhalb des Freudschen Konzepts etc.

Der narrative Charakter von Wissen – unterschiedlichen Erzählweisen unterworfen – muß auch im Kontext des generellen Themas von Autorität, Evidenz und Wissen betrachtet werden. Dieser Gesichtspunkt wurde auf zweierlei Weise mißverstanden und damit die narrative Konzeptualisierung diskreditiert. Beide Mißverständnisse entspringen meiner Ansicht nach derselben Quelle.

Nach dem einen, exemplifiziert von Spence (1982), beruht die Psychoanalyse auf zwei Arten von Wahrheit: der narrativen Wahrheit und der historischen Wahrheit. Die narrative Wahrheit ist die erklärende Lebensgeschichte, die in der Behandlung mit mehr oder weniger erfreulichen Ergebnissen herausgearbeitet wurde, jedoch keinen sicheren Wahrheitswert besitzt, weil sie durch die extrem approximative und vieldeutige Methode des jetzigen Dialogs in der Praxis des Analytikers entstanden ist. Historische Wahrheit ist das, was wirklich geschehen ist, das heißt, es geht um die Fakten oder Ereignisse, die von objektiven Beobachtern in der entsprechenden Zeit oder mit technischen Hilfsmitteln hätten wiedergegeben werden können. Historische Wahrheit ist die einzige mit einem realen Wahrheitswert und stimmt nicht notwendigerweise mit der in der Behandlung gewonnenen narrativen Wahrheit überein.

Das durch diese Art des Umgangs mit dem narrativen Gegenstand veranschaulichte Mißverständnis besteht darin, daß man von einem idealen Beobachter ausgeht, der an keiner einzigen Sichtweise festhält, keine ausgeformten und selektiven Präkonzepte, Werte und Beobachtungsmethoden hat und deshalb vollkommen frei von Interesse ist und vollkommen unempfindlich gegen jede Kritik von anderer Seite. Dies bedeutet auch, daß dieser Beobachter mit einer gottgleichen Autorität zu uns spricht, die uns in die Rolle streng monotheistischer Gläubiger versetzt. Genauso verhält es sich mit mechanischen Aufzeichnungen, weil das Aufzeichnen an sich keine Bedeutung hat, wenn es nicht von diesem hypothetischen Beobachter geprüft wird. Die beschriebene Position wurde verschiedentlich als Objektivismus, Realismus und Empirismus bezeichnet. Die Schule der logischen Positivisten hat sich diese Position angeeignet, und es ist eben nur eine Schule, eine Sichtweise, die in ihrer dogmatischsten Ausprägung die meisten ihrer philosophischen Anhänger in der heutigen Zeit des kritischen Denkens verloren hat. In der Welt der Psychoanalyse jedoch, die in dieser Hinsicht der Zeit hinterherhinkt, herrscht die logisch-positivistische Orientierung immer noch vor; jede psychoanalytische Schule beansprucht für sich, die einzige und „richtige" zu sein.

Die zweite Art, den narrativen Charakter von Wissen mißzuverstehen, wurde bereits in den vorhergehenden Bemerkungen deutlich. In der Psychoanalyse hat Hanly (1990) in letzter Zeit diese Sichtweise bevorzugt. Es ist die direkte Beteuerung der positivistischen Sichtweise und postuliert in keiner Weise die narrative Wahrheit; sie beschäftigt sich noch nicht einmal damit. Sie besagt, daß es letztlich eine erkennbare Realität gibt, eine nachweisbare Wahrheit, die unser ständiges und einziges Ziel ist. Das ist eine Wahrheit, die wir erreichen können, vorausgesetzt, daß wir objektive Methoden sorgfältig und lang genug anwenden, bis alle Unsicherheiten eliminiert sind. Hier ist wieder die These des gottgleichen, total interessefreien Beobachters, der frei von Präkonzepten und Werten ist. Dieser Beobachter hätte eine Autorität, die jede Kritik, die auf anderen erkenntnistheoretischen Annahmen beruhte, ersticken würde. Voraussichtlich wäre dieser Beobachter – oder eine Gruppe von Beobachtern – frei von jeder Einschränkung durch die Sprache, den historischen Kontext, einer Ideologie.

Meiner Meinung nach deuten beide Mißverständnisse auf die Vorstellung und die Befürchtung hin, daß ohne objektive nicht-narrative Wahrheit ein Chaos entsteht aus unbegrenztem Relativismus oder Pluralismus oder, anders ausgedrückt, ein finales Stimmengewirr, ein Zustand, in dem „alles möglich ist". Dieser Vorstellung oder Furcht kann man allerdings einige weitere narrative Argumente entgegenhalten. Erstens ist der narrative Charakter von Wissen weder eine Ursache noch ein Rezept; er beruht auf der Beobachtung dessen, was schon immer und offensichtlich auch heute noch in Psychoanalysen gemacht wird; und darüber, was Psychoanalyse ist, hat es immer mehr oder weniger unterschiedliche Versionen (Prinzipien, Methoden, Ergebnisse) gegeben, und bei Fallbesprechungen gab es schon immer und gibt es immer noch unterschiedliche Deutungen desselben Materials, selbst von Analytikern, die derselben Schule angehören. Manchmal gibt es diese Differenzen aufgrund individueller Unterschiede, manchmal aufgrund unterschiedlicher Ausbildung, Intelligenz, Erfahrung oder Temperament.

Auf all dies würde der Realist/Objektivist/Empiriker entgegnen: Ja, aber diese Varianz kann reduziert, wenn nicht gar eliminiert werden, wenn Kriterien, Methoden, Sprache usw. sorgfältig kontrolliert werden. Daraufhin müßte der Narrativist fragen: Aber wer entscheidet über die Einrichtung solch einer Kontrolle? Unvermeidlich würde es wieder unterschiedliche Vorstellungen darüber geben, welches der beste Weg ist, zu einer „wirklichen Wahrheit" zu gelangen oder sie zu formulieren. Wäre es, wie ein Kritiker es formulierte, „die Stimme aus dem Nichts" beziehungsweise die Stimme von jemandem, der totale Autorität, Macht und Unfehlbarkeit besitzt? Wer sonst könnte das sein?

Wenn darauf die Antwort gegeben würde, daß heutzutage objektive Forschungsprojekte statistisch zuverlässige Resultate produzieren, könnte der Narrativist entgegnen, daß nicht jeder Analytiker die Relevanz dieser Forschung für den klinischen Prozeß anerkennt. Diese Analytiker achten besonders auf die Künstlichkeit der Methode, die Vereinfachung der Variablen, die probabilistische Art der Ergebnisse bezüglich Reliabilität und Validität und nicht selten auf deren Banalität. Die Nichtakzeptanz dieser Forschung basiert auch darauf, daß noch nicht nachgewiesen wurde, daß alle Forschungsrichtungen in ein Konzept und ein methodologisches System integriert werden können. Und schließlich führen die narrativen Aspekte der Datensammlung und deren Darstellung unweigerlich die Narrativität wieder ein, die vorher eliminiert wurde. Deshalb sind diese Forschungsergebnisse eher für Forschungsinteressierte und große Skeptiker von besonderem Interesse. Ich glaube, den Analytikern, die nicht von dieser Forschung beeindruckt sind, Naivität oder Rigidität zu unterstellen, wäre willkürlich und geht an der eigentlichen Frage vorbei, weil es gute Gründe gibt, sich zu fragen, ob solche Forschung für die klinische Arbeit und deren Verbesserung von Nutzen ist. Diese Analytiker halten psychoanalytische, objektive Forschung gewissermaßen für eine andere Disziplin, ein Nachbargebiet, das vielleicht sogar interessant ist und weitere Gedanken anregt.

Aber zurück zur narrativistischen These. Der Punkt, um den es mir geht und den ich vertrete, ist, daß jedes Konzept über Wissen die verbale Formulierung und die Kommunizierbarkeit einschließen muß. Damit geht einher, daß man notwendigerweise überprüfen muß, wie man sich selber und anderen dieses Wissen mitteilt, innerhalb welcher Tradition, mit welchen Zielen, welchem Auditorium usw. Diese These leugnet die Wahrheit nicht. Es gibt viele Wahrheiten. Es ist nur so, daß die Wahrheit in verschiedenen Versionen erscheint. Das war immer so. In dieser Hinsicht würde man besser sagen, es geht darum, Verleugnungen aufzugeben. Es ist wahrscheinlicher, daß sich auf dem psychoanalytischen Informationshighway Chaos eher aus Verleugnung entwickelt als aus reflektierenden Gedanken. Wir können aber ruhig bleiben, weil wir Analytiker alle in einer gemeinsamen Kultur leben, die einen begrenzten Vorrat an narrativen Möglichkeiten oder interpretativen Gemeinschaften, wie sie genannt werden, hat. Wir leben mit der immer präsenten Erfahrung, daß wir einander verstehen können, wenn auch nicht perfekt, wenn wir es nur versuchen. Wir müssen nicht übereinstimmen. Wenn die pluralistische Narrativität meinte, daß wir uns nicht verstehen können, würde es keinen Sinn machen, sich zu treffen, um gemeinsame Probleme zu besprechen, und es hätte niemals die Möglichkeit psychoanalytischer Debatten gegeben oder Zeitschriftenartikel mit ihren Lesern.

Schlußfolgerung

Ich habe viele der Aspekte, die sich durch die Komplexität des Themas Autorität, Evidenz und Wissen innerhalb der klinischen Psychoanalyse ergeben, untersucht. Ich habe auf die rhetorische Manipulation, den willkürlichen Anspruch auf Macht und Purismus, auf die Unvermeidbarkeit eines konstruktivistischen, pluralistischen und narrativen Verstehens des therapeutischen Prozesses hingewiesen und auf einige allgemeine Mißverständnisse, die im Zusammenhang mit den verschiedenen Aspekten dieser Materie aufgetaucht sind. Wenn am Ende meiner methodologischen und erkenntnistheoretischen Überlegungen nichts geklärt ist, bin ich doch mit diesem Ergebnis zufrieden, weil es zu meiner Auffassung gehört, daß in dem Bereich, über den wir diskutieren, nichts jemals endgültig geklärt werden kann. Diese Nichtfestlegbarkeit liegt in der Natur dieser Wissenschaft oder, wie ich in diesem Kontext lieber sagen würde, einer exploratorischen Disziplin wie der Psychoanalyse.

Übersetzung: Christine Wagner

Literatur

Bion, W. R. (1967): Notes on memory and desires. *Psychoanal. Forum,* 3:272-273, 279-280.
Freud, S. (1912): Ratschläge für den Arzt bei der psychoanalytischen Behandlung, GW VIII
Hanly, C. (1990): The concept of truth in psychoanalysis. *Int. J. Psychoanal.,* 71: 375-383.
Joseph, B. (1988): Object relations in clinical practice. *Psychoanal. Q.,* 57:626-642.
Kris, E. (1952): *Psychoanalytic exploration in Art.* New York: Int. Univ. Press.
Reich, A. (1951): On counter-transference. *Int. J. Psychoanal.,* 32:25-31.
Schafer, R. (1983): *The Analytic Attitude.* New York: Basic Books.
Schafer, R. (1992): *Retelling a Life: Narration and Dialogue in Psychoanalysis.* New York: Basic Books. (Dt.: Erzähltes Leben. Narration und Dialog in der Psychoanalyse. Stuttgart: Pfeiffer 1995)
Spence, D. P. (1982): *Narrative Truth and Historical Truth. Meaning and Interpretation in Psychoanalysis.* New York: Norton.

Überblick: Wissen und Autorität in der psychoanalytischen Beziehung

Lawrence Friedman

Die beiden Bedeutungen von Autorität

Psychoanalytiker haben meistens die Auffassung vertreten, daß Patienten mit obskuren Problemen kämpfen, die einfacher zu beseitigen sind, wenn der Analytiker deren Elemente benennt. Zu Beginn fragte die soziale und wissenschaftliche Gemeinschaft danach, ob der Analytiker wirklich weiß, was diese Elemente sind; dies war die Herausforderung, die die Analytiker zu Beginn ihrer Berufstätigkeit am meisten interessierte. Aber auch damals überschnitt sich die Frage der Erfahrung mit der der Technik, was sich z. B. in der Aussage äußerte, Erfahrung werde durch Suggestion hervorgerufen. Brachte die Art der Behandlung den Patienten dazu, das zu bestätigen, was sein Analytiker bereits „wußte"? Erschien das *Wissen* des Analytikers deshalb autoritativ, weil dieser in der therapeutischen Beziehung Autorität *ausgeübt* hatte?

Als das Interesse der Analytiker (und vielleicht auch ihre Hoffnung) nachließ, die Richtigkeit ihrer Ergebnisse in die wissenschaftliche Gemeinschaft einbringen zu können, wuchs ihr Interesse an der Autorität, die ihnen von ihren Patienten entgegengebracht oder vorenthalten wurde. Welchen Anspruch stellten sie an ihre Patienten? Wie wollten sie von den Patienten gesehen werden? Warum erwarteten sie, so von den Patienten gesehen zu werden? Und (neuerdings): Ist es möglich, diesen Anspruch zu verteidigen? Diese technischen Fragen sind immer drängender geworden.

Wie wir wissen, glaubte Freud, daß der Analytiker die Autorität eines geliebten Elternteils darstellt. Diese Art von Autorität spiegelt eine Beziehung wider. Bekanntlich bedeutete die andere Form von Autorität, nämlich der Besitz von Wissen, für Freud immer die Korrektheit der Fakten.

Überwiegend betrachtete Freud sogar die Autorität im Sinne einer Beziehung als ein Mittel, autoritative Fakten mitzuteilen. Aber Analytiker erweiterten bald darauf die Aufgabe der Beziehung und erwarteten nun, als moralische Autorität gesehen zu werden. Es gab die Überzeugung, daß das Ich-Ideal des

Analytikers ansteckend sei (Sachs 1925) und das Über-Ich des Analytikers als Modell für den Patienten diene (Alexander 1925; Strachey 1934). Dies stellte keine gewöhnliche moralische Autorität dar. Es war eine besonders – ich würde sagen, einmalig – spezialisierte Autorität, denn sie betraf nur psychische Regulierungen und überließ dem Patienten/der Patientin die volle Verantwortung für sein oder ihr Leben. Um sowohl die moralische Autorität wie auch deren strikte Begrenzung zu stärken, war der Analytiker angewiesen, im Konflikt unparteiisch zu sein und sich in bezug auf seine eigene Person bedeckt zu halten.

Viele Analytiker sehen dies als eine zu übertriebene Rolle. Sie drängen ihre Kollegen, von diesem Podest herunterzusteigen. Es sei realistischer, argumentieren sie, die menschliche Fehlbarkeit, die Analytikern und Patienten gemeinsam ist, zur Kenntnis zu nehmen. Aber in dieser Ausgabe von *The Quarterly* (vor allem in den Artikeln von McLaughlin und Hoffman, unterstützt von Bollas' Beitrag) wird eine weitere Verwicklung in der Sache deutlich: Es heißt, daß Analytiker, wollen sie wirklich bescheiden sein, zugeben müssen, daß ihre Worte, gleichgültig wie durchschnittlich sie sich selbst fühlen, immer eine moralische Autorität besitzen – ein impliziertes „Sie sollten" oder „Es wäre besser". Sie mögen noch so sehr versuchen, sich davon zu befreien – die Analytiker sind an ihr Podest gekettet. Wenn sie das nicht erkennen, werden sie sich nicht veranlaßt sehen, ein Gegengewicht zu ihrer Macht herzustellen (McLaughlin), oder sie werden sie ausnutzen (Hoffman). Für diese Autoren ist es ein Ausdruck von Arroganz, vom Podest herunter zu sprechen und gleichzeitig so zu tun, als sei man unauffindbar. Es trifft zu, daß in dieser modernen Version die alten Über-Ich-Manipulationen einen tragischeren Aspekt haben: Die Macht des Analytikers erscheint eher gequält als selbstgefällig, und McLaughlin sieht darin auch ein Anzeichen unvermeidlicher Schikane, die den Widerstand verdient, auf den sie trifft. Doch auch hier ist der Analytiker wieder auf dem Podest – im Sinne der Beziehung, wenn nicht im Sinne des Wissens.

Der Leser mag überrascht sein über diese Wendung des historischen Geschehens. Was er sieht, behaupte ich, ist eine Anstrengung, die beiden Formen von Autorität und die Natur ihrer Interaktion neu zu überdenken, und zwar vor dem Hintergrund, daß beide in Frage gestellt werden. Diese Ausgabe von *The Quarterly* bewegt sich zwischen ihnen vor und zurück: Autorität als autoritatives Verhalten und Autorität als Ausdruck einer persönlichen Beziehung.

Wie wir alle wissen, können Beziehungen von der Ausübung oder von der Abwesenheit von Autorität gekennzeichnet sein. Aber diese sozialen Rollen repräsentieren auch individuelle Mentalitäten, und Kernberg erinnert uns daran, daß Analytiker etwas über sich aussagen, dadurch daß sie Autorität ausüben oder nicht und autoritative Bestimmtheit an den Tag legen oder nicht. Was das Verhalten angeht, so ist es genauso bezeichnend für die Haltung des Analytikers, wenn er eine Autoritätsrolle ablehnt, wie wenn er darin schwelgt.

Die Verweigerung kann z. B. ein Ausdruck der Angst des Analytikers vor dem eigenen Sadismus oder erotischen Interesse sein. Ein Analytiker, der den Abbau der Autorität akzeptiert, unterwirft sich möglicherweise masochistisch der Pathologie des Patienten. Wo McLaughlin eine Verletzung sieht, stellt Kernberg Freundlichkeit fest und bemerkt, daß eine autoritative Haltung dem Patienten die Unzerstörbarkeit des Analytikers bestätigen kann.

Brenner konzentriert sich auf die andere Form von Autorität – auf die des autoritativen Respekts im Wissen. Seines Erachtens ermöglicht dem Analytiker die Tatsache, daß für ihn weniger auf dem Spiel steht (und er von der Ausbildung und der abgeschlossenen Lehranalyse profitiert), Dinge deutlicher zu sehen als der Patient. Ob der Patient den Analytiker als eine Autorität *ansieht* oder nicht, der Analytiker hat doch eine Position relativer Autorität als Wissender. Hoffman und McLaughlin bezweifeln dies: Sie glauben, daß analytische Losgelöstheit ausschließlich oder hauptsächlich dazu dient, den Analytiker als Autorität *erscheinen* zu lassen. Aus ihrer Sicht ist der Analytiker eher Autorität im Sinne eines *Schauspielers* als eines Wissenden. Dies ist vergleichbar mit dem Beitrag von Bollas. Er untersucht die Autorität des Analytikers im Sinne einer Rolle und kommt zu dem Schluß, daß die Rolle mütterliche, väterliche und auch ödipale Modifikationen der *Erkenntnis* beinhaltet. Seine These mischt Wissen und Aktion: Der Analytiker besitzt eine definierte und klar umrissene Macht, die nicht aufgespalten werden kann in Autorität als Rolle auf der einen Seite und Autorität aufgrund des Wissens auf der anderen Seite, so wie es keinen Sinn ergibt zu fragen, ob unsere Eltern in einem ursprünglichen Sinne tatsächlich Autoritäten waren oder uns lediglich als solche erschienen sind. Vielleicht bringt das Wort „aufziehen" (ein Kind aufziehen) dieses Niemandsland zum Ausdruck, in dem jemand (oder ein Teil der Psyche) die Welt gleichzeitig vermittelt und definiert und Wachstum erzwingt und fördert. Bollas' Mutter-, Vater- und Ödipus-Modi sind Modi von Erkenntnis *und* Beziehung; sie definieren Einflüsse (Ausführungsbestimmungen, in den Worten von John Austin und Leston Havens) – Möglichkeiten sowohl des Wissens als auch des Handelns –, die vom Analytiker in der Beziehung zum Patienten und dann innerhalb der Psyche des Patienten gleichsam zur Anwendung kommen (wie auch Loewald beschrieben hat). Und in dem Artikel von Hanly stellen wir fest, daß Analytiker beiderlei Geschlechts sehr wohl mit all diesen Modi von moralischen Gefühlen und Einflüssen ausgestattet sind.

Die Betonung der Autorität als Rolle

Ungeachtet der vielen Unterschiede in diesen Artikeln, bemerkt man die Übereinstimmung mit dem alten Grundsatz Freuds: Patienten brauchen nicht leichtgläubig zu sein. Der Analytiker *versucht* nicht, als eine Autorität angesehen zu werden. Aber obwohl Analytiker keinen Respekt verlangen, kommt man zu dem Schluß, daß sie berechtigt sind, grundsätzlich anzunehmen, daß ihre Autorität in der Regel aus kognitiven und/oder dynamischen („guten"), allgemeingültigen Gründen akzeptiert wird und dem Analytiker die Freiheit gibt, sich darauf zu konzentrieren, warum der Patient diese aus symptomatischen („schlechten") Gründen (die, wenn sie nicht dem Patienten, so der analytischen Beziehung eigentümlich sind) *nicht* akzeptiert.

Ist das anmaßend? Man könnte antworten, daß Analytiker, die nicht eine verläßliche Vorstellung davon haben, was „ihr Anteil" ist, durch ungewöhnliche Dinge nicht neugierig gemacht werden könnten. (Sie wären sicherlich nicht in der Lage, die Einschätzungen von Sadismus und Vermeidungsverhalten zu treffen, die Kernberg anspricht.) Äußerungen können nur vor dem Hintergrund von Normen bewertet werden. Aber sicherlich würde Bequemlichkeit als Erklärung nicht ausreichen, daß unsere verschiedenen Autoren darin übereinstimmen, daß die Ablehnung der Autorität seitens des Patienten bemerkenswerter ist als deren Akzeptanz. Vielleicht ist diese Übereinstimmung das Ergebnis neuerer Konzepte von Autorität. Die Mehrzahl sieht die Autorität des Analytikers eher in dessen Vorgehen als in dessen Wissen. Und das Vorgehen ist etwas, das sich dem Patienten vermutlich durch die Angemessenheit bestätigt. Autorität im Vorgehen ist von der Art, daß ein Patient sie nur wirklich akzeptiert, wenn und weil sie sich selbst rechtfertigt. (Macht das den Patienten, als Zeuge, zur höchsten Autorität?) In diesem Licht besehen, würde eine absolute Ungläubigkeit bedeuten, daß an der Vorgehensweise etwas nicht stimmt. Schafer hat das detailliert herausgearbeitet.

Es ist die Sache wert, darüber nachzudenken, besonders weil der flüchtige Leser die neue Betonung der Autorität im Vorgehen vielleicht übersieht. Mit der auffallenden Ausnahme von Brenner und Kernberg wird sie nicht als Autorität bezeichnet, da die Vorstellung von Autorität dem Zeitgeist zuwiderläuft. In der Tat, was diese Beiträge durchzieht, ist Skepsis gegenüber dem Wissen des Analytikers, die in McLaughlins Bescheidenheit zum Ausdruck kommt, in Chodorows Entlarvung psychogener Schemata, in Hoffmans Bestreiten, daß der Analytiker überhaupt die Zusammenhänge kennen kann, die seinen oder ihren Handlungen zugrunde liegen, in Elliotts und Spezzanos Entidealisierung der Kohärenz und, im Gegensatz dazu, in Mayers Entidealisierung des analytischen (im wörtlichen Sinne) Verstehens zugunsten eines ganzheitlichen Erfassens. Aber dadurch daß der Anspruch des Analytikers auf ein kausales Wissen reduziert wird, verlagert sich lediglich das Gewicht von einer als Fachwissen definierten Autorität auf eine Autorität als Beziehungsrolle, die sich im Behandlungsplan niederschlägt.

Schafer gibt uns eine Ahnung davon, wo Autorität im modernen Paradigma zu finden ist. Solche Qualitäten wie die intellektuelle Aufgeschlossenheit des Analytikers und seine echte, nicht-ausbeuterische Haltung werden vom Patienten nicht in erster Linie als überzeugender Stil wahrgenommen, sondern als Teil der „Richtigkeit" dessen, was gesagt wird. In der Behandlung, so Schafer, kann die interpersonale Absicht einer Beurteilung wichtiger sein als die Frage, ob sie zutrifft, und, umgekehrt, kann sich eine zutreffende Beurteilung (ihre kognitive Autorität) als irrelevant erweisen (als nicht-maßgeblich in der Aktion), dadurch daß der Patient ihr eine böse Absicht unterstellt oder daß er sie als Zeichen einer unerwünschten Haltung wertet. Daraus ergibt sich möglicherweise, daß in der psychoanalytischen Behandlung die richtige Bezeichnung und die richtige Aktion nicht zwei verschiedene Dinge sind; wenn eine Deutung als eine falsche interpersonale Aktion wahrgenommen wird, dann kann sie nicht die richtige Deutung sein.

Folgt man diesem Gedankengang, so könnten Analytiker beginnen, ihr persönliches Wissen (über sich selbst oder über andere) als eine Frage von Haltungen anzusehen. (Dies ist eine Art, Schafers Arbeit über das Erzählen zu beschreiben.) Das würde uns jedoch mit einem brenzligen Problem konfrontieren: Was kann man überhaupt unter einer richtigen Haltung verstehen? (Dadurch daß man Zutreffendes durch Nützliches ersetzt, wäre nicht viel gewonnen.)

Wenn Autorität aufgrund von Wissen und Autorität aufgrund der Rolle vermischt werden

Autorität durch richtige Aussagen und Autorität im Sinne von Einflußnahme sind immer noch verschiedene Definitionen von Autorität. Warum wurden dann das Problem der Richtigkeit und die Frage der Einflußnahme in den letzten Jahren immer mehr vermischt? Es sieht so aus, als sei dies das Ergebnis eines gegenwärtigen Interesses an der Art, wie Bedeutung zustandekommt. Viele Autoren sind nicht mehr der Ansicht, daß es einen Unterschied gibt zwischen definierender Bedeutung und beeinflussender Bedeutung. Wir lesen immer wieder, daß die Bedeutung in genau dem Augenblick gebildet wird, in dem sie festgelegt werden soll. Die Autoren sind beeindruckt von der Zwiespältigkeit der Bedeutung, ihres vielfältigen Wirkungsvermögens und der Möglichkeit, daß sie sich in viele verschiedene Richtungen entwickeln kann, je nachdem, wie man auf sie reagiert.

Neue Entwicklungen sind nicht immer so neu, wie sie scheinen, aber diese scheint die Psychoanalyse in eine unkonventionelle Richtung zu bringen. Das heißt nicht, daß das Thema Kreativität der analytischen Theorie fremd wäre. Die Bibliographien dieses Bandes zeigen ein reiches theoretisches Erbe, das sich mit spielerischer Kreativität, Phantasie und Erfindungsgabe befaßt. Aber viele Autoren sind weit mehr als ihre Vorgänger geneigt zu glauben, daß jede klinische Begegnung ein Beispiel für Kreativität ist. Viele möchten, daß wir uns wegbewegen von einer deterministischen Sichtweise mit ihren sicheren Kausalketten. Sie sprechen von *Diskontinuität*, *Fragmentierung* und Unberechenbarkeit (Elliott und Spezzano), *Abhängigkeit* von der Perspektive (Schafer), Offenheit für *nicht erklärbare* Kommunikation (Mayer). Ich glaube, der springende Punkt im Dialog ist der Gedanke der Neuheit – das unvorhersehbare Ergebnis einer Begegnung. Die Erforschung der Bedeutungswelt eines Patienten wird eher als wegbereitend denn als Spurensuche betrachtet. In gewisser Weise ist das Ergebnis willkürlich.

Wenn die klinische Begegnung wirklich so entscheidend wäre, dann würde die Autorität, die auf dem Wissen beruht, kaum Anwendung finden. Autoritatives Wissen braucht ein statischeres Thema als einige unserer Autoren glauben, die der Ansicht sind, daß es vor dem Augenblick der Behandlung nichts (vorgezeichnet) gebe, dem gegenüber Autorität ausgeübt werden könnte. (Ich übertreibe etwas, um das Schema zu verdeutlichen.)

Hier sollte uns auffallen, daß dieser erkenntnistheoretische Agnostizismus lose – aber nur lose – verbunden ist mit einer undogmatischen Annäherung an die Patienten. Ein Großteil der Ernsthaftigkeit anti-autoritärer Analytiker wird durch deren Überzeugung genährt, daß die analytischen Tugenden wie Bescheidenheit, Flexibilität, Vorläufigkeit, Sensibilität, Offenheit und die Bereitschaft, Korrekturen durch die Patienten anzunehmen, verstärkt werden müssen (McLaughlin; Schafer). Dennoch ist es wichtig, sich daran zu erinnern, daß diese Tugenden nicht etwa an die Überzeugung gebunden sind, daß die Bedeutung unvorhersehbar ist und erst im Moment der Interaktion von Analytiker und Patient gebildet wird, sondern nur durch diese verstärkt wird. Für einen Analytiker ist es durchaus möglich zu glauben, daß er eine erkennbare

Wahrheit vor Augen hat, die er nie erreichen wird. Es kann sogar sein, daß sich ein solcher wahrheitssuchender Analytiker ohne die „Instruktion" des Patienten hilflos fühlt. Und andererseits ist es ebensogut möglich, daß ein erkenntnistheoretisch skeptischer Analytiker aus dogmatischen Gründen jeden Versuch der Wahrheitsfindung ablehnt. Arroganz ist der Charakterzug einer Person, nicht die Eigenschaft einer Theorie.

Autorität als Kenntnisreichtum

Was über die Frage der Bescheidenheit des Analytikers hinausgeht, ist die grundsätzlichere Frage, ob eine versteckte Bedeutung selbst für das Auge Gottes sichtbar wäre. Wenn das der Fall wäre, dann könnte etwas davon auch für das Auge des Analytikers sichtbar werden. Wenn dies nicht der Fall ist – wenn es keine schon vorgegebene Prädisposition gibt, aus der die augenblicklichen Entwicklungen gesetzmäßig hervorgebracht werden können –, dann ist die Beteiligung des Analytikers an der Erschaffung von Bedeutung in der Tat ein Abenteuer gänzlich anderer Art, als wir uns vorgestellt haben. Diese andere Art von Abenteuer, die durch gegenwärtige philosophische Tendenzen beeinflußt wird, wird uns z. B. in den Aufsätzen von Elliott und Spezzano sowie Mayer beschrieben, die der Meinung sind, daß die Unberechenbarkeit der Entwicklung von Bedeutung nicht nur aus der Begrenztheit unseres Wissens herrührt, sondern aus dessen intrinsischer Unbestimmtheit. Ihre Ansichten können denen Chodorows gegenübergestellt werden, einer gemäßigteren Skeptikerin, die der analytischen Begegnung eine bestimmte Wahrheit zugesteht, mit Hilfe derer Analytiker ein gewisses Maß an Autorität erhalten können, indem sie allgemeine *Formen* menschlicher Probleme sowie die Veränderung von Bedeutung untersuchen, wie sie regelmäßig, z. B. in der Kindheit, entwickelt werden. Was Chodorow anzweifelt, ist nicht die Regelmäßigkeit an sich, sondern jene alte, autoritative, äußerst entschiedene, röntgenartige Sicht der biographischen Ätiologie, die Analytiker bekanntlich für sich in Anspruch genommen haben.

Der Leser wird weniger beunruhigt durch die Betonung der Unsicherheit des Analytikers, die ohnehin in einem gewissen Maße immer bestätigt wurde, als vielmehr durch die neuen Zweifel in bezug auf die Fakten selbst. Und das wiederum wird beunruhigend sein, so möchte ich voraussagen, nicht weil es auf eine zwiespältige Welt hinweist (Menschen, die sich mit der Psyche beschäftigen, sind dies gewöhnt). Ich denke eher, daß es deshalb beunruhigend ist, weil man sich schwer vorstellen kann, wie ein Analytiker arbeiten würde, der nicht mehr hinter etwas herjagt, von dem er glaubt, daß es zu entdecken sei. Hanly zum Beispiel stellt fest, daß der stärkste Pfeiler der Autorität des Analytikers seine Hingabe an eine objektive Wahrheit ist; diese Hingabe verhindert, daß die Analytiker sich hinterhältig oder manipulierend gegenüber Patienten verhalten. Wenn es keine objektive Wahrheit gibt, die es zu finden gilt, welche Selbstdisziplin wird dann an ihre Stelle treten?

Wir hören oft, daß die gemeinsame Reflexion die Suche nach der Wahrheit ersetzen kann. Zum Beispiel wird plausibel hervorgehoben, daß eine wechselseitige Reflexion darüber, wie Patient und Analytiker einander wahrnehmen, erhellend ist. Aber dies scheint ein Jagen nach objektiver Wahrheit (über die Beziehung) zu sein – obgleich es ein Jagen ist mit weniger Vertrauen und viel weniger Fokus als das alte psychoanalytische Projekt. (Brenner argumentiert, daß eine berufliche Tätigkeit einen schärferen Fokus als diesen benötigt, und er erläutert seinen Fokus ausführlich.)

Einige schlagen vor, daß wir die Suche nach Wahrheit durch das Projekt, Muster zu durchbrechen, ersetzen sollten; wenn wir die passive Akzeptanz gewohnter Wahrnehmungen der Patienten in Frage stellen, dann wird sie das freier machen, selbst wenn weder wir noch Gott eine wahrhaftigere Wahrnehmung anzubieten haben. Dies ist die Ansicht von Elliott und Spezzano. Auch Hoffman vertritt die Auffassung, daß Entkopplung ein nützliches Ziel ist, aber er warnt davor, daß es genausowenig möglich ist, einen Standpunkt neutral in Frage zu stellen, wie ihn neutral zu beschreiben. Immer wenn wir auf irgendeine Weise intervenieren oder reagieren, versuchen wir, so Hoffman, den Patienten in die eine oder andere Richtung zu beeinflussen, obwohl wir – wenn wir uns dieser Tatsache bewußt sind – in der Lage sein können, uns von unserem Drängen soweit zu distanzieren, um mit dem Patienten unsere gemeinsamen strukturierenden Manöver zu reflektieren.

Praktische Tips von den Skeptikern

Im Gefolge dieser skeptischen Kritiken an der Autorität (sowohl im Sinne von Wissen als auch im Sinne von Beziehung) gibt es einen vertrauten, praktischen Sermon: ein Plädoyer für ein freieres Handeln auf seiten des Analytikers. Man sagt uns, wir sollten weniger förmlich, spontaner, weniger berechnend, beratender, weniger geheimnisvoll, persönlicher, mutiger und experimentierfreudiger sein. Nach meinem Eindruck glauben Elliott und Spezzano, daß der Analytiker phantasievoller und weniger didaktisch sein sollte. McLaughlin tritt einiges von seiner Absicht und Macht an den Patienten ab, um ein gerechteres Gleichgewicht zu erreichen. Hoffman argumentiert wirklich, daß wir – da wir Patienten ohnehin immer zu dem einen oder anderen Ziel „in unserem Sinn" drängen – genausogut unseren Einfluß sichtbar gebrauchen könnten, um bei wichtigen Themen zu raten, anstatt unsere halbverborgenen Urteile zu verleugnen und dabei so zu tun, als suchten wir nur Verständnis, während uns die Möglichkeiten des wirklichen Lebens entgleiten. Hoffman ist der Auffassung, es sei weniger manipulativ, wenn wir offen Stellung nehmen, selbst wenn die Meinung des Analytikers eine Art übernatürlicher Autorität besitzt.

Aber, so könnte man fragen, warum sollten Analytiker, die wissen, daß sie nicht wissen, aus diesem Grunde in ihrem Verhalten freier sein? Warum nicht gezwungener? Unsicherheit führt Menschen normalerweise nicht zu größerer Freiheit. Es scheint eher darum zu gehen, daß Analytiker vorsichtig vorgehen, um bei dem zu bleiben, was sie wissen (oder ihre Unwissenheit verbergen), und daß sie, wenn sie bemerken, daß das Spiel bereits verloren ist, keinen Grund mehr haben, gehemmt zu sein. Auf diese Weise würden sie wenigstens der allgemeinen Verwirrung nicht noch einen idealisierenden Mythos hinzufügen. Wären wir aber vollständig unsicher über die Ergebnisse und Folgen und hätten wir keine klaren Vorstellungen über psychische Zustände, dann wäre es genauso sinnlos, zu handeln, wie sich des Handelns zu enthalten. Ein „Hm-hm" wäre so gut wie irgendetwas anderes. Glücklicherweise vermutet keiner der Autoren, daß es so schlimm um uns steht. Denn trotz allem Reden über fehlende Gradlinigkeit, fehlenden Kausalzusammenhang, Unberechenbarkeit und sich entfaltende Bedeutung, spiegeln ihre Programme sowie die Behandlungsempfehlungen ein Verständnis davon wider, wie sich Menschen normalerweise verhalten und reagieren. Unsere Autoren haben zumindest eine ebenso verläßliche Ahnung davon, wie Patienten reagieren werden, wie wir alle in bezug auf Menschen in unseren alltäglichen Leben, wo wir normalerweise mit der entsprechenden Umsicht handeln, die die Situation erfordert.

Wenn auf der anderen Seite das Problem nur darin liegt, daß die Analytiker nicht mit Sicherheit wissen, was der Patient erlebt oder was sie selbst dazu beigetragen haben, warum sollten sie ihr Verhalten dann nicht so weit wie möglich standardisieren, um die Arbeit zu erleichtern? Auch wenn man nicht vorgibt, den eigenen Einfluß auszuschalten oder die eigene Wirkung vorauszusagen, so ist es doch nicht gänzlich sinnlos, auf Ausgeglichenheit zu achten. Moderne Psychoanalytiker sind sich in einer realistischen (und beunruhigenden) Weise bewußt, daß sie eine Menge subtiler, unbeabsichtigter und letztlich unvorhersehbarer Botschaften übermitteln, und sie mögen sogar anerkennen, daß viele Aspekte der Behandlungsbeziehung außerhalb ihres Blickwinkels liegen. Aber sie werden wahrscheinlich auch frühere Lektionen nicht vergessen: Das Leben lehrt schon kleine Kinder, daß sie eine gewisse Kontrolle über das haben, was sie mitteilen, und selbst Säuglinge lernen, die Reaktionen ihrer Blickpartner vorauszusehen. Niemand verlangt eine völlige Neutralität in der Ehe, dennoch wird kein vernünftiger Partner kluge Vorsicht außer acht lassen.

Brenner hebt die offensichtliche, aber oft übersehene Tatsache hervor, daß, ganz gleich, wie entschieden die modernen Analytiker autoritatives Wissen ablehnen, sich doch alle Therapeuten ohne Ausnahme für Experten halten, wenn es um die Frage geht, wie eine Therapie durchgeführt werden sollte; dies bedeutet einen stillschweigenden Anspruch über die Psyche und psychische Leiden. Dies ist die funktionale Autorität, auf die sich Kernberg in seinem Beitrag bezieht. Eine Urheberschaft an der Behandlung setzt Autorität in bezug auf psychische Prozesse und Krankheiten voraus. Keiner unserer Autoren vernachlässigt dieses Thema. Es gibt unter ihnen keinen wilden Analytiker. Jeder hat eine Vorstellung davon, wie die Psyche funktioniert, und auch ein Bild von ihrer Pathologie.

Wenn sie uns aber nicht empfehlen, daß wir unbekümmerter handeln sollen, weil wir nicht wissen, was wir tun, was sagen uns dann die Skeptiker über die Behandlung? Alle haben natürlich ihre individuellen Botschaften. Chodorow empfiehlt, den Fokus auf das Hier-und-Jetzt zu richten; Hoffman schlägt vor, daß wir unseren Standpunkt hinsichtlich bestimmter Lebensentscheidungen offenlegen; Mayer fordert Aufgeschlossenheit für ungewöhnliche Arten von Bewußtheit; Elliott und Spezzano suchen ein eher exzentrisches und spielerisches Programm; McLaughlin hilft dem Patienten, das therapeutische Ungleichgewicht auszugleichen. Aber ganz allgemein denke ich, daß die Skeptiker uns mitteilen, daß Patienten an einer Störung des Erschaffens von Bedeutung leiden und daß Bedeutungsaspekte auftauchen können, die eher gefördert werden, wenn wir aufhören, aus den ebenfalls vorhandenen Regelmäßigkeiten einen Fetisch zu machen – wenn wir dieses autoritative Wissen und die Autoritätsrolle, die wir besitzen, eher herunter- als hochspielen. Es mag sogar sein, daß die Skeptiker uns mitteilen, ohne dies zu wissen, daß wir eine *größere* autoritative Kontrolle über die Behandlung haben werden, wenn sich unsere Autorität im Sinne von Wissen schwerer aufspüren läßt und wir auf unsere Autorität im Sinne von Beziehung schwerer festgelegt werden können.

Das ist eine empirische Frage. Der Berufsstand als Ganzes muß diese Empfehlungen auf ihre Kosten und ihren Nutzen prüfen, obwohl diese nicht immer eindeutig sein werden. Wenn zum Beispiel Analytiker entscheiden, wieviel von ihrer inneren Anteilnahme sie verbergen wollen, entscheiden sie gleichzeitig, welche Form von Verbergungs*absicht* sie enthüllen. Mit anderen Worten: Sie erklären auf diese Weise, wie unsozial sie sein wollen. Diese Absicht ist an sich wichtig; es tut nicht viel zur Sache, ob das Verbergen erfolgreich ist. Wenn nun Analytiker sich zu einer größeren Geste von Offenheit entschließen, teilen sie nicht nur etwas über ihren Geisteszustand mit; sie machen dann auch eine andere Mitteilung über ihr Sozialverhalten. Die empirische Frage hat damit zu tun, was gewonnen oder verloren wird, wenn die Ambiguität der Absichten des Analytikers sich ändert und wenn eine Beziehung aufgegeben wird, die weniger fremdartig ist als die, die seither die analytische Behandlungen gekennzeichnet hat.

Die Vielfalt der Ansichten in diesem Band wird den Leser provokativ anregen. Ich finde insbesondere die neue Aufmerksamkeit wichtig, die dem sorgfältigen und momentweisen Prozeß des Erschaffens von Bedeutung gewidmet wird, und die großen unbeantworteten Fragen, mit denen wir zurückgelassen werden.

Psychoanalyse hat sich mit den tiefen Ursachen von Bedeutung beschäftigt, aber sie hat es weitgehend der Phänomenologie und dem Existentialismus überlassen, die momentweise Verfeinerung der Bedeutung zu erforschen, ihre Beziehung zur weniger bekannten Matrix, aus der sie gerade auftauchte, sowie die allgemeine Funktion der Neuheit. Es ist die theoretischen Anstrengungen wert, die uns dieses Thema vor Augen geführt haben.

Übersetzung: Patricia Williamson

Literatur

Alexander, F. (1925): A metapsychological description of the process of cure. Int. J. Psychoanal., 6:13-34.
Sachs, H. (1925): Metapsychological points of view in technique and theory. Int. J. Psychoanal., 6: 5-12.
Strachey, J. (1934): The nature of the therapeutic action of psychoanalysis. Int. J. Psychoanal., 15:127-159.

Psychoanalytische „Probleme" und postmoderne „Lösungen"

Kimberlyn Leary

Eine ganze Anzahl neuerer Revisionen der psychoanalytischen Theorie stützt sich unausgesprochen auf postmoderne Konzeptualisierungen des menschlichen Selbst und der menschlichen Subjektivität. Obgleich postmoderne Ideen in den Humanwissenschaften und in der Literaturwissenschaft weit verbreitet sind und zunehmend auch in der Wissenschaftskritik vertreten werden, kennen Psychoanalytiker die Literatur, die das postmoderne Denken umfaßt, kaum. In diesem Artikel sollen die Entwicklung des Postmodernismus und das Auftauchen postmoderner Gedanken in der psychoanalytischen Theoriebildung diskutiert werden. Dafür werden die Arbeiten von Roy Schafer und Irwin Hoffman als Bezug verwendet. Wenn man die Postmoderne auf die psychoanalytische Praxis anwendet, werden meiner Meinung nach die metapsychologischen Probleme, die die postmodernen Revisionen lösen wollen, bestenfalls teilweise gelöst.

Die Absicht dieses Artikels ist es, kritisch die Implikationen einer „postmodernistischen Wende" in der Theorie und der Praxis der Psychoanalyse zu untersuchen. Psychoanalytiker wie Roy Schafer und Irwin Hoffman – als Beispiele – haben neue Modelle für die Psychoanalyse ausgearbeitet, die sich implizit auf die postmoderne Kritik an Wissenschaft, Literatur und Philosophie stützen. Die psychoanalytische Metapsychologie wird in diesen Ausführungen der postmodernen Sichtweise der Subjektivität unterworfen, die ihrerseits betont, daß die Realität selbst eine „soziale Konstruktion" ist und daß Bedeutungen gemeinsam von Patienten und Analytikern geschaffen werden. Diese Perspektiven werden als „Lösungen" für die Schwierigkeiten angeboten, deren Ursache viele darin sehen, daß eine Theorie des Seelenlebens, die aus dem 19. Jahrhundert stammt, zur Erklärung der Subjektivität beim Eintritt in das 21. Jahrhundert verwendet werden soll.

Obwohl der Postmodernismus im akademischen Schrifttum und im kulturellen Leben allgemein weit verbreitet ist, sind die meisten Psychoanalytiker mit postmodernistischen Gedanken wenig vertraut. Ich werde in diesem Artikel den Postmodernismus beschreiben und definieren und dann untersuchen, wie diese Ansätze in die heutige Psychoanalyse eingebracht werden. Ich werde den Standpunkt vertreten, daß der Bezug auf den Postmodernismus bestenfalls eine Teillösung für das Problem sein kann, Selbst und Subjektivität zu verstehen, weil der Postmodernismus in sich eine problematische Auffassung der menschlichen Erfahrung ist. Ich werde die enormen Schwierigkeiten beleuchten, die entstehen, wenn psychoanalytische Theoretiker den Postmodernismus übernehmen, um so ein Verständnis der menschlichen Verantwortung und Tätigkeit zu erreichen. Ich werde des weiteren darlegen, wie die neuen postmodernen Konzepte trotz ihrer Begrenztheit interdisziplinäre Forschungen in Gang setzen können, die unser Verstehen des psychoanalytischen Prozesses vertiefen könnten.

Der Postmodernismus als Einstellung zu Theoriebildungen

Vor ungefähr 100 Jahren war Freuds Auffassung der menschlichen Subjektivität – daß der menschliche Geist in den Austauschprozessen mit den Leidenschaften des Eros, mit den Grenzen des Körpers und mit den Befriedigungen und Ängsten der Kindheit Gestalt gewinnt – eine Herausforderung für die Art und Weise, wie die menschliche Kultur sich selbst verstand. Obwohl die Psychoanalyse seither wiederholt totgesagt wurde, hat sich die psychoanalytische Theorie und Praxis statt dessen kräftig weiterentwickelt und neue Zugangsweisen für menschliche Erfahrung eröffnet. Manche behaupten sogar, die Psychoanalyse erlebe in der heutigen Kultur wegen des Umsichgreifens neuer Perspektiven (z. B. Beziehungspsychoanalyse, Intersubjektivität und sozialkonstruktivistische Modelle) eine Art Renaissance. Diese neuen Perspektiven werden vorgeschlagen, weil sie angeblich eher und direkter die Komplexität des sozialen und psychischen Lebens ansprechen. Viele dieser neuen Theorien von Psychoanalyse verdanken dem Postmodernismus einen oft uneingestandenen Anteil.

Der Postmodernismus stellt sich als Leitmotiv des zweiten Teils des 20. Jahrhunderts heraus. Seine Themen sind – genau wie in der Psychoanalyse – die Beziehung zwischen Selbsten, Subjektivität, menschlichem Wissen und Realität. Obwohl der Postmodernismus von menschlicher Erfahrung handelt, ist er gleichzeitig eine radikale Kritik der derzeitigen Konzeptionen und ihrer traditionellen Annahmen über Identität und den Austausch jedes einzelnen mit der menschlichen Gesellschaft. In den entscheidenden Aspekten ist der Postmodernismus selbst keine Theorie, sondern eher eine Haltung zu Theorien und eine besondere Art und Weise, Theorien zu betrachten (Flax 1990).

Der Postmodernismus beruht, ganz allgemein verstanden, auf dem Anspruch, daß sogenanntes „objektives" Wissen lediglich etwas sei, das aus sozialer Übereinkunft gewonnen und in Sprache wiedergegeben wird. Entsprechend dieser Auffassung leben wir in Realitäten, die durch die Worte gebildet werden, die wir zu ihrer Beschreibung benutzen. Diese Realitäten existieren in erster Linie durch Konventionen und in Sprachstrukturen. Folglich können wir nicht von „wesentlichen Bedeutungen", von „unhinterfragbaren Wahrheiten" oder gar von einem „einheitlichen Selbst" reden. Statt dessen werden das menschliche Wissen und die menschliche Identität so verstanden, als seien sie an „Versionen von Wahrheit" gebunden. Eine Konsequenz daraus ist, daß auch Selbstsein und Identität nicht von Dauer sind, sie sind ständig revidierbar und im Fluß. (Frosh 1991) Das Ziel der postmodernen Kritik ist es, „die Kruste der Konvention aufzubrechen" (Rorty 1979, zitiert nach Flax 1990), d. h. die Aufmerksamkeit auf den Prozeß der menschlichen Diskurse zu richten und von allen Überlegungen über Inhalte, Realität oder Produkte, die es außerhalb von Sprache oder Interpretationssystemen gibt, abzusehen.

In der zeitgenössischen Kritik gilt der Postmodernismus als eine der signifikantesten Darstellungen des heutigen Lebens, in dem „Überzeugungen über das, was geglaubt werden kann" (Gergen 1991), ständig untergraben werden. Der Beginn der globalen Ökonomie, die Entwicklung hin zu einer flexiblen Akkumulation und das Schrumpfen von Raum und Zeit, ermöglicht durch technologische Fortschritte, haben früher unangreifbar scheinende Konstruktionen und Schlüsse hinterfragbar werden lassen (Harvey 1989). Wie Frosh (1991) es ausdrückte, ist nur Unsicherheit als einzig überdauernde Sicherheit übrig geblieben. Um die Implikationen des Postmodernismus für die Psychoanalyse genauer zu untersuchen, werde ich nun im Detail einige der zentralen Annahmen besprechen, die dem postmodernistischen Stil und der postmodernistischen Weltsicht zugrunde liegen.

Das Auftauchen einer postmodernen Sensibilität in der Literaturwissenschaft und in der Philosophie

Die Stimme des postmodernen Diskurses ist zur Zeit überall in den Humanwissenschaften und in der Literaturwissenschaft zu hören. Dort hat sie eine beachtliche Popularität gewonnen; anfänglich begegnete man ihr nur in Diskussionen über die Theorie utopischer Architektur (Connor 1989). Meine Darstellung des Postmodernismus beginnt mit den Ursprüngen in der Literaturtheorie, die sich speziell für die Beziehung zwischen Leser und Text interessierte. Diese Beziehung wurde so verstanden, als würde sie etwas davon klar machen können, wie Menschen die Welt erfassen.

Überwiegend wurden in der westlichen Geschichte Texte als Container von Bedeutungen und Realität angesehen (Anderson 1990). Die in der westlichen Tradition anerkannte Literatur gewann ihren Status, weil ihre Werke als Container für bedeutende Ideen anerkannt wurden, die sowohl einem Leser vermittelt als auch von diesem erfaßt werden können.

Unter diesen Voraussetzungen waren Schreiben und Lesen relativ einfache und klare Vorgänge. Die Realität des Textes war ein mehr oder weniger privater Besitz des Autors und war aber (zugleich) potentiell für den Leser zugänglich. Einen Text zu interpretieren, bedeutete, ihn so zu verstehen, wie es sein Autor intendiert hatte. In dieser Lesart funktionierte Sprache als ein Vehikel der Kommunikation von Ideen, Gefühlszuständen und anderen Inhalten.

Die Literaturtheorie des „New Criticism", die sich seit den dreißiger Jahren in den Universitäten ausbreitete, änderte diese Sichtweise. Der „New Criticism" richtete die Aufmerksamkeit auf die Beziehung zwischen Leser und Autor. Der Text gehörte nun *beiden*, dem Autor und dem Leser. Die neue Literaturwissenschaft empfahl die Methode, den Text streng demgemäß zu lesen, um so die Bedeutungen herauszuarbeiten, die in den Worten des Autors enthalten sein könnten. Die Autorität des Textes beruhte auf den Worten des Autors und nicht mehr ausschließlich auf seinen oder ihren Intentionen. Das Gedicht wurde z. B. als etwas verstanden, „das bedeutete, was es bedeutete", ohne Rücksicht darauf, was der Autor vermitteln wollte oder welche subjektiven Gefühle im Leser wachgerufen wurden (Eagleton 1983). Im New Criticism bestand Textinterpretation aus dem Versuch, zu erörtern, wie ein Text seine eigenen Bedeutungen zugleich erhellen und verdunkeln kann. Das führte zu einer größeren Vielfalt in der Auffassung der Komplexität und Realität von Texten.

Wahrscheinlich klingen diese Versionen von Sprache und Bedeutungen vertraut für psychoanalytische Zuhörer. Sprache wird als ein Mittel verstanden, um Bedeutungen zu erfassen, die die Intention des Autors wiedergeben oder auch nicht. Interpretation geschieht in einem dyadischen Kontext. Wenn der Leser sorgfältig auf die Präsentation des Textes achtet, kann er ein Konzept der Subjektivität des Autors entwickeln und so auch erfassen, was er oder sie mitteilt, ohne es zu wissen. Die psychoanalytische Methode beruht in gleicher Weise auf Sprache und Interpretation: Reden, so sagt man, ist ein Mittel zur Heilung. Psychoanalytische Dialoge sind ähnlich dyadisch und beinhalten eine Suche nach dem verborgenen Diskurs, der, wenn er verstanden wird, zu einer differenzierteren Einschätzung der Subjektivität des Patienten führen kann. Soweit bleiben wir auf vertrautem Boden.

In der Literaturtheorie aber wurde die Unantastbarkeit des Textes aufgegeben. Die Theorie der Leser-Rezeption, wie sie von Stanley Fish (1980) und anderen vorgelegt wurde, behauptete, daß der Text an sich keinerlei Autorität hat. Im Gegenteil, der Leser und seine Reaktion auf den Text werden als das Zentrum der Realität des Textes angesehen. In dieser Theorie schafft die Reaktion des Lesers, d. h. seine Subjektivität, die Bedeutung des Textes, wobei die Worte auf den Seiten nicht viel mehr als eine Reihe von „Schlüsselreizen" für oder Aufforderungen an den Leser darstellen (Eagleton 1983).

Weil verschiedene Leser mit einer jeweils unterschiedlichen Subjektivität auf den Text verschieden reagieren, muß die „Realität" des Textes mit jedem einzelnen Leser und für alle möglichen Leser immer wieder neu konstruiert werden. Deshalb kann der Text nur eine „Bedeutung" haben, die ständig im Fluß ist. Bedeutung ist in diesem System nur ein bestimmtes Moment im Lauf der Zeit.

Der französische Philosoph Jacques Derrida (Derrida 1976; Flax 1990; Attridge 1992) erweiterte zusammen mit der Schule des Dekonstruktivismus, zu der er gehört, diese Schlußfolgerungen so sehr, daß sie schließlich auf die Literaturwissenschaft insgesamt einwirkten. Derrida und der Dekonstruktivismus setzten den Stellenwert des Textes noch weiter herab und betonten statt dessen ausschließlich seine Sprache. Allgemeiner: Der Dekonstruktivismus koppelt die Sprache von der Welt, die sie zu beschreiben vorgibt, ab.

Derrida behauptet, die Philosophie sei durch ihre Suche nach Bezugspunkten und Entsprechungen ebenso in die Irre geführt worden wie durch ihr Bestreben, das „Reale" zu bestimmen, das, was er die „Metaphysik des Gegenwärtigen" nennt. Nach Derrida kann das „Reale" als eine „Fiktion" erwiesen werden. Das heißt, was als real und wahrheitsgetreu angenommen wird, kann immer als ein Produkt bestimmter Systeme von Bedeutungen gezeigt werden (Eagleton 1983). Es existiert allein als Glaube und als eine Folge von bestimmten linguistischen und philosophischen Praktiken (Flax 1990). Jeder Text kann unterminiert, „dekonstruiert" werden, um zu zeigen, daß seine Einheit von rhetorischen Strategien und kulturellen Praktiken abhängt, die bestimmte Diskurse ausschließt (z. B. die Erfahrung von Frauen und von Farbigen) und andere wiederum bevorzugt (z. B. eurozentristische Modelle) (Flax 1990). Die dekonstruktivistische Kritik richtet die Aufmerksamkeit auf das, was ausgelassen wird, und auf das, was unsichtbar gemacht worden ist. So läßt sich zeigen, daß der Text in sich selbst zusammenfällt, und durch seine eigene Logik „in Verlegenheit gebracht wird" (Eagleton 1983).

Diese Sichtweise mag den psychoanalytischen Leser auf den ersten Blick an das Unbewußte erinnern. Aber es gibt entscheidende Unterschiede. Die meisten psychoanalytischen Auffassungen beziehen sich auf das Unbewußte als eine Realität. Auch wenn das Unbewußte vorübergehend unzugänglich ist, kann es doch unter den richtigen Bedingungen bewußt gemacht werden und Gegenwart erlangen. Aber für die Dekonstruktivisten wird Repräsentation *an sich* unmöglich, weil jenseits des menschlichen symbolischen Systems nichts existiert. In diesem System gibt es außerhalb der Sprache nichts, was zu repräsentieren wäre. Folglich ist die Sprache die einzige Realität, und das Unbewußte, so kann man sagen, gibt es nicht als eine Realität, über die gesprochen werden kann und auf das man sich außerhalb der Sprache beziehen kann, wenn über es gesprochen wird.

Unter dekonstruktivistischen Gesichtspunkten ist es dagegen notwendig, eine Reihe von Interpretationen durch wiederholtes Lesen des Textes hervorzulocken. Aus diesen Interpretationen wird eine „Geschichte" auftauchen. Aber im Gegensatz zur traditionellen Auffassung von Narrationen ist diese Geschichte nicht im Text „eingegraben" und wartet nur darauf, ausgegraben zu werden. Statt dessen ist sie ein sich ständig änderndes Produkt der Interpretationen, von denen sie erst geschaffen wird. Bedeutung hängt von einer sich entfaltenden Vergegenwärtigung ab und ist völlig vom Kontext abhängig. Ihr kann in der Tat niemals Realität zukommen, weil die nächste Interpretation, die auf den Text angewendet wird, die Geschichte rekonfigurieren wird. Die Geschichte ist immer prozessoral, und sie kann nie komplett erfaßt werden. Daraus folgt, daß es nur einen pragmatischen Test der Wahrheit geben kann, d. h. ob die auftauchende Geschichte „plausibel" ist oder nicht, ob sie eine „interessante Konversation" anregt und ob sie sich „auszahlt" im Kontext der Bedürfnisse einer bestimmten Kultur zu einer bestimmten Zeit (vgl. Anderson 1990; Flax 1990).

Um zu verdeutlichen, wie der Dekonstruktivismus arbeitet, möchte ich ein Beispiel aus der Popkultur verwenden. Vor ein paar Jahren brachte der Sänger Billy Joel einen Popsong mit dem Titel „We didn't start the fire" heraus. Der Text bestand fast ausschließlich aus Namen berühmter Persönlichkeiten, geographischen Ortsangaben und herausragenden, in den Nachrichten dargestellten Ereignissen. Das war in der Tat ein Beispiel postmoderner Sensibilität. Der Song hatte fast keine narrative Struktur, außer der, daß die Ereignisse ungefähr in grober chronologischer Ordnung aufgeführt wurden. Eine Zeitlang verursachte der Song einiges Aufsehen, und zwar deswegen, weil die meisten Geschichten von „irgendetwas" handeln. In Briefen an den Herausgeber von „Newsweek" und anderen amerikanischen Zeitschriften wurde gefragt: „Von was handelt der Song? Geht es um bestimmte bedeutungsvolle Ereignisse im

Leben des Sängers? Um besondere Ereignisse, die die jeweiligen Jahrzehnte bestimmen?" Die meisten Leser beklagten sich darüber, daß der Text seine Bedeutung nicht klar machte. Wenn der Song für sich selbst sprach, über was sprach er dann? Die Antwort eines Dekonstruktivisten wäre, daß der Song über *ganz und gar nichts* sprach. Die Bedeutung des Textes bestand ausschließlich darin, interessante Spekulationen hervorrufen zu können, Myriaden von Interpretationen, solange, bis das Publikum den Song satt hatte und sich einer anderen Kuriosität zuwandte.

In ähnlicher Weise kann auch die traditionelle Literatur dekonstruiert werden, um zu zeigen, daß sie von nichts handelt. Im *King Lear* wird Shakespeares Erzählung über einen verrückten König üblicherweise so verstanden, als handle sie von Opfern und tragischer Verstrickung. Ein alter Mann ringt angesichts seiner schwindenden Macht mit dem Problem von Gut und Böse und mit dem zum Scheitern verurteilten Bemühen, sich von Schuld rein zu waschen. Diese „Geschichte" ist aber, dekonstruktivistisch gelesen, nur dann plausibel, wenn der Leser die Erfahrung der Frauen um Lear außer acht läßt. Eine dekonstruktivistische Kritik würde behaupten, das Schauspiel sei als eine Erzählung über Patriarchat und Domination zu verstehen. In diesem Verständnis geht es bei der zentralen Auseinandersetzung um den Versuch von Frauen, Macht zu gewinnen und unabhängig Wünsche geltend machen zu können (Thompson 1988). Damit zerbricht das Schauspiel in eine Vielzahl von Texten, die ein ganzes Spektrum von Bedeutungen anbietet. Deswegen kann man sagen, daß der Text selbst von nichts handelt, außer einem bestimmten Arrangement von Worten auf einer Seite, das in unterschiedlicher Weise ausgelegt werden kann. (ebd.)

Der Postmodernismus als Konsequenz der heutigen Kultur

Während sich der Dekonstruktivismus in erster Linie mit Texten beschäftigt, erweitert der Postmodernismus seinen Einflußbereich auf das Nachdenken über die Subjektivität des Selbst, das Wissen und die Beziehung der Subjektivität zur Macht. Typischerweise beginnen die Diskussionen des Postmodernismus damit, daß der Postmodernismus in der modernen Kultur und in ihren Technologien lokalisiert wird. Der Postmodernismus wird als eine Reaktion auf die Übertreibungen des zeitgenössischen Kulturlebens verstanden sowie als eine Antwort auf die gescheiterten Versprechungen der Moderne (Harvey 1989; Gergen 1991).

Kulturtheoretiker definieren den Beginn des modernen Zeitalters mit der Annahme und der Ausbreitung der Werte der Aufklärung (Harvey 1989; Connor 1989; Flax 1990; Gergen 1991). Die Moderne an sich kann in den Begriffen ihrer Grundlegung verstanden werden: die Bedeutung des rationalen Wissens, des Positivismus und der wissenschaftlichen Methode. In der Begrifflichkeit der Moderne wurde die Welt als etwas aufgefaßt, das aus seinen eigenen Bedingungen abgeleitet, eingeschätzt, bewertet und erfaßt werden kann.

Die moderne Philosophie konzeptualisierte das Selbst als eine deutlich abgegrenzte und stabile Einheit, und die moderne Literatur betonte den inneren Monolog und die persönliche Erfahrung (z. B. im Werk von Virginia Woolf und D. H. Lawrence). Durch das Festhalten an der Erfahrbarkeit konnten persönliche Wahrheiten zugänglich gemacht, öffentlich aufgegriffen und als invariante Strukturen entworfen werden, wie z. B. in den Konzeptionen von Ich und Es oder den Systemen Bewußtsein und Unbewußtes. Dic sogenannten „großen Theorien" oder Metanarrationen der Wissenschaft, zu denen auch die Psychoanalyse und ihre Metapsychologie gehören, dienten dazu, etwas Wesentliches über die Realität zu verstehen; und was es bedeutete, ein Mensch zu sein.

Obwohl sie nicht völlig übereinstimmen (Flax 1990), verwerfen alle postmodernen Kritiker die Vorstellung von einer Essenz oder einem einheitlichen Kern des Menschen. Die postmodernen Auffassungen von menschlicher Erfahrung werden nur durch den Widerspruch zu Glaubenssätzen der Aufklärung zusammengehalten. Die Glaubenssätze der Aufklärung werden als ein kompliziertes Set von „Fiktionen" angesehen, das allerdings zweckmäßig und praktisch war. Die Befürworter des Postmodernismus behaupten, daß, wenn erst einmal die Funktionsweise der zeitgenössischen Kultur offenbar geworden sei, der positivistischen Realität eines einheitlichen Ganzen widersprochen oder sie zumindest in Frage gestellt werden müsse (Flax 1990). Die postmoderne Kritik bevorzugt eine Auffassung von Selbst und Gesellschaft, der diskursive Praktiken und Regeln von Sprachsystemen zugrundeliegen.

Ich möchte auf die zeitgenössischen Bedingungen zurückkommen, die den Kontext für das Auftauchen des Postmodernismus bilden. Sowohl Postmodernisten als auch positivistische Wissenschaftler stellen fest, daß die Menschen des 20. Jahrhunderts Zeugen eines tiefgehenden Wandels des menschlichen Lebens sind. Die zeitgenössische Welt ist durch ständige Veränderungen und heftige Erschütterungen gekennzeichnet (Frosh 1991). Was als sicher galt, wird durch politische, technologische und persönliche Verschiebungen in einem bislang unbekannten Umfang in Frage gestellt. So führen z. B. medizinische Technologien, die die Grenzen des Lebens erweitern und Leben „unterstützen" sollten, inzwischen zu unangenehmen Fragen nach den Grenzlinien zwischen Leben und Tod. Eine ähnliche Spannung besteht zwischen HIV, AIDS und der Dynamik der Infektion, wenn ein Liebesakt Tod und Verderben bringen kann.

Veränderung und Aufruhr kennzeichnen zwar die ganze Menschheitsgeschichte, heute aber ist die Geschwindigkeit, mit der solche Veränderungen zu allgemeinen Ereignissen werden, und die Art, in der diese Ereignisse vorgestellt, erfahren und angenommen werden, wahrhaft revolutionär (Harvey 1989). Gergen schreibt (1991), daß der technologische Fortschritt – das Aufkommen des Telefons, des Radios, des Fernsehens, der E-mail und des ausgedehnten globalen Verkehrs – zu einem unmittelbaren Zugang zu Personen und damit zugleich zu einer Auflösung der traditionellen Grenzen zwischen Personen führt. Ähnlich argumentiert Harvey (1989), wenn er feststellt, daß die modernen Technologien eine Kompression der Erfahrung von Raum und Zeit bewirkt haben. Man überlege nur einen Moment, welchen Blick der größte Teil der westlichen Welt während des Golfkrieges durch die Sendungen des Fernsehsenders CNN bekam. Durch Mikrophone, die in israelischen Luftschutzkellern aufgestellt waren, konnte man mithören, als die Luftangriffssirenen verstummten. Auf Video-Displays wurden Landkarten gezeigt, auf denen die Flugbahnen von Raketen aufgezeichnet waren, sichtbar gemacht für Zuschauer weltweit, noch bevor vor Ort anwesende Beobachter auch nur ahnen konnten, daß ein Angriff stattgefunden hatte. Der ganze Vorgang war bestätigt, bevor der Inhalt ermittelt war. Damit hat sich die menschliche Kultur inmitten der postmodernen Gegenwart etabliert.

Gergen weist (1991) darauf hin, daß die Technologie der Medien die menschlichen Beziehungen verändert. Er fragt z. B., was sich denn anderes als eine „Beziehung" entwickelt zwischen einer Person und Figuren, die er regelmäßig im Fernsehen trifft, zumal die Kontakte im Fernsehen manchmal an die Stelle von Kontakten mit „realen" Personen treten. In vielerlei Hinsicht spielt sich das soziale Leben unserer Zeit in imaginären Welten ab, und das in einem Ausmaß, das alles, was frühere Generationen erlebten, übertrifft.

Wenn wir schon nicht den Anspruch aufrechterhalten können, daß Ereignisse außerhalb ihrer jeweils aktuellen Beschreibung irgendeine Realität haben, dann gilt notwendigerweise das gleiche für das individuelle Selbstsein und die individuelle Identität. Die postmodernistischen Kritiker vertreten den Standpunkt, daß Selbste „soziale Konstruktionen" sind – nicht privater Besitz – und daß sie ein Publikum brauchen, um existieren zu können und um wahrnehmbar zu werden. Das Selbst wird nur als Funktion einer sozialen Umgebung erfahrbar (Berger und Luckman 1966). Und ein einziges Selbst wird nicht ausreichen, wenn man den erweiterten Spielraum und das breitere Spektrum technisch arrangierter Kontakte berücksichtigt. Notwendigerweise werden dann verschiedene Selbste erforderlich, um den Anforderungen verschiedener Aufgaben und verschiedener Beziehungen im sozialen Leben entsprechen zu können. Der postmoderne Diskurs behauptet, daß wir, ohne es zu bemerken, auf eine „Vielheit von Selbsten" angewiesen sind, um den verschiedenen Selbstinszenierungen entsprechen zu können, die das heutige Leben von uns verlangt. Wenn sich Welt und Realität als Konstruktionen entlarven, dann, so schlägt der Postmodernismus vor, kann das zu einer fließenden und produktiven Kreativität führen und zu erweiterten Möglichkeiten zu „spielen". Dazu gehört dann auch die Möglichkeit, mit der Sicht vom eigenen Selbst und der eigenen Identität zu spielen (Frosh 1991).

Aufgrund der Sichtweise, daß Welt und Selbste „gemachte" ästhetische Phänomene und „geschaffene Geschichten" sind, behauptet der Postmodernismus, die Lebensaufgabe der Menschen bestünde im „Spiel". Hier ist das Spiel Nachfolger der Realität (Anderson 1990). Ein Leben zu leben wird zur schöpferischen Gestaltung des Lebens und damit zu einer „ästhetischen Frage" (Flax 1990). Das postmodernistische Leben ist folglich immer „manieriert". Es genießt die Erscheinungen der Dinge und ganz besonders das, was sie nicht sind, und im Wissen darum, daß sie nicht real sind (Sontag 1966, zit. nach Anderson 1990). Der Postmodernismus erhebt die Verherrlichung dieser Diskontinuität zu seinem Leitthema. Am Ende schließlich – um an Shakespeare anzuschließen – ist das Spiel nicht die Sache, um die es geht, sondern sie ist die einzige Sache, die noch zählt. Der Postmodernismus, der zuerst als Diagnose der zeitgenössischen Lebensbedingungen heraufbeschworen wurde und gleichsam als Angebot galt, um zeitgenössische Probleme diskutieren zu können, wird jetzt – in einigen seiner Varianten – als „Lösung" angepriesen, als etwas Linderndes und sogar als wirkliche Behandlung für die Leiden der zeitgenössischen Gesellschaft.

Das Auftauchen einer postmodernen Sensibilität in der Psychoanalyse

Wenn sich sowohl der Postmodernismus als auch die Psychoanalyse mit der Entwicklung von Konzepten der menschlichen Subjektivität befassen, dann ist es nicht überraschend, daß angenommen wurde, daß sich beide Erklärungsweisen gegenseitig ohne weiteres durchdringen können. Besonders, weil sie oft gleiche Begriffe – „Selbst", „Subjektivität" und „Konstruktionen" – benutzen, wenn es um Interpretationen geht. Dieser Annahme einer Kongruenz werde ich jetzt nachgehen.

Bis vor kurzem beschäftigte sich die Psychoanalyse nur mit den scheinbaren Diskontinuitäten der menschlichen Subjektivität (Rapaport 1944). Brüche, Inkonsistenzen und „Unsinn" wurden als etwas verstanden, das nur so lange besteht, bis die unbewußten Gedanken und Affekte erkannt sind. Durch die Verknüpfung der bewußten Erfahrung mit ihren unbewußten Wurzeln kann die Kontinuität im Seelenleben wieder hergestellt werden. Selbst als Freud (1937) von deutenden „Konstruktionen" schrieb, war das in gleicher Weise zu verstehen: Die klinische Vermutung sollte an die Stelle des Inhaltes treten und den Status einer „Tatsache" erhalten.

Zunehmend, obwohl vielleicht in aller Stille, beginnt eine postmoderne Sensibilität bei einer ganzen Reihe von psychoanalytischen Klinikern Aufnahme zu finden (Benjamin 1991; Flax 1990; Hoffman 1983, 1992; Schafer 1983; Spence 1982, 1987; Stern 1992). Durch die neue Auffassung des therapeutischen Prozesses als eines narrativen Prozesses wurde von Schafer (1983, 1992) u. a. die psychoanalytische Theorie in einen postmodernen Diskurs umgeformt.[1] Auch durch die Konzeptualisierung des psychoanalytischen Feldes als einer sozialen Konstruktion wurde der Postmodernismus in die Psychoanalyse eingeführt (Hoffman 1983, 1991, 1992; Stern 1992). Ich werde die theoretischen Beiträge von Schafer und Hoffman als illustrative Beispiele für eine postmodernistische Wende im psychoanalytischen Denken untersuchen.

In einer ganzen Reihe wichtiger Bücher und Artikel hat Schafer in den letzten 15 Jahren eine ausgeprägte, wenn auch weitgehend unbemerkt gebliebene postmoderne Sensibilität in der Diskussion von Psychoanalyse zum Ausdruck gebracht.

1 Donald Spence war einer der ersten, der die psychoanalytische Begegnung als eine „narrative Begegnung" ansah. Sein Argument, daß der Gegenstand der Psychoanalyse eine narrative und keine historische Wahrheit sei, beruht auf der These, daß Analysand und Analytiker, ohne es zu wissen, sich auf Erzählungen beziehen, von denen sie annehmen, daß sie wahr sind, deren Beziehung zum Original aber, und folglich auch ihr Wahrheitswert, zweifelhaft ist. Spence untermauert das mit der Behauptung, daß Sprache selbst schon ihre Gegenstände verzerrt, weil sie „zu reich und zu arm" ist, Erfahrung adäquat wiederzugeben. Analytiker haben ihrerseits ein Vorurteil gegen Zusammenhänge. Anstatt mit gleichschwebender Aufmerksamkeit zuzuhören, füllen Analytiker eher Lücken und Diskontinuitäten, um ihre Patienten leichter zu verstehen. Deshalb beschäftigt sich die Psychoanalyse mit narrativer und nicht mit historischer Wahrheit. Spence meint (1987), daß die Psychoanalyse ihren Anspruch, eine Naturwissenschaft zu sein, aufgeben sollte, sowie auch andere Modelle, mit deren Hilfe verstanden werden soll (wie z. B. Gesetzesauslegungen und Gesetz), was Psychoanalytiker wirklich tun. Angesichts dessen scheint Spence nur widerwillig ein Postmodernist zu sein. Er behauptet nicht, daß die Realität nicht „dort draußen" sei, sondern daß wir sie nicht „hier hinein" bekommen können, und zwar aufgrund der Grenzen der Sprache und der Diskurse.

In *A New Language for Psychoanalysis* (1976; dt.: *Eine neue Sprache für die Psychoanalyse* [1982]) vertritt Schafer den Standpunkt, daß die psychoanalytische Metapsychologie auf einer mechanistischen, unnötigerweise verdinglichenden Sprache beruht, die den intentionalen, subjektiven und phänomenologischen Aspekten der psychoanalytischen Begegnung zu wenig Raum gibt. Schafer empfahl als Korrektur eine „Handlungssprache" für die Psychoanalyse, die die (alte) Metapsychologie ersetzen sollte. Anstatt sich mit „hypothetischen Einheiten" (psychische Strukturen) oder „erschlossenen Kräften" (Triebe), wie er sie nennt, zu beschäftigen, sollten kausale Erklärungen eher in Begriffen von *Begründungen* angegeben werden, die ausgesprochen oder unausgesprochen mit bestimmten Handlungen verbunden sind.

In seinem Buch *The Analytic Attitude* (1983) beschreibt Schafer die psychoanalytische Begegnung so, als würde sie einer Art von „narrativer Aufführung" entsprechen (S. 186). Er meint, die psychoanalytische Behandlung bestehe darin, „daß man anderen Geschichten über sich selbst erzählt", und deswegen sei sie ein narrativer Akt. In der Psychoanalyse gehe es um „Sprache und Äquivalente von Sprache" (S. 255). Wenn man es so sieht, als seien Analytiker und Analysand mit einem narrativen Prozeß beschäftigt, dann muß man die Deutungen, die sie entwickeln, als eine mögliche Version aus *einer Vielzahl von Deutungen* verstehen, die genausogut hätten gegeben werden können. Um diesen Punkt ganz klar zu machen, schreibt Schafer (1983): „Wenn es um die historische Lebensgeschichte geht, gibt es immer mehrere Versionen, um zu erzählen, was jetzt der Fall ist, oder auch, was in der Kindheit der Fall gewesen sein muß." (S. 203)

Dementsprechend geht es im analytischen Dialog nicht darum, so etwas wie „historische Realität" und die Ereignisse des Dort-und-Damals festzustellen. Statt dessen bietet der Analysand ausgewählte Erinnerungen an Ereignisse, die er für real hält, die aber jetzt in neuen Begriffen wiedererzählt werden. Die therapeutische Aufgabe besteht darin, daß Analytiker und Analysand mit Hilfe der Sprache neue, bessere, „nicht-neurotische" Geschichten für die Zukunft des Analysanden konstruieren. Die psychoanalytische Methode transformiert die Geschichte des Analysanden in eine psychoanalytische Geschichte. Das heißt, daß die Narrationen des Analysanden noch einmal entlang den „Handlungslinien" von inzestuösen Triebwünschen, von Separation, Individuation und/oder Abwehr neu erzählt werden. Das Resultat einer erfolgreichen Analyse ist dann, daß der Analysand die Sprache der Symptome und der Krankheit aufgibt und gegen einen psychoanalytischen Diskurs eintauscht. Wenn Psychoanalyse in einer Erzählung konfiguriert wird, dann bedeutet therapeutische Veränderung vor allem, eine andere Sprache fließend beherrschen zu lernen.

In seinem Buch *Retelling a Life* (1992; dt.: *Erzähltes Leben* [1995]) hat Schafer das Erzählprojekt noch erweitert. In Übereinstimmung mit der Handlungssprache wird die subjektive Erfahrung als eine Konstruktion der menschlichen Handlungsvollmacht angesehen. Entsprechend der Alltagsbeobachtung, daß unterschiedliche Menschen aus dem gleichen Ereignis unterschiedliche Erfahrungen konstruieren, schließt Schafer, daß Erfahrung nicht einfach darauf wartet, gemacht zu werden. Im Gegenteil: Menschen konstruieren und entwickeln Subjektivität zusammen mit Begründungen, die aus der Kindheit stammen können und bis in das Erwachsenenalter fortbestehen.

> „Wir haben nur Versionen des Wahren und des Realen. Ein definitiver, nicht durch Erzählung vermittelter Zugang zur Wahrheit ist nicht nachzuweisen. Deshalb kann es auch für keinen Beobachter oder Denker eine absolute Basis geben; jeder muß seine/ihre Erzählversion auswählen." (S. XV)

Auch der Analytiker verläßt sich auf Versionen von Wahrheit, indem er sich auf verschiedene „Handlungslinien" von Entwicklungen bezieht. Man kann nicht ohne weiteres davon ausgehen, daß die psychoanalytischen „Geschichten" des ödipalen Konfliktes, der Separation/Individuation oder der narzißtischen Fragmentierung eine Realität außerhalb der Erzählversionen haben. Die Deutungsgeschichte, die der Analytiker liefert, ist immer provisorisch und damit offen für mögliche andere Neuerzählungen. Für Schafer (1983) besteht die „Wahrheit" einer psychoanalytischen Geschichte einzig und allein darin, daß sie „unnachgiebigen und forschenden Fragen standhält" (S. 236).

In ähnlicher Weise betont Schafer, daß unser Selbst, das wir als eine Einheit und ein Ganzes erfahren, tatsächlich auch eine narrative Konstruktion ist. Schafer schreibt (1992) explizit zu diesem Punkt: „Meine Position gegenüber dem Selbst ist eine anti-essentialistische" (S. XVI). 1983 schreibt er, daß er, obwohl er die Geschichtslinie einer handelnden Person bevorzugt, den Standpunkt vertritt, das Selbst begegne uns nur als etwas, von dem erzählt wird. Nach seiner Auffassung werden Selbste erst durch Sprache und Erzählungen lebendig; durch Sprache und Erzählungen, die als Teile der gegenwärtigen Erfahrung fungieren. Schließlich meint Schafer – in Übereinstimmung mit dem postmodernen Diskurs –, daß eine Person mehr als ein Selbst braucht, um mit den heutigen Lebensaufgaben zurechtkommen zu können.

Um die theoretische Notwendigkeit der multiplen Selbste zu veranschaulichen, stellt Schafer (1992) die subjektiven Verdrehungen dar, die man machen muß, um verstehen zu können, was „Selbsttäuschung" möglicherweise bedeuten könnte. Für die Vorstellung, daß das Selbst „sich selbst" getäuscht hat, ist implizit die Erzählung von zwei Handlungslinien und zwei Selbsten erforderlich. Zunächst muß es ein Selbst geben, von dem übereinstimmend angenommen wird, daß es „wirklich" etwas getan, z. B. sich sadistisch verhalten hat. Dann muß es ein zweites Selbst geben, das dies verleugnet. Schafer legt nahe, daß wir implizit und schon immer auf die Geschichte von „multiplen Selbsten" eingestellt waren. Er schreibt: Das ist „eine Geschichte, die funktioniert" (Schafer 1992, S. 52)

Schafer setzt sich nirgendwo von den Werten des Postmodernismus ab, zugleich identifiziert er sich nirgendwo als Postmodernist, dennoch dienen seine neuen Konzeptualisierungen der Psychoanalyse diesem Vorhaben. Seine psychoanalytische Theorie wird dann postmodernistisch, wenn er den Anspruch, daß Selbste wesentliche Fähigkeiten und Inhalte haben, aufgibt und wenn er darauf besteht, daß Diskurse Realität erschaffen. Denken Sie an die Rhetorik des Postmodernismus und vergleichen Sie diese mit der Erzählsprache, die Schafer vorlegt. Erstens beschäftigt sich Schafer zufolge die Psychoanalyse vor allem mit Sprache und ihren Äquivalenten. Zweitens werden sowohl subjektive Erfahrungen, objektive Realität und auch Selbste zu Konstruktionen, die durch Sprache lebendig werden. Drittens könnten gegenwärtige Geschichten auch in anderen Begriffen erzählt werden und stellen keine Ereignisse der realen Welt dar. Viertens wird das einheitliche Selbst durch die Auffassung ersetzt, daß wir von „multiplen Selbsten" sprechen, um mit unseren alltäglichen Angelegenheiten zurechtzukommen. Fünftens geht Heilung mit Veränderungen von Diskursen einher.

Aus alldem folgt, daß die Psychoanalyse sich nur mit Neuinterpretationen beschäftigen kann und nicht mit Rekonstruktionen, mit Vorstellungen statt mit Wahrnehmungen, mit vielen Selbsten statt mit der Erfahrung eines (einheitlichen) Selbst. Schafers Erzähl-Sichtweise ist nicht einfach eine Revision der Psychoanalyse, sondern stellt eine sehr spezifische neue Version von Psychoanalyse dar, die genau in den postmodernistischen Diskurs hineinpaßt (vgl. Leary 1989).

Auch in den Schriften von Irwin Hoffman (1983, 1991, 1992) und anderen (z. B. Stern 1992) treffen Postmodernismus und Psychoanalyse aufeinander. Hoffman formuliert eine, wie er sie nennt, „radikale Kritik", die sich gegen den Positivismus in der psychoanalytischen Theorie wendet, den es quer durch alle Theoriebildungen gibt. Triebstrukturelle Modelle sowie Selbstpsychologie und beziehungsanalytische Theorie sind bei Hoffman unter Beschuß, insofern er in ihnen Grundüberzeugungen des Objektivismus findet.

Hoffmann geht von der soziologischen Theorie von Berger und Luckman (1966) aus und schlägt ein neues Paradigma für die Psychoanalyse vor: den

„sozialen Konstruktivismus". Der soziale Konstruktivismus behauptet, daß das menschliche Wissen und die Realität nicht einfach gegeben sind, sondern von Menschen in sozialen Prozessen und für soziale Zwecke geschaffen werden. Die menschliche Realität wird aufgrund der soziologischen Beobachtung, daß, was dem Bürger einer Kultur als „real" erscheint, sich beträchtlich von dem unterscheiden kann, was jemandem aus einer anderen Kultur „real" scheint, als eine soziale Konstruktion verstanden. Spezifische Begriffe von Realität und Wissen beziehen sich ausschließlich auf bestimmte soziale Zusammenhänge und nicht auf die Welt „dort draußen" (Berger und Luckmann 1966). Folglich nehmen verschiedene Individuen und verschiedene soziale Gruppen verschiedene Standpunkte ein, die sich nicht alleine durch Berufung auf eine Autorität auflösen lassen. In dieser Beziehung ist der soziale Konstruktivismus eine weitere Stimme im postmodernistischen Diskurs.

Hoffman vertritt (1983, 1991) den Standpunkt, daß sich die Psychoanalyse, zu ihrem eigenen Schaden, auf eine überholte „asoziale" Auffassung vom Patienten als einer isolierten Person bezogen hat und zudem eingeschränkt war durch die enge Sichtweise des Analytikers als eines objektiven Beobachters der psychischen Realität des Patienten. In Übereinstimmung mit dem sozialen Konstruktivismus behauptet Hoffman, daß Realität keine vorgängig unbezweifelbare Norm und nichts Absolutes sei. Hoffmann stellt (1991) fest, daß alle Menschen, und dazu gehören auch Patienten und Analytiker, in „unzähligen konzentrischen Welten innerhalb von Welten" leben (S. 95). Daraus folgt, daß diese „Multiplizität der Realitäten" jede soziale Interaktion in hohem Maße unklar macht. Deshalb behauptet er, daß der Unterschied zwischen Intrapsychischem und Interpersonellem entfällt, wenn das analytische Setting als eine soziale Konstruktion aufgefaßt wird. Zum Beispiel wird die analytische Situation als etwas verstanden, das von *beiden,* dem Analytiker und dem Patienten, geschaffen wird und davon abhängt, wie jeder der Teilnehmer die Erfahrung von sich und dem anderen konstruiert. Die Theorie des Behandlungsprozesses beschäftigt sich weniger mit der Entfaltung der Erfahrung des Patienten im Behandlungszimmer, eher mit der Art und Weise, wie beide Teilnehmer den Prozeß zwischen sich gestalten.

Nach der Auffassung des sozialen Konstruktivismus kann der Analytiker nicht außerhalb der Interaktion mit dem Patienten stehen. Patient und Analytiker beeinflussen sich ständig gegenseitig, so daß,

> „was auch immer vom Patienten oder vom Analytiker über sich selbst oder den anderen laut ausgesprochen oder nur für sich selbst gedacht, entwickelt wird, immer das beeinflußt, was als nächstes innerhalb und zwischen den beiden Personen

> geschehen wird, und zwar in einer Art, die man vor diesem Augenblick nicht wissen konnte" (Hoffman 1991, S. 91).

Aus der Aufgabe des analytischen Dialogs, irgendeine „Realität" zu interpretieren, wird das Interesse an dem Prozeß, wie Analytiker und Patient durch das Zusammenspiel gegenseitiger Beeinflussungen aufeinander einwirken.

Hoffman betont (1991), daß es ein zentrales Anliegen des sozialen konstruktivistischen psychoanalytischen Modells sei, die Autorität des Analytikers zu dekonstruieren. Wenn die Psychoanalyse im Sinne des sozialen Konstruktivismus umgeformt wird, dann ist der Analytiker nicht mehr länger in einer Position, von der aus er genau feststellen kann, was er oder sie und der Patient oder die Patientin tun oder erleben. In der Tat, welche Bedeutung kann „Genauigkeit" denn noch haben, wenn das therapeutische Feld als eine Konstruktion angesehen wird?

Hoffman meint, daß aus alldem ein Paradigmenwechsel, bezogen auf die Art der Informationen, erfolgen muß, die die Teilnehmer am analytischen Prozeß zu haben glauben. Und zwar Informationen über sich selbst und über den jeweils anderen. Weil der Analytiker als jemand angesehen wird, der nicht außerhalb der Interaktion mit dem Patienten stehen kann, hat seine Teilnahme am Prozeß eine kontinuierliche Auswirkung darauf, was er als Analytiker von sich und von dem Patienten in der Interaktion versteht.

Das Verstehen des Analytikers ist immer abhängig von seiner momentanen Perspektive, und deswegen ist es nur provisorisch, hinterfragbar und tendenziell durch jede andere Sichtweise, die noch auftauchen könnte, veränderbar. Bedeutung ist wiederum nur ein Moment in der Zeit (vgl. Attridge 1992; Derrida 1976; Flax 1990; Schafer 1992)

In ähnlicher Weise legt Hoffman (1983) nahe, die Übertragung des Patienten vom relativistischen sozialen Standpunkt aus zu sehen. Hier wird die Übertragung nicht als eine Verzerrung der Realität des Analytikers angesehen. Statt dessen hat die Übertragung nach der Auffassung des sozialen Konstruktivismus *immer* eine signifikante und nachvollziehbare Basis im Hier-und-Jetzt.

> „Daß der Patient, indem er die innere Einstellung des Therapeuten interpretiert, Druck ausübt, ist eine der vielen Perspektiven, die von Bedeutung sind und die alle die unterschiedlichen Aspekte der Verwicklung des Analytikers (in den Prozeß) betonen." (Hoffman 1983, S. 394)

Hoffman meint, daß zwischen einer durch die Übertragung bestimmten Erfahrung und einer nicht durch die Übertragung bestimmten Erfahrung unterschieden werden könne, allerdings *nicht* auf der Basis einer verzerrten Sicht der Realität. Die neurotische Übertragung, so schreibt Hoffman 1983, entspricht nur einer *selektiven* Aufmerksamkeit und einer Empfindlichkeit für ganz bestimmte Aspekte der vieldeutigen Reaktion des Analytikers auf den Patienten.

Unter der Voraussetzung, daß der Analytiker tatsächlich ständig mit dem Patienten verwickelt ist, fordert Hoffman eine Neuformulierung der analytischen Technik, die die Subjektivität des Analytikers einbezieht. Hoffman bietet (1992) als ideale Lösung an, das Ziel der Objektivität des Analytikers aufzugeben, um dadurch dem Analytiker zu ermöglichen, in „bestimmter Weise authentisch" zu sein und sich zuzugestehen, ein Teilnehmer am Prozeß zu sein.

Hoffman erörtert auch die technischen Implikationen, die sich ergeben, wenn man in einem sozialkonstruktivistischen Paradigma arbeitet. Er meint, der Analytiker sei jetzt freier, seine Meinung zu äußern, „weil die Norm aufgebrochen ist, entsprechend irgendwelcher äußerer Kriterien, genau das ‚Richtige'" zu tun (1992, S. 292). Das ermöglicht dem Analytiker, eine „spontanere Ausdrucksweise", die ihm sogar erlaubt, seine eigene Überzeugung als *Ansichtssache* auszudrücken (ebd.). Die Technik und die Interventionen des Analytikers werden jetzt als etwas verstanden, das genausoviel mit den inneren Möglichkeiten des Analytikers zu tun hat, wie mit dem, was der Patient braucht. Obwohl der Analytiker die autoritative Stimme der Objektivität verloren hat, ist er jetzt – nach Hoffman – in der Position eines glaubwürdigeren Dialog-Partners.

Die „Probleme" der postmodernen „Lösungen"

Bis hierher habe ich den Postmodernismus untersucht, ohne ihn zu kritisieren, um so seine Annahmen und Methoden über die menschliche Welt darzustellen. Durch Schafers und Hoffmans neue Konzepte wird der Postmodernismus zu einem Teil der psychoanalytischen Welt. Postmoderne Auffassungen werden als neue Zugangsweisen für lange bestehende Probleme in der psychoanalytischen Theorie angeboten. Das bezieht sich auf die psychoanalytische Metapsychologie und ihren „unangebrachten Szientismus" (Schafer 1983, 1987), den autoritären Anspruch der Struktur-Theorie und die Autorität des Analytikers (Hoffman 1983, 1991, 1992) sowie auf Fragen über den Status des psychoanalytischen Materials (Spence 1982, 1987). Die postmodernen „Lösungen" dieser Probleme bedeuten, daß der Fokus auf die Konstruktion von Selbst und Realität in Sprache und Subjektivität gelegt wird, und nicht auf eine Vergangenheit, die abgeleitet und verstanden werden kann.

Es wird allerdings deutlich, daß die Umformungen der Psychoanalyse in postmodernistische Versionen und die bekannteren Auffassungen der psychoanalytischen Psychologie zu einer Kollision der Diskurse führen müssen. Postmodernismus und Psychoanalyse sind keine äquivalenten Systeme, und sie beruhen nicht auf den gleichen Voranahmen. Die postmodernen Ideen funktionieren einfach nicht, wenn man an psychoanalytischen Auffassungen über die Beziehungen zwischen bewußtem und unbewußtem seelischen Leben und früheren Erfahrungen mit der realen Welt festhält. Das heißt, es kann keine psychoanalytische Theorie in irgendeiner der üblichen Verkörperungen innerhalb des postmodernen Diskurses geben. Statt dessen werden Diskussionen über Triebe und Abwehr, Selbst und Objekt und so weiter nur zu jeweils stimmigen Versionen der menschlichen Erfahrung, die keinerlei spezifische Gültigkeit haben.

Ungeachtet dessen, befassen sich die meisten postmodernistischen Diskurskritiker mit dem Postmodernismus so, *als ob* er wie eine traditionelle Philosophie oder eine ausgearbeitete Theorie zu verstehen sei. Diese Kritiker erläutern mit großem Geschick die Inkonsistenzen und Inadäquatheiten der postmodernen Konzeptualisierungen. Zum Beispiel meint Orange (1992), daß der soziale Konstruktivismus „in sich selbst abgekapselt", „selbst-bezüglich" und „selbst-widersprüchlich" sei. Sie nimmt gegen den relativistischen Standpunkt des sozialen Konstruktivismus Stellung, weil er keine Grundlage bietet, eine Konstruktion gegenüber anderen Sichtweisen auszuwählen. Flax (1990) bemerkt, daß der Postmodernismus, obwohl er für eine „Vielheit von Stimmen" eintritt, doch die Stimmen der Philosophie und der Literaturwissenschaft bevorzugt. Sie meint, daß der Postmodernismus, wie viele seiner Vorgängertheorien, feministische Gesichtspunkte oft ausschließt und nur von einigen wenigen, von Weißen und von Männern, praktiziert wird. Flax bestreitet die postmodernistische Behauptung, daß Subjektivität im Kern eine Fiktion sei, indem sie genau diese Fähigkeit, Subjekt zu sein, als Notwendigkeit herausstellt, damit z. B. Menschen ihr Leben als eine ästhetische Angelegenheit auffassen können.

Die Schwierigkeit mit diesem Ansatz ist, daß solche Proteste weitgehend irrelevant für ein System sind, das ohne Mühe Inkonsistenzen und Widersprüche in sich aufnehmen kann und das sogar Diskontinuität zelebriert. Es spielt dann in der Tat keine substantielle und entscheidende „Rolle", ob postmodernes Verstehen traditionellen Formen von Bedeutungsgenese und Wahrheitsbegründung widerspricht, weil die postmoderne Rhetorik genau diese Systeme zu untergraben beabsichtigt.

Ich schlage statt dessen vor, den Postmodernismus beim Wort zu nehmen, seine „Wahrheit" auf der Basis pragmatischer Erwägungen zu beurteilen. Befördert die postmoderne Neugestaltung der Psychoanalyse und die „Geschichte", die sie hervorbringt, eine „interessante Konversation" der psychoanalytischen Theoretiker und Praktiker? In welchem Ausmaß sind postmoderne Diskurse über Psychoanalyse für das therapeutische Gespräch hilfreich oder hinderlich? Ich werde diese Fragen durch eine Untersuchung der „Probleme" beantworten, die dann auftauchen, wenn man postmoderne „Lösungen" verwendet. In diesem Zusammenhang werde ich die postmodernen Konzepte der Selbste und der vielfachen Realität in den Mittelpunkt stellen sowie das Aufbrechen des entscheidenden Unterschieds zwischen Phantasie und Realität, das aus postmodernen Grundsätzen folgt.

Eine zentrale und wesentliche Absicht der postmodernen Kritik ist, das Konzept des Selbst als Zentrum der Subjektivität abzuschaffen. Das wird zum Teil dadurch erreicht, daß man sich auf die Perspektive der Alltagserfahrung bezieht, die zeigt, daß Individuen verschiedene Ausgangspunkte von Erfahrung und damit Subjektivitäten haben und sich folglich den „multiplen Selbsten" nähern (Anderson 1990; Flax 1990). Schafer hat 1992 die Psychoanalyse in diese Debatte eingebracht, indem er sich dafür einsetzte, die multiplen Selbste als eine gut funktionierende „Geschichte" für die Bewältigung menschlichen Lebens anzusehen. Wie geht es mit dieser Geschichte? „Funktioniert" sie? Wo führt sie uns hin?

Der Tenor des postmodernen Diskurses über Selbste ist einige Überlegungen wert. Wenn Selbste narrative Konstruktionen sind, die nur als erzählte Dinge in der Sprache auftreten, dann benötigen Selbste ein Publikum, um zu existieren und in Erscheinung zu treten (vgl. Schafer 1983, 1992). Wenn ein bestimmtes Selbst dadurch begründet wird, daß es ein Publikum hat, dann wird ein anderes Publikum ohne weiteres ein anderes Selbst hervorbringen. Die Postmodernisten meinen, daß eine solche Vermehrung der Selbste – von einer Stimme zu einer „Vielheit von Stimmen" – eine Befreiung mit sich bringt, die Freiheit nämlich, ein Selbst, das man sein möchte, zu erschaffen und auszuwählen. Gergen (1991) bemerkt deshalb auch, daß die Postmodernisten hinterfragen müssen, warum „man an irgendwelche traditionellen Kennzeichen von Identität – Beruf, Geschlecht, Volkszugehörigkeit, Nationalität usw. – gebunden ist" (S. 178).[2]

Gergen (1991) und Harvey (1989) verweisen aus einer anderen Perspektive auf weitere Gründe für eine Narration der multiplen Selbste. Die moderne

2 Wir sind in der Tat an einem interessanten Punkt der Kulturentwicklung angelangt. In der kritischen Theorie gibt es neben der Behauptung, daß Selbste nicht an „traditionelle Kennzeichen von Identität" gebunden sind, sondern frei, sich in einer Unzahl von Möglichkeiten darzustellen, gleichzeitig die multikulturelle Perspektive, die die einzigartigen Beiträge von Rasse und Volkszugehörigkeit betont.

Technologie ermöglicht ein sich ständig erweiterndes Netz von Verbindungen und neue Gelegenheiten für Beziehungen, die es früher nicht gab. Beziehungen dieser Art im 20. Jahrhundert kommen durch Soundbites, Bilder und Computerverbindungen mit imaginären und verborgenen anderen zustande.

Daraus ergibt sich implizit, daß wir – nach Belieben – ein Selbst annehmen können, das uns paßt, wenn nur das geeignete Publikum anwesend ist. Die psychoanalytischen Kliniker könnten sich nun verwundert fragen, welche Art von „Beziehung" es denn in solchen Transaktionen gibt. Ein Selbst kann sich nicht für selbstverständlich gegeben halten, wenn es, um zu existieren, ein Publikum braucht. Dieses konstruierte Selbst kann ohne die Verbindung zum notwendigerweise ergänzenden anderen gar nicht existieren. Denn, wenn man das Selbst „mag", das man ist, muß man notwendigerweise sein Publikum absichern, um das eigene Selbst erhalten zu können. Wenn das momentane Selbst dagegen wenig attraktiv ist, heißt das analog dazu, daß sein Publikum unerwünscht ist und zugunsten eines anderen aufgegeben werden muß.

Darüber hinaus ist es genauso wahrscheinlich, daß die Erweiterungen von Beziehungen durch Technologien wie z. B. Computerverbindungen (die Gergen und andere genauer beschreiben) Trennungen und Verringerungen von Beziehungen bewirken, wie sie auch authentische Begegnungen bewirken können. Die Kommunikationstechnologien können eine schattenhafte und sogar oberflächliche Vertrautheit bieten. Wiederum könnte der Psychoanalytiker fragen, zu wem denn eine Beziehung besteht, wenn der „andere" oft nur ein Bild ist.

Das postmoderne Selbst ist damit als etwas Bekanntes identifizierbar (und es ist nicht etwas Neues), worauf schon eine ganze Reihe von Kritikern hingewiesen haben. Das Selbst, das die Postmodernisten als „befreit" erklären, ist in Wirklichkeit das längst bekannte Selbst aus dem psychoanalytischen Behandlungsraum: ein zerrissenes, dezentriertes und verwirrtes Selbst, das aber diese Verfassung verbessern möchte. Ein Selbst, das Grenzenlosigkeit hinausposaunt, das die „Vielfalt der Stimmen" und die Brüchigkeit von Beziehungen preist und ein Publikum braucht, um sich als ein Selbst konstituieren zu können, das ist ein Selbst, das ein Psychoanalytiker als Borderline- oder narzißtisches Selbst diagnostizieren würde. Obwohl ein solches Selbst betörend, verführerisch und scheinbar vielfältig ist, entpuppt es sich als leer. Für den Psychoanalytiker ist ein solches Selbst weit davon entfernt, befreit zu sein, es ist, im Gegenteil, versklavt.

In diesem Zusammenhang ist es wichtig, zwischen den Zielen eines Praktikers und den Konsequenzen einer Theorie zu unterscheiden. Obwohl klar ist, daß Schafer z. B. mit der Konstruktion der multiplen Selbste den Bereich menschlicher Wirkungsmöglichkeiten erweitern möchte, scheinen aber im Gegensatz dazu die Konsequenzen seiner Konstruktionen die menschlichen Lebensmöglichkeiten eher einzuschränken.

Lasch (1984) und Frosh (1991) haben unter anderem darauf hingewiesen, daß die große Bedeutung, die heute dem Äußeren, der Darstellung und dem Bild in der Öffentlichkeit eingeräumt wird, zu einer „Kultur des Narzißmus" geführt hat. Nach meiner Überzeugung besteht, wenn die Psychoanalyse in die Begrifflichkeit des Postmodernismus umgeformt wird, die Gefahr, daß der analytische Dialog und damit der Analysand, den sie zu beschreiben sucht, die Form eines narzißtischen Diskurses annehmen muß. Wenn die Psychoanalyse in die Begrifflichkeit des Postmodernismus umformuliert wird, dann wird die Diagnose einer zeitgenössischen subjektiven Erfahrung – z. B. die Fragmentierung der Erfahrung – als ein Ideal angeboten. Meiner Ansicht nach gibt sich dann eine klinische Diagnose als ihre Behandlung aus.

Kernberg (1984), Kohut (1984) und viele andere haben deutlich gemacht, wie sehr die Auflösung von Grenzen für die meisten Menschen ein furchterregendes Ereignis ist. Auch Flax hat 1990 überzeugend beschrieben, wie schmerzhaft Patienten Selbststörungen erleiden. Sie stellt heraus, daß diejenigen, die ein dezentriertes Selbst propagieren, die eigene basale Kohäsion unterschätzen, die es erst ermöglicht, die Fragmentierung von Erfahrung als etwas anderes zu erleben als ein Abrutschen in eine Psychose.

So gesehen „funktioniert" für Psychoanalytiker die Geschichte von den multiplen Selbsten nicht, weil sie den psychoanalytischen Dialog auf einen narzißtischen Diskurs einzuschränken droht. An der Konstruktion der multiplen Selbste festzuhalten, scheint eher das analytische Feld einzuengen, als daß es das therapeutische Gespräch erweitert. Und das ist „uninteressant".[3]

Schafer (1992) übergeht diese Konsequenzen keineswegs. Er bemerkt, daß „das sich (...) vermehrende Selbst (...) theoretisch lästig" und ein „Fall von zu Abwehrzwecken bestrittener Handlung" (ebd., S. 86) sei. Die Wende zu den multiplen Selbsten, so schreibt er, ist „ein Einbeziehen des Phänomens in die

3 Es tauchen noch andere Probleme auf, wenn ein narzißtisches Selbst die Theorie beherrscht. Hier sollten wir nicht nur den Schmerz und das Leiden des narzißtischen Selbst berücksichtigen, sondern auch den Schmerz und das Leiden, mit denen das narzißtische Selbst andere heimsucht. In Beziehungen behandelt ein Narzißt seinen Partner, als wäre er oder sie *nicht* ein anderer, sondern eine Figur aus den Stücken, die er (aus dem Repertoire seines Selbst) kennt. Das Umgestalten des anderen zu einer Selbstfigur durch die *narzißtische Person* stellt eine Verletzung dessen dar, was er oder sie für sich ist. Um es einfacher auszudrücken: Solch eine Behandlung „tut weh". Die regelmäßigen Berichte von Gegenübertragungsirritationen, Ärger und Langeweile als Abwehr im Zusammenhang mit narzißtischen Patienten bezeugen deutlich den Schmerz, den die Verleugnung des eigenen Selbst durch den anderen mit sich bringt.

Theorie, das eben diese Theorie zu erklären beabsichtigt." (ebd.) Um das zu korrigieren, bietet er den Handlungsstrang an, den eine Person als Erzähler herstellt.

> „Jedoch ist der Handlungsstrang, den ich bevorzuge, nicht der eines Selbst oder eines Bewußtseins, sondern der einer Person als handelnde Instanz. Und ich schlage vor, diese Person als einen Erzähler zu betrachten, das heißt, als jemanden, der unter anderen bemerkenswerten Handlungen vom Selbst erzählt. Eine Person erzählt zahlreiche Selbstformen, sowohl um wünschenswerte (nicht unbedingt ‚glückliche', aber wenigstens durch Abwehr sichere) Versionen ihrer Handlungen und der Handlungen anderer zu entwickeln, als auch um in Einklang mit diesen Selbstformen zu handeln." (ebd.)

Somit hält Schafer also doch, trotz seiner eigenen Einwände, an der Auffassung fest, daß die multiplen Selbste für die Aufgaben des Lebens in irgendeiner Weise förderlich sind.

Meiner Ansicht nach läuft es aber, wenn man den multiplen Selbsten innerhalb einer Person „einen Platz einräumt", darauf hinaus, daß man die ganze Gesellschaft ins Haus hereinholt. Die theoretische Schwierigkeit liegt in dem Konzept der multiplen Selbste und nicht daran, wo sie lokalisiert werden. Es geht um die Frage, ob eine psychoanalytische Theorie nötig ist, die multiple Selbste impliziert. Es scheint zumindest ebensogut möglich zu sein, daß die Verwerfungen des zeitgenössischen Lebens, die die menschliche Erfahrung in eine kritische Lage bringen, dadurch entstehen, daß kein Mensch sich selbst entkommen kann, und nicht, weil er mit den multiplen Selbstformen des täglichen Lebens nicht zurechtkommt.

Ich glaube, daß der Reiz der multiplen Selbste so groß ist, weil der Postmodernismus in all seinen Versionen, auch denen, die auf die psychoanalytische Behandlung angewandt werden, Erzählungen des „Zeitgenössischen" wiedergeben. Hier wird in der psychoanalytischen Theorie der Platz einer Person, die in Raum und Zeit existiert, von „multiplen Selbsten" eingenommen. Solch eine Person würde so verstanden, als handle sie unterschiedlich zu unterschiedlichen Zeiten, als sei sie in der Lage, multiple Triebwünsche zu erleben, so z. B. zu *einer bestimmten Zeit* Liebe und zu *einer anderen Zeit* Haß zu empfinden, ohne einen Rückgriff auf eine Vielzahl von Selbsten.

Das beleuchtet eine weitere Konsequenz einer postmodernistischen Wende in der psychoanalytischen Theorie. Die postmoderne Betonung der Konstruktion von Selbsten und der menschlichen Erfahrung legt das psychoanalytische Arbeiten voreingenommen auf den gegenwärtigen Zeitpunkt fest. Das kann man besonders gut in Hoffmans sozialkonstruktivistischer Version von Psychoanalyse sehen (1983, 1991, 1992). Hoffmans Theorie betont, wie Patient und Therapeut ständig und gegenseitig die Erfahrungen von einander, von sich selbst und der Welt, in der sie leben, erzeugen. Bemerkungen über Ereignisse außerhalb der Interaktion und der Sprache sind von geringer Bedeutung, und ihnen wird nur ein geringer Stellenwert beigemessen. Folglich sind Patient und Analytiker im wesentlichen an eine sich ständig entfaltende Gegenwart gebunden. Wenn das so ist, dann gibt es Bedeutung nur im Tempus der Gegenwart, in diesem Moment und sonst nicht.

Die postmodernen Rekonzeptualisierungen der Psychoanalyse behandeln dementsprechend den Patienten und den Therapeuten so, als wären sie der Erinnerung beraubt sowie der Fähigkeit, Ereignisse als Geschehnisse in der Zeit aufzufassen. Die Betonung des gegenwärtigen Zeitpunktes übergeht die Tatsache, daß Menschen sich unterschiedlich zu unterschiedlichen Zeitpunkten verhalten und sich daran erinnern können. Die sozial-konstruktivistischen Versionen der Psychoanalyse sind ahistorisch: Ohne Erinnerung gibt es keine Geschichte. Narrative Rekonzeptualisierungen haben nur eine oberflächliche Beziehung zu historischen Ursachen, weil diese in Erzählungen des aktuellen Geschehens umgedeutet werden. In gewisser Weise enthebt der Postmodernismus die analytische Situation der Notwendigkeit, sich mit der Geschichte auseinanderzusetzen, mit Dingen zu ringen, die einmal waren und sich ausgewirkt haben.

Der postmodernistische Diskurs kann für psychoanalytische Ohren nur wie eine Fremdsprache klingen. Die Betonung der Gegenwart und des sich entwickelnden Moments lenkt die Aufmerksamkeit davon ab, was in den Menschen, ihren sozialen Transaktionen und in der Welt *überdauert*.

Der Postmodernismus schränkt vor allem dadurch ein, daß er es nicht schafft, der Tatsache gerecht zu werden, daß Selbste samt ihrer Subjektivitäten in Körpern leben. Denken Sie wieder an die postmodernistische Behauptung, Selbste seien ständig in Bewegung und abhängig von Bedeutungszusammenhängen und an die Behauptung, daß Menschen mit Versionen von Realität leben und nicht mit der Realität selbst (z. B. Schafer 1983). So kann man über menschliche Erfahrung reden, aber es nimmt den Postmodernisten nicht davon aus, an einer körperlichen Welt teilzuhaben. Auch ein postmodernes Selbst hat Gewicht und Masse, wie jedes andere Selbst. Wie immer man auch über erzeugte Erfahrungen *denken* oder *reden* mag: Einige Ereignisse (z. B. eine Schwangerschaft oder die Not einer drohenden Ejakulation) bleiben doch im ausschließlichen Erfahrungsbereich eines Geschlechts. Die *Bedeutung* dessen, was es heißt, ein Mann oder eine Frau in einem bestimmten Lebensabschnitt, einer Kultur oder einer Epoche zu sein, mag sich verändern und in einem ständigen

Fluß sein – aber immer bleiben Männlichkeit und Weiblichkeit *genausogut* unverändert und wandeln sich nicht. Der Unterschied zwischen den Geschlechtern behält seine Bedeutung. Aber zu sagen, daß z. B. biologische Geschlechtsunterschiede „trivial" sind (vgl. Hare-Mustin und Marecek 1988), entspricht dem Argument, daß der Unterschied zwischen Leben und Tod seine Bedeutung verloren habe, weil die medizinische Technologie die Grenze zwischen Leben und Tod weniger eindeutig gemacht hat.

Auch anhand der klinischen Erfahrung mit traumatisierten Patienten läßt sich gut zeigen, wieso die Vorstellungen von einem Selbst und der unerbittlichen Realität des Körpers – als Repräsentant der Körperwelt – mehr sind als heuristische Vorstellungen. Katastrophale Erkrankungen und Mißhandlungen wirken traumatisch, weil sie Verletzungen sind; sie brechen Grenzen auf und zwingen dazu, sich dem, was außerhalb des Selbst und der persönlichen Kontrolle ist, zu stellen (vgl. Herman 1992; Krystal 1988; Shengold 1989; Terr 1990). Terry Anderson hat (außerhalb des Behandlungszimmers) nach seiner Einzelhaft im Mittleren Osten diese Behauptung in Worte gefaßt, als er sagte, eine der am schwersten zu ertragenden Schwierigkeiten seiner Gefangenschaft sei es gewesen, daß ihm seine Entführer vorschrieben, wann er die Toilette benutzen durfte.

Benjamin (1990) betont aus der Perspektive der Entwicklungstheorie etwas Ähnliches. Sie schreibt, daß die Entwicklungstheorie anerkennen muß, daß in der Interaktion zwischen Kleinkind und Mutter die Mutter eine andere bleibt, eine, die ein anderes Subjekt ist. Damit meint sie, daß die Mutter ein eigenes Zentrum unabhängiger Subjektivität besitzt, deren Reaktionen (auf das Kleinkind) weder vollkommen voraussehbar sind, noch völlig der Phantasie entsprechen (S. 36). Indem sie Winnicott (1964) zitiert – daß „beide, Phantasien und Tatsachen, bedeutungsvoll sind, sich aber nichtsdestotrotz voneinander unterscheiden" –, vertritt Benjamin (1990, S. 41) den Standpunkt, daß die authentische Anerkennung des anderen bedeutet, würdigen zu müssen, daß Menschen seelisch unterschiedlich sind. Diese „Seelen" können ähnliche Gefühle teilen, sie können sich aber auch widersprechen. Ein Vater, den ein Kind in der Phantasie voller Wut verläßt, existiert weiterhin, auch wenn das manchmal höchst ärgerlich ist. Sie schreibt: Menschliche Entwicklung geht mit der zunehmenden Fähigkeit einher, die Tatsache zu akzeptieren, daß der andere eine „Externaliät" besitzt. Auch nimmt er einen Bezugspunkt ein, von dem er/sie nicht einfach durch einen Willensakt wegbewegt werden kann. Darüber hinaus vertritt Benjamin in ihren Versionen von Subjektivität die Meinung, daß „das Aufeinanderprallen" unterschiedlicher Willensregungen ein den menschlichen Beziehungen inhärenter

Anteil ist und daß es „keine perfekte Umgebung gibt, die den stechenden Schmerz aus der Begegnung mit dem Andersartigen wegnehmen kann." (S. 44)

Hoffman setzt sich (1991) mit dieser Unterscheidung auseinander. Auf den ersten Blick erscheint seine Theorie mit der Notwendigkeit, Externalitäten einzubeziehen, vereinbar. Ähnlich wie Berger und Luckman (1966) stellt er fest, daß eine Dialektik zwischen dem Individuellen und dem Sozialen, dem Persönlichen und dem Technischen, zur analytischen Situation gehört: „Welcher Aspekt auch immer im Vordergrund steht, er kann nur zusammen mit dem Entsprechenden im Hintergrund verstanden werden" (Hoffman 1991, S. 102). Trotzdem geht diese Unterscheidung an vielen Punkten seiner sozialkonstruktivistischen Version der Psychoanalyse verloren. Das kann man z. B. sehen, wenn Hoffman (1983) den Standpunkt vertritt, daß die Übertragung immer einen bedeutungsvollen Ansatz im Hier-und-Jetzt hat, der als „selektives Auffassen" des Analytikers charakterisiert werden kann. Solch eine Sichtweise verwischt die Tatsache, daß in Wirklichkeit nicht alle Auffassungen des Patienten (oder des Analytikers) glaubwürdig und haltbar *sind.* Zum Beispiel kann die wiederholte Erwartung des Patienten, sein Analytiker würde ihn voller Wut angreifen, nicht weiterhin im Hier-und-Jetzt plausibel sein, wenn zu der gemeinsamen Geschichte der Therapie zwischen Patient und Analytiker gehört, daß der Analytiker den Patienten eben nicht wütend angreift. Die Erwartung eines wütenden Angriffs ist nicht plausibel im Hier-und-Jetzt, trotzdem bleibt sie eine glaubhafte Auffassung von etwas Vergangenem oder auch von etwas anderem Gegenwärtigen.

Weil Hoffman sich vornimmt, die Objektivität zu ersetzen, müßte der Analytiker akzeptieren, daß alle Versionen, wenn auch selektiv, plausibel sind, weil er keinen entscheidenden Zugang mehr hat, um eine Entscheidung zu treffen. Dadurch machen die postmodernen Auffassungen der „multiplen Realitäten" den Gegensatz zwischen dem, wie die Dinge zu sein „scheinen", und dem, wie sie „sind", unentscheidbar.

Meines Erachtens geht dabei der Unterschied verloren, den es macht, die Sichtweise des Patienten *anzuerkennen* und ihr *beizupflichten.* Die Sichtweise anzuerkennen, kann dazu führen, sie weiter zu untersuchen. Das kann dann darauf hinauslaufen, daß sich eine gemeinsame Sichtweise entwickelt, oder aber die Nicht-Übereinstimmung kann dazu führen, etwas weiteres zu entdecken. Nach Hoffmans Auffassung hat der Analytiker kaum die Möglichkeit, nicht übereinzustimmen. Obwohl dem Analytiker eine eigene Sichtweise zugestanden wird, erlaubt ihm die sozialkonstruktivistische Auffassung der Psychoanalyse kaum, diese eigene Sichtweise zu benutzen. Darauf zu bestehen, daß alle Übertragungsreaktionen plausibel sind, bringt die Externalität des Analytikers zum Verschwinden. Was auch immer er ist, der Analytiker ist auch ein abgetrenntes Zentrum seiner *eigenen* Subjektivität (vgl. Benjamin 1990), egal ob er vom Patienten als „neues Objekt" wahrgenommen wird oder als jemand, der enttäuschenderweise die Vergangenheit rekapituliert. Wenn Hoffman vorschlägt, die Psychoanalyse sozialkonstruktivistisch neu zu verstehen, um so den Analytiker ganz zu einem Dialog-Partner zu machen, dann verliert der Analytiker merkwürdigerweise seine Stimme.

Die Geschichte, die der Postmodernismus erzählt, erweist sich am Ende als weniger interessant für Psychoanalytiker, als es am Anfang erschien. Immerhin sind die neuen Konzepte, die Schafer und Hoffman vorgelegt haben, trotz einer ganzen Anzahl von Problemen nützlich, und sie könnten die Psychoanalyse auf neue, sich abzeichnende Paradigmen hinweisen. Oder sie verweisen darauf, daß die vorhandenen Paradigmen überarbeitet werden müssen (vgl. Hartmann 1993). Erstens: Diese Versionen (von Psychoanalyse) erinnern den Psychoanalytiker daran, daß an jeder Behandlung in der Tat zwei Menschen im gleichen Raum beteiligt sind, die aufeinander einwirken. Hoffman betont besonders, daß der Analytiker einen eigenen Standpunkt in der Interaktion hat, der als ein solcher eingestanden werden muß. Die neuen Perspektiven – unter ihnen Intersubjektivität, Beziehungsmodelle, interpersonale Psychoanalyse – heben alle diese Tatsache hervor, die außer acht gelassen worden ist. Die Bedeutung der Interaktion, der Gegenübertragung und der Inszenierungen anzuerkennen, unterstreicht die Tatsache, daß die analytische Situation von Grunde auf eine Beziehung ist. Damit werden Defizite in der Theorie korrigiert.

Zweitens: Schafer und Hoffman erinnern die Psychoanalytiker daran, skeptisch zu bleiben und zu hinterfragen, statt als gesichert anzusehen, was sie als gegeben annehmen. Die narrative und die sozialkonstruktivistische Interpretation der Psychoanalyse ermuntern den Therapeuten zu freundlicher Kritik. Dadurch erweitern diese Modelle den analytischen Horizont, wenn sie verlangen, neu zu betrachten, was der Analytiker irrtümlicherweise glaubte, schon erkannt zu haben.

Drittens: Diese Modelle richten die analytische Aufmerksamkeit auf den Prozeß der Beziehung und der Kommunikation und nicht nur alleine auf die Inhalte von Beziehungen und Kommunikationen. Indem der Prozeß detaillierter untersucht wird, ermöglichen diese Modelle eine komplexer ausgearbeitete dreidimensionale Wiedergabe der analytischen Situation.

Obwohl Schafer und Hoffman implizit und explizit den Standpunkt vertreten, daß der dialektische Austausch zwischen dem Individuum und der

Welt, in der es lebt, „interessant" ist, erschweren ihre theoretischen Konzepte es dieser Dialektik, erhalten zu bleiben, und zwar wegen ihres Engagements für die multiplen Selbste und multiplen Realitäten. Die Erfahrung außerhalb eines Selbst oder einer Person hat in ihren Konzeptualisierungen nur eine inkonstante Realität.

Trotz allem taucht in diesen „Gesprächen" eine Dialektik zwischen positivistischen psychoanalytischen Theorien und postmodernen Revisionen auf, die einen unwiderstehlichen Reiz hat und die Theoretiker zu neuen Modellen führen könnte. Was heißt es z. B., von therapeutischen Veränderungen zu reden, wenn Veränderungen wesenhaft zum Selbst gehören? „Was" ändert sich dann?

Psychoanalytiker sind genauso wie Postmodernisten davon überzeugt, daß das Selbst in der Tat formbar ist. Entwicklung, Trauma und neue Erfahrung werden als Anlässe verstanden, die zu Veränderungen im Selbst führen. Die gesamte Idee einer psychoanalytischen Behandlung beruht darauf, daß Veränderungen möglich sind. Als Resultat einer Analyse können Symptome verschwinden, ein Charakter kann weicher werden, Verbote können sich lockern, und das ganze psychische Leben kann einen anderen Verlauf nehmen. Menschen sind tatsächlich flexible Wesen und können von sich selbst in unzählig vielen Weisen denken. Trotz alledem ist Veränderung eingeschränkt. Eine Veränderung könnte sich eher auf eine Dimension als eine absolute Umbildung beziehen (Leary und Shulman 1987). Zum Beispiel könnte sich herausstellen, daß in dem platten Bild einer grausamen und mißbrauchenden Mutter eine Dimension fehlt, die zeigt, daß sie zu anderen Zeiten auch eine Person gewesen war, an die man sich wenden konnte, um sich trösten zu lassen, und daß an dem grausamen Bild festgehalten wurde, um die Vorstellung aufrechtzuerhalten, selbst frei von Aggression zu sein. Nach einer erfolgreichen Analyse ist der Analysand noch als der gleiche erkennbar, *obwohl* er auch anders geworden ist.

Diese neue und vielleicht „interessantere" Dialektik für die Psychoanalyse würde eine kritische Würdigung dessen nötig machen, wie Menschen einerseits miteinander interagieren und sich gegenseitig beeinflussen können und andererseits zugleich durch ihre Geschichte, Konstitution und Biologie eingeschränkt (und festgelegt) sind. Die klinische und die empirische Untersuchung würde verlagert und müßte genauer herausarbeiten, was im Menschen und in den menschlichen Begegnungen „fixiert" ist *und* was „flexibel" bleibt. Eine solche Bewegung würde nicht nur anerkennen, daß Menschen mit der Realität zurechtkommen müssen, sondern auch, wie sie das in je spezifischer Weise tun.

Die Fähigkeit, solche Vorkommnisse zu erörtern – flexible Änderungen bei festen Bezugspunkten –, könnte zu neuen Methoden führen und dann zu Theorien, die neue Auffassungen der psychoanalytischen Interaktion anbieten. Eine ganze Anzahl vielversprechender Modelle taucht überall in den Sozialwissenschaften auf – Modelle, die versuchen, genauer zu beachten, was in menschlichen Interaktionen fixiert und was flexibel ist. In der Kognitionswissenschaft bezieht sich das „Realitätsmonitoring" (Schooler u. a. 1986) auf ein empirisches Protokoll, in dem Versuchspersonen Beschreibungen von wahrgenommenen und von vorgestellten Ereignissen liefern. Die Forschung hat gezeigt, daß Beurteiler zwischen wahrgenommenen und vorgestellten Berichten auf der Grundlage ihrer qualitativen Aspekte unterscheiden können. Realitätsmonitoring führt zu der Feststellung, daß Phantasie und Realität unterschiedlich encodiert werden, was sich in der Sprache widerspiegelt. Hier findet die Unterscheidung zwischen dem, wie die Dinge zu sein „scheinen", und dem, wie sie „sind", ihren angestammten Platz.

In ähnlicher Weise schlägt Kenny (1987) den Einsatz einer methodischen Vorgehensweise vor, die er „nested design" (ineinander geschachtelte Anordnung) nennt, um so dyadische Interaktionen zu untersuchen. Diese Technik ermöglicht dem Forscher, im einzelnen zu bestimmen, wie ein Teilnehmer sich im *allgemeinen* in Beziehungen verhält und wie er sich *einzigartig* in einem bestimmten Austausch verhält.

Schließlich ist Verhandeln als neues Modell angeboten worden, um den Behandlungsprozeß zu verstehen (z. B. Goldberg 1987; Hetscher 1992; Shor 1992). Wenn der psychotherapeutische Prozeß als ein Verhandlungsprozeß angesehen wird, dann wird die analytische Begegnung zu einer Art Joint Venture, in dem die Teilnehmer mit unterschiedlichen Interessen und Strategien sich gegenseitig anpassen, um so ihre Interessen durchzusetzen *und* zugleich die Arbeit der Behandlung zu befördern, an der sie gemeinsam teilnehmen.

Diese Modelle und viele andere haben das Potential, positivistischen und auch postmodernen Forderungen zu entsprechen. Sie könnten auch Wege eröffnen, wie die Entwurzelung des Selbst zu verstehen ist, die heutzutage auftritt und die von der Psychoanalyse und dem Postmodernismus so treffend beschrieben worden ist, und zwar *gleichzeitig* mit dem Bezug auf ein Selbst in einer Geschichte und in einer Welt, die jenseits von Einbildung existiert und die nicht alleine durch einen Akt des Geistes geändert werden kann. Diese explizite Spannung zwischen dem, was fixiert, und dem, was flexibel ist, könnte das interessanteste Gesprächsthema für Postmodernisten und Psychoanalytiker sein.

Übersetzung: Jürgen Hardt

Literatur

Anderson, W. (1990): Reality Isn't What It Used To Be: Theatrical Politics, Ready-to-wear-Religion, Global Myths, Primitive Chic, and Other Wonders of the Postmodern World. San Francisco: Harper & Row.
Attridge, D. (1992): Derrida: Acts of Literature. New York: Routledge.
Benjamin, J. (1990): An outline of subjectivity: the development of recognition. Psychoanal. Psychol., Suppl., 7:33-46.
Benjamin, J. (1991): Commentary on Irwin Z. Hoffman's discussion: towards a social constructivist view of the psychoanalytic situation. Psychoanal. Dialogues, 1:525-533.
Berger, R. & Luckman, T. (1966): The Social Construction of Reality. New York: Doubleday/Anchor Books.
Connor, S. (1989): Postmodern Culture: An Introduction to Theories of the Contemporary. Cambridge/New York: Basil Blackwell.
Derrida, J. (1976): Of Grammatology. Translated by G. C. Spivak. Baltimore/London: Johns Hopkins Univ. Press. (Dt: Grammatologie. Frankfurt: Suhrkamp 1974)
Eagleton, T. (1983): Literary Theory: An Introduction. Minneapolis: Univ. of Minnesota Press.
Fish, S. (1980): Is There a Text in this Class? Cambridge: Harvard Univ. Press.
Flax, J. (1990): Thinking Fragments: Psychoanalysis, Feminism & Postmodernism in the Contemporary West. Berkeley: Univ. of California Press.
Freud, S. (1937): Konstruktionen in der Analyse. GW 16, 41-56.
Frosh, S. (1991): Identity Crisis: Modernity, Psychoanalysis and the Self. New York: Routledge.
Gergen, K. (1991): The Saturated Self: Dilemmas of Identity in Contemporary Life. New York: Basic Books.
Goldberg, A. (1987): Psychoanalysis and negotiation. Psychoanal. Q., 56:109-129.
Hare-Mustin, R. & Marecek, R. (1988): The meaning of difference: gender theory, postmodernism and psychology. Amer. Psychologist, 43:455-464.
Hartman, J. (1993): Intrapsychic and interpersonal frames of reference in the psychoanalytic situation. Presented at the Michigan Psychoanalytic Institute, Southfield.
Harvey, D. (1989): The Condition of Postmodernity. Cambridge: Basil Blackwell.
Hatcher, R. (1992): Negotiation between the patient and therapist in the psychotherapy hour. Presented as part of a panel, Psychotherapy as Negotiation (J. Hansell, Moderator), at the Spring Meeting of the American Psychological Association's Division of Psychoanalysis (39), Philadelphia.
Herman, J. L. (1992): Trauma and Recovery. New York: Basic Books.
Hoffman, I. (1983): The patient as interpreter of the analyst's experience. Contemp. Psychoanal., 19:389-422.
Hoffman, I. (1991): Discussion. Towards a social-constructivist view of the psychoanalytic situation. Psychoanal. Dialogues, 1:74-105.
Hoffman, I. (1992): Some practical implications of a social-constructivist view of the psychoanalytic situation. Psychoanal. Dialogues, 2:287-304.
Kenny, D. (1987): Accuracy in interpersonal perception: a social relations analysis. Psychol. Bull., 102:390-402.
Kernberg, O. (1984): Severe Personality Disorders: Psycho-therapeutic Strategies. New Haven/London: Yale Univ. Press. (Dt.: Schwere Persönlichkeitsstörungen. Theorie, Diagnose, Behandlungsstrategien. Stuttgart: Klett-Cotta 1996)
Kohut, H. (1984): How Does Analysis Cure? Chicago/London: Univ. of Chicago Press. (Dt.: Wie heilt die Psychoanalyse? Frankfurt: Suhrkamp 1987)

Krystal, H. (1988): Integration and Self Healing. Affect – Trauma – Alexithymia. Hillsdale, NJ: Analytic press.
Lasch, C. (1984): The Minimal Self. New York: Norton.
Leary, K. R. (1989): Psychoanalytic process and narrative process: a critical consideration of Schafer's ‚narrational project'. Int. Rev. Psychoanal., 16:179-190.
Leary, K. R. & Shulman, M. (1987): The reality of psychic reality. Presented at the Michigan Society for Psychoanalytic Psychology, Traverse City.
Orange, D. (1992): Commentary on Irwin Hoffman's discussion: towards a social-constructivist view of the psychoanalytic situation. Psychoanal. Dialogues, 2:561-566.
Rapaport, D. (1944): The scientific methodology of psychoanalysis. In: The Collected Papers of David Rapaport, ed. M. M. Gill. New York: Basic Books, 1967, S. 165-220.
Rorty, R. (1979): Philosophy and the Mirror of Nature. Princeton: Princeton Univ. Press. (Dt.: Der Spiegel der Natur. Eine Kritik der Philosophie. Frankfurt: Suhrkamp 1984)
Schafer, R. (1976): A New Language for Psychoanalysis. New Haven: Yale Univ. Press. (Dt.: Eine neue Sprache für die Psychoanalyse. Stuttgart: Klett Cotta 1982)
Schafer, R. (1983): The Analytic Attitude. New York: Basic Books.
Schafer, R. (1992): Retelling a Life. Narration and Dialogue in Psychoanalysis. New York: Basic Books. (Dt.: Erzähltes Leben. Narration und Dialog in der Psychoanalyse. Stuttgart: Pfeiffer 1995)
Schooler, J. et al. (1986): Qualities of the unreal. J. Experiment. Psychol., 12:171-181.
Shengold, L. (1989): Soul Murder. The Affects of Childhood Abuse and Deprivation. New Haven/London: Yale Univ. Press. (Dt.: Soul Murder. Seelenmord – Die Auswirkungen von Mißbrauch und Vernachlässigung in der Kindheit. Frankfurt: Brandes & Apsel 1994)
Shor, M. (1992): Work, Lave and Play: Self Repair in the Psychoanalytic Dialogue. New York: Brunner/Mazel.
Sontag, S. (1966): Against Interpretation. New York: Farrar, Straus & Giroux.
Spence, D. P. (1982): Narrative Truth and Historical Truth. Meaning and Interpretation in Psychoanalysis. New York: Norton.
Spence, D. P. (1987): The Freudian Metaphor. Toward Paradigm Change in Psychoanalysis. New York: Norton.
Stern, D. (1992): Commentary on constructivism in clinical psychoanalysis. Psychoanal. Dialogues, 2:331-364.
Terr, L. (1990): Too Scared to Cry. New York: Harper & Row.
Thompson, A. (1988): King Lear: An Introduction to the Variety of Criticism. Atlantic Highlands, NJ: Humanities Press Int.
Winnicott, D. W. (1964): The Child, the Family and the Outside World. Harmondsworth, UK: Penguin. (Dt.: Kind, Familie und Umwelt. München/Basel: Reinhardt 1992)

Förderverein zur Verbreitung fremdsprachiger psychoanalytischer Literatur

Höhenstraße 56, D - 35435 Wettenberg

Ein großer Teil der psychoanalytischen Literatur wird nicht in deutscher Sprache verfaßt. Ungemein wichtige psychoanalytische Werke, die in englisch, französisch, spanisch oder anderen Sprachen erscheinen, werden auch nicht ins Deutsche übersetzt. So bleiben den Interessenten, die nicht mehrere Sprachen sprechen, wichtige Teile der psychoanalytischen Weltliteratur verschlossen. Natürlich gibt es auch wichtige Bücher, die übersetzt wurden. Wenn man jedoch die Entwicklung der letzten Jahre verfolgt, stellt man fest, daß es zunehmend schwieriger wird, Verlage zu finden, die bereit sind, die Risiken zu tragen und den Aufwand zu leisten, der mit einer deutschen Ausgabe solcher Werke verbunden ist.

Bereits heute ist es so, daß eine ganze Reihe von wichtigen Büchern im Deutschen gar nicht hätten erscheinen können, hätten nicht Stiftungen oder/und andere öffentliche oder private Förderer die Übersetzung oder den Ankauf von Lizenzen unterstützt.

Diese Tendenzen werden sich in Zukunft sicherlich verstärken, da die wirtschaftliche Situation der Verlage diese dazu zwingt, immer schärfer zu kalkulieren und verlegerische Risiken weiter zu minimieren. Wenn man bedenkt, daß die meisten psychoanalytischen Titel keine sehr hohen Auflagen erreichen, wird das hier angesprochene Problem noch deutlicher.

Um diesem Trend etwas entgegen zu setzen und auf diese Weise die Verbreitung fremdsprachiger psychoanalytischer Literatur zu fördern, hat sich ein Verein gegründet, der sich das Ziel gesetzt hat, die Möglichkeiten zur Verbreitung fremdsprachiger psychoanalytischer Literatur zu verbessern. Der Verein hat sich zum Ziel gesetzt, die Herausgabe von wichtigen psychoanalytischen Werken, die bislang nicht in deutscher Übersetzung vorliegen, dem deutschsprachigen Publikum zugängig zu machen. Er möchte dazu beitragen, daß das Erscheinen solcher Bücher nicht ausschließlich von den Notwendigkeiten des Marktes bestimmt wird, also von Verkaufszahlen, sondern, daß inhaltliche, wissenschaftliche Kriterien dabei stärker berücksichtigt werden können. Nach solchen Kriterien werden Bücher ausgewählt, deren Herausgabe in deutscher Sprache gefördert wird. Wenn die Übersetzung der Titel in die deutsche Sprache oder der Ankauf von Lizenzen durch den Verein unterstützt wird, ist es auch leichter, Verlage zu gewinnen, die unter diesen Bedingungen bereit sind, das Buch auf den Markt zu bringen. Die dafür nötigen Mittel will der Verein aus Beiträgen und Spenden beschaffen. Der Verein ist vom Finanzamt Gießen als gemeinnützig und damit steuerbegünstigt anerkannt worden. Alle, die an der Psychoanalyse und an der Förderung fremdsprachiger psychoanalytischer Literatur interessiert sind, sind aufgerufen, sich durch einen Beitritt in den Verein oder durch eine Spende an dem Projekt zu beteiligen. Wir hoffen, auf diese Weise dazu beizutragen, der internationalen Bedeutung der Psychoanalyse in Deutschland mehr Präsenz zu geben, und nicht zuletzt, es den vielen, die sich für Psychoanalyse interessieren, zu erleichtern, auf internationaler Ebene informiert zu bleiben.

Beitrittsgesuche und Anfragen an den Vorsitzenden des Vereins,
Herrn PD Dr. med. habil. Peter Möhring, Höhenstraße 56, 35435 Wettenberg,
Tel. + Fax.: 0641/86974

In der Reihe »BIBLIOTHEK DER PSYCHOANALYSE« bislang erschienen: